Wolga
Nischni-Nowgorod
Moskau
N
W
O
S
Oka
Tula
Perejaslawl-
Rjasanskij
Samara
Woronesch
Donez
Don
Zarizyn
Siljongorod
Wolga
Rasdorskaja
Manastirskoj Jar
Asow
Astrachan
Kuban
Nogaier
Chulyschij
KASPISCHES
MEER
Terek

Katerina Timm

Die Kosakenbraut

KATERINA
TIMM

Die Kosakenbraut

Historischer Roman

Marion von Schröder

Marion von Schröder ist ein Verlag
der Ullstein Buchverlage GmbH

ISBN 978-3-547-71136-3

Gesetzt aus der Berling
Satz: Pinkuin Satz und Datentechnik, Berlin
Druck und Bindung: Clausen & Bosse, Leck
Printed in Germany

Prolog

Seit neun Tagen kannte der Junge sein Schicksal. Seit dem Abend, an dem Senko Nennis aufgehört hatte, so zu tun, als gebe es ihn nicht.

Dabei war er vorsichtig gewesen, wie immer. Er hatte die Kammer nicht verlassen, saß angespannt auf dem harten Schemel neben der Tür und lauschte auf das Knarren der Treppenstufe, das seine Schwester absichtlich hervorrief, wenn sie mit einem der Freier auf dem Weg nach oben war. Niemand außer ihr hatte je die Tür geöffnet, und so erschrak der Junge, als plötzlich eine Fremde vor ihm stand. Ein Kribbeln legte sich auf seine Schultern. Aber er beschloss zu verharren, anstatt sich lächerlich zu machen, indem er aufsprang und in den Schutz des alten Schrankes flüchtete.

»Komm mit.«

Die Frau wandte sich zum Gehen, blickte nicht einmal zurück, als sei es undenkbar, dass der Junge ihr nicht folgte. Ihre unordentlich hochgesteckten Haare, fahlrot und gelb wie Schwefel, tanzten vor seinen Augen, während er ihr die Treppe hinab folgte, bemüht, die stummen Stellen der Stufen zu treffen, wie er es gewohnt war. Im Erdgeschoss ging sein Blick sehnsüchtig zu der Eingangstür, während aus einem Raum zu seiner Rechten Lachen und bis zur Unkenntlichkeit vermischte Stimmen erklangen. Dort war seine Schwester. Er drängte den Wunsch zurück, sie möge herauskommen und sehen, was hier geschah. Sie konnte ihm nicht helfen, und er wollte nicht, dass sie in Schwierigkeiten geriet, indem sie es versuchte.

Aus dem Halbdunkel des Flurs trat die Frau in einen kleinen, von blakenden Kienspänen erleuchteten Raum. Zwei Holzzuber standen darin, zur Hälfte mit Wasser gefüllt. In einem saß eine schwarzhaarige Frau, die sich so gewissenhaft einseifte, als entferne sie Flecken aus einem Wäschestück.

»Los, zieh dich aus.«

Die Rothaarige packte den Jungen hart am Arm, obwohl er nicht daran dachte, sich zu widersetzen. Er zögerte lediglich einen Augenblick, wie jemand, der erst die Worte einer fremden Sprache übersetzen muss. Dann entkleidete er sich und legte das fadenscheinige Hemd und die Hose auf einen Schemel. Die Frau wies auf den leeren Zuber, und er kletterte hinein. Ungewohnte Wärme umspülte ihn. Er kannte nur das kalte Wasser, das seine Schwester in einer flachen Schüssel brachte. Ihm wurde ein Stück Seife gereicht. Ungeschickt ahmte er damit die Bewegungen der Schwarzhaarigen nach, die inzwischen aufgestanden war und ihren nackten Körper mit einem großen Tuch abtrocknete. Er wollte alles tun, was man ihn anwies, ahnte, dass Gehorsam sein einziger Schutz war. Der Rothaarigen schien es jedoch nicht schnell genug zu gehen. Sie herrschte ihn an aufzustehen, nahm ihm die Seife ab und begann, ihn selbst einzuseifen. Sie ließ keine Körperstelle aus. Der Junge senkte seinen Blick und beobachtete die kleinen Fältchen, die sich auf dem halbentblößten Busen der Frau bei jeder Bewegung bildeten und wieder verschwanden. Sie packte seine mageren Schultern und drückte ihn unter Wasser. Mit einem Keuchen tauchte er wieder auf. Nachdem sie ihn erneut in den Stand hochgezogen hatte, begann sie, ihn hastig mit einem Tuch trockenzureiben. Dann hieß sie ihn, aus dem Zuber herauszuklettern, trocknete seine Beine und rubbelte danach mit rauen Bewegungen ausgiebig seine Haare.

Sie beugte sich zu ihm herab, bis ihre braunen Augen mit seinen auf gleicher Höhe waren.

»Du gehst jetzt da hinein und durch die nächste Tür«,

sagte sie. Es klang beinahe wie ein freundlicher Rat. »Und dort wirst du ein braver Bursche sein und tun, was man dir sagt. – Hast du mich verstanden?«

Der Junge nickte heftig.

Die Frau deutete auf die Tür, die der gegenüberlag, durch die sie hereingekommen waren. Er begriff, zögerte aber dennoch. Würde er seine Kleidung nicht zurückbekommen, um sich zu bedecken?

»Na los.«

Der Raum hinter der Tür war winzig und stockdunkel. Der Junge musste den Riegel der nächsten Tür ertasten, bevor er sie vorsichtig öffnete.

Obwohl es draußen Nacht war, strahlte das Licht in dem angrenzenden Raum beinahe taghell. Überall standen Kerzenleuchter auf Tischen, deren glänzende Oberflächen den Schein noch verdoppelten. Der Junge trat einen Schritt vor. In einer Ecke, auf der anderen Seite des Raumes, saß ein Mann auf einem weich gepolsterten Stuhl.

»Komm her.«

Er zögerte.

»Los, geh schon.« Die Stimme des zweiten Mannes klang tief und dunkel wie ein Brunnenschacht.

Der Junge warf ihm über die Schulter hinweg einen ängstlichen Blick zu. Der Mann trug ein samtenes dunkelrotes Gewand über einer blauen Hose. Seine Haare waren pechschwarz, sein Gesicht hätte gutaussehend sein können, wäre es nicht wie der Körper zu schmal gewesen und der Mund so rot und weich wie der einer Frau. Das musste Senko Nennis sein. So hatte die Schwester des Jungen ihn beschrieben. Ob auch Männer Hexen sein konnten? Mit raschen Schritten durchquerte Senko den Raum und stellte sich neben den Sitzenden.

Der Junge ging auf die Männer zu wie geheißen. In der Mitte des Raumes blieb er zögernd stehen. Der Mann erhob sich und kam auf ihn zu. Er war sehr groß und sehr breit und roch wie die Blumen, die die Schwester des Jungen einmal von einem Freier geschenkt bekommen hatte. Als prüfe er einen Stoff, strich er durch die noch feuchten Haare des Kindes. Danach fuhr er mit dem Zeigefinger der rechten Hand leicht über dessen Glied. Farbige Steine funkelten an seinen Fingern. Der Junge befahl seinem Körper stillzuhalten, aber die Augen wollten ihm nicht gehorchen.

»Er ist mager«, bemerkte der Mann.

»Er bekommt jeden Tag Fleisch und weißes Brot, so viel er will«, entgegnete Senko Nennis. Der Junge zuckte mit keiner Wimper. Wenn er der Lüge nicht widersprach, gab es keinen Grund, ihn zu bestrafen. »Er ist zehn. Sie wachsen schnell in diesem Alter.«

Der Große ging um den Jungen herum, dessen Haut sich plötzlich anfühlte wie von einem kühlen Wind gestreift. Der Wunsch, sein Geschlecht mit den Händen zu bedecken, wurde übermächtig. Seine Schultern schoben sich nach vorn, bereiteten die Bewegung vor.

»Dennoch«, sagte der Mann. »So werde ich ihn nicht nehmen. Meine Kunden wollen nichts vom Elend da draußen wissen, und der hier sieht so verhungert aus wie ein Straßenköter. In ein paar Wochen komme ich wieder. Seht zu, dass er ein wenig Fleisch auf die Rippen bekommt. Was sagtet Ihr, habt Ihr für ihn bezahlt?«

»Seine Eltern haben sechs Rubel für ihn verlangt. Seitdem habe ich ihn sieben Jahre lang durchgefüttert.«

Der Mann lachte wie über einen Scherz, den er schon zu oft gehört hatte. »Es waren arme Bauern, die sich mit zwei Rubel zufriedengegeben haben, und Ihr habt ihm das hingeworfen, was die Schweine übriggelassen haben. – Aber sorgt Euch nicht. Ihr werdet zufrieden sein. Wie immer.«

Senko verbeugte sich spöttisch und wandte sich an das Kind. »Du kannst gehen.«

Der Junge hastete zurück in den mittlerweile leeren Baderaum, zog seine Kleider an und rannte mit hämmerndem

Herzen die Treppe hinauf. Vor der Tür des kleinen Gemachs blieb er abrupt stehen, beruhigte seinen Atem und öffnete sie vorsichtig einen Spaltbreit. Seine Schwester war noch nicht zurück. Er schlüpfte hinein, öffnete die Schranktür und kauerte sich ins vertraute Dunkel. Den Kopf auf die verschränkten Arme gelegt, begann er lautlos zu weinen.

Fünfmal kam seine Schwester mit einem Freier nach oben. Erst spät in der Nacht durfte der Junge sich endlich an sie schmiegen, ihren warmen, beruhigenden Duft einatmen und eine ihrer Geschichten hören, die im Dunkeln leuchteten. Es war das Märchen von Finist, dem edlen Falken. Von seiner Begegnung erzählte er ihr nichts. Er hatte befürchtet, sie werde die Seife riechen und misstrauisch werden. Aber sie dachte wohl, einer der Männer habe den Geruch auf dem Leintuch hinterlassen.

Auch am folgenden Tag behielt er für sich, was geschehen war, und beschloss schließlich, darüber zu schweigen. Aber er fragte sie, ob es stimme, dass ihre Eltern sie verkauft hatten. Stets hatte sie ihm erzählt, Tataren hätten das Dorf überfallen, in dem sie lebten, hätten alle Einwohner getötet und die Kinder verschleppt. Sie stritt es ab; aber was er für einen Moment in ihren Augen gelesen hatte, genügte ihm. Sie konnte ihn nicht länger vor der Wahrheit beschützen, und das hieß, dass sie ihn vor nichts mehr beschützen konnte. Es war jetzt an ihm, sie zu beschützen, und er tat es, indem er ihr verschwieg, was er wusste. Man würde sie trennen. Er würde seine Schwester nie mehr wiedersehen. Wie sollte sie ohne ihn zurechtkommen? Er musste doch bei ihr bleiben, bis er groß genug war, sie zu retten. Dann würde er Senko Nennis an den Schweif eines Pferdes binden und ihn zu Tode schleifen lassen. Oder er würde ihn zerstückeln und auf weitem Feld verstreuen. Die Vögel sollten sein Fleisch aufpicken und die Winde seine Knochen verwehen.

Seine Schwester brachte nun jeden Tag Essen mit, nicht verstohlen und heimlich in den Falten ihres Rockes wie bisher, sondern auf großen hölzernen Platten. Der Junge fragte sich, was sie von diesem neuen Überfluss hielt und ob sie ahnte, was er bedeutete. Wenn sie es wusste und dennoch schwieg, konnte das nur eines heißen: Sie wollte ihn schonen wie er sie, wollte glauben, er sei unbefangen und wisse nicht, was ihn erwarte. Sein Magen krampfte sich zusammen beim Anblick der fetten Würste, der süßen Kuchen und des Specks. Er bemühte sich, die Speisen nicht anzurühren, und schämte sich, wenn der Hunger ihn doch dazu trieb. Vielleicht würde man ihn hierlassen, wenn er mager blieb, und sie könnten für immer zusammen sein.

Der Junge stand am Fenster und sah hinaus in die Nacht. Neun Tage waren vergangen, seit die rothaarige Frau ihn geholt hatte. Vor dem Haus war das Schnauben von Pferden und das Klappern ihrer Hufe zu hören, laute Stimmen und Lachen. Er holte den Schemel und stellte ihn leise ans Fenster. Das war gefährlich, denn wenn seine Schwester jetzt kam, konnte er ihn nicht rechtzeitig zurückbringen. Dennoch wagte er es und stieg darauf, um besser auf die Straße hinabspähen zu können. Es waren diese kleinen Aufregungen, die Abwechslung in die quälend langen Stunden brachten, wenn seine Schwester unten war, um auf einen Freier zu warten. Jemand kam mit einer Fackel, und der Junge konnte die Neuankömmlinge nun deutlicher erkennen, die ihre Pferde vor dem Haus anbanden. Ihre düsteren Gewänder, die Peitschen in ihren Gürteln und die Säbel an ihrer Seite schlossen sie zu einer Gemeinschaft zusammen. Einer schien der Anführer zu sein. Die Art, wie er sich seinen Weg inmitten der anderen bahnte und wie sie sich ihm zuwandten, machte es offensichtlich, selbst für einen Jungen, der kaum je einen Menschen außer seiner Schwester zu Gesicht bekam.

Er vergaß zu atmen, während er die Männer beobachtete. Keiner von ihnen war allein, keiner schutzlos. Als sie unter ihm im Haus verschwanden und die Straße erneut ins Dunkel gefallen war, stellte er den Schemel zurück. Gewiss würde seine Schwester bald mit einem von ihnen heraufkommen.

Später saß er im Dunkeln zusammengekauert, die Knie angezogen, die Arme um seinen mageren Körper geschlungen, und hörte das Grunzen und Hecheln des Mannes. Es war wie immer. Auch als seine Schwester schrie »Nein, nein!«, dachte er sich nichts dabei. Er wusste, dass manche Männer es mochten, wenn sie so tat, als werde sie mit Gewalt genommen.

Aber dann begann sein Herz zu rasen.

Der Mann fing an, sie zu beschimpfen, sie eine dreckige Hure zu nennen, die es nicht verdient habe zu leben. Ihm antwortete ein Röcheln, das heftiger wurde und abrupt endete. Obwohl es dem Jungen verboten war, öffnete er leise die Schranktür und spähte um die Ecke. Seine Schwester lag sonst nie so still da; sie bewegte sich stets heftig, damit die Männer schneller fertig wurden. Die Hände des Mannes lagen noch um ihren Hals, sie war schon blau angelaufen, aber er fuhr mit seinem nahezu verzweifelten Stoßen fort.

Auf den Schemel vor dem Schrank hatte er seine Kleider geworfen. Zuoberst lag ein Dolch. Ohne zu überlegen, zog der Junge ihn aus der ledernen Scheide. Er war länger als sein Unterarm und hatte eine leicht gebogene Klinge. Ohne zu zögern, trat der Junge ans Bett und stach mit einer einzigen, gezielten Bewegung zu. Lautlos sank der Mann nach vorne, sein Gesicht vergrub sich in der blonden Haarflut unter ihm. Der Junge stand da, völlig reglos, den Blick auf den weißen, haarigen Rücken des Mannes gerichtet, der zwischen den Schenkeln seiner Schwester lag.

Die Zeit blieb stehen, und sie schritt erst weiter, als ein Schatten über ihn fiel. Der Junge wandte sich langsam um und sah vor sich die schlanke Gestalt eines Mannes, der einen Säbel in der Rechten hielt. Er erkannte ihn sofort. Es war der Anführer der Männer, die vorhin angekommen waren. Der Kamerad des Mannes, den er getötet hatte.

Der Junge warf einen Blick auf die beiden Toten vor sich. Er sah in das Gesicht seiner Schwester und dachte an die bunt beringte Hand, die ihn berührt hatte. Dann wandte er sich erneut zu dem Mann hinter ihm.

Er wusste, er würde sterben. Aber es gelang ihm nicht, sich davor zu fürchten.

Erster Teil

Der Zorn der Steppe

Chulyschi an der Schwarzmeerküste,
Frühjahr 1620

1

In dieser Nacht träumte Elja von Säbeln. Es war ein düsterer, ein wilder Traum, der beim Erwachen rasch verblasste. Nur das Klirren des Stahls hallte nach. Dennoch war Elja froh über jede Nacht, in der sie einen anderen Traum hatte als den, der sich ständig quälend wiederholte.

Durch die kleinen, gewölbten Scheiben fiel weiches Morgenlicht in einen Raum, in dessen Ecken noch die Nacht hockte. Dumpfes Poltern und kurze Befehle drangen herein. Die vertrauten Geräusche vermochten den Mann nicht zu wecken, der neben Elja lag. Vorsichtig richtete sie sich auf einem Ellbogen auf und betrachtete den Schlafenden. Dunkle Locken fielen in Nazars Gesicht, und auf seinen Lippen lag ein Lächeln. In seinen Träumen herrschte Frieden. Elja streckte ihre Hand aus, berührte fast die feinen Härchen auf seiner Brust, in die sie heute Nacht ihre Finger vergraben, an denen sie gezogen hatte, bis es ihn schmerzte. *Was tust du da?*, hatte er sie mit einem erschrockenen Lachen gefragt.

Wie dünn doch die menschliche Haut war, wie dicht das Blut unter ihrer Oberfläche strömte. Elja stellte sich vor, auf welche Weise Nazar zu Tode kommen könnte. Sie sah Klingen, Pfeile oder Kugeln in seinen Körper eindringen und hielt in Gedanken seinen sterbenden Körper in ihren Armen. Auch jetzt sah sie es in allen Einzelheiten vor sich und fühlte beinahe schon sein Blut an ihren Händen. Sie konnte nicht aufhören, sich mit dieser Vorstellung zu quälen, wenn sie ihn so wehrlos vor sich sah.

In dem vergeblichen Versuch, diese Bilder in sich zu ersticken, schmiegte sie sich an ihn. Nazar erwachte, wie stets, wenn sie ihn so verzweifelt umschlang, und das war es auch, was sie erreichen wollte. Nur der Blick seiner dunklen Augen konnte ihre grausamen Gedanken bannen. Er wandte sich ihr zu und zog sie an sich. Der Geruch seiner Haut weckte den Wunsch in ihr, die warme Stelle zwischen seinem Hals und seiner Schulter mit kleinen Küssen zu bedecken. Es drängte sie danach, sich erneut in ihrer gemeinsamen Lust zu verlieren. Die Pflichten des Tages konnten warten. Elja wusste, dass eine einzige Geste genügte, ihre Umarmung in Leidenschaft münden zu lassen.

Aber heute brachte sie es nicht über sich, ihn glauben zu lassen, es sei lediglich ihr Verlangen, das sie zu ihm trieb. So entwand sie sich Nazar und schwang ihre Beine über die Kante seines Bettes. Sie stand auf, griff nach ihrem Hemd und streifte es sich über, ohne ihn dabei allzu viel ihres nackten Körpers sehen zu lassen, nun, da sie sich für das Ende dieser Liebesnacht entschieden hatte. Nazar seufzte und stand ebenfalls auf. Er ging um das Bett herum und schmiegte sich an sie, so dass sie sein Geschlecht an ihrer Hüfte spüren konnte. »Heute Abend, versprich es mir«, murmelte er in ihr Ohr.

Elja drehte sich um und umarmte ihn. »Ich verspreche es.«

Sie lächelte und verspürte erleichtert das freudige Pochen ihres Herzens. *Ich gehöre zu ihm*, sagte sie sich, *ich bin in Sicherheit*. Es war wie ein morgendliches Gebet.

Nazar nahm ihr linkes Handgelenk und zog sie mit sich zum Fenster. Ohne sie loszulassen, öffnete er einen Fensterflügel. Als Elja begriff, was er vorhatte, versuchte sie ihm ihre Hand zu entziehen. Sein Griff wurde fester. Elja kämpfte den Impuls nieder, sich mit einer einzigen Bewegung mühelos zu befreien.

»Lass mich sehen«, sagte er und drehte ihre Hand so, dass das Licht auf die Innenseite traf. Vorsichtig strich er mit einem Finger darüber.

»Hör auf. Du tust mir weh.« Es stimmte nicht, aber so konnte Elja sich seinem Griff entwinden.

»Es ist nicht mehr so rot. – Aber du verbrennst dich oft, und immer an der gleichen Stelle.«

»Es ist meine Arbeit, die dir missfällt, ist es nicht so?« Elja wusste, dass ihr Vorwurf ungerecht war. Doch vielleicht würde Nazar ihre Hand künftig mit weniger Interesse betrachten, wenn er fürchten musste, dass ein Streit damit einherging. »Du solltest dir eine Frau suchen, die mit nichts Gefährlicherem hantiert als mit einer Sticknadel.«

»Ich will keine andere Frau.« Nazar trat erneut auf sie zu, ergriff nun ihre beiden Hände und führte sie nacheinander an seine Lippen. Er verstand sie nicht, und Elja konnte nicht begreifen, wie er sie dennoch lieben konnte. »Aber darf ich mir nicht Sorgen machen, wenn meiner Setenai, meiner Rose, ein Leid geschieht?«

»Gewiss darfst du das, und du sollst es sogar.« Elja schenkte ihm einen versöhnlichen Blick. »Du sollst mich nur nicht für ein schwächliches Ding halten, das es nicht versteht, sich vor den Gefahren der Welt zu schützen. Oder wünschst du dir, dass ich solch ein Geschöpf sein soll, das deines Schutzes bedarf?«

»Frieden!« Nazar hob kapitulierend seine Hände.

Während sie sich schweigend ankleideten, warfen sie sich immer wieder liebevolle Blicke zu, die ihre Missstimmung ungeschehen machen sollten. Elja zog ihr langes Oberhemd an, dann den Überrock, der bis zu den Knöcheln reichte. Sie setzte sich auf das Bett, um ihre Schuhe aus feinem Leder überzustreifen, auf die sie nicht verzichten mochte. Für eine Frau des Standes, den sie freiwillig einnahm, hätte es sich geschickt, Schuhe aus Birkenbast zu tragen, die zu dieser Jahreszeit bereits nach vier Tagen verschlissen wären.

»Komm her«, sagte Nazar, als sie nach dem Kamm griff. Er deutete auf den Schemel, der vor dem Fenster stand. »Ich möchte sehen, wie die Morgensonne die Funken in deinem Haar zum Leben erweckt.«

Elja folgte seinem Wunsch und begann, ihre Haare mit langen Strichen zu kämmen.

»Dein Haar hat die Farbe von altem Eibenholz, das mit Bienenwachs gepflegt wurde.«

Elja lachte. Ihr Liebster konnte seinen Beruf nicht verleugnen. Sie selbst war eher der Meinung, ihr Haar habe die Farbe des Laubs vom vergangenen Jahr.

»Flichtst du mir meinen Zopf?« Sie sprach diese Bitte auch deshalb aus, weil sie wusste, dass dies ihn besänftigen würde.

»Wenn du einmal des Holzhandels überdrüssig bist, kannst du dich als Leibmagd bei einer vornehmen Dame verdingen«, neckte sie ihn, als sie sein Werk beendete, indem sie eine bunte Quaste um das Ende ihres Zopfes wand und verknotete.

Sie hielten sich an den Händen, als sie Nazars Wohnräume verließen und die schmale Treppe hinabstiegen. Wie jeden Morgen drehte Elja sich zu Nazar um, bevor sie die Tür öffneten, die zum Holzplatz führte. Es war nicht nötig, seinen Leuten das Schauspiel ihrer Verabschiedung zu bieten. Elja wurde von ihnen mit der Höflichkeit behandelt, die der zukünftigen Herrin gebührte. Jedoch war ihr bewusst, dass die Männer bei ihren Schwestern oder Töchtern die Verstöße gegen Sitte und Anstand nicht geduldet hätten, die Elja als Fremde für sich in Anspruch nahm.

Sie umarmten und küssten sich zärtlich.

»Es ist unser letzter Abend«, sagte Nazar.

Elja nickte. Morgen würden ihn Geschäfte auf die Krim führen, und sie würden sich erst in zwei Wochen wiedersehen. Das Wissen, dass sie ihn vermissen würde, schuf ein wohlig-warmes Gefühl in ihrem Inneren.

»Ich komme zu dir, sobald es mir möglich ist«, versprach sie. »Vielleicht lässt Ontonko mich ein wenig früher gehen.«

Nazar gab ihr einen letzten raschen Kuss. »Als ob er dir etwas abschlagen könnte!«

Auch in dieser Nacht hatte er im Wald geschlafen, in seinen Mantel gewickelt. Die Kälte konnte ihm nichts anhaben. Selbst in tiefem Schnee hatte er schon tagelang draußen überlebt. Aus Gewohnheit verwischte er die Spuren seines Lagerplatzes, obwohl es nicht notwendig gewesen wäre.

Dann wartete er.

Zur gleichen Zeit wie an den vergangenen Tagen tauchte sie zwischen den Bäumen auf. Ihre Kleidung war die einer einfachen russischen Frau. Allein schon diese Tatsache erzürnte ihn.

Elja. Ihr Name war ihm seit vielen Jahren vertraut, dennoch hatte er sie vor drei Tagen zum ersten Mal gesehen. Rurik hatte stets dafür gesorgt, dass sie einander nicht begegneten.

Es war einfach gewesen, sie zu finden. Sie hatte die Kleidung nicht gewechselt auf ihrer Flucht und damit eine Spur hinterlassen, die sogar zwei Jahre später noch nicht erkaltet war. Andrej hingegen hatte seine dunkle Tracht schon vor Tagen gegen unauffälligere Gewänder getauscht. Er würde sie erst wieder tragen, wenn er sich entschieden hatte.

Elja wandte sich nicht um, lief durch das lichte Kiefernwäldchen so unbekümmert, als reite sie auf ihrem Pferd über die Holzknüppeldämme Siljongorods. Immer wieder wurden die adygeischen Bewohner dieses Landes Opfer der Sklavenjäger; vor allem ihre schönen Töchter landeten nur allzu oft in den Harems der osmanischen Eroberer. Elja unterschied sich von den Menschen der Küste mit ihrer durchscheinenden Haut, die von ein paar Sommersprossen gesprenkelt war, ihren weichen Gesichtszügen mit den runden Wangen, den vollen Lippen und den sehr hellen, blaugrünen Augen. Auf dem Sklavenmarkt in Asow würde sie darum einen umso höheren Preis erbringen. Andrej malte sich aus, wie sie von Sklavenhändlern gejagt und gefangen genommen wurde, und fand, dies könne eine akzeptable Lösung seines Dilemmas sein. Es wäre ihre eigene Schuld. Schließlich hatte sie selbst sich so wehrlos gemacht. Sie hatte lange Beine und hielt sich auffallend gerade, doch ihr Körper wirkte zu weich, um einen Kampf bestehen zu können.

Lediglich die Spuren der Pferde und Kutschenräder verrieten, dass hier Menschen lebten. Nur selten tauchten zwischen den Bäumen die Zäune oder die seegrasgedeckten Dächer eines Gehöfts auf. Erst als in der Ferne zwischen Lehmhäusern der flache Spiegel des Meeres schimmerte, kamen ihnen einzelne Reiter oder Karren entgegen. Chulyschi erwachte.

Wie jeden Morgen folgte Andrej Elja zum Markt in der Nähe des Hafens, dorthin, wo auch die Häuser der Fremden standen. Auf Karren, Tischen oder Tüchern, die sie auf dem Boden ausgebreitet hatten, boten die Händler ihre Waren zum Kaufen und Tauschen feil. Trotz der frühen Stunde drängten sich bereits Menschen, die das erste Gemüse genießen wollten, frische Früchte statt der getrockneten und eingekochten.

Zunächst war Andrej vorsichtig gewesen, hatte täglich seine Kleidung und seine Kopfbedeckung gewechselt und war Elja in großem Abstand gefolgt. Er hatte befürchtet, aufzufallen unter den Einheimischen mit ihren schwarzen Augen und den starken Brauenbögen. Doch Chulyschi war eine Hafenstadt, und der Anblick von Fremden hier wohlvertraut.

Obwohl Elja nur selten etwas kaufte, wurde sie überall freundlich begrüßt, und viele Händler verführten sie zum Probieren. Sie bewegte sich unter diesen Menschen wie ein Barsch im Fluss, wirkte unbeschwert und lächelte häufig. Wie konnte sie es wagen, so fröhlich zu sein, nach allem, was sie Rurik angetan hatte?

Sie erstand einen Becher Granatapfelsaft und einen kleinen Fladen aus dunklem Brotteig. Der Honighändler winkte sie zu sich, als sie an seinem Stand vorbeikam, und bestrich ihr Brot mit einem Löffel Kastanienhonig. Andrej stand dicht genug hinter ihr, um zu hören, wie der Händler seine süße Ware anpries.

Sie zu beobachten war fast zu einem Spiel geworden. Es war, als sei er auf der Jagd, nicht um seinen Hunger zu stillen, vielmehr um seine Geschicklichkeit zu beweisen. Doch dieses Wild war seiner Kunst nicht würdig. Elja bemerkte nicht einmal, dass sie verfolgt wurde. Einst hatte Rurik voller Stolz von ihr gesprochen. Wenn sie seine Liebe je verdient hatte, so musste dies in einem anderen Leben gewesen sein – oder Rurik hatte sich in ihr getäuscht. Immer wieder geriet Andrej in Versuchung, unvorsichtig zu sein, es ihr leichter zu machen. Mitunter hätte er nur die Hand auszustrecken brauchen, um sie berühren zu können. Dass er dennoch unbemerkt blieb, nährte nur seine Verachtung.

Zunächst hatte er sich eingeredet, er wolle sichergehen, ob es sich wirklich um Elja handelte. In Wahrheit hatte er es vom ersten Augenblick an gewusst. Rurik hatte sie in der Art der Lateiner vor einigen Jahren von einem Maler porträtieren lassen. Vor Andrejs Abreise hatte er das Gemälde hervorgeholt und es wieder neben dem Romans aufhängen lassen.

Der letzte Stand, den Elja besuchte, war der des Gewürzhändlers. Er lachte, als biete er einem Kind Spielzeug an, und öffnete bereitwillig seine kleinen und großen irdenen Töpfe, in denen er feilbot, was aus allen Teilen der Welt über die Meere hierhergebracht worden war. Wieder spürte Andrej Wut in sich aufsteigen, als er sah, wie Elja ihre Nase in ein Döschen steckte, einen tiefen Atemzug nahm und lächelte.

Er würde bald zu einer Entscheidung kommen müssen. Aber war nicht längst für ihn entschieden worden?

Der Gewürzhändler schnitt eine Ingwerknolle an, zerstieß eine Nelke in einem Mörser, rieb ein wenig Muskatnuss, ließ Elja an Zimtstangen und Safranfäden riechen. Obwohl er ihre Freude wohl spürte, konnte er nicht ahnen, was dieses tägliche Ritual für sie bedeutete.

Dies war der Moment, in dem sie sich stets aufs Neue in diesem Land verwurzelte. Es war die Flut der Bilder des

Marktes, der Farben, der Menschen, Tiere und Früchte, die alle ihre Sinne gefangen nahm, es ihr ermöglichte, hinter sich zu lassen, was sie beschwerte. Wie immer endete es mit einem tiefen Atemzug, mit dem Elja in sich aufnahm, was sie umgab, es zu einem Teil ihrer selbst machte. In diesem Augenblick waren ihre düsteren Gedanken beim Erwachen vergessen, waren wie ihre Träume nichts als das Überbleibsel einer alten Verletzung, eines Bruchs, der bei kaltem Wetter schmerzte und sonst unbemerkt blieb.

Auf ihrem Weg zum »Segelflicker« wanderten Eljas Blicke sehnsüchtig zum Horizont. Dort, wo die kleine Bucht ins Meer mündete, lag die Freiheit, auf die sie ohne Not verzichtet hatte, als sie sich entschlossen hatte, an dieser Küste zu bleiben. Hinter den Bergen im Norden hingegen lauerte die Gefahr. Die Elemente schienen dies zu bestätigen.

Selbst an heißen Tagen wehte eine erfrischende Brise von der See, und das Klima Chulyschis galt als mild und angenehm. Nur im Winter kam Bora über das Gebirge, der kaum einen Baum in der Nähe der Stadt duldete. Die wenigen, die es wagten, ihm zu widerstehen, neigten sich schief dem Meer entgegen, als suchten sie dort Schutz auf ihrer Flucht vor dem wilden Gott des nordöstlichen Windes. Auf den Höhenzügen der nahen Berge hielten sich einzig Gras, Wacholder und Krummhölzer, deren weiße Blüten nun, im Frühjahr, die Hänge schmückten und den seltenen Schnee nachahmten. Doch bereits wenige Werst entfernt gab es dichte Wälder, in denen Bären und Wildschweine lebten und auf deren reichen Böden Dutzende Arten heilender Kräuter gediehen.

Zu Beginn hatte Nazar Elja immer wieder angeboten, sie mit seiner Kutsche zurückzubringen. Sie hatte es stets abgelehnt. Das Zusammenleben der Menschen dieses Landstriches wurde von ungeschriebenen, doch strengen Regeln bestimmt, und es galt als eine Sache der Ehre, Frauen Respekt und Rücksicht entgegenzubringen. Elja war froh, sich darauf berufen zu können, um Nazar zu erklären, warum sie den einsamen Weg zur Stadt nicht fürchtete. Er blieb skeptisch, aber ihre Hartnäckigkeit hatte schließlich dazu geführt, dass er seinen Wunsch nur noch selten äußerte.

»Aus dem Weg!«

Die harsche Stimme hätte jeden Anderen eilig zur Seite springen lassen. Elja drehte sich um und lächelte. »Ontonko! Zeigt her, was ihr uns mitgebracht habt!«

Ontonko Senkowitsch Filatow war ein magerer Mann mit langem, grauem Haar und einem ebensolchen Bart. Seine leuchtenden Augen ließen ihn alterslos erscheinen, und Elja dachte oft, er müsse vor zwanzig Jahren genauso ausgesehen haben wie jetzt, und dass sich seine Erscheinung wohl auch in den nächsten zwanzig Jahren nicht ändern werde.

Er war der Grund, warum Elja in Chulyschi geblieben war. Wie ein verängstigtes Kind war sie an diese Küste gekommen, die nur eine Zwischenstation hatte sein sollen auf ihrer Flucht über das Meer. Die Adygeer, denen sie auf den dunklen Gassen begegnete an jenem ersten Abend, hatten sie nicht verstanden, oder zumindest nicht die, die sie angesprochen hatte. Keiner konnte ihr helfen bei ihrer verzweifelten Suche nach einem Kapitän, der bereit gewesen wäre, ihr eine Überfahrt zu verschaffen. Wohin? Egal wohin. Sie hatten ihr in einer Sprache geantwortet, die Elja auch heute nur unvollkommen beherrschte, einer Sprache, die mit einem einzigen, verschlungenen Wort ausdrückte, wofür andernorts ganze Sätze benötigt wurden. Aber man hatte sie als Frau aus dem Norden erkannt und zu Ontonko gebracht.

Er trug einen großen Korb auf beiden Armen, dessen Inhalt Elja nun fachkundig betrachtete und befühlte, als wühle sie in einem Berg von Geschmeide. Und in der Tat war es für sie ein durchaus vergleichbares Vergnügen, sich an dem goldenen, silbernen und kupfernen Glanz der Meerbarben zu erfreuen, dem eigenwilligen Muster der Makrelen und dem silbergrünen Schimmer der Heringe.

»Habt ihr auch Sardellen? Ah, hier – ich sehe schon!«

»Mitunter frage ich mich, wer hier der Herr ist und wer das Gesinde«, knurrte Ontonko, als er seinen Weg fortsetzte.

Elja folgte ihm lachend.

Als Ontonko und Elja das Küchenhaus des »Segelflickers« betraten, kniete Marfa vor der großen gemauerten Feuerstelle, in der bereits ein kleines Feuer glimmte. Sie war dabei, es mit dem Blasebalg weiter zu nähren, neben sich einen Stapel mit Holzspänen. Marfa war Russin, ebenso wie Ontonko. Niemand wusste, welches Schicksal sie hierher verschlagen hatte, denn die junge Frau hielt jedes Mal eine andere Geschichte bereit, wenn ein Gast ihr diese Frage stellte; und Elja hütete sich, dort Wissbegier zu zeigen, wo sie selbst die Neugier fürchtete. Gleich ihr schien die blonde Frau Treibgut zu sein, das an dieser Küste angeschwemmt worden war.

Marfa war vierschrötig, mit breiten Schultern und flachen Brüsten. Alles in ihrem grobknochigen Gesicht war ein wenig zu groß oder zu klein, ohne jede Harmonie. Dennoch gelang es ihr immer wieder, ehrliche und gutaussehende Männer für sich zu interessieren. Vielleicht wollte sie sich beweisen, ebenso anziehend zu sein wie andere Frauen, und kam ihnen offener entgegen als manch verwöhnte Schöne, die der Aufmerksamkeiten überdrüssig war. Elja vermutete jedoch insgeheim, dass die Blicke der Männer länger auf Marfa weilten als auf einer Frau mit gefälligeren Zügen. Gerade das Besondere ihres Gesichts lasse sie nach Spuren von Harmonie suchen. Sie nahm an, allein die Dauer dieser Aufmerksamkeit schaffe bereits eine Nähe, die dazu führte, die Schankmagd für schöner zu halten, als sie war. Wenn Marfa bisher noch keine dauerhafte Verbindung eingegangen war, so lag dies jedenfalls nicht an ihren zahlreichen Bewerbern.

Nach einer kurzen Begrüßung wurde kaum ein weiteres Wort gesprochen in der rußgeschwärzten Küche. Elja nahm die Fische aus dem Korb, schnitt bei den zum Braten bestimmten zuerst mit einem scharfen Messer die Flossen in

Richtung der Köpfe ab und entfernte die Kiemen. Nach dem Schuppen schnitt sie den Bauch auf und nahm die Eingeweide heraus, bevor sie die Bauchhaut und die Nieren entfernte. Sie wusch die Fische gründlich und warf die Köpfe mitsamt der Gräten in einen großen Topf mit Wasser. Dann filetierte sie diejenigen, die für den Eintopf gedacht waren. Als das Feuer verlässlich brannte, verschwand Marfa mit ihrem Besen in Richtung der Gaststube. Schon bald nach Eljas Ankunft hatte sie festgestellt, wie geschickt die junge Frau im Umgang mit den Fischen war, und ihr erleichtert die ihr unangenehme Aufgabe des Ausnehmens überlassen.

Elja goss Wein und Wasser in den großen Kessel, der über dem Feuer hing, gab Salz, Honig, Zwiebeln, Pfeffer, Lorbeerblätter und Estragon hinein, bevor sie die gewässerten Fischabfälle dazuwarf. Während Marfa in der Gaststube die ersten Gäste mit Wein und Honigkwas versorgte, schnitt Elja Möhren in Scheiben. Das Vorbereiten der Speisen wie auch das Kochen war die Aufgabe der Frauen, Ontonko übernahm lediglich das Schälen und Zerkleinern der Zwiebeln. Er hatte einmal geäußert, er wolle keine Tränen in den Augen einer schönen Frau sehen. Dies war die einzige galante Äußerung, die Elja je von dem brummigen Mann vernommen hatte. Elja seihte die Weinbrühe durch und brachte sie mit dem Gemüse erneut zum Kochen. Später hakte sie den Kessel mit Ontonkos Hilfe an der großen Kette, die über der Feuerstelle hing, höher ein, um den Sud ein wenig abkühlen zu lassen. Als er nur noch köchelte, legte sie die Fischstücke in einen Siebeinsatz, den sie in den Kessel hängte.

Danach verließ sie das Küchenhaus, ging die wenigen Schritte durch den Garten zur Hintertür der Schenke, vorbei an der Treppe, die zu den Schlafkammern hinaufführte, und betrat durch die offene Tür den Schankraum. Bereits die Hälfte der Schemel und Bänke längs der Holztische war besetzt. Ontonko stand hinter dem Tresen. Er verließ seinen Platz nur, um Stammgäste zu begrüßen oder Männer der

Schenke zu verweisen, die einzig auf der Suche nach Frauen oder Händeln waren. Während er die Becher füllte, eilten Elja und Marfa zwischen Küche und Gaststube hin und her, um die Gäste mit Essen zu versorgen und die leeren Schüsseln abzuräumen.

Eine Stunde später war das Mittagsgeschäft in vollem Gange. Die Schenke wurde zum Schauplatz eines eleganten Tanzes, bei dem Elja und Marfa sich immer wieder rasch aufeinander zu bewegten, einander mit geschickten Wendungen auswichen, ohne je den Weg der anderen zu hemmen, zusammenzustoßen oder sich auch nur zu berühren.

Elja stand eben inmitten eines Pulks aufbrechender Weinhändler, den Arm voll schmutziger Schüsseln. Sie hätte nicht sagen können, warum sie sich in diesem Augenblick umdrehte. Es war nicht der Luftzug, der plötzlich ihre nackten Unterarme streifte, denn zu dieser Tageszeit herrschte ein ständiges Kommen und Gehen. Vielleicht war es die Tatsache, dass das kurze Wenden der Köpfe länger dauerte, die raschen Blicke verharrten, mit denen die Gäste jeden Neuankömmling prüften. Elja stand der Tür direkt gegenüber. Es gelang ihr, die Schüsseln auf dem Tisch abzustellen, bevor sie ihr entgleiten konnten. Obwohl sie lediglich die Silhouette des Fremden im Türrahmen stehen sah, wusste sie sofort: Er war ein Jarostny, einer der Männer ihres Vaters.

Ihre Flucht war zu Ende.

2

Er blieb in der Tür stehen und schaute sich um, als habe er alle Zeit der Welt. Ein Händler, der die Schenke verlassen wollte, trat einen Schritt zur Seite und wartete geduldig ab, dass der Mann den Weg wieder freigab. Eljas Augen folgten ihm, als er zum nächstgelegenen Tisch ging. Er nahm jedes Stück Boden in Besitz, das die Sohlen seiner Stiefel berührten.

Mit einer einzigen fließenden Bewegung beider Arme schob er seinen weiten Mantel zurück, bevor er sich mit dem Rücken zur Wand auf einen Schemel setzte, die Nagaika, die geflochtene Peitsche, aus seinem Gürtel zog und auf den Tisch legte. Als er seinen Säbel abgegürtet hatte, legte er ihn so vorsichtig daneben, als sei er aus kostbarem Glas. Er berührte das Metall einen Wimpernschlag länger als erforderlich, als verabschiede er sich von einem Freund und zögere die Trennung hinaus.

Die Gespräche im Raum waren nun gedämpft. Der Fremde hatte die Blicke aller Anwesenden auf sich gezogen. Auch Elja gelang es kaum, ihre Augen von ihm zu wenden. Sie kannte ihn nicht, aber die Eleganz und Geschmeidigkeit seiner Bewegungen waren ihr fast schmerzlich vertraut.

Er war mittelgroß, kaum größer als sie, und schlanker als die meisten Jarostnye. Inmitten der farbenfroh gekleideten Seeleute wirkte er wie ein Abgesandter des Leibhaftigen. Sein Leinenhemd, die ledernen Hosen und Stiefel waren schwarz, die Burka und die Weste, die vom Schwertgehänge gehalten wurde, hatten die Farbe des Ackerbodens während einer Dürre. Helle Haare reichten ihm bis auf die Schultern und umgaben ein schmales, noch junges Gesicht. In ihm hatte sich das Blut der ersten Siedler aus dem eisigen Norden fast rein erhalten. Seine Oberlippe war zart geschwungen, die Unterlippe gerade und entschlossen. Unter seinen Augen lag ein feiner Schatten, der ihm etwas Verletzliches verlieh. Elja ließ sich davon nicht täuschen. Sie wusste, wo unter seiner Kleidung die übrigen Waffen verborgen waren. Genau dort, wo sie selbst sie getragen hatte, als sie zum ersten Mal durch diese Tür getreten war.

Es wäre klüger gewesen, Marfa oder Ontonko zu ihm zu schicken, um seine Wünsche zu erfragen, doch Eljas Trotz war stärker.

»*Sano?*«, fragte sie auf Adygeisch. »*Marmazi?*«

Er musterte sie schweigend und unbewegt.

»Bring mir Kwas«, sagte er schließlich auf Russisch.

Elja tat, als habe sie ihn nicht verstanden, hob ihre Augenbrauen und wartete, dass er seine Bestellung wiederholte. Stattdessen griff er nach ihrer linken Hand und drehte die Innenfläche zum Licht, genauso wie Nazar es an diesem Morgen getan hatte. Sie musste ihn nicht ansehen, um zu wissen, wie enttäuscht er war, nichts als Schwielen und rosige Haut zu entdecken, dort, wo sich in seiner Hand das rote Zeichen befand. Elja bemühte sich, ein triumphierendes Lächeln zu unterdrücken. Sie entwand sich seinem Griff so beiläufig, als sei er einer der wenigen Männer, die es wagten, den Arm um ihre Taille zu legen, wenn sie ihnen Wein oder Kwas brachte, und stellte ihn damit ihnen gleich. Sie erwartete eine Reaktion, eine Frage, ein Beharren. Doch er sah sie weiterhin an, ohne eine Miene zu verziehen, als gebe es nichts, was sie vor ihm verbergen könne. Seine Augen waren graublau, von hellen Strahlen durchzogen wie der Himmel, bevor das Wetter umschlägt.

»Kwas«, wiederholte er. »Etwas zu essen.«

Seine Stimme klang rau und hart, nach Heimat, nach

Steppengras und Holzfeuer. Kein Lächeln, keine Höflichkeit. Aber das hatte Elja auch nicht erwartet.

Sie wusste, dass er sie beobachtete, als sie ihm den Rücken zukehrte. Für einen Moment sah sie sich durch die Hintertür verschwinden, die kleine Treppe in ihre Kammer hinaufhasten und mit fliegenden Fingern ihre wenigen Habseligkeiten in den Reisesack packen. Sie war sich sicher, er würde misstrauisch, noch bevor sie das Haus verlassen hatte. Wenn sie floh, verriet sie sich. So zwang sie sich, ihre Schultern hängen, ihre Füße schlurfen zu lassen und sich schwer auf den Tresen zu lehnen, als sie Marfa die Bestellungen weitergab.

Ihr Körper hatte sich verändert, doch nicht in dem Maße, wie sie es sich gewünscht hätte. Eine Zeitlang hatte sie geglaubt, wenn sie genug süßen Hirsebrei und dicke Sahne esse, könne sie fett werden, damit niemand die in ihr erkenne, die sie einst gewesen war. Es erschien ihr als ein geringer Preis für ihren Frieden. Doch es gelang ihr nicht. Sie konnte ihren hohen Wuchs nicht verändern, und ihre Taille war noch immer schmal. In diesem Augenblick bedauerte sie dies mehr als je zuvor.

Als Marfa die irdene Schüssel vor den Fremden stellte, umfasste er sie mit Händen, die man eher bei einem Musikanten vermutet hätte, der die dreisaitige *gudok* spielte. Sein Gesicht verschwand dahinter, als er sie hob, um die heiße Brühe zu trinken. Jede seiner Bewegungen war langsam und gezielt, als vollführe er eine Zeremonie, doch sie betonten nur die dahinter lauernde Kraft und Schnelligkeit.

Elja konnte der Versuchung nicht widerstehen, den Raum hastig zu durchqueren. Sie stand neben einem Tisch am Fenster, an dem drei Männer ins Würfelspiel vertieft waren, als der Jarostny die Schüssel wieder senkte. Sein Kopf bewegte sich um keinen Fingerbreit. Aber Elja sah die rasche Bewegung seiner Augen, die sie wieder einfingen wie die Wurfschlinge ein wildes Pferd. Wider Willen erregte sie dieses Spiel, als stehe sie ihm mit dem Säbel in der Hand gegenüber und beginne ihn zu umkreisen, bevor der Kampf begann. Sie glaubte, die Stimme ihres Vaters zu hören, wenn er sie ermahnt hatte, ihre Deckung nicht zu vernachlässigen. *Zu spät*, dachte sie bedauernd.

Die meisten Kosaken liebten nicht nur den Kampf, sondern auch das Leben, sangen und tranken gern und schätzten gutes Essen. Dieser war anders. Elja fragte sich, wann er zum letzten Mal gelächelt oder gar laut gelacht hatte. Sie beobachtete, wie er den Eintopf aß, die würzige Mischung von Fisch, Rüben und Zwiebeln, und fühlte sich, als tue sie etwas Verbotenes. Es war, als störe sie ihn bei einer intimen Verrichtung, als schäme er sich, dass sein Körper Bedürfnisse hatte.

Wann immer Elja ihren Blick wandte, sah sie den seinen auf sich gerichtet. Er konnte allenfalls vermuten, wer sie war. Dass er dennoch wagte, sie in dieser Weise anzusehen, ernst und ohne die Augen zu senken, wenn ihre Blicke sich trafen, machte sie wütend. Früher hatte sie sich häufig vorgestellt, wie es sein würde, wenn die Vergangenheit sie einholte. Sie hatte nicht damit gerechnet, ihr Vater selbst werde kommen. Sie hatte geglaubt, er werde Rostislaw schicken, vielleicht sogar Olena, und sich ausgemalt, wie sie versuchen würden, sie zur Rückkehr zu bewegen, mit Bitten, Drohungen oder Gewalt, und wie sie sich dann verhalten würde.

Nie hatte sie daran gezweifelt, es werde ihrem Vater gelingen, sie aufzuspüren. Als nichts geschah, war sie sicher gewesen, er zeige ihr auf diese Weise, wie unverzeihlich er ihr Verschwinden finde. Offenbar war sie tot für ihn. Wieso hatte er von allen seinen Männern ausgerechnet diesen zu ihr geschickt, der sie beobachtete, als sei sie ein ungebärdiges Kind, das eine Missetat begangen hat und sich dafür entschuldigen muss?

Sie beruhigte sich damit, er könne ihr hier nichts anhaben, und belauerte ihn ebenso, wie er sie belauerte. Ein letztes

Mal versuchte sie sich noch in der Rolle, die sie gewählt hatte, überlegte, wie sie sich verhielte, wenn ein wahrhaft Fremder sie auf diese Weise gemustert hätte.

Sie ging zu ihm, stemmte einen Arm in die Hüfte und fragte: »Was ist? Was starrt Ihr mich so an?«

Sie sprach russisch, bemühte sich jedoch, ein wenig des Dialekts der Küstenbewohner in ihre Stimme zu bringen.

Die Miene des Fremden blieb undurchdringlich, als er antwortete: »Du bist eine Jarostnya und kennst die Jagd. Du weißt, wie wichtig es ist, das Wild zu beobachten und zu warten, bis es den Fehler macht, die Deckung zu verlassen.«

Eljas Gefühl der Bedrohung wuchs, zusammen mit ihrer Wut darüber, von ihm in so vertraulicher Weise angesprochen worden zu sein. Nie hatten die Männer ihres Vaters es ihr gegenüber an Respekt fehlen lassen.

Sie schluckte eine unbedachte Bemerkung herunter, entgegnete: »Ich weiß nicht, was Ihr da redet«, und wollte sich abwenden. Erneut packte er ihr Handgelenk, dieses Mal, um sie festzuhalten. Elja wandte den Kopf kurz zu Ontonko, nicht um sein Eingreifen zu erbitten, sondern um ihn mit einem besänftigenden Blick daran zu hindern. Seine Augenbrauen waren hochgezogen, aber sie war sich sicher, dass er sich nicht einmischen würde. Er wusste, wie gut sie imstande war, sich zu wehren.

Der Jarostny zog Elja zu sich herab. »Du kannst dein Spiel fortsetzen, solange es dir beliebt. Ich bin gekommen, dir eine Nachricht zu überbringen. Und das werde ich tun, ob es dir gefällt oder nicht. Soll ich sie dir hier verkünden, vor all diesen Menschen?«

Elja sah ihn erschrocken an. Welche Nachricht konnte dergestalt sein, dass er sie ihr nicht hier mitteilen konnte? Plötzlich sah sie ihren Vater vor sich, diesen kraftvollen Mann, leblos auf seinem Bett liegend. Das Fenster war geöffnet, damit seine Seele entweichen konnte, ein Stück Weizenbrot lag zu seinen Füßen, als Wegzehrung für die lange Reise. Rurik Semjonowitsch Lankow stand in der Mitte seines Lebens; dennoch hatte Elja in den vergangenen zwei Jahren oft gedacht, sie werde ihn vielleicht nie mehr wiedersehen, und sich überlegt, wie es ihr wohl ergehen werde, wenn sie von seinem Tod erfuhr. Und doch war sie überrascht, als sich ihr jäh die Kehle zuschnürte.

»Geht hinaus«, flüsterte sie. »Ich komme nach.«

Elja sah den Jarostny nicht gleich. Halb verborgen von einem Rhododendronstrauch stand er einige Schritte entfernt am Zaun, der das Grundstück zur Straße hin abgrenzte. Er drehte sich nicht um, als sie sich ihm näherte, blickte weiter auf den schmalen Streifen des Meeres hinaus, der zwischen den Häusern zu sehen war. Elja stellte sich in einigem Abstand neben ihn, verschränkte die Arme und wartete.

Aus dem Augenwinkel sah sie eine Möwe, die einen halben Fisch im Schnabel trug. Der Vogel ließ die Beute fallen, begann, große Stücke aus dem Fleisch herauszuhacken und zu verspeisen. Elja fragte sich, wie er wohl zu dem Fisch gekommen war. Ontonko achtete peinlich darauf, dass keine Küchenabfälle herumlagen, um die diebischen Vögel nicht anzulocken. Sie hätte hingehen und die Möwe vertreiben sollen.

»Mein Name ist Andrej Lankow«, sagte der Jarostny, ohne seine Haltung zu verändern.

Elja brauchte einige Augenblicke, um zu begreifen, dass er ihr mehr als seinen Namen mitgeteilt hatte.

Lankow. Er trug ihren Namen. Den ihres Vaters. Und ihres Bruders Namen.

»Aber was …«

Endlich wandte er sich zu ihr und sah ihr ins Gesicht. Seiner Miene war nicht anzusehen, was in ihm vorging.

»Rurik hat mich zu seinem Nachfolger bestimmt. Er hat mich an Sohnes statt angenommen.«

Elja musste schlucken, um ihrer Stimme den Weg zu bahnen.

»Was – was ist mit Roman?«, fragte sie heiser.

Roman. Elja hatte stets vermieden, an ihn zu denken. Sie hatte gewusst, sie würde es nicht tun können, ohne Schuld zu empfinden. Ihre Aufgabe wäre es gewesen, ihm beizustehen. Stattdessen hatte sie ihm die Last aufgebürdet, die sie nicht mehr hatte tragen wollen.

»Dein Bruder ist tot. Er starb bei der Verteidigung unseres Landes.«

Elja starrte den Mann an, dessen Worte kalt und pathetisch zugleich geklungen hatten. *Unser Land*. Sie wusste, dass er nicht das Reich gemeint hatte, das unbegreifbar große Reich, das vom Eismeer über den Peipussee und die nördliche Dwina bis zum Dnjepr reichte, sondern jenen kleinen, stets bedrohten Teil, den ihr Urgroßvater in Besitz genommen hatte und über den ihr Vater herrschte wie ein Fürst.

Elja umschlang sich mit ihren Armen, lief ziellos einige Schritte, blieb stehen, schloss die Augen und begann, ihren Körper zu wiegen. In ihrer Kehle formte sich ein Laut, wurde zurückgedrängt mit einem Räuspern, wieder und wieder.

Ihr Bruder war tot.

Der kleine Roman. Elja war vier Jahre alt gewesen, Roman zwei. Männer ihres Vaters kehrten zurück, mit Wagenladungen voller Felle, als Tribut eingetrieben bei den umliegenden Nomadenstämmen. Ein wildes Fest wurde gefeiert, die Männer tranken Bier und Wodka. Roman hatte Angst, weil sie dröhnend lachten und sangen. Ihr Vater setzte Elja auf einen Stapel mit Zobelfellen. Sie strich bewundernd darüber und vergrub ihre kleinen Händchen darin. Je mehr die Männer lärmten, desto lauter lachte sie. Ihr Bruder begann zu weinen. Rurik war stolz auf sie und enttäuscht von Roman. Er befahl ihrer Mutter gereizt, seinen Sohn zu Bett zu bringen. Elja hatte ihren kleinen Bruder dafür verachtet, dass er weinte.

Der große Roman. Elja wusste noch nicht, dass sie gehen würde, noch war es nicht vorstellbar für sie. Aber sie hatte bereits begonnen, Roman ihren Platz zu überlassen, ohne zu wissen, dass sie es tat. Wenn ihr Vater ausritt, begleitete ihr Bruder ihn nun mit der gleichen Selbstverständlichkeit, mit der sie es bisher getan hatte. Rurik hatte sie noch nicht aufgegeben, und bei allen Gelegenheiten, bei denen er sein Amt als Ataman versah, stand sie im Kreis an seiner Seite. Roman war kalt geworden ihr gegenüber, als habe Elja das verraten, von dem sie nie gewusst hatte, dass er daran glaubte. War es sein schlechtes Gewissen, nun ihre Stelle einzunehmen? Oder spürte er, dass der größere Verrat der war, den er an ihrer Mutter beging?

Elja hatte sich mit dem Gedanken zu trösten versucht, sie habe den Weg für ihn freigemacht; Roman genieße nun endlich die Anerkennung, nach der er sich sehnte. Sie hatte ihm ihren Platz überlassen. Und jetzt gehörte dieser Platz Andrej. Warum hatte ihr Vater ausgerechnet ihn bestimmt, diesen Fremden?

Elja fand noch keine Tränen, hätte sie auch nicht vergießen wollen, solange Andrej da stand, unbewegt wie zuvor. Als sie sich ihm wieder zuwandte, glaubte sie für einen Moment, etwas wie Genugtuung in seiner Miene zu lesen, als genieße er es, ihr Schmerz bereitet zu haben. Aber das mochte sie sich einbilden.

»Rurik bittet dich zurückzukommen.«

Elja schloss kurz die Augen, als könne ihr das helfen zu begreifen, was diese Worte bedeuteten.

»Er hat *dich* zu seinem Nachfolger bestimmt. Warum sollte ich zurückkehren?«, fragte sie.

»Gewiss nicht, um seine Nachfolge anzutreten. Glaubst du wirklich, er bietet sie dir noch einmal an, nachdem du sie mit Füßen getreten hast?«

Dieses Mal war Elja sich der Genugtuung in seiner Stimme sicher. Sie sah Marfa, die mit einigen leeren Bechern auf dem Weg zum Küchenhaus war und versuchte, die Möwe zu verscheuchen. Der Vogel flog kreischend auf und kehrte sofort zu seiner Beute zurück, als die junge Frau in der Küche verschwunden war.

»Aber warum soll ich dann zurückkehren?«, fragte Elja.

»Er will dich noch einmal sehen. Er hätte die Reise selbst angetreten, wenn – wenn es ihm noch möglich wäre.«

Eljas Herz setzte für einen Schlag aus.

»So ist er denn krank – oder verwundet?«

Sie hatte sich in Sicherheit gewähnt – oder doch beinahe –, solange sie glauben konnte, in der Heimat sei alles unverändert.

»Er wird diesen Sommer wohl noch überleben, vielleicht auch den Winter, nicht aber den nächsten.« Zögernd fuhr er fort: »Er sagt, er hat in seinem Leben viele Fehler gemacht, die er jetzt bereut. Er will seinen Frieden mit dir machen, bevor er diese Welt verlässt.« Das Unbehagen stand ihm ins Gesicht geschrieben. Es war deutlich, wie sehr es ihm widerstrebte, die Worte Ruriks zu wiederholen.

Ich kann nicht. Ich kann nicht zurück. Elja sehnte sich danach, in den Zustand des Nichtwissens zurückzukehren. Denn eines war gewiss – wie auch immer sie sich entschied, Andrejs Nachricht hatte alles verändert, hatte die Illusion zerstört, sie habe ihr altes Leben hinter sich gelassen. Selbst wenn sie ihn allein zurückschickte, würde der Zweifel bleiben, ob sie die Versöhnung nicht doch hätte wagen sollen.

Sie straffte ihre Schultern. Ihr Blick ging an Andrej vorbei und folgte der Möwe, die hinaus aufs Meer flog.

»Ich werde nicht versprechen, mit dir zu kommen«, sagte sie. »Und ich will Zeit, mich zu bedenken.«

Andrej hätte sich gewünscht, Elja träfe ihre Entscheidung allein. Seit ihrem Gespräch hatten sie sich jeden Tag gesehen. Dies war auf ihren Wunsch geschehen. Gestern hatte sie darauf bestanden, er möge sie auf einem Fischerboot hinaus aufs Meer begleiten. Er hatte den Verdacht, sie wolle feststellen, ob ihm bei dem starken Wellengang übel werde, und dass sie ihn absichtlich in eine Lage brachte, in der er sich unbehaglich fühlen sollte. Offenbar wollte sie den Boten unerwünschter Nachrichten strafen.

Er sah den Sinn ihrer Zusammenkünfte nicht ein. Was erwartete sie von ihm? Sollte er sie überreden, mit ihm zu kommen, sollte er betteln oder ihr schöntun? Jeder Tag, den er gezwungen war, mit ihr zu verbringen, erschien ihm unerträglich lang. Und dieser hatte gerade erst begonnen.

Es war ein Sonntag und die Schenke war geschlossen. Andrej saß Elja an einem Tisch im Garten gegenüber. Statt der weiten russischen Gewänder trug sie heute adygeische Kleidung, die an ihrem Oberkörper und der Taille eng anlag. Er stellte fest, dass ihr Blick immer wieder zur Straße ging. Auf einer hölzernen Platte vor ihm lag etwas, das aussah wie raue, dunkelgraue Steine. Elja reichte ihm ein Tuch und ein Messer mit einer kurzen, dreieckigen Klinge.

»Sieh zu, wie ich es mache.« Sie umwickelte einen der Steine mit ihrem Tuch und setzte ihr Messer an seinem hinteren Ende an. »Hier, an dieser Stelle musst du sie öffnen. Dann musst du die Schale zu beiden Seiten aufhebeln. Pass auf, dass du dich nicht schnei –«

Sie unterbrach sich.

Andrej warf ihr einen Blick zu, von dem er hoffte, er werde seine wahren Gefühle nicht verraten. Er war hier, um den Auftrag seines Vaters auszuführen, und er durfte ihn nicht gefährden. Beide Aufträge, genauer gesagt. Denjenigen, den er Elja mitgeteilt hatte, und den, der Ruriks und sein Geheimnis war. Seine Gefühle waren dabei nicht von Belang, waren es nie gewesen.

Er tat wie geheißen, umwickelte einen der überraschend leichten Steine mit dem Tuch und öffnete ihn. Zwischen den beiden Hälften spann sich ein durchsichtiger, schleimiger Faden. Das Innere war glatt und hell und enthielt, in einer kleinen Pfütze schwimmend, etwas, das aussah wie der abgeschnittene Teil eines Wesens, das viel zu lange tot im Wasser gelegen hatte. Ungefähr so roch es auch.

»Sie leben noch«, meinte Elja. »Du kannst sie auch im Ganzen schlucken, wie ein Getränk. Ich kaue sie.«

Sie machte es vor, brummte anerkennend und lächelte.

Endlich verstand Andrej. Es war eine dieser Mutproben, wie sie üblich waren, wenn Jarostnye beisammensaßen. Er fand dergleichen albern, hielt sie für eine unnötige Verschwendung von Zeit und Kraft, ebenso wie viele ihrer Spiele. Aber er war niemand, der einer Herausforderung aus dem Wege ging. Er setzte die Schale an den Mund, schluckte den Inhalt hinunter und griff nach der nächsten.

Als Eljas Hand sich leicht auf seinen Arm legte, unterdrückte er nur mit Mühe den Impuls, sie abzuschütteln.

»Schmecken sie dir?«, fragte sie.

»Ja.« Die Frage konnte nicht ernst gemeint gewesen sein und hatte somit auch keine ehrliche Antwort verdient. In diesem Moment fuhr eine Kutsche vor und Elja sprang auf.

Dem Fahrzeug entstieg ein dunkelhaariger Mann, offenbar ein Einheimischer, der enge Beinkleider und Lederschuhe trug, darüber ein weites, besticktes Gewand. In seinem Gürtel stak ein beeindruckender Dolch wie bei allen adygeischen Männern. Er war groß, beinahe einen Kopf größer als Elja, die nun vor ihm stand, ihre Arme um seinen Hals schlang und ihn küsste, nicht wie Freunde oder Verwandte sich küssen, sondern »auf tatarisch«, so wie Liebende es tun. Andrej hatte ihn nur einmal aus der Ferne gesehen, als Elja frühmorgens zusammen mit ihm aus seinem Haus kam. Nichts hatte darauf hingedeutet, dass die beiden das Bett geteilt hatten, und so war er davon ausgegangen, sie habe lediglich Unterkunft bei seiner Familie gefunden. Dass sie einen Liebhaber hatte, erschwerte die Sache.

Andrej stand zögernd auf, als das Paar eng umschlungen auf ihn zukam.

»Nazar – ich möchte dir Andrej vorstellen. Er ist ein Mann – aus meiner Heimat.«

Andrej nahm das Zögern in Eljas Worten wahr. Sie hatte seinen Familiennamen verschwiegen und damit die Tatsache, dass er vor dem Gesetz ihr Bruder war. Er wusste nicht, ob er sich verleugnet fühlen sollte – oder Nazar überlegen, weil er mit Elja dieses Geheimnis teilte. Offenbar ahnte dieser Dummkopf nicht, mit wem er es mit Elja zu tun hatte.

Der Adygeer grüßte ihn freundlich. Als sie sich hingesetzt hatten, schmiegte Elja sich unverzüglich wieder an Nazar, als sei sie mit ihm allein. Bei den Jarostnye war es üblich, derartige Liebesbekundungen auch dann nicht zu scheuen, wenn andere anwesend waren. Nazar jedoch wollte offenbar höflich sein, denn er versuchte, ein Gespräch in Gang zu bringen, indem er unverfängliche Fragen stellte. Er wollte wissen, was Andrej seit seiner Ankunft schon gesehen habe, ob das Wetter hier ebenso sonnig gewesen sei wie auf der Krim und dergleichen.

Inmitten der lauten und ungezügelten Kosaken hatte Andrej sich oft als ein Fremdling gefühlt, der er ja auch war. Bei ihnen galt das Sprichwort, ein Fest sei dann gelungen, wenn man singe bis zur Heiserkeit, tanze bis zum Umfallen, esse bis zum Schluckauf und saufe bis zum Erbrechen. Dennoch war ihm deren Zügellosigkeit, die häufig in ernsthaften, mitunter sogar tödlichen Schlägereien endete, auf beruhigende Weise vertraut. Die Höflichkeit des Adygeers hingegen machte ihm bewusst, dass er die hiesigen Sitten und Gebräuche nicht verstand. Andrej verzog keine Miene und gab sich einsilbig, in der Hoffnung, Nazar werde aufhören zu reden, wenn er keine Antwort erhielt. Dieser Mann mit den sanften, mandelförmigen Augen konnte das Ende seines

Auftrags bedeuten und von allem, was damit zusammenhing. Er war sein Feind.

Ich schneide dir mit deinem eigenen Dolch die Kehle durch, bevor du weißt, dass ich ihn dir genommen habe, dachte Andrej. Die Vorstellung besänftigte ihn.

»Und – was hast du erlebt, während ich fort war?« Nazar warf Andrej ein kurzes Lächeln zu, wollte ihn offenbar nicht ausschließen.

»Nichts – Besonderes. Eigentlich war alles wie immer.«

Andrejs Blick löste sich von den Wolken, die sich über dem Meer zusammenballten, und heftete sich auf Elja, die ihn unbehaglich erwiderte.

So war das also. *»Nichts Besonderes«* anstatt *»Ich habe meinen Bruder verloren«*. Und Eljas Blick besagte: *Bitte verrate mich nicht*. Da Andrej fürchtete, es gelinge ihm nicht, ein verächtliches Heben des Mundwinkels zu unterdrücken, wandte er wieder den Kopf. Seine Vermutung traf also zu. Elja verschwieg ihrem Liebhaber Dinge, die sie zutiefst bewegten. Möglicherweise konnte er sich diese Tatsache zunutze machen. Wenn es nötig war, würde er sie damit erpressen.

Elja sah Nazar weiterhin an wie ein Kind ein Stück Konfekt.

»Wie fandest du die Mädchen auf der Krim?«, fragte sie ihn.

»Anständig und zurückhaltend«, erwiderte er lächelnd.

»Und, hat dir das gefallen? Möchtest du nicht vielleicht doch eine von denen zur Frau nehmen?«

Nazar nahm ihre Hand. »Ich sagte dir bereits – ich will keine andere als dich heiraten.«

Plötzliche Kälte floss wie eine Welle durch Andrejs Körper. Er hatte geglaubt, Elja verbinde mit diesem Mann nichts als eine flüchtige Leidenschaft. Kurz zuvor hatte er sich bereits überlegt, aufzustehen und zu gehen. In diesem Augenblick änderte er seine Meinung.

Seit seiner Ankunft in Chulyschi war er unentschieden

zwischen dem Wunsch, Elja möge sich entschließen zu bleiben, und seiner Angst davor. Er hatte sich ausgemalt, wie erleichtert Rurik sein würde, wenn sie mit ihm zurückkäme, aber auch dessen Enttäuschung, wenn er allein zurückkehrte. Würde er ihm glauben, er habe alles getan, um Elja zur Rückkehr zu bewegen?

Doch was, wenn sie beschloss, mit ihm zu kommen? Welche Stelle würde sie in Ruriks Herz und Leben einnehmen? Würde sie ihn, Andrej, von dem Platz verdrängen, den er nun innehatte? Mitunter war es ihm sogar als Ausweg erschienen, sie zu töten, um sich und seinem Vater Leid zu ersparen. Er hatte sich gefragt, ob dies nicht der wahre, unausgesprochene Auftrag sei, mit dem Rurik ihn hierhergeschickt hatte. Wurde er nicht stets gesandt, um für ihn zu morden? Vielleicht wurde er geprüft und sollte beweisen, dass er eigene Entscheidungen treffen konnte. Rurik würde trauern um seine Tochter, wie er um seinen Sohn getrauert hatte. Wie viel einfacher wäre es doch, zurückzukehren, zu erzählen, er habe nur ihr Grab finden können, und sich seinem Vater in seiner Trauer nur umso teurer zu machen. Aber dieses Trugbild war geschwunden und hatte nichts zurückgelassen als die Scham über die treulosen Gedanken.

Als Nazar sich endlich verabschiedete, begleitete Elja ihn. Andrej blieb sitzen, den Blick fest auf die Tischplatte geheftet, um nicht den innigen Abschied des Paares mit ansehen zu müssen.

Sie ließ ihn lange warten. Dann kehrte sie zurück und ließ sich erneut ihm gegenüber nieder. Sie hatte ein strahlendes Lächeln aufgesetzt und schien förmlich zu leuchten.

Nach seinen größten Tugenden gefragt, hätte Andrej sich nicht nur als unerschrocken, sondern auch als langmütig bezeichnet. Er konnte stundenlang beinahe regungslos auf das Erscheinen eines Bären warten, und er brachte die gleiche Ausdauer auf, wenn es darum ging, die Gewohnheiten eines Mannes auszuspähen, den er zu töten gedachte. Die vergangenen Tage jedoch hatte er als die äußerste Prüfung seiner Geduld empfunden, schließlich als Folter, der Elja ihn bewusst aussetzte. Mittlerweile reizte allein ihr Anblick ihn nahezu unerträglich.

»Ich weiß genau, was du willst«, sagte Andrej.

»Und was ist das?« Elja schien überrascht.

»Du glaubst, du kannst mich davon überzeugen, dass du die richtige Entscheidung getroffen hast. Dein Leben ist vollkommen, du hast den richtigen Mann gefunden und kannst dich hier festsetzen wie die Zecke im Hundefell. Aber du täuschst dich. Es geht nicht darum, mich zu überzeugen.«

»Ich weiß, dass ich dich nicht –«

»Es geht nicht um mich«, unterbrach er sie. »Du willst dich selbst überzeugen. Du glaubst, wenn du ihre Kleider trägst, aus ihren Schüsseln isst, es mit ihren Männern treibst, wirst du eine von ihnen. Aber das ist nichts als die Laune eines dummen, verwöhnten Mädchens. Du gehörst nicht hierher. Erzähl mir nicht, du kannst auf das Meer hinaussehen, ohne an das Wogen des Steppengrases zu denken. – Du bist eine Jarostnya. Es ist in deinem Blut. Du wirst es nie loswerden.« Bevor sie reagieren konnte, griff er über den Tisch, packte fest ihre linke Hand und spuckte hinein. Er wickelte den Saum seines Hemdes um seine Faust und wischte grob darüber. »So wenig wie das hier.«

Elja sprang auf. Er glaubte seine Sache bereits verloren. Nach ein paar Schritten blieb sie stehen, den Blick in die Ferne gerichtet, die Arme verschränkt.

»Ich tue es.«

Er hatte sie kaum verstanden, so leise hatte sie gesprochen.

»Wie?«

»Ich komme mit. Ich kehre mit dir nach Hause zurück.«

Es war wie ein Bad in einem Becken voller Sonnenschein. Elja stand inmitten des großen Kreises von gemauerten Quadern, im Rücken die warme Sandsteinmauer, und hielt ihr Gesicht dem Licht entgegen. Sie wünschte sich, diesen friedlichen Moment für immer festhalten zu können, ihre Augen nie mehr öffnen zu müssen.

Sie tat es dennoch, zögerte hinaus, was sie fürchtete, indem sie sich zu einem Lächeln zwang, und fragte: »Was haben die Zwerge getan?«

Nazar stand ein Stück von ihr entfernt. Sie hatte den Eindruck, er habe sie die ganze Zeit beobachtet. Ihnen gegenüber durchbrach ein winziges Gebäude das Rund der Mauer, ein steinernes Häuschen mit einem einzelnen runden Fenster.

»Die Jyspy haben die Riesen dazu gebracht, ihnen diese Häuser zu bauen, anstatt immer nur Bäume zu entwurzeln und Felsbrocken durch die Gegend zu werfen.«

»Und warum haben sie nur ein Fenster?«

Er hatte ihr diese Legende schon einmal erzählt, als sie zum ersten Mal Dolmen gesehen hatte, diese geheimnisvollen Bauwerke aus vergessenen Zeiten, die man hier an vielen Stellen in den Wäldern fand. Es war gut, sich an etwas Vertrautem festzuhalten, wenn man sich seiner Stimme nicht sicher war und wenn jedes Wort einen in die Nähe gefährlicher Abgründe bringen konnte.

Nazar kam zu ihr und stellte sich neben sie. Obwohl er sie nicht berührte, konnte sie seine Nähe spüren. »Die Jyspi brauchen keine Fenster, da sie im Dunkeln sehen können. Sie sind auf Hasen an den Häusern vorbeigeritten und haben mit Pfeil und Bogen auf das Loch gezielt, um sich in der Schießkunst zu üben.«

Seine Stimme klang, als wolle er sie vor etwas schützen, das sich hinter seinen Worten verbarg. Elja wusste nicht, was es war, bis er sagte: »Du wirst mit ihm gehen, ist es nicht so? Du wirst mit diesem Mann weggehen?«

»Nein!« Elja erschrak über die Heftigkeit in ihrer Stimme. Heute war der Tag, an dem sie Nazar hatte sagen wollen, was sie beschlossen hatte. Aber wie er es ausdrückte, klang es – falsch. Beinahe so, als gehe sie nicht mit, sondern wegen Andrej in ihre Heimat zurück. »Doch – das heißt, ich werde gehen – aber nur, um meinen Vater zu sehen. Danach werde ich zurückkommen. Es ist nichts als ein – Besuch.«

Wie schwach ihre Worte doch klangen, wie wenig überzeugend. Dabei war es nichts als die Wahrheit.

»Ich werde mit dir kommen.« Nazar legte seinen Arm auf die grob behauenen Sandsteinblöcke und um ihre Schultern. »Schließlich ist es angemessen, den Vater der Frau kennenzulernen, die ich heiraten will.«

Elja fühlte, wie ihr Rücken steif wurde. »Ich denke, es ist besser, wenn ich erst einmal allein reise.«

»Warum soll dein Vater mich nicht sehen? Schämst du dich meiner?«

Elja erschrak. »Nein, natürlich nicht. Es ist nur – nicht so einfach.«

Wie kläglich ihre Stimme klang. Wie die einer ungeübten Lügnerin.

Sie stellte sich vor Nazar, schlang ihre Arme um ihn und legte ihren Kopf an seine Schulter. »Ich muss sehen, wie es ihm geht, ob Andrej die Wahrheit gesagt hat.«

»Dieser Mann – er gefällt mir nicht«, sagte Nazar. »Ich misstraue ihm. Seine Blicke sind abfällig, wenn er dich ansieht. Nimm dich in Acht vor ihm.«

Elja zog die Augenbrauen hoch und stieß geräuschvoll die Luft durch die Nase aus. Nazar trat einen Schritt zurück, damit er sie ansehen konnte.

»Du hast keine Angst vor ihm«, stellte er fest. »Du hast vor nichts Angst, glaube ich.« Es klang wie eine Anklage. »Ich weiß nichts von dir. Als ich dich zum ersten Mal sah, hattest du Arme wie ein Holzfäller. Du warst so stark wie Laschin, die Heldin, die einen Büffel auf ihren Armen in das obere Geschoss des Hauses tragen konnte. Ich habe dich nie gefragt, woher du kommst und was du einst warst. Aber ich kann nicht ertragen, dass dieser Fremde mehr von dir weiß als ich.«

Er zog sie erneut an sich.

»Du sagtest, ich hätte vor nichts Angst«, erwiderte sie leise. »Das ist nicht wahr. Ich habe Angst, dass du mir nicht glaubst. – Ich werde zu dir zurückkehren. Und ich werde deine Frau.«

3

»Wir schulden Euch wahrhaftig nichts?«, fragte Elja wie jedes Mal.

Der Mann schüttelte nur knapp den Kopf und wandte ihr den Rücken zu. Offensichtlich konnte er es nicht erwarten, seine Passagiere wieder loszuwerden.

In den letzten Tagen war der Don ihr Führer gewesen. Sie folgten seinem Lauf flussaufwärts zu Pferde, wenn seine Bögen sie zu weit von ihrer Bestimmung entfernt hätten, auf dem Wasser dann, wenn die Ufer unwegsam und gefahrvoll waren. Die Kapitäne der Handelsschiffe machten den Eindruck, als wüssten sie nicht, ob die Anwesenheit eines Jarostny an Bord sie vor Überfällen von Kosaken schütze oder ob er mit ihnen im Bunde sei und sie ihnen darum nur umso gewisser zum Opfer fallen würden. Meist lehnten sie jegliche Bezahlung ab. Sie verhielten sich, als seien die Kosaken Götter, denen man gelegentlich ein Opfer darbringen müsse, um sie gnädig zu stimmen. Früher war Elja dergleichen nicht aufgefallen. Jetzt schämte sie sich dafür und war froh, nicht für eine Jarostnya gehalten zu werden. Zwar trug sie wie Andrej die Burka, den weiten Mantel aus Filz, darunter jedoch die Kleidung einer einfachen russischen Frau.

Andrej stand bereits am Ufer. Ohne sich nach ihr umzudrehen, bestieg er sein Pferd. Elja fasste ihre Zügel kurz und führte die unruhig tänzelnde Almas langsam über die Stelling.

Erst nachdem sie zugesagt hatte, mit ihm zu gehen, hatte Andrej ihr eröffnet, er habe ihre Stute mitgebracht. Elja wusste nicht, ob sie sich ärgern sollte, mit welcher Selbstverständlichkeit er anscheinend davon ausgegangen war, sie werde mit ihm kommen, oder ob sie sich freuen sollte, Almas wiederzusehen. Sie hatte das Tier damals schweren Herzens zurückgelassen, weil sie nicht wusste, wohin ihr Weg sie führen werde. Der Gedanke, die Stute in irgendeiner Hafenstadt verkaufen zu müssen, war ihr unerträglich erschienen.

Als Elja festen Boden unter den Füßen hatte, führte sie Almas noch ein paar Schritte und blieb dann stehen. Sobald sie das Pferd bestieg, würde Andrej dies als Zeichen nehmen, seinem Fuchs die Sporen zu geben. So wartete sie stattdessen, bis er sich fragend umschaute. Ihr Herz klopfte vernehmlich. Seit Tagen hatte sie diesen Augenblick hinausgezögert.

»Ich möchte über Rjasanski reisen«, rief sie.

Er wendete sein Pferd und ritt in langsamem Schritt auf sie zu, bis er neben ihr zum Stehen kam.

»Du meinst Rasdorskaja«, sagte er. Es klang beinahe höflich. »Gewiss reisen wir über Rasdorskaja. Es liegt auf unserem Weg.«

»Nein.« Sie bemühte sich, ihre Stimme fest klingen zu lassen und ihn dabei anzusehen. »Ich meine Rjasanski. Perejaslawl-Rjasanski.«

Andrejs Augen wurden schmal. »In zwei Tagen könnten wir in Siljongorod sein. Rjasanski liegt vier Tagesreisen südlich von Moskau. Das ist ein Umweg von über tausend Werst, der uns einen ganzen Monat kostet.«

»Du musst nicht mit mir kommen«, erwiderte Elja hitzig. »Ich lege ebenso wenig Wert auf deine Begleitung wie du auf die meinige. Du kannst nach Siljongorod reiten. Ich komme nach, wenn ich erledigt habe, was ich tun will.«

»Du benimmst dich wie ein Kind, das auf dem Heimweg trödelt, um der Strafe zu entgehen«, befand er. »Und was soll ich Rurik sagen? Dass ich sein Töchterlein schutzlos den Gefahren der Steppe preisgegeben habe?«

Daran, wie er das Wort »schutzlos« aussprach, erkannte

Elja, wie sehr er sie verachtete. Zunächst war sie davon ausgegangen, es sei sein schlechtes Gewissen, ihren Platz und den ihres Bruders eingenommen zu haben, das ihn so verschlossen sein ließ. Aber er verhielt sich zu jedem, dem sie auf ihrer Reise begegneten, in gleicher Weise. Elja musste sich eingestehen, dass sie von Beginn an alles getan hatte, um ihn herauszufordern.

»Ich glaube, du hasst mich.« Nun, da sie es ausgesprochen hatte, fühlte Elja sich mit einem Mal völlig ruhig. »Du nimmst den Platz ein, der eigentlich mir zugestanden hätte. Und weil du fürchtest, ich könnte dich deswegen hassen, hasst du mich lieber – zuerst.«

Elja merkte sofort, dass ihr Pfeil getroffen hatte. Andrejs Augen funkelten. Doch dann senkte er den Blick und schüttelte den Kopf, als wolle er ausdrücken, sie rede nichts als närrisches Zeug.

Elja nahm einen tiefen Atemzug. Da beschlossen war, dass sie noch einen weiteren Monat mit ihm verbringen musste, sollte sie versuchen, diese Zeit einigermaßen erträglich zu gestalten. Selbst wenn Andrejs Kälte und Arroganz ihr jeden Tag hundert Gründe lieferten, sich über ihn zu ärgern.

So sagte sie nur: »Was Rjasanski betrifft, so magst du deine Meinung behalten und ich die meine. Aber ich habe mich entschieden.«

Die Geschichte ihrer Familie war für Elja ein Teil ihrer selbst, über den sie so wenig nachdachte wie über die Form ihrer Fingernägel oder die Farbe ihrer Augen.

Von klein auf hatte sie gehört, wie ihr Vater voller Stolz von seinem Großvater Tichon Trofimowitsch Lankow erzählte, der einen regionalen Aufstand von Leibeigenen anführte, bevor er mit ihnen in die Steppe floh. Anders als viele Kosaken, die diesen Weg zuvor gewählt hatten, suchten sie sich ihre Frauen nicht unter den Völkern der Steppe, sondern brachten sie mit sich. Es waren starke und unerschrockene Russinnen, die im Sommer das Getreide auf den Feldern gebündelt und im Winter im Schein eines Kienspans Wolle gesponnen hatten. Nun gingen sie mit den Männern auf die Jagd und kämpften an ihrer Seite gegen Hunger, Eis und Tataren.

Diejenigen, die sich Tichon angeschlossen hatten, und Hunderte, die später dazugekommen waren, gaben sich den Namen *jarost stepi*. Der Zorn der Steppe.

Anfangs hausten sie noch in Erdhöhlen. Tichons Sohn Semen wurde bereits in einer Hütte aus jungen Bäumen, Ästen und Tierhäuten geboren. Und als sein Enkel Rurik seinen ersten Schrei tat, geschah dies in der Badehütte eines Holzhauses, in der vermeintlichen Sicherheit eines Gorodoks mit Palisadenzäunen und Wachtürmen. Siljongorod war entstanden.

Semen hatte nur einen Lebenswunsch: einen freien Kosakenstaat, unabhängig von der Zentralgewalt Moskaus. Er hatte Unfreiheit und die Erbarmungslosigkeit der Steuereintreiber nicht mehr erlebt, der sein Vater, dessen Männer und deren Familien ausgesetzt gewesen waren. Doch Tichon hatte ihm die Angst davor ins Herz gepflanzt.

Rurik hatte einmal lachend erzählt, er glaube, Semen habe insgeheim den Wunsch gehabt, der Zar dieses neuen Reiches zu werden. Elja war sich nicht sicher, ob der Vater dem Sohn diesen Traum nicht vererbt hatte. Als Rurik zum zweiten Mal zum Ataman der Jarostnye gewählt wurde, nahm er die Wahl sofort an, anstatt sich zu sträuben, wie es üblich war, und ging in den Kreis, ohne sich mit Gewalt hineinzerren zu lassen. Er wolle nicht heucheln wie Boris Godunow, der Kindermörder, der zum Schein gezögert hatte, als man ihm das Amt des Zaren antrug, lautete seine Begründung.

Manche sagten, das Glück sei auf Ruriks Seite, andere, es sei der Teufel. Doch es war unbestritten, dass unter seiner Führung weniger Kämpfer fielen, mehr Beute gemacht wurde und dass selbst die schreckliche Hungersnot, der in den ersten Jahren des Jahrhunderts so viele Russen zum Opfer fielen, den Seinen kaum etwas hatte anhaben können.

Zuerst war es Rurik, der begann, die aus russischen und tatarischen Stücken bunt zusammengewürfelte Kleidung gegen düstere Gewänder einzutauschen. Seine Leutnants, die Esaule, taten es ihm nach, dann immer mehr der Jarostnye. Einige schreckten davor zurück, in deren Familien die Erinnerung an die Opritschniki noch allzu lebendig war, die grausamen schwarzen Reiter des verrückten Zaren Iwan. Doch sie wurden an den Rand gedrängt und schließlich hinweggespült von der Flut derer, die spürten, dass Einschüchterung ein nützlicher Wegbereiter des Sieges ist.

Niemand wusste später mehr, wer sich zuerst die Schaschka in die Hand malen ließ, mit spitzer Nadel und giftigem Zinnober. Es wurde zum Zeichen des Mutes, sich dieser Prozedur zu unterziehen, wenn auch genügend Wodka sie erträglicher machte. Schließlich trugen alle Jarostnye das Zeichen. Abergläubische Furcht verbreitete sich unter den Feinden der dunklen Kämpfer. Es hieß, den blutroten Säbel in der erhobenen Hand eines Jarostnye zu sehen, bedeute den sicheren Tod.

Jedes Jahr wurde Rurik erneut zum Ataman bestimmt. Keiner hätte zu sagen vermocht, wie es kam, dass die Wahl irgendwann nicht mehr stattfand und es wie selbstverständlich hingenommen wurde, als Rurik eine Frau, seine Tochter, zur Nachfolgerin bestimmte. Niemand beklagte sich darüber, denn wem dies missfiel, konnte Siljongorod jederzeit verlassen. Nur wenige taten es; vielmehr kamen ständig Kosaken aus anderen Gemeinden, um sich den Jarostnye anzuschließen.

Der Ehrgeiz der Lankows hatte auch Semen einst angetrieben, als er mit wenigen Getreuen Fürst Dawid Michajlowitsch Basilow in einem Handstreich aus tatarischer Gefangenschaft befreite. Er forderte dafür nicht nur die Hälfte dessen, was der Khan der Fürstenfamilie als Lösegeld abverlangt hatte, sondern darüber hinaus die jüngste Tochter des Fürsten als Gemahlin für seinen Sohn. Auf diese Weise schuf er eine Verbindung mit einer der ältesten Adelsfamilien Russlands.

Roxanda Dawidowna Basilowa war sechzehn Jahre alt, als sie das Leben einer umhegten Fürstentochter gegen das einer Grenzerfrau eintauschte. Nur selten hatte sie den Terem, die Frauengemächer des elterlichen Palastes, verlassen. Nun schützten lediglich zwei Zäune und ein wenig aufgeschüttete Erde sie vor den wilden Tieren der Steppe und den Horden aus dem Osten, von denen sie gehört hatte, dass sie ihre Gefangenen eingruben, um ihnen in vollem Galopp die Köpfe abzuschlagen.

Sie wurde mit einem ungebildeten Kosaken verheiratet, der sich gerade mit der ganzen Inbrunst seiner achtzehn Jahre in ein Mädchen aus seiner Kosakengemeinde verliebt hatte, ein furchtloses, lebenslustiges Ding, das sich in allem von Roxanda unterschied. Semen sorgte unauffällig dafür, dass diese junge Frau samt ihrer Familie Siljongorod für immer verließ, bevor Roxanda eintraf. Rurik verachtete seine Frau schon, bevor er sie zum ersten Mal sah, und er machte keinen Hehl daraus.

Roxanda war groß, blond und schön. Sie hatte schmale, kühle Hände, fror fast immer und wirkte stets erschöpft. Wenn Skomorochen kamen und musizierten, weinte sie häufig, was Rurik wütend machte. *Umilenje* hätte er geduldet, jenen nur den Russen eigenen Gemütszustand, der zwischen tiefer Trauer und wilder Zärtlichkeit schwankt, zwischen Lebenslust und Melancholie. Doch sein Stolz konnte keine Frau ertragen, die für aller Augen sichtbar machte, wie unglücklich sie an seiner Seite war.

Es hatte keine Zeit gegeben, zu der Rurik nicht stolz auf seine Tochter war. Kaum war sie gebadet und zum ersten Mal gewickelt worden, als er sie auf seine Arme hob und sie dem Kreis zeigte. Noch erkannte er das Mutterrecht an, brachte Elja zurück zu seidigen Röcken und stets offenen Armen.

Doch mit dem sicheren Instinkt eines Kindes, das spürt, wer in der Familie die Macht besitzt und somit imstande ist, es am besten zu beschützen, schlug Elja sich schon bald auf die Seite ihres Vaters und ahmte seine Ablehnung Roxandas nach.

Niemals hätte sie es für möglich gehalten, die Mutter zu verlieren, auch dann nicht, als Roxanda an einem Fieber erkrankte. Ihr plötzlicher Tod riss Elja aus der Sicherheit, es gebe für alle Dinge nur einen Namen und eine Richtung. In den ersten Monaten danach lebte sie weiter wie zuvor; kein Beobachter hätte einen Unterschied erkannt zu der, die sie gewesen.

Zunächst wunderte sie sich darüber, keinen Schmerz, keine Trauer zu fühlen, nicht eine einzige Träne um die Mutter zu vergießen, und mitunter machte sie sich deshalb Vorwürfe. Erst allmählich entdeckte sie, dass sie nicht gefühllos, sondern betäubt war, sich auf diese Weise schützte vor der Erkenntnis: Sie hatte einen Schatz besessen, bewahrt in einem verschlossenen Kästchen. Achtlos hatte sie es beiseitegestellt, hatte sich so reich gefühlt, dass sie meinte, diesen Teil ihres Besitzes verschmähen zu können. Dann war es ihr geraubt worden. Sie ahnte, das Kästchen hatte nichts enthalten, das ihren Überfluss mehrte, sondern etwas, das ihr nottat wie Brot einem Hungernden. War es das Erbe, das ihre Mutter so häufig erwähnt hatte? Elja hatte nicht gewusst, was Roxanda meinte, wenn sie davon sprach. Sie hatte angenommen, es handele sich um alles, was ihre Mutter mit ihrer Herkunft verband, um das, was sie selbst verschmäht hatte, weibliche Tugenden und die Lebensweise der Fürsten. Immer wieder kam ihr in den Sinn, wie oft die Mutter versucht hatte, sich ihr zu nähern, und wie gleichgültig sie diesen Versuchen begegnet war. Bis zuletzt.

Bleib bei mir heute Nacht, hatte ihre Mutter sie angefleht.

Elja hatte es nicht gewagt.

Versprich mir, nicht wieder bei ihr zu schlafen, hatte ihr Vater sie einige Jahre zuvor gemahnt. *Sie ist eine Hexe. Ich will nicht, dass sie dich hineinzieht in ihre Zauberränke.*

Wie alle Russen lebte Rurik in ständiger Furcht vor Schadenzaubern. Elja nahm seine Worte darum nicht ernst. Doch da sie ihn nicht kränken wollte, hatte sie ihm gehorcht, auch in jener Nacht. Am anderen Morgen war ihre Mutter tot. Elja musste lernen, damit zu leben, ihren letzten Wunsch missachtet zu haben.

Die Reise nach Rjasanski war wie eine Buße, die Elja freiwillig auf sich nahm. Sie fürchtete, ihr Vater könne mit einem einzigen Blick alles wertlos erscheinen lassen, was ihr Leben ausgemacht hatte in den vergangenen zwei Jahren, jeden Gedanken, jede Regung, die nicht seine Billigung fanden. Erst, wenn sie jenen anderen, lange verschmähten Teil in sich annahm, würde sie ihm etwas entgegenzusetzen haben. Bevor sie sich ihrem Vater stellte, musste sie wissen, ob sie nur seine Tochter war oder auch die Roxandas.

Für ihn sah es aus wie ein beliebiger Teil der Steppe. Bis an den Horizont wogte das Meer der Federgräser, gesprenkelt von rotem Mohn und blauem Flachs. Der Duft des goldenen Wermuts lag beinahe betäubend in der Luft. Nirgends boten Bäume Schatten oder störten Felsbrocken den Tanz der Halme. Nichts machte diese Stelle zu einem angenehmen Ort zum Rasten. Andrej verstand nicht, warum Elja ausgerechnet hier angehalten hatte. Siljongorod lag keine Tagesreise entfernt. War sie doch noch zur Vernunft gekommen und hatte es sich anders überlegt? Elja war von ihrem Pferd abgestiegen, führte es am Zügel neben sich her und blickte sich suchend um, als habe sie etwas im hohen Gras verloren.

Andrej verlagerte sein Gewicht im Sattel nach vorn und beobachtete sie, nicht bereit, ihr eine Frage zu stellen.

Er folgte ihr mit den Blicken, bis er erkannte, was diesen Ort besonders machte. Das Gras bedeckte die Ebene nicht gleichmäßig. An manchen Stellen wuchs es weniger hoch und üppig als an anderen.

Elja folgte weiter ihren verschlungenen Pfaden, als gehe sie die Wege eines unsichtbaren Labyrinths ab, bis sie Almas wieder an seine Seite führte. Sie blieb neben ihm stehen und sagte, ohne ihn anzusehen: »Hier war einst ein Dorf der Nogaier.«

Das war auch seine Schlussfolgerung gewesen.

»Ich war fünfzehn Jahre alt, und ich trug noch nicht einmal das Zeichen.« Elja hob ihre linke Hand und betrachtete das verblasste Mal.

Andrej vermutete, sie werde zu einer längeren Geschichte ansetzen. Er stieg von seinem Pferd und legte ihm die Fußfessel an.

»Am Abend zuvor war ein Meldereiter aus Drugoi Kargala mit einer brennenden Fackel durch das Tor geritten.«

Andrej nickte. Es war üblich, auf diese Weise Hilfe aus anderen Kosakensiedlungen herbeizuholen, wenn ein Gorodok angegriffen wurde.

»Alle sprangen sofort auf die Pferde. Noch in der gleichen Nacht kehrten sie zurück. Sie hatten die Nogaier vertrieben. Doch allein von den Jarostnye waren über zwanzig gefallen.« Eljas Blick ging in die Ferne, dorthin, wo nur wenige Werst entfernt Siljongorod lag. »Am nächsten Tag verkündete Vater, er wolle dem ein für alle Mal ein Ende setzen. Ich wusste nicht, was mich erwartete. Ich war nur stolz, dass ich mit ihm reiten durfte. – Roman musste zu Hause bleiben.«

Sie stockte, in eine Erinnerung versunken, schüttelte den Kopf und fuhr fort: »Er ließ zwei Zungen fangen und foltern, um zu erfahren, wie das Lager befestigt sei. Ich sah es nicht mit an, aber ich hörte ihre Schreie. Wir warteten in der Nähe ihres Dorfes, bis die Nacht hereinbrach und sie schliefen. Den Wächtern wurden die Kehlen durchgeschnitten. Dann ritten wir mitten unter sie und warfen Fackeln auf ihre Jurten. Auch ich warf eine Fackel. Sie kamen herausgelaufen, manche waren nackt. Männer, Alte, Mütter mit Kindern auf ihren Armen. Alle schrien durcheinander. Sie versuchten zu fliehen. Natürlich versuchten sie zu fliehen.« Es war, als spräche sie mit sich selbst. »Aber sie wurden zusammengetrieben. Die Alten und die Männer erstach man oder schlug ihnen die Köpfe ab. Man verschonte nur die Frauen und Kinder.«

Andrej nickte erneut, dieses Mal eindringlicher, wollte Elja zeigen, dass er sie verstand. Er begriff nicht, warum sie ihm diese Begebenheit erzählte. Jeder Jarostny wusste, wie es zuging im Grenzkrieg. Die Männer wurden getötet, Frauen und Kinder als Geiseln genommen oder in die Sklaverei verkauft. *Die Ernte der Steppe,* nannte man es. So war es üblich. Auf beiden Seiten.

»Wer weiß, ob es dieselben Nogaier waren, die Drugoi Kargala überfielen? Einige schafften es zu entkommen, kamen fast bis zu ihren Pferden, als man sie fing und zurückbrachte. Es waren sechs Männer. Man band sie aneinander und übergoss sie mit Öl.« Zum ersten Mal blickte Elja ihn an. »Vater ritt zu mir und reichte mir die Fackel.«

Andrej war sich sicher, sie hatte nicht den Mut gehabt, die Männer zu töten. Und wahrscheinlich war dieses Versagen der Grund, warum sie gegangen war. Bevor Andrej abgereist war, hatte Rurik ihm erzählt, er mache sich Sorgen, in Elja könne sich das »dünne Blut« durchgesetzt haben, das Erbe ihrer Mutter. In den vergangenen Tagen hatte Andrej häufig an dieses Gespräch gedacht. Er hatte Ruriks Gemahlin niemals kennengelernt. Sein Vater hatte sie nur bei dieser einen Gelegenheit erwähnt, und Andrej hatte den Eindruck gehabt, er hasse seine Gemahlin über den Tod hinaus. Er nannte sie eine »verfluchte Hexe«.

Offenbar war Rurik der Meinung, Eljas Mutter habe tatsächlich über Hexenkünste verfügt. In anderen Ländern landeten noch immer Tausende von Frauen auf dem Scheiterhaufen, weil man glaubte, sie seien mit dem Teufel im Bunde. Auch die Moskowiter hatten solche Frauen einst gejagt.

Andrej hatte sich nicht dazu geäußert. Er vermochte nicht zu glauben, Eljas Mutter habe übernatürliche Kräfte gehabt oder ihre Tochter könne sie von ihr geerbt haben. Aber es mochte zutreffen, dass sie ihr »dünnes Blut« weitergegeben hatte. Andrej schien es am klügsten, wenn Rurik seine Tochter vergäße.

»Ich habe es getan.« Eljas Stimme hatte jeden Ausdruck verloren. »Sie brannten wie Birkenrinde. Ich dachte, ich könnte ihre Augen nie vergessen. – Aber es waren nicht ihre Augen. Der Geruch ist es. Ich kann den Geruch nicht vergessen.«

Sie sah Andrej an, als könne er diese Erinnerung bannen. Es beunruhigte ihn.

»Und darum bist du gegangen?«, fragte er ungläubig.

»Nein. Ich versuchte zu vergessen und redete mir ein, es sei eine Notwendigkeit gewesen. Schließlich waren auch Jarostnye gestorben. Nein. Ich bin aus einem anderen Grund gegangen.«

Andrej schwieg. Er kannte Elja mittlerweile gut genug. Sie brauchte keine Ermutigung, um weiterzusprechen.

»Nein. Es war etwas, das Jahre später geschah. Am Tag, als ich den Hof Dunka Buschniks betrat, zum ersten und einzigen Mal.«

Sie waren zu fünft gewesen, Elja, ihr Vater, Marko, Rostislaw und Roman. Vor dem großen Tor, das den Palisadenzaun unterbrach, stiegen sie von ihren Pferden.

»Du bleibst hier«, bestimmte Rurik, an seinen Sohn gewandt.

Elja sah Roman an, dass er gern widersprochen hätte. Doch er fügte sich wie immer. Später hatte sie oft überlegt, ob er an ihrer Stelle anders gehandelt hätte. Sie bezweifelte es. Sein Mut hatte ihren nie übertroffen.

Das dritte Gebäude auf dem Grundstück, neben der Isba und der Klete, hatte Dunka offenbar erst vor kurzem errichten lassen. Die Stämme, aus denen es bestand, waren noch braun. Rurik öffnete die Tür. Als er wieder herauskam, hielt er ein Büschel Weizenhalme in der Hand. Sein Gesicht war finster vor Entschlossenheit.

Er ging ihnen voraus auf der hölzernen Rampe, die zum Wohnraum im Oberstock der Isba führte. Das Wohnhaus war einfach, Fensterverschalungen und Läden wiesen nur wenige Verzierungen auf. Als Rurik die Tür aufstieß, sah Akulina, die Tochter Dunkas, ihnen bereits entgegen. Sie stand vor dem großen Ofen aus gebranntem Lehm und bereitete gerade Schtschi. Aus dem Kessel vor ihr stieg ein Geruch von Sauerkraut und Hafergrütze auf. Es war dämmrig; die kleinen Fensterluken, aus den Holzstämmen herausgeschnitten, ließen nur wenig Licht herein. Grauer Ofenqualm staute sich unter dem Dach.

Direkt gegenüber dem Eingang, in der »schönen Ecke«, stand auf einem Regal hinter dem Esstisch die Ikone. Es war ein Abbild des Propheten Elias, der Regen und Feuer beherrscht. Zwischen Ofen und Wand befand sich ein einziges schmales Bett, rings um die Wände zogen sich Regale mit Geschirr und hölzernem Kochwerkzeug.

Akulina stand still wie ein Götzenbild. Nur ihre großen Augen blickten den Eindringlingen angstvoll entgegen. Den langen Kochlöffel, den sie in ihrer Rechten gehalten hatte wie eine Waffe, legte sie ohne hinzusehen auf den offenen Kessel.

Rurik trat auf sie zu und hielt ihr die Getreidehalme entgegen. »Wo ist dein verfluchter Vater?«

Ohne eine Antwort abzuwarten, fuhr er fort: »Ich habe ihn oft genug gewarnt. Wo hat er das Feld angelegt?«

Eljas Herz begann lauter zu klopfen, und sie konnte nicht unterscheiden, ob es vor Angst oder vor Erregung war. Sie wusste, weshalb sie gekommen waren. Doch sie hatte Dunka erwartet, nicht seine Tochter. Akulina antwortete nicht. Elja fragte sich, ob der Schrecken sie schweigen ließ oder tollkühner Trotz.

Rurik öffnete die Hand. Die Weizenhalme fielen zu Boden. Als habe er auf dieses Zeichen gewartet, stürzte Marko sich auf Akulina, packte sie beim Zopf und zerrte sie mit sich. Offenbar wollte er das Mädchen an einen Ort bringen, an dem er außer Sichtweite der Ikone war. Erst als ihr Vater ihr Handgelenk mit eisernem Griff umklammerte, merkte Elja, dass sie einen Schritt vorgetreten war. Er warf ihr einen stummen, warnenden Blick zu, bevor er sie losließ und Marko folgte. Rostislaw stand neben der Tür. Er mied Eljas Blick, als sie ihrem Vater hinterherging. Marko zerrte Akulina über den Hof, schob das Tor der Klete auf und stieß sie hinein.

Das Vorratshaus war eng gefüllt mit Säcken, Kisten und Fässern, auf denen Stapel von Bettzeug und Kleidungsstücken lagen. Irdene Töpfe bedeckten einen verwitterten Tisch dicht an dicht. Ohne Akulina loszulassen, fegte Marko sie mit dem Unterarm beiseite, dass sie zu Boden fielen und zersprangen. Das Mädchen hatte noch keinen Laut von sich gegeben. Marko zwang sie bäuchlings über den Tisch und schob ihren Rock hoch.

Eljas Drang einzugreifen, ihn zu packen und von Akulina wegzuzerren, erlahmte, als sie spürte, dass ihr Vater sie beobachtete. Sie schaute ihn fragend an und fand seinen Blick unverwandt auf sich gerichtet. Da begriff sie, was geschah. Nur zu einem Teil war Akulinas Schändung gegen Dunka Buschnik gerichtet. Sie sollte ebenso Eljas Prüfung dienen.

Seit dem Tod ihrer Mutter hatte Elja sich verändert. Stets war das Wort Ruriks ihr Gesetz gewesen, dem sie willig und begeistert folgte. Nun fragte sie sich immer häufiger: Was hätte meine Mutter dazu gesagt? Es geschah beinahe gegen ihren Willen. Es war wie eine Hinterlassenschaft, als sei es ihr aufgegeben, Roxandas Rolle zu übernehmen.

Mit dem, was hier und heute geschah, stellte ihr Vater ihr die Frage, welchen Weg sie künftig gehen wolle. Es war ein Weg, der keinen Abzweig kannte, keine Rückkehr. Sie war seine Nachfolgerin, die künftige Anführerin der Jarostnye, eine Gewissheit, die unerschütterlich gewesen war, solange Elja denken konnte. Die Frage, die er ihr hier und heute stellte, war die härteste aller Prüfungen: *Kannst du dies ertragen?*

Elja konnte sie nicht beantworten, nicht in diesem Augenblick. Sie wandte sich zur offenen Tür der Klete, doch zuvor zwang sie sich, einen letzten Blick auf Akulina zu werfen. Markos Körper drückte das Mädchen auf die Tischplatte. Falls es einen Ton von sich gab, ging er unter in dem Grunzen, das in Eljas Geist eindrang und sich dort in einer Kammer einnistete, die jederzeit von ihr zu öffnen war, solange sie lebte. Eljas Beine waren schwer und trugen sie nur mit Mühe. Als sie sich schließlich vor dem Tor des Chutor wiederfand, starrte sie Roman an, als müsse er wortlos begreifen, was sie nicht verstand. Sie nahm ihm die Zügel ab, schwang sich auf Almas' Rücken und ritt hinaus in die Steppe.

Der Streit, den sie an diesem Abend mit ihrem Vater hatte, war der schlimmste, der je zwischen ihnen gewesen war, denn er war kalt statt heiß. Ihr Vater hatte sie stumm empfangen, als sei es an ihr, sich zu erklären. Er machte ihr keine Vorwürfe, doch sie spürte, wie enttäuscht er von ihr war. Sie warf ihm vor, nichts rechtfertige die Misshandlung Akulinas, wenn es doch Dunka war, der sich gegen die Gesetze vergangen hatte. Rurik sagte, er sei froh, rechtzeitig bemerkt zu haben, dass sie nicht halten könne, was er sich von ihr versprochen habe. Als die Sonne am nächsten Morgen aufging, befand Elja sich bereits auf dem Weg nach Chulyschi.

Elja schwieg seit einer geraumen Weile, bevor es Andrej auffiel. Fast eine Armspanne entfernt stand sie neben ihm, den Blick auf die fernen Hügel gerichtet. Immer wieder hatte seine Hand ins hohe Gras gefasst, während sie sprach, hatte Halme ausgerissen, die er um seine Finger wand, um sie dann fallen zu lassen und das Spiel, dessen er kaum gewahr wurde, aufs Neue zu beginnen. Er wusste, sie erwartete eine Antwort. Falls er ihr Beichtiger sein sollte, hatte sie dafür gewiss den Falschen gewählt.

Ihre Worte waren ihm wie eine Schlinge gewesen, mit der sie ihn einzufangen trachtete. Als er hörte, wie Marko Akulina am Zopf gepackt und mit sich gezogen hatte, wäre es ihr beinahe gelungen. Sie hatte sich selbst an den Haaren genommen und so heftig und mit einem Ruck daran gezerrt, dass er erschrak. Er war wütend auf ihre Eindringlichkeit, mit der sie gegen seine Grenzzäune anrannte, wie schon seit Wochen. Nun hatte sie es erneut getan, an einer Stelle, die ungeschützter war als jede andere. Nie wieder konnte er Marko gegenüberstehen, ohne die Szene, die Elja gemalt hatte, vor sich zu sehen. Dass sie die Macht hatte, dies zu bewirken, erboste ihn erneut.

Er hatte den Verdacht, sie benutze ihn, ihr eigenes Handeln zu rechtfertigen, wie sie es bereits in Chulyschi getan hatte. Sie hatte ihren Vater verraten, indem sie ging. Versuchte sie, auch seine Treue zu erschüttern?

Nur ein einziges Mal war Andrejs Bild von Rurik ins Wanken geraten. Es widerstrebte ihm, sich daran zu erinnern.

Rurik war mit einigen seiner Männer gekommen, um bei dem nogaiischen Stamm, bei dem Andrej lebte, den Tribut einzutreiben, kostbare Marder- und Zobelfelle. Wie immer war Andrej aufgeregt und freute sich, ihn zu sehen. Er wollte ihm zeigen, was er gelernt hatte im vergangenen Jahr, damit Rurik niemals reuen sollte, was er für ihn getan hatte. Nach Sonnenuntergang versammelten sich die Männer um das Feuer, und Andrej saß direkt neben ihm. Rurik erzählte, wie Vater Simeon, der Pope des benachbarten Gorodok, versuchte, einige der Jarostnye dazu zu bewegen, seine Kirche zu besuchen und die Fastenzeiten einzuhalten.

»Wenn er damit nicht aufhört, werde ich seine Frau beseitigen müssen«, grollte er.

Heute wusste Andrej nicht mehr, ob seine Worte ernst gemeint waren. Damals jedoch war er davon überzeugt und erwiderte mit jugendlichem Eifer: »Soll ich sie für Euch töten, Väterchen?«

Er wusste, dass jeder Priester nach dem Tod seiner Frau sein Amt aufgeben oder in ein Kloster gehen musste. Und er hatte schon öfter für Rurik gemordet.

Rurik begann zu lachen, hörte nicht auf damit, lachte und lachte, bis ihm die Tränen über die Wangen liefen. Nach und nach stimmten alle Männer ein, die in ihrer Nähe saßen, und danach die, die den Grund der Heiterkeit von ihren Nachbarn erfragt hatten. Andrej wurde unsicher, begriff, dass er ihn vielleicht missverstanden und sich der Lächerlichkeit preisgegeben hatte.

Aber das war nicht der einzige Grund seiner Beschämung. Stets hatte er glühend gehofft, Stolz, vielleicht sogar Zuneigung in Ruriks Augen zu entdecken. In diesem Moment, einen winzigen Augenblick lang, fragte er sich, was er ihm wirklich bedeutete. Plötzlich war ihm, als sei er nicht mehr als ein Hund, abgerichtet, Beute zu jagen und zu töten, ein Hund, der zu Füßen seines Herrn liegt und hechelnd auf ein gutes Wort wartet, auf die Hand, die seinen Kopf tätschelt. Wenn er sich später dieses Augenblicks erinnerte, schämte er sich. Durfte ein Kind seine Eltern verleugnen, weil es ihr Handeln ein einziges Mal nicht begreift? Seine Vorbehalte erschienen ihm nun niedrig und undankbar.

Ohne Elja noch einmal anzusehen, bestieg Andrej sein Pferd. Nie wieder würde er ihr erlauben, Zweifel in ihm zu säen.

4

Perejaslawl-Rjasanski lag auf einem Hügel, zu drei Seiten von Trubesch und Libed umflossen, im Westen durch einen Graben geschützt und einen Erdwall, so hoch wie sieben Männer. Die Festung Perejaslawl schützte das Moskowiter Reich vor Angriffen aus dem Süden und war der Ausgangspunkt der mächtigen Verteidigungslinie, die sich bis nach Tula und Koselsk erstreckte. Gestern waren Elja und Andrej durch das Haupttor der Stadt geritten, vorbei an dem steinernen Glebowskaja-Turm und der riesigen Glocke, die bei Gefahr die Bevölkerung des Kreml und der Vororte warnte.

Als Elja an diesem Morgen in ihren besten Gewändern aus moosgrünem Samt vor Andrej stand und ihm mitteilte, sie gehe einen Besuch machen, nickte er nur knapp. Der Wirt ihrer Herberge bot Elja an, ihr eine Mietkutsche zu besorgen. Jedoch hatte sie schon gestern beschlossen, ihren kurzen Weg zu Fuß zurückzulegen.

Sie kam an großen Speicherhäusern vorbei, in denen sich die Waren der Händler stapelten, an zahlreichen Läden und am Markt entlang des Libedufers. Überall in der Stadt war Klopfen und Hämmern zu hören. Durch offene Fenster und Türen leuchteten Feuer, in denen Waffen, Schlösser, Hufeisen und Pflugscharen geschmiedet wurden. In der Luft lag der durchdringende Geruch von Kiefernholzteer. Vornehme Damen bewegten sich trotz ihrer hohen Absätze gekonnt auf den glatten Holzbrettern der Straße, vorbei an zerlumpten Gefangenen, die in Ketten um Nahrung bettelten, und an einem offenen Sarg, in dem ein unbekannter Toter lag, bis jemand sich fand, der die Leiche beanspruchte.

Es zeigte sich, dass Elja als einzige Frau ohne Begleitung unterwegs war. Sie stellte fest, dass alle Frauen, ob im schlichten Sarafan oder in edelsten Gewändern, ihre Gesichter weiß geschminkt hatten, die Wimpern gefärbt, die Augenbrauen bis auf einen dünnen Bogen ausgezupft und schwarz angemalt. Nach einiger Zeit, und nachdem viele abschätzige Blicke sie getroffen hatten, begann Elja sich zu fühlen, als habe sie beim Anziehen ein Kleidungsstück vergessen.

Immer wieder warf sie Blicke über die Schulter, um Kutschen oder Reitern rechtzeitig ausweichen zu können. Sie bemerkte die beiden Männer, die aus einer Seitengasse kamen, erst in dem Augenblick, als sie mit ihnen zusammenstieß. Ihr Arm wurde gepackt, wie es bei einem solchen Vorfall mitunter geschieht, als Geste der Beschwichtigung und um sicherzugehen, dass der andere nicht straucheln werde. Elja murmelte ein Wort der Entschuldigung und wollte ihrer Wege gehen, ohne den, der sie hielt, auch nur angeblickt zu haben.

Doch er ließ sie nicht los, brummte: »Nun, mein Täubchen, wohin so eilig«, was Elja nichts Gutes ahnen ließ.

Ihr Angreifer war ein unscheinbarer Mann, vielleicht ein Handwerksbursche, in sauberer, aber grober Kleidung. Sie versuchte, ihren Arm mit Schwung zu befreien, doch der zweite, größere der Männer war bereits hinter sie getreten und umschlang ihre Taille. Beide lachten, als handele es sich um ein gutmütiges Spiel.

Mehr als einmal in ihrem Leben hatte Elja sich im Ringkampf versucht. Aber zwei Männern, von denen einer zudem über eine erstaunliche Kraft verfügte, war sie nicht gewachsen. Sie wandte wild den Kopf auf der Suche nach Beistand, doch niemanden schien ihre Lage zu bekümmern. Die Vorübergehenden blickten starr an ihr vorbei. Elja begann zu fluchen und sich in der unwillkommenen Umarmung zu sträuben. Es half ihr nichts. Die Kerle schienen Gefallen an der Sache zu finden. Sie lachten nur umso mehr und fuhren fort, Elja mit allerlei Kosenamen zu necken, als seien sie alte Freunde.

Plötzlich bemerkte Elja eine einfache Kutsche, die sich langsam von hinten näherte und den Fluss der Fahrzeuge und Reiter aufhielt. Es mochte ihr Gefühl der Bedrohung sein, das ihr diesen Gedanken eingab. Mit einem Mal schien es ihr, als sei die Kutsche ihr schon über einige Zeit gefolgt. Der Mann, der vor ihr stand, packte nun grob ihren Kopf und näherte sich ihr, um »ein kleines Küsschen« einzufordern, wie er sich ausdrückte. Elja wand sich in der Umklammerung seines Kumpanen in dem Versuch, den feuchten, gespitzten Lippen zu entgehen, die sich ihr näherten.

Plötzlich fühlte sie einen Stoß, der sie stolpern ließ. Sie wurde losgelassen, wieder um die Mitte gepackt und in das Dunkel einer Kutsche gezerrt.

Erneut schlug sie um sich, doch als die Umklammerung nicht gelockert wurde, begann sie verzweifelt zu schluchzen. Sie war in eine Falle geraten. Offenbar handelte es sich bei dem Besitzer dieses Gefährts um den Komplizen der beiden Männer. Die Aussicht auf Hilfe war nun um ein Vielfaches geringer als noch vor wenigen Augenblicken.

Die Kutsche setzte sich ruckartig in Bewegung. Elja fiel auf den Boden. Bei dem Versuch, die Tür zu öffnen, wurde sie roh zurückgerissen und landete auf dem Sitz. Weiterhin sprungbereit, nahm sie endlich den Mann in Augenschein, der ihr gegenübersaß.

Es war Andrej.

Er sagte kein Wort. Die harte Linie seines Mundes ließ fest zusammengebissene Zähne erahnen. Sein Blick hätte einen wütenden Eber in vollem Lauf erstarren lassen.

Warum bist du mir gefolgt? Die Frage lag auf Eljas Zunge, doch sie hütete sich, sie laut auszusprechen. So dauerte das Gefecht ihrer finsteren Blicke an, bis Andrej sagte:

»Vielleicht hatten deine Adygeer zu viel Ehre, um dich

zu belästigen. Vielleicht warst du ihnen auch einfach nur zu hässlich.«

Elja schob ihren Unterkiefer vor, doch er sprach weiter: »Aber nun bist du wieder in Russland. Du bist offenbar zu dumm, dir auszumalen, was einer Frau – oder einem Mann – hier zustoßen kann. Und ich will dir eines sagen: Nur um Ruriks willen bin ich dir gefolgt. Meinetwegen hättest du –«

Er brach ab und schlug die Augen nieder, die sich bewegten, als seien sie auf der Suche. Als er Elja wieder ansah, wirkte er mit einem Mal eher erschöpft als zornig.

»Wenn du dich entscheidest, die vornehme Dame zu spielen – dann nimm eine Kutsche, wenn du das Haus verlässt.«

Er ergriff ihre Hand, wie er es bereits mehrmals getan hatte, hielt seine eigene Linke daneben, in deren Innenfläche deutlich der rote Säbel zu erkennen war. Offenbar hatte er es erst vor kurzem auf sich genommen, ihn erneuern zu lassen.

»Niemand wagt, einer Jarostnya etwas zu tun«, sagte er. »Und du bist so töricht und nimmst dir das Einzige, was dich schützen kann.«

Elja war erleichtert, als er ihre Hand fallen ließ.

Stolz war sie gewesen damals, als sie sich entschlossen hatte, das Mal einstechen zu lassen, wenige Monate vor dem Tod ihrer Mutter. In den Jahren danach hatte sie zugelassen, dass es verblasste und kaum noch zu erkennen war. Ontonko musste es dennoch bemerkt haben, ebenso wie Marfa. Keiner der beiden hatte je danach gefragt. Auch später nicht, als Elja wochenlang eine Brandwunde in der Hand trug und erzählte, sie habe sich beim ungeschickten Hantieren am heißen Kessel verletzt. Die Stelle blieb lange rot, und als Elja das Mitleid der Gäste nicht mehr ertrug, war sie zu einer adygeischen Heilerin gegangen. Die hatte Bleiweiß, Zinnober und gemahlenen Ton miteinander verrührt und solcherart eine Mixtur hergestellt, die zumindest für kurze Zeit die Hand unverletzt erscheinen ließ. Die Heilerin hatte Elja ermahnt, sie sparsam und selten zu verwenden.

Hätte Andrej ihre Hand nun abgewischt, wie er es bereits einmal getan hatte, hätte Elja ihm auf der Stelle befohlen umzukehren. Sie fürchtete die Begegnung, die vor ihr lag, und hätte sie nicht gewagt, solange sie noch das Zeichen der Jarostnye trug.

Es war kein Palast, vor dem die Kutsche hielt, doch ein ansehnliches, zweistöckiges Haus, umgeben von kleineren Nebengebäuden und einem Pferdestall.

»Ich warte hier«, sagte Andrej bestimmt. Auch jetzt fragte er nicht nach der Absicht ihres Besuches.

Als Elja die Außentreppe zum Wohnbereich hinaufging, begegnete ihr auf halber Höhe eine Cholopin, die sich verneigte und sie fragend ansah.

»Ich möchte zu Fürstin Eudoxia Denisowna Basilowa«, sagte Elja und nannte ihren Namen.

Die Cholopin verneigte sich erneut. »Folgt mir bitte, gnädiges Fräulein.«

Das Innere des Hauses empfing Elja mit den kühlen Farben des Wassers und verwirrenden Mustern, die sich um Säulen wanden, über Fußböden und Wände flossen.

Vor einer Tür blieb die Dienerin stehen und bat Elja, sich einen Augenblick zu gedulden, sie werde sie der Fürstin melden. Als die Tür sich wieder öffnete, trat ein hagerer junger Mann mit langen Haaren heraus, ein dickes Buch unter den Arm geklemmt. Auf seiner Brust lagen zwei breite Stoffstreifen und seinen Hinterkopf bedeckte ein purpurfarbenes Käppchen. Er musterte Elja von Kopf bis Fuß, als sei sie ein Melonenschaf, jenes Fabeltier der Steppe, das auf einem Stämmchen aus dem Boden wächst. Hinter ihm erschien die Cholopin und hielt die Tür einladend auf.

Elja war nur wenige Male hier gewesen. Nachdem sie zur Frau geworden war, hatte Rurik ihrer Mutter verboten, sie mit sich zu nehmen, wenn sie nach Rjasanski reiste. Elja war darum nicht traurig gewesen.

Das Gemach zu betreten war wie der Abstieg in eine Gruft. Alle Wände waren mit schwarzem Stoff verhängt. In einer Ecke des Raumes saß Fürstin Eudoxia Denisowna Basilowa. An sie hatte Elja stets gedacht, wenn sie als Kind von dunklen Wassergeistern gehört hatte, die drohten, Badende in die Tiefe zu ziehen. Die Fürstin trug einen hohen Kopfputz, darüber einen langen Schleier aus Torschoker Spitze. Er war so schwarz wie ihr Gewand, in das ein glänzendes Muster eingewebt war. Elja drehte sich um, als sie hörte, dass die Tür sich hinter ihr schloss. Die Cholopin war gegangen.

Elja war allein mit ihrer Großmutter.

Sie überlegte, ob sie auf sie zutreten und sie zur Begrüßung küssen solle. Der Gedanke verbot sich von selbst. Ebenso gut hätte sie sich ungebeten der Zarin nähern können. So blieb sie stehen, legte die Hand auf ihr Herz und machte eine tiefe Verbeugung.

»Komm her zu mir«, forderte die Fürstin sie auf.

Elja trat auf sie zu.

»Näher.«

Als sie dicht genug vor der alten Frau stand, griff diese nach ihrer Hand.

»Roxanda«, flüsterte die Fürstin. Sie stützte sich auf die Armlehne des Stuhls und richtete sich auf.

Elja wollte widersprechen, doch die Zunge klebte ihr am Gaumen. Die alte Frau mochte vielleicht glauben, sie ziehe Elja mit sich, aber der schien es eher, als stütze sie die Fürstin. Am Fenster angelangt, starrte Eudoxia ihr ins Gesicht. Elja sah wie gebannt in die wässrigen hellen Augen, bis sich plötzlich ein brennender Schmerz auf ihrer Wange ausbreitete. Ihre Hand fuhr erschrocken hoch. Sie hatte die Ohrfeige nicht kommen sehen, die sie mit erstaunlicher Kraft traf. Nie zuvor war sie geschlagen worden. Die Fürstin drehte sich abrupt um, als sei sie selbst erschrocken über ihre Tat, und ging mit schleppenden Schritten zu ihrem Lehnstuhl zurück.

»Was willst du hier?«, fragte sie, als sie sich wieder gesetzt und ihren Schleier geordnet hatte.

»Warum habt Ihr mich geschlagen?«, fragte Elja, um Zeit zu gewinnen.

»Ich wollte dich strafen, weil du mich so lange nicht besucht hast. – Sieh dich um.« Die Hand der alten Frau beschrieb einen großen Bogen. »Dies ist mein Gefängnis, seit mein Gemahl, dieser Schwachkopf, unter der Erde ist. Ich bin auf die Mildtätigkeit meines Schwagers angewiesen. Hast du den Hof gesehen, auf dem der Heerführer lebt? Und das Kanzleihaus neben dem Kloster, wo er die Gesandten des Zaren empfängt? Moskau regiert nun hier. Der Fürst hat nichts mehr zu sagen. Und mir vergönnt man kaum noch ein Stück Brot.«

Elja sah das große, mit Rubinen besetzte Kreuz auf der Brust ihrer Großmutter, antwortete jedoch nur: »Ich wusste nicht, dass Ihr meinen Besuch wünschtet. – Schlugt Ihr mich, weil es Euch schmerzt, das Gesicht Eurer Tochter in meinem zu erkennen oder weil es Spuren des Gesichts meines Vaters trägt?«

Eudoxia stieß den Atem durch die Nase aus. »Oh ja, du trägst seinen hässlichen runden Kopf auf den Schultern. Ich frage mich, ob überhaupt etwas von deiner Mutter in dir ist.« Ihr Blick wurde mit einem Mal scharf und lauernd.

Elja verstand, dass ihr der Stuhl neben ihrer Großmutter, auf dem zuvor wohl der Priester gesessen hatte, nicht angeboten wurde. So blieb sie stehen, verlagerte lediglich ihr Gewicht.

»Ja, das frage ich mich auch«, erwiderte sie leise. »Und eben darum bin ich hier.«

»So hat sie es dir nicht gegeben?«, fragte die Fürstin scharf. »Sie konnte es mir nicht mehr mitteilen. Hast du dein Erbe erhalten oder ist es mit ihr untergegangen?«

Elja konnte nur verwirrt den Mund öffnen, fand aber keine Worte.

»Wie starb meine Tochter?« Eudoxias Stimme war fest, das Zittern darin kaum zu erahnen.

»Sie erlag einem Fieber, das in jenem Winter viele dahinraffte, wie Ihr sicherlich wisst.«

»Woher soll ich es wissen? Der Satan hat mir lediglich mitgeteilt, sie sei tot.«

Elja brauchte einige Augenblicke, um zu begreifen, dass Eudoxia ihren Schwiegersohn meinte. Rurik und die Fürstin waren sich stets nur in einem einig gewesen – in ihrem Hass aufeinander. Er hatte seine Schwiegermutter nie anders als »die alte Hexe« genannt. Plötzlich dachte Elja, sie habe die Ohrfeige wohl verdient und Eudoxia habe ihr die wahre Begründung für ihren Schlag geliefert. Seit vier Jahren war Roxanda Dawidowna Lankowa tot, und all diese Jahre hatte ihre Mutter hier gesessen und sich gegrämt, ohne mehr zu erfahren als eine gewiss wenig mitfühlende Nachricht des Mannes, den sie für das Unglück ihrer jüngsten Tochter verantwortlich machte.

»Ich dachte, Roman sei …« Elja unterbrach sich.

»Nein, dieser undankbare Hundesohn hat es ebenso wenig für nötig befunden wie du, mich zu besuchen. Wahrscheinlich steht auch er unter dem Einfluss des Satans.«

»Roman ist tot.«

Elja war so verletzt, dass es ihr nicht gelang, ihre Worte mit Bedacht zu wählen. Erst als sie ausgesprochen waren, wurde ihr bewusst, dass ihre Großmutter von allem abgeschnitten war, was seit dem Tod ihrer Tochter in Siljongorod geschehen war. Weder wusste sie von Eljas Flucht, noch kannte sie deren Gründe. Wenn es nach Elja ging, würde sie es auch niemals erfahren.

Die Fürstin saß aufrecht da und blickte starr geradeaus. Nur das schwere Schweigen zeigte Elja, dass sie gehört worden war. Als die alte Frau ihren Blick erneut zu Elja wandte, wirkte er unstet, beinahe gehetzt.

»Nun sprich endlich – wie ist meine Tochter gestorben?

Erzähl es mir genau. Warst du bei ihr in ihrer letzten Stunde?«

Elja fühlte ihre Wangen brennen. Es war nicht der Schlag, den sie vorhin erhalten hatte, der ihr das Blut ins Gesicht trieb. »Nein, ich war nicht bei ihr. Niemand ahnte, dass sie sterben würde.«

Bleib bei mir heute Nacht, hatte ihre Mutter gesagt.

Die Fürstin schlug die Hände vors Gesicht und begann zu murmeln. Elja verstand nur einige Worte, nun sei alles verloren, dann wieder, nein, Roxanda müsse eine Möglichkeit gefunden haben, aber vielleicht auch nicht, weil sie im Fieber gewesen sei …

Elja rang ihre Hände und begann, sie abwechselnd zu drücken. Die Unruhe der alten Frau übertrug sich auf sie.

»Was ist dieses Erbe, von dem Ihr sprecht? Ich dachte stets, es sei nur –« Sie unterbrach sich selbst.

»Träumst du?«, fragte Eudoxia.

»Nein«, erwiderte Elja verwundert. »Ich höre Euch aufmerksam zu.«

Die Fürstin warf ihr einen Blick tiefster Verachtung zu. »Das meine ich nicht, du dummes Ding. Ob du des Nachts träumst, will ich wissen.«

»Gewiss träume ich nächtens, wie jeder Mensch es tut und vielleicht sogar das Vieh. Einmal mehr, einmal weniger, meist jedoch gar nichts.«

»Einmal mehr, einmal weniger, meist jedoch gar nichts«, äffte Eudoxia sie nach. »Wie blöde du doch bist.«

Elja spürte, wie ihre Wangen sich erneut röteten, und senkte den Kopf. Nie war sie jemand gewesen, der Beleidigungen gutmütig duldete. Nun musste sie feststellen, dass diese alte, gebrechliche Frau sie der Worte beraubte. Sie fühlte sich nicht wehrhafter als ein schüchternes Mädchen, das gescholten wurde.

Die Fürstin nahm einen tiefen Atemzug. »Hast du einen Traum, der sich wiederholt?«

Elja sah erstaunt auf. Zögernd bejahte sie die Frage.

»Berichte ihn mir«, befahl Eudoxia.

Niemals hätte Elja damit gerechnet, ausgerechnet ihre Großmutter werde sich für den Traum interessieren, der sie seit Jahren folterte und der sich widerständig gegen alle Heiltränke gezeigt hatte.

Sie schloss die Augen, um sich zu sammeln. Beinahe augenblicklich erfasste sie ein leichter Schwindel, doch sie zwang sich, die Augen weiter geschlossen zu halten.

»Es geschieht stets in gleicher Weise«, begann sie. »Ich finde mich an einem düsteren Ort, in einer nächtlichen Landschaft, in der alles Leben vergangen zu sein scheint. Ich sehe die Sichel des Mondes über mir, der sich weder rundet noch schwindet, wann immer auch dieser Traum mich heimsucht. Mir scheint, als stehe ich auf einer kleinen Insel inmitten eines Moores, mit welkem Gras zu meinen Füßen – doch weiß ich es nicht genau zu sagen, denn ich erkenne nichts.

In meinem Rücken und in der Ferne vor mir stehen Bäume, ihres Kleides beraubt, nicht wie im Winter, sondern schwarz und tot, als ob ein Blitz sie getroffen hätte. Zu meinen Füßen schimmert ein tückisches Wasser. Ich weiß, ich kann keinen Schritt tun, ohne die Gefahr, zu straucheln und tödlich in die Irre zu gehen. Und so harre ich, ewig, wie es mir scheint. Weder weiß ich, worauf ich warte, noch auf wen, weiß nur, dass es stets vergeblich ist. In mir ist eine Sehnsucht, die ich nicht benennen kann, als habe man mir das Liebste genommen.«

Sie schauderte, öffnete jedoch noch immer nicht die Augen, ganz im Banne des inneren Bildes.

»Mir scheint es stets, als sei ein Teil von mir für immer dort gefangen, selbst in den Stunden des Tages. Als sei dies mein wahres Leben, mein eigentlicher Körper, dem ich mitunter in die Traumwelt des Tages entfliehe.«

Elja riss die Augen auf, durch ein unerwartetes Geräusch aufgeschreckt. Die Fürstin hatte ihr Gesicht erneut in den Händen vergraben und stieß unverständliche Worte hervor.

»Was ist Euch?«, fragte Elja. »Begreift Ihr diesen Traum? Könnt Ihr ihn mir deuten?«

Eudoxia fuhr fort mit ihrem kaum hörbaren Murmeln. Schließlich ließ sie die Hände sinken. Elja hätte schwören können, Tränen in den Augen ihrer Großmutter gesehen zu haben. Sie hätte sie derer nicht für fähig gehalten.

»Er zeigt, dass alles verloren ist. Du bist ein wohlfeiles Gefäß, das den kostbaren Wein nicht hält. Lankow hat uns besiegt. Er hat uns ausgelöscht.«

Als sei alle Kraft aus ihr gewichen, ließ die Fürstin ihre Arme auf die Lehnen des Stuhles fallen.

»Was bedeutet dies alles?« Elja lief zu ihr, sank auf den gepolsterten Schemel zu Eudoxias Füßen und umklammerte die Lehne, auf der die welke Hand lag. »Bitte sprecht doch zu mir und sagt mir, was Ihr wisst über diesen Traum.«

»Nein.« Die Fürstin schüttelte heftig den Kopf. »Du bist unwert. Ganz und gar bist du von seinem Blut. Nichts von deiner Mutter ist in dir als der Trug ihrer Züge, der mich foltern soll, indem er eine Hoffnung verspricht, die niemals blühen wird.«

Verletzt hob Elja ihr Gesicht zu ihrer Großmutter. Als ihre Blicke sich trafen, schloss Eudoxia die Augen. Danach war ihr Blick mild, beinahe zärtlich. Für einen Moment fand Elja das Gesicht ihrer Mutter in dem der Fürstin.

»Du armes Kind, was hat er dir genommen!«, flüsterte Eudoxia. »Nie wirst du wach auf den Pfaden der Nacht wandeln. Dein Fuß wird dort nichts Bleibenderes hinterlassen, als gingest du am Ufer eines Flusses und die Wellen löschten deine Spuren.«

»Eure Worte bleiben mir so düster wie mein Traum. Warum wollt Ihr mir nicht sagen, was Ihr wisst?«, flehte Elja und presste ihr Gesicht an den schweren Atlasstoff, der sich über den Knien ihrer Großmutter spannte.

»Ich kann dir nicht geben, was du nicht hast«, sagte die Fürstin. »Du trägst den Keim in dir. Doch die, die ihn hätte erwecken und zur Entfaltung bringen können, ist nicht mehr, und niemand sonst kann es tun. Man kann Wasser auf den Boden leeren, und es läuft nach allen Seiten davon. Aber du kannst die Pfütze nicht zurück in den Krug zwingen.

Und doch entsteht auf jene Weise die Seele des ungeborenen Kindes. Ungeformtes findet ein Gefäß. Es geschieht allmählich und endet erst, wenn ein Körper zu zweien wird. Bis dahin sind die Seelen von Mutter und Kind noch nicht voneinander geschieden.« Sie sah Elja eindringlich an. »Mutter und Tochter teilen ihre Träume, anders als Mutter und Sohn. Denn Männer können die Gabe nicht weitergeben. Die Träume der Ungeborenen und die der Mutter sind eins. So ist es bei den Frauen unserer Familie. Verstehst du?«

Elja nickte. Es war eine Lüge. In Wahrheit verstand sie kein Wort von dem, was ihre Großmutter sagte, und langsam begann sie sich zu fragen, ob deren Worte überhaupt eine Bedeutung hatten oder ob ihr Geist sich bereits verwirrte.

Mit einem Mal kam ihr etwas in den Sinn, an das sie seit vielen Jahren nicht mehr gedacht hatte. Sie war noch ein Kind gewesen, das mehr Zeit mit der Mutter als mit dem Vater verbrachte. Eines Tages war Lärm vor dem Haus zu hören. Roxanda lief zum Fenster und öffnete es. Als Elja wissen wollte, was draußen geschah, hob die Mutter sie hoch. Im Hof stand ein Mann, der laut mit sich selbst sprach, närrisches Zeug, das keinen Sinn ergab.

»Er hat den Verstand verloren«, sagte Roxanda mitleidig.

»Er träumt doch nur«, hatte Elja gemeint.

»Was sagst du da?« Roxanda hatte sie losgelassen und sich zu ihr herabgebeugt, um ihr in die Augen sehen zu können.

»Er träumt am Tage«, bekräftigte Elja. »Man kommt nur nachts in das Haus, in dem die Träume wohnen, aber bei ihm ist die Tür kaputt, und deshalb kommen die Träume am Tage heraus.«

Sie erinnerte sich deutlich an den erstaunten, ja beinahe erschütterten Ausdruck auf dem Gesicht der Mutter. Elja wurde unsicher. Sie hatte doch nur etwas ausgesprochen, das ihr so selbstverständlich schien, als hätte sie den Himmel blau genannt.

»Vielleicht hast du recht!«, hatte Roxanda aufgeregt ausgerufen. Dann hatte sie Elja geherzt und geküsst und sie »mein wunderbares, mein allerklügstes Töchterlein« genannt.

Elja verstand nicht, warum die Erinnerung gerade jetzt aufgetaucht war. Sie wärmte ihr Herz und stimmte sie zugleich traurig.

Eine Hand legte sich auf ihren Scheitel und wurde rasch zurückgezogen. Elja sprang auf, als Eudoxia sich erhob. Die Fürstin durchquerte langsam den Raum, öffnete die Tür eines Kabinettschranks, der in der Ecke stand, und entnahm ihm ein Bündel mit Schriftstücken. Als sie zurückkam, sah Elja, dass es sich um Briefe handelte. Eudoxia ließ sich wieder in ihren Stuhl fallen und bedeckte die Briefe mit den Händen, als wolle sie sie liebkosen.

»Ich gebe dir, was mir Trost und Schmerz zugleich ist«, sagte sie mit einem Seufzen. »Das Wertvollste, was ich besitze – die Briefe, die meine geliebte Tochter mir geschrieben hat. Und mögen sie dir keinen Trost, sondern Schmerz bereiten. Du sollst begreifen, was du hättest besitzen können – und was ihr zerstört habt, du und dein Hurensohn von einem Vater.«

5

Die Zeit der Überschwemmungen war vorbei, die das Land im Frühjahr für Freund und Feind unzugänglich machten, der Boden der Auenwälder nicht länger morastig. Als der dichte Wald aus Ulmen und Eichen sich zu einer baumlosen Fläche weitete, wurde Elja ein erster Blick auf den Ort gewährt, der ihr fast zwanzig Jahre lang Heimat gewesen war.

Siljongorod lag auf einer Insel, inmitten des Don, nur durch eine hölzerne Brücke mit dem Ufer verbunden. Als die Hufe ihrer Pferde auf den dicken Bohlen hallten, gab es kein Zurück mehr. Mit einem Mal war Elja der Gedanke unangenehm, Andrej in ihrem Rücken zu wissen. Um zum Tor zu gelangen, musste die Befestigung zur Hälfte umrundet werden, eine zusätzliche Sicherung gegen die Angriffe der Tataren. Elja blickte zum Wassergraben, der die Mauern der Stadt umgab, drei Armspannen tief und aus dem Fluss gespeist, zum doppelten, mit Erde gefüllte Palisadenzaun, hoch und stachelbewehrt, und zu den acht artilleriebestückten Bastionen, die ihn überragten.

Zunächst wollte sie Almas verhalten, als sie die Reiter entdeckte. Doch Elja sah, dass sie völlig bewegungslos standen, und ritt zögernd weiter. Wie um die Mauern der Stadt zu verstärken, standen die Jarostnye dicht an dicht, gewährten nur eine schmale Gasse zwischen den Mäulern ihrer Pferde und dem Graben und nahmen Elja die Freiheit früher, als sie dies erwartet hatte.

Es waren alle waffenfähigen Bewohner Siljongorods, Männer wie Frauen, allesamt in den düsteren Farben der Erde und der Nacht. Elja sah neue Gesichter unter ihnen und vermisste vertraute. Die Reiter blickten geradeaus, als stehe sie zu hoch über ihnen oder sei es nicht wert, mit Freundlichkeit geehrt zu werden. Als Elja Kyrill passierte, hatte sie den Eindruck, seine Augen bewegten sich unruhig. Die Frau an seiner Seite hingegen, seine Gemahlin, starrte an ihr vorbei. Elja wandte den Kopf, bis Olena ihrem Blick entschwand. Die Stille, nur von gelegentlichem Pferdeschnauben und dem fernen Klappern eines Storches unterbrochen, klang feindselig in Eljas Ohren.

Der letzte der Reiter, unmittelbar vor dem Tor, stand nicht in der Reihe der anderen, sondern ihr zugewandt. Seit Andrej ihr erzählt hatte, Rurik sei auf den Tod erkrankt, hatte sie sich ihren Vater in seinem Bett vorgestellt, zumindest in seinem Lehnstuhl sitzend, eine Pelzdecke über den Knien. Doch Rurik Semjonowitsch Lankow hielt sich aufrecht auf seinem Pferd, und sein Gesicht war von gesunder Farbe. Elja sah, dass seine Augen leuchteten, als er seiner Tochter und seinem Stiefsohn entgegensah. Dann wandte er sich ohne Gruß und ritt in das Dunkel der Torhalle. Elja war gezwungen, ihm zu folgen, da Andrej nicht anhielt, sondern ihr Pferd mit seinem vorwärtsdrängte.

Hinter dem Stadttor begann ein Gewirr schmaler gewundener Gassen. Zu beiden Seiten verstärkten endlose Palisadenzäune den Eindruck von Enge und Beklemmung. Nur gelegentlich unterbrachen ein Tor oder eine Kreuzung das verwitterte Grau. Von den Gebäuden waren lediglich die hölzernen Dächer zu sehen, auf denen sich mehr gemauerte Schornsteine erhoben als noch vor zwei Jahren.

Rurik Semjonowitsch Lankow hielt sich weiter an der Spitze, ohne sich auch nur ein einziges Mal umzuwenden. Von Andrej nahm Elja nichts wahr als die Hufschläge seines Pferdes auf den Holzbohlendämmen, die vor Schlamm und Unrat schützten. Weder Menschen noch Tiere waren zu sehen, nichts schien hier zu leben. Nur die Blütenkronen einiger Obstbäume unterbrachen das triste Bild. Elja warf einen verstohlenen Blick über ihre Schulter und stellte fest, dass die Straße hinter Andrej leer war. Keiner der Jarostnye war ihnen gefolgt.

Das Grundstück der Lankows lag in der Mitte des Gorodok. Kaum hatten sie das prächtige Tor passiert, als sogleich ein Sklave herbeieilte und es hinter seinem Herrn und seinen Begleitern schloss. Zwei weitere Cholopen erschienen und waren Elja und Rurik beim Absteigen behilflich, während der dritte die Zügel von Andrejs Pferd hielt. Einem Gast in diesem Hause wäre die gleiche Hilfe angeboten worden wie dem Herrn und seiner Tochter. Andrej wünschte sie nicht, und dies wurde respektiert. Es war dieser Augenblick, in dem Elja begriff, dass Andrej Teil ihrer Familie geworden war und Romans Stelle eingenommen hatte.

Der linke Teil des Herrenhauses aus gekalktem Stein mit seinen hölzernen Obergeschossen bestand aus dem dreistöckigen Wohnturm, der rechte aus dem wuchtigen Hauptgebäude, dessen unteres Geschoss als Vorratshaus diente. Gekrönt wurde das Haupthaus von einem großen, luftigen Dachpavillon mit zahlreichen offenen Fensterbögen. Die überdachte Außentreppe verdeckte den niedrigeren Mittelbau, der Wohnturm und Haupthaus miteinander verband. Läden und Verschalungen der Fenster waren wie die Türpfosten mit bunt bemalten Schnitzereien verziert. Eljas Großvater hatte eigens Zimmerleute aus Kischi kommen lassen, die dieses Haus ebenso wie jedes andere Siljongorods »geschnitten« hatten, wie sie es nannten.

Während die Pferde zu den Ställen geführt wurden, blieb Rurik stehen. Zögernd ging Elja einige Schritte auf ihn zu. Doch er kam ihr bereits entgegen, fasste ihre Schultern und küsste sie, bevor er sie in eine innige Umarmung nahm. Noch immer sprach er kein Wort. Aber als er sie losließ, sah sie Tränen in seinen Augen. Er nahm ihr Gesicht in beide Hände und küsste sie erneut. Angesichts der Freude, die ihre Heimkehr ihm so offensichtlich bereitete, schämte Elja sich der Furcht, die sie eben noch empfunden hatte. Ihr Vater ließ sie abrupt los, mit einem entschuldigenden Lächeln, als habe der Überschwang seiner Gefühle ihn alles andere vergessen lassen, und wandte sich Andrej zu.

Er umarmte und küsste auch ihn, mit mehr Herzlichkeit, so empfand es Elja, als er Roman je erwiesen hatte. Noch mehr als dies jedoch erstaunte sie der Ausdruck auf Andrejs Gesicht, als Rurik den Arm um seine Schultern legte, den anderen um sie. Als Elja später noch einmal an diesen Moment dachte, war sie sich sicher, sie habe sich geirrt, der Widerschein der Sonne, die für einen kurzen Moment hinter den Wolken hervortrat, müsse sie genarrt haben. Es war ausgeschlossen, dass Andrej zu einem solch unverstellten Ausdruck der Verehrung, ja der Liebe fähig sein konnte.

Auf der Treppe ging Andrej ihnen voraus und öffnete im Obergeschoß die Tür zur Gornica, dem Wohnbereich der Familie. Sofort eilte ein Cholop herbei, um sich ihrer Mäntel anzunehmen. Mehr als vierzig Sklaven dienten der Familie Lankow. Jeder Einzelne von ihnen hatte sich ohne Zwang in die Unfreiheit begeben, sei es, um ein gesichertes Auskommen zu haben, oder weil Schulden ihn bedrückten. Viele Cholopen behaupteten, sie lebten besser als zuvor, denn ein Sklave konnte weder besteuert noch eingezogen werden.

»Lasst uns allein«, wies Rurik den Mann an, bevor er die Tür zum Wohnraum öffnete. »Und schick Jost zu mir.«

Er schob Elja vor sich in den Raum, bevor er mit Andrej folgte, ergriff ihre Hand und führte sie zu drei gepolsterten Lehnstühlen. Er ließ sie nicht los, als er sich in den größten der Stühle sinken ließ und Elja in den zu seiner Linken zog.

»Willst du uns ein Gläschen Wein holen?«, wandte er sich an Andrej.

Eljas Blicke folgten ihrem Stiefbruder, in der Absicht, sich ihr Zuhause wieder anzueignen. In den silbernen Leuchtern brannten bereits Kerzen, obwohl noch farbiges Licht durch die Fenster aus deutschem Glas fiel. Der Raum konnte es an Größe mit denen im Haus der Fürstin Basilowa aufnehmen und stand ihnen in seiner Pracht in keiner Weise nach. Goldgerahmte Gemälde italienischer Meister schmückten die bemalten Wände, und den intarsienverzierten Boden bedeckten Teppiche aus reiner Seide.

Andrej hatte gerade die gefüllten Römergläser abgestellt und sich zu ihnen gesetzt, als die Tür sich erneut öffnete. Der großgewachsene, magere Mann im langen grauen Einreiher, der mit einem knappen Gruß den Raum betrat, war Elja unbekannt. Sie hatte sofort den Eindruck, er sei kein Jarostny. Er trug einen hölzernen Kasten unter dem Arm, den er auf den großen Esstisch stellte und öffnete. Ohne ein Wort zu sagen, entnahm er ihm ein Fläschchen und ein kleines Glas, in das er einen Fingerbreit einer honigfarbenen Flüssigkeit goss, bevor er es Rurik reichte. Der nahm es mit einem matten Lächeln entgegen und leerte es in einem Zug. Er schüttelte sich und gab es Jost zurück.

»Deine Tränke werden immer ungenießbarer!«, brummte er.

Jost hob müde die Mundwinkel, als sei Ruriks Bemerkung nichts als ein altes Ritual ohne jeden Sinn.

Elja musste an sich halten, nicht staunend den Mund zu öffnen. Jost war ein Arzt! In den westlichen Ländern war die Ausbildung von Heilkundigen nicht ungewöhnlich. Auch der Zar und einige der höchsten russischen Fürsten hatten ausländische Ärzte in ihren Diensten, doch gab es im ganzen Reich nicht einmal zwei Dutzend von ihnen. Dem Volk blieb nur die Möglichkeit, der gesunderhaltenden Wirkung kalten Wassers und heißer Dampfbäder zu vertrauen. Bei Verrenkungen und Beinbrüchen wandte man sich an den *kostopraw*, ansonsten griff man zu allgemein bekannten Mitteln wie Salben oder Kräutertees. Wer ernsthaft erkrankte, verließ sich je nach Neigung auf Heiligenbilder oder heidnischen Zauber.

»Ihr hättet nicht ausreiten sollen!«, beschied Jost streng und streifte Elja mit einem Blick, der deutlich machte, wem er die Schuld daran gab. Seine Stimme hatte einen fremdartigen Akzent, doch war dies nichts Ungewöhnliches unter den Kosaken, die sich aus Zuwanderern vieler Länder zusammensetzten. »Seht Euch nur an! Ihr könnt es wohl gar nicht erwarten, die lange Reise anzutreten.«

»Das fallende Blatt raunt dem lebenden Menschen etwas zu«, zitierte Rurik gleichmütig die Redensart. »Aber ich musste es tun. – Wenn du nichts für mich hast, was mir wirklich hilft, kannst du wieder verschwinden.«

Da die Aufmerksamkeit ihres Vaters abgelenkt war, konnte Elja die Gelegenheit nutzen, ihn ungestört zu betrachten. Wie zu der Zeit, als sie ihn zum letzten Mal gesehen hatte, trug er seine schwarzen Haare kurz und ließ sich nach Art der Lateiner den Bart scheren, auch wenn Vater Simeon der Meinung war, es gebühre einem Christenmenschen, den Bart so wachsen zu lassen, wie es dem Herrn gefällig sei, und ein nacktes Kinn rege die Männer zu unzüchtigen Handlungen untereinander an. Er war noch immer gutaussehend, stämmig, ohne beleibt zu sein. Auch seine tiefe Stimme klang kräftig. Doch er war blass, und Schweißtropfen benetzten seine Stirn. Für Elja wiederholte sich der Schrecken des Tages, an dem sie geglaubt hatte, Andrej sei mit der Nachricht seines Todes zu ihr gekommen.

Jost schloss den Kasten mit einem dumpfen Knall. »Ich lasse Euch den Trank hier, falls die Schmerzen zu stark werden.«

Im Hinausgehen wandte er sich an Andrej: »Und sorgt dafür, dass er etwas zu sich nimmt – ob er will oder nicht.«

Rurik verzog das Gesicht. Andrej nickte nur knapp, ohne die Augen zu heben.

Als kurz darauf mehrere Cholopen Schüsseln und Teller hereinbrachten und kaltes Fleisch, Brot, Butter, mit Pilzen gefüllte Piroggen, eingelegte Gurken und rote Bete auf dem

Esstisch anrichteten, musste Elja feststellen, dass ihr Vater, der stets über einen guten Appetit verfügt hatte, nur zaghaft zugriff. Entgegen Josts Aufforderung nötigte Andrej ihn jedoch nicht. Rurik entschuldigte sich für die Einfachheit des Mahls.

»Ich habe erst vor kurzem erfahren, dass ihr heute eintreffen werdet.« Wieder leuchteten seine Augen. »Aber morgen werden wir die Heimkehr meiner Kinder mit einem Festmahl feiern.«

Es schmerzte Elja zu hören, mit welcher Selbstverständlichkeit er seinen Sohn durch Andrej ersetzte.

»Wieso sagtest du, du habest ausreiten müssen?«, fragte sie später, als sie nach dem Essen wieder in den Lehnstühlen Platz genommen hatten. »Ich hoffe, du hast dich nicht um meinetwillen überanstrengt.«

»Nein, mach dir darum keine Sorgen. Jost neigt dazu, zu übertreiben.« Rurik seufzte. »Es ist nur – die Jarostnye wissen nicht, wie es um mich steht.«

Elja war daran gewöhnt, dass Andrej nur selten ihren Blick zurückgab. Es verärgerte sie stets aufs Neue. Er hatte ihr nicht gesagt, dass Rurik vor den Jarostnye die Tatsache verheimlichte, er habe nicht mehr lange zu leben.

»Ich muss es dir erklären«, fuhr ihr Vater fort. »Du warst nicht hier, als – als Roman uns genommen wurde. Du weißt nicht, wie es war. Ich musste eine Entscheidung treffen.«

Elja bemerkte, dass Andrej seinen Stiefvater aufmerksam ansah.

»Ich habe diese Entscheidung niemals bereut. Aber unter einigen der jüngeren Jarostnye ist – Unruhe entstanden. Sie waren überrascht, dass ich jemanden wählte, der nicht bei uns gelebt hat. Sie hatten wohl gehofft, einer von ihnen nimmt den Platz ein, nachdem meine Kinder …«

Er verstummte.

Elja lag es auf der Zunge zu fragen, warum er sich ausgerechnet für Andrej entschieden hatte.

»Ich muss ihnen Zeit geben, sich an den Gedanken zu gewöhnen.« Er sah Elja eindringlich an. »Aber diese Zeit habe ich nicht – und auch nicht mehr die Kraft dazu. Ich hoffe, du kannst mir dabei helfen.«

Den ganzen Tag über hatte sich in Elja das Gefühl verstärkt, in eine Falle geraten zu sein. Nun, in einem Augenblick, als die Anspannung eben begann, von ihr zu weichen, schnappte das Eisen zu. Nie hatte diese Reise etwas anderes sein sollen als eine Möglichkeit, ihren Vater noch einmal zu sehen und Frieden mit ihm zu schließen. Doch Elja war kaum hier angekommen, und er versuchte, sie erneut in die Pflicht zu nehmen. Sie musste Andrej nicht ansehen, um zu wissen, wie sehr ihm dies missfiel.

Ruriks Hand war breit und kräftig. Als er nun die ihre ergriff, musste Elja sich beherrschen, sie nicht zurückzuziehen. Seine Berührung war die eines alten Mannes. Sie hielt still, weil sie fürchtete, er sei zu schwach, sie festzuhalten.

»Mein Töchterchen ist wieder dort, wo es hingehört«, sagte er. »Nun wird alles gut werden.«

Elja schloss die Tür hinter sich und ließ sich mit einem Seufzen dagegenfallen. Zum ersten Mal seit Tagen war sie allein.

Wie das Haus, so diente auch dieser Raum nur einem einzigen Zweck: Rurik Semjonowitsch Lankow versuchte sich und die Welt davon zu überzeugen, ein Fürst zu sein. Eljas Schlafgemach sah aus wie das Innere eines Schmuckkästchens. Die Tür wie auch deren Rahmen, die Wände und die Decke waren mit verschlungenen Mustern bemalt, von denen keines dem anderen in Form und Farbe entsprach, und die dennoch ein harmonisches, anheimelndes Ganzes ergaben, in das sich auch die Kacheln des großen Ofens einfügten. Die Fensterläden waren bereits geschlossen, doch Elja sah vor sich diesen Raum im sanften Sonnenschein, der durch die gewölbten Butzenscheiben hereinkam. *Mein Töchterchen ist wieder dort, wo es hingehört,* hörte sie in ihrem Geiste. Sie schob das Gefühl der Beklemmung beiseite, das diese Worte in ihr auslösten, und begann, sich auszukleiden.

Alles in diesem Raum war unverändert geblieben. Als Elja jedoch eine der Truhen öffnete, die nie etwas anderes als die dunkle Tracht der Jarostnye und einige wenige Festgewänder beherbergt hatten, quoll ihr ein Reichtum an leuchtenden, seidigen und bestickten Stoffen entgegen. Einen Augenblick lang meinte sie verwirrt, in die Gemächer einer Fremden geraten zu sein. Zögernd nahm sie ein wasserblaues, besticktes Samtkleid heraus. Als sie es erkannte, stockte ihr der Atem. Es musste jahrelang im Vorratshaus gelegen haben, dennoch roch es nicht muffig, sondern würzig nach Kräutern.

Elja hatte geglaubt, Rurik habe nach dem Tod seiner Gemahlin alle ihre Besitztümer vernichtet. Es rührte sie, die Kleider hier vorzufinden. Indem ihr Vater sie ihr gab, achtete er nicht nur, dass sie sich nicht länger zu den Jarostnye bekannte, sondern zugleich die Bindung zwischen Mutter und Tochter, die er stets zu behindern getrachtet hatte. Als Elja die Kerzen gelöscht hatte und das vertraute Gewicht des Federbettes begrüßte, kamen ihr noch einmal seine Worte in den Sinn. Mit einem Mal klangen sie nicht mehr bedrohlich, sondern beruhigend.

Nun wird alles gut werden.

6

Meinem lieben Mütterlein Fürstin Eudoxia Denisowna Basilowa entbiete ich untertänigste Grüße von deiner Tochter. Du warst so freundlich, Dich nach meinem Befinden zu erkundigen. Seit ich weiß, dass ich empfangen habe, plagt mich oft Übelkeit, doch man sagt mir, ich müsse mich darum nicht sorgen. Ich weiß es nicht, denn ich habe niemanden, mit dem ich reden kann, außer den Mägden. Die Frauen hier sind mir fremd. Sie besitzen weder Höflichkeit noch Anstand, kleiden sich wie die Männer und haben deren schlechte Sitten übernommen.

Elja ließ das Blatt sinken, das mit feinen, verschnörkelten Buchstaben bedeckt war. Beinahe vier Jahre waren seit dem Tod ihrer Mutter vergangen. Und doch hörte sie ihre weiche Stimme bei jedem Wort, das sie las.

Auf ihrer Reise hatte sie nicht gewagt, das rotseidene Band zu lösen, das die Briefe zusammenhielt. Sie konnte die Geduld des Wartens nur schwer aufbringen und wusste doch, sie würde Muße und Abgeschiedenheit brauchen, gewiss nicht die gleichgültigen, aber scharfen Blicke ihres Stiefbruders. Bevor sie gestern zu Bett gegangen war, hatte sie das Bündel in den Tiefen einer Kleidertruhe verwahrt, zu müde, um mit der Lektüre zu beginnen. Auch am heutigen Tag hatte sie keine Zeit dafür gefunden, erst jetzt, wo es draußen dämmerte und Domna die Kerzen entzündet hatte. Elja saß am Tisch vor ihrem Fenster und streichelte geistesabwesend den Samt des hellgrünen Gewandes, das sie vorhin aus einer der Truhen genommen und angezogen hatte.

Siebzehn Jahre war ihre Mutter gewesen, als sie diesen Brief schrieb, errechnete sie, einen der ersten, die sie der Fürstin gesandt hatte.

Ich versuche dennoch, meinem Kindchen nur die besten Träume zu bereiten, wie Du mich gemahnt hast, las sie weiter. *Rurik verbringt die Nächte nicht bei mir. Er weiß, wie er sich vor mir schützen kann.*

Elja krauste die Stirn. Was hatte das zu bedeuten?

Er sagte mir, Du habest es seinem Vater verraten. Ich bin Dir darum nicht gram, denn ich bin gewiss, er hat Dich dazu gezwungen. Ich bin wie eine Geisel, und das weißt Du. Du wolltest mich nur vor seinem Zorn bewahren. Und auch dem Fürsten, meinem Väterchen, nicht, dass er mich mit Rurik zusammengab, der doch auch nur ein junger Mensch ist und kein Sagen in dieser Sache hatte.

Die nächsten Briefe enthielten keine Hinweise, was die geheimnisvollen Andeutungen Roxandas bedeuten mochten. Elja überflog sie, wollte nur ihren Gehalt in sich aufnehmen, und beschloss, sie bei nächster Gelegenheit ausführlicher zu lesen und in sich klingen zu lassen. Sie berichteten über das Leben in diesem Haus, und obwohl die junge Frau bemüht schien, ihre Mutter nicht zu belasten und ihr keine Vorwürfe zu machen, wurde deutlich, wie unglücklich sie an der Seite eines Mannes war, den sie als kalt und roh empfand. Noch schwerer aber, als dies zu begreifen, war es für Elja, sich selbst in den Briefen der Mutter beschrieben zu finden. Stets spiegelten sich Liebe und Zärtlichkeit in ihnen, mit der Zeit jedoch Besorgnis, dann Angst, schließlich Gewissheit, die Tochter ganz und gar an die fremde und beängstigende Welt der Jarostnye zu verlieren.

Zu einer Zeit, als Elja dreizehn Jahre alt war, schrieb sie:

Meine Tochter, meine Sonne, sie ist mir ganz fremd geworden. Das hat dieser Satan vollbracht. Sie setzt ihre Studien bei Phortios fort, spricht Griechisch und Latein so gut wie das Russische. Doch Rurik lehrt sie, wie ein Mann zu reiten, auch zu schießen und zu fechten. Sie redet mit viel Freude davon. Aber von dem, was eine gute Frau können sollte, will sie nichts wissen. Sie ist noch jung, kann sich noch ändern. Aber was, wenn es nicht so ist? Was, wenn sie so wird wie er?

Mein Söhnchen bereitet mir viel Freude. Er ist brav und fleißig und in allem so, wie ich mir ein Kind immer gewünscht habe. Doch was nützt es, wenn er das Wesen hat, ihn sein Geschlecht aber doch ausschließt zu empfangen, was ich ihm geben könnte? Was soll ich tun, mein Mütterlein? Soll versiegen, was über unsere Vormütter auf uns gekommen ist? Kann ich aber wagen, dass diese Waffe in die Hände des Feindes gelangt? Wärest du nur hier, um mir zu raten.

Eljas Augenbrauen zogen sich zusammen. Auch an dieser Stelle wieder die geheimnisvollen Andeutungen, die sie nicht begriff. Sie wusste nicht, ob Roxanda sich so vage geäußert hatte, weil es sich um etwas handelte, das ihrer Mutter gegenüber keiner weiteren Erläuterung bedurfte, oder ob sie die Entdeckung fürchtete. Ihr Herz begann schneller zu schlagen. Würde sie nun endlich erfahren, was es mit dem Erbe auf sich hatte, von dem sowohl Roxanda als auch Eudoxia gesprochen hatten? Elja griff zum nächsten Brief, als es an der Tür klopfte. Sie sprang auf, raffte die Schriftstücke zusammen und versteckte sie erneut in der Truhe, bevor sie zur Tür ging und sie öffnete. Davor stand ihre Leibmagd.

»Ich soll Euch ausrichten, Euer Vater erwartet Euch«, sagte sie.

Elja war froh, schon fertig gekleidet und frisiert zu sein. Sie hatte völlig die Zeit vergessen.

»Ich danke dir, Domna«, sagte sie. »Richte ihm aus, ich werde sogleich kommen.«

»Halt, warte noch«, rief sie der Magd nach, die sich bereits zum Gehen gewandt hatte. »Wird Marko auch da sein?«

Sie hätte es nicht ertragen, ausgerechnet bei der Feier ihrer Heimkehr dem Mann zu begegnen, in dem sie nur noch den Schänder Akulinas sehen konnte.

»Aber nein«, erwiderte Domna. »Er hat Siljongorod bereits vor einem Monat verlassen. Er lebt jetzt in Drugoi Kargala.«

Als Elja die Tür zum Empfangsraum öffnete und Gespräche und Lachen sie überfluteten, hätte sie am liebsten wieder kehrtgemacht. Die zwei Dutzend Menschen, die um die lange Tafel versammelt waren, sprangen auf und klatschten, als sie ihrer ansichtig wurden. Einige kamen gleich auf sie zu, umarmten und küssten sie. Elja erkannte alte Freunde, darunter Sofija und Fedorka, und für den Moment fand sie sich wieder im Spiegel der lachenden Münder und strahlenden Augen.

»Komm her, mein Herz«, rief ihr Vater vom Kopf der Tafel und wies auf den Platz zu seiner Linken. Zu seiner Rechten saß Andrej.

Auf dem Weg kam Elja an Olena und Kyrill vorbei. Kyrill, an dem alles zu groß schien, seine Nase, Hände und Füße, die ganze Gestalt, lächelte ihr zumindest scheu entgegen.

Olena trug ihr langes, blondes Haar streng in der Mitte gescheitelt und hatte ihren Zopf heute um den Kopf gewunden. Ihr Haaransatz war dunkel wie auch die Augenbrauen. Die braunen Augen erschienen groß im Vergleich mit dem kleinen Mund, was ihrem Wesen entsprach: Sie sah mehr, als sie sagte. Als Elja sich ihr näherte, blieb Olena steif stehen, legte die Hand auf ihr Herz und verbeugte sich.

»Du kennst ja alle hier«, sagte ihr Vater, als Elja sich gesetzt hatte. »Bis auf Stepan. Er ist von den Saporogern zu uns gekommen.«

Sie nickte dem Mann zu. Viele Kosaken schlossen sich für einige Zeit anderen Gemeinden an und lebten dort, mitunter für Jahre. Rurik hätte nicht zu erwähnen brauchen, dass Stepan von der Saporoger Sitsch kam. Sein geschorenes Haar mit dem zum Knoten gebundenen Haarschopf in der Mitte verriet ihn ebenso wie der riesige Schnauzbart und die schreiend bunte Kleidung.

Neben Andrej saß der unvermeidliche Rostislaw. Die beiden Männer waren die Einzigen, die an diesem Abend die düstere Tracht der Jarostnye trugen. Rostislaws Anwesenheit machte Elja deutlich, dass es an diesem Abend nicht nur *ihre* Rückkehr zu feiern galt. War er ein Freund Andrejs? Oder wollte ihr Vater auch an einem Abend wie diesem nicht auf ihn verzichten? Elja konnte sich nicht vorstellen, dass ihr Stiefbruder irgendjemandes Freund sein sollte.

Rostislaw war einige Jahre jünger als Rurik, dem er überallhin folgte. Sein Gesicht hatte all die Merkmale, die den Mann vom Weib unterscheiden, der Kiefer war kantig, das Kinn markant und gespalten. Der rasierte Schädel, die schrägen Augen seiner tatarischen Mutter und eine Narbe, die sich von der Unterlippe in Richtung Kinn zog, ließen ihn in den Augen der meisten Frauen Siljongorods nur umso anziehender erscheinen. Elja hatte dies nie begreifen können. Sie hatte Rostislaw verabscheut, seit sie ihn, kaum zehnjährig, auf die Jagd begleitet und mit angesehen hatte, wie er einem Hasen bei lebendigem Leibe das Fell abzog.

Zur Linken Eljas saß Mitka, ein blasser, dunkelhaariger junger Mann. Wie es seinem Wesen entsprach, hatte er bei der Begrüßung den anderen den Vortritt gelassen und sie so vorsichtig umarmt, als sei sie aus Glas. Er wirkte stets ein wenig linkisch, neigte dazu, Dinge umzuwerfen oder über sie zu stolpern. Doch Elja hatte schon an seiner Seite gekämpft und wusste, kaum einer konnte es auf der Jagd und dem Schlachtfeld an Mut und Geschicklichkeit mit ihm aufnehmen. Sie hegte den Verdacht, er schwärme heimlich ein wenig für sie, was ihr ungebetenerweise auch von ihren Freundinnen immer wieder bestätigt worden war. Dennoch hatte er sich ihr nie genähert. Sie war froh darüber. Mitka gehörte zu den Menschen, die es verdienen, geliebt zu werden, und denen es doch nie gelingt, die Flamme der Leidenschaft in denen zu erwecken, auf die ihre Wahl fällt.

Offenbar hatte man nur noch auf Elja gewartet, um mit dem Fest zu beginnen. Sie hatte sich kaum hingesetzt, als die Speisen aufgetragen wurden, dreierlei Fisch, dreierlei Fleisch, Hirse, mit Honigwasser angesetzter Weizenbrei, Kohl und Erbsen.

In Chulyschi hatten Elja und Andrej häufig zusammen gegessen. Seine Wortkargheit bei Tisch hatte sie für den Ausdruck seiner Abneigung ihr gegenüber gehalten. Jetzt beobachtete sie, dass er auch in dieser Runde verzehrte, was die Cholopen ihm auftaten, als erfordere diese Tätigkeit seine volle Hingabe. Wenn er auch sonst kein eifriger Redner war, sprach er nun während des gesamten Essens kein Wort und blickte kaum auf dabei.

Umgeben von Andrej, Rurik und Mitka musste Elja keine neugierigen Fragen befürchten. Sie war sich sicher, dass ihr Vater dies so angeordnet hatte. Auch nach dem Essen, als man begann, sich ausgiebig Bier, Wein und Wodka zu widmen, ersparte er ihr diese Peinlichkeit. Stattdessen begann er mit Stepan ein Gespräch, das alle anderen am Tisch übertönte.

»Nun, erzähl mir«, fragte er den Saporoger, »wie gefällt es dir bei uns?«

»Ich muss mich erst wieder daran gewöhnen, mit Frauen an einem Tisch zu sitzen«, sagte er und warf einen Blick auf Olena, die ihm gegenübersaß.

»Dann kann ich dich nur zur Vorsicht mahnen«, scherzte Rurik. »Die Weiber der Jarostnye sind von besonderer Art.«

»Das ist mir bereits aufgefallen.« Stepan starrte Olena noch immer an. »Du bist doch verheiratet«, sagte er zu ihr. »Und doch trägst du keine Haube.«

»Ach, weißt du«, entgegnete Olena gleichmütig, »wir haben uns das überlegt, mein Kyrill und ich. Wir fanden, dass sie ihm ebenso wenig steht wie mir.«

Gelächter antwortete ihr, in das Elja etwas zu laut einstimmte, wie ihr selbst auffiel.

»Gott ist zu hoch, der Zar ist zu weit. Niemanden schert, was wir hier in der Wildnis tun«, sagte Rurik nun ernsthaft. »Ihr versucht, ein Leben ganz ohne Frauen zu führen. Wir teilen unseres mit ihnen.«

»Wenn du meine Meinung wissen willst – ihr seid dabei zu weit gegangen. – Aber das hast du ja inzwischen auch eingesehen.« Stepans Blick ging beredt zwischen Elja und Andrej hin und her.

»Wer etwas eingesehen hat, ist mein Töchterlein«, gab Rurik zurück. »Sie hat eingesehen, dass sie nicht Ataman sein will. – Sie musste erst gehen, damit ich das begriff.« Er warf Elja einen liebevollen Blick zu. »Und dass Andrej nun ihre Stelle einnimmt, hängt zusammen mit dem, was er an seinen Armen und zwischen den Ohren trägt – nicht zwischen den Beinen.«

Stepan machte ein ungläubiges Gesicht. Doch Rurik fuhr fort: »Du wirst eines zugeben müssen – die Natur gibt uns recht, nicht euch. Wenn ein Mann will, dass nach seinem Tod etwas von ihm bleibt, braucht er eine Frau. Und doch tut ihr wie die Popen, als sei das Zusammensein mit ihnen etwas Schmutziges.«

»Die Lust ist keine Erfindung des Allmächtigen, sondern des Teufels«, sagte Stepan.

Damit hatte er bei Rurik alle Schleusen geöffnet. »Jeder von uns ist auf ebendiese Art entstanden. Sind wir darum Geschöpfe des Satans? – Nun, ich kann nicht für die anderen an diesem Tische sprechen – doch ich bin es gewiss nicht.«

Wieder erntete er beifälliges Gelächter.

»Warum also will man uns vorschreiben, auf welche Art und wann wir zueinanderkommen dürfen? Wenn es nach Vater Simeon ginge, dürften wir nur an sechzig Tagen im Jahr zwischen den Schenkeln einer Frau liegen – und auch nur dort, weder hinter ihr noch unter ihr, denn wir sollen sie ihre Unterlegenheit lehren. Er verbietet es uns zu den vier Fastenzeiten, an jedem Mittwoch, Freitag, Samstag und Sonntag und während der unreinen Zeit der Frau. Wenn du sie schwängerst, musst du sie nach der Niederkunft noch einmal vierzig Tage meiden. Nach meiner Rechnung bleiben damit gerade zwanzig Tage übrig. – Das mag einem vertrockneten Rohrkolben wie Vater Simeon genug sein – einem gesunden Mann schmeckt das nicht.«

»Und einer gesunden Frau!«, rief Fedorka keck.

»Und wenn es dann einmal dazu kommt«, fuhr Rurik fort, »soll ich zuvor die Ikone bedecken und das Kreuz vom Hals lösen, als sei der Allmächtige ein altes Jüngferchen, das Anstoß nehmen könnte an dem, was geschieht. – Und überhaupt: Warum hat er mir einen Hintern gegeben, auf dem ich sitzen kann, den ich aber im Schlaf nicht der Ikone zuwenden darf?«

Elja sah ihren Vater fasziniert an. Sie hatte beinahe vergessen, wie sehr er es liebte, sich mit seinen Gästen Streitgespräche zu liefern. Er war kaum des Lesens mächtig und hatte einen Schreiber, der allen Schriftverkehr für ihn erledigte. Doch nie hatte sie an seiner Klugheit gezweifelt, die aus einer unbändigen Neugier erwuchs. Er sorgte dafür, dass es in dem Unterricht, den Roman und sie genossen, nicht nur Stundenbücher und Psalter gab. Obwohl dies verpönt war, ließ er Bücher aus dem Ausland kommen, bis er eine Bibliothek von fast zweihundert Bänden sein Eigen nennen konnte.

Sie erinnerte sich, wie er sich während ihrer Lektionen bei Phortios ins Zimmer geschlichen hatte, wann immer er Zeit fand. Häufig hatte sie sich umgedreht und ihn auf einem Stuhl neben der Tür sitzen sehen, vorgebeugt, die Arme auf den Schenkeln. Seine Miene war staunend und weich gewesen wie die eines Kindes. Immer wieder behauptete er, er wolle nur wissen, was Phortios seinen Kindern beibringe, und ob er ihnen keine Narrheiten in den Kopf setze. Sie hatte es besser gewusst. Wenn ihre Blicke sich trafen, lächelten sie sich zu wie zwei Verschwörer. Nie hatte sie ihn mehr geliebt als in diesen Augenblicken.

Elja bemerkte, dass nicht nur sie, sondern dass auch Andrej sich Rurik zugewandt hatte. Auf seinem Gesicht fand sie die gleiche Bewunderung, die sie verspürte, und zum ersten Mal entdeckte sie etwas an ihm, das ihr gefiel.

Es gab kein Fest der Kosaken, bei dem nicht gesungen wurde. Es war spät, und einige der Gäste gähnten schon. Doch als das erste Lied angestimmt wurde, sangen alle mit. Und auch Elja fiel schon bald begeistert ein:

Aus Moskau machte ein Herr sich auf,
folgte dem Stillen Don in seinem Lauf.
Dort, wo die Kosaken waren,
verlas er den Erlass des Zaren,
dass sie sollten sterben.
Und das war sein Verderben.
Sie ehrten mit edlem Gebaren
wie immer den Namen des Zaren.
Doch der Herr setzte den Hut nicht ab
und hatte damit sein Leben verlorn.
Sie hackten den Kopf ihm ab voll Zorn
und der Stille Don wurde sein Grab.

Ihr Vater, dessen tiefe Stimme die aller anderen trug, ergriff ihre Hand und lachte sie an. Eine heiße Welle des Glücks erfasste Elja. Sie sah sich um. Dies waren die Menschen, die sie verstanden. Jeder in diesem Raum wusste, wie es war, Verwandte, Geliebte oder Freunde zu verlieren, aber auch, was es kostete, selbst den Tod zu geben. Lieder, wilde Tänze und wüste Gelage halfen, den Schmerz freizulassen, wenn die Seele ihn nicht mehr zu halten vermochte. Sie sah Nazars sanftes Gesicht vor sich und scheiterte bei dem Versuch, ihn sich in dieser Runde vorzustellen. Er wäre hier so fremd wie ein Granatapfelbaum in dem Obstgarten hinter dem Haus. Aber konnte er darum nicht trotzdem ihr Gemahl sein? Auch Sofija war mit Mikula, dem Schreiner, verheiratet, der kein Jarostny war.

Einer nach dem anderen löste sich aus dem Lied, kaum merklich zuerst. Rurik hatte den rechten Arm erhoben, um Schweigen zu gebieten. Während er zugleich Eljas Hand fest drückte, rief er in die Stille: »Mein Töchterlein hat mir gerade gesagt, sie sei noch immer erschöpft von der langen Reise. Ich schlage vor, ihr geht jetzt nach Hause und gönnt ihr ein wenig Nachtschlaf.«

Elja, die begriff, erwiderte kurz den Druck seiner Hand und nickte bestätigend.

Die Gäste verabschiedeten sich, und bald war sie mit ihm und Andrej allein. Rurik schienen nun rasch die Kräfte zu verlassen, er sank zurück, wischte seine Stirn mit dem Ärmel und winkte einen der Cholopen zu sich. Während der lief, Jost zu holen, warf Elja Andrej einen ärgerlichen Blick zu, der wie üblich nicht erwidert wurde. Er sah doch ebenso wie sie, wessen ihr Vater bedurfte, und hätte nach Jost schicken lassen können.

Als der Arzt kurz darauf eintraf, stand Andrej an die Wand gelehnt, die Arme verschränkt, das Gesicht so ausdruckslos, dass es unmöglich war zu erraten, was ihn bewegte. Elja beobachtete ihn, während Jost sich um Rurik bemühte, auf der Suche nach Nahrung für ihren Ärger. Warum zog er sich zurück, als Rurik ihn brauchte? Ihr Gefühl der Verbundenheit, die sie zu ihm empfunden hatte, war verschwunden. Offenbar schätzte er seinen Stiefvater nur, wenn er stark war, und verachtete seine Schwäche. Elja half Jost, ihren Vater in sein Schlafgemach zu bringen. Sie würdigte Andrej keines Blickes mehr, als sie an ihm vorüberging, und wünschte ihm auch keine Gute Nacht.

Als Elja endlich die Tür ihres Zimmers hinter sich schließen konnte, war ihre Müdigkeit mit einem Mal verflogen. Bei Tisch hatte sie einige Male herzhaft gegähnt, was ihr missbilligende Blicke Stepans eingetragen hatte. Zunächst hatte sie sich darüber gewundert, bis sie begriff, was er von ihr erwartete: Sie sollte ein Kreuzzeichen über dem geöffneten Mund schlagen, um dem Bösen zu verwehren, auf diese Weise in ihren Leib zu schlüpfen. Sie hatte sich dabei ertappt, daraufhin noch häufiger und herzhafter zu gähnen. Auch ansonsten hatte sie sich nicht so betragen, wie man es von der Tochter eines hochgestellten Mannes erwartete. So trug sie noch immer das gleiche Gewand wie zu Beginn des Abends, anstatt sich einige Male umzukleiden. Und schon vor Stunden hatte sie Domna ausrichten lassen, sie möge doch zu Bett gehen. Elja war es nicht mehr gewohnt, sich beim Auskleiden behilflich sein zu lassen, und sie erinnerte sich noch gut daran, wie erleichtert sie gewesen war, wenn Ontonko sie nach einem harten Arbeitstag vorzeitig entließ.

Sie entzündete die Kerzen auf dem Tisch, kniete vor der Truhe nieder und holte die Briefe heraus. Sie überflog sie hastig, auf der Suche nach dem, was ein Geheimnis zwischen Eudoxia und ihrer Tochter gewesen zu sein schien. Es schien ihr, als schlinge sie ein liebevoll bereitetes Mahl achtlos herunter, und erneut gelobte sie sich, die Briefe in den nächsten Tagen mit größerer Sorgfalt zu lesen. Bei der Einschätzung ihrer Tochter schien Roxanda im Laufe der Jahre immer hoffnungsloser geworden zu sein. Als Elja das Zeichen erhalten und als Rurik sie als seine Nachfolgerin benannt hatte, schien ihre Mutter sie endgültig verloren gegeben zu haben.

Schließlich griff Elja nach dem letzten der Briefe, der nur wenige Tage vor Roxandas Tod verfasst worden war.

Meinem lieben Mütterlein Fürstin Eudoxia Denisowna Basilowa entbiete ich untertänigste Grüße von deiner Tochter.

Ich liege darnieder, bin in schlechter Gesundheit. Nachts steigt das Fieber, und bei Tag bin ich so schwächlich, dass ich geführt werden muss, wenn ich zum Abtritt gehe. Auch das Dampfbad kann ich nicht mehr aufsuchen, sondern muss gewaschen werden.

Was soll nur werden, wenn mir etwas zustößt?

Soll meine Tochter nie imstande sein, wach durch die Lande der Nacht zu streifen? Nie das Seelenhaus eines anderen betreten, ja nicht einmal ihre eigene, geheime Sprache zu begreifen? Wie Du weißt, sorgt er dafür, dass sie keine Nacht bei mir verbringen kann, seit sie zur Frau geworden ist. Du wirst sagen, dies sei kein Hindernis. Aber er lässt uns nicht einen Augenblick unbeobachtet. Selbst wenn ich wollte, könnte ich es nicht tun. Ich will etwas versuchen, doch kann ich nicht sagen, ob es gelingen wird. Hat je ein Weib versucht, das, was der Tochter gebührt, im Traum einer anderen zu verbergen?

Aber all dies sind müßige Gedanken, und ich bitte Dich, quäle Dich nicht meinetwegen. Mit Gottes Hilfe wird es mir bald wieder besser ergehen. Gewiss werde ich noch erleben, wie mein Töchterlein ihren Sinn ändert. Und dann kann ich ihr übergeben, was ihr zusteht.

Elja saß lange bewegungslos da, legte den Brief erst dann vorsichtig auf den Tisch, als sie merkte, dass ihre Finger sich verkrampften und er ihr zu entgleiten drohte. Die Kerzen verloschen eine nach der anderen, aber sie saß noch immer und starrte ins Dunkel.

7

Eigentlich war es zu früh für einen Besuch, doch Elja hatte nicht riskieren wollen, niemanden mehr anzutreffen. Auf ihr Klopfen wurde ihr unverzüglich geöffnet. Anders als am gestrigen Abend küsste Kyrill sie zur Begrüßung, nahm sie bei den Schultern und schob sie vor sich her in die *swetlica*, die helle Stube, in der seine Gemahlin am Tisch saß. Er drückte Elja auf einen Stuhl, bevor er sich selbst niederließ, als befürchte er, sie werde fliehen oder sich von Olena vertreiben lassen.

Olena blickte lediglich kurz auf und nickte, bevor sie sich wieder ihrer Arbeit zuwandte.

Sie hatte ein Tuch über die Schmalseite des Tisches gebreitet und hielt ihre Schaschka in Augenhöhe vor sich. Es war eine elegante Waffe, mit einer nur leichten Krümmung, die nicht nur als Hieb-, sondern auch als Stichwaffe eingesetzt werden konnte. Sie hatte keinen Handschutz, damit sie sich nicht in der Kleidung verfing. Elja beobachtete, wie Olenas Finger sich um den Griff schlossen, fühlte den vertrauten Druck des polierten Holzes fast selbst in ihrer Hand. Und doch würde ihre Rechte nie wieder einen Säbel im Kampf führen. Sie neigte den Kopf ein wenig, um zu beobachten, wie die Sonnenstrahlen die Klinge hell vergoldeten.

Olena sah sie durchdringend an. Sie zog eine Augenbraue hoch, bevor sie einen Lappen nahm und begann, ihren Säbel zu reinigen. Elja fühlte sich ertappt. Schon immer hatte Olena die beunruhigende Fähigkeit gehabt, ihre Gedanken lesen zu können.

Kyrill räusperte sich und stand auf. »Ich – ich werde mal nach –« Er brach ab. »Ich lasse euch besser allein.«

Bevor Olena protestieren konnte, war er verschwunden. Sie entkorkte ein Fläschchen und gab eine winzige Menge des Inhalts auf ihren Lappen. Elja erschnupperte den Geruch von Nelkenöl, den sie als Kind stets mit Zahnweh in Verbindung gebracht hatte. Sie schwieg auch weiterhin, wartete, bis die Schaschka sorgfältig eingeölt und in der ledernen Scheide verstaut war. Erst als Olena sich abrupt erhob, fasste sie ihr Handgelenk und sagte: »Bitte, bleib.«

Olena setzte sich wieder, doch ihr Gesicht blieb verschlossen.

»Ich weiß, du bist mir böse, weil ich fortging –«, begann Elja.

»Du weißt überhaupt nichts!« Olena sprang auf, stellte sich an eines der großen Fenster und verschränkte die Arme. »Es ist mir völlig gleichgültig, ob oder wohin du gehst. Meinetwegen kannst du nach Riga gehen! Oder nach Indien!«

»Aber –«

»Du bist einfach verschwunden! Ohne ein Wort! Ich habe gedacht, wir sind Freundinnen!«

Elja flog auf sie zu, brachte sie beinahe zu Fall mit ihrer Umarmung, die nicht erwidert, aber zumindest auch nicht zurückgewiesen wurde. Elja küsste die Freundin ein übers andere Mal, nannte sie »mein Herz« und »meine Sonne« und spürte, wie sie in ihren Armen die Härte verlor. Als sie glaubte, es wagen zu dürfen, führte sie Olena zum Tisch zurück. Dort hielt sie weiter ihre Hände, die sie immer wieder an ihr Gesicht drückte und küsste.

»Ich traute mich damals nicht, mit dir zu sprechen. Ich fürchtete, du würdest versuchen, mich aufzuhalten.«

»Gewiss hätte ich das versucht!«, fuhr Olena auf. »Und vielleicht willst du mir nun endlich verraten, wieso du gegangen bist?«

Elja erzählte, bis die Schatten im Raum verschwanden. Sie

erzählte von den Zweifeln, die über Jahre gewachsen waren und an dem Tag die Oberhand gewonnen hatten, als Rurik die Schändung Akulinas befahl.

Olena hörte aufmerksam zu, doch Elja hätte nicht zu sagen gewusst, ob sie verstanden wurde. Als sie geendet hatte, zuckte Olena lediglich mit den Schultern.

»Nun, die Hauptsache ist, du bist wieder zurück.«

Ich kann es ihr nicht sagen, dachte Elja. *Nicht jetzt.*

Sie waren vorsichtig miteinander. Elja erkundigte sich nach alten Bekannten, erfuhr von Liebschaften, Geburten und vom Tod. Olena fragte nicht, wo sie gewesen sei und was sie erlebt habe, und Elja nahm es als Teil ihrer Buße an, vorerst darüber schweigen zu müssen.

»Weißt du, wie Roman starb?«, fragte sie nach einiger Zeit. Sie hatte Andrej nicht fragen wollen und ihren Vater nicht zu fragen gewagt.

»Ich war nicht dabei. Aber Kyrill. Er kann dir Auskunft geben. Die Tataren hatten uns Pferde gestohlen, und wir wollten sie zurückholen. Es ist uns gelungen, doch sieben von uns sind gefallen. Er schaffte es noch zurück. Aber ein Pfeil hatte ihn so schwer verwundet, dass er zwei Tage später starb.«

Kein Tadel lag in ihrer Stimme, doch das war auch nicht nötig. Elja machte sich selbst genug Vorwürfe. Gestern war sie am Grab ihres Bruders gewesen, hatte zu seinen Ehren gegessen und zu ihm gesprochen.

Sie schwiegen eine Zeitlang, bis Elja es wagte, die Frage zu stellen, die sie beschäftigte, seit sie ihrem Stiefbruder zum ersten Mal im Garten des »Segelflickers« gegenübergestanden hatte.

»Kannst du mir sagen, warum mein Vater ausgerechnet Andrej zu seinem Nachfolger bestimmt hat?«

Die Worte waren sorgfältig gewählt. Aber sie hatte sie kaum ausgesprochen, als sie merkte, dass sie einen Fehler gemacht hatte. Olenas Züge verhärteten sich erneut, doch schließlich antwortete sie: »Irgendjemanden musste er ja bestimmen.«

»Gewiss. Aber warum keinen von euch? Warum nicht Kyrill? Oder Rostislaw? Warum einen Fremden?«

»Seit wann seid Rostislaw und du innige Freunde? Ich bin froh, dass er uns als Ataman erspart blieb.«

Elja nickte zögernd. »Doch warum Andrej? Weißt du es dir zu deuten?«

»Nun, dein Vater wird sich gewiss etwas dabei gedacht haben.«

Elja konnte nicht einschätzen, ob hinter Olenas Gleichmut grenzenloses Vertrauen in die Entscheidungen ihres Atamans steckte oder ob sie seiner Tochter gegenüber nicht wagte, sie zu beanstanden. Jedenfalls war mehr aus ihr nicht herauszubekommen, und so ging Elja zu unverfänglicheren Themen über.

Elja hatte Almas gerade abgesattelt und den Stall verlassen. Anna kam um die Ecke mit einem großen Korb Wäsche, die so nass war, dass sich unten am Geflecht Tropfen sammelten und auf den Boden platschten. Es war das erste Mal, dass Elja die Magd allein traf.

Sie vertrat ihr den Weg. »Stell deinen Korb ab und komm mit mir in den Garten, ich bitte dich.«

Anna gehorchte ohne Zögern und folgte Elja. Erst als sie um das Wohnhaus herumgegangen waren, kam Elja in den Sinn, die Bleichwiese neben dem Badehaus sei ohnehin Annas Ziel gewesen.

Ein Zaun umgab den Garten, in dem tönerne Bewässerungsrinnen verliefen und Kirschbäume wie Wachtürme an den Ecken langer Gemüsebeete standen. Elja konnte sich an keine Zeit erinnern, zu der Anna noch nicht im Hause der Lankows diente. Und doch hätte sie nicht zu sagen gewusst, ob sie je ein Wort mit ihr gewechselt hatte. Und hätte man sie gebeten, die Magd zu beschreiben, wäre ihr nicht mehr in den Sinn gekommen, als dass sie dunkles Haar habe. Nun sah sie, dass nicht einmal das mehr zutraf. Annas Haar war grau geworden.

Die Magd stand unbewegt vor ihr, verlegen, als wisse sie nicht, wie sie sich verhalten solle, da sie aus ihrer Aufgabe gerissen worden war.

»Du warst bei meiner Mutter, als sie starb?«

Anna riss die Augen auf, dann blickte sie zu Boden. »Ja, gnädiges Fräulein. Das war ich. Aber das ist doch schon vier Jahre her.«

»So kannst du mir gewiss sagen, wie ihre letzten Stunden waren?« Wieder überraschte Elja der ängstliche Ausdruck auf Annas Gesicht. Die Magd schüttelte den Kopf. »Aber ich verstehe das nicht«, setzte Elja nach. »Man sagte mir, du seist bei ihr gewesen in ihrer letzten Nacht.«

»Das war ich, aber –«

»So erzähl mir doch, was du weißt. Was auch immer es ist, es wird mir wertvoll sein.«

Anna holte tief Luft. »Sie war ja damals krank, Eure arme Mutter.«

Elja nickte, wobei sie sich große Mühe gab, einen freundlichen Gesichtsausdruck zu bewahren.

»Sie war im Fieber und sagte so manches –«

Elja krauste die Stirn. »Willst du damit sagen, sie war nicht mehr bei klarem Verstand?«

»Wer weiß das zu sagen? Sie hatte nur allen Mut verloren.«

»Wie kommst du darauf?«

»Sie hat mich angefleht, sie nicht allein zu lassen. Ich musste auf das Kreuz schwören, dass ich bei ihr bleibe. Sie hat gesagt, es ist vielleicht ihre letzte Nacht.«

»So war es auch«, sagte Elja. Anna nickte bedrückt.

»Und – was hast du getan?«

»Ich habe getan, was sie wollte, und mich zu ihr gesetzt. Bis sie tot war.«

»Ist das alles?« Elja gelang es nicht, ihre Enttäuschung zu verbergen.

Anna wirkte noch immer, als beschwere sie etwas. »Sie war doch eingeschlafen – und sie hat ganz ruhig geatmet. Ich habe doch nicht gewusst –«

Elja packte die Magd am Arm. »Anna, was willst du mir sagen?«

»Ich – ich bin eingeschlafen.« Annas Augen flehten um Vergebung. »Als ich erwachte, war sie schon kalt.«

Eljas Herz tat einen Sprung. Mit einem Mal kamen ihr die Worte in den Sinn, die Roxanda im letzten Brief an ihre Mutter geschrieben hatte. *Hat je ein Weib versucht, das, was der Tochter gebührt, im Traum einer anderen zu verbergen?*

Sie nahm einen tiefen Atemzug. »Oh Anna, wenn dies dein ganzes Vergehen ist – so sei dir verziehen. Ich danke dir, dass du es mir erzählt hast.«

Die Magd nickte und wandte sich zum Gehen.

»Anna – warte noch einen Augenblick.«

Das Gesicht der Magd war nun offen, als sei eine Last von ihr abgefallen.

»Ich bitte dich – würdest du das Gleiche für mich tun? Würdest du diese Nacht bei mir verbringen?«

Kurz nur zeigte sich Verwunderung auf Annas Gesicht, bevor sie ersetzt wurde durch die Maske derer, die gewohnt sind, sich jedem Befehl zu fügen, so unsinnig er auch sei.

»Wie Ihr befehlt, gnädiges Fräulein.«

»So komm heute Abend zur Schlafenszeit zu mir«, sagte Elja und fügte hinzu: »Sieh zu, dass mein Vater es nicht bemerkt. Männer verstehen nichts von den Dingen, die uns Weiber umtreiben.«

Elja schickte sich gerade an, ins Bett zu schlüpfen, als Anna hereinkam und sich verstohlen umblickte.

»Niemand hat mich gesehen«, verkündete sie mit Verschwörermiene.

»Das hast du gut gemacht. Hast du ein Nachtgewand bei dir?«

»Gnädiges Fräulein, ich dachte, ich soll über Euch wachen?«

»Nein, ich wollte nur nicht allein sein in dieser Nacht. So nimm dir eines von meinen oder schlafe nackend, wie es dir gefällt und du es gewohnt bist.«

Sie legten sich nebeneinander und wünschten sich eine gute Nacht. Bald schon zeigten Annas gleichmäßige Atemzüge, dass sie eingeschlafen war. Das Bett war breit genug, um zwei Menschen Platz zu bieten. Doch ein scharfer Geruch nach Bier und Zwiebeln störte Elja ebenso wie das leise Schnarchen an ihrer Seite. Lange warf sie sich unruhig hin und her. *Ja, bleib nur wach in dieser Nacht,* schalt sie sich. *Dann wirst du nie erfahren, ob ihr gelungen ist, was sie versuchte.* Über ihr Grübeln spürte sie nicht, wie ihre Glieder allmählich schwer wurden und sie unmerklich in den Schlaf glitt.

Es war nicht das vergängliche, die Sinne dämpfende Dunkel der Nacht. Nichts schlief hier, nichts bereitete sich im Stillen vor zu keimen. Nur kalte Finsternis, die niemals Hoffnung kannte.

Nichts kürzte die Zeit, nichts konnte getan werden, denn nichts konnte verändern, was keinen Wechsel kannte. Selbst die Verzweiflung hinterließ keine Spuren und war längst der Erstarrung gewichen. Einzig die Gedanken kreisten an diesem Ort, rannten ohnmächtig gegen eiserne Bande.

Elja sank auf die Knie, verbarg ihr Gesicht, wo doch niemand sie sah, verstärkte das Dunkel, das schwärzer doch nicht sein konnte. Nie wirst du wach auf den Pfaden der Nacht wandeln. Dein Fuß wird dort nichts Bleibenderes hinterlassen, als gingest du am Ufer eines Flusses und die Wellen löschten deine Spuren. *Sie wiegte ihren Körper, ermaß die Tiefe des Verlusts, ohne zu begreifen, worin er bestand.*

Als sie ihre Augen öffnete, fand sie den Himmel in ein stür-

misches Meer verwandelt. Es überspülte die Sichel des Mondes, ließ ihn sich runden; er verschwand, rundete sich erneut und wurde wieder zur Sichel. Noch tiefer sank Elja auf den toten Grund. Das leblose Land duckte sich unter dem fahlen Licht, wurde entblößt und verraten, erregte keinen Schrecken mehr, war nur noch trostlos.

Am Horizont erschien ein reines, stetiges Leuchten. Doch es eroberte nicht die Welt, umgab nur wie ein Mantel die Gestalt, die sich langsam näherte, zwischen Schreiten und Schweben. Elja richtete sich auf ihren Knien auf, hatte keinen Blick für die Schattierungen des Todes, die sie umgaben, sah nur gebannt dem Licht entgegen. Als sie erkannte, wer da kam, verharrte sie reglos.

Die Erinnerung kam mit einem Mal und schenkte Elja, was sie glaubte, nie besessen zu haben, das Wissen um das, was sie einst verbunden hatte, zu einer Zeit, die noch keine Worte kannte. Sie war schon da, als ihre Mutter vor ihr stand, sie emporzog und in die Arme schloss. Keine Verzweiflung war in ihren Küssen und ihrem Schauen, kein Wissen um Kränkung und Tod oder auch nur um die Vergänglichkeit dieses Augenblicks. All dies war ausgelöscht, wie es den Gesetzen der Nacht entspricht. Elja durfte satt werden in dieser Umarmung, erhielt ein Geschenk, das nie zuvor gegeben ward. Als Roxanda sich nach einer Ewigkeit zart löste, bedeutete dies keinen Verlust.

Lächelnd streckte sie die Hände aus, die plötzlich etwas umfassten, und nickte Elja auffordernd zu. Elja beeilte sich, mit ihren Händen ein Gefäß zu formen. Was sie empfing, war hart wie Eisen, scharf wie eine Klinge, weich wie Gänsedaunen und schmeichelnd wie feinste Seide.

»Du hast Macht in diesem Reich«, sagte Roxanda, »kannst handeln, wo andere nur staunende Besucher bleiben. Du kannst sie hierherführen und geleiten. Die Sprache der Träume, für andere verwirrend und geheim, ist dir vertraut. Was geträumt wird, ist hier wahr, und was im hellen Licht des Tages Bestand hat unter deinen Händen, ist nichts als eine unsichere Ahnung. Hier gibt es keine Grenzen zwischen einst und jetzt, zwischen

dem, was ist, und dem, was sein wird, noch zwischen Fürchten und Suchen, zwischen Liebe und Hass. Nichts ist ein wenig, alles ist ganz und gar, ist eins und doch vielfältiger und reicher als in der flachen Welt des Wachens. Ein Meer ist an diesem Ort nichts als ein Tropfen und ein Sandkorn eine ganze Wüste. Was scheint, ist Trug; hinter der Maske verbirgt sich eine weitere, und jede ist dennoch wahrhaftiger als das Wort des treuesten Freundes. Glaube darum nicht, was du siehst, aber wisse, was du fühlst.«

Elja stand allein in einer Welt, die wieder ins Dunkel gefallen war. In ihr war tiefer Frieden. Mit beiden Händen schützte sie die Gabe, die sie erhalten hatte. Ein fahler Schein quoll zwischen ihren Fingern hervor, als sie sie vorsichtig voneinander löste. Auf der Fläche ihrer linken Hand lag ein winziger Gegenstand. Während Elja noch versuchte zu erkennen, woraus er bestand, ob aus Glas, Stoff oder Holz, rann er ihr wie Wasser durch die Finger. Sie bückte sich rasch, fürchtete schon, ihn verloren zu haben. Doch die Flüssigkeit breitete sich aus, bedeckte bald den Grund zu ihren Füßen, floss weiter und weiter. Auf ihrem Weg hinterließ sie festen Boden, einen kleinen, steinigen Pfad. Elja folgte ihm, sah voller Staunen, wie vor ihr ein großes, zweistöckiges Haus wuchs, so rasch, als arbeiteten tausend Zimmerleute zugleich daran, es zu errichten. Den dicken, soliden Steinmauern des Untergeschosses sah man an, dass sie nicht nur schweren Stürmen, sondern sogar einem Angriff trotzen konnten. Es war ansehnlich, ohne aufzufallen, hatte weder geschnitzte Balken noch sonstige Verzierungen. Die Haustür ließ sich ohne weiteres öffnen. Der Raum dahinter war kahl und langgestreckt, mit vielen Türen. Ohne Furcht wandte Elja sich zur Rechten und sah hinter der ersten Tür eine große Küche mit einem riesigen Kessel über der Feuerstelle.

Sie ging den Flur hinunter und hatte fast schon sein Ende erreicht, als sie aufs Geratewohl vor einer der Türen stehen blieb und sie öffnete.

Dahinter lag ein mittelgroßer Raum, in Länge wie Breite genau gleich. In der Mitte stand ein Schachtisch. In unbewegten Reihen warteten die hölzernen Figuren auf den ersten Zug. Ich kenne diesen Raum, *dachte Elja staunend.* In einem Traum war ich bereits einmal hier.

Sie trat vorsichtig näher, bemüht, nichts zu berühren. Plötzlich musste sie lachen über ihre Scheu. Dies war ihr Reich. Sie war die Herrin dieses Hauses. Zögernd nahm sie den dritten schwarzen Bauern und setzte ihn ein Feld nach vorn. In der Tür blieb sie noch einmal stehen und warf einen Blick zurück. Sie war sich sicher, bei ihrem nächsten Besuch würde ihr Zug mit einem Gegenzug beantwortet sein. Dies war das Haus ihrer Seele und ihrer Träume. Es lebte und hatte seinen eigenen Willen. Nie wieder würde dies sie mit Schrecken erfüllen, nur mit Neugier.

Die Welten waren nicht mehr voneinander geschieden. Das Erwachen war wie das Betreten eines anderen Raumes durch eine offene Tür.

Annas Schlaf war nun ruhig, nach der schweren Arbeit des Tages und der gerade verrichteten des Traums. Sanftes Mondlicht drang durch die Scheiben. Elja hielt es nicht mehr im Bett. Auf nackten Füßen durchquerte sie den Raum, ließ sich neben dem Ofen niedersinken und kühlte ihre feuchten Wangen an seinen Kacheln.

Sie wiederholte, was Roxanda zu ihr gesprochen hatte, wieder und wieder, und stellte staunend fest, dass die Worte kein Geheimnis für sie bargen.

Du hast Macht in diesem Reich, hatte ihre Mutter gesagt. *Ich habe Macht im Reich der Träume,* dachte Elja. Eine heiße Woge raste durch ihre Adern. Beinahe hätte sie aufgeschrien vor Freude und Triumph.

Hier gibt es keine Grenzen zwischen einst und jetzt, zwischen dem, was ist, und dem, was sein wird. Im Traum gibt es keine Zeit. Was vergangen ist, was geschieht und was noch geschehen wird – alles ist eins.

Noch zwischen Fürchten und Suchen, zwischen Liebe und Hass. Das ist die geheime Sprache der Träume, erkannte sie. Schwarz kann Weiß bedeuten, und ein Freund kann für einen Feind stehen. *Ein Meer ist an diesem Ort nichts als ein Tropfen, und ein Sandkorn eine ganze Wüste.* Das Große steht für das Kleine, und ein Teil fürs Ganze.

Roxandas Worte waren in ihr bewahrt. Niemals würde sie auch nur ein einziges vergessen. Und doch musste sie sich eingestehen, dass alle Bedenken, die ihre Mutter in ihrem letzten Brief geäußert hatte, berechtigt gewesen waren. Roxanda hatte sie überwunden und in Annas Träumen ein letztes Geschenk für ihre Tochter versteckt. Was Elja verloren geglaubt hatte, war in dieser Nacht gewonnen worden.

Sie wusste, sie würde es sich erst verdienen müssen.

8

Kurz war die Blüte der Steppe gewesen. Sie starb unter der sengenden Sonne des Hochsommers. Die heftigen Gewitter der letzten Nächte versickerten spurlos in der Erde, die nicht mehr schwarz und fett war, sondern staubgrau. Trockenes Gras, im Herbst über Dutzende von Werst willentlich in Brand gesetzt, um den Pferden der Feinde die Nahrung zu nehmen, entzündete sich nun von allein und verging zu Asche.

Das Flussbett, im Frühjahr nicht breit genug, um die rauschenden Massen geschmolzenen Schnees zu fassen, die donnernd von den Bergen stürzten, lag weit und nackt zwischen rauen Kreidefelsen und sandigem Ufer. Das Wasser, stumm und kraftlos sich zwischen den Steinen quälend, reichte den Pferden der beiden Reiterinnen kaum bis zum Bauch.

Es bedurfte nicht der Verständigung, fast schien es, als suchten die Tiere von sich aus die Stelle, an der die Frauen so oft gesessen hatten. Die Halme waren dünn und schwach, selbst im Frühling, doch weicher als das robuste Gras der nahen Steppe. Von hier aus konnte der Blick dem Don weit nach beiden Richtungen folgen.

Meist war es Elja gewesen, die zuerst das Schweigen gebrochen hatte, wann immer sie hier beieinandersaßen und schauten. Heute war es Olena.

»Hast du je einen Ort wie diesen gesehen?« Elja konnte nur stumm den Kopf schütteln. »Du bist gewiss froh, wieder zurück zu sein!«

Nun nickte Elja, rasch, zu rasch, wie sie an Olenas zweifelndem Blick erkannte. Chulyschi lag kaum mehr als ein Dutzend Tagesritte entfernt. Zwei Wochen, und sie könnte in Nazars Armen liegen. Er wartete auf sie, dessen war sie gewiss, wie lang auch immer ihre Trennung dauerte. Es gelang ihr nicht, seinen Namen auszusprechen vor der Freundin. Er würde ihr Geheimnis bleiben, bis zu dem Moment, wenn sie Olena aufs Neue würde kränken müssen. Elja beschloss, nun sei der rechte Zeitpunkt, stattdessen zu wagen, was sie seit Wochen fürchtete und ersehnte.

»Du wirst meine Frage vielleicht närrisch finden«, begann sie zögernd. »Doch wie denkst du über deine Träume?«

»Ich weiß nicht, was du meinst …« Olena packte den Strunk einer wilden Möhre, zog sie heraus und rieb die helle Wurzel an ihrem Hemd sauber. Sie biss hinein, spuckte sie wieder aus und warf die Pflanze fort. »Du kommst mir vor wie der Pope, der in der Beichte wissen will, ob man an Träume oder andere Vorhersagen glaubt und ob man zu einem Zauberer gegangen ist. Oder ob man sich vor dem Mond und der Morgenröte verneigt.«

»Nun, du kennst doch gewiss jenes Gefühl beim Erwachen, als habe man dich von einem geliebten Ort verstoßen und dir zudem alle Erinnerungen daran geraubt? Als sei dieser Ort deine Heimat, die Mutter, die für dich sorgt, deine Wünsche kennt und die zugleich schrecklicher und zerstörerischer sein kann als alles andere?«

Olena verzog das Gesicht, als habe sie beim Trinken aus Versehen die Essigflasche erwischt. »Was faselst du da von schrecklichen Müttern? Ich glaube, mein Väterchen hatte recht. Er hat sich oft gesorgt, diese ganze Lernerei könnte dir schaden. ›Hoffentlich geht sie nicht einmal in die Bücher‹, hat er immer gesagt.«

Elja lächelte. Von einem Menschen, der den Verstand verloren hatte, sagte man, er sei »in die Bücher gegangen«. »Nun, jede Mutter sollte für ihr Kindchen sorgen und ist zugleich schrecklich, denn sie hat die Macht über Leben und Tod.«

Olenas Gesichtsausdruck verstärkte sich zu einer Grimasse der Ablehnung. »Vergiss, was ich sagte. Ich will nur wissen, was du über deine Träume denkst.«

»Träume sind wie das Wetter«, sagte Olena achselzuckend. »Sie sind sonnig oder stürmisch. Und man kann sie auch nicht ändern. Es lohnt nicht, darüber nachzudenken.«

»So glaubst du nicht, ihre Bilder wollten uns etwas mitteilen?«

»Gewiss nicht. Sie sind ein Haufen närrisches Zeug. Man sagt, manche könnten in ihren Träumen einen Blick in die Zukunft tun. Doch ich habe nie jemanden getroffen, der das vermochte.«

»Was, wenn ich dir sagte, ich kennte die Gesetze dieses nächtlichen Landes und hätte die Fähigkeit, mich dort zu bewegen, wie es mir beliebt?« Elja sah ihre Freundin gespannt an.

»Und was, wenn ich dir sage, ich bin über Nacht zur Zauberin geworden?«, antwortete Olena. »Ich kann meine Haare nach Belieben rot oder schwarz, in Locken oder glatt erscheinen lassen? Du wirst mir sagen, das ist eine recht unnütze Kunst.«

»So hältst du auch das Träumen selbst für unnütz? Bist gar der Meinung, du könntest darauf verzichten?«

»Gewiss.«

Elja dachte einen Moment nach. »Dann wirst du mir erlauben, dich davon zu befreien?«

»Du würdest mir damit nichts stehlen, was mir wertvoll ist. – Aber wie willst du es anstellen?« Olenas Miene wurde mit einem Mal misstrauisch. »Und das ist auch bestimmt kein Hexenwerk?«

»Du bist es, die schon wie die Pfaffen redet«, gab Elja zurück. »Nein, es ist nichts als ein besonderes Vermögen, das von meiner Mutter auf mich kam, so, wie du von deinem Väterchen seine scharfen Augen geerbt hast.«

»Das sollte mich beruhigen? Ich weiß nicht, wie oft ich

deinen Vater habe sagen hören, auf ihrer Seite gebe es Hexenblut. Mir ist sie stets als eine freundliche Dame erschienen, und ich kenne keinen, dem sie einen Klumpfuß angehext hätte. – Nun, so nimm mir meine Träume! Tu damit, was dir beliebt, und gib mir dafür ein Fass warme Frühlingsluft als Vorrat für den Winter.«

Elja lachte. »Dazu müsste ich dich jedoch zunächst in Schlaf versetzen.«

Sofort kehrte das Misstrauen in Olenas Blick zurück. »Wie willst du das anstellen, wenn nicht durch Zauberei? Ich muss dir nicht sagen, dass ich niemandem außer dir gestatte, mich so wehrlos zu machen. – Aber du bist als eine Fremde zurückgekehrt, und darum sage ich dir: Wenn du mir Schaden zufügst, wirst du es bereuen.«

Elja nickte ernst. Dann wies sie Olena mit sanften Worten an, sich ins Gras zu legen, ihre Glieder zu entspannen und den Atem zu beruhigen. Auch die eigenen Gedanken zügelte sie auf diese Weise. Es war wichtig, sicher und zuversichtlich zu erscheinen, damit ihr Werk gelang. Sie zweifelte keinen Augenblick daran, und diese Gewissheit machte sie stark. Allein die Erregung, zum ersten Mal die Traumwelt eines anderen Menschen zu betreten, ließ ihr das Herz bis zum Hals schlagen.

Es war nicht einmal das Viertel einer Stunde vergangen, als Olenas gleichmäßige Atemzüge verrieten, dass sie eingeschlafen war. Elja blieb mit untergeschlagenen Beinen sitzen und schloss die Augen.

Eben noch hatte sie gesessen, nun stand sie. In ihren Traumkörper zu schlüpfen war jedes Mal wie ein eleganter Sprung vom Hüpfbrett, der ihr körperliches Vergnügen bereitete. Als sie die Traumaugen öffnete, stand sie vor einem kleinen, zweistöckigen Gebäude. Elja begriff, dass die Seele eines Menschen sich ihr im Reich der Träume als Haus darstellte. Jeder hatte ein anderes Bild von sich, seinem Wesen und seinen Fähigkeiten, und so unterschieden sich auch die Häuser. Olenas Seelenhaus war ebenso wehrhaft wie ihr eigenes. Der einzige Unterschied bestand in einem strohgedeckten Dach und dem Obergeschoss, dessen zwei Balkone mit ihren reichen Schnitzereien den Blick auf sich lenkten. Elja musste lächeln. Olena, sonst so uneitel, war stets stolz auf ihre wohlgeformten Brüste gewesen. Die Tür war verschlossen, es gab keine Glocke und keinen Türklopfer. Doch als Elja Olenas Namen nannte, sprang sie auf.

Auch hier erwartete sie im Inneren ein langer Gang, dessen unzählige Türen sich öffneten, als Elja sie passierte, und sich hinter ihr wieder schlossen. Sie erschrak, als sie Stimmen hörte.

In einem kahlen Raum saßen mehrere Jarostnye um einen Tisch. Einer von ihnen war Kyrill. Sie spielten Karten, und niemand schien Eljas Anwesenheit wahrzunehmen, als sie vorsichtig näher trat. Auf dem Tisch lagen ihre Schaschkas, gerade ausgerichtet und in gleichem Abstand voneinander. Ernst und konzentriert legten die Männer reihum die Karten zwischen die Säbel. Elja beobachtete sie eine Zeitlang, dann verließ sie den Raum. Wieder im Gang, glaubte sie ein leises Geräusch wahrzunehmen, als schlage jemand mit einem Hammer auf Metall. Das Hämmern wurde lauter und so durchdringend, dass Elja sich am liebsten die Ohren zugehalten hätte. Doch als sie vor der Tür stand, hinter der sie es vermutete, war es verstummt.

Ein Schritt, und sie stand in einer Schmiede. Der Raum war rußgeschwärzt, stärker noch, als Elja dies aus den Bauernstuben und Küchenhäusern kannte, die noch »schwarz geheizt« wurden und keinen anderen Rauchabzug als die Tür hatten. Hier jedoch dienten die dunklen Wände dem Zweck, die Glühfarben des Eisens besser zu erkennen.

Elja lächelte. Ihre eigenen Träume entstammten einem großen Kessel. Olenas Träume wurden geschmiedet. Sie nahm den wassergefüllten Eimer, der neben dem Amboss stand, trug ihn zu dem lichterloh brennenden Schmiedefeuer und leerte ihn über der Glut. Sofort stieg dichter schwarzer Qualm auf, der Elja in der wachen Welt die Tränen in die Augen getrieben und ihr den

Atem geraubt hätte. Der Eimer füllte sich stets aufs Neue, bis das Feuer erloschen war und der Raum im Dunkeln lag. Auf dem Weg zurück zum Eingang fand sie alle Türen offenstehend und die Räume dahinter leer.

Elja öffnete die Augen und weckte Olena, indem sie sanft ihre Schulter berührte.

»Du hättest mich ruhig schlafen lassen können«, gähnte diese wohlig.

»Dann wäre zur Mittagszeit nichts als ein Häuflein Asche von dir übriggeblieben. – Hast du etwas geträumt?«

»Nein«, meinte Olena zögernd, nahm das Ende ihres langen Zopfes und strich sich damit nachdenklich über die Nasenspitze. »Doch – warte – irgendetwas mit Kyrill, und anderen Jarostnye, und einem Kartenspiel –«

Elja widerstand der Versuchung, weitere Einzelheiten des Traumes hinzuzufügen. Wenn sie die skeptische Olena überzeugen wollte, würde sie Geduld haben müssen.

Als Elja einige Tage später morgens den Speisesaal betrat, saß dort ein einsamer Kyrill. Er sprang auf, als er sie sah, setzte sich aber sofort wieder hin. Der Teller mit Grütze, der vor ihm stand, war ebenso unberührt wie der Zinnbecher mit Kwas.

»Dein Vater musste schon fort, soll ich dir ausrichten. Andrej ebenso.« Kyrill klang hilflos.

»Ich habe verschlafen«, erwiderte Elja.

Niemand verlangte Rechenschaft darüber, was sie tat. Seit ihrer Rückkehr behandelte man sie wie einen Gast und erwartete weder, dass sie gemeinsam mit der Verwalterin das Haus besorgte, noch, dass sie sich den Jarostnye anschloss, um sich mit den Waffen zu üben oder Patrouille zu reiten.

»Rurik meinte, ich darf hier auf dich warten.«

»Gewiss nicht, um mit mir zu essen. Dein Hunger scheint nicht allzu groß zu sein. Nun, meiner ist es umso mehr.«

Elja setzte sich neben Kyrill, zog seinen Teller und den

Humpen zu sich heran und entließ die Cholopin, die neben der Tür auf Anweisungen ihrer Herrin gewartet hatte.

»Nun, so sprich«, forderte sie ihn auf, nachdem sie einige Löffel honigsüßer Weizengrütze verschlungen hatte. »Was hat dich zu mir geführt? Gewiss ist Olena nicht krank, sonst hättest du Jost aufgesucht.«

»Nein, ich glaube nicht, dass sie krank ist. Mir scheint eher – glaubst du, sie könnte vielleicht mit einem Kindchen schwanger sein?«

Eljas erste Regung war Mitleid, doch sie bemühte sich, dies zu verbergen. Sie wusste, wie lange Olena und Kyrill schon auf ein Kind hofften.

»Was macht dich das glauben? Blutet sie nicht mehr?«

»Es – ist noch nicht ihre Zeit«, sagte Kyrill zögernd. »Aber sie ist so verändert seit einigen Tagen. Sie frisst wie ein Bär vor der Winterruhe. Dauernd stopft sie sich etwas in den Mund. Und wenn ich sie frage, weshalb sie das tut, ernte ich die rüdesten Flüche. Gestern hat sie mich geschlagen.« Er rieb seinen linken Oberarm. »Das hat sie noch nie getan. – Denkst du, jemand könnte sie mit einem Schadenzauber belegt haben? Oder ist es vielleicht der Hausgeist, der seinen Schabernack mit uns treibt?«

»Nein, ich denke nicht, dass sie schwanger ist.« Die Enttäuschung auf seinem Gesicht war schwer zu ertragen. »Und auch an einen Zauber oder Geist glaube ich nicht. Was hast du noch an ihr beobachtet?«

»Sie vergisst ständig, was man ihr aufträgt. Und sie will dauernd – du verstehst – sie lässt mir im Bett keine Ruhe.«

Elja ersparte sich und Kyrill einen Kommentar. Was er genannt hatte, Heißhunger, Reizbarkeit, Vergesslichkeit und übermäßige Geilheit – all dies waren die Leiden eines Menschen, dem man die Träume genommen hatte. Wie alles andere war auch dieses Wissen mit dem Erbe der Mutter zu ihr gekommen. Sie unterdrückte ein Gefühl des Triumphes, um Kyrill nicht zu irritieren. »Wo finde ich sie?«

»Ich weiß es nicht. Als ich heute Morgen aufstand, war sie verschwunden. Aber ihr Pferd steht im Stall. Ich habe sie überall gesucht – und dann bin ich zu dir gegangen.«

Elja dachte einen Augenblick nach. Sie gab Kyrill einen aufmunternden Klaps auf den Arm, der ihn gequält das Gesicht verziehen ließ. »Ich ahne, wo ich sie finden kann.«

Olena saß auf einem wackligen hölzernen Schemel neben der Tür. Sie hatte die Unterarme auf die Schenkel gestützt, die Hände gefaltet und bewegte unablässig die Daumen umeinander. Konstantin, der Schmied, war gerade dabei, einen glühenden Eisenstift durch eine der Öffnungen des Nageleisens zu treiben. Er warf Elja einen kurzen Blick zu, der zwischen Verzweiflung und Hoffnung schwankte, und machte mit dem Kopf eine winzige Bewegung in Richtung Olenas.

Elja trat zu ihr, ging in die Hocke und hielt ihre Hände fest. »Ich habe mir gedacht, dass ich dich hier finde.«

»Wieso?«

»Was tust du hier?«, fragte Elja sanft.

»Ich wollte mir – ein paar Nägel schmieden lassen.«

»Wofür brauchst du Nägel?«

Olena starrte Elja finster an. Sie machte den Eindruck eines trotzigen Kindes, das, bei einer Lüge ertappt, nun nach einer Ausrede sucht. Nach, wie es schien, längerem Nachdenken erwiderte sie: »Was geht's dich an?«

Sie weiß wahrhaftig nicht, warum es sie ausgerechnet zur Schmiede zog, dachte Elja. *Arme Olena. Eine ganz andere Schmiede ist es, die du suchst.*

Olena sprang auf und wollte an Elja vorbei, doch die hielt sie fest. »Wohin willst du?«

Wütend machte sie sich frei. »Ich bin hungrig, wenn du es unbedingt wissen musst!«

Mit gesenktem Kopf stapfte sie hinaus und die Straße hinunter. Elja band Almas los, stieg auf ihren Rücken und folgte

Olena, die sich immer wieder umdrehte. Mitunter bog Olena in einen Seitenweg, als hoffe sie, Elja abhängen zu können. Doch Eljas Annahme, Olena sei auf dem Weg nach Hause, bestätigte sich.

Sie folgte ihr durch das Eingangstor, sprang von ihrem Pferd, warf dem herbeieilenden Cholopen die Zügel zu und kam gerade noch rechtzeitig, um ihren Fuß in die Tür des Küchenhauses zu stellen. Olena versuchte, sie hinter sich zuzuwerfen, ließ dann jedoch zu, dass Elja ihr ins Innere folgte und neben der Tür stehen blieb. Sie nahm eine Speckseite, die an einem Haken neben der Feuerstelle hing und schnitt mit einem Messer einen großen Streifen herunter. Hastig entfernte sie die Schwarte und begann, einzelne Stücke abzuschneiden, die sie sich sofort in den Mund stopfte. Dabei starrte sie Elja herausfordernd an, als erwarte sie, das Essen werde ihr streitig gemacht. Elja schwieg. Es erschien ihr weise, die Freundin nicht zu reizen, solange diese ein Messer in der Hand hielt. Olena legte es erst beiseite, als sie das letzte Stückchen aufgegessen hatte.

Sie schob Elja, die noch immer in der Tür stand, grob beiseite und verkündete: »Ich gehe jetzt zu Bett.«

Es scherte sie offenbar nicht, dass draußen die Sonne schien und es noch nicht einmal Mittagszeit war.

»Das ist ein guter Gedanke«, meinte Elja. »Ich komme mit dir. Dann können wir noch ein wenig plaudern, bis du eingeschlafen bist.«

Es gelang ihr kaum, ihre Erleichterung zu verbergen. Sie hatte gefürchtet, es werde sie ihre ganze Überredungskunst kosten, Olena zum Schlafen zu bewegen. Doch offenbar war die Freundin völlig erschöpft. Schon reute Elja, was sie getan hatte. Sie war selbst überrascht darüber, was ein paar Nächte der Traumlosigkeit bewirken konnten.

Olena widersprach nicht, als Elja ihr ins Schlafgemach folgte, kleidete sich aus, schlüpfte ins Bett und war, ohne sich noch die Mühe zu machen, ihre Besucherin zu unterhalten oder ohne sich auch nur über deren Beharrlichkeit zu wundern, fast unverzüglich eingeschlafen.

Elja ließ sich vorsichtig auf der Kante des Bettes nieder und schloss die Augen.

Wieder öffnete sich die Tür des Hauses, als sie Olenas Namen rief. Dieses Mal standen im Inneren alle Türen offen, und Elja konnte sehen, dass die Räume leer und unbewohnt waren, als lebe der Besitzer dieses Hauses längst an einem anderen Ort. Lediglich die Schmiede war so, wie Elja sie verlassen hatte.

Nun, da das Feuer erloschen war, wirkte der Raum trostlos. Elja stellte sich so vor die Esse, dass ein wenig des dämmrigen Lichtes, das durch die offene Tür kam, ihr dienlich war. Sie legte einige Kienspäne und ein paar Streifen Birkenrinde darauf, die sie in der Nähe fand. Aus der kleinen Tasche an ihrer Hüfte holte sie die Zunderbüchse. Sie entnahm ihr ein wenig des flauschigen, leicht nach Salpeter riechenden Rohrkolbensamens und zupfte ein Nestchen daraus zurecht. Dann nahm sie den Feuerstein zwischen Daumen und Zeigefinger. Schon nach wenigen Schlägen mit dem Feuerstahl entlang der scharfen Kante trafen die ersten Funken den Samen. Elja pustete zunächst vorsichtig, dann immer kräftiger, schob das Glutnestchen zusammen und legte zunächst die Rinde, dann die Kienspäne hinein. Sie verließ die Schmiede erst, als sie sicher war, nun sei das Feuer heiß genug, um neue Träume darin schmieden zu können.

Als Elja Olena am nächsten Tag erneut auf ihrem Ritt in die Steppe begleitete, verlor diese zunächst kein Wort über die vergangenen Tage. Erst als sie wieder an ihrem gewohnten Platz auf dem Kreidefelsen saßen, meinte Olena: »Wie gut, dass ich mich gestern hingelegt habe. Ich weiß nicht, was mit mir los war. Ich hab mich gar nicht wohl gefühlt. Aber nun ist alles wieder so, wie es sein sollte.«

»Weil du wieder träumst«, erwiderte Elja. »Ich hoffe, du

kannst mir verzeihen. All das ist geschehen, weil ich dir deine Träume genommen hatte.«

Olena runzelte ungläubig die Augenbrauen. »Das glaubst du doch nicht wirklich?«

»Ich weiß es.«

Olena hatte sichtlich Mühe, diesen Brocken zu schlucken. Erst nach einiger Zeit sagte sie: »Dennoch fällt es mir schwer zu glauben, all dieses sinnlose Zeug, das mir nachts begegnet, soll mehr sein als das Gekräusel der Wellen des Flusses, die im nächsten Augenblick wieder vergangen sind.«

»Hattest du denn nie einen Traum, der dich häufiger besuchte?«, fragte Elja neugierig.

»Doch«, meinte Olena nach einigem Nachdenken. »Und gerade dieser ist der sinnloseste von allen.«

»Magst du ihn mir nicht dennoch erzählen?«

»Nun denn.« Olena lehnte sich zurück und stützte die Arme auf. »Du kennst doch Yadigai?«, fragte sie widerstrebend.

Elja sollte diesem Zögern noch häufig begegnen, wenn sie Menschen nach ihren Träumen befragte, als scheuten die nächtlichen Gebilde das Licht des Tages. Es war wohl ein Wissen um den wahren Gehalt dessen, was sich sogar vor ihnen selbst verbarg.

Sie nickte. »Ja, ich kenne ihn.«

Der Nogaier lebte seit vielen Jahren unter den Jarostnye. Yadigai war ein zurückhaltender, jedoch stets hilfsbereiter Mann.

»In meinem Traum streite ich immer wieder mit ihm. Ich weiß nicht, warum oder worüber wir zanken. – Warum träume ich immer wieder von einem Mann, den ich kaum kenne? Und warum sollte ich Händel mit ihm suchen?«

»Erlaubst du mir, Antworten auf deine Fragen zu finden?«

»Der Traum quält mich nicht. Doch wenn du glaubst, du kannst ihn mir deuten –«

»Ich will es versuchen. Ich müsste dich dazu jedoch wieder in Schlaf versetzen.«

»Nun gut.« Es war Olena anzumerken, dass die Sache ihr nach wie vor nicht geheuer war, doch sie streckte sich bereits im Gras aus. Dann richtete sie sich jedoch wieder auf und fragte: »Aber wie kannst du wissen, dass ich gerade diesen Traum haben werde?«

»Sorge dich nicht darum.«

Elja wusste sofort, hinter welcher der Türen des Hauses der Traum wohnte, den sie suchte. Es war nicht nötig, den Weg zu der bewussten Tür zurückzulegen; im selben Augenblick, in dem sie sich wünschte, dorthinzugelangen, stand sie bereits davor und trat ein.

Hinterher hätte sie nicht zu sagen gewusst, wo sie sich befunden hatte, es schien eine weite, hügelige Landschaft gewesen zu sein, doch vielleicht hatte auch nur ihr eigener Geist dieses vage Bild hinzugefügt. Unwichtig, sagte eine innere Stimme. Häufig war auch die Umgebung Teil des Traumgeschehens, stand für einen Wesenszug des Träumers. Dieses Mal war sie nur Hintergrund.

In einiger Entfernung stand Olena, Elja zugewandt, doch anscheinend ohne sie zu sehen, ihr gegenüber ein untersetzter, etwas rundlicher Mann mit den schrägen Augen seines Volkes. In seinem rechten Ohr glänzte ein goldener Ring, auf dem Kopf saß eine hohe Mütze. Es war Yadigai, wie Olena gesagt hatte. Die beiden schienen tatsächlich ein Streitgespräch zu führen. Der Nogaier hatte den Kopf tief zwischen die Schultern gezogen und gestikulierte ebenso heftig wie Olena. Elja näherte sich den beiden vorsichtig. Ihre Anwesenheit schien nicht wahrgenommen zu werden, wie auch Kyrill sie in Olenas früherem Traum nicht gesehen hatte.

Sie konnte nun deutlich einige Worte und Satzteile verstehen, doch fügten sie sich nicht in einer Weise zusammen, die einen Sinn ergeben hätte. Unwichtig, sagte ihre innere Stimme erneut. Es ging nicht um die Worte. Vorsichtig umkreiste sie die beiden, die noch immer in ihrem sinnlosen Streitgespräch gefangen waren.

Olena trug ihre Jarostnytracht und beinahe alle ihre Waffen. Sie hatte den großen Bogen und den Pfeilköcher auf ihrem Rücken, den Säbel an ihrer Seite, und die Nagaika stak in ihrem Gürtel. Der Nogaier war farbenprächtig gekleidet, wie es in seinem Volk üblich war. In der wachen Welt hätte Elja seinen Blick auf Olena verdeckt, denn sie stand nun beinahe vor ihm. Von einem Impuls getrieben, streckte sie die Hand aus und berührte Yadigais Oberarm. Im gleichen Augenblick, in dem ihre Fingerspitzen das Leinenhemd berührten, begann er zu wachsen, seine Gestalt zu verändern. Es dauerte nur einen Wimpernschlag, dann war die Verwandlung vollkommen.

Der Nogaier war verschwunden. An seiner Stelle stand Andrej. Er war völlig nackt.

Überrascht zog Elja ihre Hand zurück, die noch einen Augenblick länger die Erinnerung an feste Muskeln unter warmer Haut behielt. Sie trat hastig beiseite. Als sie sich umdrehte, stellte sie fest, dass Olena nun ebenfalls nackt war. Das Streitgespräch war versiegt. Andrej trat auf Olena zu, hob seine Hand und umfasste vorsichtig ihre linke Brust.

Elja schlug die Augen auf. Olena lag halb auf der Seite, die Augen bewegten sich unter den geschlossenen Lidern. Ihr Mund war leicht geöffnet. Elja erhob sich vorsichtig und ging einige Schritte geradeaus, bis sie außer Sichtweite Olenas zu einer großen Weide kam. Sie ließ sich nieder und lehnte sich an den Stamm. Während sie müßig einige Grashalme durch ihre Finger gleiten ließ, erschien ein schiefes Lächeln auf ihrem Gesicht.

Kurze Zeit später stand Olena mit roten Wangen vor ihr. Sie setzte sich neben Elja und legte ihren Kopf auf deren Schenkel. Elja strich der Freundin sanft das Haar aus dem Gesicht.

»Was war denn das?«, knurrte Olena.

»Liegt das nicht auf der Hand?«, fragte Elja zärtlich.

Olena gab ein verneinendes Brummen von sich.

»Offenbar hast du einen gewissen Gefallen an meinem Stiefbruder gefunden«, meinte Elja. »Weil du jedoch Kyrill eine treue Gemahlin bleiben möchtest, konntest du dir dies nicht eingestehen. Aus Neigung wurde Streit, aus einem Mann, der dich reizt, einer, der dir gleichgültig ist, aus einem, der unter den Nogaiern lebte, *wurde* ein Nogaier. Und schon hatte dein Wunsch eine Verkleidung gefunden, in der er unentdeckt leben konnte.«

»Bis du kamst.«

»Ja, und ich hoffe, du verübelst mir nicht, dass ich ihn enthüllte.«

Wieder das verneinende Brummen.

»Und was tue ich nun?« Olenas Stimme war kaum verständlich.

»Was meinst du?« Elja lächelte. »Es ist nichts geschehen. Es war nur ein Traum. – Oder hast du etwa den Wunsch, ihn wahr werden zu lassen?«

Olena richtete sich auf. »Nein«, sagte sie entschieden. »Gewiss nicht. Ich würde nichts tun, das Kyrill verletzt. Du hast mir einen«, sie lachte auf, »einen Traum erfüllt, ohne dass Böses angerichtet wurde.«

Sie sah Elja ernst an. »Es muss unser Geheimnis bleiben«, sagte sie und errötete erneut.

Elja tat, als müsse sie nachdenken, was ihr einen schmerzhaften Boxhieb eintrug. »Nun gut«, sagte sie schließlich. »Doch nur, wenn du meine Neugier stillst und mir eine Frage beantwortest: Warum gerade er? Warum ausgerechnet Andrej?«

Olena sah sie lange mit gerunzelten Augenbrauen an.

»Was meinst du mit ›Warum ausgerechnet Andrej?‹ Es gibt einige unter den Frauen, die ihn gern sehen. Sogar unter den Männern, die diese Neigung haben.«

»Ich weiß, dass viele, Männer wie Frauen, nicht das reizt, was ihnen Sicherheit verspricht«, begann Elja. *Verdammt*, dachte sie. *Das klingt, als dächte ich, Kyrill habe jeden Reiz für*

Olena verloren. Sie drängte den Gedanken beiseite und fuhr fort: »Viele lockt stattdessen das Geheimnisvolle, das mögliche Gefahren birgt. Vielleicht reizt auch das, was wir selbst gern wären. So wie eine Frau, die sich nicht zu wehren versteht, einen wehrhaften Mann erwählt, selbst um den Preis, von ihm gequält zu werden. Ich habe das nie verstanden. Wenn ich den Markt besuche, möchte ich in meinem Korb das finden, dessen ich bedarf. Es bereitet mir kein Vergnügen, einen verschlossenen Topf zu kaufen, in der Hoffnung, er enthalte ein Gericht, das mir unbekannt und dennoch wohlschmeckender sei als alles, was ich bereits gekostet habe.«

»Kluge Worte«, sagte Olena lächelnd. »Aber was hat all das mit Andrej zu tun?«

»Ich versuche zu begreifen, was seinen Reiz in deinen Augen und in denen anderer ausmacht«, sagte Elja. »Nun, ich gebe zu, man muss sich nicht überwinden, ihn anzuschauen. Aber gerade du bist niemand, der sich vom äußeren Schein blenden lässt. Und was das Wesen meines Stiefbruders betrifft, so wirst du mir doch zustimmen, dass er nicht bereit ist, sich zur Höflichkeit zu verstellen. Er wäre imstande, der lieblichsten Frau ins Gesicht zu sagen, sie sehe unwohl aus. Er besitzt nicht mehr Wärme als ein Karpfen, der seit Ostern im Eiskeller liegt.«

»Herzlichen Dank! Du glaubst also, ich lasse mich von zwei himmelblauen Augen darüber täuschen, dass ein Mann ungehobelt und verletzend ist!« Olena klang gekränkt. »Du bist anscheinend gewappnet gegen das, was ich in ihm sehe.«

»Und was ist das?« Elja war neugierig geworden.

»Das, was du gerade selbst gezimmert und dann mit Pech bestrichen hast! Es ist sein Ernst in allem. Es ist die Treue, mit der er zu deinem Vater steht und seine Verlässlichkeit, die niemals wankt. Wenn Rurik mir einmal einen Befehl erteilt, bei dem mein Leben auf dem Spiel steht, und ich darf nur einen einzigen Mann mitnehmen außer meinem Kyrill – so ist es gewiss Andrej.«

Elja spürte, dass ihr Mund sich vor Staunen geöffnet hatte, und klappte ihn wieder zu. Bisher hatte sie ihre Einschätzung Andrejs für unumstößlich wahr gehalten. Es verwirrte sie, dass ausgerechnet Olena, die kluge, nüchterne Olena, die sie nie in Gefahr geglaubt hatte, ihren wachen Geist den Leidenschaften zu opfern, über ihn so völlig anders urteilte. Und so tat sie, was Menschen tun, wenn die Erkenntnis an ihre Tür klopft, sie könnten sich geirrt haben: Sie suchte nach einer Erklärung, warum Olena sich irren musste. Das Traumbild tauchte vor ihr auf, und sie sah ihren Stiefbruder, wie er nackt auf Olena zutrat. Die Widersprüche begannen sich zu entwirren, und mit einem Mal war alles wieder klar: Selbst Olena konnte sich irren, wenn das alte Lied des Blutes in ihren Ohren dröhnte und feinere Überlegungen übertönte.

9

»Elja, wach auf!«

Elja versuchte, die Hand abzuschütteln, die ihre Wange berührte, wollte lieber in ihren Traum zurückkehren. Dann fuhr sie hoch, setzte sich auf.

»Was ist?« Sie bemühte sich, munter zu klingen, leugnete ihre Schläfrigkeit wie ein Betrunkener den Rausch.

Olena saß in ihrer Jarostnytracht auf dem Bettrand.

»Elja, du solltest aufstehen. Es ist etwas geschehen.«

Der sanfte Klang ihrer Stimme schreckte Elja mehr als die Worte.

»Ist es – mein Vater?«

»Nein. Wie kommst du darauf?«

Ohne sich Zeit für eine Antwort zu nehmen, schwang Elja sich aus dem Bett und begann unverzüglich, sich anzukleiden. Alle Versuche, währenddessen etwas aus Olena herauszubekommen, wurden mit verstörend mitleidigen Blicken beantwortet.

»Ich weiß es selbst nicht so genau«, lautete Olenas ausweichende Antwort.

Im Stall bemerkte Elja, dass Ruriks und Andrejs Pferde fehlten. Almas war bereits gesattelt worden, und Olena saß schon auf ihrer Stute, als Elja ihr Tier ins Freie führte. Auf ihrem Ritt durch die Straßen Siljongorods begegneten ihnen nur Cholopen, Alte und Kinder. Als sie das Stadttor hinter sich gelassen und die Mauern der Stadt zur Hälfte umrundet hatten, sah sie den Kreis. Es waren über tausend Menschen, Männer wie Frauen der Jarostnye. Rasch legten sie den Pferden die Fesseln an. Olena eilte in Richtung des Kreises, Elja lief ihr nach und griff nach ihrem Arm.

»Ich gehöre nicht mehr dazu«, sagte sie drängend. Sie hatte das Recht verloren, an Abstimmungen der Jarostnye teilzunehmen.

»Das weiß ich«, entgegnete Olena ungeduldig. »Es wird nichts beschlossen werden. – Es gibt nichts mehr zu beschließen. Doch vielleicht kannst du helfen.«

Widerstrebend folgte Elja der Freundin, die sich durch Menschenreihen hindurchschob und in der vordersten stehen blieb. Sie brauchte einige Augenblicke, um zu begreifen, was sie vor sich sah. Ihr entsetzter Blick wurde von Olena mit grimmigem Nicken beantwortet.

In der Mitte des Kreises stand ein großer, offener Sarg, aus rohen Brettern gefügt. Elja erkannte den schnauzbärtigen Mann sofort, der darin lag. Es war Stepan, den sie am Tag nach ihrer Ankunft kennengelernt und seitdem häufiger gesehen hatte. Er trug schwarze Schuhe an den Füßen, und wahrscheinlich war sein Mund bereits mit Münzen gefüllt worden. Zu Häupten des Leichnams standen Rurik und Andrej. Ihr Vater sah Elja ernst entgegen, als habe er nur auf sie gewartet. Neben dem Sarg standen Mitka und Rostislaw. Mitkas Hände waren vor dem Körper gefesselt, und eine lange eiserne Kette verband ihn mit Rostislaw. Sein Gesicht hatte nicht mehr Farbe als das des Toten. Er stierte auf den Boden, als müsse er dort Anker werfen, um sich aufrecht halten zu können.

Es war noch früh. Der Tag wirkte wie frisch gewaschen, die Hitze, die der wolkenlose Himmel verhieß, ruhte noch. Eljas Magen fühlte sich an wie ein großes, leeres Fass, als sie begriff, welchen Beistand man von ihr erwartete.

»Wir sind heute hier zusammengekommen, weil einer der Unsrigen getötet wurde«, begann Rurik. Seine Stimme klang wie die eines Lehrers, der seinen Schülern etwas erklärt. »Gawrilo, tritt vor und erzähle uns, was geschehen ist.«

Während der Angesprochene zögernd in die Mitte ging, fügte Rurik hinzu: »Es gibt viele Zeugen des Vorfalls, die allesamt dasselbe berichten. Ich bitte dich, sprich für alle.«

Damit sprach er den Mann von der Schuld frei, einen Kameraden zu verraten.

Gawrilo drehte sich so, dass weder Mitka noch der Tote in seinem Blickfeld waren.

»Wir saßen bei Juri zu Hause und unterhielten uns«, sagte er.

»Ihr habt gesoffen«, unterbrach ihn Rurik.

»Wie es nun mal so ist«, erwiderte Gawrilo ausweichend. »Stepan und Mitka gerieten in Streit. Stepan beleidigte Mitkas Mutter. Wie es nun mal so ist. Dann hat Mitka ihm sein Messer in den Bauch gerammt. Er fiel um und war tot. Das war's.«

»Hat einer von Euch etwas hinzuzufügen?«, fragte Rurik und richtete seinen Blick auf einige Männer, die in der vordersten Reihe standen. Nacheinander schüttelten sie den Kopf und blickten bedrückt zu Boden.

Elja fragte sich, was sich hinter Gawrilos nüchternem Bericht verbarg. Zweifelsohne war Mitka der Täter. Keiner der Zeugen machte den Eindruck, als beschuldige er ihn gern. Andererseits waren Mütterflüche etwas so Alltägliches, dass sie zwar häufig zu Streit, in der Regel aber nicht dazu führten, den Beleidiger zu töten. Mitka sah jeden der Zeugen an, als könne einer von ihnen sein Schicksal noch wenden.

»Nun, so gibt es wohl nichts mehr zu sagen.« Ein Seufzen war zu ahnen in Ruriks entschlossener Stimme. »Seht zu, dass Stepan unter die Erde kommt. Andrej, Rostislaw – sorgt dafür, dass geschieht, was geschehen muss.«

Er wandte sich ab und bestieg sein Pferd. Auch die übrigen Jarostnye zerstreuten sich unter gedämpftem Gemurmel. Einige klopften Mitka unbeholfen auf die Schulter, doch keiner wagte es, ihn anzusehen. Der schien erst jetzt zu begreifen, was geschah. Sein Mund öffnete und schloss sich, ohne dass er auch nur ein Wort hervorbrachte; sein Adamsapfel bewegte sich, als er immer wieder schluckte. Er sah den Jarostnye nach, bis sie verschwunden waren. Nur Andrej, Olena und Elja waren bei ihm geblieben. Und Rostislaw, an den Mitka noch immer gekettet war.

Der Sarg war inzwischen geschlossen und auf einen einfachen, zweispännigen Karren geladen worden. Rostislaw bestieg den Kutschbock, Mitka hinter sich herziehend. Elja hatte befürchtet, er werde die Gelegenheit nutzen, seinen Gefangenen zu demütigen. Seine Haltung entsprach jedoch eher der eines nachsichtigen Vaters, der ein trödelndes Kind zur Eile mahnt. Elja hätte sich gewünscht, Halt bei Olena zu finden. Aber die mied ihren Blick ebenso, wie sie es von Andrej gewohnt war. Als der Karren sich langsam in Bewegung setzte, stiegen sie auf ihre Pferde und folgten.

Gerade hatte der kleine Trauerzug die Brücke hinter sich gelassen, als Rostislaw anhielt. Er beugte sich zur Seite, um Mitka die Möglichkeit zu geben, vom Bock zu steigen. Neben dem Karren fiel Mitka auf die Knie und erbrach sich. Danach erhob er sich, sah sich hilflos und unschlüssig um, bis ein Zug an der Kette ihn mahnte, wieder auf den Kutschbock zu klettern. Während er dies tat, wandte er sich zu den Reitern um, als habe er sie erst jetzt bemerkt. Er winkte Elja zu. Obwohl er nicht lächelte, wirkte die Geste, als würden sie alle einen harmlosen Ausflug unternehmen.

Kurz darauf hielt der Karren erneut. Sie waren am Ziel angelangt, dem Friedhof der Jarostnye. Hunderte von Gräbern bewiesen, wie gefährlich das Leben im Grenzgebiet war. Kaum einer, der hier lag, hatte seine Enkel gekannt, nur wenige waren einer Krankheit zum Opfer gefallen.

Mitka blickte wild um sich, kaum dass er abgestiegen war. Elja trat zu ihm. Er roch nach Alkohol und Erbrochenem. Sie hoffte, er habe noch genug Wodka in den Adern, um sich nicht darüber im Klaren zu sein, was ihn erwartete. Er begann, unverständlich vor sich hin zu murmeln und heftig mit den Armen zu rudern. Rostislaw machte ein Geräusch, als wolle er ein nervöses Pferd beruhigen. Elja, die ahnte, was Mitka versuchte, schlug mit zwei Fingern das Kreuzzeichen über ihm.

»Ja«, sagte er nur und begann leise zu wimmern.

Rostislaw, Olena und Andrej mühten sich inzwischen, den Sarg vom Karren zu hieven. Rostislaw hieß Elja mit einer Kopfbewegung, sich an der Arbeit zu beteiligen, als wolle er sagen: *Soll Mitka es etwa tun?*

Elja beeilte sich, der Aufforderung nachzukommen. Das Grab war bereits ausgehoben, eine Schaufel stak im Erdhügel daneben. Stepan konnte erst wenige Stunden tot sein, doch Rurik hatte schon alles Notwendige veranlasst. Sie schleppten den Sarg an den Rand der Grube. Mitkas Wimmern war verstummt, als Elja sich zu den anderen gesellt hatte. Als Rostislaw den Deckel vom Sarg nahm und auf das Grab daneben legte, begann es erneut, ging in ein hohes Winseln über.

»Los, bringen wir es hinter uns.« Rostislaw zog Mitka zu sich. Seine Oberarme hatten den Umfang von Melonen. Selbst in nüchternem Zustand hätte Mitka es nicht mit ihm aufnehmen können. Er versuchte es nicht einmal. Sein Sträuben galt nicht Rostislaw, sondern dem, was unvermeidlich war. Noch einmal wandte er sich zu Elja, noch einmal trat sie zu ihm und schlug das Kreuzzeichen für ihn. Sie zwang sich, in seine Augen zu sehen.

Erst als er von Andrej und Rostislaw gepackt und auf die Knie gedrückt wurde, begann er zu schreien. Rostislaw löste die Kette, nicht aber die Handfessel. Sie packten ihn an den Armen und zerrten ihn zum Sarg. Rostislaw fluchte, als er ausglitt und um ein Haar in die Grube fiel. Mitkas Schreie gingen wieder in ein Wimmern über, als es ihnen gelang, seine Arme hochzureißen und sie um den Hals des Toten zu legen.

»Komm her«, raunte Olena Elja zu und versuchte, sie mit sich zu ziehen.

Elja schüttelte energisch den Kopf. Mitka lag nun auf seinem Opfer, Bauch an Bauch, in der perversen Nachahmung eines liebenden Paares. Sein Gesicht war Elja zugewandt. Sie wollte nicht gehen. Er sollte nicht denken, sie habe ihn verlassen. Rostislaw war ein Stück zurückgetreten, bis zum Fußende des Sarges, Olena stand einige Schritte hinter ihm. Andrej wuchtete den Deckel heran und legte ihn gemeinsam mit Rostislaw auf den Sarg. Elja warf einen letzten Blick auf den grausigen Inhalt, als er sich senkte.

Ein entsetzlicher Schrei ließ sie zusammenfahren. Ihm folgte ein lauter Fluch Rostislaws, der den Deckel vor Schreck losgelassen hatte.

»Verdammt, pass doch auf«, rief Andrej. Doch zuvor ließ er den Deckel zufallen, nahm den Hammer in die Hand, der an seinem Gürtel hing, und begann, schnell und gezielt vier Nägel in den Sarg zu schlagen.

»Du dämliches Weib!«, schimpfte Rostislaw weiter. »Was brüllst du hier herum?«

Olena hielt sich den Oberarm. »Verdammt, eine riesige Bremse hat mich gestochen!«

Elja sah Andrej sprachlos an. Nun, zum ersten Mal, wie es ihr schien, wurde ihr Blick erwidert. Sie wusste ihn nicht zu deuten. Anklage und Warnung zugleich lagen darin. Eine Warnung, zu schweigen über das, was so schnell geschehen war, dass Elja es in ihrer Erinnerung auseinanderdrehen musste wie ein Hanfseil, um es zu begreifen.

Olenas Schrei hatte offenbar lediglich dazu gedient, Rostislaws Aufmerksamkeit für einen winzigen Moment auf sie zu lenken. Dieser hatte Andrej ausgereicht, um seinen Dolch zu zücken, Mitka bei den Haaren zu packen, einen gezielten Stoß in dessen Genick zu führen und den Sargdeckel zufallen zu lassen. Nicht ein Tropfen Blut war an seinen Händen. Und die verräterische Waffe würde mit den beiden Männern begraben werden.

»Nun mach schon«, forderte Andrej Rostislaw auf.

Zu viert senkten sie den Sarg mithilfe von Tauen in die Grube hinab.

Olena vollendete die Scharade, indem sie zwischendurch murmelte: »Hört ihr das Klopfen? Los, beeilt euch!«

Rostislaw schüttelte zwar mürrisch den Kopf, doch schien auch er es eilig zu haben, diese Aufgabe hinter sich zu bringen. Sie hatten kaum die Seile hinabgeworfen, als Andrej auch schon begann, das Grab hastig zuzuschaufeln. Rostislaw beobachtete ihn eine Weile, dann bot er an, ihn abzulösen. Andrej übergab ihm die Schaufel erst, als mehrere Handbreit Erde den Sarg bedeckten.

Sie überließen es Rostislaw, die Arbeit zu beenden, und ritten schweigend zurück. Vor dem Tor, das zum Haus der Lankows führte, verabschiedete Olena sich mit ernstem Kopfnicken. Als sie im Hof die Pferde den Cholopen übergeben hatten, wollte Elja sich sofort zur Treppe wenden. Sie wollte nur allein sein.

Andrej hielt sie zurück.

»Eines noch«, sagte er. »Du weißt, warum Mitka heute sterben musste?«

»Was meinst du damit?«, fragte Elja verwundert.

Sein Blick war so anklagend wie vorhin am offenen Grab.

»Glaubst du wirklich, er hätte Stepan das Messer in den Wanst gestoßen, weil der seine Mutter beleidigt hat? Mitka konnte sich kaum an sie erinnern. Ich habe nie gehört, dass er ein gutes Wort zu ihrem Gedenken verlor. – Nein. Stepan hatte unflätige Dinge über *dich* gesagt.«

Eljas Beine schienen unter ihr einknicken zu wollen. Sie machte eine hilflose Geste, wollte sich an Andrej festklammern. Der trat einen Schritt zurück, musterte sie kalt und sagte: »Du bist erst ein paar Wochen hier. Und du hast bereits zwei guten Männern den Tod gebracht.«

Damit wandte er sich ab und stieg die Treppe hinauf.

Elja wartete nicht, bis der Cholop sie angemeldet hatte, schob sich an ihm vorbei und schloss die Tür hinter sich. Sie nahm einen Schemel, trug ihn zum Bett, setzte ihn leise ab und ließ sich darauf nieder.

Rurik wandte ihr sein Gesicht zu und schlug die Augen auf.

»Es tut mir leid«, sagte Elja leise. »Ich wollte dich nicht wecken.«

Ihr Vater setzte sich auf und schob sein Kissen hoch, um sich anzulehnen. »Sie haben mich mitten in der Nacht rausgeholt. Ich hatte mich nur noch ein wenig hingelegt, um ein Stündchen Schlaf nachzuholen.«

Elja sah sofort, dass er log. Er war wieder erschreckend bleich, und auf der Ablage über dem Bett standen eine Medizinflasche und ein kleines Glas. Was heute Morgen geschehen war, hatte wohl seine Kräfte bis an die Grenzen beansprucht.

»Es ist gut, dass du kommst«, sagte er. »Ich muss doch wissen, was geschehen ist. – Also. Erzähle es mir.«

Elja hätte ihren Bericht gern abgekürzt, um zu dem zu kommen, was sie zu ihm geführt hatte. Doch Rurik fragte immer wieder nach Einzelheiten. So ließ sie nichts aus, erzählte auch, wie Andrej und Olena Mitka davor bewahrt hatten, eine Hinrichtung nach dem Gesetz der Jarostnye zu erleiden. Zu ihrer Verwunderung verhärteten sich seine Züge, und seine Augenbrauen zogen sich zusammen, bevor seine Verärgerung durch eine Maske der Zustimmung ersetzt wurde.

»Du hast nichts davon gewusst?«, fragte sie überrascht. Nie wäre ihr der Gedanke gekommen, Andrej habe diesen Gnadenakt ohne Ruriks Wissen ausgeführt.

»Gewiss habe ich davon gewusst. Andrej schlug es vor, und ich stimmte zu.«

Wieder spürte Elja, dass er log. Doch sie begriff nicht, warum.

»Andrej – er sagte, Mitka habe Stepan getötet, weil er mich beleidigte.«

»Ja, das ist wahr.« Wieder schien Rurik verärgert zu sein. »Mein Licht, mach dir darum doch keine Gedanken.« Er nahm ihre Hand und tätschelte sie. »Ich habe die Männer gebeten, es nicht zu erwähnen. Welchen Unterschied hätte es gemacht, wenn der Name meines Töchterchens in diese Sache hineingezogen worden wäre?«

Elja dachte eine Weile nach, dann nickte sie zögernd. Er hatte recht. Nur für sie machte es einen Unterschied. Doch es hätte nichts geändert, hätte Mitka nicht gerettet.

Um sie zu schützen, hatte Rurik zugelassen, hatte sogar veranlasst, dass im Kreis die Unwahrheit gesprochen worden war. Obwohl sie ihn bitter enttäuscht hatte, ließ er nicht zu, dass sie bloßgestellt wurde. Plötzlich erinnerte sie sich, wie es war, als sie noch ihre Kinderlocken trug. Wenn er abends an ihrem Bett saß, war sie sicher, nichts auf der Welt könne ihr etwas anhaben, solange er über sie wachte. Das Wissen, dass Augenblicke wie dieser zwischen ihnen gezählt waren, ließ das Blut heißer durch ihre Adern fließen.

»Väterchen, ich habe Marko nicht gesehen, seit ich hier bin …« Die Frage beschäftigte sie seit Wochen, doch erst jetzt ließ sie sich aussprechen. »Hast du ihn um meinetwillen fortgeschickt?«

»Ich wies ihn an zu gehen, nachdem ich Andrej zu dir gesandt hatte. – Ich habe viel nachgedacht, nachdem du gegangen warst, und noch mehr, als Roman –« Er stockte und umfasste sie fester. Elja erwiderte seinen Händedruck.

»– als Roman von uns gegangen war«, fuhr er fort. »Ich hatte meine beiden Kinder verloren und musste einen Fremden ins Haus holen. – Auch wenn er mir inzwischen lieb geworden ist«, sagte er betont. »Ich wollte, dass alles so bleibt, wie es immer war, wollte dich zwingen, die Welt mit meinen Augen zu sehen.«

Er sank tiefer in das Kissen. Auf seiner Stirn hatte sich

wieder der feine Schweißfilm gebildet, der Elja stets darauf hinwies, wie es um ihn stand, auch wenn seine Worte es leugneten.

»Ich kann nicht sagen, du hast Recht daran getan zu gehen. Doch was ich Marko hieß, war unrecht. Ich habe ihn fortgeschickt, um dir zu beweisen, dass ich es einsehe.«

Elja konnte nun nicht mehr an sich halten, umarmte und küsste ihn und legte ihre Wange an seine. Sie teilte sein Kissen, während mit ihren Tränen alles aus ihr herausströmte, was an diesem Morgen geschehen war, das Schreckliche, das Schöne und das Unsagbare.

»Ach, könnte ich doch nur die Zeit umkehren«, murmelte Rurik, während er über ihr Haar strich. »So lieb mir Andrej geworden ist – es war stets mein Wunsch, eines meiner Kinder werde mir nachfolgen. Doch die Jarostnye beginnen eben, sich daran zu gewöhnen, dass er sie führen wird – wenn sie auch nicht wissen, wie bald schon. Ich will ihnen nicht zumuten, dass ich ein weiteres Mal meinen Sinn ändere.«

Elja richtete sich auf. Sie trocknete ihre Tränen und verbarg dabei die Erleichterung, die sich auf ihrem Gesicht zeigen musste. Zum ersten Mal war sie Andrej dankbar, dass er für sie trug, was sie nicht mehr tragen wollte. So wie Roman es getan hatte.

»Und doch will ich meinen Wunsch nicht ganz begraben«, sagte Rurik mit leiser Stimme. Das Sprechen schien ihn ermüdet zu haben. »Wie viel leichter könnte ich doch sterben, wenn ich wüsste, dass wenigstens mein Enkelchen mir einmal nachfolgt. Ein Enkelchen von meinem Blut.«

»Wie meinst du das?«, fragte Elja misstrauisch.

»Andrej hat sich schnell in das gefunden, was ich mir von ihm erwartete. Und doch – *du* hattest viele Jahre Zeit, in die Stiefel eines Atamans hineinzuwachsen. Er ist unter Nogaiern aufgewachsen. Schon als Kind hat er im Freien gelebt und musste selbst erjagen, was seinen Hunger stillte. So ist es Brauch bei ihnen, und es hat ihn Härte gelehrt. Doch ein

Führer braucht mehr als das. Er muss ein Vater sein – oder eine Mutter«, lächelte er. »Er muss schlichten können, ausgleichen. Er muss unbarmherzig sein, wenn es erforderlich ist – so wie es mir heute aufgegeben war. Und zugleich muss er die Menschen lieben, wie du es tust.«

Eljas noch immer leerer Magen krampfte sich zusammen.

»Ich habe mich bemüht, ein solcher Ataman für euch zu sein«, fuhr er fort. »Hart, wo euer Schutz es verlangte, und weich, wo eure Treue es verdiente.« Seine Stimme war brüchig. Er machte viele Pausen. Doch seine Worte klangen, als stehe er im Kreis und wolle Kampfesmut in die Herzen der Jarostnye säen, wie er es so oft getan hatte. Elja war in diesen Augenblicken stets von unbändigem Stolz auf ihren Vater erfüllt gewesen. »Aber ich weiß, wie selten es geschieht, dass diese Tugenden zusammentreffen. Oft vermag einer allein sie nicht zur Entfaltung zu bringen, und es bedarf eines Zweiten an seiner Seite, der ihn ergänzt. – Geradeheraus gesagt: Andrej braucht eine Frau wie dich an seiner Seite. Mit dir würde es ihm gelingen, alle Jarostnye für sich zu gewinnen, selbst die, die jetzt noch zaudern. Zudem wird es Zeit für dich. Alle deine Freundinnen standen schon mit einem Mann im Kreis.«

»Wie soll das gehen?« Eljas Stimme klang nicht fester als die seine.

»Ich weiß, was ich von dir verlange. Du kennst ihn erst kurze Zeit –«

»Ich hatte genug Zeit, ihn kennenzulernen. – Er hasst mich!«, brach es aus ihr heraus. »Vorhin erst hat er mich beschuldigt, am Tod Mitkas und Stepans schuldig zu sein!«

Wieder bemerkte sie eine Anspannung um seinen Mund, wie schon mehrfach während ihres Gespräches, und wieder wurde diese rasch gemildert.

»Wie ich dir sagte, er hat ein Leben geführt, das ihn rau werden ließ. Er weiß nicht, wie man sich einem Weib freundlich nähert. – Aber unterscheidet er sich damit so sehr von anderen Kosaken?« Sein Lächeln versuchte, sie zu versöhnen. »Er zeigt durch seine Taten, welchen Sinns er ist. – Es stimmt. Ich hatte ihn nicht angewiesen, Mitkas Strafe zu mindern, und war überrascht, dass er es tat. Doch ich denke, er tat es um deinetwillen, weil er wusste, wie sehr du –«

»Wovon redest du?«, unterbrach ihn Elja. »Sollte er mir je eine Freundlichkeit erwiesen haben, so kann ich mich nicht daran erinnern. Und selbst wenn er es täte, so gewiss um deinet-, nicht um meinetwillen!«

Sie schwieg und versuchte, ihr Herzklopfen zu beruhigen. »Vielleicht hast du recht«, fuhr sie nach einer Weile fort. »Vielleicht hat er Mitka um meinetwillen erlöst. Jedoch nicht, um mir Schmerz zu ersparen, sondern weil er meine Mitschuld für so groß hält, dass sie Mitkas Anteil schmälert.«

»Nun, nun«, machte Rurik beschwichtigend. Es war deutlich, dass er sich auf dem Rückzug befand.

»Und außerdem – ich *habe* bereits den Mann gefunden, dessen Frau ich werden will!«

So, endlich war es heraus. Wie oft hatte Elja sich in den vergangenen Wochen wie eine Verräterin an Nazar gefühlt, weil sie noch nicht von ihm gesprochen hatte. Stets hatte sie sich damit beruhigt, in diesem Sommer gehe es nicht um den Mann, dem ihr zukünftiges Leben gehören sollte, sondern um den, dem das bisherige gehörte. Sie konnte Rurik nicht von Nazar erzählen, ohne ihm zu enthüllen, dass sie nicht heimgekehrt, sondern lediglich als Besucherin gekommen war. Sie wartete nur seinen Tod ab, um wieder in die Arme ihres Liebsten zu eilen.

»Elja, mein Herz, warum nur hast du mir das nicht gesagt? Bin ich dir so ein schlechter Vater gewesen, dass du glaubst, irgendetwas auf der Welt geht mir über dein Glück?«

Ihr wurde schwach. Die Erleichterung spülte jede Anspannung aus ihrem Körper.

»Ich sollte dir darum böse sein.« Rurik sank noch tiefer zurück. »Du hast gespürt, wie wenig Zuneigung zwischen deinen Eltern war. Ich gebe mir heute den besseren Teil der Schuld daran. Und doch wüsste ich nicht, ob es gelingen könnte, hätte ich noch einmal die Möglichkeit. Niemals würde ich wollen, dass du in deiner Ehe so unglücklich wirst. Nein, ich will nicht unbescheiden sein. Du bist zurück, und selbst die Tataren lassen uns in Frieden. Dies ist ein wunderbarer Sommer.«

Sein letzter. Er musste es nicht aussprechen.

Wieder schmiegte Elja sich an ihn. Sie war glücklich über seine Stärke, die es ihm erlaubte, ihr eine Brücke zu bauen, und zugleich schmerzte es sie, zu wissen, dass sein Körper verfiel. Sie blieb in seinem Arm, bis er eingeschlafen war. Einen Moment lang spürte sie die Versuchung, in seinen Schlaf einzudringen und ihm einen guten Traum zu schenken, doch im nächsten Augenblick erschrak sie über sich. Niemals würde sie ungebeten das Seelenhaus eines Menschen betreten, schwor sie sich.

Die Hälfte einer Stunde später lag Elja angekleidet auf ihrem Bett. Solange sie bei Rurik war, überwog die Erleichterung, dass er bereit war, ihr Glück über seine Wünsche zu stellen. Nun jedoch konnte sie darüber nachdenken, was sich hinter dieser ersten Regung verbarg. Ihr Vater hatte ihr einen Blick in sein Innerstes gewährt, hatte einen Wunsch geäußert, den er gewiss schon lange gehegt, bisher jedoch nicht auszusprechen gewagt hatte. War es nicht verständlich, dass ein Mann an der Schwelle des Todes wünschte, sein Werk werde fortgesetzt und er lebe in seinen Nachkommen weiter? War es nicht selbstsüchtig von ihr, sein Glück gegen das ihre einzutauschen?

Wenn Andrej es zuließe – vielleicht würde sie ihm eine Ratgeberin sein können, für eine Weile, um dann nach Chulyschi zurückzukehren. Doch die Wünsche ihres Vaters gingen weit darüber hinaus. Andrej sollte ihr Gemahl werden, der Vater ihrer Kinder, ihr Liebhaber. Er schien keine Geliebte zu haben unter den Jarostnye, zumindest war Elja nichts dergleichen aufgefallen. Es fiel ihr schwer, sich vorzustellen, er könne einer Frau nahe sein, sie küssen und bei ihr liegen.

Mit einem Mal, vielleicht brachten die Gedanken sie bereits in die Nähe des Schlafes, sah sie in aller Deutlichkeit vor sich, was Olenas Traum enthüllt hatte. Andrej stand vor ihr, nackt, mit einer Miene, aus der jegliche Härte geschmolzen war. Doch es war nicht Olena, der sein Blick galt. Sie selbst war es, nackt wie er. Er streckte seine Hand aus und umfasste ihre Brust.

Abrupt richtete Elja sich auf und sprang aus dem Bett. Sie ging zum Fenster, öffnete es und starrte auf grüne Wipfel und graue Dächer, ohne zu sehen. Das Bild war ihr ungebeten erschienen, und doch war es ihr, als habe sie Nazar betrogen. Sie stürzte die Treppe hinab, lief in den Stall und übernahm es selbst, Almas erneut zu satteln. Allein ritt sie zu dem einzigen Ort, an dem sie jetzt sein konnte. Dort saß sie lange neben den Gräbern.

10

Ihre Schulter schmerzte bei jeder Bewegung, und Elja ahnte, dass es morgen noch schlimmer sein würde. Sie wäre gern schon vor Stunden von ihrer Leiter gestiegen. Doch Ulita, die Verwalterin im Hause Lankow, war mehrmals am Gartentor erschienen und hatte den Kopf geschüttelt. Eljas Trotz gebot es ihr, weiterzumachen und Kiepe um Kiepe mit glatten, gelben Äpfeln zu füllen.

»Ihr müsst das nicht tun«, hatte Ulita heute Morgen gesagt.

»Ich weiß«, hatte sie darauf geantwortet.

»Euer Vater hätte niemals geduldet, dass Eure Mutter in den Bäumen herumklettert.«

Elja bezweifelte, dass Rurik sich darum geschert hätte. Dennoch hatte sie häufig in der letzten Zeit überlegt, womit Roxanda Dawidowna Lankow ihre Tage verbracht hatte. In ihrer Erinnerung sah sie die Mutter mit Stickarbeiten beschäftigt, ein Buch lesen oder sich mit Phortios auf Griechisch und Latein unterhalten. Rurik hatte mitunter abfällige Bemerkungen über das vertraute Verhältnis seiner Frau mit dem Hauslehrer fallen lassen. Dabei schien er sich weniger um die eheliche Treue seiner Gemahlin gesorgt zu haben. Es klang eher, als verachte er sie dafür, nicht einmal genügend Leidenschaft für eine Affäre aufzubringen. Er selbst hatte Geliebte unter den Jarostnye, aber auch unter den Mägden gehabt, solange Elja sich erinnern konnte.

Ich bin keine Fürstentochter. Elja hatte geglaubt, ihre Herkunft gebe ihr mehr Freiheit, als Roxanda sie gehabt hatte.

Sie musste feststellen, dass sie sich täuschte. Die Tochter Rurik Semjonowitsch Lankows zu sein, genügte offenbar, ihr jegliche Tätigkeit zu versagen. Roxanda hatte der Verwalterin völlig freie Hand gelassen, hatte sich weder darum gekümmert, was auf den Tisch kam, noch darum, welche Wäsche geflickt und welche ersetzt werden musste. Als Ulita eines Tages Elja in der Küche dabei antraf, wie sie eine große Schüssel Erbsen palte, machte sie ein Gesicht, als sei sie soeben vom Schlagfluss getroffen worden.

Du musst das nicht tun, hatte ihr Vater vor einigen Tagen gesagt, als sie im Stall Almas striegelte.

Zum – wie es ihr schien – wohl hundertsten Mal an diesem Tag stieg Elja die Leiter hinab, nahm den Weg zum Vorratshaus und leerte ihre Kiepe in einen der großen Apfelkörbe. Hier war es kühl und dunkel und roch nach abgestandener Nässe. Unter der Decke hingen riesige Netze. Elja liebte diesen Ort, der sie an kindliche Versteckspiele und geflüsterte Geheimnisse mit Olena erinnerte. Bevor sie das Vorratshaus wieder verließ, gönnte sie es sich, einige Atemzüge lang ihre Schultern gegen die Steinmauern zu drücken. Draußen mussten sich ihre Augen erst wieder an das Sonnenlicht gewöhnen. Beinahe hätte sie den Mann nicht erkannt, der mit großen, steifen Schritten an ihr vorüberging.

»Jost!«, rief sie ihn an. »Habt Ihr ein wenig Zeit für mich?«

»Gewiss«, erwiderte er freundlicher, als sie ihn bisher erlebt hatte. Nur wenige Male hatte sie mit ihm gesprochen, obwohl er ständig wie ein grauer Schatten durchs Haus huschte.

Er folgte ihr zurück ins Vorratshaus. Sie ließ die Tür offenstehen, damit Licht hineinfiel, und ging ihm voran, bis sie zwischen Fässern, Tonkrügen, Körben und Kisten stehen blieben.

»Ich bin froh, Euch einmal allein sprechen zu können«, begann sie leise. »Oft sehe ich, wie schlecht es meinem Vater geht, und doch weiß ich mir keinen Reim auf sein Befinden. Könnt Ihr mir sagen, was er hat?«

»Nun, wenn Ihr mich denn fragt, so will ich ehrlich zu Euch sein«, sagte er in seinem eigenartig klingenden Russisch. »Wenn Ihr mich zur Wintersonnenwende gefragt hättet, ob er den Sommer überlebt, so hätte ich es nicht geglaubt. Es ist wohl Eure Rückkehr, die ihm neuen Lebensmut gibt. – Doch täuscht Euch nicht«, fuhr er fort, als Elja ein vorsichtiges Lächeln wagte. »Die Krankheit verzehrt ihn von innen wie ein Schwelbrand. Ich kann seine Schmerzen ein wenig mildern, aber retten kann ihn keiner. Spätestens im Winter wird es aus sein mit ihm, wenn Ihr die Wahrheit hören wollt. Die Kranken und die Alten tun sich schwer mit der Kälte.«

Elja nickte. Ihre Kehle war zu eng, als dass Worte hindurchgepasst hätten. Jost schien es zu bemerken, denn er presste die Lippen aufeinander, nickte ein paarmal und verließ rasch den Raum.

Elja blieb unschlüssig stehen, tastete nach dem Schmerz in ihrem Inneren und fand ihn nicht, spürte nichts als das Klagen der Muskeln und Sehnen in ihrer rechten Schulter. Sie sah Olena vor sich und wusste, nur mit ihr würde es gelingen, im Schweigen Frieden zu finden. Sie ordnete an, dass Almas für sie gesattelt wurde, ging in ihr Zimmer und zog sich Hosen an. Olena wohnte nur wenige Straßen entfernt. Wieder einmal verfluchte Elja, dass es ihr nicht wie einer Cholopin gestattet war, die Strecke zu Fuß zurückzulegen. Von ihr wurde erwartet, sich außerhalb des Lankowschen Grundes nur zu Pferd, in einer Kutsche oder im Winter im Schlitten zu bewegen.

»Herrin, ich bitte Euch! Kann ich Euch sprechen?«

Elja war gerade durch das Tor geritten und wandte den Kopf. In einiger Entfernung sah sie Akulina stehen. Es schien, als habe die junge Frau bereits geraume Zeit hier gewartet. Elja hatte die Begegnung gefürchtet, seit sie zurückgekehrt war. Akulinas Stand hätte nicht einmal erfordert, ihr einen

Gruß zu entbieten; Elja hätte einfach weiterreiten können. Doch sie verhielt ihr Pferd und stieg ab.

Akulina war die schönste Frau, die Elja je gesehen hatte. Der Wind hatte ihre runden Wangen gerötet, winzige Regenbogen tanzten auf den einzelnen Haaren, die sich aus ihrem glänzenden schwarzen Zopf gelöst hatten. Ihre großen dunklen Augen waren die eines Tieres, das staunend in die Welt der Menschen getreten ist, bereit, jederzeit zu fliehen. Sie trug nichts als ein leinenes Hemd und einen Rock, unter dem ihre nackten Füße hervorschauten.

»Was wünschst du von mir?« Elja wunderte sich, dass ihre Stimme so fest klang.

Akulinas Hände verkrampften sich in dem groben Stoff ihres Rockes. Sie hielt den Nacken gebeugt, als stehe es ihr nicht zu, ebenso groß zu sein wie Elja, und warf ihr kleine, flehende Blicke zu. Elja wartete geduldig.

»Herrin, ich weiß nicht, wie ich anfangen soll …« Obwohl das Zögern Akulinas sie quälte, bemühte Elja sich um ein aufmunterndes Lächeln. »Unsere Familien haben sich nie gut vertragen …«

Dies war vorsichtig ausgedrückt.

Rurik hasste die Bauern, wie die meisten der Kosaken, und nannte sie »Erdwühler«. Sie bedeuteten eine unwillkommene Erinnerung an die Ketten der Sklaverei, die seine bäuerlichen Vorfahren abgeworfen hatten. Doch es gab noch einen zweiten, wichtigeren Grund, gegen Akulinas Vater vorzugehen. Solange die Region als unsicher und bedroht galt, besaßen die Jarostnye eine Lebensberechtigung als Hüter der Grenze und das Privileg, ohne Beschränkungen jagen und fischen, Salz sieden und Erze schmelzen zu können, ohne auch nur eine Denga Steuern zahlen zu müssen. Sie wurden nicht einmal als Russen betrachtet, was sich unter anderem darin zeigte, dass die Beziehungen Moskaus zu den Kosaken vom Außenministerium wahrgenommen wurden. Wurde das Land jedoch bestellt, galt die Region als befriedet und ihre Bewohner fielen unter die zaristische Zentralgewalt. Rurik hatte Elja dies oft genug erklärt, und sie hatte verstanden, dass er die Ansiedlung von Bauern bestrafen musste.

Seit Dunka Buschnik sich einige Werst von Siljongorod entfernt niedergelassen und einen Bauernhof errichtet hatte, hatte Rurik versucht, ihn zu vertreiben, zunächst mit kleineren Schikanen, und als dies nicht fruchtete, mit massiven Einschüchterungen. Elja hatte gehört, Akulina habe als Neunjährige ihre Mutter eines Tages tot in der Klete gefunden. Sie hatte sich erhängt. Dunka und Rurik warfen sich gegenseitig vor, schuld daran zu sein, dass Chlamatina Buschnikowa das Leben nicht mehr ertragen hatte.

In den darauffolgenden Jahren verschärfte sich der Konflikt. Wenige Männer wären an einem Ort geblieben, wo sie morgens nicht wussten, ob ihre Saat in der Nacht nicht durch Pferde zertrampelt oder ihre Ernte angezündet worden war. Aber Dunka war genauso stur wie Rurik und neigte zur Gewalt. Elja hatte mehr als einmal den Verdacht gehegt, niemand wisse dies besser als Akulina, die ihrem Vater nach dem Tod der Mutter schutzlos ausgeliefert war.

Akulina hatte recht. Ihre Familien hatten nie in Frieden miteinander gelebt, und sie war in der Fehde zwischen ihren Oberhäuptern beinahe zerrieben worden.

Elja nickte, um sie zum Weitersprechen zu ermutigen.

»Ich habe immer gedacht, es wird vielleicht einmal – anders«, sagte die junge Frau schließlich zögernd. Sie hielt ihren Kopf noch immer gesenkt, aber ihr Blick ruhte nun auf Elja, die es Mühe kostete, ihm standzuhalten. Die Erinnerung an Akulinas Augen hatte sie verfolgt in den vergangenen Jahren, mehr als alles andere. »Ich habe gedacht, vielleicht schaffen wir es. Unsere Mütter – sie waren so schwach. Aber wir sind stärker. Ich habe gedacht, vielleicht hören unsere Väter auf uns. Oder wir warten, bis sie alt sind. Und wir tun es. Wir vertragen uns.«

Elja wagte kaum zu atmen. Noch immer wusste sie nicht, was Akulina von ihr wollte.

»Aber dann seid Ihr fortgegangen.«

Weißt du nicht, dass ich deinetwegen gegangen bin?, dachte Elja. Damals schien es das zu sein, was ihr Gewissen ihr befahl. In diesem Moment erschien es wie Feigheit.

»Dann war Euer Bruder an Eurer Stelle. Er ist immer so freundlich gewesen. Aber er starb. – Und dann kam – dieser Mann.« Sie hob langsam den Kopf, bis ihre Augen mit denen Eljas auf einer Höhe waren. »Verzeiht, dass ich so zu Euch spreche. Aber ich habe nichts mehr zu verlieren.«

Elja nahm die Bitterkeit in Akulinas Stimme als ihre Strafe an.

»Wisst Ihr, wie Andrej Lankow genannt wird? Von vielen hier?«

Elja schüttelte den Kopf.

»Selbst von den Jarostnye nennen manche ihn ›Ruriks Geißel‹. Als Euer Vater ihn an Romans Stelle setzte, wussten wir, was das heißt.« Elja wagte kaum zu atmen. »Es ist eine Warnung. Euer Vater will den als Nachfolger haben, der am meisten Schrecken verbreitet.«

»Ich weiß nicht, was du …«

»Ihr müsst es verstehen.« Als Elja klein war, hatte ihre Mutter sie einige Male mit in Vater Simeons Kirche genommen. Als Rurik es erfuhr, verbot er es. Elja war froh darum gewesen. Sie fand das stundenlange Stehen im weihrauchgeschwängerten Raum schrecklich, am meisten jedoch den eifernden Ausdruck auf dem Gesicht des Popen, wenn er über die Sünde sprach. Sie verstand nicht, warum sie gerade jetzt daran denken musste. »Ihr seid gegangen. Euer Vater zeigt aller Welt, dass Roman jetzt sein Nachfolger sein soll. Aber er stirbt. Die Jarostnye erwarten, dass er einen von ihnen bestimmt. Stattdessen nimmt er diesen Fremden. – Er hat nie hier gelebt, kam nur ab und zu. Und immer gab es einen Toten.« Akulinas Augen funkelten.

»Du willst sagen – er war ein Meuchelmörder in den Diensten meines Vaters?«

Warum habe ich das nicht gewusst?, fragte sich Elja. *Wenn er schon früher hier war – warum habe ich ihn nie bemerkt?* Sie kannte die Antwort. Ihr Vater hatte wohl schon damals erkannt, dass sie nicht mit allen Maßnahmen einverstanden war, die nötig waren, seine Macht zu sichern.

Akulina zögerte. »Vielleicht hätte ich Euch das nicht erzählen sollen …«

Und dann beantwortete Akulina, ohne es zu wissen, die Frage, die Elja sich so oft gestellt hatte: »Seid mir nicht böse, dass ich so zu Euch spreche. Aber wir haben uns gedacht – vielleicht war Euer Vater zu traurig, als Ihr gegangen seid. Und manchmal wird Traurigkeit zu Hass. Vielleicht wollte er jemanden haben, der – ganz anders ist als Ihr.«

»Du willst mir also sagen, ich bin schuld, wenn ›Ruriks Geißel‹ über euch kommt.«

Mit festem Blick erwiderte Akulina: »Wir haben Angst vor ihm. Und davor, was er aus den Jarostnye machen wird.«

Elja fasste ihren Mut zusammen und sagte: »Du hast immer in Angst leben müssen.«

Zum ersten Mal erwähnte sie, was vor zwei Jahren geschehen war.

»Und gerade darum!«, erwiderte Akulina heftig. »Lange hatte ich Hoffnung – Ihr würdet es einmal besser machen.«

Habe ich dir je Anlass zur Hoffnung gegeben?, dachte Elja bedrückt. *Bin ich dir je anders gegenübergetreten als mit Hochmut?*

Sie war acht Jahre alt gewesen. An den Arm ihres Vaters geschmiegt, ging sie mit ihm über den Markt, der zweimal in der Woche vor den Mauern Siljongorods stattfand. Ihr Mund war süß und klebrig von Honig und den Früchten, die man ihr zugesteckt hatte. In ihrer Hand hielt sie ein grünseidenes Band, das Rurik ihr gekauft hatte, und an ihren Ohren schaukelten neue silberne Ringe. Sie hatte nie gelernt, einen Wunsch zu äußern, denn ihr Vater las ihn von ihren Augen, bevor er wachsen konnte. Er war es, der sie aufmerksam machte auf alles, was ihr kleines Prinzessinnenherz begehren könnte. Sie brauchte nur zu nicken und besaß es.

Sie kamen an einem Stand vorbei, hinter dem Chlamatina Buschnikowa mit ihrer Tochter stand, umgeben von geflochtenen Körben. Genau genommen war es nur ein kleiner, wackliger Holztisch, nicht viel größer als die Sitzfläche eines Stuhles. Darauf lagen hölzerne Kochlöffel und Webkämme, mit denen aus gesponnener Schafwolle grobe Stoffe hergestellt wurden. Und einfache Haarkämme, auch sie aus Holz gefertigt. Elja hatte das Mädchen, ihr im Alter gleich, schon oft hier gesehen. Mit der Zeit war ihr unbehaglich geworden vor dem, was sie in den Augen Akulinas sah, die ihr überallhin zu folgen schienen. Es war ein Hunger, der nichts zu tun hatte mit Speise oder Trank. Alles, was sie heute bekommen hatte, schien mit einem Mal seinen Glanz verloren zu haben. Sie ärgerte sich darüber. Als sie vor der Frau und dem Mädchen standen, wandte Elja sich an ihren Vater und sagte laut und vernehmlich: »Mein Kamm ist aus Elfenbein und tausendmal schöner.«

In Elja hallte das Lachen Ruriks, das ihr damals geantwortet hatte.

Akulina trat einen Schritt zurück. Vielleicht hatte sie Eljas Miene missdeutet, vielleicht war sie auch nur erschrocken über ihren eigenen Mut.

»Bitte«, flüsterte sie. »Vergebt mir! Ich weiß nicht, welcher Dämon in mich gefahren ist. Nie hätte ich so zu Euch sprechen dürfen. – Ich weiß, dass Ihr nichts mehr ändern könnt.«

Doch, wollte Elja sagen, *ich kann etwas tun*. Die Worte wollten ihr nicht über die Lippen, zu groß, zu schrecklich waren sie.

Es war ein Kampf, in dem Akulina alles gewagt hatte und sie nichts. Sie ließ die junge Bäuerin stehen und führte die Stute am Zügel zurück in den Stall. Dort schlang sie ihr die Arme um den Hals. Nach einiger Zeit begann sie zu weinen, ließ zwischen stillen Tränen und lautem Schluchzen alles aus sich herausströmen. Von Zeit zu Zeit kamen Cholopen vorbei, einmal auch der Stallmeister. Elja sah niemanden an, und man ließ sie darum in Ruhe.

Sie nahm Abschied. Während es dämmerte und die tanzenden Sonnenstäubchen langsam unsichtbar wurden, erlaubte Elja sich, ein letztes Mal an Nazar zu denken. Sie sah sein schönes Gesicht und hörte seine sanfte, melodische Stimme. Jede einzelne Erinnerung sammelte sie auf, jeden Kuss, jedes Wort, wie eine Mutter das Spielzeug ihrer Kinder. Sie verwahrte ihre Liebe in einer Kammer, die sie schwor, nie wieder zu öffnen. Künftig musste sie jeden Gedanken an Nazar fliehen, sonst würde ihr Leben unerträglich sein.

An diesem Abend ging sie zu ihrem Vater und erklärte sich bereit, Andrej zu heiraten.

Zweiter Teil

Der Nachtgemahl

Siljongorod am Don,
Herbst 1620

11

Ich weiß nicht, was du willst!« Olenas Stimme klang streng und entschieden. »Das Kleid ist wunderschön!«

Elja trat vorsichtig einen Schritt zurück, damit sie ihren Oberkörper in dem Spiegel betrachten konnte, den die Freundin hochhielt. Sie musste aufpassen, dass sie in den Schuhen mit den ungewohnt hohen Absätzen nicht stolperte. An ihrem Hochzeitstag sollte die Braut ebenso groß sein wie der Bräutigam. Glücklicherweise überragte Andrej sie nur um wenige Fingerbreit.

Olena hatte recht. Gestern Abend war Rurik in Eljas Zimmer gekommen und hatte ihr das Kleid mit einem stolzen Lächeln überreicht. Sie hatte nicht anders gekonnt, als die zarte, elfenbeinfarbene Seide zu streicheln und das Muster aus feinen Blütenranken zu bewundern. Und sie musste zugeben, das Kleid stand ihr wunderbar zu Gesicht. Es war lang, mit einem tiefen, viereckigen Ausschnitt, der den Ansatz ihrer vollen Brüste enthüllte. Der schmale Schnitt des Oberteils im venezianischen Stil betonte ihre Taille; die Ärmel waren oben weit, lagen den Handgelenken jedoch eng an. Die Schulterpartie bestand aus heller Torschoker Spitze und ließ die Haut durchscheinen.

»Niemand heiratet in der Tracht der Jarostnye«, fuhr Olena fort. »Jahrelang bist du in bunten Röcken herumgelaufen. Ausgerechnet heute lehnst du es ab?«

Elja wandte den Blick von ihrem Spiegelbild und betrachtete stattdessen ihre Freundin. Olena war kaum weniger prächtig gekleidet als sie selbst mit ihren gebauschten, bestickten Ärmeln und dem grünen Samtrock, der ebenso wie das weite Oberteil mit goldenen Borten eingefasst war. Wären ihre kunstvoll frisierten und hochgesteckten Haare von einer Haube bedeckt gewesen, wie sich dies nach Meinung des Priesters für eine verheiratete Frau schickte, hätte sie ausgesehen wie eine Fürstin. Jedoch verhüllte ihr Gewand den Körper nach russischer Sitte, während Eljas Kleid ihre weiblichen Formen betonte, wie es in den Ländern der Lateiner üblich war.

Ich weiß, warum ich mich so unwohl fühle, dachte Elja plötzlich. *Mir ist, als sei ich eine der Arzneien, die Jost für meinen Vater zubereitet und dann kandiert, um ihren bitteren Geschmack zu mildern. Dieses Kleid ist der Zuckerguss, mit dem mein Vater versucht, mich Andrej schmackhaft zu machen.*

»Es ist nur – so ungewohnt«, sagte Elja.

Der Don war lediglich ein Murmeln hinter der Wand aus hohen Schilfgräsern. Die Braut saß stets am Wasser, dem Symbol der Fruchtbarkeit. In diesem Spiel gab es keinen Zufall. Jeder Teil war sorgfältig inszeniert und wiederholte sich bei jeder Hochzeit aufs Neue.

»Ich hoffe, niemand von euch hat eine Waffe dabei«, sagte Elja. Es hatte ein Scherz sein sollen. Aber sie spürte, dass ihre Stimme ihre Unruhe verriet.

»Du glaubst doch wohl nicht, ich verlasse den Gorodok ohne meinen Dolch«, erwiderte Sofija. »Und neben mir liegt mein guter alter Bogen. Damit können wir sie von den Pferden holen, sobald sie auftauchen.«

Es wäre nicht die erste Eheschließung, die mit der Verwundung von einem der Brautleute endete. Bei Ponarjas Hochzeit hatte Foma, der Bräutigam, sich eine Stichwunde von den übereifrigen Brautführerinnen eingehandelt, die so schwer war, dass die Hochzeit um einen Monat verschoben werden musste. Dies hatte der ausgelassenen Stimmung der Gäste jedoch keinen Abbruch getan, im Gegenteil.

»Keine Angst, du wirst heute Nacht in den Armen deines Liebsten liegen«, versprach Sofija.

Elja blieb keine Zeit für eine Antwort, denn in diesem Moment sprang Fedorka auf. »Sie kommen! Sie kommen!«

»Setz dich!«, befahl Olena. Es war Teil der Inszenierung, so zu tun, als geschehe alles spontan und überraschend.

In diesem Augenblick erkannte Elja, welchem Zweck dieses Ritual diente. Alles in ihr drängte danach zu fliehen. Diesem Impuls nicht nachzugeben, sondern sich zu bezähmen, den Verstand über den Drang siegen zu lassen, sollte sie vorbereiten auf das größere Abenteuer, das vor ihr lag, sollte sie lehren, auch in der Ehe nicht ihren Launen zu folgen, sondern das Ziel zu bedenken.

Schon brachen die Reiter zwischen den nahen Bäumen hervor. Es waren vier Jarostnye. Elja erkannte sie nur an ihren Pferden, so fremd wirkten sie in ihrer Festkleidung. Allen voran ritt Andrej auf seinem Fuchs.

Elja spürte, wie die Muskeln ihres rechten Beines sich anspannten, dass sie bereit war, aufzuspringen und sich hinter den Freundinnen zu verstecken, wenn die Männer von ihren Pferden stiegen und sich auf sie stürzen würden. Doch die Reiter hielten nicht an. Eljas Augen weiteten sich überrascht, als Andrej auf sie zugeritten kam, viel zu schnell, um noch anhalten zu können.

Sie hörte das Schnauben seines Pferdes, sah, wie er sich tief hinabbeugte, und spürte auch schon, wie sein Arm sich um ihre Taille legte. Mit einem Ruck riss er sie hoch. Elja landete vor ihm im Sattel, als sei dies ein Kunststück, das sie lange gemeinsam eingeübt hatten. Mit kaum verringertem Tempo ritt er weiter. Die enttäuschten Aufschreie der Frauen, die sich um einen guten Kampf betrogen sahen, verloren sich rasch. Offenbar waren Andrejs Begleiter zurückgeblieben, um ihnen wenigstens Begleitschutz zu bieten auf dem Weg zur Hochzeitsgesellschaft.

Jeder andere Mann hätte nach einem solchen Manöver

wohl einen Triumphschrei ausgestoßen. Nicht so Andrej. Er hielt sie mit seinem linken Arm umfangen, doch sein Blick ging über sie hinweg, als habe er nicht gerade eine Frau für sich gewonnen, sondern lediglich in vollem Galopp eine Pelzmütze vom Boden aufgehoben, um seine Geschicklichkeit zu beweisen.

Zum ersten Mal sah Elja ihn anders als in der Tracht der Jarostnye gekleidet. Heute trug er ein dunkelblaues Samtgewand, das beinahe bis zu den Schäften seiner Stiefel reichte und die engen Hosen nur ahnen ließ. Auf seinem Rücken spürte sie an ihrem Arm, mit dem sie ihn umklammert hielt, den steifen Stoff einer goldenen Schärpe. Der leichte hellblaue Mantel, der mit seinen Stickereien an die Gewänder der Adygeer erinnerte, hatte die Farbe seiner Augen. Elja war sich sicher, dass er ebenfalls ein Geschenk Ruriks war. *Auch seine Pille ist überzuckert worden,* dachte sie.

Schon von weitem sah Elja den großen Kreis vor den Mauern der Stadt. Alle Jarostnye trugen ihre farbigen Festgewänder. Hinter ihnen standen die übrigen Bewohner Siljongorods, Handwerker und Cholopen, Mütter und Kinder. Alle Köpfe wandten sich, als das Brautpaar sich dem Kreis näherte, doch niemand verließ seinen Platz, nur ein Sklave, der die Zügel ihres Pferdes ergriff. Andrej stieg ab, umfasste Eljas Taille mit beiden Händen, half ihr hinab, nahm sie an der Hand und führte sie in Richtung der Hochzeitsgesellschaft. Durch einen Bogen aus Lindenzweigen traten sie in die Mitte des Kreises, in den sich nun auch, rasch und atemlos, die Brautführer und Brautführerinnen einfügten.

Elja nahm keinen der Umstehenden wahr. Sie sah nur ihren Vater. Es schien einer seiner besseren Tage zu sein; offenbar hatte Jost ihm eine größere Dosis seiner Medizin gegönnt. Sein Gesicht leuchtete, er stand breitbeinig da, die Arme verschränkt, prächtig anzusehen in seinem rotsamtenen, mit Zobel verbrämten Mantel. Elja nahm einen tiefen Atemzug und sah Andrej an. Auch er stand zu Rurik gewandt, erwiderte nun jedoch ihren Blick und räusperte sich, bevor er seine Stimme erhob und laut ausrief: »Elja soll meine Frau sein!«

Seine Hand hatte ihre um ein weniges fester gepackt, als sei er nicht sicher, ob seine Braut nicht doch im letzten Moment versuchen werde zu fliehen.

»Und du, Andrej, sollst mein Mann sein!«, rief Elja.

Das war alles. Mehr brauchte es für die Kosaken nicht, um sich als Mann und Frau miteinander zu verbinden.

Elja hatte ihre Worte kaum ausgesprochen, als ihr ein ohrenbetäubendes Johlen, Kreischen und Pfeifen antwortete. Der Kreis löste sich auf, ein wildes Durcheinander entstand. Alle schienen sich gleichzeitig auf das Paar stürzen zu wollen. Elja wurde von Andrej weggerissen und verschwand in einer Woge wilder Umarmungen und feuchter Küsse. Sie sah ihren Gemahl erst wieder, als er ebenso wie sie auf die Schultern zweier Jarostnye gehoben und zu einem Platz mit langen Tischen und Bänken getragen wurde.

Das frischvermählte Ehepaar hatte seinen Ehrenplatz an der Längsseite der vordersten Tafel, Rurik saß an der Seite seines Stiefsohnes. Es gab Schinken vom Bären und vom Wildschwein, Fasane und Rebhühner, Kringel aus feinem, weißem Mehl, Pasteten mit Lauch und Zwiebeln, honigsüße Kuchen und Speisen mit Früchten und Beeren. Ein Ochse war geschlachtet worden und drehte sich an einem großen Spieß. Wein, Bier und Wodka wurden aus Fässern ausgeschenkt. Das Fest, das nun begann, sollte tagelang dauern, und jeden Tag würden zwölf Gerichte aufgetragen werden. Elja stellte fest, dass ihr Vater an diesem Tag mit mehr Appetit aß, als sie dies seit ihrer Rückkehr bei ihm gesehen hatte, und dass er auch dem Wodka in einer Weise zusprach, die dem in der Nähe sitzenden Jost immer wieder Anlass zu strafenden Blicken gab.

Einmal beugte er sich vor, ergriff Andrejs und Eljas Hände, legte sie aufeinander und rief: »Und wenn ich in dieser Nacht sterben müsste, so täte ich es als froher Mann! Vielleicht wird heute noch mein Enkelchen gezeugt!«

Die Umsitzenden brachen in lautes Gelächter aus, und Elja dachte, dass keiner von ihnen den wahren Gehalt seiner Worte kannte. Sie suchte den Blick Andrejs, dessen Hand noch immer auf der ihren lag, jedoch sofort zurückgezogen wurde, als Rurik seinen Griff löste. Andrej erwiderte ihren Blick, doch sie wusste ihn nicht zu deuten. Er war nicht unfreundlich, doch weit von dem entfernt, was eine Braut sich von ihrem Gemahl wünscht. In seinen Augen lag weder Wärme noch Begehren, sondern etwas, das am ehesten scheuer Vorsicht glich. Die wenigen Worte, die er während des Festes an sie richtete, wirkten angestrengt, als wolle er zeigen, er erfülle auch diesen Auftrag pflichtbewusst wie jede Aufgabe, die Rurik ihm stellte.

Als die Gäste zum ersten Mal einen Kuss des Brautpaares forderten, befürchtete Elja, Andrej könne sich weigern. Doch er zog sie an sich und drückte seine Lippen kurz auf ihre. Die offenkundige Leidenschaftslosigkeit der Frischvermählten schien die Gäste gerade dazu anzustacheln, immer wieder »Mehr! Mehr!« zu rufen, wie es üblich war, um sie zu weiteren Küssen zu animieren. Elja und Andrej kamen der Aufforderung jedes Mal pflichtschuldig nach; den enttäuschten Reaktionen nach zu urteilen, vermochte ihre Vorstellung jedoch nicht zu überzeugen.

Eine Gruppe von Frauen klatschte in die Hände und sang obszöne Lieder, die Vater Simeon, hätte man ihn denn eingeladen, davon überzeugt hätten, der Teufel sei in sie gefahren. Ohne Unterlass wurde getanzt und gesungen. Rurik hatte Skomorochen beauftragt, die Gäste mit Trommeln, Gudok, Flöte und Gusli zu unterhalten.

Mitunter vergaß Elja, dass sie das Zentrum dieses bunten Wirbels war. Sie sang und lachte wie die anderen und freute sich an den Tänzen und Sprüngen der Kosaken und an der Kraft, die in ihren Vater zurückgekehrt war. *Ich bin jetzt mit*

Andrej verheiratet, ging ihr öfter durch den Sinn. Dieser Gedanke löste nicht mehr als ein mildes Erstaunen in ihr aus, als beträfe er eine Frau, die sie nur flüchtig kannte.

Es war spät am Abend, und die ersten Gäste machten sich bereits auf den Heimweg. Andere ließen ihren Kopf auf die Tischplatte fallen und schliefen ihren Rausch an Ort und Stelle aus. Als Olena Elja am Arm berührte und ihr grinsend bedeutete, sich zu erheben, wusste Elja, dass nun der vorletzte Akt der Zeremonie begann. Die Skomorochen setzten sich an die Spitze des Zuges, und alle Gäste, die noch dazu imstande waren, folgten. Fackeln geleiteten sie um die Mauern der Stadt herum, durch die dunklen Straßen, zum Anwesen der Lankows bis zum Badehaus.

Die Brautführer und die Brautführerinnen begleiteten das Paar. Die Hochzeitsnacht mit dem Baden von Braut und Bräutigam zu beginnen, war eine der vielen Eigenheiten der Jarostnye, die Rurik eingeführt hatte. Er wollte zeigen, wie wenig er von den Vorschriften der Kirche hielt, die es geboten, sich *nach* der für sündig erachteten Lust zu reinigen.

Die Frauen und Männer legten ihre Kleidung bis auf die halblangen Unterhemden ab. Heute sollten Elja und Andrej die Einzigen sein, die nackt waren. Vor den mit Leinwand drapierten Wänden wirkten die Brautführer und Brautführerinnen in dem einheitlichen Weiß ihrer Wäsche wie die Tänzer eines geheimnisvollen Reigens. Während die Frauen Elja auszogen, zählten sie deren körperliche Vorzüge auf wie krimsche Sklavenhändler, die einen vielversprechenden Kunden von ihren Reizen überzeugen wollten.

»Ihre Brüste sind so groß, du wirst sie in den Händen halten und dennoch ihre Spitzen küssen können«, rief Fedorka und bewies dies sogleich unter dem Gelächter der Umstehenden.

Das seidene Brautkleid wurde vorsichtig zusammengelegt; die Männer zeigten vor Andrejs Festgewand weniger Respekt und zerrten es ihm recht ruppig von seinem Leib. Dabei beklagten sie Eljas Los, warnten sie, sie sei gewiss zu zart gebaut, um die Männlichkeit eines so gut ausgestatteten Mannes in sich aufnehmen zu können. Dann wurde die Braut von ihren Freundinnen zum großen hölzernen Becken geführt, der Bräutigam eher unsanft geschubst. Von draußen drang die Musik der Spielleute herein, deren Hände nach reichlich genossenem Bier und Wodka die Gusli und die Gudok mehr misshandelten, als zum Klingen brachten.

Nachdem die Eheleute im Becken Platz genommen hatten, flogen zwischen den Zuschauern weiterhin anzügliche Bemerkungen und derbe Scherze hin und her.

»Ich hätte nicht geglaubt, dass wir noch einen für dich finden«, meinte Jewstafi. »Ich dachte schon, wir müssten dich zum Decken bringen!«

Elja kannte dergleichen von anderen Festen und war darum auch von den gewagtesten Zoten nicht aus der Fassung zu bringen. Im Gegenteil war sie froh über den Lärm, der um sie herum veranstaltet wurde, denn sie hatte den Verdacht, dass nichts als peinliches Schweigen geherrscht hätte, wäre sie allein mit ihrem Gemahl gewesen.

Das Badehaus war der Ort, an dem man sich ohne Scheu nackt zeigte. Andrej war hier häufig anzutreffen, und so hatte auch Elja ihn schon unbekleidet gesehen, inmitten aller anderen Bewohner des Hauses, hatte sowohl dieses Becken als auch das angrenzende Dampfbad mit ihm geteilt. Sogar unter den reinlichen Bewohnern dieses Landes war er eine Ausnahme, da er die nogaiische Sitte beibehalten hatte, sich mehrmals am Tag zu waschen. Und auch auf dem Rücken seines Pferdes hatte sie ihn schon nackt gesehen, wenn er es in den Fluss trieb, um es nach einem langen Ritt vom Schlamm zu säubern.

Sie hätte nur den Arm ausstrecken müssen, um seine feuchte Schulter zu berühren. Doch nichts in seiner Haltung lud sie dazu ein. Wenn diese Ehe einen Sinn haben sollte, musste sie auch vollzogen werden. Warum konnte Andrej nicht ein freundliches Wort an sie richten oder ihr zumindest mit einem Blick Beachtung schenken, um sie auf die bevorstehende Nacht einzustimmen? Elja musste sich zügeln, um seine offensichtliche Gleichgültigkeit nicht als kränkend zu empfinden und darüber in Zorn zu geraten.

Plötzlich stürzte Jewstafi davon und warf die Tür hinter sich zu. Dröhnendes Gelächter begleitete seinen Abgang.

»Dann wollen wir die Täubchen in ihren Schlag bringen, bevor der Schnaps auch noch unseren Bräutigam besiegt«, meinte Mikula.

Als hätten sie auf ein erlösendes Wort gewartet, erhoben Elja und Andrej sich nahezu gleichzeitig. Nachdem sie das Becken verlassen hatten, wurden ihnen bestickte Tücher gereicht, um sich zu trocknen. Anschließend stellte Elja sich aufrecht hin und hob die Arme seitlich an. Olena hatte bereits die gläserne Flasche entkorkt, goss ein wenig der aromatischen Flüssigkeit in ihre Handfläche und begann, Eljas nackten Körper damit einzureiben. Das Öl roch dunkel und würzig, wie Branntwein mit eingelegten Walnüssen.

»Sollen wir dir auch behilflich sein?«, hörte Elja Mikulas spöttische Stimme hinter sich. Die Frage war an Andrej gerichtet.

»Wage es nicht, wenn dir deine Eier lieb sind«, lautete die Antwort.

Elja hätte nicht zu entscheiden vermocht, ob sie der heiteren Stimmung entsprach oder ob Andrej eine ernsthafte Warnung damit ausgedrückt hatte. Aus dem Augenwinkel sah Elja, dass er dabei war, sich selbst einzureiben. *Ob er wenigstens duldet, wenn eine Frau ihn berührt?*, dachte sie spöttisch. Elja wusste nicht, ob ihr Gemahl jemals bei einer Frau gelegen hatte. Es war kein Geheimnis unter den Jarostnye, wer mit wem das Bett teilte. Von den meisten hätte sie es zu sagen gewusst, von ihrem Gemahl ausgerechnet nicht.

Die Augen der übrigen Männer waren auf sie gerichtet. Sie

sparten nicht mit guten Ratschlägen für Olena, die Elja mit geübten Bewegungen einrieb wie eine Mutter ihr Kind.

»Zwischen den Beinen musst du sie nicht einölen, das ist Andrejs Schuldigkeit«, rief Trofim, was erneut mit Gelächter quittiert wurde.

Olena schenkte ihm ein mildes Lächeln und reichte Elja ihre Burka. Auch Andrej hatte inzwischen seinen Mantel übergezogen. Draußen umfing sie ein kühler Nachtwind, und Elja zog den wärmenden Stoff nicht nur um sich, um ihre Nacktheit zu bedecken. Die Musikanten erwarteten sie bereits und einige Hochzeitsgäste, die noch imstande waren, aufrecht zu stehen. Es waren höchstens ein paar Dutzend. Ihren Vater sah Elja nicht unter ihnen. Der kurze Weg zur Außentreppe des Hauses war begleitet von ohrenbetäubendem Lärm, da einige Gäste Zinnteller und Holzlöffel von der Tafel mitgebracht hatten und sie rhythmisch aneinanderschlugen. Elja hielt den Kopf gesenkt, um sich vor den Weizenkörnern zu schützen, mit denen sie und Andrej beworfen wurden.

Die Gesellschaft blieb am Fuße der Außentreppe zurück, nur Olena, Fedorka und Sofija folgten dem Brautpaar, als es zur Gornica emporstieg. Dort blieb Andrej in der Diele stehen, während Elja von den Frauen in ihr Schlafgemach gedrängt wurde. Sie warf ihrem Gemahl einen Blick zu, als sie an ihm vorüberging, versuchte erneut, eine Verbindung zu schaffen. Er erwiderte ihn, doch für Eljas Empfinden lag darin nicht mehr Ausdruck als in dem eines Mannes, der sich mit einem Fremden stumm darüber verständigt, wer von beiden zuerst einen schmalen Durchgang passieren darf.

Im Inneren der Kammer war es angenehm warm. Man hatte den Kachelofen angeheizt, obgleich dies erst im Winter üblich war. Wachskerzen in silbernen Leuchtern erhellten den Raum, und die Federbetten waren einladend zurückgeschlagen. Während Fedorka Elja die Burka abnahm, hielt Olena ihr das spitzenbesetzte Nachtgewand aus feinem Leinen hin.

»Wir werden euch nicht noch einmal stören«, meinte sie leise. »Rurik hat es so verfügt.«

Elja seufzte erleichtert. Es war üblich, nach einiger Zeit jemanden zu schicken, der sich »nach der Gesundheit des Brautpaares« erkundigte, wie es hieß. Antwortete der Bräutigam, es gehe ihm gut, kamen die weiblichen Festgäste ins Brautgemach, um dem jungen Paar zu gratulieren und auf sein Wohl zu trinken. Rurik war offenbar bewusst, wie groß die Kluft war, die Elja und Andrej zu überwinden hatten, damit diese Nacht das von ihm gewünschte Ergebnis erbrachte.

Mit einem Mal musste Elja wieder an den Traum denken, in dem Olena Andrej so nahe gekommen war. Sie stand davor, sich mit widerstreitenden Gefühlen auf etwas einzulassen, das ihre Freundin insgeheim ersehnt hatte. Sie sah sie forschend an, sicher, Olena könne ihre Gedanken nicht erraten. Die antwortete jedoch mit einem Lächeln, das zu sagen schien: *Alles, was jetzt geschieht, ist diesseits der Träume die beste aller Möglichkeiten.*

Sie umarmte Elja und sagte: »Du siehst aus wie ein Sahnetöpfchen.«

Elja gab ein schiefes Lächeln zurück, schlüpfte ins Bett und zog die Decke über sich. Während Sofija sich bereits in den Vorraum zurückgezogen hatte, schmiegte Fedorka sich an einen der Bettpfosten wie ein Kind, das gebannt einem spannenden Geschehen folgt. Als Andrej hereinkam, trat sie hastig zurück und drückte sich eilig an ihm vorbei, gefolgt von Olena, die Elja ein letztes ermutigendes Lächeln schenkte.

Die Tür schloss sich hinter den Frauen.

Andrej blieb stehen, als müsse er sich erst bedenken. Elja erwartete, er werde nun um das Bett herumgehen, die Burka ablegen und unter die Decke schlüpfen. Vielleicht würde er auch erst die Kerzen löschen. Stattdessen legte er den Mantel auf einen Stuhl, trat nackt an das Bett heran und streckte seine Hand nach ihr aus. Die Geste wirkte anmutig, so, als wolle er sie zum Tanze bitten. Elja, unsicher, was er von ihr erwartete, legte ihre rechte Hand in seine, schlug die Decke zurück und stieg aus dem Bett. Andrejs Hand war trocken und kühl, und sie dachte daran, dass er vor der Tür im kalten Flur gewartet hatte. Mit einer leichten Bewegung geleitete er sie, bis sie vor ihm stand. Als er ihr Gesicht in beide Hände nahm, war Elja sich so sicher, er werde sie nun küssen, dass ihre Lider sich kurz schlossen. Doch er tat nichts dergleichen, betrachtete sie nur mit ernstem Blick.

Elja blieb reglos stehen. Zu Beginn dieses Tages hatte sie beschlossen, ihm in allem zu folgen in dieser Nacht. Die Liebe, die sie verband, empfanden sie nicht füreinander, sondern für Rurik. Keiner von ihnen war diese Ehe aus Neigung eingegangen. Was nun geschah, war Pflicht. Elja würde Andrej deren Erfüllung so leicht wie möglich werden lassen und nur dann die Zügel übernehmen, wenn sie den Eindruck hatte, er missverstehe ihre Zurückhaltung.

Andrej ergriff Eljas Nachtgewand, zog es über ihren Kopf und ließ es zu Boden fallen. Einen Augenblick lang standen sie nackt und unbewegt voreinander, dann zog er sie an sich. Seine Umarmung war sanft und fesselte sie dennoch, aber Elja wagte keine Bewegung, die er als Widerstreben hätte deuten können, hob lediglich die Arme, um sie zu erwidern. Sie hatte erwartet, sein Körper werde so kühl sein wie seine Hände. Doch seine Haut war warm. Der Duft, der ihr entströmte, hatte um ein Winziges mehr Süße als ihr eigener, glich reifen Früchten, die unwiderstehlich dazu verlockten, genossen zu werden. Wieder wurde Elja bewusst, dass die Öle, mit denen sie gesalbt worden waren, wie auch die Kleidung, die ihr Vater ihnen geschenkt hatte, dazu gedacht waren, sie zu verführen, sie zueinander zu bringen wie den Hengst zur Stute. Sie war froh, dass es ihr gelang, diesen Gedanken beiseitezuschieben.

Andrej versuchte auch jetzt nicht, sie zu küssen, noch

begann er, mit den Händen ihren Körper zu erkunden. Er blieb so ruhig, als sei er auf der Jagd und wolle eine scheue Saiga-Antilope nicht erschrecken. Zunächst war Elja wachsam, wartete angespannt auf den nächsten Schritt, der doch kommen musste. Doch Andrejs Umarmung schien kein Ziel zu haben, schien für sich allein bereits ihre Verbindung zu besiegeln. Haut sprach zu Haut. Es geschah von selbst, dass ihre Körper einander vertraut wurden.

Elja wusste nicht, wie lange sie so standen. Andrejs Kopf war gesenkt, aber ihr zugewandt. Sie schloss die Augen und kostete seinen warmen Atem. Er schmeckte wie Zimt, Wein und Muskat. Aufzunehmen, zu trinken, was ihm entströmte, brachte ihn ihr näher als jeder Kuss, und seine Wärme, die die Grenzen ihrer Körper langsam auflöste, brachte ihn ihr näher als der wildeste Akt. Alle Anspannung wich von ihr. Das Wohlgefühl, das sich in ihrem Körper ausbreitete, strömte zusammen, verdichtete sich und wuchs zum Begehren. Ein triumphierendes Geräusch drängte in Eljas Kehle empor und wurde unterdrückt. Sie war stolz darauf, dass ihr Gemahl es vermochte, sie zu erhitzen, dass sie beide diese Prüfung bestanden hatten, denn sie spürte nun auch seine Erregung.

Sie hätte nicht zu sagen gewusst, ob er sie sanft zum Bett schob oder ob sie ihn mit sich zog. Sie hielten einander an den Händen gefasst, als Elja sich niederlegte und ein wenig rückte, damit er ihr folgen konnte unter das weiche Federbett. Er machte keine Anstalten, die Kerzen zu löschen. Elja war dankbar dafür. Sie wollte ihn sehen, wollte begreifen, dass er es war, für den sie sich entschieden hatte, wollte nicht im Dunkeln dazu verführt werden, in ihrem Geist zur Probe einem anderen seinen Platz zu leihen.

Sie schmiegte sich in seine Umarmung, und als seine Hand vorsichtig ihre Scham berührte, öffnete sie ihre Schenkel, damit er wissen und fühlen sollte, wie bereit sie für ihn war. Doch seine Hand war nicht, wie sie geglaubt hatte, ein Gesandter, vorausgeschickt, um zu prüfen, ob alles für den

Empfang seines Herrn bereit ist, nein, sie verweilte. Andrejs Finger erkundeten den schmalen Pfad, der zwischen der Lust der Frau und der des Mannes verläuft, waren fremd auf diesem Grund und doch so kundig, dass sie kleine Feuer auf ihrem Weg entfachten. Eljas Augen schlossen sich. Sie vergaß nicht einen Moment lang, wer ihr diese Lust bereitete. Dass er es war, Andrej, ihr fremder als jeder Mann, den sie je gekannt hatte, steigerte ihr Begehren, machte diesen Akt zu dem Sieg nach einer Jagd, bei der nicht feststand, wer Verfolger und wer Beute war. Eljas Atem ging nun rau und schnell, denn sie hatte die Wegmarke überschritten, an der Umkehr noch möglich ist. Sie begann, Andrej anzuflehen, ihn zu drängen, da sie an ihrem Schenkel spürte, dass auch er noch immer bereit war.

»Nein«, flüsterte er. »Noch nicht …«

Elja wollte ihm widerstehen, doch da spürte sie schon das fast schmerzhafte Zusammenziehen, mit dem sich das stürmische Ende ankündigt. Sie schmolz unter seinen Fingern, bis ihr Stöhnen zusammenbrach und in einem warmen, wohligen Hauch verebbte. Selbst jetzt kam er nicht zu ihr. Fast schien es, als lehne er sich auf gegen das, was für sie beide in dieser Nacht bestimmt war. Aber vielleicht hatte er auch nichts von Eljas Erfüllung selbstsüchtig für sich stehlen wollen.

Als er dann endlich – endlich – in sie kam, hätte ihre Verbindung die innigste sein können. Doch sie brach ab. Selbst als seine Stöße begannen, ihre Lust aufs Neue zu entfachen, spürte Elja, dass seine Seele sich von ihr entfernt hatte. Der kurze Augenblick der Nähe war vorbei. Andrej verschloss sich vor ihr, betrieb das Geschäft seiner eigenen Lust, als sei es eine Pflicht, von der er sie, Elja, entbinde. Wusste er nicht, dass seine raschen Atemzüge, das Stöhnen, das die Palisaden seiner Zurückhaltung überwand, ihr genügten, um seine einsame Erfüllung beinahe erneut zu teilen?

Danach blieb er noch in ihr, solange es möglich war, verlagerte nur sein Gewicht, um ihr nicht unbequem zu sein. Schließlich stand er auf, um die Kerzen zu löschen. Mit einem Mal hatte Elja Angst, er werde gehen, fühlte den bitteren Geschmack der Enttäuschung und war darüber froh. Aber er kam zurück zu ihr und nahm sie erneut in die Arme. Kein weiteres Wort wurde zwischen ihnen gesprochen in dieser Nacht, doch er hielt sie, bis der Schlaf sie trennte.

12

Halb noch im Schlaf strich Elja über das glatte Leintuch. Sie reckte ihren Arm immer weiter, unter das kühle Federbett neben sich, bis sie bäuchlings dalag, ohne auf Widerstand getroffen zu sein. Obwohl sie stets zum gleichen Ergebnis führte, war diese Geste Elja zur Gewohnheit geworden. Sie zog den Arm unter ihre wärmende Decke zurück. Erst jetzt schlug sie die Augen auf.

Das Bett neben ihr war leer. Andrej war gegangen, wie in allen Nächten, in denen er zu ihr kam. Natürlich hatten sie kein gemeinsames Schlafgemach, dies hätte ihrer Stellung nicht entsprochen. Seit einiger Zeit geschah es, dass Elja mitunter nachts aufwachte, ohne zu wissen, was sie geweckt hatte. Dann schien es ihr, als habe sie Schreie vernommen, doch sie vermochte sich keinen Reim darauf zu machen.

Abends hörte sie die Tür von Andrejs Kammer, die neben der ihren lag und einst Roman gehört hatte, und horchte, ob er zu ihr kommen werde. Dies geschah etwa einmal in der Woche, nie jedoch, wenn sie ihre Blutungen hatte. Offenbar wusste er durch Domna, wann dies der Fall war. Er kam auch an den Tagen, die von der Kirche verboten waren. Es hieß, ein Kind, das an einem Mittwoch, einem Freitag, Samstag, Sonntag oder gar an einem Fastentag gezeugt worden war, werde ein Mörder, Dieb oder Ehebrecher. Elja hatte ihren Vater sagen hören, dies verhindere schließlich nicht, dass ein guter Kosak aus ihm werden könne.

Die gemeinsamen Nächte verliefen ähnlich und begannen mit der Zeit, einem Ritual zu gleichen. Andrej kam erst, wenn Elja sich schlafen gelegt hatte. Er sprach kaum ein Wort, grüßte sie mit einem Nicken, kleidete sich aus und stieg in ihr Bett. Dann streifte er ihr Nachtgewand ab und zog sie an sich, wie er es in der ersten Nacht getan hatte. Von seiner zunehmenden Erregung wurde sie gleichfalls erhitzt. Nie küsste er sie »auf Tatarisch«. Ihre einzigen Küsse waren die am Tag ihrer Hochzeit gewesen. Und so wenig er sie küsste, so wenig berührte er je absichtsvoll ihre Brüste oder streichelte ihren Körper.

Eigenartigerweise steigerte dies ihren Genuss. Obwohl ein Ziel vor Augen, schien er es nicht zu verfolgen, und so musste sie sich nicht wie ein Tier fühlen, das mit freundlichen Worten in die Falle gelockt wird. Durch das Ungewohnte, Außergewöhnliche seines Verhaltens, das in seiner beruhigenden Wiederholung dennoch vertraut wurde, schien er die Lust neu erfunden, ihrer beider besonderem Zweck angepasst zu haben. Elja musste sich eingestehen, dass sie seine ruhigen Umarmungen genoss. In den Nächten, in denen er nicht bei ihr war, begann sie, sich danach zu sehnen.

Stets stillte er ihr Verlangen, bevor er in sie kam. Dies empfand sie zunehmend als trennend, so, als sei das Ganze ein Handel, bei dem beide Seiten einen Gegenwert erhalten sollten. Sie hätte sich ihren Gemahl weniger beherrscht gewünscht, hätte ihm dafür gern ein größeres Maß an Selbstsucht nachgesehen.

Gelegentlich gelang es Elja, wenn er in ihr war, sich ein zweites Mal die Erfüllung zu stehlen. Als dies erstmals geschah und selbst ihre geballte Faust nicht ihr Stöhnen ersticken konnte, hielt er für einen Moment inne und sah sie so überrascht an, als sei gerade etwas ganz und gar Unbegreifliches geschehen. Als sie später versuchte, sich seinen Ausdruck zu vergegenwärtigen, schien es ihr, als habe sie hinter der Maske der Zurückhaltung, die er selbst in diesen Nächten trug, Freude entdeckt.

Stets schlief sie in seiner Umarmung ein. Doch sie war sich

beinahe sicher, ihr Gemahl habe nie auch nur eine Stunde schlafend neben ihr verbracht.

Zunächst hatte es sie überrascht, dass sie nicht aufwachte, wenn er sie verließ, denn ihr Schlaf war leicht. Nicht so leicht jedoch wie der Schritt eines Jarostny, der nicht bemerkt werden wollte. Mitunter erwachte sie kurz, wenn er ging, wagte jedoch nicht, ihn zu halten. Der Wunsch, es zu tun, unterwarf sich stets der Befürchtung, er könne sie zurückweisen.

In den letzten Tagen hatte Elja das Aufstehen hinausgezögert, den Moment, in dem sie das Nachtgewand auszog und nackt und frierend im kalten Zimmer stand. Das schwache Licht ließ Schneeblumen am Fenster ahnen. Heute freute sie sich an ihrem Anblick, sprang aus dem Bett und zog eilends die Hemden, Röcke und die Jacke an, die Domna gestern schon bereitgelegt hatte. Das gefürchtete Tauwetter war ausgeblieben.

Im Speisesaal saßen Andrej und Rurik bereits beim Frühmahl. Eljas Vater verließ kaum noch das Haus. Vor dem großen Fischzug im Herbst hatte er Andrej vor allen Jarostnye im Kreis als neuen Ataman bestimmt. Auch zu diesem Anlass hatte er ihnen nichts von seiner Krankheit erzählt, hatte nur davon gesprochen, es sei an der Zeit für die Alten, den Jungen Platz zu machen. Er hatte nicht abstimmen lassen, wie es in anderen Kosakengemeinden üblich war, sondern verkündet, wer »meinem geliebten Sohn und Schwiegersohn Andrej«, wie er ihn nannte, nicht folgen wolle, müsse bedenken, ob Siljongorod künftig die rechte Heimat für ihn sei. Es waren nur wenige, die in den Tagen darauf den Gorodok verließen.

Die beiden Männer waren in ein Gespräch vertieft und blickten nur kurz auf. Rurik schenkte Elja ein warmes, schnelles Lächeln. Der Winter zehrte an ihm, doch wer ihn im Sommer noch nicht kannte und ihn jetzt an seinen besseren Tagen erlebte, hätte ihn noch immer für einen gesunden Mann halten können.

Andrejs Blick streifte Elja nur für einen Wimpernschlag.

Mit der Zeit hatte sie gelernt, über sein unbewegtes Gesicht andere Bilder zu schieben. Sie erinnerte sich daran, wie sie ihn vor sich gesehen hatte in dieser Nacht, vor wenigen Stunden erst. Nicht im Augenblick seiner höchsten Lust, in dem es eher schien, er vollbringe eine Arbeit, die all seine Konzentration erfordere, sondern im Augenblick der ihren. Mitunter öffnete sie dann die Augen, prägte sich ein, was sie sah, um es in Momenten wie diesem hervorzuholen. Sein Gesicht war dann so nackt und empfindsam, dass es ungehörig schien, ihn zu beobachten.

Mein Nachtgemahl, dachte sie.

Das Pferd war bereits angeschirrt und warf ungeduldig den Kopf hoch. Wie aus Siljongorods Schornsteinen dampften Wölkchen aus seinen Nüstern. Eljas Schlitten stand bereit, prächtig anzusehen mit seiner hohen Lehne, den bunten Verzierungen und weichen, roten Samtpolstern. Sie kletterte hinein, breitete die Pelzdecke über ihre Knie und nahm die Zügel. Viel zu kurz war ihr die Fahrt. Die Kufen knirschten im Schnee; aufgewirbelte, feine Kristalle trafen Eljas Gesicht. Die matte Wintersonne verwandelte den Schnee in eine Unendlichkeit funkelnder Sterne an einem weißen Himmel. Die Erde war verhüllt, seit Monaten schon. Nur vereinzelt erinnerten tote Gräser und dunkle Schilfrohre an eine zweite Welt, die nichts von ihrer Auferstehung wusste.

Karren standen dicht gedrängt entlang des Ufers unter kahlen Pappeln. Sie gehörten Händlern, die über Hunderte von Werst hierhergekommen waren, um den Kosaken ihren Fang abzukaufen oder gegen Getreide, Stoffe, Pulver und Blei einzutauschen. Geräucherter Fisch war im ganzen Land begehrt zur Fastenzeit, in der nicht nur Fleisch, sondern auch Mehlspeisen verboten waren. Die Armen konnten sich zumindest Rogen leisten. Für einhundertfünfzig Kopeken bekam man ein ganzes Pud; fünf Pud entsprachen dem Gewicht eines kräftigen Mannes.

Der Don war zugefroren, floss unsichtbar unter einer erstarrten, eisgrauen Fläche. Seit Tagen hatte man den Himmel beobachtet und diejenigen befragt, die alt und wetterkundig waren, ob der Frost wohl halten werde. Und wirklich, es war bitterkalt. Ostwind biss in die roten Wangen und konnte doch keinen von denen vertreiben, die auf beiden Seiten des Flusses standen, an einem Ufer die Händler, Handwerker und Cholopen, am anderen die Jarostnye, sich drängelnd und scherzend wie Kinder, ihre Stangen fest gepackt, aber auch Männer, die keine Kosaken waren und sich ein Loch gekauft hatten.

Elja blieb in ihrem Schlitten sitzen, eingekuschelt in ihren Zobelmantel und die Decke. Sie hatte freien Blick über den weißen Fluss; niemand wollte der Frau des Atamans im Wege stehen. Sie suchte ihren Gemahl in der Menge, erkannte keine der Gestalten, die in dicke Pelze gehüllt waren, und fand ihn doch. Andrejs helles Haar ließ ihn unter allen auffallen. Er war der Einzige, der keine Pelzmütze trug. In der Hand hielt er die lange Stange, an der ein faustgroßer Haken aus geschmiedetem Eisen befestigt war, in seinem Gürtel stak die Axt. Gestern waren die Fangplätze verlost worden. Es gehörte zum Spiel und steigerte die fröhliche Aufregung, so zu tun, als müsse man sich diesen erobern.

Alle warteten gespannt. Als endlich der Kanonenschuss krachte, dauerte es einen Moment, bis die Männer begannen, von der flachen Uferböschung auf das Eis zu rennen. Es herrschte ein unbeschreiblicher Lärm, Lachen, Schimpfen, Fluchen. Einige rutschten aus und lagen auf dem Rücken, noch bevor sie die Eisfläche erreicht hatten, während die Schnellsten schon begannen, mit weit ausholenden Schlägen Löcher ins Eis zu hacken.

Elja stand in ihrem Schlitten und lachte laut. Ihre Blicke gingen von einem zum anderen; sie freute sich an der Kraft der Männer, daran, wie sie der Kälte trotzten und dem todbringenden Winter, um sie alle zu ernähren. In diesem

Moment liebte sie jeden Einzelnen von ihnen. Doch immer endete die Reise ihrer Augen bei dem einen, der ihr Gemahl war. Bei jedem Hieb hatte seine Axt sich tief ins Eis gebohrt, er war unter den Ersten, die sie wieder beiseite legten. Keine seiner Bewegungen war überflüssig; sie waren sparsam und wirkten umso kraftvoller. Ruhig und konzentriert stand er nun an seinem Eisloch, die Füße breit gestellt. Nach beinahe jedem Stoß zappelte ein Fisch an seinem Haken. Bald lagen neben ihm Karpfen und Welse, Zander und Forellen.

Über dem Fluss war es still geworden. Nur einmal hörte man den Schrei eines Mannes, der ausglitt und ins eiskalte Wasser fiel. Nachdem seine Kameraden ihn wieder herausgezogen hatten, machte er sich fluchend auf den Heimweg, um die Kleider zu wechseln. Gelegentlich tat einer seinen Unmut kund, wenn die Fische, statt zum Licht zu drängen, ausgerechnet sein Eisloch mieden. Zwar war ihm dann erlaubt, sich einen anderen Platz zu suchen, doch musste er dort von neuem beginnen, mit dem gleichen ungewissen Ausgang.

Alles musste schnell gehen, denn bei Sonnenuntergang war der Fang zu Ende und an den Ufern herrschte Ruhe, damit der Fisch in der Nacht ungestört blieb.

Elja spürte die Kälte nicht, stand aufrecht in ihrem Schlitten, die Decke in einem Haufen zu ihren Füßen. Wieder einmal hatte Andrej mit seiner Hakenstange zugestoßen, aber er zog sie nicht heraus. Er konnte nicht mehr tun, als die Stiefel gegen den eisigen Grund zu stemmen. Sein Körper glich einem gespannten Bogen. Kyrill, nur wenige Sazen entfernt, blickte auf, ließ seine Stange fallen und eilte zu ihm. Gemeinsam bargen sie Andrejs Fang. Auch zu zweit kostete es sie sichtlich Mühe, den gewaltigen Fisch an die Oberfläche zu ziehen.

Es war ein Sternhausen von Übermannslänge. Sein wildes Schlagen hinterließ eine blutige Spur auf dem Eis, er sprang, dass es ihm beinahe gelungen wäre, ins rettende Wasser zu gelangen. Während Andrej den Fisch festhielt, beendete Kyrill den Todeskampf mit einem gezielten Axthieb. Als es vollbracht war, sah Elja Andrejs Blick auf sich gerichtet. Obwohl die halbe Breite des Flusses sie trennte, glaubte sie, in seinen Augen die Freude zu erkennen, die er mit ihr teilen wollte. Sie sprang auf und ab, so heftig, dass ihr Pferd nervös mit den Ohren zuckte, und klatschte in die Hände, damit er sehen sollte, wie stolz sie auf ihn war.

Mein Nachtgemahl.

Da hörte sie den Kanonenschuss. Vereinzelt erscholl Gelächter, manche vermuteten, das Signal sei versehentlich ein zweites Mal gegeben worden. Als kurz darauf das Signalhorn ertönte, begannen die Menschen zu schreien.

Ein dunkles, tausendbeiniges Ungeheuer brach am anderen Ufer zwischen winterkahlen Bäumen hervor. Es wälzte sich über den Schnee heran, weiße Wolken aufwirbelnd. Die Schreie gebaren neue. Schrecken raste durch die Menge wie ein Steppenbrand. Niemand stand mehr außer Elja. Wer dem Gorodok am nächsten war, versuchte in panischer Hast, die schützenden Mauern zu erreichen.

Dann sirrten Pfeile. Viele der Männer auf dem Eis wankten und fielen, noch bevor der Feind seinen donnernden Galopp gemindert hatte. Und während Jarostnye starben, umwirbelte Elja das Geschrei der Händler und Zuschauer, die in Todesangst bald zu ihren Karren liefen, um ihr Gut zu retten, bald wieder in die andere Richtung, in den vermeintlich sicheren Wald.

Mit einem Ruck schlug Elja gegen die Lehne des Schlittens, als ihr Pferd durchging. Sie richtete sich auf, nahm die Zügel, ließ aber dem Tier seinen Willen, wollte selbst nichts als fort. Nur einen einzigen Blick warf sie zurück, sah, dass die Tataren den Fluss schon zur Hälfte überquert hatten, noch immer auf ihren Pferden, noch immer mit Pfeilen und eisernen Wurfspeeren gegen Männer, die zu Fuß flüchteten und nichts als nutzlose Säbel an ihrer Seite trugen.

Drei Kanonenschüsse krachten, kurz nacheinander, übertönten die angstvollen Schreie von fast zweitausend Menschen. Sie rissen Breschen in die Reihen der nachrückenden Feinde. Doch sie konnten sie nicht aufhalten. Mehr würde es nicht geben. Nur drei der acht Bastionen Siljongorods wiesen in Richtung dieses Flussarms. Einige der Händler saßen schon auf dem Kutschbock ihrer Karren, trieben die Pferde in die Richtung der Festung. Elja sah eine Mutter, unter jedem Arm ein Kind. Keuchend und vom tiefen Schnee behindert, versuchte sie verzweifelt, im Strom der Flüchtenden Schutz zu suchen, bis ein Kutschpferd sie in den Schnee warf und niedertrat.

Von einem Pfeil getroffen, ging ein Pferd unmittelbar vor Elja nieder. Andrejs Fangplatz hatte zu denen gehört, die am weitesten vom Gorodok entfernt lagen. So hatte auch ihr Schlitten nahe der Stelle der Flussinsel gestanden, die Augenwinkel genannt wurde, gegenüber der Brücke. Es war sinnlos, von hier aus zum Gorodok gelangen zu wollen. Bald schon würden die Tataren das diesseitige Ufer erreichen. Obwohl jeder von ihnen mindestens zwei Ersatzpferde mit sich führte, die sich ihren Weg zwischen den Eislöchern hindurch suchen mussten, und die Pferde links und rechts große Körbe trugen, kamen sie rasch näher.

Eljas Schlitten war eingekeilt zwischen verlassenen Karren, flüchtenden Menschen, die versuchten, über den anderen Arm des Don in die jenseitigen Wälder zu gelangen, sterbenden oder in Panik umherirrenden Tieren. Ihr Pferd trieb im Strom der Menschen wie ein Holzschiffchen in einem felsigen Gebirgsbach. Elja fasste die Zügel kürzer, zwang es anzuhalten und sprang aus dem Schlitten. Sie brauchte mehrere Anläufe, bis es ihr gelungen war, mit ihrem Dolch die Lederriemen durchzuschneiden, die das Pferd an die Kutsche banden. Immer wieder bäumte es sich auf, und Elja kostete es alle Anstrengung, die Zügel festzuhalten, nicht zu straucheln und vom schweren Schlitten verletzt zu werden.

Als es endlich gelungen war, schwang sie sich auf den Rücken des Tieres und lenkte es durch die Flüchtenden hindurch. Ihr Rücken verkrampfte sich in der Erwartung, jeden Augenblick von einem Pfeil getroffen zu werden. Sie warf einen Blick zurück und sah einen Tataren, der sich niederbeugte und ein Kind zu sich in den Sattel zog. Es kamen immer mehr, mit hohen Sätteln und kurzen Steigbügeln, wie eine Flut.

Karren schoben sich zwischen Elja und die feindlichen Reiter. Sie nutzte diese Gunst, neigte sich tief über den Hals des Pferdes und trieb es erbarmungslos vorwärts. Später wusste sie nicht, ob ihr Ritt Flüchtende verletzt oder gar getötet hatte, und wie es ihr gelungen war, die Brücke zu überqueren. In diesem Augenblick durfte es keine Rolle spielen. Sie musste entkommen.

Hinter der Brücke flohen die Menschen in den kahlen Auenwald hinein. Elja trieb ihr Tier gen Süden, den Flusslauf entlang. Die Schreie verloren sich hinter ihr, bis nur noch das Keuchen ihres Pferdes zu hören war. Immer wieder wandte sie sich angstvoll um. Doch niemand folgte ihr. Sie brauchte das Pferd nicht anzutreiben, das, erleichtert, dem Chaos entkommen zu sein, nun zu ahnen schien, wohin sie wollte. Elja war diesen Weg schon oft geritten. Doch nie in solcher Hast, nie auf einem ungesattelten Pferd mit viel zu langen Zügeln.

Kahle Äste streiften ihr Haar, schlugen ihr schmerzhaft ins Gesicht. Der dicke Mantel hemmte ihre Bewegungen, die Röcke waren hochgerutscht und gaben ihre entblößten Knie dem eisigen Wind preis. Elja spürte nichts davon. Sie wusste nur eines: In ebendiesem Augenblick starben Menschen, die sie gekannt und geliebt hatte.

Kurz vor dem rettenden Ziel fiel ihr eine verräterisch glänzende Stelle im Schnee auf. Sie riss an den Zügeln, doch es war zu spät. Ihr Pferd rutschte auf der kleinen Eisstelle aus. Es riss ihm die Hinterbeine weg. Elja duckte sich noch tiefer.

Den Kopf zwischen den Schultern, klammerte sie sich an die Zügel und bereitete sich auf den Sturz vor. Sie rutschte nach hinten, bis auf die Kruppe des Tieres. Doch das Pferd fing sich, lief weiter.

Elja versuchte, gleichzeitig Halt zu finden und das Tier nach Osten zu lenken. Sie brachte es über offenes Gelände – und war plötzlich in einer anderen Welt. Hier herrschten Heiterkeit und freudige Spannung. Karren standen am Ufer, zwischen ihnen Gruppen von Menschen, in Pelze gekleidet. Es waren nicht so viele wie in Siljongorod, doch auch sie sahen Männern zu, die auf dem Eis standen, inmitten Haufen toter Fische.

Elja drängte sich bis an den Uferrand, rief: »Tataren!«, und fand ihre Stimme zu klein, um gehört zu werden in der Menge.

»Siljongorod! Tataren!«, rief sie erneut, fühlte sich wie in einem Alptraum, in dem sie versuchte zu schreien und unbemerkt blieb.

Doch ihr Ruf wurde weitergetragen, floss wie eine Welle über das Eis. Die Männer ließen ihre Stangen fallen und rannten in Richtung ihres Gorodok.

»Das ist Lankows Frau!«, hörte sie, auch dieser Ruf pflanzte sich fort. Und während nun alles geschah, so schnell es ging, dehnte sich für Elja die Zeit qualvoll.

Lankows Frau. Früher war sie *Lankows Tochter* gewesen.

Endlich kamen die ersten Reiter aus dem Tor. Sofort setzten sie über den Fluss. Sie rissen Elja mit sich, und sie musste ihnen folgen, obwohl sie wusste, dass sie nichts mehr ausrichten konnte. Der Ritt zurück schien kürzer, doch erneut tauchten die Bilder auf. Als sie an der Brücke anlangten und sie überquert hatten, sah Elja vor sich die Wirklichkeit, von anderer Art als die Bilder der Seele.

Es sah aus, als sei der Fluss selbst geschändet worden. Die Löcher, von den Männern mit Freude ins Eis gehackt, waren zu Wunden geworden, mit Blut verschmiert. Der Kampf war längst vorüber. Leichen bedeckten den Fluss, von Menschen und Pferden, dazwischen lagen überall tote Fische. Die Pelze ließen Freund und Feind gleich aussehen. Elja wagte kaum hinzuschauen, aus Angst, sich zu täuschen und Verlust zu entdecken, wo noch Hoffnung war. Kein lebender Jarostny war mehr zu sehen. Die Kosaken, die mit Elja gekommen waren und noch immer kamen, blieben teils am Ufer zurück, teils hielten sie auf Siljongorod zu.

Elja ritt zwischen den Männern hindurch. Sie wollte sich verkriechen, wollte ruhen, bis die Wunden der Stadt und des Don zu heilen begännen. Blind für die Menschen, die ihr auf den Straßen begegneten und taub für die Fragen, mit denen sie bestürmt wurde, ritt sie nach Hause.

Ihr Vater stand im Empfangsraum am geöffneten Fenster.

»Endlich!«, rief er unter Tränen, als er sie sah. »Niemand sagt mir etwas, ich wusste nicht einmal, ob meine Kinder noch am Leben sind!«

Er ging zu seinem Lehnstuhl und ließ sich hineinfallen. Elja schloss das Fenster, wollte die Welt aussperren, bevor sie sich zu ihm setzte.

»Wo ist Andrej?«, fragte Rurik.

Er hatte auf dem Eis gestanden und zu ihr hingesehen. Oder hatte sie das geträumt?

»Er hat einen Sternhausen gefangen. Der war so lang, Kyrill musste ihm helfen, ihn herauszuholen.«

Sie sprach, doch sie begriff nicht, was sie sagte.

»Du bist weiß wie ein Leintuch!« Rurik stand auf und ging zur Tür. Elja hörte, dass er nach Jost schickte.

»Nein, wie dumm von mir«, sagte er, als er die Tür wieder hinter sich geschlossen hatte. »Jost wird ja draußen gebraucht.«

Elja starrte auf den Teppich, folgte dem blutroten Muster, das darüberlief, bis Rurik ihr ein Glas unter die Nase hielt.

»Los, trink!«

Elja setzte das Glas an und leerte es in einem Zug. Er nahm es ihr ab, bevor es ihr entgleiten konnte. Wie Feuer lief der Wodka durch ihre Adern, bis in die Finger- und Zehenspitzen. Plötzlich war Elja heiß in ihrem Mantel. Sie konnte ihn nicht ausziehen. Dazu hätte sie aufstehen müssen. Doch als die Tür sich öffnete, sprang sie auf.

»Andrej!« Schluchzend warf sie sich an seinen Hals.

Nur mit einem Arm hielt er sie, sah an ihr vorbei zu Rurik. Er war über und über mit Blut besudelt.

»Sag mir, was geschehen ist«, hörte Elja die scharfe Stimme ihres Vaters. »Was ist mit meinen Jarostnye?«

»Ich gehe ins Badehaus«, sagte Andrej müde. »Danach werde ich dir berichten.«

Er wandte sich zum Gehen.

»Ich komme mit dir«, sagte Elja.

Er ging, ohne sich umzudrehen. Sie lief ihm nach bis ins Badehaus, wo das Wasser im Becken heiß und dampfend war, bereitet für die, die heute Fische fangen sollten, und die, die ihnen dabei zusahen. Niemand war hier. Elja half Andrej, sich aus seinen Kleidern zu schälen. Als er im Becken saß, begann auch sie, sich auszuziehen, kam zu ihm und wusch ihm das Tatarenblut vom Gesicht, von den Händen, aus den Haaren. Mit bloßen Fingern strich sie über seinen Körper, wusch ihn vorsichtig, so wie eine Mutter ihr Kind. Er saß völlig unbewegt und starrte vor sich hin, sah sie nur einmal an, als wolle er eine Frage stellen, dann blickte er wieder unter sich. Elja begann, kleine, beruhigende Laute zu murmeln.

Er ließ ihre Fürsorge stumm geschehen, zuckte nur einmal zusammen, als sie seinen rechten Arm berührte. Das Blut hatte den Säbelhieb verborgen. Er war tief genug, dass eine Narbe bleiben würde. Sie würde sich zu den anderen gesellen, den vielen, die Andrej trug, wie Elja, wie jeder der Jarostnye.

Domna kam und brachte Kleidung. Elja verband Andrejs Wunde. Danach gingen sie ins Haus zurück.

Rurik saß noch immer in seinem Lehnstuhl. Auf den Kerzentischchen neben Eljas und Andrejs Stühlen warteten gefüllte Gläser, Wodka für Andrej, Wein für Elja. Sie sah die rote Farbe und schauderte. Doch auch Andrej rührte sein Glas nicht an.

»Verzeih«, begann er, an Rurik gewandt. »Ich bin es gewohnt, mich zu reinigen.«

Rurik nickte ungeduldig.

»Sie müssen unbemerkt an unserer Steppenpatrouille vorbeigekommen sein – oder sie getötet haben«, sagte Andrej. »Ihre Pferde waren wohlgenährt. Sie müssen die Körbe voll mit Futter gehabt haben.«

Die Körbe. Elja spürte einen säuerlichen Geschmack, der ihr auf der Zunge zusammenlief.

»Wie viele? Wie viele haben wir verloren?«, fragte Rurik.

Andrejs Augen waren dunkel. Sein Gesicht schien mit einem Mal wie aus Stein gemeißelt.

»Sie kamen mit etwa dreihundert Mann. Wir haben vielleicht zwei Dutzend verloren, keinesfalls mehr. Viele sind verwundet.«

»Und wie viele – haben sie mitgenommen?«

Andrej legte den Kopf in den Nacken und schloss die Augen. »Ebenfalls etwa zwei Dutzend. Auch Kinder.«

Rurik stöhnte. Elja spürte eine Welle der Übelkeit. Die Körbe. Die schrecklichen Körbe.

»Verletzte Tataren, die überleben werden?«

»Wiederum etwa zwei Dutzend.«

Rurik lachte freudlos auf. »Das alte Spiel. So viele Tote für ein Spiel ohne Sieger.«

Elja wusste, was er meinte. Man würde die Tataren gesund pflegen, und dann würde man versuchen, sie auszutauschen. Wenn man die Kinder zurückbekam, würden die Knaben beschnitten sein. Wahrscheinlicher war es jedoch, dass der Austausch nicht gelang. Die Tataren gaben die Kinder erst im Erwachsenenalter zurück, um sie im »wahren Glauben«

zu erziehen, wie sie es nannten. Man würde sie wie die Erwachsenen auf einem der Sklavenmärkte in Asow, Kaffa oder Buchara verkaufen. Erst wenn sie viele Jahre für ihre Herren als Handwerker, Haussklaven oder Übersetzer gearbeitet hatten, ließ man sie frei, gewöhnlich für ein Lösegeld. Ähnliches würde mit den gefangenen Tataren geschehen. Wenn der Austausch nicht gelang, landeten auch sie auf dem Sklavenmarkt.

»Werden sie verfolgt?«

»Elja hat Wassulins Männer geholt.«

»Gut, gut.« Rurik nickte Elja zu.

»Ich habe jeden geschickt, den wir entbehren können. – Doch ich habe wenig Hoffnung. Es hat angefangen zu schneien.«

Der Schnee hatte eingesetzt, als Elja zurückkehrte. Von der Tür des Badehauses aus hatte man kaum das Wohngebäude erkennen können. Erst in diesem Augenblick wurde ihr bewusst, was dies bedeutete.

»Wie konnte das geschehen?«

Elja erschrak vor der Härte in der Stimme ihres Vaters.

»Was meinst du?«, fragte Andrej vorsichtig.

»Ich frage dich, wie es sein kann, dass zwanzig meiner Jarostnye, die heute Morgen noch gelebt haben, jetzt tot auf dem Eis liegen, und wie es geschehen konnte, dass zwanzig Einwohner von Siljongorod nun tatarische Sklaven sind?«

Elja hielt den Atem an, während ihr Mitgefühl von einem Mann zum anderen sprang. Rurik war ungerecht. Wenn Moskau auch die Grenze des Reiches immer weiter nach Süden verschob, so bedeutete das nicht, dass diese Festlegung von den Völkern der Steppe anerkannt wurde. Gerade einmal ein halbes Jahrhundert war es her, dass Krimtataren bis zur Hauptstadt vorgedrungen waren und die Vororte in Brand gesetzt hatten. Überfälle hatte es gegeben, seit sie sich erinnern konnte, mit den gleichen verheerenden Folgen. Es würde sie auch weiterhin geben. Elja konnte nicht billigen, dass ihr Vater versuchte, seinem Nachfolger die Schuld daran zu geben. Doch sie konnte auch verstehen, warum er es tat. Für einen Mann, der nie den Kampf gescheut und stets in vorderster Reihe gestanden hatte, wenn es darum ging, seinen Gorodok zu schützen, musste es unerträglich sein, wie ein Greis am warmen Ofen zu sitzen und tatenlos auf Nachricht zu warten.

Aber warum verteidigte Andrej sich nicht, statt Rurik mit den unsteten Augen eines geschlagenen Kindes anzusehen? Noch nie hatte Elja ihn so erlebt.

»Nichts wurde geändert«, sagte er nur. »Fünfzig Mann blieben zur Bewachung des Gorodok zurück, ebenso viele wie im letzten Jahr.«

»Dann sind fünfzig nicht genug!«, donnerte Rurik. Im nächsten Augenblick stieß er einen Schmerzenslaut aus und umfasste mit beiden Armen seinen Leib.

»Ich brauche meine Medizin«, krächzte er.

Andrej rührte sich nicht. So sprang Elja auf und lief ins Schlafgemach ihres Vaters. Als sie mit dem kleinen Fläschchen zurückkam, saßen beide Männer so da, wie sie sie verlassen hatte. Sie war sich beinahe sicher, dass sie in ihrer Abwesenheit miteinander gesprochen hatten. Elja spürte eine Spannung zwischen ihnen, die nichts mit dem Überfall zu tun zu haben schien. Ihr war, als teilten sie ein Geheimnis.

Sie stellte die Medizin auf das Kerzentischchen neben ihrem Vater und bat, sich für heute zurückziehen zu dürfen.

Elja hatte gerade das Licht gelöscht, als die Tür geöffnet wurde. Im Türrahmen erkannte sie die Silhouette ihres Gemahls. Er schloss die Tür, und Elja machte ihm Platz, als er wie immer zu ihrer Seite des Bettes kam. Nie hatte er sie besucht, wenn er die Nacht zuvor bei ihr gewesen war. *Die Lust tritt nicht nur an der Seite der Gefahr auf*, dachte sie bei sich, *sondern auch im Gefolge der Trauer*. Er nahm sie in die Arme und hielt sie, wie auch sonst in den gemeinsamen Nächten.

Doch er hatte sich nicht entkleidet und zog auch ihr das Nachtgewand nicht aus. Heute schien es lediglich ihre Nähe zu sein, die er suchte. Auch sie war zufrieden, sich auf diese Weise vergewissern zu können, dass er atmete, dass das Blut noch warm durch seinen Körper strömte.

Mein Nachtgemahl.

Sie hatte sich bereits zum Schlafen auf die Seite gedreht. Andrej lag hinter ihr, wärmte sie von den Schultern bis dort, wo ihre Sohlen auf seinen Füßen ruhten. Sein Arm umfing sie, seine Hand berührte durch das Leinen die untere Wölbung ihrer Brust. Elja drehte sich noch einmal zu ihm um, schmiegte sich in den Arm, den er ihr bot, und legte ihre Hand auf seine Wange.

»Sag, Andrej«, flüsterte sie, »bleibst du bei mir heute Nacht? Oder hat mein Vater dir geraten, nicht bei mir zu schlafen?« Er antwortete nicht, doch sein Atem stockte. Sie wusste, er hatte sie gehört. »Er hat auch mit meiner Mutter nicht das Bett geteilt. Er war der Meinung, die Frauen meiner Familie könnten die Männer im Schlaf behexen. Glaubst du das auch?«

Sie spürte, wie er nach Worten suchte, bis er schließlich zögernd antwortete: »Nein, er hat nichts dergleichen gesagt.«

Elja wartete. Als er schwieg, drehte sie sich erneut um und schmiegte sich in seine Umarmung.

Sie war beinahe eingeschlafen, als sie ihn leise sagen hörte: »Und du bist ganz gewiss keine Hexe.«

Als sie am anderen Morgen erwachte, war er wieder gegangen.

13

Es waren die Tage zwischen Schneeschmelze und den ersten Bränden, die kurze Zeit des Steppenfrühlings. An den Nordhängen der Hügel hielten sich hartnäckig weiße, verharschte Reste, während daneben bereits das junge Gras blühte, Disteln und Salbei sprossen. Nebel lag in den feuchten Tälern. Über den Himmel zog ein Schwarm Wildgänse gen Norden.

Die Reise war länger als erwartet gewesen und hatte Andrej bis weit in den Süden geführt. Heute endlich hatte er sein Ziel gefunden. Zuerst hörte er das Blöken der jungen Lämmer, sah bald Schafe, dann Pferde und Kamele, schließlich die hellen Jurten mit den hohen Dächern. Fünfzehn Jahre seines Lebens hatte er hier verbracht, und erst ein Jahr war es im letzten Herbst gewesen, dass Rurik gekommen war, ihn zu holen. Niemand begegnete ihm, als er sein Pferd zu den anderen brachte und festband. Doch er ließ sich nicht täuschen, er wusste, dass seine Ankunft längst bemerkt worden war.

Als er zwischen den Jurten hindurchging, traf er zwei Frauen. Sie senkten den Blick und blieben stehen, damit sie nicht den Weg eines Mannes kreuzten. Die Eingänge einiger Jurten waren zurückgeschlagen wie im Sommer, andere waren im Bodenbereich noch mit Holz beschwert, zum Schutz vor der Kälte. Im Vorübergehen hörte Andrej einen Säugling schreien. Als er in die Jurte hineinblickte, aus der das Geschrei kam, sah er eine Frau, die einen nackten Jungen in eine große Schüssel mit Wasser getaucht hielt. Schon die

Kleinsten wurden täglich in Salzwasser gebadet. Es sollte die Haut abhärten, damit ein Krieger später auch im Winter einen Fluss durchschwimmen konnte. Als Andrej hierherkam, hatte man dies auch ihn gelehrt.

Noch immer war es ihm unbegreiflich, warum er nicht verhungert war, damals, im ersten halben Jahr. Es war Frühling, als Rurik ihn hierherbrachte, wie jetzt. Die Nächte waren bitterkalt, doch man hatte ihm keine Jurte zugewiesen und niemanden, der für ihn sorgte. Wie die anderen Knaben seines Alters musste er im Freien schlafen.

Am ersten Tag gab man ihm einen Bogen und zwanzig Pfeile. Man bedeutete ihm in einer Sprache, die er nicht verstand, wenn er essen wolle, müsse er jagen. Er wusste nicht, ob man ihn hätte sterben lassen. Oder war es vielleicht Ruriks Absicht, dass seine Stärke geprüft werde, wenn es sein musste, bis zum Tod? Hätten die anderen Jungen sich nicht ab und zu seiner erbarmt, hätte er vielleicht den Tag nicht erlebt, an dem er endlich seinen ersten Hasen schoss. Als sein Bogen zerbrach, hatte er bereits alles gelernt, was er wissen musste, um sich einen neuen zu fertigen, aus Horn, Holz und Sehnen.

Mit zwölf Jahren nahm er an seinem ersten Feldzug teil. Die Bündnisse wechselten rasch in der Steppe, und wem man heute noch Tribut zahlte, dem raubte man schon morgen Kinder und Pferde. So war Andrej, den die Nogaier Ischej nannten, auch dabei, wenn Siedlungen der Kosaken überfallen wurden. Als dies erstmals geschah, fürchtete er Ruriks Zorn. Doch als Rurik das nächste Mal kam, wusste er es bereits. Er lachte und meinte, es könne den Jarostnye nur nützen zu wissen, wie der Feind seine Überfälle organisiere.

Rurik war jedes Jahr gekommen und hatte sich nach seinen Fortschritten erkundigt. Andrej tat alles, damit Rurik seine Entscheidung nie bedauern musste. Er lernte, mit einem Pfeil einen Baum zu treffen, der beinahe einen Werst entfernt stand. Bald hatte er sich eine Schaschka und einen

Dolch verdient und ein Pferd, das hundert Werst am Tag laufen und sich im Winter sein Futter aus dem Schnee kratzen konnte. Schließlich wies man ihm sogar eine eigene Jurte zu. Später kamen Männer des Stammes und erzählten von ihren Töchtern, was sie sonst nie taten. Als Andrej nicht darauf einging, begegneten sie ihm mit gutmütigem Spott, weil er sein Lager noch immer mit keinem Weib teilte. Doch einen solchen Schritt hätte er nicht gewagt, ohne dass Rurik ihn gutgeheißen hätte. Wenn Rurik wollte, dass er sich eine Frau nahm, würde er es ihm sagen.

Mitunter erteilte Rurik ihm Aufträge, oder er schickte einen Boten mit einer Nachricht, in der er Andrej um einen Dienst ersuchte. Es gab nichts, das Andrej nicht bereit gewesen wäre, für ihn zu tun.

Wenn Rurik kam und die Männer abends am Feuer saßen, hörte Andrej ihn voller Stolz von seinen Kindern erzählen, wie klug und belesen sie waren, und in späteren Jahren, welch eine tapfere Kämpferin seine Tochter sei. Die Nogaier lachten ungläubig. Wann hatte man so etwas je gehört, ein Weib, das eine Schaschka trug? Andrej dachte gut von Ruriks Kindern, weil er es tat. Dann, vor drei Jahren, verschwand Elja. Rurik sagte, seine Tochter habe sich verändert in den Monaten zuvor, habe plötzlich wirre Gedanken im Kopf gehabt. Andrej hatte begonnen, sie zu hassen, weil sie seinem Herrn das Herz gebrochen hatte, weil sie hochmütig ein Leben verschmäht hatte, von dem andere nicht einmal hatten träumen können.

Ruriks Sohn starb im Kampf, ein halbes Jahr später. Das nächste Mal kam Rurik, um Andrej zu holen. Es war der glücklichste Augenblick seines Lebens, als Rurik ihn dem Kreis der Jarostnye als seinen Nachfolger vorstellte und den Schreiber niederlegen ließ, er habe ihn an Sohnes statt angenommen. *Du bist mein Nachfolger,* hatte Rurik gesagt. *Zeige niemals eine Schwäche, denn man wird sie als meine ansehen.* Andrej kannte seine Schwäche. Deshalb war er hier.

Sydjak stand mit gekreuzten Armen vor seiner Jurte, als habe er ihn bereits erwartet. Mit einer Handbewegung bedeutete er Andrej einzutreten.

Durch die Rauchöffnung im Dach fiel ein Streifen Sonne herein. In seiner Jurte hatte Andrej immer gewusst, wie spät es war, hatte es wie jeder Nogaier daran ablesen können, auf welchem Möbelstück die Sonne lag. Obwohl er nur selten bei dem Schamanen zu Gast gewesen war, fühlte er sich, als sei er nach Hause gekommen. Es war der vertraute Anblick der Kuppel, Scherengitter aus biegsamem Holz, von Lederstreifen zusammengehalten. Sie ließen sich zusammenschieben und nahmen beim Transport nur wenig Platz ein. Darüber lagen Filzschichten, jede fast zwei Finger breit, im Winter in drei oder gar vier Schichten übereinander. Sie speicherten die Wärme besser als eine Ziegelmauer. Von der Mitte des Dachkranzes herab hing das Sturmseil, das, wenn es nötig war, an einem Sack Mehl oder einem Möbelstück befestigt werden konnte. So widerstand die Jurte den stärksten Windböen. Filzteppiche und Tierfelle bedeckten den Boden. Der dreibeinige Ofen war kalt, doch Andrej war sich sicher, dass er abends wieder angeheizt werden würde.

Er vermied den Blick zur östlichen, zur Frauenseite. Sydjak führte ihn in den westlichen, hinteren Teil, der geehrten Gästen vorbehalten war.

Auf seinen Wink ließ Andrej sich auf einem der Hocker nieder. Sydjaks Frau drückte sich an der Wand entlang, damit sie sich den Männern von hinten nähern konnte. Sie trug ein Tablett mit einer großen silbernen Schale und zwei Bechern, die sie mit einer weißen Flüssigkeit füllte und auf den Tisch stellte. Der Schamane entließ sie mit einem Nicken, ohne sie anzusehen.

»Ich kann dir Kumys anbieten«, sagte er zu Andrej. »Aber wenn du mittlerweile Wein vorziehst –«

»Nein, Kumys ist gut. Ich danke dir.«

Bevor die Männer tranken, verschütteten sie einige Tropfen der gegorenen Stutenmilch in jede Himmelsrichtung, wie es Sitte war. Nach Süden, um das Feuer zu beschwören, zu Ehren des Wassers nach Westen, nach Osten zu Ehren der Luft und nach Norden, um der Toten zu gedenken.

»Du bist lange nicht bei uns gewesen, Ischej.« Sydjak lächelte. »Ich habe gehört, du bist jetzt Ataman bei den Jarostnye.«

Andrej nickte. »Und ihr seid noch weiter in den Süden gezogen, seit ich euch verließ.«

»Ja.« Sydjak senkte den Kopf. »Bald wird es gar keinen Platz auf dieser Welt mehr für uns geben.«

Andrej wusste, wovon der Schamane sprach. Einst hatte der Heerführer Nogai über alle mongolischen Stämme geherrscht, bis er sich von der »Goldenen Horde« trennte. Jahrhundertelang hatten die Völker der Steppe Tribut von den Großprinzen der Kiewer Rus verlangt. Aus Tribut war Handel geworden, und der Austausch von Geschenken, mit denen man sich gegenseitig seiner friedfertigen Absichten versicherte. Als Russland erstarkte, hatte sich das Blatt gewendet. Nun waren es die Nogaier, die Abgaben zu leisten hatten. Früher hatten die russischen Herrscher es begrüßt, von den Führern der Nogaier »Freund« genannt zu werden. Doch als Beg Ischterek diese Anrede vor einigen Jahren in einem Brief gebrauchte, ließ der Zar, Michail Romanow, ihm ausrichten, ein Cholop könne niemals Freund des Zaren sein.

Doch wie immer kam die größere Bedrohung nicht von Norden, sondern aus dem Osten. Kalmücken drängten ins Land, mit ihren langen Zöpfen und fremden Göttern, verbündeten sich mit Moskau und verdrängten die Nogaier von ihren Weideplätzen, immer weiter, bis in den Kaukasus hinein.

Die beiden Männer sprachen über diese Dinge und andere, solange die Höflichkeit es gebot.

»Du suchst meinen Rat?«, fragte Sydjak schließlich.

Andrej nickte, fand aber noch keine Worte für sein Anliegen.

»Nun, so muss ich wohl erraten, was dich zu mir führt. Du kommst nicht als Ataman, sonst hättest du Männer mitgebracht. Was könnte es sonst sein? – Du hast vor einiger Zeit ein Weib genommen, wie ich hörte, Lankows Tochter. Vielleicht möchtest du wissen, wie viele Söhne sie dir schenken und was deren Schicksal sein wird? Oder fürchtest du, sie sei unfruchtbar, und möchtest einen Trank, der ihr hilft zu empfangen? – Bestimmt brauchst du keine Hilfe, um bei ihr liegen zu können, da bin ich gewiss.«

Andrej verneinte mit einem kleinen Lächeln.

»Plagen dich Teufel, die ich bannen soll?«

Andrej hob überrascht den Kopf.

»Oder soll ich dir helfen, deine Träume zu deuten? – Ah, ich sehe. Es ist ein wenig von beidem.«

»Ja – das ist es wohl.«

Sydjak stand auf. »Dann lass uns hinausgehen. Es ist der Wind, der die Träume bringt. Vielleicht kann er dir helfen.«

Er öffnete eine Truhe und nahm einige Gegenstände heraus, die er in einem Lederbeutel verbarg. Um den Hals legte er sich mehrere schwere Ketten mit kleinen Glöckchen, die bei jeder Bewegung klingelten. Zum Schluss setzte er sich einen Kopfputz auf, der mit Fell und Federn geschmückt war.

»So, das dürfte ausreichen.« Er blinzelte Andrej zu, der sich nicht zum ersten Mal fragte, ob der Schamane selbst an die Wirksamkeit der Riten glaubte, die er mit so viel Aufwand zelebrierte, oder ob sie nur dazu dienten, von seinen wahren Kräften abzulenken.

Als sie die Siedlung hinter sich gelassen hatten und den Hügel hinaufgestiegen waren, hieß Sydjak Andrej, seinen Blick nach Osten zu richten, über die offene Steppe. Dann entnahm er dem Lederbeutel ein Tamburin und eine einfache

Eisenmaske, die er sich umband. Das Tamburin in der Hand, stellte er sich neben Andrej.

»Sprich jetzt, Ischej. Was quält dich? Welche Dämonen suchen dich in deinen Träumen heim?«

»Das, was ich längst überwunden glaubte.« Andrejs Stimme klang heiser.

»Nun, so ist es wohl stets. Unsere Träume gemahnen uns an Aufgaben, die zu verrichten wir versäumt haben.«

»Doch warum werde ich gefoltert mit der Erinnerung an etwas, das ich nicht hätte verhindern können?«

»Was meinst du damit? Erzähle es mir.«

»Als ich ein Knabe war, wurde ich Zeuge, wie ein Mann – wie er meine Schwester tötete. Ich entdeckte die Tat erst, als es zu spät war. Aber ich habe sie gerächt. Ich habe den Mann erstochen.«

Sydjak nickte. Für einen Nogaier war es nicht ungewöhnlich, dass bereits ein Kind tötete.

Andrej senkte den Kopf und schloss die Augen.

»In meinem Traum – erlebe ich wieder und wieder, was damals geschah. Doch dieses Mal bin ich Zeuge. Ich sehe, wie fette weiße Finger ihren Hals zudrücken, wie sie mich ansieht, fleht und bettelt, und ich dastehe, gelähmt, unfähig, eine Hand zu heben.« Seine Stimme sank zu einem Flüstern herab. »Wenn ich aufwache – bleibt die Scham. Ich habe meine Schwester gerächt. Aber ich konnte sie nicht beschützen.«

»Wie lange schon verfolgt dich dieser Traum?«

»Ich erinnere mich nicht, wann er zum ersten Mal zu mir kam. Es muss viele Jahre her sein.«

»Und doch suchst du mich erst jetzt auf. Jetzt, wo du das Bett mit deinem Weib teilst.«

Andrej warf einen raschen Seitenblick auf den Schamanen. »Nein, das tue ich nicht«, sagte er zögernd. »Ich meine, natürlich bin ich –«

»Es geht nicht darum, mir die Geheimnisse deines Schlafgemachs zu enthüllen.« Die dunklen Augen funkelten hinter den Schlitzen der Maske, und Andrej fürchtete schon, er habe Sydjak erzürnt. »Aber ich kann dir nur helfen, wenn du ehrlich zu dir selbst bist.«

»Ein – ein einziges Mal war ich bei einer Frau, als der Traum kam.« Es war keine Hure gewesen, denn er hätte zu keiner gehen können, ohne seine Schwester vor sich zu sehen. Es war nur eine Frau, die einen Mann für eine Nacht suchte. »Als ich aus dem Traum hochschreckte, schrie ich und war verzweifelt. Ich war kein Mann mehr für sie. Ich war ein Kind, das sie tröstend in den Armen halten wollte. Ich hatte meine Würde verloren. Ich stieß sie zurück, zog mich an und ging. Niemals mehr möchte ich das erleben.«

»Niemals mehr willst du neben einer Frau einschlafen?«

»Doch, das will ich!« Die Worte kamen heftiger heraus, als er es erwartet hatte. Er hatte geglaubt, hierhergekommen zu sein, um sich von einem bedrückenden Alptraum zu befreien. Aber Sydjak hatte recht. Er war nur aus einem Grund hier. Er wollte in Eljas Armen Frieden finden, wollte ihre warme Haut an der seinen spüren, bis der Schlaf sie beide umfing. Sydjak hatte ihn zu dieser Erkenntnis geführt. Andrej senkte den Kopf, als sei er besiegt worden.

»Kannst du mir helfen?«

»Ich will es versuchen. Doch du sollst wissen, dass Hilfe dir erst dann zuteil werden kann, wenn du bereit dafür bist.«

»Das bin ich, ganz gewiss!«

»Nun, wir werden sehen. – Sag mir, wer war dieser Mann, der deine Schwester getötet hat?«

»Ich weiß es nicht. Seinen Namen habe ich nie erfahren. Es war einer von Ruriks Männern.«

Wieder schien etwas aufzublitzen hinter der Maske und wurde rasch verborgen.

»Und doch hegst du keinen Groll auf Rurik –«

»Wie könnte ich! Alles, was ich bin, alles, was ich habe, verdanke ich ihm.«

Dieses Mal glaubte Andrej in Sydjaks Augen Mitleid zu erkennen.

»Ich werde versuchen, dir zu helfen«, sagte der Schamane. »Ich will dich auf dem Weg begleiten. Doch wohin er uns führt, liegt in deiner Hand.«

Andrej, der gewohnt war, dass Sydjak oft in Rätseln sprach, nickte. »Was muss ich tun?«

»Schließe nur die Augen und denke an deinen Traum.«

Gerade dies widerstrebte Andrej, doch er fügte sich. Er suchte einen festen Stand und tat wie ihm geheißen. Sydjak begann zu singen, in einer unbekannten Sprache, leise und monoton. Dazu schlug er leicht das Tamburin, begleitet vom Geläute der Glöckchen. Zunächst war Andrej hiervon abgelenkt, dann zwang er sich dazu, sich zu konzentrieren und das verhasste Traumbild hervorzuholen.

Es war blass, bei weitem nicht so farbig wie des Nachts, wenn er ihm wehrlos preisgegeben war. Es war, als betrachte er es aus der Ferne oder als betreffe es ihn nicht.

Die Stimme des Schamanen schien nun von überallher zu kommen, war einmal vor, dann hinter ihm. Andrej stellte sich vor, wie Sydjak ihn tanzend umkreiste. *Es gelingt mir nicht*, wollte er schon sagen und die Augen öffnen. Doch seine innere Stimme mahnte: *Du hast den weiten Weg gemacht. Willst du aufgeben, ohne es versucht zu haben?*

Wieder erschien das schreckliche Bild. Dieses Mal war es deutlicher. Wie im Traum sah er den weißen Rücken des Mannes, die Muskeln seines Gesäßes, wie sie arbeiteten, wenn er zustieß, zwischen die Schenkel der Frau, immer wieder, wie mit einer Waffe. Er selbst stand unmittelbar neben dem Bett, spürte das Holz schon an seinen Knien, fühlte den glatten Griff des Dolches in seiner Hand, wollte ihn heben und zustoßen. Helles Haar, wie Gold und Seide, breitete sich über das Kissen. Blaue Augen sahen ihn an, weit und flehend. Sie röchelte, misstönende Laute kamen aus ihrer Kehle, die von kräftigen Händen zugedrückt wurde. *Hilf mir!* Ihr Blick hielt ihn fest, klammerte sich an ihn wie ans Leben, bis er brach. Was sie verbunden hatte, seit er denken konnte, zerriss. Sie ging und ließ ihn allein zurück, statt ihn mit sich zu nehmen.

Ein Sturmwind umtoste Andrej, riss ihn nieder, Laute, die von überallher zu kommen schienen wie von Tausenden von Tieren. Dann, mit einem Mal, hörte alles auf. Er lag auf den Knien. Tränen nässten seine Wangen. Er wollte die Augen nicht öffnen, wollte nicht dulden, dass sie ihn erneut verließ, wollte ihren letzten Atemzug für immer festhalten. Eine Hand traf seine Schulter, fast wie ein Schlag, und zwang ihn zurück.

Andrej wischte sich die Augen mit seinem Ärmel. Unsicher stand er auf. Er fühlte sich schwach wie nach einer langen Krankheit. Vor ihm dehnte sich die weite, empfindungslose Steppe. Sydjak band die Eisenmaske ab und legte sie zusammen mit dem Tamburin zurück in den Beutel. Danach standen sie einige Zeit beieinander wie Fremde. Nur das Schnattern wilder Enten und das Trillern einer Lerche unterbrach die Stille.

»Du hast es gesehen«, meinte Sydjak. »Du warst dort.«

Andrej nickte und starrte in das Gras zu seinen Füßen. »Ja, ich war dort.«

Sydjak verlangte, dass er ihm den Traum berichte. Es fiel Andrej schwer, und die Worte kamen nur stockend.

Nur einmal unterbrach ihn Sydjak. »Hast du den Mann erkannt?«

Andrej begann sich zu fragen, ob der Schamane ihm zugehört hatte.

»Nein«, erwiderte er. »Wie ich bereits sagte – es war einer von Ruriks Männern. Ich habe seinen Namen nie erfahren.«

»Einer von Ruriks Männern«, wiederholte Sydjak bedeutungsvoll und bestätigte damit Andrejs Befürchtung.

Als er geendet hatte, wollte der Schamane wissen: »Erzähle mir jetzt, was anders war als in den Träumen zuvor.«

Andrej dachte lange nach. »Nichts«, meinte er schließlich unsicher. »Nichts war anders. Der Traum bleibt immer gleich.«

»Nun, vielleicht haben wir dennoch etwas bewirkt«, sagte Sydjak. Andrej hatte den Eindruck, er vermeide es, ihn anzusehen. Seit ihm der Gedanke gekommen war, den Schamanen der Nogaier aufzusuchen, war er sich sicher gewesen, Sydjak werde ihm helfen, sich zu befreien von dem, was ihn quälte.

»War meine Reise vergebens?«, fragte er nun leise.

»Keine Reise ist je vergebens«, erwiderte Sydjak, und wieder hatte Andrej den Eindruck, er weiche ihm aus. Doch dann sah Sydjak ihn ernst und offen an und sagte: »Es ist, wie ich befürchtete. Du bist nicht bereit für die Wahrheit, und vielleicht wirst du es niemals sein. Nur eines will ich dir sagen: Du bist ein Kämpfer. Du bist gewohnt, dich im Wachen jeder Bedrohung zu stellen, einem Wolf, einem Bären oder einem Feind. Im Schlaf sind die Gefahren von anderer Art. Es ist *dein* Traum, vergiss das nicht. Du musst die Lösung *in dir selbst* finden.«

Andrej gelang es nur schwer, seine Enttäuschung zu verbergen. Sydjak hatte ihm nichts gesagt, was er nicht bereits wusste.

»Und noch eines«, fuhr Sydjak fort. »Um zu deiner wahren Kraft zu finden, mag es erforderlich sein, dorthin zurückzukehren, woher du kommst.«

Ich bin dorthin zurückgekehrt, woher ich komme, dachte Andrej, und im gleichen Augenblick wurde ihm klar, dass das nicht stimmte.

»Du ahnst nicht, woher ich komme, sonst würdest du mir diesen Rat nicht geben«, sagte er rau.

Sydjak wandte sich ab, als gebe es nichts mehr zu sagen. Andrej folgte ihm zurück ins Dorf. Vor seiner Jurte wandte der Schamane sich noch einmal um und wiederholte die Worte: »Es ist *dein* Traum, vergiss das nicht!«

Er tat dies so eindringlich, als schärfe er einem Kind eine wichtige Botschaft ein. Andrej nickte, um ihm zu zeigen, dass er ihn verstanden hatte. Doch er wusste selbst, es waren nur die Worte, die er gehört hatte. Wenn sie eine tiefere Bedeutung bargen, so war sie ihm entgangen. Auch Sydjak schien dies zu spüren. Bevor er die Filzklappe hinter sich zufallen ließ, schenkte er Andrej ein beinahe mitleidiges Lächeln.

Abends saß Andrej bei den Männern am Feuer. Am folgenden Tag stand er früh auf. Die Frauen hatten bereits sein Pferd für die Heimreise gesattelt.

14

Sein linkes Auge war so zugeschwollen, dass er wohl kaum noch etwas sehen konnte, und aus seiner Nase rann unablässig Blut, das er mit dem Fausthandschuh immer wieder hastig abwischte.

»Los, gib schon auf, Bogdan«, rief Olena.

Der Junge schüttelte den Kopf, dass die Blutstropfen nur so flogen. Als er einen raschen Schritt nach vorn machte, bekam er von seinem Gegner einen weiteren Hieb auf die Nase.

»Lasst uns weitergehen«, meinte Elja. »Ich ahne, wie dieser Kampf ausgehen wird.«

Sie wandten sich von den Faustkämpfern ab und setzten ihren Weg fort, Elja und Olena gingen voraus, Kyrill und Andrej folgten.

Rund um den Gorodok drängten sich die Menschen zwischen Buden und großen Wippen, Karussells und Schaukeln. Mädchen in bunten Röcken tanzten Reigen und sangen dazu; Jarostnye, Männer wie Frauen, machten waghalsige Sprünge vom Hüpfbrett, drehten sich in der Luft und landeten sicher auf dem Boden oder auf den Schultern eines anderen. Auch der tanzende Bär zog mit seinen tollpatschigen Bewegungen viele Neugierige an. Auf ihrem Weg zum Johannisfeuer kamen die beiden Paare an einem Mann vorbei, um den sich ebenfalls ein großer Kreis von Zuschauern versammelt hatte. Er war ganz und gar hinter einem hölzernen Gestell verschwunden, das er auf den Schultern trug und von dem eine bunte Stoffbahn herabhing, die ihn ringsum einhüllte. Handpuppen erschienen auf der Bühne über seinem Kopf, trieben

Schabernack miteinander oder mit dem Publikum und verschwanden wieder.

»Komm mit, ich will zusehen«, rief Elja Andrej zu und zog ihn mit sich in die vorderste Reihe. Sie wusste, er schätzte es nicht, von vielen Menschen umringt zu sein. Mitunter reizte es sie, ihn gerade an solche Stellen zu führen, wie sie ihn bereits in Chulyschi immer wieder herausgefordert hatte. Oft wusste sie nicht, warum sie dergleichen tat. Doch schien er es ihr nicht mehr zu verübeln. Vor einiger Zeit schon hatte Olena Elja gegenüber geäußert, sie habe den Eindruck, die Ehe mit ihr habe Andrej verändert. Als die Späße des Puppenspielers Elja nicht länger erheiterten, schlenderten sie weiter, aßen dabei Kringel aus feinem, weißem Mehl.

Gestern Morgen noch hatte es geregnet, und auch jetzt zogen graue Wolken rasch über den Himmel. Rurik lebte. Diese Tatsache allein war Elja Grund genug zur Freude an diesem Johannisfest. Er wurde immer schwächer, und es schien ausschließlich seine Sturheit zu sein, die ihn am Leben hielt. Niemand sprach offen darüber, aber auch unter den Jarostnye war es kein Geheimnis mehr, dass ihr ehemaliger Ataman schwer krank war. »Ich kann wohl nicht gehen, bevor ich nicht weiß, dass ich ein Enkelchen haben werde«, sagte er oft. Mitunter zog er Andrej auf, meinte, er hätte seine Tochter einem anderen Mann gegeben, hätte er gewusst, dass sein Nachfolger Elja kein Kind machen könne. Elja spürte, wie sehr diese Bemerkungen Andrej verletzten. Sie erwiderte dann, dies sei wohl Ruriks eigene Schuld. Schließlich drohe er stets, die Welt verlassen, sobald sie schwanger sei. Insgeheim jedoch hielt sie selbst sich oft für die Schuldige daran, dass sie noch nicht empfangen hatte. Vielleicht genoss sie die Nächte mit ihrem Gemahl zu sehr, dass sie fürchtete, sie würden zu Ende sein, sobald sie schwanger war. Sie konnte nicht einschätzen, ob er nach der Geburt des Kindes je wieder in ihr Bett käme, wenn der Zweck ihrer Ehe erfüllt war.

Mit einem Mal sah Elja über den Häuptern der Menge ihre

Freundin Sofija, die sich herausfordernd umsah, die Hände in die Hüften gestützt.

»Los, komm«, rief Sofija, als ihr Blick auf Olena fiel. Die schüttelte den Kopf und deutete grinsend auf Elja.

»Ja! Ja!« Elja zerrte Andrej erneut mit sich. Sie sah, dass er sich zu Kyrill umwandte, als könne der ihn erretten. Kyrill zuckte hilflos mit den Schultern, grinste aber ebenfalls.

Bereitwillig ließ die Menge sie durch.

»Los, mach schon«, rief Elja ungeduldig.

Andrej ließ sich auf ein Knie nieder, damit sie auf seine Schultern steigen konnte. Elja stopfte ihren Rock in seinem Nacken fest, um ihm nicht die Sicht zu nehmen, und verkreuzte die Beine hinter seinem Rücken. Andrej wankte kaum, als er aufstand, und trug sie mühelos.

Den beiden Frauen wurden Säcke gereicht, die fest mit Weizenkörnern gestopft waren. Elja hatte sich gerade wieder aufgerichtet, da sah sie schon Mikula auf sich zustürmen. Sofijas verschwitztes Gesicht war unmittelbar vor ihr, als der erste Schlag sie traf, der sie beinahe schon ins Wanken brachte. Elja besann sich nicht lange und begann, die Zipfel ihres Sackes fest in beiden Händen, wild draufloszuschlagen, ohne darauf zu achten, ob sie Sofija überhaupt traf. Die Menge bejubelte jeden Treffer, egal, welcher der beiden Frauen er galt. Andrej schien Sofijas Schläge zu ahnen. Er bewegte sich so rasch wie eben noch die Faustkämpfer, lief vor und zurück, unterstützte Eljas Angriffe und schützte sie vor den meisten, die von der flinken Gegnerin geführt wurden. Seine Geschicklichkeit ließ Elja laut aufjauchzen. Sofija hingegen wurde immer verbissener. Zwar lachte auch sie aus Freude über den feurigen Kampf, doch ihre Augen blitzten vor Entschlossenheit.

Plötzlich, Elja holte gerade aus, um einen heftigen Hieb zu führen, wurde sie von einem Schlag in die Seite getroffen, der so gewaltig war, dass er sie aus dem Gleichgewicht warf. Mit Andrej stürzte sie und erhielt dabei einen schmerzhaften Knuff von Mikulas Schulter in den Magen. Sie fand sich auf dem Boden wieder, in einem wilden Knäuel von verschränkten Beinen und Armen.

Unter dem Johlen der Menge standen die vier Kämpfer auf.

»Andrej hat mich mitgerissen«, rief Mikula. »Er hat mir ein Bein gestellt!«

Elja sah Andrej an, der keine Miene verzog. In seinen Augen meinte sie das Funkeln unterdrückten Gelächters zu sehen. Sie nahm seinen Kopf in beide Hände und drückte ihm einen raschen Kuss auf den Mund.

»Bist ein braves Pferdchen!«, rief sie. »Du kannst es mit jedem Streitross aufnehmen!«

Sofija schien noch immer nicht genug zu haben; sie saß schon wieder auf Mikulas Schultern und sah sich nach der nächsten Gegnerin um.

»Und – hast du dir genug Beulen und blaue Flecke geholt?«, fragte Olena, als sie wieder vor ihr stand. Elja lachte nur und umarmte sie.

Schließlich hatten sie das Johannisfeuer erreicht. Es dämmerte schon, und der Widerschein der Flammen spiegelte sich in den aufgeregten, strahlenden Gesichtern derer, die darauf warteten, bis sie an der Reihe waren.

»Komm!«, rief Elja und zog Andrej mit sich.

Meist waren es die ganz jungen Burschen und Mädchen, die über das Feuer sprangen, und sie fürchtete, er werde sich sträuben. Doch er schien an diesem Tag entschlossen, jeden ihrer Wünsche zu erfüllen, als seien es die unbegreiflichen Launen eines Kindes. Gemeinsam warteten sie, bis das Paar vor ihnen wohlbehalten und unter dem Jubel seiner Freunde auf der anderen Seite des Feuers angekommen war. Dann liefen sie los, Hand in Hand. Elja raffte ihre Röcke. Im selben Augenblick sprangen sie, taten gemeinsam einen riesigen Satz. Elja spürte kaum die Hitze unter sich. Schon waren sie drüben. Wieder umarmte sie Andrej, lachte, feierte das Leben, ihren Mut und diesen Tag mit ihm.

Aber kaum, dass sie ihn losgelassen hatte, war er ihr wieder fern, und sie wagte es nicht, erneut nach seiner Hand zu greifen.

Das Johannisfeuer war beinahe heruntergebrannt. Elja, Andrej, Olena und Kyrill saßen schweigend beieinander, in ihre wärmenden Mäntel gehüllt, und blickten in die verlöschende Glut. Die meisten Jarostnye waren nach Hause gegangen, hatten sich in ihre Betten gelegt, wo sie morgen mit einem schweren Schädel erwachen würden. Doch einige von ihnen, allein oder zu zweien, verschwanden im Laufe des Abends heimlich zwischen den Bäumen an den Flußauen. Denn dies war keine Nacht wie jede andere. Zu Johanni war es von jeher erlaubt, auch einen anderen als den angetrauten Gemahl zu lieben. Am anderen Tag sollte alles vergeben und vergessen sein. Keine Frau hatte das Recht, ihrem Ehemann einen Vorwurf zu machen, weil er die Nacht in den Armen einer anderen verbracht hatte, und kein Mann seinem Weib, weil sie bei einem anderen gelegen hatte.

Elja hatte die Arme auf ihren Knien verschränkt und beobachtete, wie die graue Ascheschicht auf den glimmenden Ästen mit dem roten Glühen im Inneren kämpfte. Andrej hatte sich neben ihr zurückgelehnt, so dass Elja an seiner anderen Seite Olena sehen konnte, die ebenfalls still ins Feuer blickte. Kyrill vergnügte sich damit, das sterbende Feuer zu nähren, indem er winzige Ästchen in die Glut warf.

Olena ließ ein wohliges Seufzen hören. Elja wollte es eben mit einem liebevollen Blick beantworten, als sie bemerkte, dass die Freundin zurückgerutscht war und nun dicht neben Andrej saß. Mit einem Mal kam ihr in den Sinn, dass man Frauen, die nicht schwanger wurden, riet, in der Johannisnacht zu erproben, ob der Samen eines anderen Mannes vielleicht stärker sei als der des eigenen. Hätte Olena gefragt, ob Elja ihr diese eine Nacht mit Andrej gönne, sie wusste, sie hätte es nicht über sich gebracht, der Freundin den Wunsch abzuschlagen. Doch es wäre eines gewesen, dies im hellen Licht des Tages auszumachen. Es war etwas anderes, sich vorzustellen, Olena strecke jetzt ihre Hand aus und berühre Andrej. Wie würde er wohl reagieren? Elja sah vor sich, wie er sich Olena zuneigte, ihr Gesicht in beide Hände nahm und sie küsste. Wieder fiel ihr das Bild aus Olenas Traum ein. Ein heftiges Gefühl breitete sich in ihrem Unterleib aus, Schrecken und Lust gleichermaßen benachbart.

Auch Elja rückte nun ein Stück, bis nur noch eine Handbreit sie von ihrem Gemahl trennte. Sie lehnte sich ein wenig zurück, langsam, Fingerbreit für Fingerbreit, bis sie ihn berührte, dann noch weiter, bis sie festen Halt fand. Und während sie noch überlegte, ob es möglich sei, sich zurückzuziehen, zu tun, als sei die Berührung unbeabsichtigt gewesen, fühlte sie seinen Arm um ihre Schultern. Andrej zog sie näher zu sich. Nun war es an ihr zu bestätigen, ihre Berührung sei in der Tat absichtsvoll gewesen. Als sie ihre Hand auf seinen Schenkel legte, wurde sie sofort gefasst und sanft gedrückt.

Seit bald einem Jahr bin ich verheiratet, dachte Elja, *doch ich führe mich auf wie ein junges Ding.*

Kyrill erzählte, wie Jewstavi und er einmal nachts in der Steppe zwei Wölfen begegnet waren. Doch seine Worte erreichten Elja nicht. Sie führte Andrejs Hand an ihre Wange, dann an ihre Lippen. Seine Haare streichelten ihre Haut, als er sich zu ihr neigte und ihre Kühnheit erwiderte, indem er die Seite ihres Halses mit kleinen Küssen bedeckte.

Olena, die bisher so getan hatte, als geschehe hier nichts Ungewöhnliches, grinste nun unverhohlen. Elja wurde von einer Scheu befallen, dies in gleicher Weise zurückzugeben. Es wäre ihr wie Verrat erschienen, in diesem Moment belustigte Blicke mit ihrer Freundin auszutauschen. So senkte sie stattdessen die Augen.

Die feinfühlige Olena stieß ihren Gemahl an. »Auch alte Eheleute wie wir sollten diese Nacht besser zu nutzen wissen, als anderen beim Tändeln zuzusehen.«

Als Kyrill sie fragend ansah, knuffte sie ihn erneut und wies mit dem Kopf in die Richtung des nahen Gorodok. Ihr Gemahl, der nun endlich verstand, sprang auf und half ihr galant auf die Füße. Erst als Elja die beiden in sicherer Entfernung wusste, wagte sie es, sich zu Andrej umzuwenden.

Der letzte Schein des Feuers ließ sein Gesicht in besonderer Weise vertraut erscheinen. Es erinnerte Elja an die Nächte, die sie bei Kerzenschein in ihrem Schlafgemach verbracht hatten. Auch der Ausdruck, mit dem er sie maß, war ihr vertraut. Doch der Ernst seiner Züge schloss sie nicht länger aus. Es war ihr vielmehr, als habe sie vor den Mauern einer Festung ausgeharrt und erkenne nun, dass diese nicht feindlich und uneinnehmbar vor ihr stand, sondern dass sie hineingelangen und dort Schutz, vielleicht sogar eine Heimat finden könne.

Sie legte ihre Hand sanft auf seine Wange, ihr Daumen streichelte seinen Mundwinkel. Als er den Kopf wandte, um ihre Handfläche zu küssen, umfasste sie sein Gesicht mit beiden Händen. Sie rückten zusammen, damit er sie in die Arme nehmen konnte. Als er sie dann endlich küsste, ließ er sich ebenso viel Zeit, wie er sich in ihrem Schlafgemach für die Liebe nahm. Es war, als erfinde er diese Zärtlichkeit in just diesem Augenblick und stelle staunend fest, dass sie Vergnügen bereitete. Die tastende Vorsicht, mit der er ihren Mund in Besitz nahm, ließ eine Sehnsucht in Elja wachsen, die unerfüllbar schien.

In diesem Augenblick begriff sie, wie er es zuwege brachte, dass sie sich nach seinen Umarmungen sehnte. Im Kampf war es wichtig, den Gegner zu überrumpeln, den Angriff zu wagen, bevor er ihn auch nur ahnte. In der Liebe hingegen galt es, zuerst den Wunsch zu erwecken, bevor man seine Erfüllung gewährte. Er erweckte ihn, quälend langsam, und jede Erfüllung gebar zugleich einen neuen. Elja saß zwischen seinen Schenkeln und umschlang ihn mit ihren Beinen, um ihm so nahe wie möglich zu sein. Seine Hand glitt an ihrem Hals hinab, berührte ihre Schulter, ihren Rücken und umfasste schließlich zart ihre Brust. Elja wölbte sie ihm entgegen, wünschte, er möge ihr Hemd aus dem Rockbund ziehen und ihre bloße Haut berühren.

Ein Kichern ließ sie hochschrecken, zerstörte die zweisame Hülle. Zwei Gestalten waren unter den Bäumen hervorgetreten, gingen eng umschlungen vorbei, stützten einander und verschwanden in Richtung der Mauern des Gorodok. Elja hatte sie nicht erkannt, denn das Feuer war nun fast erloschen. Sie wandte sich Andrej erneut zu. Er löste sich von ihr, stand auf und reichte ihr die Hand. Elja fürchtete, er wolle nun ebenfalls nach Siljongorod zurückkehren.

Er zog sie in die entgegengesetzte Richtung, unter die Bäume, immer tiefer, bis das Blätterdach Sterne und Mond fast verdeckte. Das Sehen wurde ihr genommen, umso lauter war jedes Knacken unter ihren Füßen. Es war beängstigend und aufregend zugleich. Mit der freien Hand versuchte Elja, Äste abzuwehren, die ihr hätten entgegenschlagen können. Doch Andrej leitete sie, als sei er ein Wolf und habe Augen, die für die Nacht geschaffen waren.

Schließlich blieb er stehen, nahm Eljas Arme und schob sie, bis sie festen Widerstand an der Rückseite ihrer Beine spürte. Sie ertastete raue Baumrinde, einen Stamm, der sich schon bald über dem Boden breit und mehrfach gabelte. Andrej zog die Burka von ihren Schultern und legte sie über das Holz. Er drängte sie weiter, bis ihr nichts übrig blieb, als sich zurückzulehnen, bis sie wieder auf Halt stieß, auf einem vollkommenen Bogen, der ihren Rücken stützte und den hinteren Teil ihres Gesäßes. Doch Andrej drängte noch immer zwischen ihre Schenkel, bis Elja keinen Stand mehr fand. Sie klammerte sich an ihn und umschlang ihn mit den Beinen. Er nahm ihre Hände, breitete ihre Arme aus, bis sie Äste fand, an denen sie sich halten konnte. Dann packte er ihre Fußgelenke, führte sie, bis auch ihre Füße neuen Halt fanden, sie sich gegen den Baum stemmen und ihre Schenkel weit spreizen konnte.

Elja lachte leise vor Entzücken. »Wann hast du ihn gefunden?«, flüsterte sie.

»Vor Tagen schon.« Sein Atem streifte ihr Ohr.

Vor Tagen schon. Zwischen Küssen, die nun weder vorsichtig noch zärtlich waren, sondern hungrig, eher Bissen gleich, zerrte Elja an seinem Hemd, wies ihn so an, es auszuziehen, dann am Verschluss seiner Hosen. Ihr Rock war nach oben gerutscht, entblößte sie, ungesehen, nicht unbemerkt. Nackt kam er wieder zu ihr, dass sie sein hartes Geschlecht zwischen ihren Beinen spürte.

Doch er kam noch nicht in sie, sondern half ihr, sich von Rock und Bluse zu befreien, ohne den Halt zu verlieren. Elja nahm seine Hände und führte sie zu ihren Brüsten. Als er begann, sie zu streicheln, so vorsichtig, als seien es Entenküken, legte sie ihre Hände auf seine und verstärkte den Druck. Er verstand, packte nun kräftig zu. Als eine seiner Hände begann, über ihren Bauch hinabzuwandern, ahnte sie, was er zu tun beabsichtigte. Sie gab einen protestierenden Laut von sich und stieß ihm ihre Ferse ins Hinterteil, als wolle sie Almas antreiben. In dieser Nacht wollte sie seine Rücksicht nicht, wollte nur spüren, wie sehr er sie begehrte.

Als er in sie kam, stöhnte sie auf, schlug ihre Zähne in seine Schulter, so fest, dass er beinahe zurückwich. Zugleich spürte sie, wie der Schmerz ihn antrieb. Er schien sich verdoppelt zu haben, schien hinter ihr zu stehen und sie zu halten. Zugleich bot er sie einem anderen Andrej an, der tief in sie hineinstieß, das Sehnen vertrieb und sie ganz und gar erst mit Lust, schließlich, als sie zwischen Schreien sein Blut schmeckte, mit Frieden und wohliger Schwäche füllte.

Er hielt sie auch danach lange. Als sie sich aufrichtete und zusammenrollte, um sich wie eine Katze an seiner Brust zu bergen, wickelte er sie in ihre Burka. Er hob sie aus ihrem Liebessitz und trug sie einige Schritte, dann legte er sie vorsichtig auf den Waldboden. Elja breitete die Arme aus, als wolle sie den Himmel umarmen, zog ihre Hand aber rasch wieder zurück, als sie etwas Stacheliges spürte. Andrej ging, kam sofort wieder, legte sich zu ihr und breitete die zweite Burka über sie.

»Wacholder«, sagte sie, als er wieder bei ihr lag.

»Mhm?«

»Wacholder«, wiederholte Elja mit schläfriger Stimme. »Ich habe etwas berührt, das sich anfühlte wie ein Wacholderstrauch. Ich habe nicht gewusst, dass er hier wächst.«

Vor ihrem inneren Auge sah sie Berghänge, von Wacholder bedeckt. Als sie sich in Andrejs Arme schmiegte, wagte sie es zum ersten Mal, die Tür zu öffnen, hinter der sie seit bald einem Jahr alle Gedanken an das andere Leben verborgen hatte. Und sie stellte fest, der Raum dahinter war leer. Die andere Liebe war gegangen.

Und mit einem Mal war Chulyschi der Ort, an dem sie Andrej zum ersten Mal begegnet war.

15

Das Bild eines großen, schäbigen Hauses, das allein zwischen kleineren, ärmlichen Katen stand, verblasste langsam, als Elja erwachte. Nur ein Name blieb in ihrer Erinnerung zurück.

Noch bevor sie die Augen öffnete, war sie sich ihrer Nacktheit bewusst und der Wärme an der Vorderseite ihres Körpers. Ihr Kopf lag auf Andrejs Schulter, sein Arm hielt sie leicht umfangen. Durch das Rauschen der Blätter vermeinte Elja das Plätschern des Don zu hören. Doch alle Geräusche verloren sich in der hohen Stille des Waldes. Nur das Schlagen der Wachteln war zu hören, darüber das wehmütige tji tji tji rü eines Ortolans, der sein Nest ganz in der Nähe haben musste. Vergehen und Werden lag in der Luft, der Geruch von Moos und totem Laub, doch frisch, beruhigend, Teil des ewigen Kreislaufes.

Andrejs Gesicht war abgewandt. Seine regelmäßigen Atemzüge verrieten Elja, dass er noch schlief. Seine Schulter trug die Male ihrer Bisse, und seine Kehle lag entblößt unmittelbar vor ihr. Wann immer Elja neben Nazar erwacht war, hatten die grausamen Phantasien auf der Lauer gelegen. Als berühre sie mit der Zunge einen schmerzenden Zahn, versuchte sie nun, nach ihnen zu tasten, indem sie sich Andrejs Wehrlosigkeit vor Augen führte. Es gelang ihr nicht. Die Gedanken ruhten und weigerten sich, ihrem Ruf zu folgen. In diesem Augenblick wusste sie es mit absoluter Gewissheit. Andrej würde niemals diese düsteren, zerstörerischen Vorstellungen in ihr hervorrufen. Er war wie sie. Wie sie hatte er getötet. Er teilte ihre dunkle Seite, und er war der ihren gegenüber nicht wehrlos, nicht einmal im Schlaf.

Elja schloss die Augen, atmete den Geruch seiner Haare ein, seiner Haut. Stets war er im Badehaus gewesen, bevor er zu ihr kam, und so hatte sie nie seinen eigenen, unverwechselbaren Duft kennengelernt. Er hatte ihn vor ihr verborgen wie so vieles. Sie sog diesen Geruch nun tief in sich ein, versuchte ihn zu fassen und vermochte es nicht, denn er kam nichts gleich, das sie je gekannt hatte. Andrej roch nach Wicken und wilden Brombeeren, nach Gewitter und verbranntem Gras, nach bläulichem, knirschendem Schnee und Eiszapfen, nach Frühlingsbächen und dampfender Erde. Sein Duft war Elja so vertraut, als habe sie den ihren verloren und er habe ihn ihr zurückgebracht. Er roch wie dieses Land.

Sie wagte kaum, sich zu rühren, versuchte bloß, ihren Kopf vorsichtig wenige Fingerbreit nach hinten zu schieben, um ihn genauer betrachten zu können. Die winzige Bewegung genügte, ihn zu wecken. Er wandte sich ihr zu. Fassungslos sah sie, wie sogleich, als er die Augen aufschlug, ein so unbedingtes, so strahlendes Lächeln sein Gesicht erhellte, als sei sie, Elja, die Sonne, die seine Welt zum Leben erwecke. Oft hatte sie sich gefragt, was sich hinter seiner scheinbaren Empfindungslosigkeit verbarg. Niemals hätte sie es für möglich gehalten, er könne zu einem solchen Ausdruck der Freude fähig sein. Sie musste seine Wange berühren, musste über seine Lippen streichen und mit staunenden Augen fragen, ob sie glauben durfte, was sie in den seinen las. Auch er berührte nun ihre Wange, erkundete mit seinen Blicken ihr Gesicht und spielte mit einer Locke, die sich vor ihrem Ohr ringelte.

Elja verfluchte das Bedürfnis ihres Körpers, das gebieterisch verlangte, diesen einzigartigen Augenblick zu stören.

»Ich – muss mich erleichtern –«, sagte sie entschuldigend.

Er verstand sofort, nickte und hob die Burka ein wenig an,

unter der sie warm und geborgen lagen. Elja stand auf, vermied es jedoch, nach ihrer Kleidung zu greifen, die verstreut auf dem Waldboden lag wie Herbstblätter, wollte nicht das Zeichen zum Aufbruch geben, nicht schuldig werden am Ende dieser Nacht, dieser Umarmung. Nackt und barfüßig ging sie durch taufeuchtes Gras und über kleine, brechende Zweige auf eine Gruppe von Eichen und Erlen zu und suchte sich einen Platz, wo ein Weißdorn den Liegenden vor ihren Blicken verbarg.

Ihr Herz klopfte, als sie aus dem Dickicht hervortrat und sah, dass er sich nicht gerührt hatte. Ob er wieder eingeschlafen war? Nein, er war wach, hatte die Höhle bewahrt, die sie mit ihren Umhängen und der Wärme ihrer Körper geschaffen hatten. Als er die Burka erneut hob, sprach er damit eine Einladung aus, die sie ohne zu überlegen annahm. Sie schmiegte sich an ihn, spürte, wie ihr Körper sich ausgekühlt hatte während ihres kurzen Gangs und wie bereitwillig er seine Wärme mit ihr teilte, ohne das kleinste Erschrecken oder Zurückweichen. Nach kurzer Zeit jedoch fühlte sie die Muskeln in seinen Armen sich anspannen, spürte enttäuscht, wie er eine Bewegung vorbereitete, die ihn von ihr entfernen würde.

»Jetzt – muss ich …«, sagte er und stand vorsichtig auf.

Er hatte gewartet, bis sie wieder bei ihm lag; auch er hatte alles vermieden, was ihn an der Beendigung ihrer Umarmung schuldig gemacht hätte. Eljas Blicke folgten ihm, nahmen seinen nackten Körper in Besitz, als er sich in Richtung der Bäume entfernte. Sie erwartete beinahe, er werde vor den Bäumen stehen bleiben, doch er ging weiter, bis er ihren Blicken entschwunden war. Elja ahnte, dass nicht Scham die Ursache war, sondern die Achtung, die er vor ihr hatte, und sie fühlte sich mit einem Mal von einem heißen Glücksgefühl erfüllt.

Als er bald wieder zwischen den Bäumen hervortrat, versuchte sie nicht, ihre Blicke vor ihm zu verbergen. Ohne

Scheu betrachtete sie die kraftvolle Linie seiner Schultern, wo die hellen Haare sie berührten, seinen flachen Bauch und, mit sicherer Vorfreude, sein Geschlecht.

Sie wagte nun mehr, nachdem sie beide bekundet hatten, was die Nacht zwischen ihnen verändert hatte, und begann, als er wieder bei ihr lag, ihn mit kleinen, kreisenden Bewegungen zu streicheln, um ihn zu erwärmen. Es war ihr bewusst, wie gefährlich dies war, denn es konnte der Beginn eines Spiels sein, das sie zu albernden Kindern machte statt zu einem liebenden Paar. Der zärtliche Ernst wich nicht aus seinen Augen, wie sie beglückt feststellte, und als er sie in eine noch festere Umarmung nahm, wagte sie es, ihre Hand über die Seite seines nun wieder erwärmten Leibes nach unten gleiten zu lassen. Ihr Zeigefinger verweilte in der Vertiefung neben dem Ansatz seines Schenkels, bevor ihre Hand vorsichtig sein Geschlecht umfasste und einen behaglichen Platz fand, zwischen seidiger Härte und faltiger Wärme. Als sie die Augen aufschlug, fand sie eine Sehnsucht in Andrejs Blick, die beinahe einem Schmerz gleichkam. Behutsam löste sie ihren Griff, wollte sein Gesicht zu sich ziehen, wollte ihn küssen, um mit der Vereinigung ihrer Münder die folgende, umfassendere vorwegzunehmen.

In diesem Augenblick hörte sie Stimmen und knackende Schritte. Sie schrak zusammen und drehte sich um. Zwischen den Bäumen traten Olena und Kyrill hervor, beide in der Tracht der Jarostnye.

Während Kyrill grinste, zeigte Olenas Gesicht einen Ausdruck tiefer Zufriedenheit. Sie schien zu spüren, was in dieser Nacht für Elja und Andrej geschehen war.

»Wir haben euch gesucht«, sagte sie. »Der Ataman wird verlangt.«

Andrej hatte es geahnt. Es war ein verschwendeter Morgen gewesen. Schon als man ihm gemeldet hatte, wer auf ihn wartete, war seine Stimmung unverzüglich gesunken.

Fedot Wassulin, der Ataman der Nachbargemeinde, war ein Schwätzer, der sich selbst viel zu ernst nahm. Er erschien in regelmäßigen Abständen, um mit Andrej »Angelegenheiten von Wichtigkeit« zu verhandeln, wie er sich ausdrückte, die sich jedoch stets als Lappalien herausstellten. Beim letzten Mal hatte er sich darüber beklagt, zu Ostern sei ein Reiter in der Nähe seines Gorodok so dicht am Ufer des Don entlanggeritten, dass sein Schatten auf die Wasseroberfläche gefallen sei. Es habe sich dabei zweifelsfrei um einen Jarostny gehandelt, wie mehrere Zeugen bestätigen könnten. Andrej wusste aus Erfahrung, wie sinnlos es war, Wassulin zu widersprechen. Er räumte sofort ein, dies sei bedauerlich, aber nicht ausgeschlossen, wiewohl er alle Einwohner Siljongorods immer wieder darauf hinweise, wie ernst der Schutz der laichenden Fische zu nehmen sei. Wassulin hatte sich dennoch nicht davon abbringen lassen, jeden einzelnen der Augenzeugen dieses Verbrechens nicht nur mit seinem Namen, sondern seiner vollständigen Aussage zu zitieren.

Der heutige Besuch endete erst, als die Sonne schon ihren höchsten Punkt überschritten hatte. Als Andrej den Ataman durch das Tor davonreiten sah, hätte er schon nicht mehr zu sagen gewusst, was Wassulins Anliegen gewesen war.

Rurik lachte schallend, als Andrej ihm von dessen neuerlichem Besuch berichtete. »Und wenn ich nur darum auf dem Totenbett liege, um ihm zu entgehen, so ist's die Sache schon wert«, meinte er. Zufrieden nahm er die Nachricht entgegen, auf dem gestrigen Johannisfest habe es zwar einige ernsthafte Prügeleien, jedoch weder Mord noch Totschlag gegeben. Auch heute ließ er es sich nicht nehmen, seinen Nachfolger eingehend zu befragen, was er denn jüngst unternommen habe, um ihm endlich zu einem Enkelchen zu verhelfen.

Seine Nachfragen führten oft dazu, dass Andrej sich von Elja zurückzog. So überkam ihn auch jetzt eine Scheu, sofort zu ihr zu gehen. Stattdessen ritt er zu der Stelle, an der er mit ihr gelegen hatte, und begann erst nach seiner Rückkehr, nach ihr zu suchen.

Almas stand im Stall; Elja hatte den Lankowschen Grund also nicht verlassen. Doch Andrej fand sie weder im Garten noch im Küchenhaus oder in ihrem Schlafgemach. Es war ein warmer Tag. Die Wolken der letzten Tage hatte sich verzogen. So stieg Andrej auf seiner Suche schließlich zum offenen Dachpavillon hinauf.

Elja stand an der Brüstung und hatte ihm den Rücken zugekehrt. Sie veränderte ihre Haltung nicht, als Andrej die Tür hinter sich schloss. Ihre Schultern wirkten angespannt und hart, als trage sie einen Harnisch. Der Gedanke verbot sich, zu ihr zu treten und sie zu umarmen. Mit einem Mal überkam Andrej eine Vorahnung, als sei er unwissend in das Haus eines gerade Verstorbenen getreten und fände sich von Schweigen umgeben. Er legte den Zweig, den er für sie gebrochen hatte, auf den Deckel eines der großen Wasserfässer, die auf jedem Dach standen. Dann zog er seine ledernen Handschuhe aus und legte sie daneben.

Er hatte sich vorgestellt, wie er ihr den Wacholderzweig überreichte, und gehofft, sie werde das Zeichen verstehen. Was heute Nacht geschehen war, war unwirklich gewesen wie eines der Märchen, die seine Schwester ihm einst erzählte. Selbst der gefürchtete Traum war ausgeblieben. Nach dem Erwachen hatten er und Elja kaum miteinander gesprochen, als sei das, was zwischen ihnen entstanden war, so zerbrechlich, dass ein einziges Wort es zerstören könne.

Andrej war unerfahren in den Dingen der Liebe, wenn auch nicht in denen der Lust. Er hatte sich nie werbend einer Frau genähert und war nur selten darauf eingegangen, wenn eine Frau sich ihm anbot. Elja den Zweig zu bringen, das Symbol all dessen, was beim gestrigen Fest und danach geschehen war, hatte ein Anfang sein sollen. Es hätte die Nacht mit dem Tag verknüpft, hätte es erleichtert, Worte zu finden für das, was noch nicht benannt worden war, und es damit Wirklichkeit werden zu lassen.

Hilflos blieb er stehen. Mit einem Mal war er sich sicher, Eljas Schweigen beziehe sich auf das, was sie in dieser Nacht geteilt hatten, und dass sie ihm sagen werde, sie bereue es.

Als sie sich schließlich umwandte, stand in ihren Augen nicht zögernde Zurückweisung, sondern kalte Wut.

»Du hast es gewusst, nicht wahr?«, fragte sie. »Mit zwei Lügen hast du mich dazu gebracht zurückzukehren. Du hast mir gesagt, er habe nicht mehr lange zu leben und wünsche sich, mich noch einmal zu sehen. Und du hast gesagt, er habe sich geändert. Er sei nicht mehr der Mann, dessen Taten mich entsetzten.«

Andrej konnte nichts erwidern, merkte nur, dass Elja das Wort »Vater« vermied, so als habe sie sich bereits von Rurik losgesagt.

Sie wandte sich ab, als ertrage sie es nicht, ihn anzusehen. »Wie wolltet ihr es machen?« Es klang höhnisch, als kenne sie die Antwort bereits. »Sollte Jost irgendwann auf ein Wundermittel stoßen, das ihn geheilt hätte?«

Wie hat sie die Wahrheit herausgefunden? Es kam ihm in den Sinn, dass sie wohl das kurze Gespräch belauscht hatte, das er vorhin mit Rurik geführt hatte, vielleicht durch dessen Gelächter aufmerksam geworden. Mit Schrecken erinnerte er sich der eindeutigen Worte, die sie verraten haben mussten.

»Ich habe überlegt, wie es wohl gewesen sein könnte. – Er war enttäuscht, als ich ging, und als Roman starb, suchte er sich einen Nachfolger, den er nach seinen Wünschen formen konnte. Irgendwann genügte ihm das nicht mehr. Er wollte einen von seinem Blut, wenn nicht in der nächsten, dann in der darauffolgenden Generation. – Ich denke mir, schon als du in Chulyschi zu mir kamst, kanntest du seinen Wunsch, wir sollten Eheleute werden, um ihm zu einem Enkel zu verhelfen.« Ihr Lachen war voller Hohn. »Man kann nicht behaupten, dass du deine Werbung mit Überzeugung betrieben hast. – Doch du warst ihm gehorsam, wie in allem. Ob er dich als Mörder schickte oder als Bräutigam.«

Andrej antwortete nicht. Er wusste, weder Leugnen noch eine Rechtfertigung hätten etwas geändert, nicht einmal die Bitte um Vergebung, wäre er denn fähig gewesen, sie auszusprechen. Früh schon hatte er gelernt, jedes Gefühl in sich zu verschließen. Wenn er in seinem Versteck saß, weil einer der verhassten Männer zu seiner Schwester kam, bemühte er sich, seinen Atem flach werden zu lassen, so dass nicht einmal er selbst ihn noch hören konnte. Wenn es ihm gelang, seinen Atem zu zügeln, würde man ihn nicht bemerken. Wenn man ihn nicht bemerkte, konnte er so tun, als sei nichts geschehen. Er versuchte es auch jetzt, instinktiv. Denn er ahnte, in ihm schlummerte etwas, das ein tiefer Atemzug hätte wecken können. Es war Scham, die ihn vernichten würde, wenn er es zuließe.

Elja drehte sich erneut um. »Du bist kein Mensch.« Ihre Wut mischte sich nun mit Verachtung. »Du bist eine Waffe, ohne eigenen Willen. Ein Dolch, von seiner Hand geführt.« Wie zu sich selbst fügte sie hinzu: »Ich begreife nicht, wie ich glauben konnte, du seiest etwas anderes.«

Es gab keinen Zweifel, worauf ihre Worte sich bezogen. Mit schmerzlicher Deutlichkeit sah er ihr Gesicht vor sich, wie es in dieser Nacht und anderen Nächten gewesen war, weich und erhitzt von der Lust, die sie geteilt hatten.

Eljas Blick ging an ihm vorbei, dorthin, wo der Wacholderzweig lag, mit seinen spitzen, wehrhaften Nadeln. Ihr Mund verzog sich, als habe sie nur einen weiteren Beweis seiner Täuschung entdeckt.

»Du bist wie dieser Zweig. Man kann dir nicht nahekommen, ohne sich zu verletzen.«

Er wollte ihr widersprechen. Aber die Antwort, die ihm einfiel, klang unsinnig: Der Wacholder wolle sich nur schützen, der Zweig steche nur, wenn man fest zupacke, man könne darüberstreichen und ihn sanft umfassen, ohne sich zu verletzen. Es war sinnlos.

Elja verschränkte ihre Arme. »Erst jetzt weiß ich, wie recht ich daran tat zu gehen. Ich habe damals den Platz geräumt, den du nun innehast. Und ich kann mir keinen besseren Nachfolger für ihn vorstellen. – Beinahe tust du mir leid. Du wirst nie begreifen, was es bedeutet, einen eigenen Willen zu haben und seinem eigenen Weg zu folgen.«

»*Du* sagst das?« Endlich hatte er seine Stimme zurück. Dies war vertrauter Boden. Er wurde angegriffen, und er verteidigte sich. Die Gewissheit, etwas unwiederbringlich verloren zu haben, verlieh ihm zusätzliche Kraft. »Wie kannst du es wagen, dich mir überlegen zu fühlen? Du bist davongelaufen. Wie ein junges Mädchen, das kaum die Kinderlocken verloren hat und gegen seine Eltern trotzt! Du hast dich deiner Verantwortung entzogen!«

Elja sah ihn ungläubig an, als könne sie nicht glauben, dass er ihr etwas entgegenzusetzen habe. »Du willst mir versagen, darüber zu befinden, was ich für Recht und was ich für Unrecht halte? Du willst mir versagen, mein Leben selbst zu bestimmen?«

»Es war nicht *dein* Leben, das ich dich in Chulyschi habe führen sehen!« Er erschrak über die Schärfe in seiner Stimme. Es zeigte ihm, dass er sie bereits verloren gab. »Du hast nur gespielt, wie das Kind eines Fürsten, das einen Schabernack treibt und die Jacke eines Cholopen anzieht. – Du willst dir einreden, es sei eine Heldentat gewesen zu gehen. Aber du täuschst dich. Es war Feigheit. Wenn du nicht einverstanden bist mit dem, was unser Vater tut, wäre es deine Pflicht gewesen zu bleiben. Du hättest bleiben und es besser machen müssen.«

Elja schüttelte langsam und resigniert den Kopf. »Jedes deiner Worte erweist dich als sein wahrer Sohn. Ich hatte verstanden, was du niemals begreifen wirst. Dass wir Jarostnye sind, macht uns anderen nicht überlegen. Unser Leben ist nicht mehr wert als das jedes Bauern oder Cholopen. Zu bleiben hätte bedeutet, weiterhin mit anzusehen, wie er andere zerstört und tötet. – Als seine Lügen allein nicht ausreichten, meinen Sinn zu ändern, hat er Akulina zu mir geschickt, ist es nicht so?«

Erneut bemerkte Andrej ihre Weigerung, ihren Vater beim Namen zu nennen. Er konnte ihr keine Antwort geben. Sie erwartete dies offenbar auch nicht, denn sie fuhr fort: »Ich kann es nicht mehr ertragen. *Du* kannst es offenbar.«

Ist es so?, fragte er sich. *Kann ich es ertragen?*

Er hatte sich diese Frage nie zuvor gestellt. Sein Denken wurde beherrscht vom Schrecken der frühen Jahre und dem Stolz auf das, was er nun war – dank Rurik. Nie hatte er daran gezweifelt, endlich im richtigen, im einzig möglichen Leben angekommen zu sein. Erst jetzt, in diesem Augenblick, offenbarte sich ihm, dass sich etwas verändert hatte. Elja hatte Zweifel gesät in den vergangenen Monaten, heimlich, unmerklich. Dieser Zweifel hatte Wurzeln in ihm geschlagen und ausgetrieben. Beinahe hasste er sie dafür.

Einst hatte er nichts als Verachtung gekannt. Nun war es ihm zur Gewohnheit geworden, mit Respekt, mitunter sogar mit Furcht angesehen zu werden. Ruriks Anerkennung und der Rang, den er sich erworben hatte, gaben ihm Sicherheit. Wenn er dem Zweifel erlaubte sich einzunisten, gab er alles auf, was sein Leben ausmachte. Er würde es gegen nichts als Unsicherheit eintauschen.

Er kannte dieses Gefühl.

Es geschah, kurz nachdem Rurik ihn zu den Nogaiern gebracht hatte. Zum ersten Mal in seinem Leben begegnete er anderen Kindern. Eines Tages spielten sie gemeinsam in der Nähe der Siedlung, an einem kleinen Bachlauf. Plötzlich trat einer der Jungen einige Schritte zurück, nahm Anlauf, machte einen gewaltigen Satz und stand am anderen Ufer. Nach und nach taten alle es ihm gleich. Nicht jeder von ihnen schaffte es, den Graben zu überwinden. Manche erreichten gerade die jenseitige Böschung und stürzten; einer fiel ins Wasser und durchnässte seine Kleidung. Aber alle wagten den Sprung. Alle – außer Andrej. Sie waren älter und größer als er, und sie machten kein Aufhebens, weil er nicht gesprungen war. Niemand forderte ihn dazu auf, niemand verspottete ihn.

Doch am nächsten Tag und an den folgenden kehrte er allein zurück und begann zu üben. Sein magerer Körper, der nie die Bewegung unter freiem Himmel gekannt hatte, war ungeübt und seine Bewegungen waren linkisch. Aber er zwang sich zu springen, immer wieder, unermüdlich. Es dauerte viele Tage, bis es ihm zum ersten Mal gelang, das andere Ufer zu erreichen, und oft hatte er sich erst im Dunkeln ins Dorf zurückgetraut, nass und zerschunden, wie er war.

Nun stand er vor der gleichen Entscheidung. Elja war bereits drüben, auf der anderen Seite. Sie hatte den Sprung gewagt, damals, vor drei Jahren. Sie war zurückgekommen und stand nun davor, ein zweites Mal zu springen. In diesem Augenblick wusste er, sie würde gehen, und dass er sie verlor, wenn er ihr nicht folgte.

Es ging nicht darum, den vollkommenen Sprung zu machen, überzeugende Worte oder die richtigen Gesten zu finden. Es ging lediglich darum, nicht reglos zu verharren.

Wie ein lähmendes Gift überschwemmte ihn das Gefühl, das er aus seinem Alptraum kannte. Einst hatte eine Klinge sein Schicksal entschieden. Danach war nichts ihm wichtiger gewesen, als schneller zu werden und stärker. Säbel und Dolche hatten ihn unverwundbar machen sollen und jeder Situation gewachsen. Er hatte gehofft, er könne damit verhindern, das, was geschehen war, werde sich jemals wiederholen, und er erkannte nun, dies war nichts als eine Illusion gewesen. Er würde Elja verlieren, wie er seine Schwester verloren hatte. Wieder konnte er nur dastehen, gelähmt, unfähig, es abzuwenden.

Als Elja ihn erneut ansah, war die Härte aus ihrem Gesicht gewichen und hatte etwas Platz gemacht, das an Trauer grenzte. Sie ging an ihm vorbei, langsam und so dicht, dass er nur die Hand hätte ausstrecken müssen, um sie zu berühren. Doch er blieb völlig regungslos.

Er wollte sie bitten, ihn zu erretten. Aber die Worte, deren es bedurft hätte, kannte er nicht. Nur seine Blicke folgten ihr und flehten sie an, ihn zu erlösen, als sie den Raum verließ und die Tür hinter sich schloss.

Nacht war über Siljongorod gefallen. Andrej stand an eben derselben Stelle, an der er Elja angetroffen hatte. Er starrte ins Dunkel, seine Hände umkrampften die hölzerne Brüstung. In seinem Inneren war nichts als Leere. Es war wie das Erwachen aus einem Traum in ein Leben, das keine Farben kannte.

Andrej glaubte nicht an einen Gott, der das Schicksal der Menschen vorherbestimmte. Warum sollte ein Gott Gefallen daran finden, seine Figuren auf das Spielbrett zu setzen, wenn das Ende des Spiels schon feststand? Aber er vermochte auch nicht zu glauben, dass jeder der Herr seines eigenen Geschickes sei. Wer so dachte, glaubte auch, der Sohn des Bauern bekomme am Ende die schöne Prinzessin zur Frau.

Er führte ein Leben, das Rurik ihm aus einer Laune oder aus wohlüberlegtem Kalkül geschenkt hatte. Wusste er es nicht genug zu schätzen? War er undankbar? Wie hatte er glauben können, ihm werde obendrein noch die Liebe der Prinzessin zuteil? Er hatte geträumt und war nun erwacht.

Hastige Schritte polterten die Treppe herauf. Erst als er angesprochen wurde, drehte er sich um. Vor ihm stand Arina, eine der Jarostnye, die heute Nacht Wache hatten. Sofort ging er mit raschen Schritten zu ihr, war der Ataman, der Gefahr für seinen Gorodok witterte.

»Was ist, Arina, sprich schon!«

Arinas Gesicht war ernst, doch eher verlegen, als von Angriff und Bedrohung zu künden.

»Rurik hat mich geschickt. Seine Tochter, ich meine Eure Gemahlin – sie hat den Gorodok verlassen wollen. Er hieß uns, sie festzuhalten, falls sie das versucht. Ihr sollt entscheiden, was mit ihr geschieht.«

Andrej wandte sich ab, ging zurück zur Brüstung, stützte sich auf das Geländer und sah in die Ferne, wo dunkle Wolken über den Nachthimmel zogen.

»Lasst sie gehen«, sagte er.

16

Das Holz war alt und grau, fast silbern glänzte es in der Sonne. Eljas Blick folgte seinen Linien, wie sie auseinanderstrebten, Inseln umschlossen, wieder zusammentrafen. Oft war sie durch diese Tür gegangen. Nie war sie davor stehen geblieben wie jetzt.

Wie eines der Schiffe, die mit starken Tauen von Treidlern den Don hinaufgezogen wurden, war sie hierher zurückgekehrt. Sie hatte die Stimme nicht zum Schweigen bringen können, die ihr unaufhörlich riet, diesen Ort zu meiden, jeden anderen auf der Welt aufzusuchen, nicht diesen. Sie hatte die Heimat verloren. Dies war der Ort, der ihr einst Frieden geschenkt hatte. Beinahe. Noch konnte sie umkehren.

Elja holte tief Luft und stieß die Tür auf. Das schräge Licht des Nachmittags fiel an ihr vorbei ins Innere.

Marfa hörte auf zu fegen und stützte sich auf den Besen. »Es wird Zeit, dass du dich wieder blicken lässt«, meinte sie nur.

Ontonko stand hinter dem Tresen. Es wirkte so, als hätte er seit über einem Jahr dort ausgeharrt. Er schwieg, warf Elja nur einen kurzen, prüfenden Blick zu. Sie ließ ihren Reisesack fallen und begann zu weinen.

Marfa ließ sich Zeit, den Besen in die Ecke zu stellen. Dann kam sie zu Elja, legte ihr den Arm um die Schultern, führte sie zum nächsten Tisch und drückte sie auf die Bank.

Ontonko brachte zwei Becher Wein. Er setzte sich Elja gegenüber hin und wartete, bis sie sich endlich kräftig geschnäuzt hatte.

»Du brauchst Ruhe nach der Reise«, meinte er. »Du arbeitest erst dann wieder, wenn du dich erholt hast. Morgen, in einer Weile oder wann auch immer.«

»Morgen«, antwortete sie.

Bereits am nächsten Abend saß Nazar im »Segelflicker«. Seit beinahe einem Jahr war es ihr gelungen, jeden Gedanken an ihn auszuschließen. Bis zu dem Augenblick, als sie die Gaststube betrat.

Er saß allein. Vor ihm stand ein Krug mit Wein, die Hände hatte er auf der Tischplatte aufeinandergelegt. Die Haare trug er ein wenig länger als noch vor einem Jahr, sie fielen lockig über seinen Kragen. Und er hatte einen kurzen, dunklen Bart, von dem Elja plötzlich fand, er stehe ihm gut. Auch ohne diese Veränderungen wäre er ihr erschienen wie ein Fremder. Sie fürchtete, er werde aufspringen, auf sie zueilen und sie zu einer Reaktion zwingen, zu der sie längst noch nicht bereit war. Doch er schien nicht überrascht zu sein, sie zu sehen. Vielleicht hatte Marfa ihm von ihrer Rückkehr erzählt. Vielleicht war es auch einer der Gäste gewesen, die gestern Abend hier saßen.

Seit sie Ruriks Täuschung entdeckt hatte, war es ihr, als habe sie sich nach einem schweren Kummer besinnungslos betrunken und fühle auch am nächsten Tag das Gift in sich. Der Schmerz war geblieben, aber er war mit einer grauen Schicht bedeckt, die ihn widerlich und schmutzig erscheinen ließ, als etwas, an das man nicht rühren mochte, ohne Ekel zu empfinden. Ähnlich war es ihr gegangen, nachdem ihre Mutter gestorben war und als sie an Mitkas Grab gesessen hatte.

Nazars Blick war schwer zu ertragen, doch sie zwang sich dazu. Er ruhte häufig auf ihr, war weder freundlich noch anklagend, eher wie der eines Seemanns, der ruhig den Himmel prüft, bevor er ausläuft.

Elja brachte es nicht fertig, zu ihm zu gehen. Und am folgenden Abend kam Nazar nicht in den »Segelflicker«.

Ein ganzer Monat verging. Es war bereits Ende August, und überall in den Tälern waren die Äpfel gereift, als Nazar wiederkam. Elja wusste nicht, ob er ihretwegen die Schenke mied oder ob eine seiner häufigen Reisen ihn ferngehalten hatte.

Im Hafen hatte an diesem Tag ein großes Handelsschiff aus Genua angelegt. In einigen Tagen würde es Chulyschi wieder verlassen, den Laderaum voll mit Sklaven. Am Abend war der »Segelflicker« fast bis auf den letzten Platz besetzt.

Dieses Mal sah Elja Nazar nicht gleich, der mit anderen Männern an einem Tisch saß und sich unterhielt. Erst als sie unmittelbar vor ihm stand, bemerkte sie ihn. Heute erschien er ihr nicht fremd, vielmehr in verwirrender Weise vertraut. Erinnerungen tauchten auf, wie er sie gehalten hatte, wie er schmeckte, wie es sich anfühlte, wenn seine Locken sich um ihre Finger ringelten. Er schien sie nicht anders zu betrachten, als er es wohl mit jeder Schankmagd getan hätte, höflich, wie es seinem Wesen entsprach, ohne sie anzustarren oder ihr mehr als ein nur freundliches Lächeln zu widmen. Eben dies, zu wissen, was es ihn kosten musste, seine brennenden Fragen zurückzuhalten, zu sehen, wie er sich selbst ganz und gar zurückstellte, führte dazu, dass Elja sich schämte. Sie fühlte sich wie ein Kind, das sich in einer Laune verfangen hat, aus der es aus eigenem Antrieb nicht herauszufinden vermag.

Nazar blieb, bis alle anderen Gäste gegangen waren. Elja wusste, er würde selbst jetzt nicht zu ihr kommen. Ontonko und Marfa hatten den Gastraum verlassen und bekräftigten damit Nazars Recht auf eine Antwort.

Sie ging zu ihm und setzte sich auf die Bank gegenüber. Nazar beugte sich ein wenig nach vorn, gerade so viel, um seine Aufmerksamkeit zu zeigen. Elja hielt ihre Arme um den Körper geschlungen, weil sie es nicht ertrug, ihm näher zu kommen. Sie bemühte sich um einen festen Blick und sagte: »Es war ein langer Abend. Ich bin sehr müde.«

Er schwieg einen Augenblick, offenbar bemüht, ihre Worte zu entschlüsseln.

»Und es war eine lange Reise«, meinte er schließlich. Elja, nicht länger imstande, ihn anzuschauen, nickte. »Du solltest mir sagen, was ich wissen muss.«

Sie warf ihm einen raschen Blick zu und nickte erneut. »Doch nicht mehr heute Nacht. Kannst du morgen zu mir kommen?«

Der folgende Tag war ein Sonntag. Der »Segelflicker« würde geschlossen sein.

»Wann immer du willst«, lautete seine Antwort.

Als Elja Nazars Besuch ankündigte, wusste sie, Marfa und Ontonko würden so lange unsichtbar sein, bis er wieder gegangen war – oder beschlossen war, dass er blieb.

Sie saß am Tisch im Garten, damit er sie gleich sah und nicht nach ihr suchen musste. Am nächsten Tag würde es *kuz-libz* geben, eine süße adygeische Speise, Fladen aus Hirse- und Birnenmehl. Es war weder besonders mühsam noch besonders aufwändig, die getrockneten Birnen in der kleinen Handmühle zu mahlen, vielmehr eine Arbeit, die Marfa am nächsten Tag nebenher hätte erledigen können. Elja widmete sich ihr schon heute, mit der langsamen Sorgfalt, die sie neuerdings auf jede Tätigkeit verwendete. Sie hielt sogar einige der Stücke vor die Sonne, wie ein Juwelenhändler, der Edelsteine auf ihre Klarheit prüft. Es war anstrengend, die Gedanken niemals schweifen zu lassen, sie wie Pferdchen vor eine Kutsche zu spannen und nur in die gewünschte Richtung zu zwingen. Immer wieder misslang es, wie auch jetzt. Mit einem Mal verwandelte die Schale sich in eine Platte, die runzligen Birnenstücke in Austern, die einst auf ebendiesem Tisch gestanden hatten. Elja sprang auf, lief einige Schritte, summte den Beginn eines adygeischen Liedes, bis das Bild verblasste. Als es nach einiger Zeit erneut erschien und danach noch weitere, andere, wurde sie beinahe wütend auf

Nazar, als lasse er sie warten. Doch keine Zeit war zwischen ihnen vereinbart worden. Sie hatte kein Recht, wütend zu sein. Sie hatte überhaupt kein Recht, wütend zu sein.

Als sie dann aufblickte und ihn unter dem Baum stehen sah, an dem die letzten weißfleischigen Pfirsiche hingen, schien es ihr, als habe er dort schon längere Zeit gestanden. Aber sie wusste, dass sie sich darin wohl täuschte. Es hätte ihm nicht ähnlichgesehen, sie heimlich zu beobachten. Er trat zu ihr, blieb neben dem Tisch stehen und nahm erst Platz, als sie ihn dazu aufforderte. Sie sah, dass er seinen Bart wieder geschoren hatte.

Es waren quälende Augenblicke, während deren er stumm wartete, mit seiner ganzen Haltung zeigte, er gebe ihr alle Zeit, sich zu erklären. Elja betrachtete hilflos und unglücklich einen Strauch mit roten Rosen neben sich, versagte sich ein Seufzen, da sie Mitleid nicht verdiente. Sie löste ihren Blick erst, als ihr ein Wort aus Nazars Sprache in den Sinn kam. *Setenai*. Meine Rose. So hatte er sie genannt.

»Ich bin wieder hier –«, begann sie.

Er machte eine winzige Bewegung mit der Hand. »Ich weiß, es ändert nichts, wenn ich es dir sage, doch du sollst wissen: Ich fühle mit dir.«

Elja sah ihn sprachlos an. Dann stieß sie ihren Stuhl zurück, sprang auf und begann zu lachen, lief auf und ab unter seinen fassungslosen Blicken. Sie lachte weiter, bis sie sich krümmte, ihr die Seiten wehtaten und die Tränen ihr die Wangen herabliefen.

Natürlich. Welchen Reim sollte er sich sonst auf ihr Verhalten machen? Er musste geglaubt haben, sie sei in Trauer und so in ihrem Schmerz gefangen, dass sie ihn darum mied.

»Nein, nein«, meinte sie schließlich, immer noch lachend und weinend. »Nein, nein, mein liebes Väterlein ist kerngesund und springt so fröhlich umher wie eine Zieselmaus im Frühling.«

»Aber es hieß doch –«

»– er liege auf den Tod danieder. Gewiss doch. – Kannst du dir das vorstellen?«

Sie ließ sich auf den Stuhl fallen und beugte sich zu ihm, als erzähle sie nichts als eine fröhliche Klatschgeschichte. »Er hat sich das ausgedacht! Er hat sich das ausgedacht, um mich nach Hause zu locken!« Er schwieg. Ein Adygeer würde sich nicht gestatten, sich ungebührlich über eine ältere Person, gar über jemandes Vater auszulassen. »Er bekommt stets seinen Willen, weißt du! Du musst es dir vorstellen. Es ist wie im Kampf. Du spürst, der andere ist stärker als du. Du weißt, er wird dich besiegen. Und du kannst doch nicht umhin, seine Eleganz und Geschicklichkeit zu bewundern.«

Du musst es dir vorstellen. Wie sollte er es sich vorstellen können?

»Du sprichst, als hättest du selbst schon im Kampf gestanden«, sagte er langsam.

Eljas närrische Überdrehtheit verflog mit einem Male.

»Ich bin – ich war – eine Jarostnya«, sagte sie. »Weißt du, was das bedeutet?«

Nazar schüttelte den Kopf, blickte sie unverwandt an.

»Mein Vater ist Rurik Semjonowitsch Lankow. Er war der Anführer der Jarostnye, der Ataman Siljongorods, einer Festung am Don. Nun ist es – Andrej.« Rasch fuhr sie fort: »Bei den Jarostnye kämpfen die Frauen an der Seite der Männer.«

»Du bist eine Kosakin.« Es klang wie eine Feststellung, aber sie zeigte Elja, dass er verstand. Dass er zumindest versuchte zu verstehen. »Warum hast du deine Heimat verlassen, damals?«

Elja überlegte nur einen Moment lang, dann begann sie zu erzählen. Alles, was ihr einfiel von dem Leben, das sie geführt hatte, bevor sie hierhergekommen war. Selbst, wie sie sich an den Nogaiern gerächt hatten, und auch, warum sie schließlich gegangen war. Es dauerte lange, bis sie geendet hatte, bis der Strom, der aus ihr hervorgebrochen war, versiegte und die letzten Worte nur noch tröpfelten. Nazar hatte sich kaum gerührt. Seine Züge waren beinahe unbewegt geblieben, konzentriert, als sei er ein Schreiber, der jedes ihrer Worte niederlegte. Doch selbst dieses Bild bewies nur, wie wenig ihre Welten sich berührten. Adygeer kannten keine Schrift.

»Was du mir erzählt hast, erschreckt mich.« Lediglich seine Stimme verriet, wie erschüttert er war. »All die Zeit, die wir miteinander geteilt haben, die Nächte, die du in meinen Armen lagst – ich glaubte, unsere Seelen seien eins. Ich wusste, dass es manches gab, worüber du nicht sprechen mochtest. Manchmal fürchtete ich, dich der Einsamkeit zu lassen, wenn ich schwieg, dann wieder, ich könnte dich durch Fragen verletzen. – Es scheint, ich habe die falsche Entscheidung getroffen.«

»Nein«, rief Elja. »Es gibt nichts, das du dir vorzuwerfen hast! Ich bin es, die sich hätte offenbaren müssen, das weiß ich jetzt, das hast du mir heute gezeigt.«

»Du hast mich wohl zu gering eingeschätzt, zu schwach, dich und dein Leben zu ertragen«, sagte er. Es war das einzige Mal, dass er etwas äußerte, das einem Vorwurf nahekam, und es schmerzte Elja darum nur umso mehr.

»Nein«, wiederholte sie. »Du trägst keine Schuld daran.«

»Es war so schwer, dich zu gewinnen«, sagte er nach einem langen Schweigen. »Du wolltest kaum mit mir sprechen zu Beginn. Möglicherweise dachtest du, du seiest der Liebe nicht wert.«

Elja hob den Kopf. Zu lange hatte sie die Erinnerung in sich eingeschlossen. Sie hatte vergessen, wie feinfühlig er ihre Stimmungen erfasste. Selbst wenn sie ihm kaum je geholfen hatte, deren Ursachen zu begreifen.

»Doch warum jetzt? Warum bist du nicht zu mir gekommen?«

Elja schloss die Augen und nahm einen tiefen Atemzug, bevor sie ihn erneut ansah. »Vielleicht gibt es auch dieses Mal etwas, dessen ich mich schäme.«

Nun nahm er tatsächlich ihre Hand. Elja war so überrascht, dass sie sie ihm ließ, sich gestattete, dass zumindest ein Teil von ihr warm und getröstet bei ihm ruhen durfte.

»Warum lässt du mich nicht selbst urteilen, wie ich denke über das, was du getan hast? Achtest du meine Liebe so gering?«

Elja ließ sich in seinen ruhigen Blick fallen, und nur für die Länge eines Atemzugs war alles gut, bis sie ihre Hand zurückzog.

»Mein Vater hatte einen Wunsch. Sein letzter, wie ich ja glauben musste.«

Er wartete stumm.

»Einst sollte ich seine Nachfolgerin sein. Auch wenn es in Russland so wenig üblich ist wie überall auf der Welt, dass die Tochter das Amt des Vaters erbt – er war stets der Ansicht, er erschaffe eine neue Welt und könne seine eigenen Gesetze machen.« Für eine Weile versank sie in Erinnerungen, musste den Kopf schütteln, um sich frei davon zu machen. »Als ich ging, sollte mein Bruder ihm nachfolgen. Doch er starb im Kampf. – Und so benannte er – Andrej.«

»Den Mann, der kam und dir die Nachricht brachte?«

Elja nickte. »Wie ich sagte – mein Vater ist gewohnt, in allem seinen Willen zu bekommen. Und so ersann er einen Plan, mich zur Rückkehr zu bewegen. – Aber seine Wünsche gingen darüber hinaus. Er war stets mehr als ein Ataman. Er sah sich eher als einen Fürsten, einen *Pschi* würde man ihn bei euch wohl nennen. Und wie ein solcher wollte er sein Geschlecht fortgesetzt sehen.« Nun war es an Nazar, bestätigend zu nicken. Einem Mann, der adygeische Wurzeln hatte, brauchte man die Wichtigkeit verwandtschaftlicher Bindungen nicht zu erklären. »Und darum wollte er, dass zumindest sein Enkel wieder von seinem Blut sein und ihm nachfolgen sollte.«

Elja brachte es nicht über sich weiterzusprechen. Sie konnte Nazar nur dabei beobachten, wie er ihre Worte zusammenfügte wie die Scherben eines zerbrochenen Kruges, um zu sehen, ob sie ein Ganzes ergaben.

»Er wollte, dass du *diesen* Mann, diesen – Andrej – heiratest?«

Kurz verspürte Elja den lächerlichen Wunsch, Andrej zu schützen, davor, wie Nazar seinen Namen aussprach.

Ihr Schweigen ermöglichte es ihm, eine weitere Scherbe einzufügen. Sie wusste, es war längst nicht die letzte.

»Du hast ihn geheiratet?« Die Frage wurde zur Feststellung, als Elja nicht widersprach. »Du hast ihn geheiratet, weil du glaubtest, damit die letzte Bitte deines Vaters zu erfüllen.«

Elja konnte zögernd nicken. Noch musste sie sich nicht entscheiden.

»Und du bist zurückgekehrt, weil du es nicht länger ertragen konntest.«

Dies war es. Dies war der Bereich, wo es gefährlich wurde. Sie zögerte die Entscheidung hinaus, indem sie ihm die schwerste Wunde schlug.

»Ich trage sein Kind.«

Er hatte sich beherrscht, die ganze Zeit. Um ihretwillen. Nun weiteten sich seine Augen, als habe er tatsächlich einen Hieb erhalten. Ein sanftes Kribbeln ließ Elja auf ihre Hand blicken. Eine Biene lief darauf entlang. Elja schüttelte sie ungeduldig ab.

Lange sprach keiner von ihnen.

»Wie wurde die Ehe geschlossen?«, fragte er schließlich, und, nachdem Elja es ihm erzählt hatte: »Ist diese Zeremonie nach den Gesetzen eurer Kirche gültig?«

»Wohl kaum.«

Nazar dachte erneut nach. Schließlich richtete er sich auf und ergriff wieder ihre Hand. »Elja, meine Setenai, ich weiß, du wirst Zeit brauchen, um vergessen zu können, was dir widerfahren ist. Aber ich kann dir beistehen. Ich will, dass du meine Frau wirst. Und dein Kind wird mir so wertvoll sein, als sei es mein eigenes.«

Elja wusste nichts zu antworten. Die innere Stimme, die ihr hätte raten sollen, schwieg wie schon seit ihrer Ankunft.

»Seit wann weißt du es?«, fragte Nazar. »Wie lange ist es her, dass –«

Er brach ab. Elja wusste, ihm standen Bilder vor Augen, die sie versuchte, aus ihrem Gedächtnis zu bannen. Bilder von ihr und Andrej.

»Erst seit kurzer Zeit«, erwiderte sie müde. »Vielleicht täusche ich mich sogar.« Doch sie spürte, dass sie sich nicht täuschte.

»Hör mir zu«, sagte Nazar, mit einem Mal aufgeregt, als müsse etwas von großer Dringlichkeit sofort entschieden werden. »Wir können sehr rasch heiraten. Niemand muss erfahren, dass es nicht mein Kind ist. Niemals.«

Die Stimme schwieg noch immer. Elja sah auf ihre vereinigten Hände und wünschte sich, die Welt möge in diesem Moment auf ewig erstarren und ihr bliebe eine Antwort erspart.

»Bedenke, du hättest den Schutz meiner Familie. Niemand könnte euch hier etwas tun.«

Elja wusste um den Zusammenhalt der Sippen in den Kaukasustälern, wo noch die Blutrache galt.

»Ich bitte dich«, fuhr er drängend fort. »Du wirst meine Frau, doch du magst bestimmen, wann du wieder meine Liebste sein kannst.«

Elja sah ihn an, als redete er in einer unbekannten Sprache zu ihr. Er ließ ihre Hand los, als fürchte er, selbst diese Berührung könne ihr zuwider sein.

»Du warst gezwungen, das Bett mit ihm zu teilen«, sagte er. »Vielleicht ist es dir widerwärtig geworden, bei einem Mann zu liegen.«

Es war soweit. Nun, da Elja sich entscheiden musste zwischen Wahrheit und Lüge, erkannte sie, dass ihre Liebe zu Nazar noch groß genug war, um sich für die Wahrheit zu entscheiden.

»So war es nicht«, sagte sie.

Überrascht sah er sie an. Der Krug war wieder vollständig, das Muster zu erkennen.

»Willst du damit sagen, er war dir nicht zuwider?«

Nun, zum ersten Mal seit Wochen, fühlte Elja Frieden in sich. »Nein. Er war mir nicht zuwider«, entgegnete sie sanft.

»Du hast diesen Mann geliebt?« Nazar keuchte es beinahe.

Diesen Mann.

Elja musste nicht antworten. Sie wusste, dies war ihr Abschied. Nazar hatte ihr alles verziehen. Dass sie getötet, dass sie einen anderen geehelicht hatte und dass sie dessen Kind trug. Vielleicht hätte er irgendwann sogar ihre Liebe zu einem anderen Mann verzeihen können, wäre es einer gewesen, der ein erkennbares Stück von ihm in sich trug. Aber dieser Mann war ihm so fremd wie kein anderer und machte ihm grausam bewusst, dass er Elja nie gekannt hatte. Und er hatte recht. Mit Andrej hatte sie alles geteilt. Nazar hatte sie stets nur einen Teil von sich gegeben.

Nun hätte sie ihn gern berührt, doch sie durfte es nicht mehr.

»Es ging meinem Vater nur um dieses Kind«, sagte sie. »Er hat mich nur dazu benutzt, dieses Kind zu bekommen. Und das ist der Grund, warum er es niemals sehen wird. Andrej« – plötzlich war es sogar möglich, seinen Namen auszusprechen – »Andrej und mein Vater sind eins. Und darum wird auch er nie erfahren, dass er ein Kind hat.«

Nazar versank in seinen Gedanken.

»Was wäre ich für ein Mann, wenn ich dich im Stich ließe?«, fragte er schließlich. »Wenn ich dir nicht den Schutz meines Namens böte?«

Er hatte sie nicht mehr Setenai genannt und auch nicht mehr ihre Hand gefasst. Und Elja erinnerte sich, wie viele Male er in ihren Gedanken schon getötet worden war. So würde es auch künftig zwischen ihnen sein: Je freundlicher er sich ihr näherte, desto erbarmungsloser würde sie prüfen müssen, ob er stark genug war zu ertragen, was sie selbst nicht in sich ertrug.

»Nein, mein liebster, mein bester Nazar.« Sie war nun frei, konnte lächeln und ihn berühren, als sei er ein Freund. »Ich weiß, es ist dir ernst. Aber ich kann es nicht. Ich bitte dich, frage mich nicht wieder. Denn ich weiß eins: Ich habe mich entschieden. Und ich werde meinen Sinn nicht ändern.«

17

Ich versuche dennoch, meinem Kindchen nur die besten Träume zu bereiten, hatte Roxanda einst geschrieben. Und so verhielt sich auch Elja. Aus furchteinflößenden Bären machte sie tapsige Großväter und aus hungrigen Wölfen Hunde, die sich nach einem Stück Fleisch niederlegten und sich kraulen ließen. Und wenn Andrej vor der Tür stand und sie ansah, wie er es getan hatte, als sie ging, oder gar so, wie er es am gleichen Morgen beim Erwachen getan hatte, verwandelte sie ihn in einen alten Bettler, dem sie freundlich ein Stück Brot gab und den sie danach fortschickte.

Am Tage lebte Elja ihr halbes Leben. Das hatte sie stets getan, und mitunter weniger als das. Lange hatte sie nicht das Kind ihrer Mutter sein dürfen, und als sie zum ersten Mal hierherkam, war sie niemandes Kind gewesen. Nun hatte sie erneut ihren Vater verloren. Zumindest war ihr das Erbe Roxandas geblieben. Tag und Nacht hatten ihre Plätze getauscht. Einzig die Welt des Traumes war bunt, ließ das Herz schneller schlagen oder stocken. Die Tage schlichen müde dahin. Am meisten vermisste Elja Olena, ihre Umarmungen, ihr Lachen, ihr Schweigen.

Ich versuche dennoch, meinem Kindchen nur die besten Träume zu bereiten. In ihr wuchs das Versprechen auf Vollständigkeit. Im Frühjahr würde sie nicht länger allein sein, konnte küssen, umarmen, verliebte Blicke tauschen. Nicht jedes Kind durfte Vater *und* Mutter haben. Dieses würde ein Mutterkind sein. Wenn es ein Mädchen war, teilte es schon jetzt ihre Träume. Es wäre einfach mit einem Mädchen.

Doch was, wenn es ein Knabe war? Welchen Weg konnte sie ihm vorgeben? Nazar wäre bereit gewesen, ihm zu sein, was ein Vater seinem Sohn sein sollte. Nach seinem Bild wollte sie ihn formen. Niemals sollte er die Welt seines wahren Vaters kennenlernen, Kälte, Lüge und Mord.

Noch teilte niemand außer Nazar Eljas Geheimnis, und Nazar kam nicht mehr. Noch ließ es sich verbergen unter weiten Röcken und Hemden. Das Kindchen zeigte sich als guter Komplize. Selbst nun, im späten Herbst, wölbte Eljas Bauch sich kaum. Nur gelegentlich wurde sie leicht und freundlich daran erinnert, dass etwas in ihr lebte und wuchs, durch zarte Tritte und Bewegungen, nicht spürbarer als ein Magenwind.

Elja hätte sich Marfa und Ontonko mitteilen können. Sie hatte sich bereits eine Geschichte bereitgelegt von dem Mann, den sie dem Vater zuliebe geheiratet hatte und der bei einem Tatarenüberfall ums Leben gekommen war. Mitka war sein Name gewesen. Nein, geliebt hatte sie ihn nicht. Wie viele Ehen wurden schon aus Liebe geschlossen? Sie wusste selbst nicht zu sagen, warum sie dennoch schwieg. Hätte Nazar sie danach befragt, hätte sie wohl geantwortet, sie fürchte um ihr Kind, wenn sie ihren Zustand enthüllte. Schon einmal hatte Andrej sie hier aufgespürt. Dieses Mal wäre es ihm noch leichter. Aber er kam nicht.

Seit Marfa nicht mehr die Kammer neben Elja bewohnte, erschien sie häufig zu spät zur Arbeit. Elja wusste, dass Ontonko sich darüber ärgerte, doch sie hatte ihn nie ein Wort darüber verlieren hören. Vielleicht war er froh gewesen, dass zumindest Marfa ihm geblieben war in der Zeit vor Eljas Rückkehr. Vielleicht hatte er sie zu Beginn auch ermahnt und feststellen müssen, dass es vergebens war.

Marfa lebte jetzt bei ihrem Mann, einem Weinhändler. Adygeer heirateten Adygeerinnen und nicht russische Schankmägde von zweifelhaftem Ruf. Doch Dudarukos Blut war

Küstenblut, ebenso gemischt wie das Nazars. Elja fragte sich oft, warum Marfa, die sich nie für einen ihrer Verehrer hatte entscheiden können, seinem Werben nachgegeben hatte. Dudaruko war ein Mann, der sicherlich vielen Frauen gefiel; doch von gefälligem Äußeren waren Marfas Liebhaber allesamt gewesen. Und auch deren Gutmütigkeit eignete ihm im Übermaß. Elja hatte ihn als jemanden kennengelernt, der den meisten Frauen als Himmelsgeschenk erschienen wäre. Wenn Marfa jedoch über ihn sprach, dann selten mit guten Worten.

Nasskalte Stürme und die frühe Dunkelheit hatten dem »Segelflicker« in den vergangenen Tagen viele Gäste beschert, die oft nur schwer dazu zu bewegen waren, sich auf den Heimweg zu machen. Heute waren es nur drei einsame Würfelspieler, die noch beieinander saßen.

Ontonko kam herein und legte Elja die Hand auf die Schulter.

»Mach Schluss für heute.«

»Aber ich muss nachher noch ausfegen.«

»Du arbeitest oft genug für Marfa mit. Das Fegen kann sie besorgen. Du solltest in deine Kammer gehen und dich ausruhen.«

Elja sah ihn mit zusammengezogenen Augenbrauen an. Ahnte Ontonko etwas von ihrer Schwangerschaft? »Warum soll ich in meine Kammer gehen?«

»Warum solltest du es nicht tun? Es ist schon spät.«

»Warum?«, beharrte Elja misstrauisch.

Ontonko seufzte. »Du bist wahrhaftig das störrischste Weib, das ich kenne. – Nun gut. Nazar hat eine Nachricht geschickt. Ich soll dafür sorgen, dass du das Haus heute Nacht nicht mehr verlässt. Er wird später kommen und es erklären. – Sieh mich nicht so an. Mehr weiß ich nicht.«

Elja schnaubte missbilligend, setzte sich jedoch gehorsam in Bewegung. Ontonko folgte ihr, blieb am Fuß der Treppe stehen und blickte ihr nach, als sie zu ihrer Kammer hinaufstieg.

»Wollt ihr mich einriegeln?«, fragte sie spöttisch.

»Vielleicht versuchst du einfach, einmal in deinem Leben zu gehorchen«, gab er zurück.

Ja, sie würde gehorsam sein. Wenn es zwei Männer gab, denen sie – selbst jetzt noch – traute, so waren es Ontonko und Nazar.

Elja hatte sich nicht ausgekleidet. Da sie nichts anderes zu tun fand, hatte sie sich hingelegt und war in einen unruhigen Schlaf gefallen. Als sie schließlich hochschreckte, hätte sie nicht sagen können, ob viel oder wenig Zeit vergangen war. Ihre Gedanken hatten sich im Schlaf zerstreut wie eine Schar Kinder, die aus dem Haus ins Freie laufen. Sie musste sie erst wieder zusammenrufen. Nazar stand in der offenen Tür, einen Kienspanleuchter in der Hand.

»Ich hatte geklopft«, sagte er entschuldigend. »Du hast mich wohl nicht gehört.«

Elja richtete sich langsam auf und strich sich übers Haar.

»Komm herein«, sagte sie. »Komm herein und schließ die Tür.«

Er tat wie geheißen. Nachdem er den Leuchter auf das Brett neben dem Fenster gestellt hatte, blieb er unschlüssig stehen. Aus Eljas Blickwinkel schien es, als fülle Nazar die winzige Kammer ganz aus und stoße mit seinem Kopf an die niedrige Holzdecke.

»Nun setz dich schon zu mir.« Sie klopfte ungeduldig auf das Bett, auf dem sie saß. Es war das erste Mal, dass Nazar diesen Raum betrat. Keine Erinnerungen an Umarmungen wohnten hier. Dennoch ließ er sich nur vorsichtig nieder, saß auf der äußersten Kante des Bettes.

»Ich bin gekommen, dich zu warnen«, begann er.

Elja schwang ihre Beine über den Rand des Bettes, um sich neben ihn zu setzen.

»Wovor?«

»Elja – dein Gemahl war bei mir.«

»Andrej?« Elja erschrak, wie schrill ihre Stimme klang. »Aber was –?«

Er war hier, in Chulyschi. Der Gedanke ließ ihr Herz rasen.

»Er wollte wissen, ob du hier bist. Und ob wir wieder ein Paar sind.«

Warum ist er nicht zu mir gekommen?, fragte sich Elja. Es schmeckte beinahe wie Verrat, als beweise sich hierdurch, wie wenig sie ihm bedeutete. Es bestätigte, dass es ihm nur um das Wissen ging, nicht darum, sie zu sehen oder zurückzugewinnen.

»Er hat mich bei meiner Ehre beschworen, die Wahrheit zu sagen.«

Kälte breitete sich in Eljas Magen aus. Sie wusste, wie hoch die Adygeer die Aufrichtigkeit stellten.

»Was hast du ihm gesagt?«, flüsterte sie.

Das flackernde Licht ließ Nazars Züge undeutlich und wechselhaft erscheinen. Elja glaubte dennoch, den Schmerz darin zu erkennen.

»Ich habe mir einst geschworen, dich zu schützen. – Ich sagte ihm, du seiest zurückgekehrt. Du seiest bei einem Priester gewesen und habest seinen Rat eingeholt. Der Priester habe dich beruhigt, die Ehe sei ungültig.«

Ungebeten drängte sich Elja die Vorstellung auf, wie Andrej dies wohl aufgefasst habe. Sie sah sein Gesicht vor sich, unbewegt, wie es der Welt stets erscheinen musste. Doch sie hatte einen Blick hinter die Mauern getan, die sein Inneres schützten. Sie schüttelte den Kopf, um die Gedanken zu verscheuchen. Was galt es ihr nun noch, wie er es aufnahm, dass sie nicht mehr Mann und Frau waren?

»Ich sagte ihm, du seiest jetzt mein Weib. Du lebtest in den Bergen bei meinen Eltern, um die adygeische Lebensweise und unsere Bräuche zu erlernen. – Du willst, dass er niemals euer Kind sieht. Ich dachte, auf diese Weise könnte ich verhindern, dass er weiterhin nach dir sucht.«

Elja versuchte nachzudenken. Es dauerte eine Weile, bis sie schließlich sagen konnte: »Ich weiß nicht, wie ich dir danken soll. Du hast das Richtige getan.«

»Da ist noch etwas.« Er zögerte. »Er fragte mich, ob du schwanger gewesen seiest, als du zurückkamst.«

Der erste Schrecken mischte sich mit Wut. Beinahe hätte Elja aufgelacht.

»Mein Vater hat ihn geschickt«, sagte sie. »Natürlich. Er wollte wissen, ob ich ihm sein kostbares Enkelchen nicht vorenthalte. Er hat gewartet, um sicherzugehen. – Was hast du ihm geantwortet?«

»Ich sagte, kein Adygeer würde eine Frau heiraten, die das Kind eines anderen trägt.«

Hätte sie im Garten gesessen mit ihm, an einem sonnigen Tag, sie hätte ihn umarmt. Dies hier zu tun, beinahe im Dunkeln, auf ihrem Bett, war mehr, als sie ihm zumuten konnte. So erhob sie sich, und sofort sprang er auf.

»Ich danke dir für deine Warnung«, sagte sie, »und noch einmal von Herzen für deine Hilfe.« Die Worte kamen ihr klein und blass vor, doch bessere fand sie nicht.

»Vergiss den Leuchter nicht«, sagte sie, und als er ihn ergriffen hatte, das, was so schwer in Worte zu kleiden war: »Wie – wie erschien er dir?«

»Nun –«, Nazar zögerte. »Ich habe ihn nur einmal gesehen, damals – er erschien mir als jemand, der seine Regungen verbirgt.«

»Ja«, sagte Elja, »er verbirgt seine Regungen.« Sie verbot ihren Erinnerungen jeglichen Widerspruch, für diesen Tag und für immer. »Aber auch ich habe vieles vor dir verborgen, und ich weiß, du hast es dennoch erspürt.«

»Was erwartest du?«, fragte er. Seine Stimme war voll Bitterkeit. »Seine Gemahlin hat ihn verlassen. Vor ihm steht der, den sie an seiner Stelle erwählte.«

Spricht er über Andrej?, kam es ihr in den Sinn. *Oder spricht er über sich?*

»Er war also zornig?«

Bis zu diesem Augenblick hatte sie stets nur den Unmut ihres Vaters gefürchtet. Nur vor ihm hatte sie sich geschützt. In ihrer letzten Nacht hatte sie sich noch einmal in Ruriks Schlafgemach geschlichen, hatte getan, was sie nie hatte tun wollen. Bei Andrej hatte sie es unterlassen. Plötzlich erschien ihr dies wie Torheit. Hatte sie ihn je wirklich gekannt? Andrej, den Meuchelmörder? Ruriks Geißel?

»Nein, er schien mir nicht zornig zu sein«, sagte Nazar.

Elja spürte, dass er log. Und sie kannte den Grund. Eben erst hatte er seinen Schwur bekräftigt, sie zu schützen.

»Marfas Kammer steht leer. Bleib hier heute Nacht«, wisperte sie, plötzlich von Angst gepackt.

»Ich nehme den Weg, den du bald hundertmal gegangen bist«, entgegnete er. »Wie soll ich dich schützen, wenn ich scheue, was du leichten Herzens gewagt hast?«

»Ich bitte dich«, Elja knetete ihre Hände, als müsse sie sich wärmen, »sieh dich vor. Andrej – er ist gefährlich.«

Nazars Blick wurde plötzlich hart, als wolle er sagen: *Einen solchen Mann hast du geliebt?*

Dann war er gegangen.

Von den wachen Stunden liebte Elja die Zeit am Mittag und am Abend, wenn viele Gäste im »Segelflicker« saßen. Der Kopf war dann einzig angefüllt mit Bestellungen und Zahlen, nichts anderes konnte sich in ihre Gedanken schleichen. Nun, in den Stunden dazwischen, gab es kaum etwas zu tun. Marfa hatte Elja zugeraunt, sie sei für eine Weile verschwunden. Elja hatte den Verdacht, Marfa habe sich neben ihrem Dudaruko wieder einen Liebhaber genommen. Ihr sollte es recht sein. Auch wenn Ontonko das Gesicht verzog, sooft sie Marfas Aufgaben erledigte – ihr war die Arbeit nie genug.

So rührte sie nun Kirschsaft, Zucker und Eiweiß zusammen, um später aus der erkalteten Masse Pastila zu schneiden. Aber jeder Versuch, ihren Kopf zu leeren, misslang, ihn anzufüllen einzig mit der Betrachtung der purpurnen Flüssigkeit, der silbern blitzenden Messer und des kupfernen Kessels. Vorhin schon war sie unaufmerksam gewesen, hatte einem Mann Kwas gebracht, obwohl er Wein bestellt hatte, und hatte die Suppe eines anderen ganz und gar vergessen. Nichts wollte heute helfen, die galoppierenden Gedanken zu zügeln.

Elja hatte kaum geschlafen, nachdem Nazar gegangen war. So hatten auch die Träume keine Ordnung schaffen können. Ständig blickte sie zur Tür, schrak zusammen, sobald ein Gast, der die Schenke betrat, auch nur einen Augenblick zu lange verharrte. Sie hätte Ontonko bitten können, sie in der Küche bleiben zu lassen, und Marfa anzuweisen, die Arbeit im Gastraum heute allein zu erledigen. Gewiss hätte er es ihr erlaubt, ohne auch nur eine Frage zu stellen. Er fragte nie. Aber die Vorstellung, wie blind im Küchenhaus zu stehen, ohne zu wissen, ob ihre Befürchtung zutraf, Andrej könne doch noch einmal kommen und nach ihr suchen, war ungleich qualvoller. Sie hatte sich zu beruhigen versucht, er sei mit der Auskunft zufrieden, die er erhalten habe, und bereits wieder auf dem Weg zurück in die Heimat. Doch seit dem Morgen marterten andere Gedanken sie.

Warum überhaupt sollte Rurik Andrej geschickt haben, wenn er nur wissen wollte, ob seine Tochter etwas mit sich genommen hatte, das ihm wertvoller war als alles andere? Gewiss hätte er Olena gesandt, vielleicht sogar Rostislaw. Es gab keinen Grund, den Ataman selbst mit dieser Mission zu betrauen. Wenn Rurik Andrej in der Vergangenheit geschickt hatte, dann meist aus einem anderen Grund.

Ein saurer, brennender Strahl schoss Eljas Kehle hoch. Sie konnte gerade noch die Hände auf den Mund pressen und aus der Küche laufen, bevor sie sich neben der Tür ins Gras erbrach. Aus der Regentonne schöpfte sie danach mit den Händen eiskaltes Wasser und wusch sich das Gesicht.

Sie rannte ins Haus, stürzte die Treppe hoch und klopfte

an die Tür von Ontonkos Schlafgemach. Ohne die Antwort abzuwarten, riss sie die Tür auf. Ontonko hatte neuerdings die Angewohnheit, sich mittags zurückzuziehen. Seinem erschrockenen Gesicht entnahm sie, dass sie ihn aus dem tiefsten Schlaf geweckt hatte.

»Ich muss dringend fort«, rief sie und rang die Hände. »Marfa wird gleich wieder zurück sein. Ich bitte Euch – könnt Ihr mir eine Mietkutsche besorgen?«

Ontonko nickte, stand rasch auf und war auch schon die Treppe hinuntergelaufen.

Elja stand im Garten, hinter dem Rhododendron, als die Kutsche vorfuhr. Sie wartete, bis Ontonko ausgestiegen war, trat aus dem Gartentor und blickte unruhig in beide Richtungen, als erwarte sie, Andrej könne jederzeit die Straße entlangkommen. Rasch nannte sie dem Kutscher ihr Ziel und stieg ein.

Der Weg, der ihr früher nicht lang erschien, wenn sie ihn gelaufen war, dehnte sich nun. Sitzen zu müssen, der Unruhe nicht durch Bewegung begegnen zu können, verlängerte ihn unerträglich.

Schließlich rollte die Kutsche durch das Tor auf Nazars Grund und hielt vor dem Wohngebäude. Elja sprang heraus, entlohnte den Kutscher und stellte ihm für die Rückfahrt eine höhere Summe in Aussicht, wenn er auf sie wartete. Sie lief die Treppe des Wohnhauses hinauf, suchte in jedem Raum. Seltsam war es, allein hier zu sein, als tue sie etwas Verbotenes. Im Küchenhaus erschrak die Haushälterin, als Elja die Tür aufriss und sie gleich wieder zuwarf.

Elja rannte über den Hof, fühlte sich lächerlich in ihrer Hast und wusste, dass sie doch erst Ruhe finden konnte, wenn sie Nazar gefunden hatte. Auf dem Weg zum Holzplatz begegnete sie zweien seiner Männer, die Spaltkeile in einen Baumstamm trieben.

»Wo ist Nazar?«, rief sie schon von weitem.

Die Männer hielten inne, ohne die Äxte loszulassen.

Während der eine ihr misstrauisch entgegensah, wirkte der andere eher erstaunt. Elja erkannte ihn. Inal hatte schon für Nazar gearbeitet, als sie noch regelmäßig hierherkam. Natürlich musste er sich wundern, dass sie nach eineinhalb Jahren plötzlich wieder auftauchte.

Er erklärte ihr auf Adygeisch, er habe seinen Herrn seit dem Morgen nicht mehr gesehen. Nazar sei mit einem Möbeltischler gegangen, der Holz für besonders vornehme Kundschaft gesucht habe. Anschließend wollte er zur Mündung des Kuban reiten. Es habe Ärger mit einem Mann gegeben, der dort ein Anwesen besaß und der sich beklagt hatte, Flößer hätten sein Ufer beschädigt. Ob der Herr bereits auf dem Weg dorthin sei, könne er nicht sagen. Er sprach langsam, damit Elja ihn verstand. Dieses eine Mal wusste sie es nicht zu schätzen. Sie dankte nur knapp und lief weiter.

Der Holzplatz war groß und unübersichtlich; mehrere Gehöfte hätten hier Platz gefunden. Schmale Gassen führten zwischen Stapel von Baumstämmen, Bohlen oder Ästen hindurch, die weit über mannshoch geschichtet waren. Sie lagerten zu Tausenden hier, getrennt nach Hölzern und Dauer der Lagerung. Elja lief nun nicht mehr, ging vorsichtig, mit langsamen Schritten. Es waren einsame Wege, die in völliger Stille lagen, wie eine menschenleere Stadt. Eine kindliche Furcht beschlich Elja. Selbst der geliebte Geruch des Holzes vermochte sie nicht zu beruhigen. Ständig drehte sie sich um, fühlte sich bald gefangen wie in einem Labyrinth. So gewohnt war ihr Auge an die sich immer wiederholende Form der hölzernen Gebilde, dass ihr der Mund trocken ward, als sie plötzlich verstörendes Chaos erblickte.

Eine der Gassen zu ihrer Linken war am Ende versperrt, als habe jemand eine Barrikade aus kleinen Stämmen und dicken Ästen errichten wollen. Plötzlich konnten die Schritte ihr nicht langsam genug sein. Sie versuchte sich beruhigen, sagte sich, es sei wohl ein Holzstapel ins Rutschen geraten, wie es bei der Rundheit und Glätte der Stämme durchaus geschehen konnte. Doch die Unordnung betraf beide Seiten der Gasse, und die Basis der Stapel war unversehrt.

Elja überlegte einen Augenblick, ob sie die Männer holen sollte, und ob sie sich damit nicht lächerlich mache. Andererseits wäre es unvernünftig, das Wohlbefinden ihres Kindchens auf Spiel zu setzen, wenn sie tat, wonach alles in ihr schrie. Unentschlossen noch, begann sie dennoch damit, Äste beiseitezulegen, immer in der Angst, den fragilen Haufen zum Einsturz zu bringen.

Da sah sie unter den Hölzern die Hand.

Unter Tausenden hätte Elja sie erkannt. Jeder Fingerbreit seines Körpers war ihr vertraut. Dies war die Hand, die sie gestreichelt hatte, gekämmt und mit Leckereien gefüttert. Und die sie leidenschaftlich berührt hatte.

Elja stürzte auf die Knie, tastete sich vorsichtig unter den Hölzern voran, stieß immer wieder auf Hindernisse. Sie rief seinen Namen, ohne Hoffnung, nur um ihrer Verzweiflung eine Form zu geben, legte Äste beiseite, schrie auf bei jedem Teil seines Körpers, den sie so befreite, der geschunden war und blutig. Nie hatte sie etwas Grauenvolleres getan, und doch konnte sie die Männer nicht holen. Ihre Aufgabe war es, die Last von ihm zu nehmen, die ihn zerschmettert hatte. Er gehörte ihr, für dieses eine, letzte Mal. Es dauerte lange, bis sie ihn in den Armen halten konnte. Noch einmal sah sie in seine Augen, die sich bereits bewölkt hatten und die doch, selbst jetzt noch, so freundlich schienen, ohne Schrecken oder Angst. Sie küsste und wiegte ihn, vorsichtig, als fürchte sie, ihm mit jeder Bewegung weitere Verletzungen zuzufügen.

Selbst im Augenblick tiefster Qual bleibt der Geist ein Diener, der seine Arbeit verrichtet. Während Elja Nazar in den Armen hielt, weinte, laut und verzweifelt leugnete, was geschehen war, versuchte sie zugleich, das Rätsel seines Todes zu lösen. Man hatte Nazar getötet, daran gab es keinen Zweifel. Kein Kampf hatte stattgefunden, sein Dolch steckte noch im Gürtel. Die Wunden wirkten nicht, als seien sie entstanden, als die Hölzer auf ihn geschichtet worden waren. Sie schienen ihm mit großer Wucht beigefügt worden zu sein. Offenbar hatte man ihn von hinten niedergeschlagen, seinen bewusstlosen Körper mit schweren Ästen zu Tode geprügelt und ihn dann darunter begraben.

Elja wusste, sie würde nicht leben können mit Zweifeln. Vorsichtig, als halte sie ein Kind, wendete sie den Körper. An vielen Stellen war er mit Wunden bedeckt und blutverkrustet. Wieder weinte sie laut, als ihr bewusst wurde, dass diese Verletzungen hätten heilen können. Was man ihm wirklich angetan hatte, blieb verborgen, zerschmetterte Knochen und zerrissenes Gewebe.

Sie wollte wissen, welcher Schlag ihn niedergestreckt hatte, wollte sich beruhigen damit, er sei wahrhaftig ohne Bewusstsein gewesen, als man ihn so zurichtete. Tatsächlich, am Hinterkopf fand sich eine klaffende Wunde.

Was Elja dann sah, ließ sie aufkeuchen.

In Nazars Nacken, genau am Haaransatz, von seinen Locken verborgen, befand sich eine glatte, schmale Wunde. Elja war wehrlos gegen das Bild, das vor ihr erschien: eine Hand, die Nazar an den Haaren packte, und ein Dolch, der ihm ins Genick gestoßen wurde.

Hätte der Mörder ein Siegel hinterlassen, die Botschaft hätte deutlicher nicht sein können. Elja selbst hatte gesehen, wie kunstvoll ihr Gemahl diese Art des Tötens beherrschte. Rurik hatte seine Geißel geschickt.

Als Inal sie fand, hatte Elja sich entschieden. Noch immer hielt sie Nazar in den Armen. Der Schrecken auf dem Gesicht des Mannes bedeutete nichts weiter für sie, als dass man ihr Nazar bald nehmen würde. Und es war Schrecken, nicht Entsetzen. Inal würde dankbar sein, wenn sie ihm einen Weg vorgab. Sie hatte sich die Worte schon zurechtgelegt.

»Hölzer sind auf ihn gestürzt«, sagte sie. »Sie haben ihn

unter sich begraben.« Sie fügte hinzu: »Als ich kam, waren sein Kiefer und die Lider schon steif. Die Starre ist seitdem noch weiter fortgeschritten. Hier, siehst du es?«

Dies entsprach der Wahrheit. Doch es war wichtig, dass es sich dem Mann einprägte. Sein flackernder Blick offenbarte, wie wenig er von solchen Dingen verstand. Sie wünschte, sie selbst verfüge auch über solche Unschuld.

»Ich habe noch etwas vergessen, vorhin«, sagte er unsicher. »Kurz nachdem Dendar, der Tischler, gegangen war, kam noch jemand, der den Herrn sprechen wollte.«

»Wer ist das gewesen?«

»Er war gestern schon einmal hier. Es war ein Russe, ganz düster gekleidet. Er kam nicht wieder zurück. Ich meine, ich weiß nicht, ob das etwas zu bedeuten hat –«

»Nein«, sagte Elja beruhigend. »Das hat ganz gewiss nichts zu bedeuten. Ich habe den Körper deines Herrn untersucht. Es gibt keinen Zweifel daran, dass es sich um einen Unfall handelt.« Sie war sich nicht sicher, ob es ihr gelang, sich richtig auszudrücken in dieser fremden Sprache. »Vielleicht fand der Mann deinen Herrn bereits tot und ist heimlich gegangen, damit man ihn nicht verdächtigt.«

Inal dachte nach, dann nickte er erleichtert. »Ihr habt recht. So wird es gewesen sein.«

»Ich bin im Sommer erst wieder zurückgekehrt«, sagte Elja. »Ich war lange bei meinem kranken Vater in der Heimat. Dein Herr und ich wollten heiraten. Ich bin heute gekommen, weil ich alles mit ihm besprechen wollte.«

Elja konnte nur hoffen, dass Inal sich nicht fragte, warum die hoffnungsvolle Braut bei ihrer Ankunft so voller Unruhe gewesen war. Er nickte verlegen, offenbar überfordert damit, Elja in ihrer Trauer beizustehen.

»Soll ich das Holz wieder aufschichten?«, fragte er unsicher.

»Ja«, erwiderte Elja. »Das wäre gewiss der Wunsch deines Herrn gewesen.«

Der Kutscher hatte tatsächlich gewartet. Elja war ihm beinahe närrisch dankbar dafür. Während sie ihn vorhin zur Eile angetrieben hatte, bat sie ihn nun, sich auf dem Heimweg Zeit zu lassen. Als die Kutsche durch das Tor rollte und den Grund verließ, der nun nicht mehr Nazars war, sondern an einen seiner Verwandten fallen würde, gebot Elja ihrer Trauer zurückzustehen. Sie musste diese Fahrt nutzen, um zu überlegen, ob sie alles bedacht hatte.

Nazars Tod würde ein Unfall sein. Man würde die Wunde, die ihn tötete, nicht entdecken, da man nicht nach ihr suchte. Und selbst wenn man sie zufällig fand, würde man sie für eine der Verletzungen halten, die ihm die Hölzer zugefügt hatten. Der Mord würde ungesühnt bleiben, wie so viele, die Andrej, wie so viele, die Elja begangen hatte. Trug sie an seinem Tod nicht auch Schuld? Einst hatte sie Andrej geheiratet, um die Menschen vor ihm zu schützen, um Ruriks Geißel im Zaum zu halten. Sie hatte versagt. Wäre sie vor dieser Aufgabe nicht geflohen, Nazar wäre noch am Leben. Als sie hierher zurückkehrte, hatte sie seinen Mörder zu ihm geführt. Dies zu wissen war ihre Strafe.

Nazar würde nicht gerächt werden. Was vermochte sie, was vermochten seine Anverwandten schon gegen die Jarostnye auszurichten? Wenn Elja einem Sohn das Leben schenkte, sollte er nicht den Beinamen »Rächer« tragen, wie es üblich war bei den Adygeern, wenn eine Bluttat ungesühnt war. Nazars letzter Wunsch war es gewesen, sie zu schützen. Dafür war er gestorben. Elja würde dafür sorgen, dass dieser Wunsch sich erfüllte. Was hätte nähergelegen, wenn ihre Schwangerschaft sichtbar wurde, als dass der Verdacht auf sie fiel? Erregt sei sie gewesen, hätten Nazars Männer ausgesagt, und kurz darauf habe man den Herrn tot in ihren Armen gefunden. Man hätte geglaubt, sie habe ihm ihren Zustand offenbart, er habe sich geweigert, sie zur Frau zu nehmen, und sie habe ihn deshalb getötet.

Sie hatte Inal alles geliefert, was er brauchte, wenn er befragt wurde. Ihr Kind würde als das Nazars angesehen werden. Wenn es ein wenig früher zur Welt kam als üblich, würde man ihren Schmerz dafür verantwortlich machen. Und da Nazar nicht ihr Mann gewesen war, konnte niemand aus seiner Familie einen Anspruch auf das Kind geltend machen. Es gehörte ganz allein ihr.

Rurik und Andrej würden niemals erfahren, dass dieses Kind lebte. Niemals.

Dritter Teil

Träume in Manastirskoi Jar

Chulyschi an der Schwarzmeerküste, Winter 1637

18

Es sah aus, als falle ein Bündel Sonnenstrahlen auf den Leib des Mädchens. Lange goldene und silberne Fäden verbanden ihren Gürtel mit dem Fensterknauf. Straff gespannt liefen sie durch die Löcher kleiner hölzerner Brettchen. Mit dem Schiffchen wurde die letzte Reihe des Gewebes festgeklopft, dann wurde es durch die Lücke zwischen den Kettfäden geschoben und der Faden festgezogen.

Auch Saum und Aufschlag ihres Kleides zierten glitzernde Borten, die unter ihren eigenen Händen entstanden waren. Sie harmonierten mit den silbernen Schließen ihres Hemdes und dem fein ziselierten Gürtel.

Die Wintersonne ließ das Haar des Mädchens kaum weniger als die kostbaren Fäden glänzen. Dies entzückte Elja stets aufs Neue, ebenso wie die flinken Bewegungen von Marusjas Fingern. Doch sie wagte nur einen vorsichtigen Blick unter gesenkten Wimpern, wollte nicht zu neugierig erscheinen. Sie gönnte es sich lediglich, ein Lächeln mit Marfa zu tauschen, die Marusjas Geschicklichkeit mit einem verwunderten Kopfschütteln Tribut zollte.

Marfa war heute Morgen mit ihrer Kinderschar bei Elja erschienen, um ihr an diesem kalten Januarsonntag Gesellschaft zu leisten. Ontonkos Wohnstube, die nun Elja bewohnte, war zwar klein, aber alle drängten sich um den Ofen. Während Marusja ihre Borten webte, halb von den anderen abgewandt, um Licht für ihre Arbeit zu haben, besserten Elja und Marfa Wäsche aus. Marfa sorgte dafür, dass auch von ihren vier Kindern, bis auf den kleinen Biberdi, keines müßigging. Kajtoko, ihr Ältester, sprang auf und legte Holz nach, bevor seine Mutter ihn mahnen musste. Wie seine Geschwister sah auch er Dudaruko lächerlich ähnlich, ein stolzer Beweis, dass niemand Marfas eheliche Treue anzweifeln durfte.

»Wie flink deine Finger sind«, meinte Marfa zu Marusja. »Sie bewegen sich schneller, als meine Augen sehen können.«

»Vielleicht ist dieses Können bald unnütz«, erwiderte Marusja, ohne innezuhalten.

»Warum?«, fragte Elja.

Marusja zögerte einen Augenblick, als müsse sie prüfen, ob die Frage eine geheime Botschaft enthielt. »Nun, Kure hat gesagt, diese Kappen kämen bald aus der Mode. Man macht sie nicht mehr mit diesen breiten Borten. Vielerorts näht man sie jetzt aus Samt oder Seide und bestickt sie dann mit Gold- und Silberfäden.«

Du wirst in dieser neuen Kunst ebenso geschickt sein, hätte Elja gern gesagt. Sie traute sich nicht. Seit einiger Zeit reagierte Marusja auf jedes ihrer Worte wie auf einen Vorwurf, auch auf die liebevoll gemeinten. Elja war darum oft traurig, doch auch dies wagte sie nicht zu zeigen.

»Sorge dich nicht darum«, hatte Marfa sie vorgestern getröstet. »Es ist das Alter. Man schämt sich, überhaupt Eltern zu haben. Ich war nicht anders.« Es kam selten vor, dass Marfa ihre Familie erwähnte. Ob des wenigen, was Elja bisher über sie erfahren hatte, konnte sie gut verstehen, warum. »Ging es dir nicht ebenso, als du fünfzehn Jahre alt warst?«

Elja hatte zuerst an ihren Vater, dann an ihre Mutter gedacht und nicht gewusst, ob sie verneinen oder zustimmen sollte. Der Hinweis auf Marusjas Alter hatte sie jedoch beruhigt. Die Zeit war ihr Gehilfe, wie sie es immer gewesen war an diesem Ort.

Es war ihr ein Rätsel, warum aus ihrer Tochter kein freches, eingebildetes Ding geworden war, denn sie hatte sie angebetet, seit man ihr das winzige Wesen zum ersten Mal in den Arm gelegt hatte. Und alle Welt bestätigte ihr, ihre Tochter sei außergewöhnlich freundlich und begabt, so dass ihr mütterlicher Stolz immer neue Nahrung erhielt. Aber sie wusste auch besser als jeder andere, dass sich unter Marusjas Sanftheit ein unbeirrbarer Wille verbarg.

Elja bemühte sich oft, ihren Stolz für sich zu behalten. Sie wollte nicht hochmütig denken, ihre Tochter sei schöner, flinker und von rascherer Auffassungsgabe als andere ihres Alters. Doch Marfa zeigte sich von diesen Vergleichen in keiner Weise gekränkt. Vielmehr nutzte sie freudig die Gelegenheit, ein Vorbild zu haben, an dem ihre Kinder sich messen lassen mussten. »Seht, wie ordentlich Marusja ist!«, hieß es ständig. »Seht, wie fleißig sie ist!« Erfreulicherweise verlagerte der Neid sich nicht auf Marfas Kinder, die sich Marusja gegenüber benahmen wie der Hofstaat einer bewunderten, aber gnädigen Prinzessin.

»Biberdi will nicht schlafen!«

Marfa sah nicht einmal von ihrer Flickarbeit auf, als Nahgo erschien, um ihr dies zu verkünden. Elja erhob sich seufzend und folgte Marfas Tochter in ihre Kammer. Der kleine Junge war samt einem heißen Ziegelstein in Eljas Bett verfrachtet worden, als seine Mutter seines Quengelns überdrüssig wurde. Der achtjährigen Nahgo war aufgetragen worden, im Wechsel mit ihrer älteren Schwester Hathan sicherzustellen, dass er den Ort seiner Verbannung nicht wieder verließ.

Elja ärgerte es ein wenig, mit welcher Gewissheit Marfa davon ausging, dass sie Biberdi zur Ruhe bringen werde. Sie schien dies ausschließlich Eljas ruhigem Wesen zuzuschreiben. »Ich habe nicht deine Geduld«, hatte sie sich einmal entschuldigt.

Und auch jetzt gelang es Elja. Biberdi, der ihr eben noch

verweint und zornesrot entgegengeblickt hatte, schloss die Augen, kaum dass sie sich auf den Bettrand gesetzt hatte. Schon war der Junge eingeschlafen. Elja hatte diesen Teil ihrer Gabe entdeckt, als Marusja die ersten Zähnchen bekam und Ontonko jede Nacht mit ihrem Gebrüll wachgehalten hatte. Es war, als öffne sie die Tür eines Hauses, gehe voraus und zeige einem Gast den Weg. Nahgo, die offenbar befürchtet hatte, ihre Mutter werde ihr die Schuld an der Unruhe des kleinen Bruders geben, lächelte sie dankbar an. Und auch Marusja lächelte ihr flüchtig zu, als sie in die Wohnstube zurückkehrte.

Elja fühlte sich wie eine Diebin, die dabei angetroffen wird, ihre Beute in einem Sack wegzuschleppen, ohne dass man sie des Raubes verdächtigt. Marusja ahnte nicht, was ihre Mutter ihr vorenthielt. Gleich Marfa glaubte sie, Elja habe lediglich eine glückliche Hand im Umgang mit Kindern.

Elja hatte sich oft gefragt, weshalb sie ihrer Tochter noch nicht den Weg zu ihrer Gabe geebnet, ja sie ihr nicht einmal offenbart hatte. Sie wusste es nicht zu sagen. Zunächst schien es die den meisten Eltern eigene Blindheit zu sein, nicht zu erkennen, wann das Kindesalter zu Ende geht. Lange hatte Elja sich eingeredet, die Fähigkeit, in Träumen zu wandeln, sei auch eine Bürde, und ihre Tochter noch zu jung, sie zu tragen. Seit einiger Zeit jedoch vermochte sie ihr Zögern selbst nicht mehr zu begreifen. Es erschien ihr wie Selbstsucht, ja beinahe wie Geiz.

Vor vielen Jahren, als sie, selbst noch ein Kind, mit ihrer Mutter einmal nach Perejaslawl-Rjasanski gereist war, hatte sie dort auf der Straße eine feine Dame gesehen, in kostbare Gewänder gehüllt, an ihrer Hand ein Mädchen in einem fadenscheinigen, geflickten Kleidchen. Es hatte Elja eigenartig berührt, wie es sein konnte, dass die Mutter der Tochter so wenig von dem Überfluss gönnte, über den sie so offensichtlich verfügte. Das Bild der beiden erschien ihr nun häufiger. Und mitunter gelang es ihr, sich die Wahrheit einzugestehen.

Ihre Tochter zeigte ihr mit jedem Tag, der verging, wie wenig sie die Mutter noch brauchte. Marusja würde sie verlassen, und Eljas Enkel würden wohl nicht einmal mehr die Sprache ihrer Großmutter verstehen. Es schien Elja, als statte sie Marusja mit einer Mitgift aus, wenn sie ihr nun auch noch dieses letzte Geschenk mache, und als gebe es dann nichts mehr, was die Tochter an sie binde.

Friedvolle, goldene Jahre waren es gewesen. In dem Maße, in dem Marusja wuchs, verringerte sich Eljas Furcht. Was sie selbst einst für sich erhofft hatte, einen Mann dieses Landes zu heiraten und hier Wurzeln zu schlagen, war für ihre Tochter in greifbare Nähe gerückt.

Marusja sprach adygeisch so gut wie russisch. Beiläufig hatte sie vor einiger Zeit von den Streitgesprächen erzählt, die sie sich mit Lewan und Netahoko lieferte, zwei der Neffen Kures, der Kappenmacherin. Als Elja vorsichtig eingewandt hatte, Marusja solle bedenken, ob sie Kure nicht verärgere, wenn es Unfrieden mit ihren Verwandten gebe, hatte ihre Tochter mit den Augen gerollt. »Aber das tun alle jungen Leute hier«, hatte sie erklärt. Es sei üblich, dass die unverheirateten Männer und Mädchen beieinandersaßen und versuchten, sich an Schlagfertigkeit zu überbieten. Jede Antwort werde dabei von den anderen bewertet. »Es ist ein Spiel, weißt du«, hatte sie gesagt. Elja verstand häufig nicht, was Marusja ihr erzählte, und nicht immer getraute sie sich nachzufragen, so, als Marusja mit leuchtenden Augen von einem jungen Mann berichtete: »Stell dir vor, er hat schon zwölf wildwachsende Bäume veredelt!«

Dieses Mal hatte sie begriffen. Alles war gut. Es würde nicht mehr lange dauern. Dann war ihre Aufgabe beendet, ihre Tochter endgültig sicher.

Am nächsten Tag stand Elja in der Küche an der Spülschüssel. Ihre Hände waren aufgequollen im heißen Wasser und fettig von Essensresten. Doch sie lächelte. In Gedanken breitete sie ihr Leben vor sich aus wie ein Kaufmann seine Schätze und befand, sie sei reich.

»Matuschka, schau!«

Marusja brachte einen kalten Windstoß mit, als sie hereinkam.

Zwischen den Händen hielt sie etwas geborgen. Mit einem Mal musste Elja daran denken, wie Roxanda einst im Traum zu ihr gekommen war, um ihr das Geschenk ihrer Gabe zu machen. Jäh meldete sich ihr schlechtes Gewissen, wie schon am Tag zuvor.

Marusja entrollte ein Band, das ein Blütenmuster zeigte, in allen Farben des Regenbogens.

»Pass auf«, mahnte Elja hastig. »Ich kann es nicht nehmen, meine Hände sind schmutzig.«

Marusja hielt das Band an beiden Enden und bewegte es leicht, dass das Licht die goldenen und silbernen Blätter zum Leuchten brachte.

»Das ist schön!«, meinte Elja beinahe ehrfürchtig.

»Findest du das wirklich?«, fragte Marusja eifrig. »Es ist ein völlig neues Muster, und ich habe es mir ganz allein ausgedacht. – Denkst du, es ist gut genug, dass ich es Kure zeigen kann?«

»Natürlich ist es gut genug!«, rief Elja.

Sie erwartete, Marusja werde nun gleich wieder davonstürzen. Aber die hängte sich das Band über den Gürtel und blieb unschlüssig stehen.

»Ja, ich glaube auch, dass es recht schön ist«, sagte sie stockend. »Aber da ist so vieles – da sind so viele Bilder – ich weiß nicht, wie ich es sagen soll –«

Elja hielt den Atem an. Es war selten geworden, dass Marusja mehr als das Nötigste mit ihr sprach. Sie ahnte, was ihre Tochter bewegte, und wünschte, sie hätte den Mut, in Worte zu fassen, was Marusja nicht begreifen konnte.

»Ach, ich will so vieles tun!«, rief Marusja leidenschaftlich aus. »Aber es ist – es ist, als ob ich ein ganzes Weinfass in einen einzigen Becher leeren wollte.« Sie wurde rot. »Bestimmt verstehst du nicht, was ich meine«, murmelte sie.

»Doch, doch, ich verstehe dich!« Elja wusste, sie musste jetzt sprechen. *Du spürst, was in dir ist, wozu du fähig bist,* müsste sie sagen. *All die Träume, die du begreifen möchtest. Sie sind zu groß, zu bunt, um in ein kleines Band geflochten zu werden.*

Sie schwieg. Marusja war oft launisch gewesen in den vergangenen Monaten. Wie würde sie es aufnehmen, dass ihre Mutter ihr geizig vorenthalten hatte, was ihr gebührte? Hilflos wandte Elja den Blick. Ihre Zufriedenheit war verflogen, schien nichts als Selbstbetrug.

Marusja warf ihr einen verlegenen Blick zu und rannte aus der Küche.

Ein lautes Schnaufen und ein Scheppern von irdenen Schüsseln riss Elja aus ihren Gedanken, als Marfa einige Zeit darauf hereinkam.

»So, das sind die Letzten«, sagte sie und begann, Essensreste in den Behälter zu leeren, der für die Schweine des Nachbarn bestimmt war. »Ich finde, wir sollten den Namen ändern«, meinte sie.

Elja blickte nur kurz auf. Sie war froh, dass Marfa sich selbst mit einbezog. Als Elja vor einem Jahr Ontonko geheiratet hatte, war Marfa dazu übergegangen, sie »Herrin« zu nennen. Sie hatte erst damit aufgehört, als Elja ihr gedroht hatte, sie anderenfalls hinauszuwerfen.

»Welchen Namen sollen wir ändern?«

»Hast du hier jemals jemanden sitzen und Segel flicken sehen?«

Elja brummte gutmütig.

Marfa stellte einen Stapel schmutziger Schüsseln auf den Tisch neben Elja. »Ich finde, wir sollten einen von denen einfangen und ihn ausstopfen lassen«, sagte sie. »Dann könnten wir die Schenke ›Zum lachenden‹ – wie heißen die? – ›Zum lachenden Jarostny‹ nennen.«

Elja wurde es plötzlich kalt, obwohl sie neben dem Herd stand und Schweißtropfen ihr über die Stirn rannen. Sie ließ die Schüssel, die sie gerade schrubbte, ins Wasser gleiten und griff, ohne sich dessen bewusst zu sein, zu einem schmutzigen Löffel.

»Wie kommst du darauf?«, fragte sie. Ihre Stimme kam aus weiter Ferne zu ihr zurück.

»Draußen ist wieder einer von denen«, meinte Marfa. »Da, wo sie immer sitzen.«

Elja hörte das Klappern des hölzernen Löffels auf dem Lehmboden. Doch sie verstand es nicht. Ohnehin wäre sie nicht imstande gewesen, sich zu bücken und ihn aufzuheben. Weder konnte sie ihren Gliedern den Befehl zur Flucht erteilen – wohin denn hätte sie fliehen sollen? – noch dazu, in die Gaststube zu gehen.

Marfa trocknete einige der gespülten Schüsseln ab und stellte sie ineinander.

»Wo ist Marusja?«, fragte Elja scharf. »Hast du sie gesehen, als du gekommen bist? Ist sie gar in der Gaststube?«

»Ich weiß es nicht«, erwiderte Marfa achselzuckend. »Mir hat sie gesagt, sie geht zu Kure. Sie wollte ihr etwas bringen, das sie gewebt oder geflochten hat – was weiß ich.«

»Marfa –«, Elja packte sie bei den Armen. »Ich bitte dich, sorge dafür, dass sie sofort in ihre Kammer geht, wenn sie zurückkommt. Auf keinen Fall darf sie in die Gaststube kommen, hast du mich verstanden?«

Marfa wirkte gekränkt. Doch sie nickte widerwillig. »Wenn du glaubst, sie lässt es sich verbieten –«

»Ich bitte dich!« Elja warf ihr einen flehenden Blick zu, dann verließ sie das Küchenhaus.

Der Weg war viel zu kurz für ihr aufgewühltes Gemüt. Mitten im winterlichen Garten blieb sie stehen. Heute verbarg die Sonne sich hinter dunkelgrauen, schnell ziehenden Wolken. Die Arme wärmend um sich geschlungen, blickte

Elja in die Ferne, zum Meer, das an diesem Tag wie flüssiges Blei schien, und zu den nahen Berghängen, die sich in Nebel hüllten wie in einen Wintermantel. Nur widerwillig setzte sie sich erneut in Bewegung, vorbei an den frostharten Erdschollen der Gemüsebeete.

Mit jedem Schritt mahnte sie sich zur Ruhe. Zweimal in ihrem Leben hatte Marfa einen Jarostny gesehen. Beim ersten Mal war es Elja gewesen, beim zweiten Mal – Andrej. Doch das lag viele Jahre zurück. Bestimmt hatte sie sich getäuscht. Vielleicht erlaubte sie sich auch nur einen dummen Scherz. Möglicherweise war es ein Fremder in dunklen Gewändern, der sie auf diese Idee gebracht hatte. Und wenn es tatsächlich ein Jarostny war, der sich hierherverirrt hatte? Womöglich würde er Elja gar nicht erkennen nach so langer Zeit, oder er war erst nach Siljongorod gekommen, nachdem sie die Heimat verlassen hatte.

Als sie die Tür der Gaststube öffnete, schlugen ihr einladende Wärme und der beruhigende Geruch von gekochtem Kohl entgegen. Ihr Herzschlag hatte sich beinahe wieder beruhigt. Er stockte in dem Augenblick, als ihr Blick auf den Tisch an der Wand gegenüber fiel.

Während sie auf die dunkle Gestalt zuging, schluckte sie die Feuchtigkeit hinunter, die ihr im Mund zusammengelaufen war. Plötzlich war es ihr wie einst, vor siebzehn Jahren. Damals war sie voller Trotz gewesen. Nun fühlte sie sich wie eine Sünderin, die man zwingt, sich auf dem Richtplatz ihrer Strafe zu stellen.

Der Blick, der sie traf, war ernst und unversöhnlich.

Elja blieb stehen und nahm einen tiefen Atemzug.

»Ich grüße dich, Olena«, sagte sie.

Olena sah sie abschätzig an, ohne den Gruß zu erwidern. Falls sie bereits ergraute, war dies kaum zu erkennen in ihrem honigfarbenen Haar. Zwar war sie noch Jahre davon entfernt, zur alten Frau zu werden, doch war alle Weichheit aus ihrem

Gesicht verschwunden. Ihre Haut, wie aus Leder gefertigt, erzählte von Hitze, Kälte, Kampf und Schmerz. *Zäh wie ein Stück Trockenfleisch*, dachte Elja.

Die Gaststube war leer. Elja nahm einen Schemel, stellte ihn vor Olena ab und setzte sich breitbeinig darauf, nicht willens, sich weiter von oben bis unten mustern zu lassen. Sie verschränkte abwartend die Arme.

»Du bist fett geworden«, stellte Olena fest.

Mit gleicher Berechtigung hätte man Olena als hager bezeichnen können, und beides wäre ungerecht gewesen.

»Du bist nicht hierhergekommen, um mir das zu sagen«, meinte Elja.

Die Worte waren noch nicht ausgesprochen, als ein Schrecken sie erfasste, ähnlich dem, als Andrej einst zu ihr gekommen war. Schon damals hatte sie ihren Vater tot gewähnt. Heute war sie sich seines Todes beinahe sicher. In den vergangenen Jahren hatte sie sich oft gefragt, ob er noch am Leben war, und sich gedacht, dass sie es möglicherweise nie erfahren werde, wenn er starb. Warum sonst sollte Olena hier sein, wenn nicht, um ihr erneut die Nachricht eines Todes zu überbringen?

»Nein, darum bin ich gewiss nicht gekommen«, meinte Olena. Beim Sprechen zeigte sich, dass ihr auf der rechten Seite zwei Zähne fehlten. »Wenn es mich auch erschreckt zu sehen, was aus dir geworden ist. Die Frau, die einst an meiner Seite gegen Tataren gekämpft hat, ist nun eine fette Schankmagd.«

»Wie du bereits sagtest«, gab Elja zurück. »Wenn du mich nur kränken willst, ist es besser, wenn du dahin zurückreitest, woher du gekommen bist. – Oder bist du noch aus einem anderen Grund hier?«

»Ja, das bin ich. Oder besser, das war ich, bevor ich dich sah. Ich hatte doch wahrhaftig die Hoffnung, ich könnte dich an deine Verantwortung erinnern. Ein dummer Gedanke, wie ich jetzt weiß.«

»Mach das Maul auf und sag, was du willst, oder verschwinde«, entgegnete Elja ärgerlich und stand auf.

In diesem Augenblick wurde hinter ihr, am anderen Ende des Raumes, die Tür aufgestoßen. Noch bevor Elja sich umdrehen konnte, hörte sie Marusja »Matuschka!« rufen und schloss vor Entsetzen kurz die Augen. Während ihre Tochter auf sie zustürmte, Marfa im Schlepptau, vernahm Elja das Scharren von Holz auf dem Boden, als Olena sich langsam erhob.

»Matuschka, Kure hat gesagt –« Marusja verstummte.

»Du gottverdammtes Weib!«, stöhnte Olena. Elja wandte sich zu ihr und sah, dass Tränen in Olenas Augen standen. »Du dreimal verdammtes Weib, wie konntest du ihm das antun?«

Bring Marusja hinaus, hätte Elja am liebsten zu Marfa gesagt. Doch dafür war es zu spät. Ihre Tochter stand bereits neben ihr und musterte die fremde Frau mit Furcht und Neugier. Olena trat auf sie zu, streckte die Hand aus, als wolle sie ihr übers Haar streichen, und zog sie erst zurück, als das Mädchen sich hastig hinter seiner Mutter versteckte.

»Sag mir – wie ist der Name deines Vaters?«, fragte sie mit sanfter Stimme.

»Was soll das?«, fuhr Elja dazwischen.

Als ob du das nicht siehst, dachte sie verzweifelt. Niemand, der Andrej kannte, würde auch nur einen Augenblick daran zweifeln, dass Marusja seine Tochter war. Sie hatte das gleiche helle Haar, die gleichen blauen Augen mit den weißen Strahlen. Sogar ihre Hände, schmal und kräftig zugleich, glichen den seinen.

Aber Marusja antwortete bereits: »Mein Vater ist tot. Sein Name war Nazar.«

Es schien, als wolle sie noch etwas hinzufügen, doch sie verstummte.

Olenas Blick, den sie Elja zuwarf, enthielt mehr als einen

Vorwurf. Er war zutiefst traurig und enttäuscht. Ohne ihn von Elja zu wenden, sagte sie zu Marusja: »Deine Mutter hat dich belogen. Nur in einem sprach sie die Wahrheit – und selbst das tat sie nicht absichtsvoll. Dein Vater ist tot.«

19

»Was sagst du da?« Elja starrte die Jarostnya an und fand sich einem kalten, prüfenden Blick ausgesetzt. Sie spürte, wie Olena versuchte, eine Lücke in ihrer Deckung zu finden. Es gelang ihr standzuhalten. Die Nachricht erschütterte sie nicht, rief überhaupt kein Gefühl in ihr hervor. Jetzt ging es nur um sie und Olena und darum, deren Verachtung etwas entgegenzusetzen.

Marusja packte das Handgelenk ihrer Mutter und zog heftig daran, wie kleine Kinder es tun. »Wer ist diese Frau? Ich verstehe das nicht!«

Olena stand noch immer reglos, scheinbar unberührt da, sah nun Marusja an und schüttelte leicht den Kopf. »Wie sehr du deinem Vater gleichsiehst.« Ihre Stimme war noch immer sanft, doch Elja konnte die Wut hören, die sich darunter verbarg. »Von mir musst du erfahren, was du schon hättest wissen sollen, als du deine ersten Ohrringe bekamst. – Deine Mutter hat dir verschwiegen, wer es war, der dich zeugte. Das ist unverzeihlich. – Andrej hätte sehen sollen, wie du aufwächst. Wenn er durch die Reihen der Jarostnye ritt, hättest du vor ihm im Sattel sitzen sollen. Er hätte deine Hand gehalten, wenn du mit dem roten Säbel geschmückt worden wärest. Stattdessen starb er, ohne je zu erfahren …«

Elja nahm ihre Tochter bei den Schultern und schob sie zu Marfa, die mit offenem Mund dastand.

»Ich bitte euch, geht hinaus! Ich habe allein mit Olena zu reden.«

»Ich – werde – nicht – hinausgehen!«, rief Marusja mit schriller Stimme.

In diesem Augenblick betrat ein Gast die Schenke. Es war ein Fremder, ein älterer Mann mit scharfen Gesichtszügen, vielleicht ein Grieche oder ein Venezianer. Er musterte die Frauen misstrauisch. Mit einer Beherztheit, die Elja ihr nicht zugetraut hätte, trat Marfa auf Olena zu. Sie packte die Verblüffte, schob sie auf Elja zu und sagte halblaut: »Wenn jemand den Raum verlässt, seid ihr das. Geht hinaus und streitet, wenn ihr streiten müsst, aber vertreibt uns nicht die Gäste.«

Sie funkelte Elja auffordernd an, bevor sie sich dem Mann zuwandte, ihn mit der freundlichsten Stimme bat, Platz zu nehmen, und ihn nach seinem Begehr fragte.

Ohne ein weiteres Wort wandte Elja sich um und ging. Erst als sie im Garten angelangt war, blieb sie stehen. Olena und Marusja waren ihr ohne Zögern gefolgt. Elja kannte ihre Tochter gut genug, um zu wissen, dass zwei Ochsengespanne es nicht vermocht hätten, sie jetzt noch fortzubringen.

»Ich werde dir niemals verzeihen, was du Marusja antust!«, sagte sie zu Olena. »Sie ist in dem Glauben aufgewachsen, das Kind eines guten Mannes zu sein. Du machst sie zur Tochter eines Mörders!«

»Wenn er ein Mörder war, so sind wir alle es, du und ich ebenso. Wir haben uns für das Morden entschieden an dem Tag, als wir das Zeichen bekamen.«

»Das meine ich nicht«, entgegnete Elja. »Ich meine nicht das Töten in der Schlacht. – Ich meine nicht den Tod, der offen kommt, bei hellem Tage und zu Pferde. Ich meine den Tod, der heimlich kommt und feige.«

Den Tod, den ein Meuchelmörder bringt, fügte sie für sich hinzu, doch sie sprach es nicht aus. Das Wissen, die Tochter eines Mörders zu sein, hatte sie dem Mädchen gerade unbedacht zugemutet. Marusja musste nicht wissen, dass Andrej den Mann getötet hatte, der sich für sie durch Eljas Erzählungen zum bewundernswertesten Vater der Welt verklärt hatte.

Elja hätte ihre Tochter gern berührt, doch sie ahnte, dass Marusja dies in diesem Augenblick niemals geduldet hätte.

Olena schnaubte verächtlich. »Ich weiß nicht, welche Hirngespinste du weben musstest, um vor dir zu rechtfertigen, was du getan hast. Aber ich werde niemals dulden, dass Andrejs Andenken in dieser Weise beschmutzt wird.«

»Du warst schon immer blind, was ihn betrifft«, gab Elja zurück. »Und wir beide wissen, warum.«

In diesem Moment war ihr alles gleichgültig.

»Du bist noch immer das gleiche eingebildete Weibsstück wie früher«, höhnte Olena. »Noch immer die Tochter des großen Rurik Semjonowitsch Lankow und seiner hochwohlgeborenen Gemahlin! – Jawohl, ich habe Andrej geschätzt. Er war der beste Ataman, den die Jarostnye je hatten. Stets versuchte er, die richtigen Entscheidungen zu treffen. Er hörte auf guten Rat. Und er war gerecht. Dass er von ansehnlicher Gestalt war – denkst du, das hat mich blind gemacht? Wer bist du, dass du glaubst, was du besessen – und weggeworfen – hast, ist so viel kostbarer als das, was mir gehört? Du hast nie begriffen, was das ist, mit meinem Kyrill und mir. Nur weil wir nicht einen solchen Lärm darum machen, soll es weniger wert sein?«

Für einen Augenblick herrschte Schweigen. Nur das Krächzen eines Raben, der über sie hinwegflog, war zu hören.

Elja wurde wieder ihrer Tochter gewahr, die mit aufgerissenen Augen zwischen ihnen stand.

»Nun sag schon, warum du hier bist«, forderte sie Olena erneut auf. »Du konntest doch nicht ernsthaft glauben, ich würde mit dir zurückgehen?«

Olena sank auf das Mäuerchen nieder, das den Gemüsegarten umgab, als habe alle Kraft sie verlassen.

»Ich weiß nicht, was ich glaubte«, sagte sie müde. »Ich wollte nur, dass du erfährst, was geschehen ist. Ich konnte nicht ahnen, dass er eine Tochter hat, die zudem mit einer Lüge leben musste, all die Jahre.«

Elja sah, dass Marusja die Fäuste geballt hielt und Olena finster anstarrte. »Nun, so sag mir endlich, weshalb du gekommen bist.«

Olena stand auf. »Zwei Wochen war ich unterwegs, um dir die Nachricht vom Tode deines Gemahls zu bringen. Muss mir jetzt auch noch die Nase erfrieren oder kann ich mich zumindest ein wenig aufwärmen?«

»Gemahls?« Marusjas Stimme überschlug sich.

Ohne sie anzusehen, sagte Olena zu Elja: »Schließlich war er noch dein Gemahl. Ihr seid nicht in den Kreis gegangen, um eure Ehe zu lösen. Und ihr habt auch nicht an den Ufern eines Baches gestanden, jeder auf einer Seite, ein Stück Stoff zwischen euch gefasst, um es zu zerreißen. Deine Ehe mit Nazar war also nie rechtens.«

Andrej hatte offenbar sogar gewagt, Olena zu erzählen, dass er in Chulyschi gewesen war. Elja fragte sich, welche Lügen er ihr vorgesetzt hatte. Sie ahnte, dass Olena ihr die Wahrheit nicht glauben würde.

»Ich war nicht mit Nazar verheiratet«, sagte sie. Was brachte es noch ein, die alte Täuschung aufrechtzuerhalten? »Ich bin die Witwe des Mannes, dem diese Schenke gehörte.«

Als der Priester sie zusammengab, war Ontonko bereits schwer krank gewesen. Er hatte darauf bestanden, damit sie und Marusja versorgt sein sollten nach seinem Tod. Dass sie nie wirklich sein Weib gewesen war, ging Olena nichts an.

Die schüttelte nur den Kopf.

»Nun komm schon«, lud Elja sie ins Haus ein.

Während Olena sich in der Wohnstube aus ihrer Burka und mehreren wollenen Jacken schälte, sah sie sich unverhohlen um. Elja liebte den behaglichen kleinen Raum. Doch Olenas Miene zeigte mehr als deutlich, dass sie nicht begreifen konnte, wie Elja den Überfluss des väterlichen Hauses gegen diese einfache Umgebung hatte eintauschen können.

Die Jarostnya wartete nicht ab, bis ihr ein Platz angeboten wurde, sondern ließ sich auf der Ofenbank nieder.

»Nun, ich kann wohl nicht erwarten, dass man in diesem Haus einen Krug heißen Wein bekommt, ohne dafür zu zahlen«, sagte sie, als Elja und Marusja sich ebenfalls gesetzt hatten. »Du willst also wissen, was mich hierherführt.«

Elja versuchte, Marusjas Hand zu ergreifen. Doch die entzog sie ihr und hielt ihre Augen fest auf Olena gerichtet.

»Schon seit vielen Jahren war Unfrieden zwischen Rurik und Andrej.« Olena warf Elja einen anklagenden Blick zu. »Der Grund warst du. – Andrej erzählte uns von dem Spiel, das Rurik trieb, um dich in die Heimat zu locken. Wir hatten ja alle geglaubt, er sei krank – und nach deinem Verschwinden, dass Jost ein Wundermittel zu seiner Rettung gefunden hatte.«

Elja stieß ihren Atem durch die Nase.

»All das hat Rurik schließlich nur aus einem Grund getan – um seinen Willen durchzusetzen«, fuhr Olena fort. »Hättest du seinen Wunsch erfüllt, hättest Andrej beigestanden und Ruriks Enkel aufgezogen – er wäre es zufrieden gewesen. Nachdem du gegangen warst, reute es ihn, dass ein anderer jetzt an seiner Stelle war. Er versuchte die Jarostnye dazu zu bringen, Andrej abzusetzen und ihn selbst wieder zum Ataman zu bestimmen. Er überzeugte viele – du weißt, wie er sein kann. Doch die meisten hielten zu Andrej, vor allem die jüngeren. Einige von ihnen verschwanden – wie es schon früher mit Ruriks Feinden geschah.«

»Damals mit Andrejs Hilfe«, warf Elja ein.

»Das hast du doch gewusst, als du mit ihm in den Kreis gegangen bist«, sagte Olena mit erhobener Stimme. »Und dennoch hast du dich in sein Bett gelegt. – Erzähle mir nicht, du hättest ihn nicht liebgewonnen mit der Zeit. Ich kann mich noch gut an den Johannistag erinnern, kurz bevor du wieder abgehauen bist. – Ist sie in dieser Nacht gezeugt worden, eure Tochter?«

Marusja saß vorgebeugt, die Augen noch immer auf Olena geheftet. Ihre Hände umschlangen einander so fest, dass die Knöchel hervortraten. *Aber das hat sie von mir,* dachte Elja beinahe verzweifelt, als müsse sie ihr Mutterrecht bekräftigen. »All das geht dich nichts an«, erwiderte sie. »Sag endlich, warum du gekommen bist – und dann geh.«

»Vor einiger Zeit kam Andrej zu uns. Bisher hatte Rurik nicht gewagt, ihm etwas anzutun. Er fürchtete wohl die Rache von Andrejs Anhängern. Doch nun hatte er ihm offen gedroht. Andrej vermutete, Rurik wolle ihn beseitigen.«

»Und du fragst dich noch, warum ich gegangen bin? – Ihr Jarostnye liebt den Tod. Genügt es euch nicht, dass die Tataren versuchen, euch abzuschlachten? Müsst ihr euch auch noch gegenseitig umbringen? Für eine Beleidigung, für die Macht – oder auch nur, weil der Wodka euch dazu treibt. Das ist die Welt, vor der ich meine Tochter schützen wollte.«

Sie sprach Marusjas Namen nicht aus, wollte ihn für sich behalten. Olena sollte ihn nicht mit sich nehmen können.

»Ich nenne es Feigheit, was du getan hast.« Olena sprang auf und begann, mit wenigen Schritten die kleine Stube zu durchmessen, immer wieder. »Um dir ein warmes Plätzchen im Bett eines Schenkenwirts zu verschaffen, hast du deine Heimat verraten, die Jarostnye – und Andrej!«

Elja schwieg. Sie wollte nicht in Olenas Feuer blasen.

»Ich sehe, es hat keinen Sinn mit dir«, fuhr Olena fort. »Ich werde dir dennoch sagen, was geschehen ist. Du sollst dich nicht mit einem guten Gewissen *hier* verkriechen können.« Sie sah sich vielsagend um. Es war offensichtlich, dass sie eine Beleidigung herunterschluckte.

Sie schien jedoch zu merken, dass Elja nicht willens war, ihre Herausforderung anzunehmen. »Vor einigen Wochen sollen Tataren in der Nähe von Siljongorod gesehen worden sein – ich glaube das nicht. Acht neue Gorodki sind in den letzten beiden Jahren entstanden, mit Gräben und Palisaden. Die Tataren bedrohen uns kaum noch. Außerdem waren es

Ruriks Männer, die an diesem Tag Patrouille ritten. – Kyrill und ich waren bei Andrej, als dein Vater zu ihm kam. Er forderte ihn auf, mit ihm und anderen Jarostnye die Verfolgung aufzunehmen. Du weißt, Andrej hätte nicht mitzukommen brauchen. Er hätte andere an seiner Stelle schicken können.«

Elja nickte, widerwillig. Olenas Erzählung ließ farbige Bilder entstehen, die sie lieber vermieden hätte. Sie wollte sich nicht vorstellen, wie Andrej all die Jahre in der Heimat gelebt hatte, geliebt und geachtet, als sei nichts geschehen.

»Rurik forderte ihn heraus«, berichtete Olena, »wie so häufig. Immer wieder warf er ihm vor, er sei undankbar, er wende sich gegen ihn, seinen Retter, er sei doch nichts als sein Geschöpf. Ständig demütigte er ihn auf diese Weise. – Wenn Andrej je etwas vorzuwerfen war«, meinte sie nachdenklich, »dann, dass er Rurik gegenüber stets Milde walten ließ. – Nun, jedenfalls fuhr dein Vater fort, ihn zu beleidigen. Es sei ein Fehler gewesen, Andrej zu den Nogaiern zu bringen. Er habe dort die Stärke eines Kriegers erwerben sollen, stattdessen sei er zu einem Tatarenfreund geworden. – Nun, es mag zutreffen, dass er nicht mit der Härte gegen sie vorging, wie Rurik es tat …« Elja kam der Geruch verbrannten Menschenfleischs in den Sinn, von dem sie gehofft hatte, sie habe ihn vergessen. »Doch kein gescheiter Mensch hätte je behaupten können, Andrej ließe es an Wachsamkeit fehlen, oder er stelle unser Leben nicht über das der Feinde. – Ihm blieb an diesem Tag also nichts anderes übrig, als mit Rurik und den anderen zu reiten. – Kyrill und ich haben uns seither vorgeworfen, dass wir uns ihm nicht angeschlossen haben.« Sie schluckte. »Aber wer weiß, ob ich dann heute hier stehen und dir berichten könnte. – Nach einigen Tagen kehrten sie zurück.«

Olenas Mund wurde hart und ihr Blick verdunkelte sich. »Doch sie kamen ohne Andrej. Sie hätten die Tataren gefunden, erzählte Rurik. Es sei zum Kampf gekommen. Andrej und einige der anderen Jarostnye seien vor seinen Augen getötet worden. Die Tataren hätten ihre Leichen mitgenommen. Er habe nicht auch noch das Leben seiner restlichen Männer aufs Spiel setzen wollen, nur um die Leichname nach Hause zu bringen.

›Meiner Männer‹, sagte er. Er setzte sich sofort wieder an die Spitze der Jarostnye. Niemand wagte, dies offen in Frage zu stellen. Genauso wie keiner es wagte, den Verdacht auszusprechen, es habe gar keine Tataren gegeben, und Rurik selbst habe Andrej getötet. Nicht einmal, als bald darauf einige der Männer starben, die ihn an diesem Tag begleitet hatten. Von einem hieß es, er sei eines Nachts betrunken in den Fluss gefallen, von einem anderen, er sei von der Jagd nicht zurückgekehrt und wohl von einem Bären gefressen worden.«

Es wurde still im Raum. Nur das Bullern des Feuers im Ofen war zu hören.

»Und du hast geglaubt, ich ziehe jetzt den schwarzen Mantel an und gürte mir den Säbel um?«, fragte Elja müde. »Ich reite nach Siljongorod, töte meinen Vater und bleibe bei euch, bis wir eines Tages alle von Tataren niedergemacht werden? Ist das die Zukunft, die du dir für mich und meine Tochter erdacht hast? – Noch einmal: Hast du wirklich geglaubt, ich komme mit dir?«

Lange sahen sie sich schweigend an, bis Olena den Blick senkte. »Vielleicht hatte ich es gehofft«, sagte sie. »Ich weiß es selbst nicht. Es kommen schwere Zeiten. Ich hoffe, du wirst nicht auch noch zur Verräterin an deinem Volk werden, wenn ich dir sage: Es soll wieder gegen Asow gehen.«

»Tat es das nicht immer?«, fragte Elja. »Rurik war noch nicht geboren, als Kosaken einen Vorort Asows nahmen. Ich hatte euch kaum wieder verlassen, als es gelang, in die Festung einzudringen und einen der Türme zu zerstören. Und es ist erst zwei Jahre her, dass sie einen Eckturm erstürmten, wie ich hörte. Doch er ist eingestürzt und die Steine haben den Zugang zur Stadt blockiert. Nie gelang es, die Festung zu besetzen oder gar zu halten. Und es wurde kaum etwas erbeutet – außer Salz, ein wenig Geld und Angelgerät. – Was also lässt dich glauben, dieses Mal werde es anders sein?«

»Michail Romanow lässt es mich glauben!«, rief Olena aus. »In nur zwei Jahren wurden mehr als zehntausend Russen von den Tataren gefangen. Die Regierung wendet ein Vermögen auf, um Lösegelder zu zahlen, Gesandtschaften zu unterhalten und Adlige gnädig zu stimmen. – Asow ist der Ort, an dem die räuberischen Khane die Gefangenen verkaufen«, erklärte sie, an Marusja gewandt. »Und es ist der Zugang zum Meer, den wir dringend benötigen.«

»Um die Schiffe der Osmanen zu überfallen und zu plündern«, fügte Elja lakonisch hinzu. Bisher hatten die russischen Zaren sich meist bemüht, den Frieden mit dem mächtigen Osmanischen Reich nicht zu gefährden. Lange waren die Überfälle der Kosaken auf osmanische Stellungen mit Missfallen gesehen worden; Moskau hatte jede Hilfe versagt oder sogar Strafen verhängt. Die verbündeten Krimtataren und Osmanen bedrohten jedoch immer häufiger die russische Südgrenze.

»Eben darum.« Olena nickte zustimmend. »Wir haben kaum noch Blei und Schwefel. Wir haben eine Delegation nach Moskau geschickt, die den Zaren um Hilfe bitten soll. Und wenn sie erfolgreich ist – dann kann es losgehen!«

»Was habe ich damit zu schaffen? Warum erzählst du mir das?«

»Weil es gelingen könnte! Und weil ich den Ruhm nicht Rurik überlassen möchte, wo er doch Andrej zustünde! Andrej hat es stets vermocht abzuwägen, wann es sich lohnt, das Leben seiner Leute aufs Spiel zu setzen. Rurik hingegen kennt nur eins: den eigenen Namen zu vergolden. Er wäre imstande, die Jarostnye durch eine tollkühne Tat in den Tod zu hetzen, damit das Auge des Zaren auf ihn fällt.« Ein Feuer schien in ihr zu lodern, als sie fortfuhr: »Du als Andrejs

Witwe und als Ruriks Tochter könntest die Jarostnye dazu bringen, dir zu folgen.«

Elja wich zurück. Dann schüttelte sie langsam den Kopf wie jemand, der zum hundertsten Mal etwas erklärt, das nicht verstanden wird. Olenas Feuer erlosch. Ihre Schultern sanken herab. Eine Zeitlang herrschte Schweigen.

»Nein, ich erwarte nicht, dass du mit mir kommst.« Olena seufzte. »Aber nun hast du erfahren, was geschehen ist. Eine Frau sollte wissen, wenn ihr Vater ihren Gemahl getötet hat, denkst du nicht? – Vielleicht hast du wenigstens ein Bett für mich, um der alten Zeiten willen, einen Krug Bier und ein Stück Brot. – Morgen werde ich mich wieder auf den Heimweg machen. Und dann werde ich Kyrill bitten, mit mir fortzugehen, nach Ternowje oder nach Kumschakow.« Als sie den Kopf hob, sah Elja erneut Tränen in ihren Augen. »Ich bin in Siljongorod geboren und wollte dort auch begraben sein. Aber für Rurik mag ich nicht länger kämpfen.«

Es wurden nicht mehr viele Worte gewechselt zwischen den Frauen. Elja richtete die Kammer, in der Ontonko gewohnt hatte, und Olena legte sich sofort schlafen. Erst am Abend kam sie in die Gaststube. Hastig verschlang sie, was Elja ihr brachte, einen Eintopf von gekochtem Wildschwein und Kohl, dazu Hirse. Sie spülte das Essen mit einigen Krügen Bier hinunter. Ihr Blick war so finster, dass keiner der Männer in der Schenke es wagte, sie anzusprechen.

Als Marusja hereinkam, wie sie es mitunter tat, um zu helfen, oder auch, um nicht allein zu sein, erschrak Elja. Ohne ihr Bescheid zu geben, hatte ihre Tochter an diesem Tag das Haus verlassen, war offenbar noch einmal zu Kure gegangen. Zumindest hatte Elja sie nicht gesehen, um mit ihr reden zu können. Und jetzt fand sie nicht die Zeit. Gerade hatten neue Gäste die Schenke betreten, und Marfa war in der Küche beschäftigt.

Als Elja sich bald darauf umwandte, um Marusja zu suchen,

sah sie das Mädchen neben Olena sitzen. Beide waren in ein Gespräch vertieft. Eljas Magen krampfte sich zusammen. Was konnte sie tun? Weder wollte sie ihrer Tochter verbieten, Olena Fragen zu stellen, noch Olena, diese zu beantworten. Immer wieder ging ihr Blick zu den beiden Frauen, doch die schien es nicht zu scheren. Als Marusjas Platz plötzlich leer war, musste Elja feststellen, dass ihre Tochter wiederum ohne ein Wort gegangen war.

Es schien noch tiefste Nacht zu sein, als Elja mit einem Stöhnen erwachte. In ihren Träumen hatte es keine Olena gegeben, nur sie und Marusja. Seite an Seite hatten sie im Garten Kirschen gepflückt. Ihr Umgang war liebevoll und vertraut, so, wie es vor Jahren stets gewesen war und seither immer wieder. Auf einmal verspürte sie den sehnlichen Wunsch, ins Badehaus zu gehen und sich dort im warmen Wasser auszustrecken. Das Bad musste warten. Frühestens nach dem Mittagsgeschäft würde das Wasser heiß genug dafür sein.

Nachdem sie sich angezogen und ihr Schlafgemach verlassen hatte, blieb Elja lauschend vor der Tür der Kammer stehen, in der Olena die Nacht verbracht hatte. Kein Geräusch war zu hören. Elja stieg die Treppe hinab, leise, um Marusja nicht zu wecken. In der Küche hatte Marfa bereits das Feuer entfacht. Sie sah Elja lächelnd entgegen.

»Wollte dein Bett dich heute nicht hergeben?«, fragte sie. »Deine dunkle Freundin hat sich leichter getan mit dem Aufstehen. Sie hat sich ein Schüsselchen süßen Hirsebrei und einen Krug Kwas bringen lassen, und schon war sie auf und davon.«

Elja hätte erleichtert sein sollen, dass Olena sich bereits wieder auf dem Heimweg befand. Sie war es nicht. Hatte sie auf ein versöhnlicheres Ende gehofft?

Als sie kurz darauf erneut die Treppe hinaufstieg, um Marusja zu wecken, war das Herz ihr schon leichter. Noch immer war sie davon überzeugt, mit ihrer Lüge das Beste getan zu haben. Gern hätte sie es Olena angelastet, dass ihre Tochter nun die Wahrheit kannte und ihr darum gram war. Dennoch konnte sie Marusjas Erbitterung begreifen. Sie würde ihr Zeit lassen müssen zu verstehen.

Elja öffnete die Tür der Kammer.

»Mein Herz«, sagte sie leise, »es ist Zeit aufzustehen.«

Normalerweise antwortete ihr ein leiser, verschlafener Laut aus der Dunkelheit. Heute blieb es still, während sie das Licht entfachte. Als ihr Blick auf das Bett fiel, wäre ihr der Kienspanhalter beinahe aus der Hand gefallen. Das Federbett lag frisch aufgeschüttelt und geglättet. Marusja war verschwunden.

»Marfa! Marfa!«, rief Elja schon von weitem. »Hast du Marusja gesehen?«

Marfa saß am Tisch und knackte Lambert- und Walnüsse. »Nein, ich dachte, sie schläft noch –«

»Das dachte ich auch«, entgegnete Elja verzweifelt. »Aber ihr Bett ist unberührt. – Marfa, hast du sie heute Morgen mit Olena, ich meine, mit der Jarostnaja zusammen gesehen?«

»Nein«, erwiderte Marfa verwundert. Sie entfernte den Sattel einer guten Nuss, die nicht für das Lampenöl bestimmt war. »Ich sagte dir doch, ich dachte, sie schläft noch. Mach dir keine Sorgen. Sie ist ein gescheites Mädchen. Wahrscheinlich wird sie schon bei Kure sein.«

Marfa hatte die letzten Worte kaum ausgesprochen, als Elja bereits hinausstürzte.

Sie rannte durch kalte, winterdunkle Straßen und über freies Feld. Während sie ihr wollenes Tuch zusammenhielt, murmelte sie ununterbrochen vor sich hin, beschwor neue Heilige und alte Götter, sie mögen sie ihr Kind finden lassen. Sie lief unter den Skeletten von Obstbäumen entlang, während frostige Nadeln in ihre Lungen stachen, an einer Wassermühle vorbei, ohne einer Menschenseele zu begegnen. Am Ende eines langen Weges fand sie das Tor.

Dahinter lag das Gehöft. Nur ein einziges Mal war Elja hier gewesen, in dem Gebäude, in dem Gäste empfangen wurden. Als sie endlich den Haupthof gefunden hatte, stand sie verwirrt der langen Reihe fensterloser, mit Seegras gedeckter Lehmhäuser gegenüber. Neben ihnen erhoben sich Getreidespeicher, riesige geflochtene Körbe, teils auf der Erde, teils auf Pfählen stehend, mit Satteldächern versehen.

Das Gackern der Hühner wies ihr schließlich den Weg. Ihr Stall lag neben der Küche und dem Backhaus; das Gebäude daneben musste somit zur Frauenseite des Hauses gehören. Die Tür bestand aus einem einfachen, großen Brett. Vergeblich versuchte Elja, sie zu öffnen. Als sie begann, dagegenzuhämmern, hörte sie eine verängstigte Frauenstimme auf Adygeisch fragen: »Wer ist da?«

»Ich bin es, Elja Filatowa! Marusjas Mutter!«

Holzkeile wurden entfernt und die Tür zur Seite gestellt. Einzig Kienspanleuchter erzeugten ein dämmeriges Licht. Eine Gruppe von Frauen unterschiedlichen Alters saß um den Herd und den geflochtenen, mit Lehm ausgestrichenen Rauchabzug. Einige von ihnen waren mit dem Nähen von Schuhen aus feinem Saffianleder beschäftigt, andere damit, breite Tressen zu Kappen zusammenzunähen oder sie auf Lederfutter zu befestigen. Marusja war nicht unter ihnen. Elja stürzte auf Kure zu, eine schlanke Frau mit scharfen Zügen und breiten Hüften, ihr im Alter gleich.

»Ich bitte Euch – habt Ihr Marusja gesehen?«

Mitleidige Blicke streiften sie, als Kure antwortete: »Sie war gestern hier. Heute ist es ja noch früh …«

Elja war sich sicher, dass ihr Eindringen gegen mindestens ein Dutzend adygeische Höflichkeitsregeln verstieß. Für gewöhnlich war sie sehr bemüht, diese einzuhalten, soweit sie ihr denn bekannt waren. Dennoch hatte sie häufig den Eindruck, ihr Benehmen sei Marusja peinlich, ohne dass sie zu sagen gewusst hätte, welches Gebot sie übertreten hatte. In diesem Augenblick war all dies ihr völlig gleichgültig. Ohne ein weiteres Wort rannte sie davon.

Als sie beim »Segelflicker« anlangte, schien ein eisiges Feuer in ihrem Brustkorb zu wüten.

Marfa lief ihr im Tor bereits entgegen und ließ für einen winzigen Augenblick Hoffnung aufglimmen. Doch sie fragte nur: »Hast du sie nicht gefunden?«

Elja stützte keuchend die Hände auf die Oberschenkel. Als sie wortlos den Kopf schüttelte, legte Marfa ihr den Arm um die Schultern und zog sie in das warme Küchenhaus. Die Füße in den hölzernen Schuhen, die Elja kaum noch gespürt hatte, begannen in der plötzlichen Wärme nahezu unerträglich zu schmerzen.

»Ich muss dir etwas sagen«, äußerte Marfa vorsichtig. »Ich hätte Geld für den Markt gebraucht. Aber was ich im Kasten fand, reichte kaum. Jemand muss etwas herausgenommen haben.«

Elja hätte nicht geglaubt, zu größerem Schrecken noch fähig zu sein. Marfas Worte ließen aus Furcht Gewissheit werden. Sie löste sich aus der tröstenden Umarmung, lief durch den Garten und hinauf in Marusjas Kammer. Als sie die Truhe geöffnet hatte, wusste sie sofort, was fehlte.

Sie warf sich auf das Bett, umklammerte das Kissen, auf dem ein einzelnes goldenes Haar lag, und begann zu schreien.

20

In der Nacht kam die Kälte in den Stall gekrochen. Sie drang durch die rauen Decken, in die Elja sich gewickelt hatte. Elja spürte sie kaum, so wenig wie den Geruch der Tiere und ihrer Exkremente. Nachdem sie sich aus den Decken befreit hatte, ging sie über der Jaucherinne in die Hocke und erleichterte sich. Sie fragte sich, wie ein ausgekühlter Körper eine so heiße Flüssigkeit enthalten konnte.

Danach schlich sie leise aus dem Stall und wartete geduldig, bis sich am östlichen Himmel die ersten hellen Schlieren zeigten. Der Schnee, gestern noch nachgiebig, krachte leise unter ihren Stiefeln, als sie sich den Weg in den Obstgarten ertastete. Dort fand sie schließlich, was sie suchte. Sie hob einen schweren Ast aus totem Holz auf und wog ihn in den Händen. Dann ging sie zurück zum Stall und stellte sich hinter die Tür. Es hatte sie einige Dengi gekostet, hier übernachten zu dürfen, statt drüben im Gasthaus. Sie hatte erklärt, ihr sei einmal unterwegs ein Pferd gestohlen worden und sie wolle ihr Tier seither nicht mehr aus den Augen lassen.

Zweimal kamen Männer herein, um ihre Pferde zu holen. Elja drehte sich hastig um und tat, als nehme sie gerade ihren Sattel von der Wand. Dennoch beäugten die Männer sie misstrauisch. Als sie gegangen waren, verging vielleicht die Hälfte einer Stunde. Dann kam Olena.

Sie war allein. Elja hielt den Atem an und hob den Ast mit beiden Händen über den Kopf. Während er niedersauste, blitzte ein Bild auf, aus fernen Zeiten, von einem, der auf gleiche Weise niedergestreckt worden war. Es hemmte beinahe ihren Schwung. Doch der Knüppel traf sein Ziel. Ohne einen Laut ging Olena in die Knie und fiel dann aufs Gesicht. Elja ließ das Holz fallen, packte sie unter den Armen und schleifte sie in die dunkle Ecke hinter der Stalltür. Sie nahm sich nicht die Zeit zu prüfen, ob Olena noch atmete, wollte nur Marusja holen und fliehen.

Ihr Zorn war ausgebrannt und hatte ihr Inneres pechschwarz und leer zurückgelassen. Es war, als sei alles, was sie gewesen war in den vergangenen Jahren, verschwunden, alle Weichheit, alles Lichte. Ihre dunkle Kleidung hatte Elja weggeworfen, vor langer Zeit schon. Olena hatte es dennoch geschafft, dass sie wieder zur Jarostnya geworden war.

Draußen war das Gasthaus nicht mehr groß und schwarz, wie es in der Nacht gewesen war, sondern grau und schäbig. Elja war schon auf halbem Wege dorthin, als etwas Schweres sie in den Rücken traf und den Atem aus ihr herausschlug. Ihre Knie knickten ein, ihre Handgelenke schmerzten, als sie hinfiel und versuchte, sich abzustützen. Sie wurde an den Schultern gepackt und auf den Rücken gewälzt. Kalter Stahl berührte ihre Kehle.

»Bist du vollends närrisch geworden?«, zischte Olena und schwang sich rittlings auf sie. »Du hättest mich umbringen können, wenn deine Arme nicht weich wie Butter wären!«

»Recht wäre es dir geschehen, du Kindsdiebin!«

Halb warf Elja Olena ab, halb plumpste sie von allein herunter. Beide Frauen standen auf, klopften den Schnee von ihren Kleidern und belauerten sich dabei.

»Was hast du mit meiner Tochter gemacht?«

»Wenn du wissen willst, worüber wir gesprochen haben, warum hast du sie nicht gefragt? – He!« Olena fing Eljas Schlag im letzten Augenblick ab.

»Wo ist sie?«, fragte Elja.

Als Olenas Gesicht sich langsam zu einem höhnischen Lächeln verzog, hätte Elja am liebsten erneut zugeschlagen.

»So, sie ist dir also durchgegangen! – Und da wunderst du dich noch?«

Elja rannte gegen Olena an, wollte sie in den Schnee werfen, doch sie wurde mühelos abgefangen.

»Ihr werdet sie mir nicht stehlen!«, schrie sie.

»Wenn du sie verlierst, ist es deine eigene Schuld.«

»Was hast du ihr erzählt?«

»Nichts als die Wahrheit. Sie wollte wissen, wer ihr Vater war und was die Jarostnye sind.«

»Die Wahrheit? Hast du ihr gesagt, wie viele du gekannt hast, die heute nicht mehr leben? Wie oft du deine Schaschka schon in Blut gebadet hast?«

Eine Zeitlang standen sie sich schweigend gegenüber, während die Wolken ihres Atems sich mischten.

»Lass mich mit ihr sprechen«, sagte Elja schließlich.

Olenas Augen verengten sich. »Du glaubst, sie ist bei mir?«

Die Gaststube war voller Menschen, die rasch einen Teller Grütze und Kwas oder ein Bier zu sich nahmen, bevor sie sich erneut auf den Weg machten. Der Winter war die bevorzugte Reisezeit. Das Tauwetter überspülte noch nicht Auen und Steppentäler; die Flüsse waren gefroren oder führten wenig Wasser und waren leicht zu überqueren.

Elja hatte sofort ihr Pferd satteln wollen, doch Olena war es gelungen, sie zurückzuhalten.

»Du siehst aus, als seiest du regelmäßige Mahlzeiten gewohnt«, hatte sie gesagt. »Wenn du jetzt einfach losreitest, fällst du spätestens zur Mittagszeit von deinem Gaul.«

Elja knallte ihren Humpen so heftig auf die Platte, dass die Männer, die am anderen Ende des Tisches saßen, verärgert von ihren Schüsseln aufblickten.

»Du willst mir also weismachen, Marusja hat sich völlig allein auf den Weg gemacht?« Ihr Mutterherz wurde eng angesichts der Gefahren, die Marusja begegnen mochten. »Mein

Mädelchen! Gerade einmal fünfzehn Jahre ist sie alt! – Wenn ihr etwas geschieht – ich bringe dich um, das schwöre ich dir!«

»Weil ich ihr die Wahrheit gebracht habe?«, gab Olena zurück. »Hättest du sie nicht ihr Lebtag lang belogen, wäre sie heute eine stolze Jarostnya. Niemand würde sich trauen, Hand an sie zu legen. Du hast die gleiche Reise gewagt, ebenso allein. Du hattest keine Angst.«

»Du glaubst also auch, sie ist auf dem Weg nach Siljongorod?« Eljas Hände umklammerten die Tischplatte, sonst hätte sie aufspringen und davonlaufen müssen. Olena zuckte nur die Achseln.

»Ich warne dich.« Elja senkte ihre Stimme, dass sie sich selbst kaum hörte unter dem Lärm der anderen Gäste. »Alles, was daraus folgt, ist deine Schuld. Ich sage es noch einmal und ich schwöre dir – wenn meiner Tochter etwas zustößt, bist du tot.«

Fast ununterbrochen hatte es geschneit in den letzten Tagen, dicke, nasse Flocken. Die Steppe war ein endloses Feld sanfter weißer Hügel. Fast schien es, als entweihten die Spuren der Pferde den unberührten Schnee.

Große Eisschollen trieben krachend, einander verdrängend in der Mitte des Don, während die breiten Ufer noch gefroren waren. Die Pappeln bewegten ihre winterdürren Zweige, als fürchteten sie, sonst zu erfrieren.

Früher wäre die Brücke aus der Ferne nicht zu erkennen gewesen im weißen Einerlei. Nun erhoben sich auf beiden Seiten stolz zwei neue Tortürme, ein weiteres Zeichen der Wehrhaftigkeit Siljongorods. Elja zügelte ihr Pferd. Sie musste stehen bleiben und versuchen, ob es ihr gelingen konnte, einen Blick auf den Gorodok zu werfen, obwohl sie wusste, dass Olena sie beobachtete. Wut und Angst hatten sie begleitet auf ihrem Weg, in jedem wachen Augenblick. Doch heute, seit Stunden schon, und nun unerträglich stark, überkam sie ein anderes Gefühl. Es war, als habe sie in einem Kampf gestanden und es sei nun der Moment gekommen, in dem sie ihre Niederlage eingestehen musste. Niemals hatte sie hierher zurückkehren wollen, hatte jahrelang den Gedanken an Siljongorod gemieden.

Aber die Heimat zürnte ihr nicht, zeigte sich nicht fremd. Sie hieß sie willkommen, grüßte mit vertrauten Bildern und schlich sich schmeichelnd wieder in ihr Herz. Elja hätte absteigen mögen, niederfallen auf den weißen Grund und weinen. Stattdessen sah sie Olena an, begegnete deren wissendem Blick mit aufgerissenen Augen und geblähten Nasenflügeln, um keine Träne zu vergießen, um nicht einzugestehen, wie sehr sie an dieses Land gebunden war.

»Nun komm schon«, sagte Olena nach einiger Zeit rau. »Oder willst du, dass man dich entdeckt?«

Nein, das wollte Elja auf keinen Fall.

»Wohin kann ich?«, fragte sie, obwohl es ihr widerstrebte, sich in Olenas Hand zu begeben.

Bisher hatten sie noch nicht darüber gesprochen, was geschehen sollte, wenn sie Siljongorod erreicht hatten. Bis heute hatte Elja sich geweigert zu glauben, ihre Reise müsse bis zu diesem Ziel führen, als wenn sie die Macht dieses Ortes geahnt hätte.

Keinen friedlichen Augenblick hatte es gegeben zwischen den beiden Frauen. Nur gelegentlich war heißer Streit aufgeflammt. Meist herrschte trotziges Schweigen. Dennoch zweifelte Elja keinen Augenblick daran, dass Olena die Wahrheit sprach. Sie wusste so wenig wie Elja, wo Marusja war und wie sie sich würde durchschlagen wollen. Nur über ihr Ziel waren sich beide Frauen einig. Olena hatte versucht, jedes Wort wiederzugeben, das sie mit dem Mädchen gewechselt hatte, und auf ihrer Reise hatten sie jede Menschenseele befragt. Ja, er habe eine junge Frau gesehen, mit blondem Haar und in fremdländischer Kleidung, erzählte ihnen einer; ein anderer hielt dagegen, es sei ein junger Mann gewesen.

So ging es überall. Die Auskünfte, die sie erhielten, waren widersprüchlich. Sie genügten der Hoffnung, aber nicht der Gewissheit.

Die folgenden beiden Tage erschienen Elja wie eine ausgeklügelte Folter. Zunächst war sie noch um Rücksichtnahme Igor gegenüber bemüht. Sie saß still auf der Ofenbank und beobachtete ihn dabei, wie er sie ignorierte.

Es war Olenas Idee gewesen, dass sie hier Quartier beziehen sollte. Die Hütte des Fährmanns lag auf der östlichen Seite der Flussinsel, in gefährlicher Nähe des Gorodok. Während die Brücke den einen Arm des Don überspannte, brauchte man Igors Fähre, um den anderen Arm trockenen Fußes überqueren zu können. Im Winter war nicht zu befürchten, dass einer der Jarostnye sich hierher verirrte. Und Igor wiederum war bekannt dafür, dass er keinen Wert auf Umgang mit seinen Nachbarn legte.

Elja kannte Igor schon, solange sie sich zurückerinnern konnte. Als Kind hatte sie ein wenig Angst vor dem Mann gehabt, den man den »Stummen« nannte. Nachdem Elja nun zwei Tage bei ihm verbracht hatte, war sie sich nicht mehr sicher, ob er – durch eine Laune der Natur oder ein grausames Schicksal – tatsächlich außerstande war zu sprechen, oder ob er einfach die Menschen so sehr verabscheute, dass er es nicht für wert hielt, mit einem von ihnen auch nur ein Wort zu wechseln.

So hatte er auch in keiner Weise gezeigt, ob er Elja wiedererkannte und welche Gegenleistung er bereit war für die Geldstücke zu erbringen, die sie ihm in die Hand gedrückt hatte.

Olena hatte versprochen, sie werde sich unauffällig nach Marusja umhören. In der Zwischenzeit solle Elja es tunlichst vermeiden, auch nur einen Fuß vor Igors Hütte zu setzen.

Dass der Fährmann ihre Einquartierung hinnahm, hatte Elja als Einladung genügen müssen. Weder reagierte er auf ihre Worte noch auf Gesten oder Handzeichen. So war sie dazu übergegangen, seinem Gebaren zu folgen und zu tun, was ihr in den Sinn kam. Abends klappte er die hölzerne Schlafpritsche neben dem Ofen auf und begab sich zur Ruhe, ohne ihr ein Lager zuzuweisen. Elja blieb nichts anderes übrig, als sich auf der schmalen, harten Ofenbank in ihre Burka zu wickeln.

Dort saß Igor für gewöhnlich den lieben langen Tag und schnitzte kleine Tiere. Elja glaubte, einen Bären zu erkennen, einmal eine Ente, doch sicher war sie sich nicht. Aus echtem Interesse und auch, damit die Zeit verging, fragte sie ihn, aus welchem Holz er seine Werke fertige. Natürlich bekam sie keine Antwort. Einmal nahm sie eins der fertigen Tiere in die Hand, drehte und wendete es und bemühte sich, ein anerkennendes Geräusch von sich zu geben. Als sie das nächste Mal hinausging, um sich zu erleichtern, sah sie bei ihrer Rückkehr, dass er alle seine Gerätschaften und die Werkstücke näher zu sich herangezogen hatte, wie um sie vor dem unerwünschten Zugriff zu schützen.

Abends vor dem Zubettgehen nahm er alles, was er am Tag geschaffen hatte, und warf es in den Ofen. Elja gab einen erschrockenen Laut von sich und hatte für einen Augenblick den Eindruck, Igor grinse erfreut.

Am nächsten Tag gestattete sie es sich, auf und ab zu gehen, die wenigen Schritte, die der begrenzte Raum erlaubte. Auch dies fand keine Beachtung. Elja war sich sicher, dass ihre Unruhe Igor stören musste. Sie sagte sich jedoch, auch diese Beeinträchtigung sei durch die üppige Entschädigung abgegolten.

Zur Mittagszeit nahm sie seine Vorräte in Augenschein und machte sich – ohne auf Widerstand zu stoßen – daran, Schtschi zu kochen. Als sie Igor eine Schüssel davon hinstellte, wurde der Eintopf wider Erwarten verzehrt. So machten sie denn anscheinend Fortschritte miteinander. Als Elja jedoch später daranging, ein wenig Ordnung zu schaffen, wurde sie plötzlich befangen. Igor sah nicht auf. Dennoch wurde ihr mit einem Mal bewusst, dass er ein funkelndes Messer in der Hand hielt, mit dem er etwaigem Unwillen deutlich Ausdruck verleihen könnte.

Als am Mittag des nächsten Tages endlich Olena in der Tür stand, sprang Elja sofort auf.

»Was ist?«, rief sie. »Hast du etwas herausgefunden?«

Olena packte sie am Ärmel. »Los, komm mit nach draußen.« Sie warf einen vielsagenden Blick in Richtung des Fährmanns.

Nachdem sie einige Schritte im Schnee gegangen waren, sagte sie: »Ich habe überall gefragt, so gut es eben ging, ohne Verdacht zu erregen. – Deine Tochter ist nicht hier.«

»Und ich sitze hier herum!«

Elja stürzte hinein, packte ihr Bündel, warf Igor einen letzten Blick zu, der unerwidert blieb, und rannte in den Stall, um ihr Pferd zu holen. Olena folgte ihr.

»Vielleicht haben wir sie ohne es zu merken überholt«, meinte Olena zögernd. »Oder sie hat Chulyschi nie verlassen. – Oder –« Olenas Stimme klang bitter, »wenn sie nach der Mutter schlägt, ist sie vielleicht an einem ganz anderen Ort, weil sie nicht gefunden werden will.«

»Und wenn ihr etwas zugestoßen ist?«, fragte Elja, während sie dem Tier die Satteldecke auflegte.

»Wir werden sie suchen. Wir werden sie so lange suchen, bis wir sie finden.«

»Und wenn sie doch hierherkommt? – Dann muss ich doch da sein, um zu verhindern, dass Rurik oder einer seiner Männer sie zu Gesicht bekommt! – Ich müsste mich zweiteilen«, rief Elja verzweifelt. »Ich müsste hierbleiben und warten, ob sie kommt, und gleichzeitig zurückreiten und nach ihr suchen.«

»Früher hättest du eine andere Lösung gefunden«, erwiderte Olena gekränkt.

Elja sah sie an und wünschte sich, sie könne ihr unter die Haut blicken.

»Kann ich dir trauen?«, fragte sie eindringlich.

Olena schien auffahren zu wollen. Aber ihre Stimme blieb ruhig. »Wenn du das nicht weißt, kann ich es dir nicht sagen. – Andrej ist tot. Wenn du nicht wolltest, dass er von seinem Kind erfährt, so ist's nun nicht mehr zu ändern. Doch warum sollte ich wollen, dass Rurik sein Enkeltöchterchen sieht? Wie ich ihm einst ergeben war, so sehr hasse ich ihn nun.«

»Und was wirst du tun, wenn du Marusja findest?«

Zum ersten Mal sprach Elja vor Olena den Namen ihrer Tochter aus. Nicht mit einem Wimpernzucken zeigte Olena, dass sie es bemerkt hatte. Doch Elja wusste, dass es so war. *Noch immer kennt eine von uns der anderen Gedanken, selbst wenn die andere sie verbirgt,* dachte Elja wehmütig.

»Ich werde nichts tun, was sie nicht wünscht«, entgegnete Olena. »Wenn sie nicht nach Chulyschi zurückkehren möchte, werde ich sie nicht dazu zwingen. Ich werde sie mit meinem Leben beschützen, und das gilt für alle Jarostnye, die Andrej gefolgt sind. Und ich werde dir unverzüglich Nachricht senden, wenn sie gefunden ist.«

Elja nickte. Andere Worte konnte sie nicht erwarten. Jarostnye würden nun erfahren, dass ihr verstorbener Ataman eine Tochter hatte. Und doch wusste auch sie keine bessere Lösung. Unter dem Bauch des Pferdes hindurch griff sie nach dem Sattelgurt.

»Wir werden sie finden«, versprach Olena. Sie fügte noch hinzu: »Wir sind beide gleichermaßen schuldig.«

Elja schwieg, aber schließlich nickte sie erneut.

Zum Abschied hatten sie sich umarmt und geküsst und Lebwohl gesagt. Elja hatte Olena nicht nachgesehen. Doch sie war keine fünfzig Sazen geritten, als sie anhielt und sich umwandte, um ein letztes Mal zurückzuschauen. Olena verschwand gerade zwischen den beiden Tortürmen. Sie hatte ihre Heimat noch. Elja hatte die Heimat verloren.

Gerade wollte sie das Tier zu einem leichten Trab antreiben, als sie auf dem verschneiten Weg vor sich eine einsame Gestalt sah, eine Frau. Dass sie zu Fuß unterwegs war, bewies, dass sie keine Jarostnya war, ebenso wie ihre Kleidung. Sie wich zur Seite, als Elja langsam auf sie zuritt. Unmittelbar vor ihr verhielt Elja ihr Pferd. Die Frau trug einen schäbigen wollenen Mantel und ein großes Tuch über Kopf und Schultern. Statt Stiefeln hatte sie Lumpen an den Füßen, mit Schnüren festgebunden, um Beine und Bastschuhe vor Schnee und Kälte zu schützen. Sie trug einen zugedeckten Korb eng an sich gepresst, als fürchte sie, man könne ihr den Inhalt streitig machen.

Ich kann ebenso hier beginnen wie am nächsten Ort, dachte Elja.

»Sag mir«, begann sie, »hast du ein junges Mädchen gesehen, das fremd hier ist, mit blonden Haaren? Fünfzehn Jahre ist sie alt.«

Die Frau hob den Kopf. In diesem Augenblick erkannte Elja die Bäuerin.

Die Zeit war nicht gnädig zu Akulina gewesen. Nur wer ihre einstige Schönheit gekannt hatte, vermochte deren Spuren noch zu finden. Einzig die großen braunen Augen waren beinahe unverändert geblieben in dem hohlwangigen Gesicht. Sie waren von Runzeln umgeben.

»Ein junges Mädchen, fremd in dieser Gegend, sagt Ihr? So jemand ist mir nicht begegnet.«

Eljas Tuch verbarg ihr Haar. So leicht es geschehen mochte, dass man in der Fremde in einer Menge von Menschen glaubt, vertraute Gesichter zu entdecken, so unwahrscheinlich war es, jemanden zu erkennen, den man seit vielen Jahren nicht gesehen und von dem man auch nicht erwartet hatte, ihm je wieder zu begegnen. Akulina zeigte jedenfalls auf keine Weise, dass sie wusste, wer die Fremde war.

Mit einem kurzen Dank wollte Elja sich wenden, froh, nicht erkannt worden zu sein.

»Es ist gewiss nicht die, nach der Ihr sucht«, hörte sie Akulinas Stimme hinter sich. Sie klang aufgeregt. Die Aufregung übertrug sich auf Elja und ließ ihr Herz pochen. »Doch Gleb, mein Knecht, sagt, eine junge Frau hat ihn gestern nach dem Weg nach Siljongorod gefragt. Aber sie war wie ein Mann gekleidet, in fremdartigen Gewändern. Drum denke ich, es ist nicht die, die Ihr sucht.«

Akulinas Umständlichkeit ließ Elja ungeduldig werden. Als sie vom Pferd stieg und auf die Bäuerin zuging, wich die vor ihr zurück. Nun, da sie ihr gegenüberstand, erinnerte Elja sich ihres Gespräches vor vielen, vielen Jahren. *Wärest du nicht zu mir gekommen, hätte ich Andrej nicht geheiratet*, dachte sie. *Und Marusja wäre nie geboren worden. Gibst du sie mir heute ein zweites Mal?* Plötzlich war Elja so dankbar, dass es ihr gleichgültig war, ob Akulina sie erkannte oder nicht.

»Was hat dein Knecht gesehen?«, fragte sie drängend.

Akulina wich noch weiter zurück. »Ich will Euch doch nichts Falsches sagen! Und ich selbst habe sie ja auch gar nicht gesehen. Gleb sagte, es war eine ganz junge Frau, mit hellen Haaren. Sie führte ihr Pferd am Zügel.«

»Wo hat er sie gesehen?«

»Ich weiß es doch nicht! Ich habe ihn fortgeschickt, Körbe zu verkaufen, die er geflochten hat. Er kommt erst heute Abend wieder zurück. Und ich, ich muss meine Kämme verkaufen, wenn wir über den Winter kommen wollen, ohne zu hungern.«

Elja schämte sich ihrer Ungeduld und der Erinnerung, die Akulinas Worte in ihr auslösten. Zwar wollte sie die Bäuerin nicht weiter bedrängen, zögerte jedoch, sie gehen zu lassen.

»Kommt doch zu mir, heute Abend, nach Einbruch der Dämmerung«, sagte Akulina jedoch. »Dann ist Gleb wieder zurück, und er kann Euch sagen, ob er die gesehen hat, die Ihr sucht.«

Und wenn sie es nicht ist, ist ein Tag verloren, dachte Elja. Die erste Spur zu missachten, die sich ihr bot, schien ihr jedoch ein ungleich größeres Wagnis.

»Dort drüben, da ist unser Hof, seht Ihr?«

Akulinas Finger wies Elja den Weg, der ihr nur zu bekannt war.

Es konnte nichts Richtiges geben an diesem Tag. Vielleicht wäre es besser gewesen, zum Fährhaus zu reiten und dort auf den Abend zu warten. Doch das war Elja unmöglich. Die Vorstellung, ihr Kind befinde sich ganz in der Nähe, ließ ihre Haut am ganzen Körper vor Ungeduld kribbeln.

Fortwährend hielt sie nach Reitern Ausschau und mied auch sonst jede Menschenseele, während sie am Ufer des Flusses auf und ab ritt, sich überlegte, ob sie ein Stück weiter reiten sollte, um dort den Don zu überqueren und am jenseitigen Ufer die Suche fortzusetzen. Sie verwarf den Gedanken. Wenn Marusja bereits hier war, hatte es keinen Sinn, sie andernorts zu suchen.

Die Wintersonne zeigte sich nur selten und verkroch sich stets rasch wieder. Als der Tag fortschritt, narrten dunkle Wolken Elja immer wieder. Doch endlich war sie sicher, nun neige sich der Tag, und sie ritt zum Hof der Buschniks.

Die Jahre hatten dem Hof ebenso zugesetzt wie seiner Bäuerin. An vielen Stellen war der Zaun schadhaft oder umgestürzt, als sei eine Herde wütender Wildschweine darüber hinweggetrampelt. Elja band ihr Pferd an und betrat den Hof. Weder Dämmerung noch Schnee gelang es, Unrat und Dornensträucher zu verhüllen, die jeden Winkel erobert hatten. Die Isba sah verlassen und abweisend aus. Elja fragte sich, ob ihre Ungeduld sie zu früh hierhergetrieben hatte. Das schlechte Gewissen, das stets auf der Lauer gelegen hatte, wenn sie an Akulina dachte, meldete sich auch jetzt. Sie warf sich vor, sie könne es sich wohl nicht vorstellen, wie hart das Leben der Bäuerin war und wie lang ihre Tage.

Während sie noch überlegte, umzukehren und später am Abend wiederzukommen, sah sie, dass die Fensterläden der Isba bereits geschlossen waren. Nicht ein Lichtstrahl drang nach draußen, kein Laut. War Akulina bereits zurückgekehrt, oder hatte sie das Haus so früh am Morgen verlassen, dass es sich nicht gelohnt hätte, die Läden zu öffnen? Zögernd ging Elja die Rampe hinauf, mit festen Schritten, um nicht auf den glatten Stämmen auszurutschen. Mittlerweile war es fast dunkel, und sie konnte nicht erkennen, ob frische Fußspuren zur Isba führten oder ob es alte waren, mit neuem Schnee bedeckt. Vor der Tür blieb Elja stehen und lauschte. Schließlich klopfte sie an.

Die Tür wurde sofort aufgerissen.

Akulina trug eine saubere Jacke über einem weißen Hemd, dazu einen bunten Rock und lederne Schuhe. Sie wirkte wie für den Kirchgang zurechtgemacht.

»Erwartest du Gäste?«, fragte Elja und kam sich zugleich töricht vor.

»Nein«, erwiderte die Bäuerin, »nur Euch. Kommt herein!«

Als Elja eingetreten war, stolperte sie beinahe über ein mageres Ferkel, das quiekend auf sie zugelaufen kam, und scheuchte mit jedem Schritt Hühner auf. Die Stube war überraschend aufgeräumt. Obwohl es stank und dichter Ofenqualm die Sicht erschwerte, schien der Boden blitzblank gefegt, zumindest soweit man dies im schwachen Schein der Kienspäne erkennen konnte.

»Legt doch Euren Mantel ab! Und hier – oh, was ist das? Hängt den Säbel dazu, dann habt Ihr es bequemer. – Setzt Euch!« Akulina schob ihrem Gast den einzigen Stuhl zu. Ihre Wangen waren gerötet, und Elja vermeinte ein aufgeregtes Funkeln in ihren Augen zu erkennen. »Ich war mir nicht sicher, ob Ihr es wirklich seid. Nun gibt es keinen Zweifel mehr!«

Eljas Magen krampfte sich zusammen.

»Ich freue mich so, dass Ihr gekommen seid!«, sprudelte es aus Akulina hervor. »Rurik Semjonowitsch Lankows Tochter als Gast in meiner Stube! – Darf ich Euch einen Becher Kwas anbieten?«

Elja nickte. Der Eifer Akulinas verursachte ihr Unbehagen. Und sie selbst war viel zu angespannt, um die Rolle eines freudig erwarteten Gastes einnehmen zu können.

Akulina brachte einen Krug und zwei Becher. Sie schenkte ein, reichte einen der Becher Elja und ließ sich mit dem anderen auf der Ofenbank nieder.

»Kommt, trinkt mit mir«, rief sie fröhlich aus. »Auf Eure Heimkehr!«

Sie nahm einen großen Schluck. Elja mochte sich diesem Trinkspruch nicht anschließen und nippte nur.

»Ich bin nicht nach Hause gekommen«, sagte sie dann. »Ich suche lediglich dieses junge Mädchen.« Sie merkte, dass ihre Stimme vor Ungeduld schwankte.

Akulina schien es ebenfalls zu bemerken. »Dann ist dieses Mädchen wohl Eure Tochter?«

Elja brachte es weder über sich zu lügen, noch traute sie sich zuzustimmen. Sie schwieg.

»Bitte –«, wagte sie nach einiger Zeit zu äußern, »kannst du mir sagen, wann dein Knecht nach Hause kommen wird?«

»Ist es Euch denn so ungemütlich bei mir?« Akulinas Lächeln wich keinen Augenblick. »Gewiss ist es drüben jetzt schöner, im Haus Eures Vaters. Ich war nie dort, aber ich habe gehört, es gibt bunte Kachelöfen. Und kristallene Gläser, aus denen Ihr roten Wein trinkt, der von weit her kommt.« Elja nickte, während die Zeit stockte wie erkaltende Grütze. »Nun, wenn Ihr nicht abwarten wollt, so will ich nachsehen, wo er bleibt, der faule Kerl.«

Akulina stand auf. Elja erwartete, sie werde sich das dicke wollene Tuch umlegen, das an einem Haken neben dem Eingang hing. Doch die Bäuerin öffnete lediglich die Tür. So weit, dass die Kälte sofort den Raum erfüllte. Schneeflocken wirbelten herein.

»Da kommt er schon«, rief Akulina.

Etwas in ihrer Stimme jagte Elja einen kalten Schauer über den Rücken, der nicht von der Frostluft draußen herrührte. Die Schritte, die sich näherten, hallten ungleich auf der Rampe. Es war mehr als ein Mann, der da kam. Elja sprang auf, schalt sich sogleich dafür, dass sie sich benahm, als habe sie einen Angriff zu gewärtigen. *Es ist nur dein Gewissen, das dich wieder plagt,* sagte sie sich.

Als die fünf Männer den Raum betraten, kehrte das Gefühl der Bedrohung zurück. Es waren hässliche, zerlumpte Burschen, allesamt. *Akulina hat nie gesagt, ihr Knecht werde allein zurückkehren,* beruhigte Elja sich. Doch ihr Herz klopfte Alarm.

In der Haltung der Männer lag keine Höflichkeit; sie standen breitbeinig da, mit ausladenden Gesten. Als sie ihre Pelzmützen abnahmen, taten sie es nicht, um ihre Häupter vor Elja zu entblößen. Es geschah langsam, als wollten sie zeigen, dies sei ihr Revier, und Elja Beute, die sich hierher verlaufen hatte. Einer verzog höhnisch das Gesicht, ein anderer grinste so breit, dass man schwärzliche Zahnstummel in dem krausen roten Bart sah.

»So, das ist mein Gleb«, sagte Akulina mit tiefer Befriedigung. »Eigentlich sind sie alle mein Gleb. Welcher von ihnen tatsächlich so heißt, tut nichts zur Sache. – Für Euch nicht, zumindest.«

Der Weg zum Säbel war versperrt. Elja wich zurück, bis sie auf ein Wandregal hinter sich stieß.

Die Männer kamen auf sie zu. Messer, zuvor in den Falten der Kleidung verborgen, blitzten plötzlich in ihren Händen. Elja fasste hinter sich, fand Krüge, Schüsseln, Teller, ergriff sie blind und warf sie den Männern entgegen. Es war ein lächerlicher Versuch. Ihre Treffer ließen die Männer fluchen, vermochten sie jedoch nicht aufzuhalten. Das Grinsen auf den Gesichtern zeigte ihr, dass jeder Fluchtversuch zwecklos war. Akulina stand da, mit verschränkten Armen, und rührte sich nicht. Die Männer packten Elja, zogen sie zwischen sich, stießen sie mit Fäusten und Ellbogen hin und her wie eine Strohpuppe. Sie gab keinen Laut von sich, wollte den Kerlen nicht auch noch das Schauspiel ihrer Angst gönnen.

»Los!«, rief Akulina und warf einem Rotbärtigen ein zusammengerolltes Seil zu, das er mit einer Hand auffing. Elja wurde erneut gepackt. Sosehr sie sich wand und wehrte, sie konnte nichts ausrichten gegen die schwitzende, stinkende Horde. Ihre Handgelenke wurden gefesselt. Die Männer zerrten sie in eine Ecke des Raumes und warfen das Seil über einen Balken. Ihre Arme wurden schmerzhaft in die Höhe gezogen, bis die Füße kaum noch den Boden berührten. Nachdem das Seil festgeknüpft war, traten die Männer zurück. Sie gingen zum Ofen, als seien sie gerade von ehrbarer Arbeit heimgekehrt und wollten sich nun aufwärmen.

Akulina kam langsam auf Elja zu und blieb in einiger Entfernung vor ihr stehen. Ihre Augen waren aufgerissen und ihre Nasenflügel geweitet, als könne sie nicht genug bekommen von dem, was sie vor sich sah. Sie lachte, ein schauriges Lachen.

»Und jetzt – bringt das Mädchen«, sagte sie.

21

Der Rotbärtige zog Marusja an einem Strick hinter sich her wie ein Kälbchen, das er zum Markt führte. Offenbar hatte man sie in der Klete oder dem Schuppen versteckt gehalten. Sie trug nichts auf dem Leib als ein leinenes Hemd, und ihre Füße steckten in Bastschuhen. Ihre Lippen waren blaugefroren.

Elja gab einen einzigen Laut von sich, Name, Schluchzen und Schrei in einem. Wild riss sie an ihrer Fessel, die nur umso tiefer in ihre Haut schnitt. Ein verzweifelter Aufschrei antwortete ihr. Marusja zerrte an dem Strick, um zu ihr zu flüchten. Sie wurde mit einem Ruck zurückgerissen.

Akulina gluckste in einem fort, aufgeregt wie ein Kind, dessen sehnlichster Wunsch sich erfüllt. Sie nickte den Männern heftig zu, die Marusja zu dem schweren Tisch zogen und sie bäuchlings darüber zwangen.

In diesem Augenblick begriff Elja, was hier und heute geschehen sollte. Und warum. Sie begann zu schreien.

»Sollen wir ihr das Maul stopfen?«, fragte einer der Männer.

»Nein«, erwiderte Akulina mit seligem Lächeln. »Ihre Schreie sind der schönste Gesang für mich. – Und keiner wird sie hören.« Ihr Gesicht verdüsterte sich. »Wenn mein Vater uns geschlagen hat, mein Mütterlein und mich, hat uns auch keiner gehört.«

Marusjas Hände wurden an den gegenüberliegenden Tischbeinen festgebunden, ihre Beine gespreizt und ebenfalls an den Tisch gefesselt. Als der Mann fertig war, strich er den Schenkel des Mädchens hinauf. Seine Hand verschwand unter ihrem Hemd.

»Ist sie noch Jungfrau?«, fragte er.

»Nun, wir werden es gleich sehen.« Akulina ließ Elja nicht aus den Augen. »Ich war es nicht mehr, damals. Dafür hat mein Vater gesorgt.«

Marusja gab ein leises Wimmern von sich, wie ein kleines Kind, das zu erschrocken ist, um schreien zu können.

»Ich bitte dich«, flehte Elja heiser.

»Das ist ein Geschenk«, fuhr Akulina fort, als habe sie die Worte nicht gehört. »Die Heiligen haben sie mir geschickt, damit Gerechtigkeit geschieht. – Meinen guten Pronka hier«, mit dem Kinn deutete sie auf einen der Männer, »hat sie nach dem Weg gefragt. Er hat gemerkt, dass sie aussieht wie der tote Ataman. Er wollte den Namen ihrer Eltern wissen. Euren Familiennamen kannte er nicht. Aber niemand sonst nennt sich ›Elja‹. Nur das Balg einer hochnäsigen Fürstentochter. Pronka wusste, ich bin mit Euch noch nicht fertig. Also brachte er sie zu mir. – Was hast du ihr erzählt?«

Pronka lachte. »Sie wollte etwas über ihren Vater wissen. Ich habe gesagt, du kannst ihr alles über ihn erzählen. Da ist sie mir gefolgt wie ein Lämmchen.«

»Euer Vater hat mich damals zu sich kommen lassen«, sagte Akulina versonnen. »Er sagte, ich soll Euch dazu bringen, Andrej zu heiraten. – Ich habe das gern getan. Jeder wusste, wie sehr Ihr ihn hasst. Euer Vater hätte mir nicht einmal Geld zu geben brauchen.«

»Warum hast du es genommen?«, entfuhr es Elja. »Du hast ihn doch ebenso verabscheut wie mich!«

Akulina schlug ihr mitten ins Gesicht.

»Das kannst du nicht begreifen, du verwöhntes Ding, nicht wahr?« Akulina schlug noch einmal zu, dieses Mal mit der Faust, so dass Eljas Kopf nach hinten flog. »Warum soll ich nicht mit einem Feind ein Geschäft machen? – Mit meinem ärgsten Feind habe ich ein Leben lang unter einem Dach gewohnt. Bis er endlich verreckt ist, in der Butterwoche, vor fünf Jahren.«

»Hört auf zu schwatzen, ihr Weiber! Ich will mir nehmen, was du uns versprochen hast«, rief der Mann mit dem roten Bart dazwischen.

Akulina fuhr herum. »Du wirst verdammt nochmal dein Maul halten«, schrie sie. »Es geht alles so, wie ich es sage!«

Einer der anderen Männer packte den Roten beschwichtigend an der Schulter. Der fluchte, wurde dann aber still.

Akulina wandte sich erneut Elja zu. »Ich war mir so sicher, dass du unglücklich wirst mit Andrej Lankow. Bei eurer Hochzeit habe ich Asche auf eure Spuren gestreut, und später habe ich Säckchen mit Salz an euren Torpfosten gehängt. – Es hat nichts genützt.« Ihre Augen glänzten wie im Fieber. »Ich habe euch gesehen zu Johanni. Ihr habt Kolatschi gegessen und gelacht, und du hast auf seinen Schultern gesessen. – Und dann warst du verschwunden. Aber die Heiligen haben mir deine Tochter geschickt. – Ich habe gewusst, dass du sie suchen wirst.«

Sie trat dicht an Elja heran, die einen verzweifelten Moment lang überlegte, sich am Strick festzuklammern und Akulina mit beiden Füßen in den Leib zu treten. Nichts wäre damit gewonnen – außer noch mehr Schlägen. So konnte sie Akulinas Blick nur hilflos erwidern.

»Nur einen Wunsch hatte ich in meinem Leben«, sagte die Bäuerin. »Ein einziges Mal solltest du erleiden, was ich erlitten habe. – Aber das«, sie deutete auf Marusja, die über den Tisch gebunden lag, in der gleichen Haltung, in die Marko sie selbst einst gezwungen hatte, »das ist noch viel, viel besser. Du würdest dich gern für deine Tochter opfern, nicht wahr? Aber die Wahl lasse ich dir nicht. – Wenn du siehst, was ihr geschieht, wirst du weinen, wie du damals hättest weinen sollen. Du wirst schreien, wie du damals hättest schreien sollen.«

Sie trat einen Schritt zurück.

»Ich hatte vor, dich zu töten, wenn das hier vorbei ist«, sagte sie. »Aber vielleicht werden wir euch am Leben lassen. Für die harte Arbeit. Und für die Männer. – Und wenn Jarostnye kommen – ich kann dein Gesicht zerschneiden und dir die Zunge herausreißen, und deiner Tochter ebenso. Niemand wird euch dann noch erkennen.«

Hatte Elja trotz ihrer Verzweiflung noch gehofft, sie könne Worte finden, Akulinas Hass zu mildern, so starb diese Hoffnung nun endgültig. Hilflos mit ansehen zu müssen, wie man ihr Kind quälte, erfüllte sie mit tiefer Scham. *Habe ich dich dazu erzogen, so wehrlos zu sein?*, dachte sie verzweifelt. *Konnte ich dir nichts geben, was dich stärker machte? – Du Närrin!*, schalt sie sich im nächsten Augenblick.

Akulina stand noch immer vor ihr, wollte sich gerade abwenden, um den gefürchteten Befehl zu erteilen. Elja schloss die Augen.

Konnte ein Haus Mitleid erregen? Wenn dem so war, dann gewiss dieses, in dem Akulinas Seele wohnte. Es schien einmal ein prächtiges Bauernhaus gewesen zu sein, großzügig, mit geschnitzten und bemalten Balken. Doch entweder war es nie fertig errichtet worden, oder Verwüstungen hatten es heimgesucht. Nur Teile davon standen noch, dazwischen Verschläge, nicht mehr als Bretter, die sich aneinanderlehnten. Auch das Dach schien von einem Sturm hinweggeweht und nur notdürftig geflickt worden zu sein. Elja trat einen Schritt nach vorn, auf die Tür zu, die schief in den Angeln hing –

– und wurde vom Schmerz zurückgerissen in eine Welt voller Rufe: »Nein, du sollst sie doch leben lassen!« und »Die Hexe – sieh, was sie tut!« Vor ihr ein wutrotes Gesicht, eine Hand, noch erhoben vom Schlag und bereit für den nächsten. Mit winzigen Bewegungen prüfte Elja, ob ihr Kiefer sich noch bewegen ließ, Zähne sich gelockert hatten. Nein, kein Schaden, nur Schmerz.

Auf dem Boden knieten Männer um Akulina, die eben die Augen aufschlug und sich, von ihnen gestützt, aufrichtete.

»Was ist geschehen?«, fragte sie. »War ich ohnmächtig?«

»Die war es!«, rief der Rotbärtige aufgeregt und deutete auf Elja. »Sie hat dich behext!«

Die Männer halfen Akulina aufzustehen. Sofort ging sie auf Elja los.

»Das tust du nicht noch einmal!« Ihre Stimme überschlug sich. »Pronka, wenn sie es wieder macht, schneidest du ihrem Balg die Kehle durch!«

Dieser nickte und stellte sich neben den Tisch. Er packte Marusja am Zopf und riss ihren Kopf hoch. Eljas Stöhnen ging im Murren der Männer unter.

»Ich will sie warm!«, rief einer, und die anderen stimmten zu. »Ich bin keiner, der es mit Leichen treibt!«

»Ich sage ja nur –« Akulina unterbrach sich und trat einen Schritt zur Seite. »So kann ich dich am besten sehen – und du kannst sehen, was mit ihr geschieht!«

Elja schwor sich, nicht zu schreien. Marusja sollte nicht auch noch ihren Schmerz ertragen müssen.

»Los, macht schon!«, feuerte Akulina die Männer an, die sich dem Tisch näherten. »Und ich will keinen Streit! Jeder kommt dran! Und stellt euch so hin, dass sie alles sehen kann!«

Elja versuchte, ihren Blick abzuwenden. Aber sie konnte es nicht. Es wäre ihr wie Feigheit erschienen, nicht bei Marusja zu bleiben, auszuschließen, was ihr Kind erdulden musste.

Es krachte. Das Haus erbebte, als wolle es einstürzen. Ein dunkler, tödlicher Sturm schlug die Tür auf und fegte herein. Pronka griff nach dem Messer in seiner Brust. Er ließ sein eigenes fallen, wankte und fiel. Heißes Blut traf wie Regen Eljas Gesicht, als eine Säbelklinge Akulina den Kopf abschlug. Keiner ihrer Männer kam dazu, seinen Dolch zu erheben. Keiner überlebte den Zorn der Steppe auch nur für zwei Atemzüge.

Olena selbst schnitt den Strick durch, der Elja an den Balken fesselte. Elja schluchzte laut, als sie Olenas Gesicht so dicht vor sich sah, starr vor Anspannung. Sie stolperte ihr in die Arme und ließ sich zu Marusja führen, die schon befreit worden war. Olena zog ihre Burka aus und wickelte Marusja hinein. Mutter und Tochter sanken umschlungen auf den Boden. Blut breitete sich in Lachen aus und färbte ihre Kleidung. Sie beachteten es nicht. Ohne Blick für die Toten oder ihre Retter umarmten sie einander, schmerzhaft fest, wiegten und küssten sich.

»Mir ist nichts geschehen«, sagte Marusja immer wieder. »Es ist alles gut. Mir ist nichts geschehen.«

Irgendwann berührte Olena Eljas Schulter. »Kommt«, sagte sie. »Wir müssen die Toten wegschaffen.«

»Ja.« Elja stand auf, ohne Marusja loszulassen und ohne den Blick von ihr zu wenden. »Ja.«

»Nicht ihr«, sagte Olena sanft und schob die beiden Frauen zur Bank neben dem Ofen. »Wir werden es tun.«

Elja erfuhr nie, wohin die Jarostnye die Leichen Akulinas und ihrer Männer brachten. Sie fragte auch nicht danach. Als die Jarostnye zurückkamen, hatte sie sich so gefasst, dass sie ihnen Kwas anbieten konnte, aus dem Krug, den Akulina ihr gereicht hatte. Mit Marusja hatte sie kaum gesprochen, nur wenige Worte, nur kurze Sätze. Es gab nichts zu sagen, nur sich zu umarmen, zu küssen und immer wieder anzuschauen.

Erst als die Jarostnye zurückgekehrt waren, wurde Elja bewusst, was dieser Abend verändert hatte. Auf ihrer verzweifelten Reise hierher hatte nichts anderes sie bewegt als der Wunsch, ihre Tochter zu finden. Selbst wenn Olena den Jarostnye von ihr berichten sollte, würde sie mit Marusja längst zurück in Chulyschi sein. Niemand hatte einen Anspruch auf sie, nun, da Andrej tot war. Nie hatte sie sich vorgestellt, Marusja inmitten so vieler Jarostnye zu sehen. Im Gesicht des Mädchens waren noch die Spuren des Schreckens zu lesen, doch zugleich beobachtete sie die dunklen Gestalten voller Neugier.

Es waren etwa ein Dutzend Männer. Kyrill kam zögernd auf Elja zu. Sie warf sich ihm mit einer Inbrunst in die Arme, die sie selbst erstaunte. Seine Nase und seine Ohren schienen mit den Jahren noch größer geworden zu sein. Eigenartigerweise erweckte er, nicht Olena, die gefährliche Freude, nach Hause gekommen zu sein. Sie versuchte, in den Gesichtern der Übrigen bekannte Spuren zu lesen. Nur einen erkannte sie, Jewstafi. Er begnügte sich mit einem Kopfnicken. Viele der Männer waren so jung, dass sie noch Knaben gewesen sein mussten, als Elja gegangen war.

Zu einem von ihnen, einem hochgewachsenen, ernsten Mann von etwa fünfundzwanzig Jahren, führte Olena sie. Marusja folgte ihrer Mutter, klammerte sich fest an ihre Hand. Offenbar war es ihr unangenehm, dass die Augen aller Männer auf ihr ruhten. Elja wusste, warum alle sie anstarrten. Jeder von ihnen hatte Andrej gekannt. Jeder musste ihn in seiner Tochter wiedererkennen.

»Das ist Dawid Semjonowitsch Safonow. Er war einer der Esaule Andrejs, und sein Freund.«

Es berührte Elja eigenartig, dass Andrej Freunde gehabt haben sollte. Aber war nicht auch Olena ihm eine Freundin gewesen?

»Das ist Elja, seine Witwe. Und dies Marusja, seine Tochter.«

Olena überging damit, dass Elja sich nicht als die Witwe Andrejs, vielmehr als die Ontonkos sah. Elja wusste, dass es sinnlos war zu widersprechen.

Erstaunt sah sie, dass ihre Tochter, statt sich hinter ihr zu verstecken, nun neben sie trat und den Kopf hob. Die meisten Jarostnye nickten den beiden Frauen zu und grüßten sie, jedoch mit Zurückhaltung. Olena wies Waska, einen jungen Mann mit großen hellen Augen und dunklem Haar, an, den Boden vom Blut zu reinigen. Es war ihm anzumerken, wie gern er widersprochen hätte. Ein Blick Olenas genügte, und er ging, um Wasser zu holen. Die meisten der übrigen Kosaken hatten sich inzwischen auf der Ofenbank niedergelassen. Kyrill saß auf der Bank daneben, und auch Elja und Marusja nahmen dort wieder Platz. Nur Olena und Dawid standen noch, als seien sie die Eigner dieses Hofes.

»Ich muss euch danken«, sagte Elja steif.

Dawid nickte förmlich.

»Es ist ein Wunder, dass wir rechtzeitig gekommen sind!« Olena verschränkte ihre Arme. Sie sah beinahe so wütend aus wie vor zwei Wochen, als sie nach Chulyschi gekommen war. »Einer von diesen Hurensöhnen, die seit einiger Zeit hier herumlungern, ist nach Siljongorod gekommen und hat versucht, uns ein Pferd anzudrehen. Ich hatte es nie zuvor gesehen, aber auf unserer Reise hast du es oft genug beschrieben. Also habe ich einige von Andrejs Männern zusammengerufen, um nachzusehen, wie einer von Akulinas Kerlen zu dem Pferd deiner Tochter kommt. – Begreifst du das?«, fragte sie Elja mit erhobener Stimme. »Es ist nichts als ein verdammter Zufall gewesen! Du dummes Weib! Hast du alles vergessen, was du einst gelernt hast? Und – was noch viel schlimmer ist – du hast nichts davon deiner Tochter beigebracht.«

Sie schalt Marusja nicht aus dafür, so unvorsichtig gewesen zu sein. Es war auch nicht nötig. Elja sah, wie ihrer Tochter das Blut in die Wangen stürzte. Wieder nahm sie die Hand des Mädchens. »Marusja hat ein friedliches und behütetes Leben geführt – bis du gekommen bist.«

»In einer Hafenschenke?«, erwiderte Olena scharf.

»Ja, ob du es glauben magst oder nicht. *Mein Ehemann*«, betonte sie, »Ontonko Senkowitsch Filatow, hat dafür gesorgt, dass niemand es je wagte, sie anzurühren. – Sieh dich um!« Sie deutete auf Waska, der auf dem Boden kniete und verbissen versuchte, mit Wasser, Sand und einer harten Bürste die dunklen Spuren aus dem Holz zu tilgen. »Denkst du, sie hat dergleichen je erleben müssen? Mit dem Tod bedroht, um ein Haar misshandelt und geschändet zu werden? Zu sehen, wie Menschen sterben, und in ihrem Blut zu waten? Nein, um das zu genießen, mussten wir hierherkommen! Und du fragst, warum ich gegangen bin?«

Olena war diejenige, die nach einiger Zeit als Erste den Blick senkte. Sie schüttelte den Kopf.

»Olena hat recht«, ließ sich zu Eljas Überraschung Dawid Safonow vernehmen. »Es war deine Entscheidung zu gehen. Aber hast du deiner Tochter je die Wahl gegeben?«

»Sie hat ihr nicht einmal gesagt, wer ihr Vater ist«, fügte Olena bitter hinzu.

Kaum ein freundliches Wort war zwischen ihnen gefallen seit ihrem Wiedersehen in Chulyschi. Dennoch fühlte Elja sich von dieser Bemerkung verraten.

»Und Andrej hat nicht gewusst, dass er eine Tochter hat.« Dawids Stimme klang rau.

Die übrigen Jarostnye senkten die Köpfe, bis auf zwei, die Elja vorwurfsvoll ansahen. *Sie trauern,* ging es ihr durch den Sinn. *Sie betrauern den Mann, den ich nicht betrauern kann.* Es war, als habe Dawid mit seinen Worten einen Anspruch bekräftigt, der auch mit Andrejs Tod nicht erloschen war.

Hastig, als wolle sie ihr eigenes Unbehagen übertönen, stieß Elja hervor: »Ich bin euch allen zu großem Dank verpflichtet. Nur um eins bitte ich euch – Rurik soll nichts von dem erfahren, was hier geschehen ist. Weder davon, dass ich hier bin, noch, dass er eine Enkelin hat – am wenigsten jedoch, wer ihr Vater war.«

Sie sah sich um. Jeder der Männer nickte, offen und bereitwillig, wie es ihr schien. Olena hatte gut gewählt. Offenbar war keiner von ihnen der Meinung, er schulde Rurik die Treue.

»Wir werden diese Nacht noch hierbleiben«, fuhr Elja fort. »Vielleicht könnt ihr uns Marusjas Pferd zurückgeben. Morgen früh werden wir aufbrechen, gleich in der ersten Dämmerung.«

Die Männer wandten sich ab, wortlos und achselzuckend, als sei damit alles gesagt. Nur Olenas Miene war düster.

Elja hörte, wie ihre Tochter plötzlich tief atmete, als gehe sie eine steile Anhöhe hinauf. Als das Mädchen aufsprang, wandten alle sich überrascht zu ihr um.

Marusjas Fäuste ballten sich.

»Nein!«, rief sie und stampfte mit dem Fuß auf. »Ich will nicht nach Chulyschi! Ich will hierbleiben!«

»Kann ich das Licht löschen?«

Als Marusja dies bejahte, pustete Elja das letzte kleine Flämmchen des Kienspans aus, ertastete sich den Weg zur Schlafpritsche und schlüpfte unter die Decke. Als sie sich an ihre Tochter schmiegte und den Arm um sie legte, wurde ihre Hand sofort ergriffen.

Nachdem die Jarostnye gegangen waren, hatte Marusja fast kein Wort mehr gesprochen, war ihrer Mutter wie ein Hündchen gefolgt, wohin sie auch ging. Elja wunderte sich nicht darüber. Nach allem, was Marusja heute hatte erleben müssen, würde sie lange brauchen, um zu gesunden. Das Mädchen schien auch über sich selbst erschrocken zu sein. Kaum hatte sie vehement ihren Wunsch kundgetan zu bleiben, als sie auch schon kleinlaut hinzufügte: »Ich meine doch nur – natürlich will ich wieder nach Hause, zu Kure und zu Marfa und zu allen. Aber – ich weiß doch gar nichts über meinen Vater. Können wir nicht noch ein wenig hierbleiben?«

Es war ihr offensichtlich peinlich, die Aufmerksamkeit aller so auf sich gelenkt zu haben. Elja sah sie hilflos und schweigend an, froh, dass Olena sich nicht sofort einmischte. Diese kam sogar zu ihr, packte sie schmerzhaft fest an der Schulter und sagte: »Dies ist keine gute Stunde, um etwas zu entscheiden. Lasst uns morgen darüber sprechen. – Bleibt hier diese Nacht. Wir werden dafür sorgen, dass niemand euch stört.«

Die Jarostnye hatten die Hühner und das Ferkel mitgenommen. Dawid hatte zudem zwei seiner Männer abgestellt, die in der Klete übernachteten, wie es auf den Höfen die Jungen taten, und, so lange die Nächte nicht zu kalt waren, auch die Alten. Elja merkte, dass dies Marusja beruhigte. Und auch sie selbst musste zugeben, dass es ihr behagte, die beiden Männer zu ihrem Schutz in der Nähe zu wissen.

Mit Erstaunen stellte Elja fest, dass es ihr keinerlei Skrupel verursachte, im Haus der Toten Quartier zu beziehen, in Besitz zu nehmen und zu berühren, was ihr gehört hatte. Sie wusste nicht, ob sie darüber erleichtert oder besorgt sein sollte. Begann dieses raue Land bereits wieder, sie zu verändern?

Als sie das Stroh der Matratze unter sich spürte, auf der nur eine Nacht zuvor Akulina gelegen hatte, war es jedoch kein Gefühl des Triumphes, überlebt und gesiegt zu haben über eine Frau, deren Hass sie und Marusja beinahe getötet hatte. Ebenso wenig war es die alte Gewissensqual. Vielmehr war es ein melancholisches, beinahe zärtliches Gefühl, als hätte das Leben es nur ein klein wenig anders meinen müssen, dass sie mit Akulina in Frieden hätte leben können.

Elja spürte, wie eine sanfte Welle der Schläfrigkeit sie überkam. Auch das gelegentliche Knacken der Holzbalken erschreckte sie nicht. Von klein auf war es ihr vertraut. Doch statt sich in den Schlaf gleiten zu lassen, wartete sie, bis Marusja eingeschlafen war und sich warm und weich an sie schmiegte, wie sie es als Kind getan hatte.

Mit einem Mal sah sie Olena vor sich, die sagte: *Offenbar hast du deiner Tochter nichts beigebracht.*

Sie hat recht, dachte Elja.

Ein ungeheurer Schrecken hatte sie erfasst, als Marusja aufsprang und ausrief, sie wolle bleiben. In diesem Augenblick war es, als habe sie ihre Tochter bereits an die Jarostnye verloren. Ein wenig unwohl war ihr bei dem, was sie vorhatte, nicht nur, weil sie es so lange versäumt hatte. Es war, als biete sie einem Kind ein verlockendes Spielzeug an, um seine Aufmerksamkeit von einem anderen, gefährlichen Ding zu lösen, das es in Händen hielt. Aber es gab keinen Zweifel, dass sie das Richtige tat, und es war auf keinen Fall zu früh. Beinahe wäre es zu spät gewesen.

Es war die Zeit kurz nach der Morgendämmerung. Rosa und Violett verblassten im Morgendunst über einem Meer, das im Schlaf ruhig zu atmen schien. Das Haus stand auf einer Klippe, unmittelbar am Ufer, doch geschützt vor der Gewalt des Wassers. Der Blick konnte weit über das Meer gehen und in beide Richtungen über den steinigen Strand.

Voller Stolz hatte sie einst erlebt, wie das Haus aus vagen Anfängen zu diesem schönen und starken Bauwerk wuchs. Sie war erstaunt gewesen, als sie erkannte, es würde nicht aus Lehm geformt sein, wie die Häuser der Adygeer, sondern dass es einen steinernen Sockel besaß und aus Holz geschnitten war, mit verzierten Balken.

Es war Jahre her, dass Elja es zum letzten Mal gesehen hatte. Stets war es von Unbestimmtem umgeben gewesen, von Ungeformtem. Zutritt gewährte ihr lediglich das Haus. Nun, zum ersten Mal, sah Elja die Traumlandschaft ihrer Tochter vor sich. Tränen der Erleichterung strömten in der Tagwelt über ihre Wangen. So schön, so kraftvoll war das Bild, das sie vor sich sah. Die Träume ihrer Tochter waren nicht düster und hoffnungslos, wie ihre eigenen es gewesen waren, als Roxanda nicht mehr lebte, aber die Gabe noch nicht auf sie gekommen war.

Die Läden aller Fenster des Traumhauses waren geöffnet, zum ersten Mal. Stets musste eine Hälfte des Hauses im Dunkeln gelegen haben. Die Läden waren dort immer geschlossen gewesen. Warum bemerke ich es erst jetzt?, fragte sie sich. Es war so offensichtlich, und doch ist es mir nie aufgefallen. Was habe ich ihr genommen?

Marusja saß vor dem Haus, dem Meer zugewandt, und blickte ihrer Mutter entgegen. Vor ihr stand ein Webstuhl, groß wie eine Kutsche. Es war nicht mehr als ein lebloses Gerippe, nutzlos ohne Kettfäden. Elja blickte sich um, roch den Tang des Meeres, hörte das Schreien der Möwen über dem Rauschen der Wellen und betrachtete das schöne, erwartungsvolle Gesicht Marusjas. Sie setzte sich neben sie auf die Bank des Webstuhls, umarmte und küsste sie. Dann nahm sie die Hände ihrer Tochter, formte sie zu einer Schale und ließ aus ihren eigenen hineingleiten, was hart wie Eisen war, scharf wie eine Klinge, weich wie Gänsedaunen und schmeichelnd wie feinste Seide.

Marusja stieß ein beglücktes Seufzen aus. Sie hielt ein Schiffchen in der Hand. Der Faden darauf glänzte wie gesponnenes Gold und zugleich wie alle Farben der Welt auf einmal, ebenso wie die Kettfäden, die sich jetzt auf dem Webstuhl spannten. Wie von selbst sprang das Schiffchen zwischen sie, wob in Windeseile leuchtende Bilder, vertraute und unbekannte, Erinnerungen, Ängste und Wünsche. Das Traumgewebe wuchs, flatterte wie eine riesige Fahne, stieg himmelhoch, blähte sich wie ein Segel und spann sich bald bis zum Horizont.

»Du hast Macht in diesem Reich«, sagte Elja, »kannst handeln, wo andere nur staunende Besucher bleiben. Du kannst sie hierherführen und geleiten.«

Wort für Wort wiederholte sie, was Roxanda einst im Traum zu ihr gesprochen hatte, fühlte sich beglückt als Glied in einer langen Kette, die aus dem Dunkel der Vergangenheit kam und in das Dunkel der Zukunft führte. Als sie die letzten Worte ausgesprochen hatte, blickte sie sich um, nahm Abschied von diesem Ort, den sie wohl nie wieder betreten würde. Dann küsste sie Marusja noch einmal und ging zurück.

22

Marusja war wieder verschwunden. Das geschah ständig, und Elja hätte aufhören können, sich jedes Mal Sorgen zu machen. Es gelang ihr nicht. Ihre Tochter saß wohl wieder einmal mit Kyrill, Jewstavi oder Olena in einem der unkraut- und efeuüberwucherten Winkel des Hofs, um sie über Andrej auszufragen.

Elja zwang sich, ihr dies zu gönnen; sie wollte nicht wie Rurik sein, der ihre Beziehung zu Roxanda vergiftet hatte. Doch allein von diesem Anblick fühlte sie sich mitunter so bedroht, dass sie am liebsten hingelaufen wäre und gerufen hätte: »Dein Vater war ein Mörder! Er hat Nazar getötet!«

Zwei Tage hatten sie bereits hier verbracht. Marusja zeigte sich gehorsam und verließ nicht den Hof, und die Jarostnye respektierten Eljas Verbot. Auch heute hatte das Mädchen den Bauernhof nicht verlassen. Elja fand sie direkt neben dem Tor, wo Waska sein Pferd angebunden hatte. Er selbst stand daneben, lässig an den Zaun gelehnt. Marusja hielt seine Hand in ihrer und fuhr gerade mit dem Finger die Umrisse des roten Säbels entlang.

Eljas Blut rauschte in ihren Ohren. Sie rannte zu den beiden jungen Menschen, deren ertappte Miene sie in ihrem Schrecken noch bestärkte. Sofort nahm sie Marusja bei der Hand und zog sie fort.

»Du kommst mit! Ich brauche dich im Haus!«

Auch gestern hatte sie die beiden zusammen gesehen. Sie hatte den Verdacht, ihre Tochter suche Waskas Nähe nicht, um von ihm etwas über dessen verstorbenen Ataman zu erfahren, vielmehr um seiner schwarzen Locken willen. Die Vorstellung, Marusja könne sich in den jungen Kosaken verlieben, verursachte ihr beinahe ebenso große Furcht wie das Auftauchen von Akulinas Männern. Sie konnte dies ihrer Tochter nicht begreiflich machen, fürchtete, eine solche Äußerung könne wecken, was hoffentlich noch schlief. So versuchte sie sich zu beruhigen.

»Ich habe dich nicht gleich gesehen«, erklärte sie. »Ich habe mir Sorgen gemacht.«

Marusja nickte gehorsam. Elja schämte sich ein wenig, den kaum vernarbten Schrecken zu benutzen, um sich ihre Tochter so fügsam zu machen.

Kaum hatten sie die Isba betreten, als Marusja aufgeregt berichtete, was sie in der Nacht zuvor geträumt hatte. »Ich konnte mir alles merken!«, sagte sie stolz. »Und ich habe alles verstanden!«

Elja erwiderte ihr strahlendes Lächeln. Nach wie vor hoffte sie, Marusja sei so fasziniert von der neu erworbenen Fähigkeit, dass das Erbe des Vaters, die aufregende Welt der Kosaken, daneben verblasste.

»Was kann ich damit tun?«, fragte Marusja.

»Was meinst du?«

»Es – es muss doch mehr sein als eine Spielerei!«

Elja war für einige Augenblicke sprachlos. Sie selbst hatte Wochen, gar Monate gebraucht, bis sie sich diese Frage zum ersten Mal gestellt hatte. »Es ist dir nun möglich, dich in deinen eigenen Träumen und in denen anderer frei zu bewegen, ihre geheime Sprache ist dir vertraut. Und du kannst jemandem seine Träume nehmen. Die Zukunft jedoch kannst du nicht darin lesen, auch wenn viele das glauben.«

Marusjas Augen waren groß vor Staunen und Wissbegierde. »Was haben unsere Vorfahrinnen damit vollbracht?«

»Um dir die Wahrheit zu sagen – ich weiß es nicht.« Vor vielen Jahren hatte sie der Großmutter einen Brief geschrieben, hatte ihr mitgeteilt, dass es Roxanda gelungen war, ihr die Gabe zukommen zu lassen. Etwa ein halbes Jahr später war er ungeöffnet zu ihr zurückgekommen, dazu ein Brief des Fürsten Basilow, in dem er ihr knapp mitteilte, seine Schwägerin, Fürstin Eudoxia Denisowna Basilowa, sei bereits vor längerer Zeit verstorben.

»Was unsere Vorfahrinnen betrifft, so kann ich dir nur sagen, was ich denke«, fuhr Elja fort. »Ich weiß weder, ob jemand außer uns über diese Gabe verfügt, noch, seit wann die Frauen unserer Familie sie haben oder in welcher Weise unsere Vormütter sie nutzten. So werden wir allein herausfinden müssen, was sie vermag. – Ich habe gesehen, wie deine Urgroßmutter gelebt hat, und ich weiß, wie deine Großmutter lebte. Eudoxia war eine starke Frau, doch sie war nicht wagemutig. Und Roxanda …« Elja schwieg nachdenklich. »Ich glaube, dass ihnen nie in den Sinn kam zu ergründen, was die Gabe bewirken kann. Vielleicht tue ich ihnen Unrecht – aber ich denke, sie sahen darin kaum mehr als eine besondere Begabung, wie eine schöne Stimme – oder wie deine Fähigkeit, Muster zu wirken, die dem Auge wohlgefällig sind. Eudoxia hat in ihrem Leben kaum je die Frauengemächer verlassen. Und als Roxanda es tat, sehnte sie sich in die Geborgenheit ihres elterlichen Palastes zurück. Sie wagten wohl nichts zu wünschen, was darüber hinausging. Vielleicht fürchteten sie, für Hexen oder Zauberinnen gehalten zu werden. Vielleicht fürchteten sie sich sogar selbst vor ihrer Macht – falls die Gabe Macht bedeuten kann.«

Elja hatte wie zu sich selbst gesprochen und fast vergessen, dass Marusja zuhörte. Nun wünschte sie, sie hätte ihre Worte sorgfältiger bedacht.

Ein Schreckensbild erstand plötzlich in ihrer Vorstellung. Rurik hatte nie begriffen, welche Fähigkeit in seiner so verachteten Gemahlin schlummerte. Wäre ihre Zuneigung größer gewesen und Ruriks Aberglauben geringer … Elja erschauerte plötzlich. Sich selbst wusste sie seit langem gefeit vor den Überredungskünsten ihres Vaters. Doch was, wenn es ihm gelang, ihre Tochter für sich zu gewinnen? Was könnte er bewirken, wenn Marusja bereit wäre, ihre Gabe in seinen Dienst zu stellen?

Wiewohl mutiger als Roxanda, hatte Elja bisher nicht gewagt, bis an die Grenzen zu gehen, um zu erforschen, was sie vermochte. Einmal, vor vielen Jahren, hatte sie ihre Gabe dazu nutzen wollen, sich zu schützen. Ob es ihr gelungen wäre, hatte sich nicht erweisen müssen. Zumindest bis jetzt nicht.

Als Olena zur Mittagszeit kam, hatte Elja einen Entschluss gefasst.

»Morgen werden wir endgültig abreisen«, sagte sie, kaum dass die Jarostnya zur Tür hereingekommen war. »Marusja hatte genug Zeit zu erfragen, was ihr wichtig schien. Aber dies hier ist nicht unser Leben. Und jeder Tag birgt die Gefahr, dass einer von Ruriks Männern uns entdeckt.«

Olena sah Elja lange an; ihr Mund wurde weich dabei. Dann schien es, als sei ihr etwas in den Sinn gekommen, das zu erledigen sie beinahe vergessen hatte. Sie nahm Eljas Hände und drückte sie fest an sich.

»Mir wird weh ums Herz, wenn ich mir vorstelle, dass ihr wieder geht. Ich bitte dich nur um eines – warte noch eine kleine Weile, ein oder zwei Tage. Es gibt etwas, das noch zu tun ist. Wir wollten auf eine günstige Gelegenheit warten, wollten es vorbereiten. Du bist es Marusja schuldig. Sie soll alles wissen. Und auch wir schulden es Andrejs Andenken.«

Mehr wollte sie nicht sagen, beschwor Elja nur immer wieder, ihr diese Frist zu geben, im Namen ihrer alten Freundschaft.

Elja musste nicht lange warten.

Es geschah am gleichen Abend. Elja hatte gerade die Schlafpritsche neben dem Ofen gerichtet. Plötzlich war ein Aufruhr vor der Tür, dass Mutter und Tochter sich erschrocken ansahen. Marusja schnellte hoch, kniete sich neben Eljas Stuhl und barg ihr Gesicht in deren Schoß.

Als die Tür schließlich aufging, waren es nur die bekannten Gesichter der Jarostnye. Sie waren erregt und zerrten einen Gefangenen mit sich.

Elja sprang auf und zog Marusja in die finsterste Ecke. Olena hatte ihr erzählt, Rostislaw sei noch immer Ruriks engster Vertrauter. Elja spürte Zorn in sich aufsteigen. Was er sah, erfuhr sein Herr. Sie fühlte sich von Olena verraten. Ihre vorwurfsvollen Blicke erreichten die Jarostnya nicht. Mit den anderen Kosaken hatte sie einen Kreis um den Gefangenen gebildet. Rostislaw blickte seine Kameraden höhnisch an, wehrte sich aber nicht gegen seine Fesseln. Gerade dies drückte seine Verachtung am deutlichsten aus. Es war, als hielte er, was hier geschah, für nichts als ein albernes, aber harmloses Spiel.

Es würde alles andere sein. Keiner von Ruriks Männern hätte ihn freiwillig verraten, und Rostislaw schon zweimal nicht. Diese Befragung würde lange dauern und grausam werden.

Olena war offenbar derselben Meinung. »Waska«, forderte sie den jungen Mann auf. »Geh mit Marusja hinaus. Mach einen langen Spaziergang mit ihr. Zeig ihr, wie schön unsere Heimat ist. Aber sieh zu, dass keiner sie zu Gesicht bekommt. Sonst könntet ihr gleich einen Ausrufer vorwegschicken, der verkündet: *Hier kommt Andrej Lankows Tochter.*«

Elja biss sich auf die Lippe. Musste Olena Rostislaw dieses Wissen zukommen lassen? Was hatte sie vor?

Waska zögerte einen Augenblick, beklagte sich, es sei dunkel und kalt obendrein. Olena zog ihre Burka aus und warf sie ihm zu. Er fing sie auf und legte sie um Marusjas Schultern. Dann nickte er. Marusja folgte ihm wortlos, als er hinausging, warf ihrer Mutter nur einen unsicheren Blick zu.

Die Tür hatte sich kaum hinter ihnen geschlossen, als Dawid vor Rostislaw trat und mit ernster Stimme sagte:

»Du willst nicht sprechen, das weiß ich. Aber du wirst es tun, das weiß ich ebenfalls. Und du weißt es auch. Ich werde dich nichts fragen. Du wirst es mir sagen, wenn du so weit bist. – Alles, was jetzt geschieht, habe ich von einem Meister gelernt. Von dir.«

Er wandte sich an die übrigen Männer.

»Wir werden Knüppel brauchen«, sagte er. »Schürt das Feuer. Legt neue Scheite nach. Bringt Wasser zum Kochen. Vielleicht brauchen wir auch eine Axt.«

Rostislaw gab keinen Laut von sich.

Es begann damit, dass die Männer ihn schlugen, erst mit Fäusten, dann mit den Knüppeln. Wenn er strauchelte und fiel, traten sie mit Füßen auf ihn ein und verlangten, er solle wieder aufstehen. Er belegte die Männer mit allen Flüchen, die Elja kannte. Nach einiger Zeit verstummte er, riss die Arme vor sein Gesicht und versuchte solcherart, sich vor den Hieben zu schützen. Als er schließlich nicht mehr aufstand, hieß Dawid die Männer, ihn an den Stuhl zu binden.

Er zählte auf, was er mit ihm vorhatte.

»Ich weiß nicht, ob du schuldig bist«, meinte er dann. »Das wird sich zeigen, wenn du uns gesagt hast, was wir wissen wollen. Selbst wenn du dich als schuldig erweist – wir werden dich laufen lassen. Schuldig bist in Wahrheit nicht du, sondern ein anderer. Überlege dir, ob er es dir wert ist. Ich möchte nichts tun müssen, was dich zum Krüppel macht. Sag uns, was wir wissen wollen, und du kannst gehen.«

Rostislaw schluckte vernehmlich, zeigte darüber hinaus aber keinerlei Furcht. Hoffte er, Rurik werde kommen, ihn zu retten?

Olena und Elja hatten sich neben den Ofen zurückgezogen. Elja bemerkte, dass Olena sie immer wieder ansah, als wolle sie prüfen, ob Elja hinnehmen werde, was hier geschah. Es war, als sollte sich an diesem Ort die Vergangenheit wiederholen. Dieses Mal ertrug Elja, was sich vor ihren Augen abspielte. Das Bild eines Hasen, der bei lebendigem Leibe gehäutet wurde, half ihr. Und das Kissen, in das sie ihre Fingernägel grub.

Dawid wandte sich zu ihr um und forderte sie mit einer harschen Kopfbewegung auf, sich zu zeigen. Offenbar ging er davon aus, eine Witwe, die gekommen war, Rache für ihren Gemahl zu nehmen, wirke einschüchternder als einer der Jarostnye, die Rostislaw jeden Tag zu Gesicht bekam. Elja schüttelte den Kopf. Sie war wütend, dass man sie zwang, Zeugin dieses Schauspiels zu sein. Rostislaw gefangen zu nehmen und zu befragen, war gewiss nicht ihre Idee gewesen. Sie wusste nicht einmal, ob sie sich wirklich für das interessierte, was er zu sagen hatte.

Rostislaw hatte Dawids Geste offenbar bemerkt, zumindest hatte Elja den Eindruck, er sehe zu ihr hin. Seine Augen verkleinerten sich zu Schlitzen, als versuche er, im Gebüsch ein Beutetier zu erkennen. Dies währte nur einen winzigen Moment, bevor mehrere Jarostnye ihn packten.

Sie setzten die Folter fort, indem sie ihm den Mund verbanden und ihm die Nase zuhielten, bis er beinahe bewusstlos war. Dann ließen sie ihn zu Atem kommen und wiederholten die Prozedur ein ums andere Mal. Als Dawid endlich den Knebel entfernte, schnappte Rostislaw verzweifelt nach Luft, schüttelte aber bald trotzig den Kopf.

»Stellt einen Eimer mit kochendem Wasser auf den Boden«, befahl Dawid.

Elja wandte sich ab, bevor Rostislaw zu schreien begann. *Was habe ich hiermit zu schaffen*, fragte sie sich. Sie warf Olena einen bittenden Blick zu, der jedoch nicht beantwortet wurde.

Als Rostislaw endlich brüllte: »Verdammt! Ja!«, ging ein Aufatmen durch den Raum.

»Du willst sprechen?«, fragte Dawid.

»Ja, du verdammter Hurensohn«, schnaufte Rostislaw.

»Hast du ihn getötet?«

Rostislaw blickte zu Elja, bevor er keuchte: »Ich wusste

gleich, was ihr von mir wollt. Was sonst tut sie hier? Ja, ihr Scheißkerle. Ja, ich habe ihn abgestochen. – Und es hat mir Spaß gemacht.«

Es entstand Bewegung unter den Männern; einige traten einen Schritt nach vorn, als könnten sie sich kaum bezähmen, Rostislaw erneut zu schlagen.

»Rurik hat es dir befohlen, ist es nicht so?«

»Gewiss hat er das. Ich hätte mir diese Mühe nicht ohne seinen Befehl gemacht.«

»Erzähl uns, wie es geschah.« Dawids Stimme war erstaunlich ruhig.

»Was gibt es noch zu sagen? Er hatte mir aufgetragen, den Kerl zu töten, falls die Hure da wieder mit ihm zusammen ist.« Sein Kopf ruckte in Eljas Richtung.

Sie sprang auf.

»Was redest du da für närrisches Zeug zusammen?«, fragte Dawid. »Falls du vorhast, uns Lügenmärchen –«

Er unterbrach sich, als Elja neben ihn trat und die Hand hob.

»Nein, nein«, rief sie. Das Blut rauschte ihr in den Ohren. »Genau das wollen wir von dir wissen.« Mit einem Seitenblick brachte sie Dawid zum Schweigen. »Also – wie hast du ihn getötet?«

»Wenn dein verdammter Andrej – nicht so ein Schwächling gewesen wäre, hätte – *er* es getan.« Die Worte kamen mit Pausen und nur unter Mühe. »Rurik – hat mich ihm nachgeschickt. Er hat mir befohlen, ich soll – den Kerl umbringen, wenn du es wieder mit ihm treibst.«

»Welchen Kerl?«, fragte Dawid ungehalten.

»Nazar«, sagte Elja. Erstaunt stellte sie fest, dass ihr Herz weiterschlug, als sei nichts geschehen. »Sein Name war Nazar. – Du warst es, der ihn niedergeschlagen und ihm einen Dolch ins Genick gestoßen hat. Sag mir eins – warum hast du auch noch seinen Körper geschändet?«

Er hob den Kopf und lächelte. Wahrhaftig, er lächelte. Sein

Gesicht war eine verzerrte, grausige Grimasse. »Ich dachte mir, du – du bekämest seinen Leichnam zu sehen.«

Erneut kam Elja der Hase in den Sinn. Sie nickte grimmig.

»Tut mit ihm, was euch beliebt«, sagte sie zu den Männern. Wie betäubt ging sie zurück, dorthin, wo Olena stand, und setzte sich auf die Pritsche. Immer wieder schüttelte sie den Kopf.

Rostislaws Wille war mit seinem Geständnis längst nicht gebrochen.

»Zieht ihn aus«, sagte Dawid. Jewstavi und ein Mann, dessen Namen Elja nicht kannte, benutzten ihre Messer, um Rostislaw die Kleider vom Leibe zu schneiden. Dann banden sie ihn rücklings auf dem Tisch fest.

Elja setzte sich auf die Bank neben dem Ofen, zog sich dorthin zurück, wo auch Olena nicht sehen konnte, wie sie sich die Ohren zuhielt.

Selbst glühende Scheite brachten Rostislaw nicht dazu, Dawids Fragen zu beantworten. Elja hörte die Schreie, doch drangen sie kaum in ihr Bewusstsein. Sie saß da, die Hände an den Ohren, und starrte vor sich hin.

Als verschiebe sie die Möbel in einem Raum, begann sie, ihr Gedächtnis neu zu ordnen. Sie hatte geglaubt, alles bedacht zu haben … So überzeugt war sie gewesen, Andrej habe Nazar getötet, dass sie Inal nicht einmal gefragt hatte, wie der Russe aussah, dem er zweimal auf dem Holzplatz begegnet war. Als er sagte, der Mann sei dunkel gekleidet gewesen, hatte ihr das ausgereicht. Andrej war bei Nazar gewesen, daran gab es keinen Zweifel. Doch Inal hatte ihn offenbar nie gesehen, stets nur Rostislaw. Einmal war der Jarostny gekommen, um Nazar zu fragen, ob er und Elja wieder ein Paar seien, am anderen Tag, um ihn zu töten. Warum hatte Nazar ihr verheimlicht, dass noch ein weiterer Russe bei ihm gewesen war? Elja kannte die Antwort. Sie zu schützen war ihm stets das höchste Anliegen gewesen.

Sie begann, ihren Körper zu wiegen, als die Trauer um Nazar noch einmal über sie hereinbrach wie eine Meereswoge. Zugleich tat sie Andrej still Abbitte. *Hätte meine Wut mich nicht blind gemacht, hätte ich sehen müssen, wessen Siegel dieser Mord trug,* dachte sie. Der Stich, der Nazar getötet hatte, hätte sie nicht dazu verleiten dürfen, einen anderen als Täter auszuschließen. Jeder Jarostnyi wusste um die hundert Möglichkeiten, einen Menschen vom Leben zum Tode zu befördern. Zudem wäre es Rostislaw zuzutrauen, den Verdacht absichtlich auf Andrej zu lenken. Aber all dies war nun bedeutungslos.

Hart legte eine Hand sich auf ihre Schulter. Olena forderte sie wortlos auf, sich wieder den Männern zuzuwenden. Elja nickte, wollte nun tatsächlich wissen, was Rostislaw zu sagen hatte.

»Niemand wird dich hier suchen«, sagte Dawid. »Und wir haben Zeit. Also, lass uns ein Ende machen. Wer hat Andrej getötet?«

Elja stand auf und schob die Männer beiseite, die den Gefolterten umstanden.

Der nackte Rostislaw bot einen grauenerregenden Anblick. Seine linke Hand, die Achselhöhlen und die Innenseiten seiner Oberschenkel waren rot wie blühender Mohn. Sie fragte sich, wie er es geschafft hatte, die ganze Zeit bei Bewusstsein zu bleiben.

Sein Atem ging tief und ziehend, wie bei einem alten Mann, der dem Tode nahe ist. Ein misstönender, schauerlicher Laut kam aus seiner Kehle. Elja brauchte einige Zeit, bis sie begriff, dass er lachte.

»Was weiß ich?«, röhrte er. »Ich weiß nichts, als dass sie – ihn weggebracht haben, Jost und ein paar andere Männer. Diese Dummköpfe. Sie mussten doch wissen, dass Rurik – sie nicht am Leben lassen konnte!«

Sie trat noch einen Schritt weiter vor, bis sie zwischen den Füßen des Gefolterten stand.

»Wo ist er?«, fragte sie. »Wo ist Andrej?«

Er sah nur kurz hoch und machte ein Geräusch, das einem Donnergrollen glich.

»Holt die Axt«, befahl Dawid. »Du bist ein zäher alter Hund.« Das klang beinahe bewundernd.

»Nein«, sagte Rostislaw. In diesem Moment wusste Elja, dass er gebrochen war. »Ich weiß nicht, wohin sie ihn – gebracht haben und wer ihn erledigt hat. Rurik hat es mir nicht gesagt.«

»Was glaubst du?«, beharrte Dawid.

»Was weiß ich. Ich weiß nur – dass Jost damals in Manastirskoi Jar war. Jedenfalls – hat er mir das erzählt.«

Dawid befahl, Rostislaw loszubinden und ihn wieder auf den Stuhl zu setzen. Er nahm ein Tuch, das neben dem Herd hing, und begann, Kopf und Hals des Gefangenen, die schweißüberströmt waren, sorgsam abzutupfen. Der Mann, der alle Qualen überstanden hatte, fuhr bei dieser Berührung erschreckt zusammen.

»Wir bringen dich jetzt nach Hause«, sagte Dawid. »Du solltest deine Wunden kalt waschen. Ich rate dir, sie Jost nicht zu zeigen – und auch sonst keinem. Leg Zwiebeln darauf und streich das Weiße von Eiern auf die Haut. Sag, du hättest dir die Hand verbrannt, und bleibe für ein paar Tage im Bett.«

Rostislaw nickte. Aber sein Blick sprach für sich. Er würde jeden Einzelnen von ihnen töten, bei der ersten Gelegenheit, die sich ihm bot.

»Bringt ihm etwas zum Anziehen«, ordnete Dawid an. Elja wollte auffahren, als sein Blick sie traf. Dawid stand hinter Rostislaw. Sie nickte unmerklich, gab solcherart ihr Einverständnis. Ein einziges Mal war sie der Ataman der Jarostnye, wie sie es nach dem Willen Ruriks und auch nach dem Olenas hatte sein sollen.

Rostislaws Wunsch, Dawid zu glauben, der menschliche Trieb, selbst in der ausweglosesten Lage zu hoffen, besiegelte sein Schicksal. Für einen Augenblick entspannte sich sein Körper, sanken die Schultern herab, lockerten sich seine Muskeln. Dawid legte rasch eine Hand auf seinen Hinterkopf, die andere auf das Kinn und drehte mit einem Ruck den Kopf seitlich nach oben. Mit einem Knacken, als gehe ein trockener Ast entzwei, brach Rostislaws Genick.

Vor einigen Tagen hatte Tauwetter eingesetzt und versprach lügnerisch das Ende des Winters. Die Holzbohlendämme waren nass und tückisch glatt unter den Hufen der Pferde. Nicht mehr Schlitten beherrschten das Bild, sondern Kutschen.

Manastirskoi Jar war nicht größer als Siljongorod, doch von gänzlich anderem Gepräge. Wenn Siljongorod eine Mutter war, bemüht, mit starken Armen Schutz und Heimat zu bieten, so war Manastirskoi Jar eine Hure, laut und bunt, doch nur von flüchtigem Reiz.

Hierher kamen die Kosaken aus dem ganzen Gebiet des Don, um zu verkaufen, was sie durch Jagd und Fischfang erworben oder durch Raub an sich gebracht hatten, und auch, um die verdienten Münzen schnell wieder loszuwerden. Weinkrüge baumelten über den Eingängen zahlloser Gasthäuser. Die Bürger der Stadt wurden bei diesem Handel wohl kaum übervorteilt, denn sie trugen kostbare Kaftane, bestickt und mit Pelz gefüttert. Selbst die Bettler sahen satter aus als andernorts.

Schnell war es beschlossene Sache gewesen, dass Olena, Elja und Marusja hierherreisten. Wären mehrere von Andrejs Anhängern plötzlich verschwunden, hätte man es in Siljongorod bemerkt. Olena hingegen hatte ihre Abwesenheit gut vorbereitet. Schon vor ihrer Reise nach Chulyschi hatte sie begonnen, von den schönen Augen eines Kosaken zu schwärmen, der für einige Wochen Siljongorod besucht und den Gorodok vor kurzem wieder verlassen hatte. Sofija hatte sie anvertraut, sie überlege, Kyrill zu verlassen, um dem Schönäugigen in seine Heimat zu folgen. Somit konnte sie auch weiterhin verschwunden bleiben, ohne dass es auffiel. Es musste so erscheinen, als sei sie zurückgekehrt, um sich mit ihrem Gemahl zu versöhnen, aber als habe die Sehnsucht nach dem anderen sie wieder fortgetrieben.

Die hölzerne Kirche, an der die Frauen gerade vorbeiritten, war nicht nur um einiges größer und farbenprächtiger als die Vater Simeons, sie hatte auch mehr Türme.

»Zehn Popen soll es hier geben«, meinte Olena. »Und noch mehr Diakone. Aber eins weiß ich – die meisten Kosaken kommen nicht nach Manastirskoi Jar, um zu beten.«

Marusja sah sich neugierig um, bemüht, nicht wie ein dummes Ding mit offenem Mund zu starren. Als sie bemerkte, dass ihre Mutter sie beobachtete, schenkte sie ihr ein kleines Lächeln, das Eljas Herz wärmte.

Trotz des nasskalten Wetters war der Markt so gut besucht, dass die Frauen den Platz umrunden mussten. An den Ständen war alles erhältlich, was man für das tägliche Leben nur begehren konnte, vom Kohlkopf bis zur feinsten indischen Seide. Kurzwaren, Gebäck und Silber standen zum Kauf, aber auch Leim und Farben. Elja sah sogar einen Stand mit ledergebundenen Büchern. Dazwischen boten Schreiber mit klammgefrorenen Fingern ihre Dienste an.

Überall konnte man die Schreie des armen Teufels hören, der auf dem steinernen Podest in der Mitte des Platzes an den Schandpfahl gebunden stand. Seine Schienbeine bluteten von den Rutenschlägen, die man ihm verabreichte. Daneben wurde ein anderer mit der Knute geschlagen, einer geflochtenen Lederpeitsche, mit scharfkantigen Eisenstücken gespickt. Marusja entfuhr ein Laut des Entsetzens.

»Weißt du denn, was er getan hat?«, fragte Olena gleichmütig. »Wahrscheinlich hat er es verdient. Vielleicht hat er ein Mädchen geschändet. Oder er hat Frau und Kinder über das Maß hinaus verprügelt.«

»Da!« Marusja deutete mit dem Finger in die Menge der Neugierigen hinein, die um den Richtplatz standen. Dann errötete sie. »Ich – ich dachte nur …«, murmelte sie kleinlaut.

Seit sie gestern Abend angekommen waren, geriet das Mädchen in Aufregung, wann immer es unter der Pelzmütze eines Mannes blondes Haar erspähte. Weder Elja noch Olena hatten es bisher über sich gebracht, ihr die Wahrheit zu sagen. Wenn Andrej tatsächlich nach Manastirskoi Jar gebracht worden war, so gewiss nicht, um unbehelligt durch die Straßen zu spazieren. Sollte er je hier gewesen sein, so hatte man ihn nicht lange am Leben gelassen. Es schien Tollheit, aufklären zu wollen, wo und durch wessen Hand ihn sein Schicksal ereilt hatte. Sie folgten der vagesten aller Spuren. Rostislaw hatte lediglich gesagt, Jost sei dabei gewesen, als Rurik Andrejs Verschwinden befahl. Und der Arzt habe ihm kurz darauf erzählt, er sei in Manastirskoi Jar gewesen. Möglicherweise hatte Rostislaw sogar unter der Folter gelogen. War Andrej je hier gewesen? Oder hatte man ihn längst an einem anderen Ort beseitigt und verscharrt, noch bevor Jost hierherkam?

Seit dem Morgen waren die Frauen immer wieder durch die engen, gewundenen Gassen der Stadt geritten.

»Es ist ein Anfang«, hatte Elja gesagt. »Ich will mich erst einmal umschauen. Was sonst sollen wir tun? Willst du durch die Schenken ziehen und jedermann fragen, wer den Ataman der Jarostnye getötet hat?«

»Nun gut«, hatte Olena achselzuckend erwidert. »Heute tun wir es auf deine Weise, morgen auf meine.«

Die frühe Dämmerung des Winters fiel über die Stadt. Elja hatte das Gefühl, der Tag habe ihr nichts eingebracht, außer dass ihr schwindelte von Farben, Lauten und Gerüchen und dass ihr der Kopf weh tat. Vielleicht hatte Olena recht. Morgen würden sie in den Schenken nach denen suchen, die für ein paar Dengi bereit waren, die Geheimnisse der Stadt zu enthüllen.

Elja gelang es dennoch nicht, ihr Pferd zurück zum Gasthaus zu lenken, in dem sie die Nacht verbracht hatten. In gemächlichem Schritt ließ sie es weitergehen, nahm hier den

Weg zur Linken, da den zur Rechten. Sie fühlte sich müde und entschlusslos.

Olena und Marusja folgten ihr, ohne Fragen zu stellen. Es war beinahe dunkel, als Elja plötzlich aus dem einschläfernden Geschaukel hochfuhr und die Zügel anzog. Vom Herzen der Stadt schienen sie nun in ihre Kloake geraten zu sein. Wer hier unterwegs war, hielt den Kopf gesenkt, blickte nicht stolz und zufrieden, sondern scheel und abschätzig. Die Häuser waren meist niedrig, windschief und vernachlässigt. Das Gebäude vor ihnen überragte alle anderen. Es hatte drei Stockwerke, und es hätte nicht des Kruges über der Tür bedurft, um zu zeigen, dass es eine Schenke war. Trotz der Kälte stand eines der Fenster im Erdgeschoss offen. Flackerndes Licht ließ lange hölzerne Tische erkennen, an denen Männer saßen und tranken. Einige hielten Frauen im Arm oder hatten sie auf dem Schoß.

Ohne dass sie hätte sagen können, warum, stieg Elja von ihrem Pferd, übergab Olena die Zügel und ging auf das Gebäude zu.

»He, was tust du?«, hörte sie Olena rufen, doch sie ging weiter, durch Pfützen und Unrat.

Ich kenne dieses Haus, stellte sie verwundert fest.

Sie hatte die Außentreppe beinahe erreicht, als ein Mann herunterkam. Die unauffällige Kleidung und das bärtige Gesicht unter der hohen Pelzmütze verrieten nicht seinen Stand. Er hätte ein Händler sein können, ein Bauer – oder auch ein Kosak. Als er versuchte, einen Bogen um Elja zu machen, merkte sie, dass er leicht schwankte.

»Sagt mir«, rief sie ihm nach, »wem gehört dieses Haus?«

Er wandte sich zu ihr um. Für einen Augenblick stritten Misstrauen und Belustigung auf seinem Gesicht um die Vorherrschaft, bis das Grinsen gewann.

»Wenn die Damen ihre Männer suchen, so sind sie hier gewiss am richtigen Ort«, sagte er. »Dies ist das Hurenhaus von Senko Nennis.«

23

Es war Samt, so hoch und dicht, dass er dem liebkosenden Fingern schmeichelte, und dunkelrot wie adygeischer Wein. Das Gewand habe einer Fürstin gehört, hatte der Händler gesagt, die so reich sei, dass sie jeden Tag ein anderes Kleid trage. Elja hatte kein Wort geglaubt. Ihr war gleichgültig, wer es vor ihr besessen hatte.

»Wie sehe ich aus?«, fragte sie.

Ihr kam in den Sinn, wie Olena ihr bereits einmal geholfen hatte, sich anzukleiden. Das war am Tag ihrer Hochzeit gewesen.

»Nun«, erwiderte Olena zurückhaltend, »gewiss nicht wie eine Hure.«

»Also, dann sag es mir – wie *denn* sehe ich aus?«

»Wie eine vornehme Dame. – Und du willst tatsächlich auch die Rubine –«

»Gewiss.« Elja legte sich die schmale Kette um den Hals. »In einigen Tagen kann ich sie wieder verkaufen. – Und nun noch die Haube.«

»*Ich* sollte gehen.«

»Warum? Es ist nichts als eine Ahnung, eine närrische Laune, wenn du so willst. Wenn ich dir erzählte, ich hätte am Sankt-Georgs-Tag Frischlinge im Wald gesehen – würdest du dich im Gebüsch verstecken und auf sie warten? Oder würdest du mich nicht vielmehr heißen, dir einen zu bringen? Warum solltest du ihnen nachjagen, wenn ich es doch bin, der sie wider alle Vernunft erschienen sind?«

»Aber du – du hast Marusja –«

Beide Frauen blickten zu dem Mädchen. Marusja saß auf dem Strohlager der winzigen Kammer, in der sie zu dritt die Nacht verbracht hatten. Ihr zuliebe hatte Elja diese Reise unternommen. Und ein wenig hoffte sie mit ihrer Suche nach seinem Mörder wohl auch, wiedergutmachen zu können, dass sie Andrej Unrecht getan hatte.

Marusja war blass. Dennoch versuchte sie sichtlich, die Angst um ihre Mutter zu verbergen. Elja hoffte, dass Olenas Worte dieser Furcht nicht neue Nahrung gaben.

»Schau dich doch an«, erwiderte sie darum in leichterem Ton. »Welcher Mann außer Kyrill will schon eine Frau wie dich? Nichts als Haut und Sehnen! Wer in ein Hurenhaus geht, dem geht's ums Fleisch! Der will nicht an Knochen nagen wie ein Hund!«

Olenas Blick wurde finster. Für einen Moment maßen sich die Frauen, als seien sie in einen Wettstreit getreten, wer von ihnen über den größeren Mut verfüge. Dann verzog Olenas Mund sich langsam zu einem breiten Grinsen.

»Nun, wenn es denn nicht um Tapferkeit geht, sondern nur darum, wer von uns beiden besser in ein Hurenhaus passt – so lasse ich dir gern den Vortritt!«

Lachend duckte sie sich unter Eljas Hieb.

Der Kutscher hatte keine Miene verzogen, als Elja ihm ihr Ziel genannt hatte, und er nickte auch jetzt nur, als sie ihn bat, die Hälfte einer Stunde zu warten. Sei sie dann noch nicht zurück, brauche er nicht länger auf sie zu warten. Sie hatte ihn so reich entlohnt, dass sie beinahe sicher war, sich auf ihn verlassen zu können. Er dankte ihr den unerwarteten Verdienst, indem er so dicht wie möglich vor die Tür fuhr. Beim Aussteigen trat Elja beinahe in eine Pfütze von Erbrochenem, die so frisch war, dass der strömende Regen sie noch nicht weggeschwemmt hatte. Sie raffte ihren Rock und lief, halb stolpernd, die wenigen Schritte zum Eingang.

Die Tür war angelehnt. Nur ein einziger Kienspan beleuchtete den kleinen Vorraum, von dem mehrere Türen abgingen. Hinter einer von ihnen verschwand gerade ein Paar. Während der Mann Elja einen erschrockenen Blick zuwarf, begann die Frau schrill zu lachen und trieb ihn zur Eile. Zur Linken stand die Tür zum Schankraum offen.

Er unterschied sich in nichts von anderen Wirtshäusern, in denen der ärmere Teil des Volkes Schnaps und Unterhaltung suchte. Anders als in den Ländern der Lateiner war es den russischen Frauen verboten, sich zu verkaufen. Wurde eine dabei erwischt, traf die Strafe nicht nur sie, sondern auch ihren Freier. Berittene Stadtwächter achteten darauf, dass keine unerlaubten Schenken und vor allem keine Hurenhäuser betrieben wurden. Dennoch blieb vielen Frauen keine andere Wahl, vor allem den Witwen von Bauern und Soldaten. Und so fanden die Männer dort, wo es Wodka gab, meist auch Weiber, die für einen Schluck davon bereit waren, mit ihnen zu gehen.

Elja blieb unter der Tür stehen. Die Gespräche verstummten nach und nach, als die Köpfe der Anwesenden sich ihr zuwandten. Ohne Hast betrachtete Elja die Gesichter, bevor sie schließlich auf eine Frau zuging, die allein saß. Noch ehe sie an ihrem Tisch angelangt war, sprang die Frau auf.

»Was wollt Ihr von mir? Wer seid Ihr?« Gemalte schwarze Augenbrauen zogen sich ängstlich zusammen.

»Ich will nichts von dir. Ich suche den Besitzer dieses Hauses«, erwiderte Elja.

»Ich weiß nicht, ob er da –«

»Sag ihm, ich habe etwas zu verkaufen.«

»Hier ist die Frau.« Die Hure drückte sich an Elja vorbei und verschwand rasch.

Elja trat ein. Wieder sah sie sich in Ruhe um und beachtete kaum den Mann, der auf einem gepolsterten Stuhl in einer Ecke saß. Selbst im flackernden Kerzenlicht dieses Gemachs erkannte Elja, dass die Möbel schäbig waren und die Polster zerschlissen.

Senko Nennis war ein alter, weißhaariger Mann, dessen Körper ausgemergelt und gebrechlich wirkte. Aber seine Stimme war tief und kräftig.

»Ich höre, Ihr wollt mir etwas verkaufen?«

»Ja«, sagte Elja. »Mich.«

Senko Nennis stand auf. Als er auf Elja zukam, schien er ihr plötzlich jünger und stärker. Sie rührte sich nicht, während er sie umkreiste.

Dicht vor ihr blieb er stehen. Speichel glitzerte auf seiner schlaffen roten Unterlippe.

»Du bist alt«, sagte er.

»Nicht älter als die Frau, die mich zu Euch geführt hat.«

»Zinowja? Denkst du, die bringt mir noch etwas ein? Nur aus Mildtätigkeit füttere ich sie durch.« Seine Augen luden sie ein, gemeinsam mit ihm zu lachen. Elja blieb ernst. »Schick mir deine Tochter, wenn dein Mann dich verlassen hat und du dir deine teuren Kleider nicht mehr leisten kannst. – Was sonst treibt jemanden wie dich an diesen Ort? Du siehst nicht aus wie eine, die es nötig hat, für ein paar Dengi die Schenkel zu spreizen.«

»Wer sagt Euch, dass ich das zu tun gedenke? Nehmt wieder Platz und lasst mich Euch meine Kunst zeigen.«

Er schwieg einige Atemzüge lang. Nur seine Augen bewegten sich. Dann ging er zu seinem Stuhl zurück und setzte sich.

»Zeig mir, was du zu verkaufen hast.«

Sie war körperlos, so dicht bei ihm, dass sein rascher Atem wie ihr eigener klang. Achtlos trat er das Gras nieder, drehte sich immer wieder um, aufgeregt, aber nicht ängstlich. Sein schwarzes Haar glänzte wie die Flügel eines Raben. Er folgte dem Gegacker, dorthin, wo die Hühner ihm schon entgegenflatterten mit empörtem Gezeter, in einer Wolke aus Staub und Federn. Im

Hühnerstall war sie. Die geraden Streifen des Sonnenlichts, die zwischen den Brettern hindurchfielen, verwandelten sich auf ihrem Körper in Schlangen. Ihre Hand reckte sich, tastete das Nest ab, barg ein Ei.

Ihre Augen waren groß und dunkel vor Überraschung, nur für einen winzigen Moment. Dann wurden sie weich und freundlich, nahezu beleidigend entspannt. Sie weiteten sich erneut, als er hinter sie trat, zu dicht, um missverstanden zu werden. Er umfasste ihre Hand, drückte sie sanft zu, bis die Schale brach, kühles Eiweiß und sämiger Dotter über ihre vereinigten Finger liefen. Sie sprach nicht, als er sich an ihrem Hals vergrub, atmete nur einen einzigen Laut, ließ den Kopf nach hinten sinken und lieferte sich ihm aus. Ihre schwarzen Haare mischten sich mit seinen. Er löste seine Finger, ließ sie über raues Leinen gleiten und schloss sie über ihrem festen, runden Fleisch.

Ohne auch nur einen Blick auf die beiden Menschen zurückzuwerfen, rannte Elja hinaus. Das Haus von Senko Nennis' Seele war verwinkelt, und alle Türen glichen einander. Sie wollte schon aufgeben, als sie, verborgen in einer Ecke, die eine fand, die anders war. Sie bestand aus dicken Bohlen und war verrammelt mit einer weiteren. Wie Elja auch schob, fluchte und zerrte, sie wollte sich nicht bewegen lassen.

Ich bin die Herrin dieses Reiches, *mahnte sie sich und schob einen anderen Gedanken beiseite:* Bist du das wirklich? Dies sind keine Träume. *Doch ihr Wille besiegte den Zweifel. Plötzlich ließ die Bohle sich in ihrer Verankerung verschieben und fiel zu Boden. Die Tür sprang auf. Wimmern und Wehklagen schlugen Elja entgegen. Frauen standen drinnen, die meisten sehr jung, manche noch Kinder, und auch Knaben. Nur langsam wandten ihre Köpfe sich zur offenen Tür. Das Wehgeschrei schwoll an, und dann begannen die Gefangenen sich der Tür zu nähern. Elja schlug sie wieder zu, riss sich ein einzelnes Haar aus und verschloss sie damit.*

Nur kurz betrachtete Elja die Gestalt, die zusammengesunken im Stuhl saß. Dann wandte sie Senko Nennis den Rücken zu. Selbst als sie ein Ächzen hinter sich hörte, rührte sie sich nicht, wartete noch eine Weile. Erst dann drehte sie sich um.

Seine Augen waren nackt und ängstlich. Den Saum seines Hemdes hielt er im Schoß zusammengeknüllt.

»Wer ist sie?«, fragte sie, ohne wirkliche Neugier, lediglich um ihn zu demütigen. »Eure Schwester? Eure Mutter?«

»Das ist Zauberei ... Hexenwerk ...«

»Ihr seid niemand, der fürchten muss, seine Seele an den Teufel zu verlieren. Er besitzt sie längst.« Der Blick in den Kerker seines Seelenhauses hatte ihr genügt. Bevor er antworten konnte, fuhr sie rasch fort: »Schickt die zu mir, denen nicht reicht, was ihr ihnen bisher bieten konntet. Die Männer, die keine Eurer Frauen befriedigen kann.«

Er nickte mit verkniffenem Mund, als habe sie ihm einen Handel zu seinen Ungunsten abgepresst. Ohne abzuwarten, ging Elja hinaus.

Den unerquicklichen Teil übernahmen die Huren. Elja brauchte nicht viel zu tun. Sie brachte den Männern den Schlaf, begleitete sie zur nächstgelegenen Tür, überzeugte sich, dass dort ein Traum wartete, der nach ihrem Geschmack war, und ließ sie allein zurück. Selten war sie neugierig genug zu bleiben, meist froh, gehen zu können.

Sie spürte, wie gern Senko Nennis die Frau losgeworden wäre, die vor zwei Tagen einen so tiefen Blick in seine Träume getan hatte. Doch er behielt sie. Vielleicht ahnte er, dass er dem Wunsch nicht würde widerstehen können, noch einmal dorthin zurückzukehren.

Der Raum, den er ihr zugewiesen hatte, war der schäbigste, den sie je gesehen hatte. Aber sie war sich sicher, dass er nicht gewagt hätte, ihr die schlechteste Kammer des Hauses anzubieten. Nichts befand sich darin außer einem Bett und einem Stuhl. Wenigstens roch das Stroh der Matratze nicht verschimmelt, und auf dem Stuhl lag ein Kissen, das geschickte Hände vor vielen Jahren einmal mit roter und grüner Wolle bestickt hatten.

Schnell hatte Elja begriffen, wie sie dem Irrtum vorbeugen konnte, sie stehe den Männern in gleicher Weise zur Verfügung wie die übrigen Bewohnerinnen dieses Hauses. Sie musste nur schon auf dem Stuhl sitzen, wenn sie hereinkamen, und dort einfach sitzen bleiben. Im Gegensatz zu den anderen Frauen brauchte sie nicht im Schankraum zu warten. Zu ihr wurden die Männer geschickt. Meist von Senko Nennis selbst, mitunter auch von den Huren, die sie begleiteten.

Es störte Elja nicht, wenn sie sich entblößten. Jedenfalls nicht allzu sehr. Von klein auf hatte sie im Badehaus nackte Männer gesehen. Ihre Augen waren sowieso die meiste Zeit geschlossen. So musste sie nicht mit ansehen, wie die Frauen sich mühten, auf die eine oder andere Weise, den Besuch für die Freier vollkommen zu machen. Wenn sie die Männer mit ihrem Traum allein ließ und hierher zurückkehrte, blickte Elja stets in die gleiche Ecke und versuchte zu vergessen, wo sie war. Und wenn die Männer erwachten, hatten sie es eilig, sich wieder zu bedecken und zu gehen.

Kosaken benutzten eine derbe Sprache, zumal wenn die Nächte lang, die Tataren fern und der Wodka nahe waren. Elja hatte darum geglaubt, auf alles vorbereitet zu sein, was ihr hier begegnen konnte. Sie stellte rasch fest, dass sie sich geirrt hatte.

Der feiste, rotbackige Kerl, der seit einiger Zeit mit geschlossenen Augen auf dem Bett lag und von einer gelangweilten Blonden befriedigt wurde, wähnte sich in einer Grube unter der Straße. Zwischen den Bohlen hindurch spähte er unter die Röcke der Frauen und Mädchen. Ein blutjunges Ding war vorhin stehen geblieben, um einen Schwatz mit einer Freundin zu halten, die ihr einige Jahre – und ein paar

Härchen – vorausahatte. Natürlich trafen sie sich genau über dem Versteck des Schaubegierigen. Elja hatte einige Zeit gebraucht, um zu begreifen, dass der Mann nicht vorhatte, sich den Frauen zu zeigen oder gar zu nähern. Dies war alles, was er begehrte, und so zeitigten die Bemühungen der Hure bald den gewünschten Erfolg. Danach verabschiedete er sich so hastig wie alle Besucher Eljas.

Ihr blieben kaum ein paar Atemzüge allein, als schon der Nächste eintrat. Es war ein alter Mann von vielleicht sechzig Jahren mit dünnen weißen Haaren und einem langen Bart. Seine Wangen waren eingefallen, die Arme sehnig. Er erinnerte Elja an einen alten, knorrigen Baum. Von allen Männern, die an diesem Tag zu ihr gekommen waren, war er der Einzige, der ihr nicht auf der Stelle zuwider war. Vielleicht lag es an der schüchternen, beinahe linkischen Art, wie er seine Pelzmütze abnahm und knetete. Und auch der drallen Dunkelhaarigen, die ihn begleitete und die sich als Manka vorstellte, schien es so zu gehen. Sie nannte ihn liebevoll »Väterchen« und zupfte ihn am Bart. Er mochte ein Kosak sein, obwohl er weder die farbenfrohen Gewänder trug, die bei den meisten üblich waren, noch die düsteren Farben der Jarostnye. Vielleicht war er auch nur ein Fallensteller.

»Was möchtest du?«, fragte Elja freundlich.

»Herr Nennis hat mich geschickt. – Mir hätte es auch eine andere getan. Doch er meinte, Ihr könntet vielleicht nach meinem Geschmack sein. Obwohl – ich kann es nicht sagen, mit dem Kleid, das ihr tragt«, schloss er vorsichtig.

»So soll die Frau, die ihr sucht, anders beschaffen sein als die meisten?«

Es hätte der Frage nicht bedurft. Elja brauchte die Männer nur zu begleiten. Der Traum – sei dem Mann sein Wunsch bekannt oder hinter selbst auferlegten Verboten versteckt – zeigte sich von ganz allein.

»Ich – ich hab sie gern ein wenig haariger«, stotterte der Alte.

Elja musste sich zügeln, dass ihr nicht vor Verblüffung der Mund aufklappte oder sie gar zu kichern begann. Nun, sie hatte am heutigen Tag bereits Absonderlicheres zu hören bekommen. Obwohl die meisten Männer sich mit Einfachem zufriedengaben, wie einer Tatarin, die sie auf dem Sklavenmarkt erwarben, oder mit drei großbusigen Frauen, die um den Mann würfelten und sich stritten, wer ihn besitzen dürfe.

»Nun, viele wünschen das Gegenteil – warum nicht auch einmal so herum?«, meinte Elja freundlich.

Er nickte erleichtert.

Sie wies ihn an, sich hinzulegen, und überließ es der Hure, ihn zu entblößen und zu berühren.

Bald war der Alte eingeschlafen.

Es war eine einfache Hütte, kaum mehr als ein Unterstand, im Wald errichtet, um vor Regen und Kälte zu schützen. Doch im Inneren war das Seelenhaus so groß wie das eines jeden Menschen. Als Elja die erstbeste Tür öffnete, glaubte sie zunächst, sie habe sich zum ersten Mal getäuscht. Dahinter war es stockdunkel. Der Mann war an ihr vorbei bereits hineingeschlüpft. Sie konnte ihm nur folgen.

In der wachen Welt wäre ihr dies nicht möglich gewesen, denn der Raum um sie herum war so winzig, dass sie neben dem Mann keinen Platz gefunden hätte. Sie stieß an eiskalten Fels und sah unweit vor sich eine graue Öffnung, von kaum helleren Schneeflocken durchwirbelt. Tannenzweige und Moos polsterten diese Schlafstätte, doch ihr würziger Duft wurde von einem strengen Aroma überdeckt. Ein kehliges Schnarchen erfüllte die Höhle. Elja hielt den Atem an, wusste nicht, ob sie lachen oder sich fürchten sollte. Der Mann – nun nur noch halb so alt erscheinend – ließ sich auf alle viere nieder und kroch langsam vorwärts.

Elja konnte im Halbdunkel jetzt die Bärin ausmachen, die sich im Sommer an Wurzeln, Fischen und Beeren gemästet und nun das Gewicht zweier kräftiger Männer hatte. Sie sah keine Jungen. Wahrscheinlich war die Bärin noch schwanger. In der wachen Welt hätte der Mann sein Leben verwirkt. Zwar nahmen die Tiere ein halbes Jahr lang weder Nahrung zu sich, noch schieden sie aus, doch war die Winterruhe der Braunbären nicht sehr tief; sie hoben die Köpfe und änderten ihre Haltung. Mitunter, wenn auch selten, verließen sie sogar ihre Höhle.

Der Mann hatte sich der Bärin so weit genähert, dass er die Hand ausstrecken und sie berühren konnte. Elja musste sich zum Weiteratmen zwingen. Dies ist nur ein Traum. *Sie fühlte das Fell förmlich unter den eigenen Fingern, struppig, ein wenig speckig, mit Tannennadeln und kleinen Steinchen durchsetzt. Der Mann kroch immer näher an das schlafende Tier heran, wurde mutiger, streichelte den Pelz der Beine, kroch weiter hinauf, berührte sogar die Krallen. Schließlich saß er zwischen den Hinter- und Vorderbeinen, reckte sich, um die kleinen, flauschigen Ohren und die langen, zarten Kinnhaare zu liebkosen. Er fuhr zurück, als die Bärin unwillig brummte. Aber sie schlief weiter, ohne sich zu rühren. Noch näher rückte er an sie heran, streckte sich aus und schmiegte sich an ihren pelzigen Leib. Durch seine Ohren hörte Elja das langsame Schlagen des Herzens der Bärin und spürte deren Wärme, die selbst in der Winterruhe kaum gesunken war. Elja hätte nun gehen können. Doch das friedliche Bild beruhigte auch ihr Gemüt, und sie beschloss, es noch ein wenig mit ihrem Besucher zu genießen. Erst nach langer Zeit (wenn Elja auch wusste, wie sehr man sich im Traum täuschen konnte, was dessen Dauer anlangte), spürte sie, dass ein anderes Bedürfnis in ihm erwachte. Er kroch um die Bärin herum, legte sich hinter ihr nieder und umschlang sie erneut. Erst jetzt verließ ihn Elja, mit einem Lächeln auf den Lippen.*

Elja lächelte noch immer, als sie die Augen aufschlug, auch dann noch, als der Mann schließlich erwachte. Er erwiderte ihr Lächeln scheu, während die Hure ihn säuberte, richtete sich auf, ordnete seine Kleidung und setzte die Pelzmütze auf. Elja hatte erwartet, Manka werde ihn hinausbegleiten, wie die anderen Frauen es taten. Doch sie blieb zurück, nachdem sie den Alten wiederum »Väterchen« genannt und sich mit einem Kuss auf seine Wange verabschiedet hatte.

»Ich weiß nicht, wer Ihr seid«, meinte sie heiter, nachdem die Tür sich hinter dem Mann geschlossen hatte. »Ich wollte Euch nur sagen – wir alle sind Euch dankbar für das, was Ihr tut.«

»Tatsächlich?«, fragte Elja erstaunt. Ihr Herz schlug schneller, denn sie hatte sich erhofft, einmal mit einer der Frauen dieses Hauses allein zu sein.

»Ja, gewiss doch. Das Schlimmste ist nicht, die Kerle anfassen zu müssen oder sich zu ihnen zu legen. Nein, so widerwärtig das ist – man gewöhnt sich daran. Viel schlimmer ist, dass sie dich ansehen dabei. Und reden wollen sie immer. Als ob nicht einmal deine Gedanken dir gehören dürfen.«

Elja fragte sich, wer diese Frau war und welches Geschick sie hierhergeführt hatte. Sie schien kaum älter als Marusja zu sein.

»Aber wenn Ihr sie schlafen lasst – dann schauen sie einen nicht an«, fuhr Manka fort. Mit einem Grinsen fügte sie hinzu: »Und schneller geht es außerdem.«

Elja wusste nichts darauf zu erwidern. Manka wollte sich schon zum Gehen wenden, als Elja hastig sagte: »Bitte, bleib noch einen Augenblick. Ich will dich etwas fragen.«

»Ich muss aber gleich wieder zurück«, entgegnete Manka. »Herr Nennis weiß immer, wann die Männer gehen. Und er will nicht, dass wir danach noch obenbleiben. – Bei Euch ist das etwas anderes, Ihr müsst ja nicht hinunter.«

Elja zögerte, überlegte eilig, ob sie ihr Anliegen aufschieben sollte oder nicht. Wusste sie denn überhaupt, welche Fragen sie stellen wollte?

»Bitte!« Sie trat auf Manka zu, nahm ihre Hand und drückte sie zwischen ihren eigenen. »Ich suche jemanden, der mir etwas über das Verschwinden meines Gemahls sagen kann. Er war blond und schlank, ein Jarostny, mit Augen wie der Himmel vor einem Sommergewitter. Ich weiß nicht einmal, ob Senko Nennis etwas damit zu tun hat.«

Mankas Augen wurden schmal und hart. Sie entzog Elja ihre Hand.

»Ich danke allen Heiligen, dass ich nicht weiß, wovon Ihr redet. – Ich kenne Euch nicht und schulde Euch auch nichts. Aber ich kenne Senko. Gewiss würde ich nichts tun, was ihm missfällt. Lasst Euch von seinem hinfälligen Äußeren nicht täuschen. Er mag aussehen wie ein zahnloser Greis. Aber wie man Ungehorsam bestraft, weiß er genau.«

Blanke Angst stand ihr ins Gesicht geschrieben.

»Und wie belohnt er Gehorsam?«, fragte Elja scharf. »Sieh dich um. Kannst du je etwas Besseres erhoffen als dies?«

Sie fiel auf die Knie. »Mein Gemahl war der Ataman der Jarostnye. Du kennst sie gewiss.« Manka nickte, ohne den Blick von ihr zu wenden. »Die Jarostnye sind reich.« Manka nickte erneut. »Wenn du helfen kannst, den Mord an ihrem Ataman aufzuklären, werden sie dafür sorgen, dass du bald ein behagliches Leben führen kannst.«

»Aber ich weiß doch von nichts!«, rief die Hure enttäuscht aus.

Ein plötzlicher Schwindel erfasste Elja, dass sie sich am Bett festklammern musste. In diesem Moment gewannen die Zweifel, die sie geplagt hatten, seit sie zum ersten Mal vor diesem Haus stand, die Oberhand. Plötzlich kam ihr alles, was sie seit Rostislaws Geständnis getan hatte, nicht nur sinnlos, sondern regelrecht närrisch vor. Josts Aufenthalt mit Andrejs Tod in Zusammenhang zu bringen, war mehr als gewagt. Wahrscheinlich hatte der Arzt hier lediglich Substanzen für seine Heilmittel erworben. Was sie in dieses Haus gebracht hatte, war nichts als eine Vermutung. Sie hatte geglaubt, es schon einmal gesehen zu haben, ohne dass sie hätte sagen können, wie dies hätte möglich sein sollen. Andererseits –

war sie es Marusja nicht schuldig, auch der zartesten Ahnung nachzugehen?

Sie seufzte. »Vergiss, was ich sagte. – Doch wenn dieses Haus irgendein Geheimnis birgt, so würde ich es gern erfahren.«

Manka rührte sich nicht.

»Denk nach«, drängte Elja. »Nennis würde nie erfahren, wer es mir erzählte. – Doch ich würde es dir nicht vergessen.«

»Dann wird er uns alle bestrafen«, gab Manka düster zurück. Aber sie begann, nachdenklich an ihrer Unterlippe zu kauen.

»Das ist wie ein Spiel, nicht wahr?«, meinte sie nach einiger Zeit. »Ich habe schon immer gern gespielt, obwohl ich meist verliere. Aber ich kann es nicht bleiben lassen.«

Elja stand vorsichtig auf.

»Wie ich bereits gesagt habe – ich weiß von nichts«, meinte Manka zweifelnd. »Aber Agafja hat neulich behauptet, sie hat Senko aus einer Kammer im oberen Stock kommen sehen, die leer steht. Als er sie bemerkt hat, ist er ganz böse geworden und hat sie gefragt, ob sie den Abtritt reinigen möchte, wenn sie sonst nichts zu tun findet.«

»Und du meinst –«

»Gar nichts meine ich! Ihr wollt wissen, ob ich etwas weiß, und ich weiß nichts. – Ach, was stehe ich hier überhaupt und schwatze und handele mir Euretwegen noch Ärger ein!«

Erneut wandte sie sich zum Gehen.

»Nun denn, wenn du spielen willst – so mach deinen Einsatz«, rief Elja ihr nach, obwohl das Herz ihr bis zum Halse klopfte. »Wo ist diese Kammer?«

Sie war zu Senko Nennis gegangen, hatte ihm erklärt, die Arbeit habe sie erschöpft und sie müsse sich ein Stündlein hinlegen. Er solle derweil niemanden zu ihr schicken. Sie werde ihn wissen lassen, wenn sie bereit sei für den nächsten Träumer. Er hatte nur genickt, mit zusammengepressten Lippen.

Niemand begegnete ihr auf dem Weg nach oben. Als Elja die Tür fand, die Manka ihr gewiesen hatte, blieb sie zögernd stehen. Gewiss war sie auf besondere Weise verriegelt und nicht ohne weiteres zu öffnen. Plötzlich hörte sie Stimmen und Schritte auf der Außentreppe. Hastig blickte sie sich nach einem Schlupfwinkel um. In ihrer Not zog Elja an dem Riegel der Tür. Sie öffnete sich augenblicklich ohne das kleinste Geräusch.

24

Elja stand in einer winzigen, schäbigen Kammer mit einem kleinen Fenster. Das einzige Möbelstück neben dem roh gezimmerten Bett und einem wackligen, dreibeinigen Schemel war ein großer Schrank aus dunklem Holz, solide gebaut, doch ohne jeden Zierrat wie Schnitzereien oder Bemalungen. Für einen Augenblick erwog sie, ihn zu öffnen und sich darin zu verstecken, falls jemand den Raum betreten sollte. Sie malte sich aus, wie er sich mit einem grässlich quietschenden Laut öffnete, der im ganzen Haus zu hören sein würde, und ließ es bleiben. Stattdessen stellte sie sich hinter die Tür und lauschte mit angehaltenem Atem. Die Schritte näherten sich, wurden lauter – und entfernten sich wieder.

Elja ließ den angehaltenen Atem entweichen. Dann sah sie sich enttäuscht um. Hier sollte sich das Geheimnis dieses Hauses verbergen? Wieder überkam sie der Zweifel. Sie ging zum Bett, blickte darunter, hob das fleckige Leintuch an, durchwühlte mit vor Ekel zusammengebissenen Zähnen auch das alte Stroh. Nichts. Sie wandte sich dem Schrank zu. Vorsichtig zog sie die Tür auf.

Im Schrank saß zusammengekauert ein Mann. Er hatte die Arme um die Knie geschlungen, als wolle er sich so klein wie möglich machen. Hell schienen seine Haut und sein Haar, wo das Licht sie traf. Völlig nackt saß er auf beschmutzten Lumpen. Er sah nicht auf. Elja setzte sich auf den Boden, musste nun den Kopf heben, um sein gesenktes Gesicht zu betrachten. Ein struppiger blonder Bart verdeckte Mund und Kinn. Vorsichtig streckte Elja ihre Hand aus und berührte seine Wange, als er nicht reagierte, auch die andere. Sie drehte seinen Kopf sanft zu sich, um sich zu vergewissern. Riesige Pupillen bildeten die Mitte von Augen, die nicht sahen.

Seine Zunge wollte sich kaum noch bewegen lassen, lag wie festgewachsen in ihrer ausgedörrten Höhle. Die Sonne hatte seine Haut verbrannt. Er setzte einen Fuß vor den anderen, lief über staubige Straßen, tagein, tagaus, ohne je einem Menschen zu begegnen oder auch nur Häuser in der Ferne zu sehen. Er wusste, er durfte nicht trinken. Aber es war so schwer, es nicht zu tun. Und nie fand er einen Brunnen.

»Trink nicht!«, hatte sein Schwesterchen ihn gewarnt. Doch wen kümmerte es noch, was ihm geschah? Sein Schwesterchen war tot. Sie lag auf dem Grunde des Flusses, mit einem Stein um den Hals. Um ihre Füße schlang sich Gras, und gelber Sand lag auf ihrer Brust.

Wenn er eine Elster hätte, könnte er sie schicken, das Wasser des Lebens zu holen und das Wasser des Sprechens. Doch auch das würde sein Schwesterchen nicht retten. Vor langer Zeit schon hatte der Fluss sie mit sich genommen. Mit wem sonst hätte er sprechen sollen? Und so kniete er nieder. Er trank Wasser aus dem Abdruck eines Hufes, obwohl er wusste, er würde dann kein Mensch mehr sein, und dass man schon die Messer schärfte, ihn zu töten.

Elja sprach ihn leise mit seinem Namen an, nannte ihm den ihren, aber er blieb so ausdruckslos, als sei sie nicht da. Auch als sie ihn bei den Schultern nahm und zu schütteln begann, reagierte er nicht. Sofort kam Elja Jost in den Sinn. Sie war sich sicher, dass er Andrej in diesen Zustand versetzt hatte. Was hatte er ihm gegeben? War es Bilsenkraut? Fliegenpilz? Oder Steppenraute, vielleicht mit Wermut vermischt?

Sie würde sich jeder unbewaffneten Person erwehren können, die diesen Raum betrat. Sie wagte jedoch nicht, sich auszumalen, wie es ausginge, wenn sie versuchte, Andrej mit sich zu nehmen. Konnte er überhaupt laufen? Gewiss würde er nicht einmal begreifen, dass es wichtig war, ungesehen aus dem Haus zu gelangen. Was, wenn er auf der Treppe plötzlich zu schreien begänne? Zudem hatte sie keine Kleidung für ihn. Sollte sie ihn verlassen und später zurückkommen? Sie brachte es nicht über sich. Es war, als habe man seinen Geist von seinem Körper getrennt und halte den Körper hier, seinen Geist hingegen an einem anderen Ort gefangen.

Wie ein Träumer in der Welt des Schlafes, ging es ihr plötzlich durch den Kopf. Wenn dort, wo sein Geist sich befand, die Gesetze des Traumes galten, so wusste sie, wie sie ihn befreien konnte.

Elja rückte noch ein wenig näher an den Schrank heran, so dicht es eben ging. Sie ergriff Andrejs Hand, die kalt und schlaff war und ihr willenlos überlassen wurde. Dann schloss sie die Augen.

Dunkel umgab sie, schrumpfte, noch bevor es sie ängstigen konnte. Es ballte sich zu einem glänzenden Spiegel aus dunkelstem Braun, umgeben von einem Ring, der hell war und unbefiedert. Augen starrten, ohne zu blinzeln, zu beiden Seiten eines grimmig gebogenen Schnabels. Der Falke, Gestalt des Lichts, Vogel der Krieger.

Der Vogel wuchs, hörte nicht auf zu wachsen, war bald größer als sie und wuchs noch weiter, so hoch wie ein Haus. Er hatte nun die Flanken eines Auerochsen und Augen aus glänzendem Stein, mit Brauen aus schwarzem Zobel und einer Mähne aus Füchsen. Dann war es kein Tier mehr, sondern ein riesiges Schiff. Es führte eine ganze Flotte an.

Elja stand am Ufer eines großen Flusses. Sie wandte den Kopf und sah Andrej neben sich stehen, in der Kleidung der Jarostnye. Nichts von dem, was sie umgab, war wirklich. Lediglich ihr Geist weilte an diesem märchenhaften Ort. Ihr

Körper saß vor einem Schrank in einem heruntergekommenen Hurenhaus. Sie musste nur die Augen öffnen.

Drei Landungsbrücken wurden ausgeworfen, eine kupferne, eine silberne und eine goldene. Der Seefahrer, jung und schön, ging mit seiner Mutter an Land, und noch während Elja die kostbaren Geschenke bestaunte, die sein Gefolge trug, haderte sie zugleich mit sich, ob sie in dieser Welt bleiben oder gehen sollte. Die Augen zu öffnen bedeutete, Andrej zurückzulassen, mit anzusehen, wie er sich wieder verlor.

Nur einmal, sagte sie sich. Ich will nur sehen, ob ich es noch kann, dann komme ich zurück zu ihm.

Sie versuchte, die Augen zu öffnen. Es gelang ihr so wenig, als sei sie eine steinerne Statue. Mit aller Macht wünschte sie sich nun zurück, begriff zugleich, was Andrej hier hielt und dass sich der Tausch für ihn nicht lohnte. Wieder versuchte sie die Augen zu öffnen. Doch sie fand den Weg ins Wachen nicht, so wenig, wie mancher den Weg in den Schlaf nicht findet, wenn er sich nachts auf dem Lager wälzt und Vergessen ersehnt.

Lange trieb Elja gemeinsam mit Andrej auf den bald sonnenbeschienenen, bald nachtdunklen Wogen seiner Traumwelt. Schließlich gelang es ihr, aufzustehen und ihn mit sich zu ziehen. Ihr Herz hämmerte, als sie die Tür öffnete. Andrej ging voraus, zeigte ihr, auf welche Stelle der Stufen sie treten musste, um nicht gehört zu werden, als sie die Treppe hinabstiegen.

Am Fuß der Treppe wartete nicht die Straße, sondern der Flur des Erdgeschosses. Alle Türen waren offen, und durch die Fenster drang die Morgenröte herein. Elja erschrak, als sie Flüstern hörte und im ersten Gemach eine alte Frau sitzen sah, die betete. Doch die Alte blickte nicht auf. Noch mehr ängstigte sie das Getöse und Gerassel, das aus dem nächsten Raum drang. Vorsichtig spähte sie um die Ecke. Männer saßen dort, zählten Geld, das in glitzernden Haufen vor ihnen auf dem Tisch lag, und achteten nicht auf die beiden, die vorbeischlichen. Als Elja Lieder und Musik hörte, nicht von solch rauer Art, wie sie in einer Schenke üblich sind, ja nicht einmal, wie sie von den Skomorochen bei ihrer Hochzeit gespielt worden war, sondern so zart und fein, als seien die besten Musiker des Landes am Zarenhof zusammengekommen, füllten Tränen ihre Augen. Sie zog Andrej hinter sich her in das dritte Gemach. Drinnen saßen vornehm gekleidete Männer und Frauen, aßen Fleisch und Kuchen und tranken Wein.

Sie führte ihn in die Mitte, wo Sonne, Mond und Sterne unter der Decke hingen.

»Du willst nicht mit mir gehen«, sagte sie.

»Ich kann nicht«, antwortete er.

Angst packte Elja, so stark, dass sie hätte erwachen müssen. Doch noch immer stand sie im Palast von Solowej, der Sagengestalt.

»Ich auch nicht«, flüsterte sie.

Das Wissen um die andere Welt kam seltener und verlor sich schließlich ganz. Dies waren keine Träume, aber auch hier galt die Zeit nichts. Jeder Augenblick währte ewig und verschmolz unbemerkt mit dem nächsten.

Es war Rurik, der schließlich einbrach in das Märchenreich. Er und andere Jarostnye. Vielleicht hatte Senko Nennis ihn herbeigerufen, vielleicht war er Eljas Spuren gefolgt, vielleicht hatte der Zufall ihn in dieses Haus geführt. Es war gleichgültig.

Er zeigte sich unversöhnlich. Mit Olenas blutrotem Hemd in den Händen erzählte er, wie er sie mit seinem eigenen Säbel getötet hatte. Sie habe ihn verraten, und er habe den Verrat bestraft. Das stehe ihm zu, ihm, dem Ataman der Jarostnye. Er brachte Marusja mit sich, elend und gefesselt, wie sie es in Akulinas Haus gewesen war. Sie sei nicht seine Enkelin, sagte er, denn er habe weder Sohn noch Tochter. Sie sei das Kind von Eltern, die er in einem Hurenhaus gefunden habe, und so gehöre auch sie hierher.

Vor aller Augen ließ er sie von einem seiner Männer schänden. Andere hielten Elja fest und schlugen sie, als sie zu schreien begann.

Und so ging es weiter. Tagein, tagaus musste Elja mit ansehen, wie man ihrem Kind Gewalt antat, es quälte auf jede nur erdenkliche Art. Keiner der Männer scherte sich um ihr Schreien und Weinen. Erst als um ihres Aufbegehrens willen auch Marusja geschlagen wurde, verstummte sie. Man brachte ihr bei, sich im Schrank zu verstecken, wenn die Männer kamen. Jedes Husten, jede Bewegung, die den Schrank zum Ächzen brachte, führte zu weiteren Schlägen, die einmal sie trafen, einmal Marusja. Nachts war es ihnen erlaubt, beieinander zu sein, sich Trost zu geben, der verlogen wirkte und beinahe obszön, da es doch keinen Trost geben konnte.

Marusja sagte ihr, wann sie sich verstecken musste und wann sie endlich herauskommen durfte.

»Komm«, sagte sie. »Steh auf.«

Bei ihr war eine andere Frau. Es war der Geist einer Toten. Elja erkannte, dass sie ins Märchenreich zurückgekehrt war. Auch Andrej war wieder da, der gekommen und gegangen war, oder gebracht und fortgeschafft von Ruriks Männern. Sie konnte Marusja nicht helfen, hatte es immer wieder versucht und nichts geerntet als weitere Qualen für ihr Kind. So nahm sie wieder Andrejs Hand, schloss die Augen und ließ sich treiben, dorthin, wo Hexen und Helden warteten.

»Komm«, sagte Marusja nun drängend, zog sie, dass sie ihre Augen öffnen musste, »komm, wir müssen gehen!«

»Lass mich«, bat Elja und schloss erneut die Augen.

»Lass *mich*«, echote die Tote.

Ein brennender Schlag holte Elja zurück. Es war keiner von Akulinas Männern, der vor ihr stand, sondern die tote Olena. Sie trug nicht mehr die Tracht der Jarostnye, sondern die einer verarmten Städterin.

»Verdammt, Elja!«, zischte sie. »Versuch, wachzubleiben! – Hör mir zu!«

Elja riss die Augen auf.

»Ich habe Senko Nennis überwältigt. Aber ich weiß nicht, wann man ihn finden wird. – Verdammt!« Olena fluchte leise, als Eljas Augen wieder zufielen, und schüttelte sie. »Wir müssen hier raus! Wir sind in Gefahr! Hörst du? Marusja ist in Gefahr!«

»Was tust du hier?«, murmelte Elja. »Ich dachte –«

»Ich habe dir gesagt, ich gebe dir drei Tage, dann komme ich. Weißt du das nicht mehr?«

»Aber ich muss … Andrej …«

»Verdammt – wir haben nicht einmal etwas zum Anziehen für ihn«, stöhnte Olena.

Einen klaren Gedanken zu fassen war für Elja, als versuche sie ein Boot am Ufer zu vertäuen. Immer wieder drohte es von der Strömung weggerissen zu werden. Mit Mühe gelang es ihr, sich festzuhalten und es schließlich zu sichern.

»Marusja –«, hörte sie Olena sagen. »Ich muss noch einmal zu Nennis zurück. Willst du hierbleiben oder mit mir kommen?«

»Ich bleibe hier«, entgegnete Marusja. Sie sank auf dem Boden neben Elja nieder. Die begann zu begreifen, zumindest, was im Augenblick geschah, nicht jedoch, was Vergangenheit und was Trugbild gewesen war.

»Ist das –?«, fragte Marusja nach einiger Zeit scheu. Elja konnte nur nicken.

Olena kam zurück, mit Kleidung, Stiefeln, einem Mantel – und einem Krug Wein. Sie nahm das saubere Hemd, das sie mitgebracht hatte, und benetzte es mit dem Wein, rieb damit Andrej über Gesicht und Schultern. Noch immer regte er sich nicht. Aber als sie den Krug an seine Lippen führte, schluckte er gehorsam.

»So, ich ziehe ihn hoch – du kleidest ihn an«, ordnete Olena an. »Danach kümmere ich mich um deine Mutter.«

»*Ich* kleide ihn an«, sagte Elja. Sie erhob sich schwankend und knickte um. Ihre Beine waren eingeschlafen.

»Gut.« Olena nickte grimmig. »Ich sehe, wir haben eine Sorge weniger.«

Ihre Erleichterung erwies sich als voreilig. Als sie versuchte, Andrej hochzuziehen, begann er zu wimmern. Sofort ließ sie ihn los.

»Verdammt, so geht es nicht. So bekommen wir ihn nicht aus dem Haus.« Sie kniete sich zu ihm und nahm seine Hand. »Andrej – ich bin es, Olena. Erkennst du mich nicht?«

Sie nahm sein Gesicht in beide Hände. Sein Blick zeigte, dass er sie nicht sah. Sie sprang auf. »Verdammt, wir müssen weg – aber wir können es nicht wagen. So verraten wir uns.«

Marusja begann zu schluchzen. Sie setzte sich neben den Schrank und sah Andrej verzweifelt an.

»Ich bitte dich – komm doch mit!«, flehte sie.

Langsam wandte Andrej den Kopf, als versuche er einem Geräusch zu folgen, das aus weiter Ferne kam.

»Marusja«, flüsterte er.

Danach war es ganz einfach. Andrej schien weder Elja noch Olena wahrzunehmen. Doch er tat alles, was Marusja ihn hieß. Er war zu schwach, um allein stehen oder gehen zu können, ließ sich aber widerstandslos anziehen. Olena und Marusja stützten ihn. Mitunter drehte Olena sich um, ob Elja ihnen auch folgte. Ohne jemandem zu begegnen, schafften sie es zur Treppe. Sie waren auf halber Höhe, als Olena zu Eljas Entsetzen plötzlich laut zu schimpfen begann.

»Du versoffenes Schwein!«, keifte sie. »Dass du dich nicht schämst! Ein schönes Beispiel gibt du ab für dein armes Töchterlein!«

Elja konnte bereits Menschen auf der Straße sehen, die stehen blieben und lachten. Und dann war es geschafft. Olena war mit einer Mietkutsche gekommen. Sie sagte, sie habe ihre Pferde in dieser Gegend nicht allein lassen wollen.

»Los, mach schon, steig ein«, drängte sie Elja. Die schüttelte den Kopf. »Dann halt Marusja – ja, vielleicht ist das besser. Dir wird er folgen. Ja, so, nimm seine Hände, ich stütze ihn. – So, und jetzt du, Elja, mach schon.«

Elja schüttelte erneut den Kopf.

Olenas Augen wurden groß vor Anspannung. »Was soll das? Los, komm schon! Steig ein!«

»Ich kann nicht«, sagte Elja. »Ich habe noch etwas vergessen.«

»Nein, du hast nichts vergessen! Allmächtiger, muss ich dir erst eins über den Schädel geben, damit du zur Vernunft kommst? Ich tue es! Du weißt das! Also komm jetzt!«

Sie nahm Elja am Arm und zerrte sie zur Kutsche.

Elja legte ihre Hand auf die Olenas, die ihren Oberarm so schmerzhaft fest umklammert hielt. »Olena – ich bin wieder ganz bei Sinnen. Ich bitte dich – lass mich noch einmal hineingehen. Ich habe noch etwas zu erledigen.«

Olena ließ ihren Arm los, griff sich mit beiden Händen ins Haar und zog daran. Sie schloss kurz die Augen. »Wann bist du je bei Sinnen gewesen, Elja Rurikowna Lankowa? Was zum Teufel willst du noch?«

Auch als Elja es ihr erklärte, schwand der Zweifel nicht aus Olenas Miene. Sie schüttelte resigniert den Kopf, rief in die Kutsche hinein: »Wir sind gleich wieder zurück!«, und warf den Schlag hinter sich zu.

Senko Nennis trug nichts auf dem Leib als ein Leinenhemd. Als er die beiden Frauen hereinkommen sah, begann er, sich in den Stricken zu winden, mit denen er an den Sessel gebunden war, und warf den Kopf hin und her, um sich von dem Knebel zu befreien, der in seinem Mund steckte.

»Du musst ihn nicht fragen, wer Andrej das angetan hat«, sagte Olena. »Das habe ich bereits getan. Rurik war es, wer sonst. Jost und ein paar andere Männer haben ihn hierhergebracht. Rurik hat verfügt, dass Andrej für den Rest seines

Lebens hier eingesperrt bleiben soll. Er wird diesem Kerl genug dafür gezahlt haben. Und Jost hat ihm die Drogen gegeben, die Andrej in diesen Zustand versetzten. – Ich würde diesen Hund hier –«, sie versetzte Senko Nennis einen kräftigen Tritt gegen das Schienbein, »gern fragen, was er mit Andrejs Kleidung getan hat. Immerhin war es eine Jarostnytracht.«

»Das ist nun in der Tat überflüssig«, meinte Elja. »Nicht hingegen das, was ich jetzt tun werde.«

Olena zuckte mit den Achseln, als sei sie nicht recht davon überzeugt.

Elja brauchte nur einen Moment, dann schlossen sich die aufgerissenen Augen Senko Nennis'.

Schon stand sie vor demselben protzigen Haus, das sie bereits von ihrer ersten Begegnung kannte. Sie nannte seinen Namen, und die Tür öffnete sich. Elja rannte durch verwinkelte Flure, dorthin, wo ein einzelnes Haar die schwere Bohlentür geschlossen hielt. Sie zog es heraus, und sofort sprang die Tür auf.

Elja hätte den Traum jetzt verlassen können. Doch sie redete sich ein, sie wolle sichergehen. Sie trat beiseite, als seine Erinnerungen begannen, den Kerker zu verlassen. Alles, was Senko Nennis je in seinem Leben versucht hatte zu vergessen, ergoss sich in diesem Augenblick über die Flure und Kammern. Nie wieder würde er im Schlaf Frieden finden.

Elja stand noch immer da, sah Greifbares und Unverstehbares an sich vorüberziehen. Worauf sie gewartet hatte, verstand sie erst, als sie das Mädchen sah. Beinahe hätte sie es übersehen im Strom der Frauen, Mädchen und Jungen, die an ihr vorüberzogen. Durch sein helles Haar fiel es auf. Es war höchstens zehn Jahre alt.

»Marusja!«, rief Elja, und das Mädchen wandte suchend den Kopf zu ihr. Sie sah beinahe genauso aus wie Eljas Tochter in diesem Alter. Erst als Elja sich den Weg zu ihr bahnte und vor ihr niederkniete, sah sie den Jungen, der sich an die Hand des

Mädchens klammerte. Große blaue Augen beherrschten sein schreckensstarres Gesicht. Er konnte nicht älter als drei Jahre sein. In diesem Augenblick begriff Elja die Wahrheit, wusste, wessen Namen sie in der Johannisnacht in Andrejs Träumen gefunden und ihrer Tochter gegeben hatte. Sie hätte ihn gern in die Arme geschlossen, mit sich genommen und ihm allen Trost gegeben. Aber sein Blick ging ebenso an ihr vorbei wie der des wirklichen Andrej. Er ist nichts als eine Erinnerung in Senko Nennis' Geist, *musste sie sich sagen.* Draußen wartet der Andrej, der deiner bedarf.

Als sie das Seelenhaus verließ, ließ sie die Tür sperrangelweit offen. Schon begannen die vergessenen Erinnerungen herauszuströmen, alles, was Senko Nennis je verbrochen hatte, aber auch jeder Augenblick der Ohnmacht oder der Beschämung. Nicht nur im Schlaf würden sie ihn künftig heimsuchen, sondern in jedem wachen Augenblick.

Elja war kaum zurückgekehrt, als auch Senko Nennis schon die Augen aufschlug. Noch konnte er nicht ahnen, was sie über ihn verhängt hatte.

Mit tiefer Befriedigung sah sie ihn an. Dann wandte sie sich an Olena. »So, jetzt bin ich bereit zu gehen.«

Meist lag er beinahe bewegungslos an ihrer Seite. Seine Augen waren fast immer geschlossen. Häufig wusste sie nicht, ob er schlief oder wachte. Mitunter flüsterte er »Marusja«, manchmal halb im Schlaf, manchmal auch, wenn er erwachte und sie ansah. Sie wusste, dass er nicht seine Tochter meinte.

Olena und Marusja teilten nun die Kammer, in der die Frauen gemeinsam geschlafen hatten, Elja und Andrej eine andere.

Sie führte ihn zum Abtritt und blieb in seiner Nähe, sprach beruhigend zu ihm.

Sie wusch ihn täglich, denn sie wusste, wie sehr er auf seine Reinlichkeit bedacht war. Ins Badehaus ging sie nicht mit ihm. Sie wollte ihn schützen, ihn nicht den neugierigen Blicken Fremder aussetzen. So ließ sie warmes Wasser in einer großen Schüssel kommen. Es gefiel ihr, das Tuch hineinzutauchen und ihn sanft abzureiben, als sei er gerade erst geboren worden. Und vielleicht war er das auch. Sie wusch sein Haar und spülte den Schmutz von seiner Haut wie einst das Tatarenblut. Mit jeder Berührung entdeckte sie ihn, machte sich seinen Körper wieder vertraut.

Sein Gesicht erschien ihr erstaunlich unverändert, bis auf die feinen Fältchen um die Augen. Und obwohl er schon das vierzigste Lebensjahr überschritten hatte, ließen sie ihn nicht alt, nur gereift erscheinen. Seinen Bart schor sie nicht. Sie wollte ihn nicht erschrecken, indem sie mit einem Messer in der Hand zu ihm trat. Zudem ließ der Bart ihn fremd erscheinen, er war wie eine Maske, hinter der er sich zu seinem Schutz verbergen konnte.

Er war erschreckend mager. Doch er aß und trank, nahm beinahe gierig Stücke von Fleisch und Brot aus ihrer Hand. Er sprach nicht, nannte nur den Namen seiner Schwester, immer wieder, wie ein Gebet. Oft fragte sie sich, ob sein Geist je wieder von dem Ort zurückkehren werde, an den Rurik ihn geschickt hatte.

Sobald sie sicher war, dass das Gift seinen Körper verlassen hatte, folgte sie ihm in seine Träume. Dies war der Ort, an dem sie ihn finden konnte. Sie gab ihm heilende Träume.

Auch sich selbst musste sie reinigen von dem, was sie gesehen und getan hatte, als sie in Senko Nennis' Träume und die der anderen Männer gegangen war. Auch ihr Seelenhaus hatte gelitten. Jedoch waren hier nur einige Ausbesserungen erforderlich, wie eine Verstärkung der äußeren Mauern, die beschädigt waren. Sie ging durch alle Räume ihres Hauses auf der Suche nach Folgen des Angriffs, der es heimgesucht hatte. Mitunter fand sie Männer aus Senko Nennis' Hurenhaus in einem der Winkel, einmal sogar einen von ihnen in ihrem Schlafgemach, wo er nackt auf dem Bett lag und ihr sein Geschlecht auffordernd entgegenreckte. Elja befahl große, furchterregende Jarostnye herbei und hieß sie, die Männer in einen Kerker am fernsten Ende der Welt zu werfen.

Die Verwüstungen in Andrejs Seelenhaus waren ungleich größer. In den ersten Nächten gab es nichts als Trümmer, und sie mussten sich gegenseitig stützen, um nicht darüber zu stolpern. Elja ahnte, dass noch Feinde lauerten hinter zerfallenen Mauern. Sie rief eine Traum-Olena und andere Jarostnye, um sie zu vertreiben. Danach half sie ihm, auf den Grundmauern des alten ein neues Haus zu errichten, das beinahe einer Festung glich.

Das erste Wort, das zeigte, dass er sich mühte, in diese Welt zurückzukehren, lautete »Nazar«. Er sah Elja an. Sie war sich nicht sicher, ob sie ihn richtig verstanden hatte.

»Was hast du gesagt, Andrej?«

»Nazar …«

Ihre Augen wurden feucht. Sie verstand die Frage. *Warum bist du hier, bei mir? Warum nicht bei ihm?* Nie hatte er auch nur geahnt, wessen sie ihn beschuldigt hatte und wie viel Hass in ihr gewesen war, all die Jahre.

»Nazar ist tot«, sagte sie und strich ihm übers Haar. »Rostislaw hat ihn getötet.«

Er schloss die Augen wieder. Sie glaubte, er sei wieder zurückgekehrt in das Reich der Paläste und Märchengärten, doch nach längerer Zeit fragte er: »Wann?«

Sie konnte ihn nicht belügen. »Kurze Zeit nachdem ich nach Chulyschi zurückgekehrt war.«

Er sagte nichts mehr. Als sie sich später neben ihn legte, nannte er sie wieder Marusja.

Am nächsten Tag sprach er wieder Nazars Namen aus. »Rostislaw?«, fügte er hinzu, mit einer Stimme, die stets rau geklungen hatte, nun jedoch schartig war wie eine Klinge, die lange nicht gepflegt worden war.

»Wirf dir nicht vor, ihn zu ihm geführt zu haben.« Wieder berührte und streichelte sie ihn. »Rostislaw allein ist verantwortlich für diesen Mord.« *Und Rurik,* dachte sie. »Er hat ihn bereits gesühnt. Dawid hat ihn getötet.«

Andrej versank wieder in Schweigen.

25

Langsam, unendlich langsam fand er zurück. Für immer längere Zeit war er wach. Er begann zu fragen, wie Elja ihn gefunden habe, wie viel Zeit vergangen und was seit Ruriks Verrat geschehen sei.

Jeden Tag kam Marusja, um bei ihrem Vater zu sitzen. So hatte sie es von Anfang an gehalten, auch zu einer Zeit, als noch ungewiss war, ob er je zu ihnen zurückkehren würde. Als sein Zustand sich besserte, ließ Elja Vater und Tochter öfter allein.

Einmal, als sie Olena in ihrer Kammer aufsuchte, sagte sie: »Ich wünschte, du hättest Marusja hiergelassen, als du in Senko Nennis' Haus kamst.«

»Nun, ich musste sie doch mitbringen«, erwiderte Olena. »Wie sonst hätte ich zu dem Alten gelangen sollen?«

»Was meinst du damit?«

»Nun, ich sagte, sie sei meine Tochter und ich wolle sie verkaufen. – Mach deinen Mund zu! Es mag sein, dass Marusja dazu bestimmt ist, ein friedlicheres Leben zu führen als unsereiner. Aber sie dürstet nach Abenteuern! Wenn du hinschauen würdest, könntest du es sehen. – Außerdem habe ich dem Kerl die Klinge an den Hals gehalten, als er sagte, sie solle sich ausziehen.«

»Marusja sollte ihrem Vater Achtung und Respekt entgegenbringen. Wie kann sie das, nachdem sie ihn in diesem Zustand gesehen hat?«

»So überlege doch!«, rief Olena heftig aus. »Gerade sie wird es darum nie an Achtung ihm gegenüber mangeln lassen! Als sie Waska, Dawid und den anderen zum ersten Mal begegnete, lag sie halbnackt über einen Tisch gebunden! Ich habe ihr erklärt, dass sie sich nicht schämen muss. Dass es Akulina und ihre Männer waren, die sich entehrt haben an diesem Tag, nicht sie. Und ich habe ihr gesagt, wer Andrej das angetan hat, und auch warum. – Für sie ist ihr Vater ein Held.«

Elja nickte nachdenklich.

»Ich begreife bloß nicht, warum Rurik ihn nicht getötet hat«, fuhr Olena fort. »Warum ihn hier einsperren?«

Bisher hatte Elja verschwiegen, was Andrej mit Senko Nennis' Haus verband. Auch Marusja wusste nichts davon. Nun, zum ersten Mal, erzählte sie es.

»Ja, das sieht deinem Vater gleich«, meinte Olena grimmig. »Er kann der freundlichste Mann sein, so lange du seinen Willen tust. Doch wehe dem, der es wagt, sich ihm zu widersetzen. Er hat nicht davor zurückgeschreckt, Nazar töten zu lassen, obwohl er wissen musste, was er dir damit antut. Und Andrej …« Sie verstummte.

Dann wagte Elja die Frage zu stellen, die sie seit Tagen in ihrem Geist bewegt und immer wieder verändert hatte, in der Hoffnung, Olenas Missfallen zu vermeiden. Sie sprach sie nun aus, obwohl sie ahnte, was sie damit auslösen würde.

»Gibt es – gibt es eine Frau, die auf Andrej wartet? – Damit sie verständigt werden kann, meine ich«, fügte sie hastig hinzu.

Olena schwieg lange. »Ich habe Dawid Nachricht geschickt«, sagte sie schließlich. »Sonst niemandem. Wir können nicht wagen, dass eine Revolte unter den Jarostnye entsteht, so kurz vor dem Kriegszug.«

Dann polterte sie los, genauso wie Elja es befürchtet hatte.

»Natürlich hat er keine Frau!«, schrie sie. Elja sah sie erschrocken an, fest davon überzeugt, Olenas Worte müssten bis in Andrejs Kammer dringen. »Er hat euren Bund ernst genommen! Wie hätte er eine andere ehelichen können, da er doch mit dir verheiratet war!«

Elja wartete ab, bis der Sturm sich gelegt hatte. »Auch keine Geliebte?«, fragte sie vorsichtig.

»Seit wann schert dich das?«, schnaubte Olena. Dann endlich schien sie sich zu fassen. »Nun, zumindest zu Johanni war er recht beliebt bei den Weibern.«

Sie sah Elja herausfordernd an.

In diesem Augenblick beschloss Elja, Olena niemals zu fragen, ob sie je die Gelegenheit genutzt hatte, diese Nacht in Andrejs Armen zu verbringen.

Nein, dies zu wissen stand ihr nicht zu. Nicht mehr.

Andrejs Augen waren geschlossen. Aber als sie das Licht löschte und sich zu ihm legte, verriet sein Atem, dass er noch nicht schlief.

»Warum – Marusja?«, fragte er.

Seine Frage offenbarte, dass er begriff, wer heute an seinem Bett gesessen hatte. Sie rückte ein wenig ab von ihm. Nun, da sein Geist meist wieder in dieser Welt weilte, überkam sie eine Scheu, ihn zu berühren.

»Es gibt etwas, das du nicht weißt über mich«, begann sie vorsichtig. Dann erzählte sie ihm von ihrer Gabe. »Am Morgen nach der Johannisnacht –«, sie stockte und merkte, dass auch er den Atem anhielt, »erwachte ich mit dem Bild eines Hauses und einem Namen. Ohne dass ich es wollte, muss wohl etwas aus deinen Träumen in meine geflossen sein. Es war Senko Nennis' Haus. Als wir hierherkamen, erkannte ich es, als ich davorstand – ohne zu wissen, was das bedeutet. Und als ich dich dann fand, glaubte ich, du seiest wie in einem Traum und ich könnte zu dir gelangen. Aber es war kein Traum, es waren wirre, vergiftete Gedanken. Und so blieb auch ich dort verloren. – Marusja verfügt ebenso über die Fähigkeit, in Träume zu gehen. Ihr gelang es, mich zurückzuholen.«

»Ihr Name – in der Johannisnacht«, flüsterte er.

»Ja«, sagte Elja und verschwieg den Rest.

Der Name, der damals nach dem Erwachen in ihrem Geist geklungen hatte, verband sich für sie mit dieser Nacht. Sosehr sie sich bemüht hatte, gelang es ihr nicht, einen anderen für ihre Tochter zu finden. Es war, als habe Marusja ihn bereits mit auf die Welt gebracht. Und als Elja zum ersten Mal in die blauen Augen ihrer Tochter sah, schien es recht, ihn ihr zu lassen. Schließlich hatte sie sich gesagt, es müsse wohl einst einen Teil Andrejs gegeben haben, der trotz allem wahrhaftig war, denn das Gefühl, das den Namen begleitete, war rein und tief gewesen.

Nun, zum ersten Mal, erlaubte sie es sich, darüber nachzudenken, was in der Johannisnacht geschehen war. Wie konnte es sein, dass sie damals, ohne es zu wollen, Andrejs Traum geteilt hatte? Eudoxia hatte einst gesagt, in ihrer Familie seien die Träume der Mütter verbunden mit denen ihrer ungeborenen Töchter. War Marusja tatsächlich damals gezeugt worden, und hatte ihr dies den Zugang zu Andrejs Träumen ermöglicht? Oder hatte diese Nacht sie so nah zusammengebracht, dass sie eins geworden waren?

Elja konnte sich nun auch eingestehen, dass dieser Augenblick der innigsten Verbundenheit, die bis in den Schlaf reichte, der Grund war, dass sie ihre Gabe hatte ruhen lassen, ja verweigert hatte, sie ihrer Tochter zu übergeben. Nur ihre eigenen Träume ertrug sie, weil sie es musste, und die von Kindern. In andere Träume zu gehen hatte sie lange nicht gewagt. Sie hatte sich selbst einzureden vermocht, es handele sich um wenig mehr als eine unnütze Spielerei, so wie Olena dies einst sah. In Wahrheit hatte sie wohl die Erinnerung meiden wollen an den Moment, in dem sie dem Mann so nahe gewesen war, den sie glaubte, nur noch hassen zu dürfen.

Lange lagen sie nebeneinander und lauschten auf den Atem des anderen, bis Elja sich schließlich auf die Seite drehte und tat, als ob sie schliefe, bis sie tatsächlich in den Schlaf glitt.

Ende März reiste Olena nach Siljongorod ab.

»Vielleicht finde ich unterwegs einen, mit dem ich eine Prügelei anfangen kann«, hatte sie zum Abschied gemeint. »Wenn ich ein blaues Auge habe, kann ich erzählen, der andere hat mich geschlagen, und ich kehre darum zu Kyrill zurück.«

Elja teilte wieder mit Marusja die Kammer. Sie redete sich ein, es geschehe, damit ihre Tochter sich nicht allein fühlen solle.

Schon bald darauf war Olena wieder zurück.

An diesem Tag war Elja auf den Markt gegangen und hatte Marusja und Andrej allein gelassen. Seit einiger Zeit war Andrej unruhig und begehrte, nun endlich seine Kammer verlassen zu dürfen. Elja versuchte, ihm dies mit allen Mitteln auszureden. Der Feldzug gegen Asow stand unmittelbar bevor. In Manastirskoi Jar, wie überall in den Städtchen am unteren Don, versammelten sich die Kosaken. In den letzten Tagen hatte Elja bereits einige Jarostnye gesehen und musste mitunter in einer Nebengasse verschwinden, um nicht von ihnen bemerkt zu werden.

Als sie aus der Gaststube hinaufstieg, um Andrej sein Mittagsmahl zu bringen, drangen Stimmen aus seiner Kammer. Als sie die Tür öffnete, sprang Olena auf, lief auf sie zu, umarmte und küsste sie, und hinter ihr erhob sich Kyrill.

»Wir bleiben bei euch!«, verkündete Olena. »Habt ihr es schon gehört? Alle Atamane, Hetmane, Esaule und Rittmeister kommen hierher, um den Feldzug vorzubereiten!«

Sofort krampfte sich Eljas Magen zusammen. »Wird es nicht auffallen, dass ihr euch von den anderen entfernt habt?«, fragte sie.

»Gewiss nicht.« Olena lachte. »Wir haben uns doch wieder versöhnt, mein armer, verlassener Mann und ich. Nun brauchen wir ein wenig Zeit, um das zu feiern.«

Offenbar hatte Elja Olenas und Kyrills Bericht gerade unterbrochen. Andrej stellte die Schüssel mit dem Eintopf beiseite und wandte sich den Jarostnye zu. Das tat auch Marusja, mit leuchtenden Augen.

»Es wird also tatsächlich gegen Asow gehen«, stellte Andrej fest. Seine Stimme klang kräftig. Ein Fremder, der in diesem Augenblick den Raum betreten hätte, wäre nicht auf die Idee gekommen, einen Genesenden vor sich zu haben. Elja konnte sich dennoch nicht darüber freuen. Ihr wurde zunehmend beklommener zumute.

»Es ist die beste Gelegenheit!«, erklärte Kyrill eifrig. »Die Osmanen sind in den Krieg mit Persien verwickelt, und die Krimtataren kämpfen gegen Moldawien. Sie haben auch die Nogaier gezwungen, mit ihnen zu ziehen, so dass diese Flanke nun offenliegt. Die Saporoger sind aus der Ukraine zurück. Alle Kosaken werden teilnehmen am Kriegszug! Wer nicht mit uns kommt, soll für vogelfrei erklärt werden. Und wer sich uns nicht noch alles anschließen will! Kaufleute, Schiffer, Bauern und Tagelöhner. Und Schützen, die hierhergekommen waren, um die neuen Gorodki mit Gewehren und Kanonen zu versorgen. Und denke dir – der Zar hat uns tatsächlich seine Unterstützung versprochen.«

»Worin besteht sie?«, fragte Andrej.

»Er hat uns anderthalb Tonnen Schwefel versprochen, Getreide, Tuch und Geld. Und Waffen«, berichtete Kyrill.

»Dann werden wir keinen besseren Zeitpunkt finden«, entgegnete Andrej.

Dann werden wir keinen besseren Zeitpunkt finden. Elja war es, als habe sie Andrej in diesem Augenblick an die Jarostnye verloren.

Seit seiner Rettung war diese Kammer ein Sanktuarium gewesen, ein beinahe zeitloser Ort des Friedens. So sehr sie sich gefreut hatte, ihn gesunden zu sehen, so sehr hatte sie den Tag gefürchtet, an dem das Leben sie beide zurückfordern würde. Es konnte nicht sein, dass es schon soweit sein sollte. Sie war sich sicher, Andrej sei der Rückkehr in die Welt noch nicht gewachsen.

»Es mag sein, dass die Jarostnye keinen besseren finden«, wandte sie energisch ein. »Doch für dich gilt das nicht. Du bedarfst noch der Ruhe, musst zu Kräften gelangen. Von *einem* Mann hängt es nicht ab, ob der Feldzug gelingt.«

Niemand antwortete ihr. Marusja schien verwirrt, und bei den anderen spürte Elja Widerstand.

»Nun, noch ist es nicht so weit«, meinte Kyrill.

Elja hatte das unangenehme Gefühl, sie solle beschwichtigt werden.

»Sieh, was ich uns mitgebracht habe!« Strahlend stellte Elja eine bunt bemalte hölzerne Schale auf das Bett. Dann holte sie mit geheimnisvollem Lächeln drei Früchte hervor und legte sie hinein. »Und hier – ich habe wahrhaftig noch Äpfel gefunden!«

Seit Wochen schon brachte sie allerlei Zierrat mit, wenn sie vom Markt kam. Gläser, Kissen, sogar ein kleiner Teppich zeugten von ihren Versuchen, das enge, düstere Gemach behaglicher zu gestalten. Andrej empfand die Kammer dennoch mehr und mehr als Kerker. Sein Wunsch auszubrechen, wurde fast unerträglich drängend. Bei Tage, wenn die dunklen Wände ihn zu erdrücken schienen, und in der Nacht, wenn er daran dachte, wie Elja neben ihm gelegen hatte, vor kurzem noch, warm und weich, und doch unerreichbar.

Einst war sie gegangen, weil sie erkannt hatte, wie schwach er war, und weil sie ihn dafür verachtete. Sie war nur zurückgekommen, weil Olena sie gerufen hatte. Nicht einmal, dass er Vater war, hatte sie ihn wissen lassen. Wie musste ihr zumute sein, ihn noch verachtenswerter vorgefunden zu haben, schmutzig und elend? Sie ertrug es wohl nur, weil sie die den Frauen eigene Fähigkeit hatte, das Kind in jedem zu sehen, der hilflos war.

Wenn sie nicht bei ihm war, schickte sie Marusja. Noch

immer gab es Momente, in denen er sie staunend betrachtete und sich verwundert sagte: *Das ist mein Kind!* Die Ähnlichkeit mit seiner Schwester war groß. Doch nun, mit wachen Sinnen, konnte Andrej sehen, was von Elja in ihr war, gewisse Gesten, wie sie die Hände umeinanderschlang, aber auch die weichen, geschwungenen Lippen.

Mitunter erschien es Andrej jedoch so, als sei Elja seine Kerkermeisterin, die gelegentlich einen Gehilfen entsandte, den Gefangenen zu bewachen. Dabei versuchte er gar nicht zu entfliehen, hatte bislang nicht einmal das Haus verlassen. Elja hatte ihn errettet. Wie konnte er ihr dies schlecht vergelten, indem er ihren Wunsch missachtete? So lief er die zwei, drei Schritte auf und ab, die ihm blieben, beschämt, dass diese geringe Anstrengung ihn bereits ins Schwitzen brachte und sein Herz rasen ließ.

Rurik hatte versucht, ihn zu brechen. Heute war der Tag, an dem sich erweisen würde, ob es ihm gelungen war.

Elja war in der Stadt gewesen. Sie musste wissen, was heute geschah. Aber sie sagte kein Wort. Olena und Kyrill waren bereits gegangen, ohne zu fragen, ob er sie begleiten werde. In dieser Sache hatten sie sich wohl weder auf seine noch auf Eljas Seite stellen wollen.

Elja stand am Fenster, erzählte, was sie auf dem Markt gesehen hatte. Sie redete ohne Unterlass, um das Klappern der Hufe auf den Straßen auszuschließen und das Stimmengewirr derer, die unten in hellen Scharen vorbeiliefen.

»Wo war der Markt?«, fragte Andrej. Elja sah ihn erschrocken an. »Er konnte gewiss nicht auf dem großen Platz stattfinden. Dort versammeln sich doch heute die Kosaken.«

In diesem Augenblick öffnete sich die Tür. Marusja schien zu spüren, dass ihre Eltern uneins waren. Sie blieb unschlüssig stehen.

»Nein, komm nur herein, mein Mädchen«, rief Andrej. »Du sollst wissen, was heute in Manastirskoi Jar geschieht.«

Er ertrug es kaum, die Angst in Eljas Augen zu sehen. Am

liebsten hätte er ihr das versprochen, was sie hören wollte. Aber er wusste, dass er es nicht konnte.

Stattdessen räusperte er sich und sagte: »Elja, ich werde gehen.«

»Nein, das wirst du nicht tun!« Sie stürzte auf ihn zu und umklammerte ihn.

Er gönnte es sich, für einen Augenblick seine Wange an ihr Haar zu legen und ihren Duft zu atmen. Dann schob er sie von sich.

»Ich muss es tun. Das weißt du.«

»Aber – warum? Du hast kaum die Kraft aufzustehen! Du willst dich ihm doch nicht entgegenstellen!«

»So hältst du mich also tatsächlich für einen Schwächling?«, fragte er bitter. »Ich weiß, dass ich ihm nicht gewachsen bin. Nein, ich will nur mit eigenen Augen sehen, was geschieht.«

»Aber was ist, wenn man dich erkennt?« Sie schien zu begreifen, dass sie ihn nicht würde umstimmen können, denn sie fügte hinzu: »Ich werde mit dir kommen!«

»Selbst wenn man mich nicht erkennt – dich erkennt man gewiss! – Nein, Marusja wird mich begleiten.« Er sah, dass er sie verletzt hatte. »Wie du sagtest, ich habe kaum die Kraft, ein paar Schritte zu gehen. Marusja wird mich stützen.«

Sogleich eilte Marusja an seine Seite, legte den Arm um seine Mitte und rief begeistert aus: »So werden wir es machen. Vielleicht finden wir noch einen schönen Stecken, auf den du dich stützen kannst. – Und wir können dir den Bart mit Asche oder Kohle färben, damit keiner dich erkennt! Ein feines Großväterchen wirst du sein!«

Er erwiderte Eljas Blick, wie es ihm selten gelungen war, und nicht mehr, seit sie ihn gefunden hatte. Er sah, dass sie kurz davor war zu weinen, und spürte, wie auch ihm die Tränen heiß in die Augen schossen. Abrupt wandte er sich ab.

»Olena sagte einmal, wenn man Marusja unter Jarostnye schickt, könnte man gleich einen Ausrufer vorwegschicken, der verkündet: *Hier kommt Andrej Lankows Tochter*«, sagte Elja rau. »Was ist, wenn man deine Züge in ihr erkennt und aufmerksam wird? Sie ist ein hübsches Mädchen und wird schon deshalb die Blicke der Männer auf sich ziehen.«

»Nun, so trage ich wieder die Kleidung, mit der ich hierhergekommen bin. Und meine Haare verstecke ich unter einer Mütze!«, erklärte Marusja.

Elja warf ihr einen strafenden Blick zu. »Wir hätten die Knabengewänder in Akulinas Klete liegen lassen sollen. Wenn wir nach Hause kommen, werde ich dafür sorgen, dass Kajtoko eine tüchtige Tracht Prügel bekommt. Was hat er denn geglaubt, was du vorhast mit seinen Gewändern?«

Andrej sah den hilfesuchenden Blick, den Marusja ihm zuwarf.

»Dies ist wohl nicht die rechte Zeit, in der Kleidung des Feindes herumzulaufen«, wandte er ein. »Doch deine Mutter hat recht. Als junger Mann erregst du weniger Aufsehen. Wir wollen den Wirt fragen, ob er uns beide einkleiden kann.«

»Und du kannst mich Marko heißen!«, rief sie aufgeregt.

»Nein«, erwiderte er. »Nicht Marko. Ich werde dich Matwej nennen. – Nun – so hol denn deine Kohle und deinen Stecken und was wir sonst noch brauchen. Wir müssen gehen.«

Allein schon der Gang die Treppe hinunter erschöpfte ihn. Er war froh, vor dem Gasthaus ausruhen zu können, während Marusja zur nächsten Ecke ging, um eine Mietkutsche zu besorgen. Er hatte befürchtet, dies könne sich als schwierig erweisen. Doch die Kosaken, die die Stadt bevölkerten, bewegten sich zu Pferde oder gingen zu Fuß. Der Marktplatz lag nur wenige Straßen entfernt, dennoch hätte er sich den Weg dorthin nicht zugetraut. Schon bald sah er eine Kutsche die Straße entlangkommen, die sich langsam ihren Weg zwischen den Menschen bahnte. Andrej stand mit gesenktem Haupt unter der Tür. Er trug nun einfache Kleidung, hatte ein wollenes Tuch um den Kopf gewunden und eine

Pelzmütze aufgesetzt, obgleich es an diesem Tag beinahe zu warm dafür war.

Marusja stieß den Schlag der Kutsche auf. Ihre Augen leuchteten.

»Komm herein, Väterchen!«

Sie streckte die Hand aus, und tatsächlich musste er ihre Hilfe in Anspruch nehmen, um hineinzuklettern. Er hatte sich kaum hingesetzt, als die Kutsche sich auch schon in Bewegung setzte. Sie war klein. Kein weiterer Fahrgast hätte neben ihnen auf der harten, ungepolsterten Bank Platz gefunden.

Gerade hatte Andrej zum ersten Mal seit langer Zeit den Himmel über sich gesehen. Hier drinnen war es eng und dunkel. Die Luft war abgestanden. Es roch nach altem Holz. Sein Herz begann, schneller zu schlagen. Er wollte einen tiefen, beruhigenden Atemzug nehmen. Es gelang ihm nicht. Die Luft stockte auf halbem Wege. Erneut versuchte er, tief zu atmen. Wieder misslang es. Schweiß brach auf seiner Stirn aus, und ein Stechen machte sich in seiner Brust bemerkbar. Er begann, nach Luft zu schnappen. Marusja griff nach seiner Hand.

»Was ist dir, Väterchen?«, fragte sie ängstlich.

Er schüttelte den Kopf, wollte sie nicht beunruhigen. Doch die Wogen der Angst schlugen über ihm zusammen. Die Wände der Kutsche schienen ihn zwischen sich zerquetschen zu wollen. Sein Atem wurde immer schneller und keuchender. Sein Herz raste.

Marusja begann, mit der Faust gegen die Wand zu hämmern, die sie vom Kutscher trennte.

»Haltet an!«, schrie sie. »Haltet an!«

Endlich brachte der Kutscher sein Gefährt zum Stehen. Andrej stürzte hinaus. Ein Kosak zügelte fluchend sein Pferd, als er vor ihm über die Straße stolperte. Andrej stützte sich an einer Hauswand ab, vornübergebeugt. Noch immer blieb die Luft ihm im Halse stecken, ohne den Leib zu erreichen.

Marusja kam hinterhergestürzt, gab ihm den verfluchten Stecken, verfolgt vom Schimpfen des Kutschers. Vorüberkommende Kosaken, allesamt in fröhlicher Stimmung, begannen aufmerksam zu werden.

»Gib ihm Geld, so viel er verlangt«, keuchte Andrej und reichte seiner Tochter den ledernen Beutel. Kyrill und Olena hatten auf seinen Wunsch dafür gesorgt, dass er nicht völlig mittellos war.

»Lass uns zurückgehen«, flehte Marusja, als sie wieder an seiner Seite war. »Du musst dich ausruhen.«

»Nein«, widersprach er. »Es ist nichts. Nur die – verdammte Kutsche.«

Der Atem wollte nicht zurückkehren, so sehr er sich mühte. *Elja hat recht*, dachte er. *Dies ist es nicht wert.* Gerade wollte er nachgeben, als er merkte, dass ihm ein klein wenig leichter wurde. Er stand abgewandt von den Menschen, die in großer Zahl durch die Straßen strömten und mitunter launige Bemerkungen machten über ihn, der scheinbar betrunken war. Einer hieb ihm gar auf den Rücken und meinte im Vorübergehen: »Recht so, mein Alterchen! Bald werden wir alle Grund zum Feiern haben!«

Schließlich gelang ihm ein erster, tiefer Atemzug. Das Gewicht auf seiner Brust verschwand, das Zittern ließ allmählich nach.

»So, komm her, mein Herz, an meine Seite«, sagte er. »Wir gehen zu den Kosaken.«

Oft in seinem Leben war Andrej im Wald gewesen, um den Honig wilder Bienen zu ernten. An ihr Gebrumm musste er jetzt denken, als sie sich dem Marktplatz näherten. Er war stolz darauf, den Weg geschafft zu haben, und schämte sich zugleich, dass ein so geringer Erfolg ihn bereits so großartig dünkte. Noch waren die Kosaken nicht zu sehen, lediglich die Zuschauer, die in dichten Reihen standen, um diesem bedeutenden Moment beizuwohnen. Über dem Murmeln der

Menge erhob sich eine einzelne Stimme. Andrej erschrak, hielt sie für die Ruriks. Wieder begann sein Herz hastig zu schlagen. Er hatte sich getäuscht. Es war ein anderer, der da sprach. Doch irgendwo auf diesem Platz, ganz in seiner Nähe, musste Rurik sein.

Wie willst du ihm je entgegentreten, fragte er sich, *wenn schon der Klang seiner Stimme dich ängstigt?*

Nun standen sie hinter der Menge der Zuschauer. Nur vereinzelt konnte Andrej zwischen ihren Köpfen die rasierten und haarigen Schöpfe derer erahnen, die im Kreis standen. Einst hatte er sich als Fremder gefühlt unter den Kosaken. Nun ertrug er kaum, nicht an ihrer Seite zu stehen, nicht Teil des Kreises zu sein. Es war, als habe er Schande über sich gebracht und man ihn darum ausgestoßen. Er wünschte sich Elja an seine Seite. Sie hatte gelernt, ohne die Jarostnye zu leben. Ob sie es ihn lehren konnte?

»Ich kann gar nichts sehen von den Kosaken«, klagte Marusja. Sie ließ seine Hand los, die sie bisher gehalten hatte, und begann, sich in der Menge vorwärtszudrängen.

»Matwej!«, rief er ihr halblaut hinterdrein. »Matwej!«

In ihrem Eifer schien Marusja vergessen zu haben, wie ihr Name an diesem Tag lauten sollte. Andrej sah die hohe Mütze, die ihre blonden Haare verbarg, bereits zwei Menschenreihen vor sich. Ihm blieb nichts anderes übrig, als ihr nachzugehen, behindert durch den Stock und von Menschen, die nicht bereit waren, sich ihren Platz streitig machen zu lassen. Schimpfen und Drohungen begleiteten ihn, und er fürchtete schon, die Kosaken auf sich aufmerksam zu machen. Als er Marusja erreichte, hatte sie es geschafft, sich bis in die zweite Reihe der Zuschauer durchzuschieben. Er packte ihr Handgelenk mit festem Griff. Empört drehte sie sich um. Als sie ihn erkannte, wurde ihre Miene schuldbewusst.

»Du bringst uns in Gefahr«, sagte er eindringlich.

»Ich wollte – ich wollte ihn doch nur einmal sehen«, verteidigte sie sich.

Andrej konnte den Kosakenkreis nun erkennen, die stolz wehenden Pferdeschwanzstandarten jeder Siedlung und den Mann, der sprach.

»Gehen wir, Hetleute und Kosaken, zu jener Stadt Asow«, rief er gerade, »um die Mitte des Tages, nicht verstohlen in der Nacht. Zu unserem großen Ruhm werden wir unser Gesicht nicht schamhaft verbergen vor den unverschämten Feinden.«

Andrej erkannte den Sprecher als Michail Tatarinow, den er schon bei früheren Versammlungen der Kosaken getroffen hatte. Offenbar war er zum Heerführer gewählt worden. Es erfüllte Andrej mit Genugtuung, dass man nicht Rurik bestimmt hatte. Tatarinow ordnete nun an, das Heer solle fünf Abteilungen bilden, und benannte die Jarostnye als eine dieser fünf. Jede Abteilung solle ihre eigenen Offiziere und Rittmeister ernennen.

»Die Jarostnye brauchen sich ihren Anführer nicht zu erwählen«, sagte Andrej leise zu Marusja. »Und auch die Esaule nicht, die er bereits bestimmt hat.«

Marusja beugte sich zu ihm und flüsterte ihm ins Ohr: »Du wärest ihr Anführer, wenn er dich nicht entführt hätte, nicht wahr?« Andrej nickte. »Nun, ich bin froh, dass du nicht in den Krieg ziehen musst.«

Er biss die Zähne aufeinander und versuchte, die Bitterkeit hinunterzuschlucken.

Als die Anführer der Heeresgruppen bestimmt worden waren, versammelten sie sich um Tatarinow.

»Welcher von ihnen ist es?«, fragte Marusja nun. »Der dort in den dunklen Gewändern?«

Andrej konnte wiederum nur nicken. Plötzlich erinnerte er sich, wie er Rurik zum ersten Mal gesehen hatte, aus dem Fenster des Hurenhauses in ebendieser Stadt. Schon damals hatte er Rurik als Anführer erkannt, allein daran, wie er sich unter den anderen bewegte. Damals war er ihm stark und stolz erschienen. Nun erinnerte seine Haltung ihn an die Arroganz eines Zwergtrappenmännchens in der Balz.

»Er sieht Mutter gar nicht gleich«, bemerkte Marusja. »Was geschieht nun?«

»Sie werden den Tag des Angriffs und den Plan der Belagerung festlegen.« Es gelang ihm nicht, den Blick von Rurik zu lösen, der keinen Steinwurf entfernt stand. »Und sie werden Späher auf die Suche nach Zungen entsenden, also nach Gefangenen, die etwas sagen können über die Befestigung und die Garnison von Asow. Jäger und Kundschafter werden sich dorthin durchschlagen, um die Lage in der Festung zu erkunden.«

All dies war nicht dazu bestimmt, unter freiem Himmel und inmitten einer Menschenmenge besprochen zu werden, in der sich Spione befinden mochten. Andrej bemerkte, dass der Kreis sich auflöste. Die Anführer der Heeresabteilungen würden sich wohl in eine der Schenken begeben, um das weitere Vorgehen festzulegen, vielleicht auch in den Amtssitz des Posadnik der Stadt. Auch die Zuschauer schienen begriffen zu haben, dass das Schauspiel zu Ende ging. Sie begannen sich zu zerstreuen. Nur Marusja blieb stehen. Ihr Blick war unbewegt auf Rurik gerichtet, auch als Andrej sie bei der Hand nahm und versuchte, sie mit sich zu ziehen.

»Nein, einen Augenblick noch«, bat sie.

Mit Schrecken bemerkte Andrej, dass die Gruppe der Anführer auf sie zukam. Es waren etwa fünfzig Mann. Rurik befand sich in ihrer Mitte, ins Gespräch mit einem der Saporoger vertieft.

»Komm schon«, drängte Andrej.

»Er erkennt uns doch nicht«, murmelte Marusja, während sie noch immer fasziniert ihren Großvater beobachtete.

Eine erneute Welle der Angst überkam Andrej, ähnlich der in der Kutsche. Mit einem Ruck zerrte er Marusja hinter sich her, geriet wieder außer Atem dabei. Da hörte er auch schon das Lachen Ruriks hinter sich.

»He da, Väterchen«, rief Rurik. »So lass deinen Sohn doch die Kosaken anschauen, wenn er mag!«

Andrej hütete sich, sich umzuwenden. Er merkte, dass Marusja wieder stehen geblieben war.

»Vielleicht will er ja auch mit uns in den Krieg ziehen!«, meinte Rurik gutgelaunt. Andrej verspürte einen Ruck und hörte Rurik ausrufen: »Holla, was haben wir denn da?«

Er fuhr herum. Ein eisiger Schrecken durchfuhr ihn. Offenbar war einer der Kosaken um Michail Tatarinow mit Marusja zusammengestoßen und ihr war dabei die Mütze vom Kopf gefallen. Sie bückte sich rasch danach, während der blonde Zopf ihr über die Schulter fiel. Aber Rurik war bereits stehen geblieben. Die Arme in die Hüften gestemmt, mit einem breiten Lachen, stand er vor ihr.

»Das Söhnchen hat sich in ein hübsches blondes Töchterlein verwandelt!«, verkündete er unter dem Gelächter der Umstehenden. »Nun, so kommst du eben zu den Jarostnye. Bei uns kämpfen auch die Weiber. – Oder gib mir wenigstens einen Kuss und wünsch mir Glück in der Schlacht.«

Schon trat er auf Marusja zu und packte sie an den Armen.

»Nein!«, rief Andrej laut.

Rurik wandte sich zu ihm um.

Noch bevor sein Blick auf Andrej fallen konnte, drängte eine dunkle Gestalt sich zwischen die beiden Männer.

»Väterchen, du weißt wohl nicht, wen du vor dir hast«, grollte Rurik. »Ich bin der Ataman der Jarostnye.«

Nein, das bist du nicht, dachte Andrej. Seine Kiefer verkrampften sich, so mühsam beherrschte er den Wunsch, es herauszuschreien.

»Vergesst den Kerl«, hörte er. »Ihr habt nun Wichtigeres zu tun. Ich werde mich um den hier kümmern und ihm ein paar mit der Nagaika überziehen, um ihn Respekt zu lehren. – Und du, Mädchen, küss unseren Ataman und wünsch ihm Glück.«

Andrej wandte sich ab, senkte den Kopf und schloss die Augen. Dann spürte er eine kräftige Hand im Genick, die ihn vorwärtsschob.

»Los, du Hundesohn, komm schon. Ich werde dir beibringen, was es heißt, dem Ataman der Jarostnye den Gehorsam zu verweigern.«

Sie hatten kaum die nächste Ecke hinter sich gelassen, als Andrej losgelassen wurde. Er drehte sich um, um Dawid zu umarmen und zu küssen. Ihm fiel auf, dass sein Esaul Marusja nicht umarmte. Dawid legte die Hand auf sein Herz und verneigte sich vor ihr, bevor er sich Andrej wieder zuwandte. Er lächelte, wie Andrej es selten bei ihm gesehen hatte, seit vor einem Jahr Dawids Frau bei der Geburt seines dritten Kindes gestorben war.

»Ich dachte, mir bleibt das Herz stehen, als ich euch gesehen habe!«, sagte Dawid. »Ich hatte schon befürchtet, du würdest den Alten hier und heute zur Rechenschaft ziehen. – Wie unvorsichtig von euch!«

Marusja lief rot an und senkte den Blick.

»Denkst du, er hat mich erkannt?«, fragte Andrej.

»Ich selbst habe dich ja kaum erkannt! Nein, er ist besoffen davon, jetzt Heldentaten vollbringen zu dürfen. Wenn er auch vielleicht erhoffte, Tatarinows Stelle einzunehmen. Er hat nicht einmal bemerkt, dass dein Ebenbild vor ihm stand und dass er sein eigen Fleisch und Blut geküsst hat.«

»Wie steht es bei euch?«

»Nun, die Aussicht auf Ruhm und Beute hat viele wieder auf Ruriks Seite getrieben. Wir anderen hatten überlegt, uns während des Kriegszugs einer der übrigen Abteilungen anzuschließen.«

»Es wäre euch schwer geworden, danach in die Heimat zurückzukehren«, meinte Andrej. »Ihr hättet damit bekundet, nicht mehr zu den Jarostnye zu gehören.«

»Eben das ist der Grund, warum wir trotzdem für ihn

kämpfen. Wenn Asow erst unser ist und wir nach Siljongorod zurückgekehrt sind, ist noch Zeit genug, Rurik büßen zu lassen. Und dann gilt, was ich ihm angekündigt habe: Ich werde dem Hundesohn beibringen, was es heißt, dem Ataman der Jarostnye den Gehorsam zu verweigern.«

26

An diesem Abend konnte Andrej nur noch auf sein Lager fallen. Er schlief sofort ein und überließ es Marusja, ihrer Mutter zu erzählen, was sich zugetragen hatte. Am anderen Morgen stellte Elja keine Fragen. Er bemerkte jedoch, dass sie ihn ständig ansah, als befürchte sie, er könne aufstehen und davonlaufen.

Er wartete zwei Tage, bis die Kosaken die Stadt verlassen hatten. Dann schor er sich den Bart und ging anschließend ins Badehaus. Er begann auszugehen, zunächst mit Marusja an seiner Seite, später allein. Schließlich wagte er erste Ausritte. Nie zuvor hatte es so wenige Kosaken in Manastirskoi Jar gegeben. Bei ihrem letzten Besuch hatten Olena und Kyrill sein Pferd mitgebracht, Jarostnykleidung und Waffen. Andrej trug die dunklen Gewänder noch nicht, einerseits, um Elja nicht zu beunruhigen, andererseits, weil er fand, er habe sie sich noch nicht wieder verdient. Er übte Bogenschießen, bis er wie früher einen Baum traf, der beinahe einen Werst entfernt stand.

Es war Gesundung nach schwerer Krankheit. Er würde warten müssen, bis seine Kräfte zurückgekehrt waren. Dann musste er nach Asow gehen. Hierzubleiben bedeutete, Rurik den Sieg zu überlassen. Den Sieg im Kampf um die Macht, aber auch den Ruhm des Sieges in der Schlacht. Wie könnte er sich hier verstecken, während die Jarostnye kämpften und starben? Wie könnte er nach dem Krieg nach Siljongorod zurückkehren, um seinen Rang von dem Mann zurückzuverlangen, der sie angeführt und an ihrer Seite gestritten hatte?

Er musste nach Asow. Es gab keinen anderen Weg. Bis es so weit war, hatte er noch zwei Dinge zu erledigen.

Elja hatte den Eindruck, dass Andrej sie mied. Kaum dass er noch die Mahlzeiten gemeinsam mit ihr und Marusja einnahm. Ihre Tochter schien sich keine Sorgen zu machen. Sie war heiter, wie Elja es selten bei ihr erlebt hatte im letzten Jahr. Marusja genügte es anscheinend, endlich einen Vater zu haben.

Ihr selbst gehörte Andrej nicht mehr. Nun, da er sich wieder in einen Jarostny verwandelte, wurde er ihr fremd. War es je anders gewesen? *Allenfalls für eine Nacht und einen Morgen,* sagte sie sich.

Eines Morgens, Ende April, die Belagerung Asows dauerte gerade einmal ein paar Tage, kam er zu ihnen, als sie hinter der Schenke in der Sonne saßen. Marusja hatte die gescheckte Katze des Wirts auf dem Schoß und kraulte sie hinter den Ohren. Andrej trug seine Jarostnytracht. Elja glaubte, ihr müsse das Herz stehen bleiben.

»Marusja, mein Mädchen«, sagte er. »Denkst du, du kannst ein wenig allein bleiben? Ich habe etwas zu erledigen und möchte deine Mutter gern dabeihaben. Spätestens zur Nacht werden wir zurück sein.«

Marusja nickte. Sie hatte sich mit Darja, der Tochter des Wirts, angefreundet. Mitunter ging sie auch der Köchin zur Hand. Sie würde sich gewiss nicht langweilen müssen.

»Es ist nicht weit«, sagte Andrej, als auch Elja auf ihrem Pferd saß. »Du kennst den Weg.«

Elja ahnte bald, was ihr Ziel sein würde. Sie waren beinahe dort angelangt, als Andrej einen berittenen Stadtwächter anhielt.

»Ich bin Andrej Lankow, Ataman der Jarostnye«, stellte er sich vor. »Holt mir den Posadnik dieser Stadt und den obersten Eurer Priester. Und weitere Stadtwächter.«

Der Mann zog misstrauisch die Augenbrauen zusammen. »Aber – Rurik Semjonowitsch Lankow ist doch der Ataman der Jarostnye.«

»Und wer war es zuvor?«

»Das war – das wart – aber es hieß doch …« Der Mann schien zu beschließen, dass die Beurteilung dieser Angelegenheit seine Befugnisse überstieg. »Gewiss, sofort.«

Er wendete sein Pferd. Bevor er davonsprengen konnte, rief Andrej ihm nach: »Schickt sie zum Hurenhaus von Senko Nennis!«

Während sie warteten, erzählte Elja, welche Strafe sie Senko Nennis auferlegt hatte.

Andrej nickte. Dann wurde er jedoch bleich und rief aus: »Zu wissen, dass die Erinnerungen vergangener Untaten dich auf ewig verfolgen werden!«

Elja begriff, dass er sich selbst an Senko Nennis' Stelle sah. »Aber bedenke, was er euch angetan hat, dir und deiner Schwester!«, wandte sie ein. »Ich habe es gesehen. Ich war an deiner statt und glaubte, es geschähe meinem Kind.«

»Ich verurteile doch nicht, was du getan hast«, entgegnete er. »Er hat es verdient. Tausendfach hat er es verdient.«

Dass ein Jarostny und eine gut gekleidete Frau samt ihren Pferden auf der Straße vor dem Hurenhaus standen und mit einem Priester, dem Posadnik sowie dessen Männern in ein Streitgespräch vertieft waren, hatte erhebliche Aufmerksamkeit erregt. Nicht wenige Menschen waren stehen geblieben und harrten gespannt, welches Schauspiel man ihnen bieten würde.

Die Stadtwächter betraten nun sowohl das Haus von Senko Nennis als auch die umliegenden. Wenige Augenblicke später verwandelte sich die zuvor stille Straße in einen Hexenkessel. Aus allen Häusern ertönte Geschrei, Fenster wurden aufgerissen, Möbel und Gegenstände hinausgeworfen.

Menschen stürzten wehklagend aus den Häusern, beladen mit ihrem erbärmlichen Hab und Gut. Aus dem Hurenhaus kamen Frauen gelaufen, manche in Decken gehüllt, um ihre Blöße zu bedecken. Die Männer, die hinterherkamen, verdrückten sich rasch in alle Himmelsrichtungen.

Andrej stand regungslos im Auge dieses Sturms. Elja sah, wie hart er die Kiefer aufeinandergebissen hielt.

»Ich muss noch einmal hineingehen«, meinte er schließlich.

»Ich gehe mit dir«, erwiderte sie entschlossen.

»Nein, ich muss es allein tun«, beharrte er und war schon auf dem Weg.

Es kostete Elja alle Kraft, ihm nicht hinterherzulaufen. Sie ahnte, wie sehr es ihn gekränkt hätte, wenn sie dem Wunsch nachgab, ihn zu beschützen.

Ihr erschien es wie eine Ewigkeit, bis Andrej wieder aus der Tür trat. Unter dem Arm trug er einen hölzernen Kasten, den er dem Priester überreichte.

»Dies gehörte Senko Nennis«, erklärte er. »Ich schwöre bei dem Heiligen Nikolaus, dem Beschützer der Kosaken, dass er es mir freiwillig überließ.«

Als der Priester den Kasten öffnete, schien sich der Glanz des Goldes förmlich auf seinem Gesicht widerzuspiegeln.

»Dies dürfte ausreichen, um bessere Häuser zu bauen für die, die hier leben«, befand Andrej. »Ich bitte Euch, erhebt keine Anklage gegen die Huren, die sich hier verkauften oder dazu gezwungen wurden. Behandelt sie wie Frauen, denen Gewalt angetan wurde. Entschädigt sie mit einer Mitgift, damit sie auf anständige Art ihr Auskommen finden können.«

Elja war erleichtert, dass auf diese Weise auch ihr Versprechen erfüllt werden würde, das sie Manka gegeben hatte.

»So soll es geschehen.« Der Priester klappte den Geldkasten zu.

Einer der Stadtwächter trat an den Posadnik heran und

meldete, das Hurenhaus und die umliegenden Gebäude seien geräumt.

»Kein Mensch ist mehr drinnen«, erklärte er. »Bis auf Senko Nennis. Er will sein Haus nicht verlassen. Sollen wir ihn mit Gewalt herausholen?«

Der Posadnik warf Andrej einen fragenden Blick zu. »Was sollen wir tun?«

Andrej wandte sich an den Priester und sagte: »Ich denke, er wünscht die Beichte abzulegen. Ihr solltet noch einmal zu ihm gehen.«

Noch während der Priester im Haus war, begannen die Stadtwächter, die in der Nähe des Hurenhauses gelegenen Gebäude mit langen Stangen einzureißen. Schnell hatte sich unter den Umstehenden herumgesprochen, welchen Auftrag Andrej dem Priester erteilt hatte. Nur die Älteren zeterten und wehklagten, als sie sahen, wie ihre Heimstätten vernichtet wurden. Von den anderen waren sogar vereinzelte Beifallsbekundungen zu hören. Sie würden nicht lange darauf warten müssen, neue Häuser zu beziehen. Holzhändler lieferten vorgefertigte Bohlen, aus denen binnen kürzester Zeit ein Haus errichtet werden konnte. Vor allem die häufigen Brände bescherten ihnen ein gutes Auskommen.

Elja und Andrej hatten sich mit dem Posadnik in eine Gasse zurückgezogen, als der Abriss begann. Um sie herum türmten sich Möbel, Säcke und Kisten. Menschen liefen umher, Tiere und schreiende Kinder, die nicht begriffen, was geschah. Balken und Bretter krachten. Stöße erschütterten die Erde. Es war, als habe der Boden sich aufgetan, um die Stadt zu verschlingen.

Als der Lärm endete und der Staub sich legte, war es dunkel geworden.

Der Posadnik, der nun wohl ahnte, was Andrej vorhatte, befahl den Wächtern, die Trümmer mit Wasser zu befeuchten, desgleichen die Dächer der entfernteren Häuser. Dort standen überall gefüllte Bottiche und Fässer bereit, wie es der Vorschrift entsprach.

Als alles nach seinen Wünschen geschehen war, trat Andrej zu dem Posadnik und sagte: »Reicht mir eine Fackel.«

Der wandte sich an einen der Wächter und gab den Befehl weiter. Als der bald darauf mit einer brennenden Fackel wiederkam und sie Andrej reichen wollte, trat der Posadnik dazwischen und nahm sie dem Mann ab, um sie selbst an Andrej zu übergeben. Auch der Priester nickte. Elja verstand, warum. Die Männer bekundeten damit ihr Einverständnis. In Moskau waren bei einem verheerenden Brand eintausendsiebenhundert Menschen umgekommen. Brandstiftung wurde üblicherweise mit dem Tode bestraft.

Andrej nahm die Fackel und ging auf das Hurenhaus zu. Eljas Blicke folgten ihm, hüllten seine ganze Gestalt ein. Er erschien ihr als der einsamste Mann, den sie je gesehen hatte. Wie viele Entscheidungen hatte er treffen müssen in den letzten Jahren? Gewiss, er hatte Ratgeber gehabt, aber niemanden, dem er sich wahrhaftig hatte zugehörig fühlen können. Allein war er gewesen, nachdem Rurik sich gegen ihn gewendet hatte. Und er hatte dennoch standgehalten.

Im Erdgeschoss und auf der Treppe des Hauses von Senko Nennis war Reisig verteilt und Öl darübergegossen worden. Andrej ging durch die offene Tür hinein. Für einen furchtbaren Augenblick glaubte Elja, er habe sich dazu verdammt, mit diesem Haus unterzugehen. Sie wollte anfangen zu schreien. Andrej kam erst wieder heraus, als hinter ihm bereits die Flammen hochschlugen. Er entzündete auch das Reisig auf der Treppe und warf die Fackel schließlich durch das offene Fenster im Erdgeschoss. Noch eine Weile blieb er vor dem Haus stehen, wie um sicherzugehen, dass die Feuer stark genug sein würden. Dann kam er zu ihr zurück.

Sofort trat sie an seine Seite, schob ihren Arm unter seine Burka und umfasste seine Hüfte. Er blickte ins Feuer, legte seinen Arm um ihre Schultern und zog sie an sich. Als sie in sein Gesicht sah, fand sie dort den Widerschein der Flammen, wie einst in der Johannisnacht.

In dieser Nacht kam sie zu ihm.

Schweigend stand sie vor seinem Lager, bis er die Decke zurückschlug. Sie legte sich zu ihm. Als er sie in die Arme nahm, begann sie sofort zu weinen, erst leise, dann immer verzweifelter. Er hielt sie, strich ihr übers Haar, nannte sie »mein Licht« und »meine Seele« und hielt sie auch dann noch, als sie begann, nach ihm zu schlagen.

»Was ist dir?«, fragte er nur.

»Du sollst nicht sterben«, schluchzte sie.

Als er später in sie kam, umklammerte sie ihn, als wolle sie ihn nie wieder gehen lassen.

Danach lagen sie beieinander, einer in den Armen des anderen.

»Ich bitte dich, lass uns in Mahastirskoi Jar bleiben«, wisperte Elja. »Noch weiß er nicht, dass wir hier sind. Oder lass uns an einen Ort gehen, wo er uns nicht finden kann.«

Er wusste nichts zu sagen, um sie zu trösten, denn das Lügen hatte er noch immer nicht erlernt.

Am nächsten Morgen bat Andrej seine Tochter, auch diesen Tag mit Elja allein verbringen zu dürfen.

Neben der großen Kirche band er die Pferde an. Sein Ziel erkannte Elja erst, als er sie zwischen den Gräbern hindurchführte.

Schließlich hielt er an und kniete nieder. Er öffnete seinen ledernen Beutel, holte ein großes Tuch hervor und breitete es auf dem Grab vor sich aus. Dann entnahm er ihm ein Brot und Braten, schnitt je zwei Scheiben davon ab. Er legte alles auf das Tuch, stellte zwei hölzerne Becher dazu und füllte sie mit Wein.

»Ich habe es sofort wiedergefunden«, sagte er. Elja betrachtete fasziniert das kleine Lächeln auf seinen Lippen. »Dabei bin ich nur ein einziges Mal hier gewesen.«

»Es ist ein schöner Platz«, sagte Elja. »Ganz nahe der Kirche.«

Sie wusste, was ihm dies bedeutete. Ihr Vater hatte dafür gesorgt, dass seine Schwester einen Platz inmitten der Gräber geachteter Bürger bekam. Er hatte nicht zugelassen, dass man sie in ein Leichentuch gehüllt und in einem ausgehöhlten Baumstamm verscharrt hatte, oder dass man sie auf freiem Feld vor der Stadt in eine große Grube gelegt hatte, wo die, die ohne Beichte und Letzte Ölung gestorben waren, einmal im Jahr mit Erde bedeckt wurden.

»Sie hat einen hölzernen Sarg«, sagte Andrej. »Und sogar ein Kreuz.«

Elja begriff, warum er allein mit ihr hatte hierherkommen wollen. Er hatte ihr zeigen wollen, auf welche Weise Rurik es verstanden hatte, ihn an sich zu binden.

Sie setzten sich ins Gras neben das Grab, aßen und tranken, wie es Sitte war, um die Toten zu ehren, und unterbrachen ihr Schweigen nur mit kleinen, ruhigen Bemerkungen. Nichts musste ausgesprochen werden. Die Stunden, in denen Elja in Senko Nennis' Haus seine düsteren Erinnerungen teilte, hatten alles verändert. Sie wusste nun, aus welchem Elend Rurik ihn errettet hatte und wie groß seine Angst gewesen sein musste, diese Gnade wieder zu verlieren.

Elja umfasste ihre Knie und beobachtete die Bienen, die sich auf den blauen Wicken niederließen, die das Grabkreuz umrankten.

Andrej legte seine Hand auf das Tuch, als wolle er Kontakt mit dem Geist seiner Schwester aufnehmen.

»Ich hatte einen Traum«, sagte er plötzlich. Elja sah ihn an. »Es war ein Traum, der sich wiederholte. Ich erlebte, wie Marusja ermordet wurde. Ich stand hilflos dabei, konnte ihr nicht helfen. Der Traum quälte mich viele Jahre lang. Immer wieder. Niemand konnte ihn mir deuten.«

Ich hätte dir helfen können, dachte Elja.

»Er kommt nicht mehr zu mir, seit ich erkannt habe, was er bedeutet. Eigentlich weiß ich es schon seit Jahren.« Elja sah ihn erstaunt an. »Es war vielleicht ein Jahr, nachdem du mich – nachdem du gegangen bist. Eines Nachts wachte ich auf. Ich weiß nicht einmal, ob ich den Traum in dieser Nacht hatte. Ohne Nachdenken *verstand* ich ihn.«

»Wie konntest du ihn dir deuten?«

»Es war wie – wie wenn du das Reh mit einem Mal zwischen den Bäumen erkennen kannst, obwohl es sich nicht bewegt hat.«

Elja nickte.

»Man hatte mir gesagt, im Wachen sind es die anderen, die dich bedrohen. Aber nicht im Schlaf«, fuhr Andrej fort. »Es ist *dein* Traum, hieß es.«

»Wer immer dir dies sagte, war klug und verstand etwas vom Wesen der Träume. Warum konnte er dir nicht helfen?«

»Ich will es ihm nicht vorwerfen. Ich denke, ich war noch nicht bereit, ihn zu verstehen.«

»Und wie hast du ihn dir schließlich gedeutet?«

»Stets war ich im Traum ein hilfloses Kind gewesen. Nun erkannte ich: Ich war nicht länger nur dieses Kind. Ich war auch Marusja. Was ich gewesen war – ein unschuldiger Knabe – war mir genommen worden. Meine Seele war von Rurik getötet worden. So wie Marusja von einem seiner Männer getötet worden war. Und ich war ebenso der Mann, der Marusja tötete.« Er warf Elja einen unsicheren Blick zu. »Ich war wie er, solange ich tat, was Rurik von mir verlangte.«

»So ist es stets«, unterbrach ihn Elja. »Keine unserer Traumgestalten ist ein Fremder. Jede ist in Wahrheit ein Teil von uns.«

Andrej nickte. »Ich begann zu begreifen. Ich war in Gefahr, zu werden wie der Mann, der Marusja einst tötete. Das war die Botschaft dieses Traums. – Ich werde Rurik stets dankbar sein für das, was er für Marusja tat – auch wenn ich weiß, dass es nicht selbstlos war. Er hat einen Jungen gefunden, der gezeigt hat, dass er bereit ist zu töten. Darum hat er mich am Leben gelassen. Aber ich weiß, dass ich ihm nun nicht mehr gehöre. Und da er mir alles nahm, was er mir gegeben hat, bin ich ihm nichts mehr schuldig.«

»Nicht alles, was er dir gab, konnte er dir nehmen«, lächelte Elja unter Tränen und ergriff seine Hand. »Nicht alles.«

Am Tage war Andrej ein Jarostny, der versuchte, nach einer Verwundung seine Kraft zurückzuerlangen. Er sprach nicht davon, nach Asow gehen zu wollen. Mitunter hatte Elja den Verdacht, Olena und Kyrill wüssten mehr über seine Pläne als sie. Doch sie ermutigte ihn auch nicht, seine Gedanken mit ihr zu teilen. Sie sprachen nicht über die Zukunft. Elja befürchtete, Schatten könnten sonst ihr Glück verdunkeln. Sie sah, wie hart er sich mühte, wieder stark und gesund zu werden. Und sie wusste, was das bedeutete.

Abends waren sie eine Familie.

Einmal fragte Marusja, was es bedeute, eine Jarostnya zu sein, welcher Fähigkeiten es bedürfe und wie sehr es schmerze, wenn man sich das Mal einstechen ließ. Elja bemühte sich, ruhig zu bleiben, als Andrej seiner Tochter erklärte, sie solle das Ende des Krieges abwarten. Dann werde man sehen, wie es mit den Jarostnye weitergehe.

Ein anderes Mal unterhielten sie sich über die Menschen, die in Siljongorod lebten, darüber, wen Elja noch kannte und wen Marusja bereits kennengelernt hatte. Elja beobachtete ihre Tochter aufmerksam, als diese Waska erwähnte. Er sei ein tapferer junger Mann, meinte Andrej. Und die Mädchen würden ihn gern sehen.

»Ach, der ist doch noch ein richtiges Kind«, meinte Marusja wegwerfend. »Er ist wie Kajtoko.«

»Ich dachte, er gefällt dir?«, fragte Elja erstaunt.

»Ich glaube, ihr gefällt ein anderer, nicht wahr, mein Mädchen?«, meinte Andrej.

Mit Erstaunen sah Elja Marusja heftig erröten.

Jede Nacht waren sie ein Paar.

Einst hatte Elja sich gewünscht, Andrej möge in der Liebe weniger beherrscht sein. Nun begriff sie, wie sehr er gefürchtet hatte, den Männern zu gleichen, die einst zu seiner Schwester gekommen waren. Sie beschloss, ihn zu lehren, in der Liebe selbstsüchtiger zu sein.

Als sie eines Nachts beieinanderlagen, bat sie ihn, ihr seine geheimen Wünsche zu offenbaren. Er zögerte lange, und sie musste ihn immer wieder ermutigen.

Schließlich begann er, sie ihr zuzuflüstern, in rauen, abgehackten Sätzen, während sie ihn in ihren Armen hielt. Vieles hatte sie in den Träumen der Männer gesehen und manches von klein auf von den Kosaken gehört, auch wenn Rurik solches Reden in der Nähe seiner Tochter nicht duldete. Zu Beginn konnte sie sich noch sehen in seinen Wünschen, fand einen Platz für sich darin. Mit der Zeit schien es ihr jedoch, als äußere er, was ganz und gar sein Eigenes war, Wünsche, für deren Erfüllung ihm jede andere ebenso gut hätte taugen können. Sie wurde erst verzagt, dann beinahe ärgerlich. Schon reute es sie, ihn gefragt zu haben.

Dann fiel ihr auf, dass seine Sätze, die zunächst noch mit »Ich will einmal« oder »Ich wünsche mir« begonnen hatten, nun als schier endlose Aufzählung aus ihm herausflossen. Beinahe hätte sie aufgelacht vor Erleichterung.

»Du hast all das gesehen, ist es nicht so?«, fragte sie.

»Nicht alles«, flüsterte er. »Vieles hat sie mir auch erzählt. – Sie musste mit jemandem darüber sprechen. Sie hatte doch sonst keinen«, fügte er entschuldigend hinzu.

Aber du warst ein Kind, dachte Elja. Sie schwieg dazu. Das Leid seiner Schwester war wohl so groß gewesen, dass es ihren Willen überwog, den kleinen Bruder zu schützen.

Als sei es Unrat, hatte er sich nun von allem befreien müssen.

Sie bat ihn, ihr zu sagen, was ihn wirklich errege, woran er dachte in einsamen Nächten.

Zunächst zögerte er. »Ich will nichts sagen, das dir missfallen könnte.«

»Und wenn du gern Kirschen äßest und ich lieber Birnen – denkst du, deine Vorliebe missfiele mir?«

»Das ist etwas anderes«, wich er aus.

Elja kannte den Grund für seinen Vorbehalt, doch wieder entschied sie sich zu schweigen. Nicht alles musste erklärt werden. Manchmal gab es einen leichteren Weg.

Sie sagte: »Auch ich kann nicht gewiss sein, dass dir alles gefällt, was eine Frau sich in einsamen Nächten erträumt.«

Sie hörte seinen stockenden Atem und fuhr fort: »Es gibt nicht nur die Lust der Männer, auch wenn du dies lange geglaubt hast.«

»All das, was ich sagte – es muss dir doch zuwider sein, dass es Männer danach verlangt«, sagte er rasch.

»Ich weiß nicht, wonach es dich verlangt. Du hast es mir noch nicht gesagt«, erwiderte sie, und als er immer noch zögerte: »Ich kann dir erzählen, wonach es mich verlangt. Und es ist nur einer von vielen Wünschen.«

Sie erzählte es ihm, mit deutlichen Worten, schmückte es aus und freute sich an dem kleinen Geräusch im Dunkeln, als er überrascht den Atem ausstieß.

»*Das* stellst du dir vor?«, fragte er.

»Seit der Nacht, als Senko Nennis' Haus abbrannte«, bekräftigte sie. »Seit ich wusste, dass wir wieder zusammen sein werden. – Und nun beweise, dass du mir in nichts nachstehst.«

Jetzt begannen alle seine Sätze mit »Ich wünsche mir«. Nichts von dem, was er sagte, stieß sie ab. Vieles machte sie neugierig. Und manches erregte sie.

»*Das* können wir aber nicht tun!«, rief sie jedoch einmal aus.

»Warum nicht?«, fragte er erschrocken. Er hatte Ungewöhnlicheres aufgezählt und nichts als ein zufriedenes Schnurren zur Antwort bekommen.

»*Das* steht in Vater Simeons Bußbuch!«, äußerte Elja voller Überzeugung. »Ich habe gehört, er fragt regelmäßig danach.«

Und so entdeckten sie, dass ihr Bett ein Ort war, an dem sie miteinander lachen konnten.

Als Elja feststellte, dass seine Selbstsucht Fortschritte machte, beschloss sie, sie könne ihm eine weitere Lektion zumuten. Nun wollte sie ihn das Spielen lehren.

»Findest du mich schön?«, fragte sie ihn.

»Ich weiß nicht«, sagte er. »Für mich war Sabawna immer die schönste aller Frauen.«

»Meinst du die Prinzessin Sabawna, die den Seefahrer Solowej heiraten wollte?«

»Ja. Marusja erzählte oft von ihr. Sie sagte, das Haar der Prinzessin ist so hell wie ein Weizenfeld. Aber ich dachte, wenn sie die Schönste ist, darf ihr Haar nicht aussehen wie das irgendeiner anderen Frau. Es darf weder hell noch schwarz, noch rot sein.«

»Und? Sprich weiter.«

»Als ich dich zum ersten Mal sah – damals warst du für mich die Frau, die Ruriks Herz gebrochen hatte. Ein verwöhntes Ding, das ein Leben wegwarf, von dem Marusja nie zu träumen gewagt hätte.«

Elja hielt den Atem an.

»Aber dein Haar – es hat alle Farben. So muss Prinzessin Sabawnas Haar sein, dachte ich. Und sie muss Augen haben, die heller sind als die aller anderen Frauen. – So wie deine Augen.«

Elja gefiel seine Antwort über alle Maßen, aber sie wollte

ihn noch weiter prüfen. »Doch Sabawna war dreist und vorlaut, und Solowej hat sie darum weggeschickt.«

»Ich dachte immer, Solowej muss ein Dummkopf sein. Und auch, dass sie besser seinen Freund genommen hätte, dem ihre Art gefiel.«

»So magst auch du die dreisten und vorlauten Mädchen?«, neckte sie ihn.

»Ich mag es, wenn Frauen wie Sabawna sind.«

»Du meinst, Frauen, die wehrhaft sind und nicht zum Dulden bestimmt.« *Wie deine Schwester,* fügte sie für sich hinzu.

Er nickte.

»Finist, mein edler Falke«, sagte sie, »willst du dein Leben teilen mit der Frau, die dich errettet hat aus aller Not? Die durch dunkle Wälder, durch heiße Wüsten, über hohe Berge gewandert ist und tiefe Flüsse durchquert hat, um dich zu finden?«

»Meine Prinzessin!«, erwiderte er. »Du bist wunderschön, doch es missfällt mir, dass du dich selbst anbietest. Ein Mädchen sollte so nicht sein, es sollte ruhig und bescheiden zu Hause bleiben, Wasser tragen, die Kühe füttern und geduldig warten, bis der Bräutigam kommt.«

Sie lachte und schlug nach ihm und sagte, das sei das falsche Märchen und die falsche Antwort.

Als er sie dann an sich zog und meinte, auch eine wehrhafte Frau müsse wissen, wann sie zu schweigen habe, wusste Elja, dass ihre Lektion erfolgreich gewesen war.

Vierter Teil

Fallende Steine

Asow am Don,
Frühjahr 1637

27

Anfang Mai war es so weit. Elja spürte mit jedem Tag und jeder Nacht, wie der Zeitpunkt näher rückte. Andrejs Körper hatte sich verändert, hatte von der Magerkeit zur Schlankheit zurückgefunden. Seine Haut spannte sich wieder über festen Muskeln. In dieser Nacht hatte sie gemerkt, dass er schlaflos in ihren Armen lag, und nach dem Aufstehen, wie er ihren Blick mied. Sie konnte ihn nicht fragen, wollte nicht beschleunigen, was geschehen musste.

Als sie beide angekleidet waren, wandte er sich abrupt zu ihr um und sagte: »Ich gehe nach Asow.« Noch immer sah er sie nicht an, während ihr mit einem Mal zumute war, als rinne Eiswasser durch ihre Adern. »Was werdet *ihr* tun? Ihr könntet hierbleiben. Oder –«

Elja hatte sich in seine Arme gestürzt. »Nein, ich lass dich nicht gehen.« Sie hatte über diesen Augenblick nicht hinausgedacht, so sehr hatte sie ihn gefürchtet. Nun erkannte sie erleichtert den Ausweg. »Wir bleiben bei dir. Wir kommen mit nach Asow.«

Sie sah, wie Freude und Besorgnis in ihm kämpften, während in ihr eine eiserne Gewissheit wuchs. »Andere Frauen und Kinder folgen den Männern ebenso in den Krieg«, sagte sie schnell, bevor er widersprechen konnte, bevor er etwas aussprach, das er nicht zurücknehmen konnte. Sie hielt inne. »Nein, ich werde nicht über Marusja bestimmen. *Sie* soll sagen, wohin wir gehen.«

Später merkte sie, dass sie nicht einen Augenblick daran gezweifelt hatte, wie Marusja sich entscheiden würde.

Als sie Asow erreichten, lag die Festung in strahlender Mittagssonne. Elja stieß einen kleinen Laut aus, als ihr klar wurde, was ein Angriff kosten musste. Es schien ihr, als versuchten Ameisen, einen Felsen zu stürzen. Und doch überwogen nicht Furcht und Schrecken, wie noch in Manastirskoi Jar. Sie fühlte, wie wenig ihr Kosakenblut zur Ruhe gekommen war in all den Jahren. Es erhitzte sich in ihren Adern, als müsse sie schon jetzt in den Kampf ziehen.

Die Hunderte, vielleicht auch Tausende Zelte des Kosakenlagers, die die Festung ringsum in einigem Abstand umgaben, wirkten von weitem, als statte man Nachbarn einen Besuch ab, vielleicht, um ein fröhliches Fest miteinander zu feiern.

Erst im Näherkommen erkannte Elja die tiefen Gräben, von denen der Boden rund um die Festung durchzogen war. Man hatte bereits Erdwälle aufgeschüttet und dicht an den feindlichen Mauern Dämme errichtet, um die Belagerten mit Steinen bewerfen zu können. Mit Hölzern abgedeckte Sappen waren vorangetrieben worden und ermöglichten den Kosaken, sich der Festung zu nähern, ohne dass die Asower ihre Bewegungen genau beobachten konnten.

Die Geschichte der Festung Asow war so wechselvoll wie die Chulyschis. Auf einem hohen Hügel am südlichen Ufer des Don gelegen, bildete sie einen wichtigen Stützpunkt. Bereits vor über zweitausend Jahren erhoben sich hier die Mauern des griechischen Tanais. Dann hatte die Stadt den Tmuratarakanern gehört, bevor sie von den Polowzern erobert und anschließend von der Goldenen Horde eingenommen wurde. Vom dreizehnten bis ins fünfzehnte Jahrhundert lag hier die italienische Kolonie Tana.

Vor einhundertfünfzig Jahren schließlich eroberten die Osmanen die Stadt und bauten sie zu einer mächtigen Festung aus. So gelang es ihnen, die Zufahrt zum Asowschen Meer zu kontrollieren sowie die Krim- und Nogaitataren und die Völker des Nordkaukasus im Zaum zu halten.

Asow bestand aus drei ineinandergeschachtelten Zitadellen. Elf Bastionen mit über zweihundert Kanonen schützten die Festung, die von viertausend Janitscharen verteidigt wurde, der Elitetruppe der osmanischen Infanterie. Die Vorstädte waren von Gräben und Erdwällen umschlossen, jeder doppelt so breit wie der, der Siljongorod umgab. Steinmauern umsäumten den Hügel, hoch wie vier Männer und drei Armspannen dick.

Plötzlich grollte ein Donner. Marusja fuhr erschreckt zusammen, so dass ihr Pferd zu tänzeln begann.

»Das wird unsere Musik sein in der nächsten Zeit, die nur nachts verstummt«, erklärte Andrej. »Unsere Kanonen sind auf die Mauern gerichtet, und Pfeile werden sirren, wenn einer der Janitscharen sich auf der Mauer zeigt, aber auch, wenn einer der Unsrigen sich zu dicht an die Festung heranwagt.«

Dies war die eine Gefahr, vermeidbar, berechenbar. Eine andere erwartete sie, unausweichlich, inmitten der Ihren. Eljas Herz hämmerte, als sie den Wall erreichten, hinter dem die ersten Zelte lagen. Zwischen Bäumen erhoben sie sich in lichtem Braun aus der Erde, fügten sich in die Landschaft ein, als habe die Natur sie an diesem Ort gewollt. Das Leben im Lager unterschied sich kaum von dem, das sich in jedem Gorodok abspielte. Handwerker saßen in der Sonne und besserten Waffen oder Kleidung aus. Es roch nach frisch gebackenem Brot aus eigens errichteten Öfen. Bratspieße mit ganzen Schweinen drehten sich über offenem Feuer, und Kinder spielten kreischend Fangen.

Langsam, in verhaltenem Schritt, ritten sie dorthin, wo düstere Gewänder vorherrschten, bei den Männern glatte Wangen statt Bärten. Elja hatte erwartet, Rufe würden sie begleiten, Zeichen des Erstaunens. Stattdessen breitete sich Schweigen aus, wo immer jemand sich zu ihnen umwandte. Nichts als ein Flüstern blieb zurück, wo Gespräche, Lachen und Rufe gewesen waren. Elja hielt den Kopf geradeaus gerichtet. Nur ihre Augen gingen suchend hin und her. Sie sah, dass Andrej sich ebenso unbewegt auf dem Rücken seines Pferdes hielt. Marusja betrachtete ihr Volk mit großäugigem Staunen.

Elja befürchtete, ihr Vater könne sie zuerst entdecken und werde ihnen somit den Vorteil der Überraschung rauben. Doch als sie seiner ansichtig wurde, wandte er ihnen gerade den Rücken zu. Seine Haare waren weiß geworden, aber dicht wie eh und je. Sie erkannte ihn daran, wie fest seine Füße auf dem Boden standen, wie die in die Hüften gestemmten Arme seine Gestalt verbreiterten, als stehe ihm mehr Raum zu als anderen Menschen.

Für einen Augenblick sah sie sich, wie sie von ihrem Pferd sprang und in seine Arme stürzte, wie er sie zwischen Küssen von sich hielt, sie lachend und stolz betrachtete. Dann kehrte das Wissen zurück und bannte die unschuldige Erinnerung. Nicht der Tod Nazars kam ihr in den Sinn. Nicht einmal, dass er ihr beinahe Andrej genommen hatte. *Du hast mir mein Väterchen gestohlen,* dachte sie, und kalter Zorn stieg in ihr auf.

Rurik unterhielt sich gerade mit zwei Jarostnye, die Elja nicht kannte. Als die Woge des Flüsterns die beiden Männer erreichte und sie sich umwandten, schien er zu bemerken, dass etwas vor sich ging. Auch er drehte sich nun um, ein sorgloses Lächeln auf dem Gesicht, ganz der selbstgewisse Führer, dem nichts geschehen konnte inmitten der Seinen. Obwohl er fast am Ende des sechsten Lebensjahrzehnts stand, war seine Erscheinung kraftvoll und lebendig. Elja erinnerte sich, wie er den hinfälligen Kranken gespielt hatte, um seine Wünsche durchzusetzen. Mit Genugtuung sah sie, wie Zweifel sich in seiner Miene spiegelte und überging in Fassungslosigkeit und Entsetzen.

Doch nur für die Länge eines Atemzuges.

Dann stürzte er ihnen entgegen, drängte sich zwischen ihre Pferde, legte eine Hand auf Andrejs Schenkel, die andere auf den Hals seines Tieres und rief aus: »Andrej! Andrej! Mein geliebter Sohn! Ich kann es nicht glauben!«

Sein Ausruf löste die Erstarrung der übrigen Jarostnye. Alle gleichzeitig schienen nun heranzudrängen.

Andrej blieb reglos auf seinem Pferd sitzen und sah Rurik kalt an. Der wandte sich zu Elja um und rief: »Sogar mein Töchterlein ist mir zurückgegeben worden! Zu Zeiten, wo solche Wunder geschehen, muss auch Asow fallen!«

Einige der Umstehenden brachen in Jubel aus. Voller Abscheu sah Elja Tränen auf den Wangen ihres Vaters glitzern.

»Ich glaubte dich von Tataren getötet!«, fuhr Rurik laut fort, wieder an Andrej gewandt. »Ich sah doch mit eigenen Augen, wie sie dich mit sich nahmen, tot, wie ich glauben musste! So warst du am Leben und ihr Gefangener?«

Andrej stieg von seinem Pferd. Elja tat es ihm unverzüglich nach. Nur Marusja blieb sitzen, scheute offenbar, den Vorteil des erhöhten Überblicks aufzugeben.

»Man hat mich verschleppt und gefangen gehalten, das ist wahr«, ließ Andrej sich vernehmen. Elja war erstaunt, wie entschieden und klar seine Stimme klang. Dann wurde ihr bewusst, wie viele Jahre er die Menschen geführt hatte, die sie umringten. »Aber nun bin ich zurück.«

»Wo warst du bloß?«, fragte Rurik. »Bald ein halbes Jahr warst du verschwunden!«

Besorgt sah Elja Andrej an. Sicher durchschaute er, welche Falle Rurik ihm stellte. Keiner der Jarostnye hatte je gewusst, wo ihr Ataman ihn einst gefunden hatte. Andrej konnte nicht enthüllen, was Rurik ihm angetan hatte, ohne die Schande seiner Herkunft zu offenbaren.

Sie sah, dass seine Hände zitterten, bevor er sie zu Fäusten ballte. Dann entspannten sie sich wieder.

»Wir haben einen Krieg zu gewinnen«, gab Andrej zurück. Seine Stimme verriet nichts. »Danach ist Zeit, die Schuldigen zu bestrafen. – Und sie werden bestraft werden. Das verspreche ich dir.«

Ruriks Augen wurden schmal.

»Dann wird es an den Jarostnye sein zu bestimmen, wer sie führen soll«, fuhr Andrej fort. »Auch diese Entscheidung zu treffen, ist jetzt nicht die rechte Zeit.«

»Was schlägst du vor?« Rurik schien zu begreifen, dass ihm ein Waffenstillstand gewährt worden war.

»Bis Asow eingenommen ist, wird es zwei Atamane der Jarostnye geben. Jeder kann sich entscheiden, wem er sich anschließen will. Dawid Safonow wird aus beiden Gruppen je drei Jarostnye bestimmen, die an allen Versammlungen des Atamans mit seinen Esaulen teilnehmen und die ihm Bericht erstatten, dass nicht einer gegen den anderen arbeitet und so den Sieg gefährdet. Und wenn Tatarinow die Anführer um sich versammelt, werden sowohl die Atamane als auch Dawid Safonow anwesend sein.«

Elja hatte erwartet, Rurik werde Andrejs Vorschlag ablehnen, oder dass er einen seiner Männer an Dawids statt vorschlagen werde. Doch er nickte. Es war wohl der Schrecken über Andrejs Befreiung und die Erleichterung, fürs Erste davongekommen zu sein. Viele begannen nun, sich um Andrej zu drängen, wollten ihn küssen und bestürmten ihn mit Fragen. Auch zu Elja kamen einige. Sie erwiderte deren Umarmungen nur geistesabwesend, ließ ihren Vater nicht aus den Augen.

Er hat nicht begriffen, dass wir ihm lediglich eine Gnadenfrist gewährt haben, dachte sie wütend. Sein Gebaren hatte sich bereits wieder in das eines Siegers verwandelt. *Hat er je eine Niederlage akzeptiert?*

Er wagte es wahrhaftig, zu ihr zu kommen. Elja hielt die Zügel von Marusjas Pferd in ihren Händen. Mit zusammengebissenen Zähnen wartete sie darauf, dass er den Blick zu ihrer Tochter erheben würde. Wie immer schien er jedoch genau zu wissen, wie weit er gehen konnte.

»Oh, Elja …« Er seufzte und sah sie mit großen Augen an. »Es ist so vieles geschehen.«

Der Wunsch, den sie eben noch gehabt hatte, als sie seiner ansichtig wurde, war gestorben. Nun konnte sie ihn kühl betrachten, beinahe mit Neugier, als sei er ein unbekanntes Tier.

»So ist es«, erwiderte sie knapp. »Und darum kann nichts je wieder so sein, wie es einst war.«

Anscheinend hatten die meisten der Jarostnye beschlossen, das Offensichtliche nicht zu bemerken. Als sei es ein lange geübtes Manöver, das keiner weiteren Absprache bedurfte, packten Ruriks Anhänger ihre Habseligkeiten ein und bezogen den westlichen Teil des Lagers, den die Jarostnye errichtet hatten, die Anhänger Andrejs den östlichen. Dies ging ohne böse Worte oder finstere Mienen vonstatten. Man besuchte sich weiter gegenseitig, überschritt die unsichtbare Grenzlinie, um abends beieinanderzusitzen, miteinander zu trinken, zu tanzen und zu singen. Niemand schien niemandem gram zu sein. Dass Vater und Tochter, Vater und Sohn, Ataman und Ataman kein Wort miteinander wechselten und jede Begegnung vermieden, wurde von keinem Menschen erwähnt. Jedenfalls bemerkte Elja nie dergleichen. Offenbar war jeder der Meinung, sich diesem Thema zu widmen, koste Kraft, die man für den Kampf um die Festung sparen müsse. Und wer konnte sagen, wer diesen Krieg überleben würde? Warum sich Gedanken über das Schicksal zweier Männer machen, die schon morgen fallen konnten?

Es war, wie Andrej gesagt hatte. Der größere Teil des Tages verging mit dem Bemühen der Kosaken, die Mauern der Festung mit ihren Kanonen mürbe zu schießen, und mit Schusswechseln. Todesnachrichten erschütterten die Menschen in Eljas Umgebung. Noch war unter den Gefallenen keiner, den sie kannte oder dessen sie sich erinnert hätte.

Dawid Safonow hatte ihnen sein Zelt überlassen. Er war in das seiner Schwester Elisawica gezogen, die seit dem Tod seiner Gemahlin seine drei Kinder neben ihren eigenen betreute.

Elja sah Marusja tagsüber kaum noch, und wenn, dann inmitten einer Kinderschar, die an ihren Röcken hing. Sie schien sich rasch an Elisawica angeschlossen zu haben. Als Elja ihrer Tochter einmal sagte, dass sie sich darüber freue, stellte sie mit Erstaunen fest, dass es ihr peinlich zu sein schien.

Abends stand Elja vor ihrem Zelt und wartete auf Andrej. Meist entdeckte sie ihn, bevor er sie sah. Sie beobachtete, wie er sich unter den Jarostnye bewegte, so völlig anders, als Rurik es tat. Er benahm sich nicht wie ein Fürst, kam unauffällig daher, scheinbar einer von ihnen. Selten sah sie, dass er jemanden umarmte und küsste. Aber wo er war, lächelten die Menschen, kamen mit Fragen, erbaten Hilfe und lächelten noch, wenn er gegangen war.

Mitunter hörte sie ihn sogar lachen, nicht das tiefe Lachen Ruriks, das wie auf einer langen Treppe aus dem Bauch aufzusteigen schien, sondern ein leichtes, freundliches, fast unbeschwertes Lachen. Wann hatte er es erlernt? Elja hatte es nicht miterlebt, und sie neidete es denen, die dabei gewesen waren. Jeden Tag ersehnte sie den Moment, wenn sein Blick sie traf, zuerst noch scheu, beinahe ungläubig, bis Gewissheit und die Vorfreude ihrer Umarmung seine Augen zum Leuchten brachten. Nie ließ sie ihn ihre Angst spüren, die sie jeden Tag um ihn ausstand, sondern nahm sie als den Preis, den sie zahlen musste, um bei ihm sein zu dürfen. Schon nach den ersten beiden Nächten hatte Marusja sie beiläufig wissen lassen, sie schlafe künftig in Olenas und Kyrills Zelt. »Hier gibt es nachts ja keine Ruhe«, hatte sie hinzugefügt.

Abends saß Elja neben Andrej und lauschte den Gesprächen der Jarostnye. »Sie lachen über uns«, hörte sie des Öfteren. »Die Janitscharen stehen auf den Wällen und lachen uns aus.«

Wenn Andrej morgens gegangen war, um Berichte und Verlustmeldungen entgegenzunehmen, Angriffe und Verteidigungsmaßnahmen zu befehligen, suchte Elja sich eine Aufgabe, wie sie es einst in Siljongorod getan hatte. Damals war sie beinahe bereit gewesen, den Platz einzunehmen, den man ihr als Tochter Ruriks zuwies. Nun fühlte sie eine neue Freiheit, die es ihr ermöglichte, nur ihrem eigenen Sinn zu folgen. Sie mischte sich unter die Frauen, half Wäsche zu waschen, Kleidung auszubessern, buk und kochte. Sie tat, was sie in Chulyschi getan hätte.

Das änderte sich an dem Morgen, als Semjon in ihr Zelt gestürzt kam.

Elja erwachte von dem Ruck, mit dem Andrej sich aufsetzte. Erst dann hörte sie die sich überschlagende Stimme eines untersetzten Mannes, der im Zelteingang stand.

»Sie sind fort!«, rief der Mann. »Sie sind alle fort! Ihr müsst ihnen nach!«

Elja kannte ihn nicht. Später erfuhr sie, dass Semjon Andrejs Spion unter Ruriks Männern war.

»So fasse dich doch!« Andrej war schon aufgesprungen und zog seine Hosen an.

»Verdammter Rurik!«, wütete Semjon. »Verzeiht, Herr!«

»Wir kommen nicht voran, wenn dir alle Gedanken gleichzeitig durch den Hals wollen«, meinte Andrej. »Erkläre mir, was geschehen ist. So, dass ich dich verstehen kann.«

Semjon nahm einen tiefen Atemzug.

»Ein Mann ist ins Lager gekommen. Er sagt, die Garnisonen von Kaffa, Temrjuk und einige andere wollen den Asowern zu Hilfe kommen. Die Osmanen haben ein Heer zusammengestellt. Es will sich nach Asow durchschlagen und uns angreifen!«

»Wir müssen ihnen entgegenziehen!« Andrej lief auf und ab, während er weitersprach. »Und zugleich darf es nicht auffallen. Es müssen genug von uns hierbleiben, um die Belagerung fortzusetzen. Die Osmanen dürfen nicht bemerken, dass die Hälfte von uns fehlt. Die anderen müssen umso mehr Lärm machen. Aber wir müssen ihnen entgegenziehen und sie aufhalten!«

Der Mann nickte und schluckte trocken. »Das hat Rurik bereits getan.«

»Willst du sagen, er ist aufgebrochen, ohne uns zu verständigen? Das sieht ihm gleich.«

»Herr, Ihr versteht mich falsch. Er hat *niemandem* etwas gesagt. Der Mann, der die Nachricht brachte, ist zu ihm gegangen, weil er glaubte, Rurik sei ein aufrechter Mann und habe bei den Jarostnye allein das Sagen. Aber Rurik hat alles für sich behalten, was er erfuhr. Er hat auch Tatarinow nicht verständigt.«

»Herrgott!« Andrejs Aufschrei ließ Elja zusammenfahren. »Willst du sagen, er ist allein mit seinen gerade einmal fünfhundert Leuten losgezogen? Er bringt sie um! Und er gefährdet unseren Sieg!«

Nun begriff Elja. Ihr Vater würde alles dafür tun, als Held dazustehen, um seine Stellung bei den Jarostnye zu festigen, und vielleicht auch, damit das Auge des Zaren auf ihn fallen solle. Er war sogar bereit, eine große Anzahl von Jarostnye diesem Ziel zu opfern. Sie wusste, was jetzt geschehen würde. Andrej würde zu Tatarinow gehen. Elja zweifelte nicht daran, dass Andrej die Abteilung anführen würde, die man aussandte. Er musste in den Kampf ziehen – und sich einem wütenden Rurik stellen, dessen Pläne er durchkreuzt hatte.

Als er den Säbel umgeschnallt und die Nagaika in seinen Gürtel gesteckt hatte, drehte er sich zu ihr um. Nackt wie sie war, sprang Elja auf und lief zu ihm. Ihr war es völlig gleichgültig, was Semjon davon halten mochte. Sie schluckte die Worte hinunter, die ihr in den Sinn kamen, wollte Andrej nicht beschweren mit ihrer Furcht. Stattdessen erwiderte sie seine feste Umarmung und seinen Kuss und sah ihm nach, bis die Zeltklappe sich hinter ihm schloss.

Noch eine ganze Weile starrte sie auf die Leinwand. Dann begann sie sich anzukleiden, mit fliegenden Fingern und ohne auf das zu achten, was sie tat. Als sie zu Olenas Zelt lief, kam diese ihr schon entgegen, an ihrer Seite eine bleiche Marusja.

»Kyrill geht mit ihnen«, rief Olena. »Ich bleibe hier. Ich werde die Frauen anleiten, es den Jarostnye gleichzutun und die Aufgaben der Männer zu übernehmen, damit die Asower nichts merken.«

»Ich nicht!«, entgegnete Elja.

»Was heißt das: ›ich nicht‹?«

»Ich kann nicht hierbleiben!«, erwiderte Elja aufgeregt. »Ich bitte dich, hilf mir! Ich muss mit ihnen reiten!«

Olena schwieg und nickte schließlich. »Ich werde mich um Marusja kümmern.«

Sie wechselten einen ernsten Blick. *Ich werde mich um Marusja kümmern, auch wenn ihr beide nicht zurückkommt,* besagte er.

»Komm mit«, sagte Olena entschlossen und ging voraus. Elja bemühte sich unterdessen, Marusja ein beruhigendes Lächeln zu schenken.

»Wir werden bald wieder zurück sein«, meinte sie. »Bleib du derweilen bei Olena.«

»Ist es – gefährlich?«, fragte Marusja mit zitternder Stimme.

»Gefährlich ist es für die, die mit Rurik gezogen sind«, versuchte Olena das Mädchen zu beruhigen. »Tatarinow wird ihnen so viele Kosaken hinterherschicken, dass die Osmanen sich von selbst ergeben, wenn sie die Übermacht sehen. Außerdem – wenn es gefährlich wäre – würde deine Mutter dann gehen? Würde ich dann hierbleiben?«

Elja dankte ihr den Beistand mit einem schiefen Lächeln.

»So, dann wollen wir dich mal einkleiden, damit du dich nicht schämen musst unter den Jarostnye«, meinte Olena, als sie in dem kleinen Zelt angelangt waren. Felle, Decken und Kleidungsstücke, in einem wilden Haufen durcheinandergeworfen, zeugten von einem raschen Aufbruch.

Kurz darauf trug Elja zum ersten Mal seit vielen Jahren die vertraute dunkle Tracht.

»Waffen haben wir mehr als genug«, meinte Olena. Sie

kniete auf dem Boden und schlug ein Bündel auseinander, das mit gewachstem Tuch umwickelt war. »Du kannst dir nehmen, was du magst. Einige haben wir den Osmanen abgenommen, die einen Ausfall versucht haben, andere stammen – von unseren Leuten.«

»Gib du mir, was du für wichtig hältst«, drängte Elja.

Ihr war nicht danach zumute, mit kühlem Verstand die rechte Bewaffnung zu wählen. Bis jetzt hatte sie nicht geahnt, wie unerträglich es für sie war, von Andrej getrennt zu sein, ohne Gewissheit, ihn je wiederzusehen.

Olena reichte ihr einen einfachen Säbel und einen Dolch. »Ah, hier!« Zufrieden kramte sie eine armlange Pistole hervor. »Sie wiegt nicht mehr als ein Laib Brot. Siehst du, wie gut die Verbindungskette gearbeitet ist? Und hier, die Lagerung des Pfannenschiebers? Er ist nicht gefedert, aber das macht nichts. Das Schloss ist auch nicht gesichert. Du musst den Hahn mit dem Schwefelkies kurz vor dem Schuss auf den Schieber klappen. Verstehst du, was ich meine?« Elja nickte ungeduldig. »Nun, solange du noch weißt, an welchem Ende du sie anfassen musst – und versuche, dir nicht in den eigenen Hintern zu schießen!«

Nachdem Elja die Waffen verstaut hatte, ging sie zu Marusja, die am Zelteingang stehen geblieben war und alles schweigend beobachtet hatte. Sie nahm sie in die Arme und küsste sie. »Sorge dich nicht«, meinte sie. »Wir sind bald wieder zurück.«

Marusja sah ihre Mutter ernst und doch liebevoll an, und Elja erkannte, dass kein Kind mehr vor ihr stand, sondern eine junge Frau.

»Matuschka«, sagte Marusja nur, und sie umarmten sich noch einmal.

Olena schwieg, als Elja auch sie umarmte und küsste. Ihr lag es nicht, sich selbst zu beruhigen mit Worten wie »Gib Acht auf dich« oder »Bring mir die Männer gesund zurück«.

Als Elja vor das Zelt trat, sah sie, dass einige Kosaken bereits das Lager verließen. Sie rannte und holte ihren Sattel, dann das Pferd.

Sie führte es am Zügel, bis Bäume die Festung ihrem Blick entzogen. Nach etwa zwei Werst und nachdem sie ihr Tier zwischen Hunderten anderer hindurchgedrängt hatte, sah sie endlich Andrej vor sich. Sie trieb ihr Pferd noch stärker an. Als sie beinahe gleichauf mit ihm war, wandte Dawid Safonow sich um, der neben ihm ritt. Zuerst begriff sie nicht, warum er erschrak, als er sie erkannte, und warum er hinter sie schaute, bis sie verstand, dass er Marusja suchte. Sie schüttelte den Kopf und gab ihrem Pferd noch einmal die Sporen. Dann war sie mit Andrej gleichauf.

Seine Augen wurden groß, als er sie sah. Elja konnte keine Besorgnis darin erkennen, nur Freude. Sie lachte laut, schnalzte mit der Zunge und hörte Wind und Blut in ihren Ohren rauschen.

28

Keine zehn Werst von Asow entfernt, am Flüsschen Karalnik, trafen sie auf die Feinde. Schon von weitem waren in der beinahe hügellosen Landschaft die Reiter zu sehen, die wie in einem großen Karussell um einen Mittelpunkt kreisten. Es waren Janitscharen mit Schnauzbärten und weißen Hauben, Tataren, Nogaier und Adygeer. Bald war auch ihr Geschrei zu hören, aufpeitschend und beängstigend siegessicher. Unablässig ließen sie Pfeile auf den unsichtbaren Feind in ihrer Mitte niedergehen.

Mit einem lauten Ruf trieb Andrej sein Pferd an, riss den Bogen von seiner Schulter und begann, Pfeil um Pfeil in die Menge zu schießen. Wie ein riesiger Keil stießen die Kosaken in die wirbelnde Schar, hackten und hieben sich ihren Weg durch einen Wald von Säbeln und Schwertern. Elja ließ sich mit ihnen treiben, den Blick nur nach vorn gerichtet. Sie sah, wie die Feinde sich umwandten. Pfeile zischten unmittelbar neben ihr vorbei. Kosaken fielen, und Feinde starben unter Kosakenpfeilen.

Kurz bevor Elja eintauchte in das Gewimmel der Kämpfenden, zog sie ihre Pistole. Sie gab einen Schuss ab auf einen Janitscharen, der eben den gespannten Bogen auf die heranstürmenden Kosaken richtete. Er warf die Arme hoch, rutschte seitlich von seinem Pferd herunter und wurde in donnerndem Galopp mitgeschleift. Den Lauf der Pistole fest umklammert, zog Elja den Säbel, hieb mit den Waffen wild um sich, gönnte sich auch jetzt keinen Blick zur Seite. Sie lenkte ihr Pferd über Leichen und Kadaver, hörte Schreie, wehrte den Gedanken ab, zu stürzen und unterzugehen, hielt sich fest am Anblick des blonden Hinterkopfes, bangte mehr um ihn als um sich.

Und dann war die Mitte des tödlichen Tanzplatzes erreicht. Umgestürzte Wagen bildeten die Basis des Verteidigungsdreiecks, des *Tabor*. So viele Jarostnye lagen auf der Erde, tot oder sterbend. Es schien undenkbar, von den fünfhundert, mit denen Rurik ausgezogen war, könne noch einer am Leben sein.

Ständig blitzte Gewehrfeuer auf. Elja konnte schon die abrupten Bewegungen der Schützen sehen, die sich nach hinten wandten, um sich eine frisch geladene Waffe anreichen zu lassen. Und noch immer, unermüdlich, sirrten die Pfeile. Durch die Schneise, die Andrejs Truppen in den Kreis der Gegner geschlagen hatten, drängten unablässig weitere Kosaken heran. In zwei Flügeln strömten sie sofort wieder nach außen, zerschnitten die Phalanx der Feinde. Elja stand inmitten des Tabor, geschützt durch den Wall der Kosaken. Einige von Ruriks Leuten brachen erschöpft zusammen, nun, da die Rettung möglich schien. Manche blieben liegen, andere richteten sich wieder auf, stürmten an ihr vorbei, noch einmal in die Schlacht.

Auch ihren Vater sah Elja davonstürzen, den blutigen Säbel in der Hand. Sie selbst blieb wie betäubt zwischen Toten und Wagen, ermahnte sich, sie müsse helfen, den Kampf zu vollenden, und konnte es doch nicht. Die Orte, an denen erbittert gekämpft wurde, schienen sich immer weiter von ihr zu entfernen. Wo die Kämpfer Boden preisgaben, war er mit Toten bedeckt.

Dann kam Bewegung in die Reihen. Die Feinde flohen. Doch die Kosaken setzten ihnen nach.

Elja stieg vom Pferd, allein zwischen Toten und Sterbenden, denen sie nicht helfen konnte, zurückgelassen wie eine Wache. Als sie keinen Kosaken mehr sah, der aufrecht auf seinen Beinen stand, wurde ihr bang wie einem ausgesetzten Kind. Plötzlich begriff sie nicht mehr, wie es dazu gekommen war, dass sie hier zurückblieb. Sie schwang sich erneut auf das Pferd und folgte dem Heer.

Auch hier lagen Tote, Kosaken und Feinde. Es war eine grausige Spur, die ihr den Weg wies. Elja wollte keinen von ihnen ansehen und tat es doch. Sie ritt eben durch ein kleines Wäldchen, als sie Rufe hörte. Erneut zog sie den Säbel und fluchte, ihre Rast nicht einmal dafür genutzt zu haben, ihre Pistole nachzuladen. Sie hatte es tatsächlich vergessen. Olena hatte recht. Nicht viel von den Instinkten einer Jarostnya war ihr geblieben.

Als sie die ersten Pferde sah, suchte sie Deckung hinter den Bäumen und packte ihre Schaschka fester. Dann merkte sie, dass die Tiere Kosaken gehörten, von denen einige bereits abgestiegen waren. Die Schlacht war geschlagen. Kaum jemand beachtete Elja, als sie langsam zwischen ihnen hindurchritt und zwischen Gefangenen, die gefesselt auf dem Boden lagen.

Unruhe entstand. Rufe ertönten, doch kündeten sie nicht von neuem Schrecken. Sie klangen eher wie Warnungen.

Elja ritt weiter, folgte den Rufen. Jarostnye sprangen von ihren Pferden, legten ihnen Fußfesseln an und liefen dorthin, wo ihre Kameraden sich zu formieren begannen. Sie bildeten einen Kreis, als gelte es, hier und jetzt eine Versammlung abzuhalten. Eine schlimme Ahnung ließ Elja den Mund trocken werden. Sie stieg von ihrem Pferd, band es an einem Baum fest und rannte zum Kreis. Breite Männerrücken nahmen ihr die Sicht. Rücksichtslos begann sie, sich zwischen ihnen hindurchzudrängen. Plötzlich hörte sie die Stimme Ruriks. Elja ahnte, was geschah. Als sie sich durchgekämpft hatte, sah sie ihre Ahnung bestätigt.

Ihr Vater und Andrej standen sich in der Mitte des Kreises gegenüber, höchstens drei Sazen voneinander entfernt. Andrejs Hand lag auf dem Griff seiner Schaschka. Er hatte sie noch nicht gezogen.

Rurik stand geduckt mit erhobenem Säbel vor ihm. Er schien völlig außer sich zu sein. Elja hatte ihn noch nie so erlebt. Aber er war auch noch nie machtlos gewesen.

»Undankbarer Hund!«, schrie er.

Andrej rührte sich nicht, stand bleich und unbewegt wie die Birken, die die kleine Lichtung umgaben. Elja fragte sich, wie es ihm gelang, so ruhig zu bleiben. War ihm sein Leben so wenig wert, dass er nicht darum fürchtete?

»Du verdammter Hurensohn!«, wütete Rurik.

Wie ein Büffel stürmte er mit gesenktem Haupt auf Andrej los. Erst Eljas schriller Schrei brachte Bewegung in die Umstehenden. Mehrere Männer stürzten nach vorn und nahmen ihr die Sicht. Sie lief ihnen nach. Bange Augenblicke vergingen, bis sie erkennen konnte, was geschah.

Andrej schien sich keinen Fußbreit bewegt zu haben. Seine Miene war so verschlossen wie einst, als sie ihn kennengelernt hatte. Gerade dies zog sie nun beinahe schmerzhaft zu ihm, zeigte ihr, wie sehr er ihres Beistands bedurfte. Sie schob sich zu ihm durch und stellte sich so dicht neben ihn, dass ihre Arme sich berührten. Rurik versuchte keuchend, sich loszureißen von einem halben Dutzend Männer. Sie hatten ihn entwaffnet, hielten ihn jedoch fest umklammert.

»Ich weiß, was du vorhast«, rief er. »Aber du wirst mir meine Jarostnye nicht wieder nehmen!«

Andrej warf ihm einen beinahe mitleidigen Blick zu und wandte sich um. Nachdem er Dawid Safonow einige kurze Anweisungen erteilt hatte, stieg er auf sein Pferd, ohne sich umzudrehen. Auf dem Weg zurück nach Asow hielt Elja sich an seiner Seite.

Die Luft war kühl und roch nach Rauch. Aber Elja hatte sich weder in ihre Burka noch in eine Decke gehüllt. Ständig war sie aufgestanden und umhergelaufen, konnte nicht erwarten, welche Kunde Andrej bringen würde, konnte sich nicht einmal ausmalen, von welcher Art sie sein sollte. Olena und Kyrill saßen mit ihnen vor Eljas Zelt am Feuer, als Marusja aufsprang und aufgeregt rief: »Da kommen sie!«

Dawid Safonow war bei ihm. Die Gesichter der Männer waren ernst, doch anderes hatte Elja nicht erwartet.

»Geh, hol ein wenig Wein«, hieß Olena Marusja. Die lief ins Zelt und war augenblicklich mit zwei gefüllten Bechern zurück, um ja nichts zu verpassen. Ihr Vater wartete, bis alle saßen, bevor er begann.

»Tatarinow war wütend, dass Rurik auf eigene Faust losgezogen ist«, berichtete er. »Wären wir nicht gekommen, hätten die Feinde Ruriks Leute überrannt und uns angreifen können. Aber wie ich es von Beginn an befürchtet habe – vor allem ist Tatarinow wütend, dass Streit zwischen seinen Anführern herrscht. Die Gründe sind ihm gleichgültig. ›Kleinliches Gezänk‹ nennt er es, und ich kann ihn verstehen. Er muss anderes im Sinn haben.«

»So ist nichts entschieden worden?«, fragte Elja, die nicht wusste, ob sie besorgt oder erleichtert sein sollte.

»Doch«, erwiderte Andrej. »Er hat Rurik abgesetzt. Mit denen, die wünschen, ihn zu begleiten, soll er sich einem der anderen Heeresteile anschließen. Rurik ist zu den Saporogern gegangen. Und Tatarinow hat uns auf die Heilige Schrift schwören lassen. Wir sollen unseren Zwist einstellen, bis die Festung gefallen ist.«

»Das wird wohl etwas nützen bei diesem gottlosen Hund«, warf Olena düster ein.

»Ein Hund, der umso bissiger ist, da man ihm seinen Knochen genommen hat«, fügte Safonow hinzu. Zu Andrej meinte er: »Du solltest veranlassen, dass Wachen vor deinem Zelt aufgestellt werden. Ich möchte dich nicht eines Morgens mit durchschnittener Kehle finden.« Marusja stieß einen Schrei aus, und er warf ihr einen entschuldigenden Blick zu. »Aber vielleicht gibt er ja auch Ruhe.«

Elja wusste, dass diese Worte Marusja beschwichtigen sollten. Rurik hatte nichts mehr zu verlieren. Es war nur eine Frage der Zeit, bis er den nächsten Vorstoß wagte.

Die Kosaken hatten einen der Gefangenen, die sie am Karalnik gemacht hatten, entkommen lassen und dafür gesorgt, dass er es bis in die Festung schaffte. Sie hofften, die Nachricht von der Niederlage der Einsatztruppen werde die Asower demoralisieren.

Die Stimmung der Belagerer schwankte unterdessen ständig zwischen Hoffnung und Entmutigung. Tschaikas, die Ruderboote der Kosaken, hatten mehrere tausend Mann Verstärkung vom oberen Don herbeigebracht. Dennoch war es aussichtslos, die Festung durch einen Sturmangriff erobern zu wollen. Noch so viele Menschen konnten den Mangel an Pulver nicht wettmachen.

Am 22. Mai jedoch standen die Kosaken jubelnd am Ufer des Don. Aus Woronesch war eine Flotte von neunundvierzig Schiffen eingetroffen. Der Gesandte des Zaren brachte eine, wie es hieß, »fürstliche Belohnung«. Sie bestand aus fünfzig Kugeln für jede Kanone, aus vielen Ballen Tuch und aus zweitausend Rubeln. Und er hatte Schießpulver mitgebracht, genug, um die Belagerung fortsetzen zu können.

In den kommenden Tagen lagen die Befestigungen Asows nahezu ununterbrochen unter Kanonenfeuer. Die Kugeln richteten erheblichen Schaden an, jedoch nicht genug, als dass man die Stadt hätte stürmen können.

»Er tut, als sei es seine eigene Idee gewesen!«

Auch an diesem Abend begleitete Dawid Safonow seinen Ataman. Sie kamen von einer Versammlung der Anführer. Selten hatte Elja den jungen Mann so zornig gesehen.

»Redet ihr von Rurik?«, fragte sie, nachdem sie die beiden Männer mit Fischeintopf und Brot versorgt hatte. »Ich dachte, er nimmt nicht mehr teil an den Versammlungen.«

»Nun, er ist kein Ataman mehr«, erklärte Dawid. »Aber er

hat es geschafft, dass man ihn in seiner Abteilung zum Esaul bestimmt hat. Und schon ist er wieder dabei. Er führt sich auf, dass man meinen könnte, Tatarinow selbst habe ihn zu seinem Stellvertreter auserkoren.«

»Und was hat dich heute so verärgert?«

Andrej hob zwar den Kopf, den er über seine Schüssel gebeugt gehalten hatte, tat jedoch nichts, um Dawid am Sprechen zu hindern.

»Du weißt, wir haben begonnen, Minen unter den Mauern anzulegen, um sie zu sprengen«, vergewisserte sich Dawid.

Elja nickte. Als dies beschlossen worden war, hatten alle Kosaken sich aufgeführt wie Kinder, die einen Streich planen. »Damit rechnen sie nie!«, hieß es überall. Offenbar waren die Osmanen davon überzeugt, niemand außer ihnen beherrsche diese Technik.

»Bei den Saporogern gibt es einen, der alles darüber weiß«, fuhr Dawid fort. »Er war in osmanischer Gefangenschaft und hat dort gelernt, wie man Sprengungen durchführt. Er ist auf den Versammlungen dabei, um Bericht zu erstatten, wie die Arbeiten vorangehen. Doch Rurik ist derjenige, der immer wieder das Wort ergreift. Er lässt es aussehen, als sei all das seinem Kopf entsprungen und die anderen führten nur aus, was *er* sich erdacht hat!«

Er schüttelte den Kopf. »Er hat das Verlieren nicht gelernt, und ich fürchte, er wird es nie lernen.« Dann wandte er sich zu seinem Ataman. »Andrej –«, seine Stimme klang fast bittend, »du solltest es ihr sagen.« Es nahm Elja für ihn ein, dass er sie solcherart einschloss in alles, was Andrej und ihn miteinander verband.

»Es widerstrebt mir, diesen Unrat zu wiederholen, den er verbreitet«, sagte Andrej müde. »Mitunter denke ich bereits: Mag es glauben, wer es glauben will.« Er schloss die Augen und rieb mit beiden Händen seinen Nacken. Dann starrte er in den Nachthimmel.

»Du musst dagegen angehen!«, rief Dawid wild aus. In diesem Augenblick erschien er Elja jünger, als es seinen fünfundzwanzig Lebensjahren entsprach. Sie sah, dass auch Marusja ihn jetzt unverwandt betrachtete. Aber als er zu ihrer Tochter hinsah, blickte diese rasch zur Seite. Elja war aufgefallen, dass sie kaum noch ein Wort mit Dawid wechselte, wenn er abends bei ihnen saß. Sie wunderte sich ein wenig darüber. Wenn Marusja so häufig mit Elisawica zusammen war, musste sie doch die Scheu vor deren Bruder verloren haben? Elja verscheuchte den Gedanken.

»Was solltest du mir sagen?«, fragte sie, bemüht, ihre Frage leicht klingen zu lassen.

Andrej schüttelte den Kopf. Die Geste wirkte eher resigniert als ablehnend, als habe man ihn gebeten, sich mit etwas zu befassen, dessen er seit langem überdrüssig war.

»Er verbreitet Gerüchte.« Dawids Augen funkelten. Elja bemerkte nicht zum ersten Mal, dass er ein überaus gutaussehender Mann war. Nicht so gutaussehend wie Andrej natürlich. Sie brauchte nicht zu fragen, von wem er sprach. »Er tut es so geschickt, es ist wie ein schleichendes Gift. Einige der Saporoger glauben offenbar das närrische Zeug, das er verbreitet. Sie schauen dir nicht mehr in die Augen, und wenn du sie fragst, braucht es lange, bis sie dir etwas erzählen.«

Elja schlang die Arme um ihre Knie, lauschte Dawid gebannt, konnte sich nicht von den Worten lösen, die doch nur Unheil bringen konnten.

»Er erzählt jetzt wieder, er hat doch gesehen, wie Tataren Andrej getötet haben«, fuhr er erregt fort. »Er sagt, es ist doch höchst verwunderlich, dass Andrej nun wohlbehalten wieder da ist. Anscheinend sei er gar nicht tot gewesen, sondern mit den Tataren im Bunde. – All seine Vergehen wendet er zu seinem Vorteil. Er sagt sogar, wie eigentümlich es ist, dass so viele kurz darauf ums Leben gekommen sind von denen, die an diesem Tag dabei waren.«

Sein Gesicht verzog sich vor Ekel.

Elja konnte ihn nur fassungslos anstarren. Heiße Wut erfüllte sie. Am liebsten wäre sie sofort aufgesprungen und zu ihrem Vater gelaufen, um ihn zur Rede zu stellen. Aber sie wusste, es wäre sinnlos. Er hätte keinerlei Hemmungen, ihr ins Gesicht zu lügen.

»Und wir können nichts tun«, bestätigte Dawid ihre Überlegungen. »Wir würden allenfalls riskieren, dass auch Andrej abgesetzt wird. Dann hätte Rurik wahrhaftig gesiegt.«

Elja fragte sich, welche Sprengladung wohl zuerst explodieren werde: die, die unter den Mauern Asows angebracht wurde, oder die zwischen ihrem Vater und ihrem Gemahl. Sie fürchtete sich vor dem, was beides sie kosten würde.

Es verging kaum eine Nacht, in der sie sich nicht liebten, mochte Andrej noch so erschöpft sein. Von anderen Frauen hatte Elja gehört, dass auch in deren Zelten der Schlaf meist erst nach der Umarmung kam. Es war wohl das Bedürfnis, dem allgegenwärtigen Tod zu trotzen, das Leben zu kosten und – vielleicht – neues zu säen.

Auch an diesem Abend lagen sie beieinander, einer in den Armen des anderen. Seit sie Andrej wiedergefunden hatte, begleitete Elja eine leise Traurigkeit, wann immer sie ihn sah, ihn spürte oder auch nur an ihn dachte. Es war, als könne er ihr jederzeit wieder genommen werden.

Mitunter kam es ihr so vor, als sei er in ihren Gedanken ebenso zu Hause wie sie in seinen Träumen, seit sie ihm in Senko Nennis' Haus in seine Märchenwelten gefolgt war. So fragte er auch jetzt, was sie beschäftige.

»Immer wieder wirst du geprüft«, sagte sie. »Dein Leben scheint nur Kampf zu sein. Das ist so ungerecht.«

»Ungerecht?« Sie konnte fast vor sich sehen, wie er die Augenbrauen zusammenzog. »Was erscheint dir ungerecht? – Ich führe ein Leben, das einst undenkbar für mich schien. Ich bin ein geachteter Mann. Ich habe dich«, er küsste sie aufs Haar. »Ich habe unsere wunderschöne Tochter.

Und – ich bin am Leben. Es wäre vermessen, noch mehr zu wünschen.«

»Dann wünsche ich es für dich«, sagte Elja. »Ich wünsche, dass all das Bestand hat.«

»Nichts auf dieser Welt hat Bestand«, wandte er sanft ein.

»Dann soll es zumindest lange währen«, beharrte Elja mit beinahe abergläubischer Vorsicht. Es war, als richte sie einen Wunsch an die Baba Jaga und müsse ihre Worte mit Bedacht wählen, damit sie nicht missverstanden werden konnten.

Er antwortete nicht, nahm sie nur noch fester in die Arme. So lagen sie eine ganze Weile, jeder in seinen eigenen Gedanken und doch verbunden. Als sie sich später liebten, berührten sie einander so sanft, als fürchteten sie, der andere könne zerbrechen.

Im Zelt war es noch morgengrau. Sie streckte die Arme aus, wollte ihn halten. Noch bevor sie den Sinn seiner Worte begriffen hatte, war er gegangen.

»Tatarinow hat nach mir schicken lassen«, hatte er in ihr Ohr geflüstert. »Schlaf weiter, mein Herz.«

Als sie wieder erwachte, hörte sie die Stimmen zweier Frauen, die sich vor ihrem Zelt unterhielten. Durch den Stoffhimmel über ihr schien die Sonne. Die Frauen schwatzten über eine dritte, eine gewisse Fetinja, meinten, sie sei so geizig, dass sie noch einem Floh die Haut abziehen würde.

Elja stand auf, zog sich langsam an und kämmte sich. Dann ging sie zu ihrer Tochter, die wie immer von Elisawicas und Dawids Kindern umringt war. Marusja war es wahrhaftig gelungen, ein paar bunte Fäden aufzutreiben, und sie brachte zweien der älteren Mädchen bei, Bänder für ihre kleineren Geschwister zu flechten. Kein Bild hätte friedlicher sein können.

An diesem Tag wollte die Zeit nicht vergehen. Keine Aufgabe, die Elja sich suchte, vermochte dies zu ändern.

Es war beinahe Abend, als Kyrill und Dawid zu ihr kamen. Elja stand seit geraumer Zeit vor ihrem Zelt und versuchte sich einzureden, Andrej müsse jeden Augenblick im Gewimmel der Kosakenfamilien auftauchen. Sie hatte sich schon den seligen Moment der Erleichterung ausgemalt, der rasch und für ewig vergessen im beglückenden Genuss der Gewohnheit untergehen würde.

Kyrill fragte, ob sie Andrej gesehen habe. Dawid stand hinter ihm und verzog den Mund zu einem aufmunternden Lächeln, das ebenso unecht wirkte wie die Beiläufigkeit, mit der Kyrill sich erkundigte.

»Ich habe ihn seit dem frühen Morgen nicht mehr gesehen«, erwiderte sie zögernd. »Tatarinow hat ihn zu sich rufen lassen.«

Sie bemerkte einen raschen Blick, den die beiden Männer wechselten. »Was ist? Was verbergt ihr mir?«

»Ich war den ganzen Morgen mit ihm zusammen«, erklärte Dawid. »Andrej war nicht dort. Und er war auch nicht bei der Versammlung der Atamane. Tatarinow hat sich darüber gewundert.«

Elja starrte die Männer wortlos an. Dann stürzte sie auf Kyrill zu, packte seinen Arm und rief: »Aber *du* hast ihn doch heute schon gesehen, nicht wahr?«

Kyrill schüttelte den Kopf. »Aber das will doch nichts besagen –«

»Das will wahrhaftig nichts besagen«, meinte nun auch Dawid. »Wer weiß, womit Tatarinow ihn beauftragt hat.«

Elja spürte, wie eine Eisenfaust ihre Kehle zudrückte. »Ich bitte dich –«, konnte sie nur hervorbringen, »frage ihn, ob er Andrej hat rufen lassen heute Morgen, in der Dämmerung.«

Dawid nickte und eilte davon. Elja nahm Kyrills Hand und presste sie an ihre Wange, während er auf sie einredete und versuchte, sie zu beruhigen.

Als Dawid zurückkam, verkündete sein verschlossenes Gesicht bereits die Botschaft.

»Tatarinow weiß von nichts«, eröffnete er. »Er hat gewiss keinen Boten zu Andrej geschickt.«

»Vielleicht hat er ihm einen Auftrag erteilt, von dem keiner wissen soll«, wandte Kyrill ein.

Dawid schüttelte energisch den Kopf. »Nein, das habe ich ihn auch gefragt. Er war nicht weniger erstaunt als ich. – Komm, Kyrill, wir machen uns auf die Suche.«

»Nein«, rief Elja laut. Es war nicht allein die Angst vor dem Warten, sondern eine plötzliche Gewissheit. »Kommt mit.«

Und schon stürzte sie davon.

Mochten die Saporoger zu Hause, auf ihrer Sitsch, auch ehelos leben, hatte die Durchmischung mit den anderen Kosakengruppen doch zu einer Lockerung der Sitten in ihrem Lager geführt.

Rurik saß auf einem Fass. Auf seinen Schultern lag ein Leinentuch, und Schaum bedeckte seine untere Gesichtshälfte. Eine blonde junge Frau, kaum älter als Marusja, war gerade dabei, ihm den Bart zu scheren. Ruriks Hand lag auf ihrem ausladenden Hinterteil. Offenbar erforderte diese Tändelei seine volle Aufmerksamkeit, denn er schaute erst in dem Augenblick auf, als Elja die Blonde beiseitestieß.

»Was hast du mit ihm gemacht?« Eljas Stimme war heiser vor Aufregung. Sie war sich sicher, er habe sie kommen sehen.

Rurik erhob sich langsam, wirkte völlig überrascht. Er sah sich hilfesuchend um. Sofort kamen einige der bunt gekleideten Saporoger herbei, sei es aus Neugier, oder um ihm beizustehen.

Rurik wartete, bis sie in Hörweite waren, bevor er antwortete: »Nun fasse dich doch, Elja! Wen meinst du denn?«

Elja atmete schwer. Ihre Fäuste ballten sich. »Was du mit ihm gemacht hast, will ich wissen!«

Rurik nahm das Tuch und begann, sich den Schaum vom Gesicht zu reiben. Als er damit fertig war, zog er plötzlich heftig die Luft durch die Nase. Dass er versuchte zu erscheinen, als sei ihm gerade ein überraschender Gedanke gekommen, machte Elja nur umso wütender.

»Ich wusste es!« Er wandte sich an die sich stetig vergrößernde Menge von Saporogern. »Begreift ihr, was geschehen ist? Ich habe es euch immer gesagt! Dieser Hundesohn hat es tatsächlich getan!« Unruhe entstand unter den Umstehenden. »Seit er, den ich für tot hielt, hier wieder erschienen ist, habe ich es gefürchtet! Er war schon immer ein Tatarenfreund! Er ist nur zurückgekommen, um zu spionieren! Nun ist er zu seinen wahren Freunden zurückgekrochen, um ihnen zu berichten, was wir planen!«

»Du verdammter Lügner!«, schrie Elja, außer sich vor Zorn. »Du hast zu Ende gebracht, was dir in Manastirskoi Jar misslang!«

Sie erwartete, er werde sich mit einer weiteren Lüge rechtfertigen. Aber er trat nur einen Schritt zurück und schüttelte langsam den Kopf, ganz der Vater, der gütig über die Torheit seines Kindes hinwegsieht.

Elja trat auf ihn zu. Sofort gingen zwei Saporoger dazwischen. Einer von ihnen meinte: »Gebt endlich Ruhe. Oder wollt ihr, dass Tatarinow hiervon erfährt?«

Jemand berührte Elja am Arm. Sie wollte die Hand abschütteln, merkte dann, dass es die Kyrills war.

»Es hat keinen Sinn«, sagte er laut. »Wir können dem Hund nichts beweisen.« Zu Rurik gewandt fügte er hinzu: »Dein Tag wird kommen, das verspreche ich dir. Und dann wird der Zorn der Steppe dich richten.«

Während Dawid und Kyrill sie mit sich zogen, schaute Elja immer wieder über ihre Schulter zurück. Rurik sah ihr nach, unbewegt. Ein Schauder erfasste sie. *Wenn ich dich wiedersehe, wird es das letzte Mal sein*, dachte sie. *Dann wird mein Vater sterben*.

29

Anfangs hatte es Elja über die Maßen gequält, Marusja vergeblich hoffen zu sehen. Nun machte es sie nur noch wütend. Als sie an diesem Tag in Olenas Zelt kam und Marusja allein dort sitzen sah, in eine Decke gehüllt, reglos und mit geschlossenen Augen, nahm sie ihre Tochter bei den Schultern und schüttelte sie. Erschrocken riss Marusja die Augen auf.

»Hör auf damit!«, schrie Elja. »Ich kann es nicht ertragen!«

»Er muss doch einmal schlafen«, verteidigte sich Marusja wie all die Male zuvor. »Er muss doch einmal träumen. Vielleicht finde ich ihn dann ... Du hast mir erzählt, du warst einmal in seinen Träumen, ohne es zu wollen. Warum soll ich nicht zu ihm gelangen können, wenn ich es nur will!«

»Er schläft nicht! Er kann nicht schlafen! Er ist tot, begreifst du das nicht? Dein Großvater hat ihn umgebracht!«

Marusja sprang auf. »Er wäre längst tot, wenn es nach dir ginge! Schon einmal hast du das geglaubt – aber ich habe recht behalten! – Geh endlich, wenn du mir nicht helfen willst, und lass *mich* wenigstens nach ihm suchen!«

Einige Augenblicke standen sie sich gegenüber, angespannt bis in die Finger. Am liebsten hätte Elja ihre Tochter geohrfeigt, als könne sie damit beweisen, dass sie recht habe, könne die Bilder bannen, die ihr vorgaukelten, Andrej sei noch am Leben, gefangen und gequält wie schon einmal.

Im Hinausrennen sah Elja, wie Marusja sich erneut niederließ und die Augen schloss.

Die Welt draußen war ein enger, bunter Tunnel. Elja lief,

ohne zu sehen, bis ein Stoß sie jäh aufhielt. Sie wollte sich freimachen, aber Olena hielt sie fest, immer fester, je mehr Elja versuchte, sich zu wehren. Auch die stärkste Klammer vermochte nichts gegen das Zittern, das Eljas Zähne klappern ließ, eine Kälte, als sei die Sonne aus der Welt gegangen und nichts als Eis sei geblieben. Olena hielt stand, und allmählich wich der Krampf, ließ nur Schwäche zurück.

»Du musst etwas essen«, meinte Olena. »Du musst wieder einmal schlafen.«

»Ich kann nicht schlafen.« Elja war es gewohnt gewesen, sich an ihn zu schmiegen, wenn sie nachts erwachte, sich gemeinsam mit ihm umzudrehen und den Arm um ihn zu legen oder den seinen um ihren Leib zu spüren. Wie rasch das Glück ihr wieder zur Gewohnheit geworden war.

»Komm zu uns. Wenn wir ein wenig zusammenrücken, ist auch für dich noch Platz.«

»Nein.«

So wenig sie Marusjas Hoffnung ertrug, so wenig duldete sie, wenn die anderen sich in das schickten, was sie selbst für gegeben hielt.

Von Tatarinow war keine Hilfe zu erwarten. Er meinte, es gäbe tausend Arten, wie ein Mann verschwinden oder zu Tode kommen könne. Nein, er glaube nicht das Geschwätz, das einige über Andrej verbreiteten, aber ebenso wenig wolle er Anschuldigungen gegen Rurik hören. Er kündigte an, wenn ihm zu Ohren komme, dass ein Saporoger einem Jarostny auch nur vor die Füße gespuckt habe, werde er ihn die Knute kosten lassen, und ebenso ergehe es jedem Jarostny, der Unfrieden stifte.

Jeder richtete den Blick tagein, tagaus auf den großen Haufen gemauerter Steine, der bald fallen sollte. Was galt da ein einzelnes Leben?

Wie ein Weib in Kindsnöten von der Pein fast besiegt wird, dann wieder zu Atem kommt, so näherte sich auch die Angst in Wellen. Sie zog sich zurück, trieb dann anbrandend den Schweiß aus jeder Pore und nahm den Atem. Sie ließ das Herz bald rasen, bald stocken, dass es wie eine Erlösung war zu denken, es werde endlich kapitulieren und aufhören zu schlagen.

Er hatte den Mann nicht gekannt, der ihn geweckt und ihm die Botschaft gebracht hatte. Kaum hatte er das letzte Zelt des Jarostnyelagers hinter sich gelassen, als ihm ein Schlag die Sinne nahm. Als er erwachte, war er ein Gefangener, ohne zu wissen, wessen und an welchem Ort, geknebelt, gefesselt, mit verbundenen Augen. Man gab ihm weder Brot noch Wasser – wozu auch? –, noch kam je einer zu ihm.

Dann, nach Tagen, wie es schien, hatte man ihn hierhergebracht, hatte die Binde von seinen Augen genommen, damit er sehen sollte, von welcher Art sein Grab war. Man sperrte ihn in einen Verschlag, der so eng war, dass er sich nicht rühren konnte, umgab ihn mit Säcken und Fässern, die nach Schwefel rochen. Er hörte, wie schließlich die Steine aufeinandergeschichtet wurden, ahnte den Geruch von Mörtel, sah in seinem Geist vor sich, wie die Schnur durch das winzige Loch in der Mauer gezogen wurde.

Die Wellen der Angst waren in einen See endloser Wachsamkeit gemündet, die nichts mehr erwartete außer dem alles auslöschenden Brüllen der Steine. Man hatte seine Augen nicht wieder verbunden, doch hier war es Nacht. Kein Morgengrauen konnte das Ende künden, und so konnte es jetzt – jetzt – jetzt kommen.

Immer wieder musste er schlucken, wo doch seine ausgedörrte Kehle nichts zu schlucken fand. Knie und Genick schrien nach Raum. Für einen Augenblick fiel er in Schwärze, bis das Zucken seiner Schultern ihn zurückriss.

Holz. Altes Holz. Enge. Starre. Völlige Dunkelheit. Ein heller Spalt. Marusja.

»Marusja!«

Elja sprang auf, taumelte und konnte sich gerade noch fangen. Die ganze Nacht hatte sie vor ihrem Zelt gesessen wie jede Nacht.

Dunkle Gestalten, überall, unter Waffen, teils gepanzert, alle dem rosigen Schimmern zugewandt, wartend.

Marusja stürzte auf Elja zu, Menschen drehten sich um, geboten murrend Schweigen, doch Mutter und Tochter hielten sich an den Händen, versuchten sich zu überschreien.

»Ich habe ihn gefühlt!« – »Ich weiß! Ich auch!« – »Allmächtiger, er hat ihn …«

Der Schrecken zerhackte die Worte zu kaum Verständlichem.

»Er hat ihn eingemauert –«

»Rurik – er hat Andrej eingemauert …«

»Andrej – er ist in der Pulverkammer …«

Zunächst flogen die Worte weiter, stockten dann, wurden nicht mehr vorangetragen. Elja lief los, wurde festgehalten, erstickte fast in einem Kerker aus Fleisch, schrie gellend: »Wir müssen – wir müssen hin!«

Der Tag kam angekrochen.

Einer der Männer drückte ihr Gesicht an seine Brust und murmelte immer wieder: »Es ist doch zu spät, es ist doch zu spät.«

Elja schrie und schrie und hörte ihre Tochter schreien und beten. Der Boden schwankte. Ein Grollen. Dann nichts mehr. Ungläubig blickten die Menschen in Richtung der Festung, die stand unversehrt.

»Es ist misslungen.« Das Raunen ging durch die Menge.

Elja stieß mit ihren Ellbogen, konnte sich befreien. Sie stürzte dorthin, wo hölzerne Planken noch immer Gänge und Stollen verbargen, wo feiner Steinstaub die Luft erfüllte, zu wenig für den Sieg, zu viel für ein einzelnes Leben. Wieder wurde sie festgehalten, dieses Mal war Kyrill dabei, der sie umschlang.

»Wir müssen warten, warten«, sagte er. Es klang wie ein Kinderlied.

Sie ließen Elja nicht hinein, konnten jedoch nicht verhindern, dass sie Kyrill entkam und hinter denen herstürzte, die gegangen waren, um zu erkunden, was den Fehlschlag bewirkt hatte.

Der Gang war gerade so hoch, dass ihr Kopf nicht anstieß. Sie stützte sich zu beiden Seiten, lief und krabbelte ins Dunkle wie ein Insekt, das unter der Erde haust. Endlich der Lichtschein, sie stürzte darauf zu, erwartete sofort Nachricht. Fassungslos lauschte sie den knappen Sätzen, die zwischen den Männern hin und her flogen.

»Wir hätten lieber gleich alles Pulver –«

»Aber wenn es dann missglückt wäre –«

»Vielleicht war es doch zu feucht –«

»Was ist mit Andrej?«, ging sie dazwischen.

Sie wandten sich zu ihr um, als sei sie ein spielendes Kind, das sie bei ihren Pflichten störte. Sie begriffen nicht einmal, weshalb sie hier war. Elja brauchte einige atemlose Sätze, um es zu erklären.

Einer von ihnen, ein stämmiger grauhaariger Saporoger, schüttelte den Kopf. »Wenn hier einer war – so braucht keiner mehr nach ihm zu suchen. Die Höhle, in der das Pulver war, ist eingestürzt, ganz und gar.«

Elja versuchte sich an ihnen vorbeizudrängen, immer wieder, bis einer seufzend die Fackel hob und mit ihr dorthin ging, wo Erde und Steine den Gang versperrten, ihn ausfüllten bis unter die Decke.

»Man muss graben!«, forderte Elja mit gepresster Stimme.

»Gewiss werden wir graben«, gab der Mann zurück. »Das wird dem Deinigen bloß nichts mehr nützen. Du siehst es doch selbst – hier käme kein Mäuslein durch. Wenn's ihn nicht zerschmettert hat – und das hat es gewiss – so ist er erstickt.«

Man sperrte sie ein. Als die Belagerung begann, hatte man schon bald eine kleine, feste Hütte errichtet. Hier brachte man die unter, die sich so betranken, dass sie nicht mehr wussten, was sie taten, und diejenigen, die gegen das Recht verstoßen hatten. Nun war niemand hier außer Elja.

Die Tür war verriegelt. Elja hatte sich blutige Finger geholt bei den vergeblichen Versuchen, sie zu öffnen. Durch ein winziges Fenster reichte man ihr Nahrung und Bier. Sie rührte das Essen nicht an, trank nur das Bier. Wenn das Fenster offen stand, konnte man den Himmel sehen, wenn man näher herantrat, auch einen Teil des Lagers und der Festung. Es war nicht verriegelt, aber Elja hatte nicht den Wunsch, es zu öffnen.

Sie wusste nicht, warum man sie hier hielt. Es war ihr auch gleichgültig. War es, weil sie ständig versucht hatte, zu ihrem Vater zu gelangen? Sie war nie mehr als ein paar Schritte weit gekommen. War es, weil sie immer wieder zur Mine wollte? Oder war es, weil sie nicht aufhören konnte zu schreien? Sie schrie nicht mehr, wiegte nur stumm ihren Körper.

Mitunter kam jemand vorbei, öffnete das Fenster und erzählte etwas, von dem er glaubte, es müsse sie interessieren.

Auch jetzt stand jemand am Fenster. Olena.

»Sie verhöhnen uns noch immer, von den Mauern herab. Weißt du, was sie sagen? ›Es können noch so viele Kosaken vor Asow stehen, sie werden uns die Stadt nie abnehmen. So viele Steine in den Mauern Asows sind, so viele Kosaken sollen vor ihnen fallen.‹«

Steine. Fallende, zermalmende Steine. Elja hielt sich an diesem Bild fest, malte es sich aus, versuchte zu teilen, was er einsam hatte erleiden müssen.

Nichts von dem, was man ihr zuraunte durch das Fensterchen, hatte sie je bewegt, nichts, außer dem einen: Man berichtete, man habe die Pulverkammer freigelegt. Und man habe Andrejs Leichnam gefunden.

»Heute ist der 17. Juni.« War Olena immer noch da? »Den

morgigen Tag musst du dir merken – wenn es uns gelingt. Sie haben eine neue Pulverkammer angelegt.«

Pulverkammer. Elja konnte nicht mehr atmen, schnappte nach Luft.

»Morgen früh werden sie eine neue Sprengung versuchen. Und wenn es glückt – dann werden wir Asow erobern.«

Elja antwortete nicht, geübt darin, die Worte ungehört an sich vorbeigleiten zu lassen. Fast zu spät erkannte sie, was sie für sie bedeuten konnten. Sie sprang auf, lief ans offene Fensterchen und rief Olena zurück. Diese drehte sich wahrhaftig wieder um und kam zurück.

»Ich will mit! Ich will mit, morgen!«

Olena stand keine Armlänge von ihr entfernt. »Wirklich? Meinst du das ernst?«

»Ich habe es mir überlegt – nur so kann ich – nur so – war es doch nicht umsonst!«, flehte sie.

Sie hatte gar nichts überlegt, die Worte flossen von allein, waren keine Lüge und doch nur die Hälfte der Wahrheit. »Ich werde mit euch kämpfen, damit erreicht wird, was er wollte.« Den Rest verschwieg sie. *Ihr könnt mir nicht befehlen, mich zu schonen. Ich werde mit euch kämpfen, aber mein Ziel wird nicht sein zu überleben.*

Olena zögerte. Elja bereitete sich darauf vor, lügen zu müssen. Es war nicht nötig.

Olena sagte: »Elja, mein Liebstes, ich kann dir nicht glauben, zu rasch kommt das. Ich will es mir überlegen. Zum Leben taugst du gerade nicht, ich weiß nicht, ob du zum Kämpfen taugst. Doch mancher, der sich selbst nichts mehr wert ist, kämpft nur umso verbissener. Ich muss darüber nachdenken. Vielleicht komme ich morgen, vor der Dämmerung, und lasse dich frei.«

In dieser Nacht ließ Elja das Fenster offen, schlief sogar ein wenig, im Sitzen, in eine Ecke gelehnt. Als sie aufwachte, war es noch immer Nacht. Es regnete.

Sie werden den Angriff verschieben, dachte sie erschrocken, doch sie empfand keine Scham, dass der Sieg ihr gleichgültig war, dass es ihr nur darum ging, nicht einen weiteren, bleischweren Tag lang leben zu müssen.

Kein einziges Mal hatte die Tür sich geöffnet, seit Elja eingesperrt war, und so erkannte sie das Geräusch nicht gleich, ein ganz und gar fremdes Kratzen und Knarzen, begriff es erst, als ein Tropfen sie traf und ein graues Viereck in der Nacht entstand, von einer dunklen Gestalt unterbrochen. Dann war die Tür wieder zu. Jemand war hereingekommen, jemand, der nur einen Fußbreit entfernt vor ihr stand. Sie konnte bereits fremde Atemzüge von ihren eigenen unterscheiden.

Olena?, hätte sie beinahe gefragt, wusste aber sofort, dass nicht die Treueste von allen zu ihr gekommen war.

Sie blieb reglos sitzen, gewahrte, dass man sich zu ihr herabbeugte, sich auf die Knie niederließ, sich ihr näherte. Angst sprang nicht hoch in ihr. Es gab nichts mehr zu fürchten, zumindest nicht in dieser Welt.

Eine Hand tastete nach ihr, stieß an ihre Brust, berührte dann ihren Arm. Langsam glitt sie nach oben, sacht an der Seite ihres Halses entlang, fand ihre Wange und verweilte.

Elja begann zu schluchzen.

Mit beiden Händen griff sie die Hand, schnüffelte am Handteller wie ein Tier, ging mit der Nase zum Handgelenk, den Arm entlang, roch feuchte Wolle, weiter, bis zur Halsgrube, zerbiss den Geruch dort zwischen ihren Zähnen und schluckte ihn. Sie ließ die Hand los, fand sein Gesicht, schob ihre Finger unter seinen Ohren ins Haar und verkrallte sich darin.

»Nein, nein, nein«, stieß sie weinend hervor.

Er nahm sie in die Arme, so fest, dass ihre Knochen fast nachgaben.

»Doch«, flüsterte er in ihr Ohr, wiederholte es immer wieder und wiegte sie.

Sie konnte sich noch nicht zurechtfinden, konnte sich nur zusammenrollen an ihm und seinen Duft trinken.

Er begann zu erzählen, langsam und geduldig, verstand wohl, dass sie all das wissen musste, um begreifen zu können. »Ich konnte nicht zu dir, sie hatten mich weggebracht. Gerade erst bin ich zurückgekommen. Sie wollten nicht, dass einer erfährt, dass ich gerettet bin.«

Noch immer brachte Elja kein Wort hervor, konnte nur mit den Händen über sein Gesicht streichen, seinen Körper, über jede Stelle, die sie erreichte, bis zu den Stiefelspitzen, als müsse sie ihn mit ihrer Berührung neu erschaffen.

»Als ich gefangen lag«, sagte er, »träumte mir, ich sei wieder ein Kind. Und meine Schwester kam, mich zu holen.«

»Ich weiß«, flüsterte sie. »Ich habe es gesehen. Und Marusja hat es auch gesehen.«

»Als Marusja es Dawid erzählte, ahnte er, wo ich bin. Sie töteten Ruriks Mann, der die Kammer bewachte und die Zündschnur entfachen sollte. Sie brachen die Mauer nieder, ersetzten mich durch ihn und richteten sie wieder auf. Sie konnten sie nicht neu vermauern. Vielleicht ist es darum missglückt.«

»Ich habe gedacht …«, schluchzte sie erneut.

»Ich weiß, mein Herz, mein Leben. Ich weiß.«

»Es war die Strafe«, murmelte sie in seine Brust, »es war die Strafe, weil ich weggegangen bin, weil ich dich allein gelassen habe.« *Weil ich glaubte, du hättest Nazar getötet. Weil ich nicht um dich getrauert habe.*

Sie hatten Zeit. Zeit, sich zu halten.

»Ich kann dich nicht sehen«, flüsterte Elja einmal. »Vielleicht bist du gar nicht hier. Vielleicht erträume ich dich nur.«

»Dann lass uns gehen. Wir zünden eine Fackel an, damit du mich sehen kannst.«

»Nein!« Elja umschlang ihn, damit er nicht aufstehen

konnte. »Du bist mein Finist, mein Falke. Vielleicht kannst du nur des Nachts bei mir sein, und bei Tage fliegst du davon.« Dass sie tatsächlich noch einmal sein leises Lachen in der Dunkelheit hören konnte, ließ wieder Tränen fließen. »Nun, selbst wenn es so ist – so soll es mir genug sein. Wenn ich dich nur jede Nacht halten kann.«

Als die Morgendämmerung sich ankündigte, stand Andrej auf und öffnete die Tür, ließ die Wirklichkeit herein.

»Es regnet noch immer«, sagte Elja.

»Sie wollen es trotzdem tun. Sie wollen heute sprengen.«

Elja trat neben ihn, beobachtete, wie das erste Licht sein Gesicht aus der Nacht holte. Kosaken traten aus ihren Zelten, dunkle Gestalten, die sich streckten und gähnten, dennoch bereits unter Waffen. Sie blickten gebannt auf die Festung. Noch immer fiel ein leichter Regen, graue Wolken verzögerten den Fortgang der Dämmerung.

Wieder drückte er sie so fest an sich, dass ihr die Rippen schmerzten. Er flüsterte in ihr Ohr: »Wenn es gelingt, muss ich mit ihnen!«

»Ich lasse dich nicht«, erwiderte sie. »Ich lasse dich nicht von meiner Seite. Du bist mir zweimal wiedergegeben worden, ich kann nicht hoffen, dass dies ein weiteres Mal geschieht.«

Andrej lachte leise. Er deutete auf ein längliches Bündel, das auf dem Boden lag. »Ich habe deine Waffen mitgebracht.«

»Und Marusja?«

»Wer nicht kämpfen kann, bleibt im Lager. Dort ist sie in Sicherheit.«

Sie mischten sich nicht unter die Wartenden. Dass Andrej lebte und zurückgekehrt war, sollte keine Verwirrung unter die Kämpfer bringen.

Erst als sie sicher waren, die Fahnen und das heilige Kirchenpanier seien jetzt entfaltet, das Dankgebet sei gesprochen worden und Tatarinow habe öffentlich gelobt, die Beute gerecht unter Lebenden wie Toten zu verteilen und sich der Witwen und Waisen anzunehmen, wagten sie es, vor die kleine Hütte zu treten. Niemand wandte sich zu ihnen um. Tausende standen regungslos im Nieselregen und starrten auf die Festung.

Dann, mit einem Mal, stieg dort eine Wolke auf. Es knirschte, krachte und donnerte, der Boden bebte und wankte wie ein Schiffsdeck im Sturm. Die Wolke breitete sich aus, nahm Sicht und Atem.

Die Kosaken schienen nicht abwarten zu wollen, bis der Erfolg offenbar wurde, sahen nichts und wollten doch nutzen, dass der Gegner ebenso blind war. Schreiend nahmen sie den Triumph vorweg, stürmten los.

Andrej nahm Eljas Hand und zog sie mit sich. Und dann waren sie Teil des Sturmes, der durch Regen und Staub auf die Festung zuraste. Das Brüllen der Kosaken verstärkte sich, zeigte den Nachfolgenden, dass dieses Mal geglückt war, was vorher misslang. Allein diese Gewissheit machte die Menge fast trunken.

Signalhörner ertönten.

Als Elja die Bresche im staubigen Nebel vor sich auftauchen sah, war alles vergessen, selbst die Angst um das Leben des Mannes, der neben ihr lief. Über eine Breite von zwölf Armspannen war die Mauer aufgerissen.

Wie am Karalnik zischten Pfeile an ihr vorbei, fielen Kosaken zu beiden Seiten, während Elja hinter anderen über lockeres Geröll kletterte und hastete, von Steinen getroffen, die vor ihr losgetreten wurden. All ihr Bestreben war einzig darauf gerichtet, Andrej nicht aus den Augen zu verlieren. Sie hielt den Blick auf seine Stiefel geheftet, die vor ihr den Tritt setzten, mitunter abrutschten, ihn erneut setzten und mit jedem Schritt ein Stück Boden eroberten. Dann war Geschrei über ihr. Sie konnte das wütende Klirren von Säbeln hören, die aufeinanderschlugen.

Ein gewaltiger Stoß riss sie von den Beinen. Ihre Arme griffen nur Luft. Sie kam ins Rutschen, schürfte sich Knie und Hände auf, hemmte Nachfolgende und brachte diese ins Straucheln, bis sie stürzte und auf dem toten Janitscharen lag, der auf sie gefallen war. Sofort war Andrej da, zerrte sie hoch, schob sie vor sich her und versuchte sie gleichzeitig zu schützen vor dem Hagel der Pfeile. Nun nahm sie noch größere Schritte, sprang eher, als zu klettern, war schon weiter, bevor sie den Halt geprüft hatte.

Endlich war sie oben und mitten im Kampf. Wild begann sie mit der Schaschka um sich zu schlagen. Die Füße mussten den alten Tanz noch kennen, die Arme die Schwünge, der Leib das Vor und Zurück.

Trompeten erklangen, die Hufe vieler Pferde knallten auf steinigem Grund. Elja lachte laut und verzweifelt und focht weiter. Die Festungstore waren geöffnet worden, Kosaken ritten hinein.

Elja focht und schlug. Irgendwann, von einem Atemzug zum nächsten, wurde der Arm ihr zur Last, drohte den Dienst aufzukündigen. Sie wich zurück, prallte auf ein Hindernis, drehte sich um, Andrej, sie tauschten einen Blick, trennten sich wieder, und Elja focht weiter, mit schweren Bewegungen. Dem Mann, der nun auf sie zukam, lief der Schweiß über das blasse, verzerrte Gesicht. Der Janitschar war mindestens so erschöpft wie sie, doch flink und schlank, kaum mehr als halb so alt, zu jung, um den Tod zu fürchten. Sie konnte seine Hiebe nur parieren, mit Mühe, aber seine Deckung nicht durchdringen. Hinter sich hörte sie Andrejs Atemzüge, auch sie keuchend nun, und das Klirren seines Säbels. Jeder Kosak in ihrer Nähe war in einem Kampf mit einem oder mehreren Gegnern gefangen, jeder hatte seine eigene Not, konnte nicht helfen.

Ein Schuss knallte. Der junge Osmane sackte in sich zusammen und blieb liegen. Olena kam herbeigelaufen, die Pistole in der Hand. Elja ließ sich kurz gegen sie fallen, fuhr rasch herum, sah eben noch, wie ein Kosak den Janitscharen niederstreckte, der Andrej in Bedrängnis gebracht hatte.

»Überall wird gekämpft«, stieß Olena hervor, »aber die Tore sind offen, und wir halten sie.«

In zwei Tagen waren Tausende von Janitscharen und Kosaken gefallen, und das Sterben nahm kein Ende. Jedes Gebäude, jede Straße wurde mit Blut erkauft. In der Nacht hatten Elja und Andrej einige Stunden in einem richtigen Bett verbracht, in einem Haus, dessen Bewohner geflohen waren. Sie waren sofort eingeschlafen, zu erschöpft selbst für die unschuldigste Umarmung.

Anschließend hatten sie Wache gehalten, abwechselnd mit anderen, und am Morgen weitergekämpft. Läden wurden gestürmt, Beute gemacht, Brot ebenso wie unnützer Plunder. Mitunter kamen ihnen Kosaken entgegen, lachend und singend, mit Schmuck behängt. Das Wissen, wie oft diese Stadt sich ihnen schon widersetzt hatte, ließ sie weiterkämpfen, weit über die Erschöpfung hinaus.

Wo Andrej erschien, löste er abergläubisches Staunen aus unter den Kosaken. An seiner Seite warfen sie sich nur umso entschlossener in die Schlacht. Stund um Stund kamen überlebende Jarostnye und sammelten sich um ihn. Sie fingen an, ihn »Bessmertnyi« zu nennen, »den Unsterblichen«. Andrej schüttelte darüber den Kopf. Doch der Name verbreitete sich, bis Elja ihn von Saporogern hörte, denen sie noch nicht begegnet waren, seit sie den Fuß in diese Mauern gesetzt hatten.

Zum ersten Mal dachte sie an ihren Vater, fragte sich, ob er wusste, dass Andrej zurück war. Dass er nicht mehr am Leben sein könne, kam ihr nicht in den Sinn. Ein Andrej Lankow konnte sterben, gleich, welchen Namen man ihm gab. Ein Rurik Semjonowitsch Lankow schien unsterblich zu sein. Und das hieß, Andrej würde ihn töten müssen.

Überall waren die Osmanen zurückgedrängt worden. Nur an wenigen Orten gab es Widerstand. Die meisten der überlebenden Janitscharen hatten sich in die Türme zurückgezogen.

Als Andrej erfuhr, dass am Hauptturm noch gekämpft wurde, führte er seine Jarostnye dorthin. Auf dem Platz vor dem Gebäude lagen Tote, wie überall in den Straßen, meist Kosaken, von Pfeilen durchbohrt, die aus den Schießscharten des Turms abgeschossen worden waren. Aus einer Gasse in der Nähe war das vertraute Gemisch von Schreien und klirrendem Stahl zu hören, das Elja Übelkeit zu bereiten begann. Den direkten Weg konnten sie nicht nehmen, wollten sie sich nicht den Bogenschützen ausliefern. Sie mussten zurück, über verwinkelte Wege. Als sie um die Ecke bogen und in der umkämpften Gasse standen, sah Elja sofort ihren Vater am Rande des tödlichen Wirbels. Mit etwa einem Dutzend Kosaken focht er gegen beinahe doppelt so viele Janitscharen.

Andrej stürzte sich sofort in den Kampf. Plötzlich wünschte Elja, ihr Vater werde fallen, jetzt, in diesem Augenblick, damit gewiss sei, dass Andrej ihn zumindest überlebe. Dann lief auch sie, wurde zu ihrer Erleichterung überholt von anderen Jarostnye.

Sie verzögerte ihre Schritte, blieb zurück, wurde Zuschauerin. Der Kampf war nun ausgeglichen, je ein Jarostny gegen einen Osmanen. Elja hätte eingreifen sollen. Sie vermochte es nicht, lehnte sich stattdessen gegen die Mauer eines Hauses. Ihr Atem ging schwer. Sie hörte den Schrei des Mannes, dem Rurik die Säbelhand abgeschlagen hatte, und dem er nun mit einer Bewegung den Kopf abhieb. Ihr Vater drehte sich um, auf der Suche nach neuer Gefahr, aber auch, um zu ergründen, von welcher Art die Hilfe war. Sie sah seinen Blick innehalten. Andrej beendete gerade mit einem weit ausholenden Armschwung das Leben eines Mannes.

Rurik brüllte und rannte auf ihn zu, den blutigen Säbel

erhoben. Keine Schmähungen mehr, wie noch am Karalnik. Andrej wich zurück, konnte eben noch einem Angreifer ausweichen, der einen Jarostny niedergestreckt hatte und nun sein Schwert gegen ihn schwang.

Elja umschloss ihren Säbel fester und lief auf die Kämpfenden zu. Andrej, mit dem Rücken zu Kyrill, musste sich jetzt sowohl Ruriks als auch des Osmanen erwehren, mit großen, schnellen Säbelschwüngen. Der Janitschar fuhr zu Elja herum, kaum dass sie die Schaschka erhoben hatte. Neben sich hörte sie das Keuchen ihres Vaters.

Ihren Kampf führte sie mit der Macht der Verzweiflung. Ständig wurde ihre Klinge vom Gegner gesperrt. Er war ein ausgebildeter Kämpfer, sie nur noch eine Schankwirtin, die die letzten beiden Tage mit mehr Glück als Vermögen überlebt hatte. Diesen Kampf konnte sie niemals gewinnen. Allenfalls würde sie den Mann eine Zeitlang daran hindern, Andrej erneut anzugreifen.

Sie ahnte mehr, als sie sah, wie Kyrills Gegner fiel. Sofort schnellte Kyrill herum. In diesem Augenblick gelang es Eljas Gegenüber, ihre Klinge unter Kontrolle zu bringen und sie beiseitezustoßen. Kyrill machte einen Satz nach vorn, der Andrej beinahe zum Stolpern brachte. Mit dem Schwung, der Elja zugedacht gewesen war, drehte der Osmane sich um und stieß Kyrill seinen Säbel in den Leib. Elja heulte auf. Noch während der Mann sein Schwert aus Kyrills Körper zog, versetzte sie ihm einen so gewaltigen Streich, dass sich quer über seinen Rücken eine große, klaffende Wunde zog. Er ging noch vor Kyrill zu Boden.

Mit einem Mal waren die Kosaken allein, alle Osmanen tot, sterbend oder geflohen.

Niemand wagte, sich den beiden Männern zu nähern, die einzig noch kämpften. Keiner ging dazwischen. Wieder bildeten die Jarostnye einen Kreis. Er bestand nur noch aus wenigen.

Elja sank in die Knie, sah Olena vor sich, der die Haare

ins nasse Gesicht hingen. Kyrill versuchte zu sprechen und konnte es nicht, während Olena ihn hielt. Nur einen Sazen entfernt zerschnitten Klingen die Luft.

Als Kyrills rasselnder Atem nach wenigen Zügen versiegt war, bedeutete Olena Elja stumm, ihr zu helfen, ihn an den Rand des Kreises zu ziehen. Dort hockte sie sich erneut nieder, die Augen groß im steinernen Gesicht. Kyrill lag in ihrem Schoß. Sie hielt ihn, wie ein Gefallener gehalten wird, nicht ein Sterbender, presste ihn nicht verzweifelt an sich. Fast schien es, als erstarre ihr Körper mit dem seinen. Elja stand neben ihr, so dicht, dass ihr Bein Olenas Schulter berührte.

Im Kreis der Jarostnye herrschte Schweigen. Jeder stand still, als gehe es nur darum, später bezeugen zu können, was hier geschah.

Hätte Andrej Rurik hassen können, der Kampf wäre rasch entschieden gewesen. Das Alter hätte ihn verloren, die Disziplin ihn gewonnen. Rurik war die Erschöpfung deutlich anzumerken. Andrej hingegen schien noch immer einen Teil seiner Kraft zurückzuhalten. Kein Laut kam von ihm. Er vereitelte jeden Versuch Ruriks, mit wütenden Hieben durchzudringen, band und sperrte die blutige Klinge stets aufs Neue.

Rurik schien es umso mehr zu erbosen, dass Andrej ihm nicht mit gleichem Hass entgegentrat. Er begann, mit der Nachsicht seines Gegners zu spielen, gab sich Blößen, die nicht genutzt wurden, ließ Angriffe folgen, die fast mühelos abgewehrt wurden. Solcherart verhöhnte er Andrej.

Jeder konnte spüren, was dann geschah. Elja hörte das Stocken des Atems der Männer und Frauen um sich her.

Andrej begann, Rurik zu bedrängen. Von einem Augenblick zum nächsten schien er begriffen zu haben, dass es aus diesem Kampf kein Entrinnen für ihn gab, dass er ihn zu Ende bringen musste. Seine Hiebe kamen schneller, er setzte nach, statt sich nach einer gelungenen Abwehr zurückzuziehen.

Ruriks Gesicht war grimmig verzerrt, doch seine Augen

funkelten vor Befriedigung, endlich seinen Kampf zu bekommen. Seine Hoffnung währte nur für ein paar keuchende Atemzüge. Dann durchbrach Andrej zum ersten Mal seine Deckung und brachte ihm einen scharfen Schnitt am Unterarm bei. Der dunkle Ärmel verdeckte ihn, doch Ruriks Stöhnen, durch zusammengebissene Zähne hervorgestoßen, verriet ihn. Ein zweiter Hieb folgte, nahezu auf die gleiche Stelle, und zeigte, dass Andrej seine Treffer nach Belieben setzen konnte.

Eljas Kehle schnürte sich zusammen. Sie krallte ihre Finger in Olenas Schulter, die den Kopf hob und an Eljas Schenkel lehnte.

Ein letzter Hieb. Rurik ließ den Säbel fallen und fiel auf die Knie. Er verharrte in dieser Haltung, mit gesenktem Haupt. Andrej stellte den Fuß auf Ruriks Säbel. Für einen Augenblick wurden seine Züge weich, dann nickte er fast unmerklich und hob seine Schaschka in einem großen, eleganten Bogen.

»Nein!« Elja rannte in die Mitte des Kreises.

Andrej hielt inne, den Säbel über seinen Kopf erhoben, ohne den Blick von Rurik zu lassen. Elja trat neben ihn. Sie hätte ihrem Vater gern noch einmal in die Augen gesehen, bevor sie sich von ihm verabschiedete, doch sein Haupt blieb gesenkt.

Sie nahm einen tiefen, zitternden Atemzug, der ein Schluchzen mitbrachte.

»Roxanda«, sagte sie.

30

Eine leichte Bö wirbelte rote und gelbe Blätter durch die Luft und ließ sie über die Beete tanzen. Elja blickte ihnen nach, bis sie sich an den Palisaden fingen und in losen Haufen für eine Weile zur Ruhe kamen.

Immer wieder hatte sie den Weg vom Tor zum Badehaus und zurück genommen, sich dabei zur Langsamkeit gezwungen. Eigentlich wollte sie neben dem großen Becken warten, wollte so tun, nichts anderes sei denkbar, als dass er hierherkam. Doch die Ungeduld trieb sie immer wieder zum Tor.

Sie war gerade wieder auf dem Weg dorthin, als sie das Schnauben eines Pferdes hörte, Gelächter und freudige Rufe. Sie drehte sich um, rannte wie gejagt zum Badehaus zurück, während ein glucksendes Lachen in ihr aufstieg. Dort warf sie die Tür hinter sich zu. Sie streifte die Schuhe ab und schürzte ihre Röcke. Dann kletterte sie auf den Rand des Beckens, setzte sich nieder und ließ die Beine ins warme Wasser hängen. Sie wollte gleichmütig wirken, aber das Lachen stieg immer wieder wie eine Fontäne in ihr auf.

Als Andrej hereinkam, ließ es sich nicht mehr halten und brach aus ihr hervor. Wie sie es erhofft hatte, war er von Kopf bis Fuß mit Schlamm bedeckt. Dicke Batzen, an denen noch Grashalme hingen, klebten an seiner Kleidung, breite Fingerspuren auf seinen Wangen zeigten, dass man selbst sein Gesicht nicht hatte verschonen wollen. Elja sprang vom Becken und rannte auf ihn zu, feuchte Fußspuren auf dem Holzboden hinterlassend. Sie umarmte ihn wild, lief zurück zum

Becken und schöpfte eine Handvoll Wasser. Mit der nassen Hand fuhr sie ihm über den Mund, ergriff ihren Rocksaum und rieb die Stelle trocken, um ihn endlich küssen zu können.

»Du wirst ganz schmutzig«, meinte er mit leuchtenden Augen.

Elja lachte weiter, freudig und triumphierend, während sie ihm half, Hemd und Weste auszuziehen, dann die Stiefel und die Hosen.

»Bleib stehen«, verlangte sie, schöpfte einen Eimer Wasser aus dem Becken, nahm ein Tuch und fingen an, ihn zu waschen.

Zuerst ließ er es sich gefallen, dann begann er, nach ihr zu greifen. Immer wieder versuchte er, ihre Brüste zu umfassen, wie sie sich auch drehte und wendete. Sie schimpfte mit ihm und quiekte, wenn ihm wieder ein Treffer glückte, bis sie völlig außer Atem war.

»So, jetzt darfst du ins Wasser«, sagte sie schließlich.

Als er ins Becken gestiegen war, streifte sie ebenfalls Rock und Bluse ab und gesellte sich zu ihm. Er schien das Spiel fortsetzen zu wollen, das er begonnen hatte. Elja wusste, wie es enden würde. Noch war sie nicht bereit dafür.

»Nun sag schon«, forderte sie ihn auf, nachdem sie sich seinen neckenden Händen wieder entzogen hatte. »Wie ist es gegangen?«

»Du siehst es doch!«

Ja. Sie hatte gewusst, dass man ihn zum Ataman gewählt hatte, seit er zur Tür hereingekommen war. Nach altem Kosakenbrauch hatten die Jarostnye ihn nach der Zeremonie mit Schmutz beworfen, um ihren Anführer Demut zu lehren. Niemand hätte Elja verwehrt, mit ihnen im Kreis zu stehen. Sie hatte sich entschieden, das Ergebnis hier abzuwarten.

»Nun erzähl schon!«

»Einige hätten wohl Dawid benennen wollen. Aber er kam

ihnen zuvor, indem er meinen Namen rief. Einer – ich glaube es war Jeziaslaw, einer von Ruriks Männern – meinte, ich hätte gewiss viele Verdienste erworben, aber ob es nicht dem Ansehen der Jarostnye schadet, einen Anführer zu haben, der sich vor jedem Mauseloch fürchtet.«

Elja zischte wütend. Unter den Jarostnye hatte es sich inzwischen herumgesprochen, wie unwohl Andrej sich an engen Orten fühlte.

»Und wieder stand Dawid mir bei«, fuhr Andrej fort. »Er meinte nur: ›Die Steppe ist weit.‹«

Elja grinste. »Nun, er tut gut daran, dir beizustehen. Sonst hätte er wohl keinen ruhigen Tag mehr. Und keine ruhige Nacht.«

»Er hätte es ohnehin getan, das weißt du. Und er ist noch jung. Mögen sie ihn in einem Jahr wählen oder in zweien. Er hat das Zeug, sie zu führen. Er schreckt nicht zurück vor dem, was notwendig ist.«

Elja nickte. Sie dachte daran, wie der junge Mann Rostislaw dazu gebracht hatte, seine Untaten zu gestehen. Und wie er ihr verschwiegen hatte, dass Andrej aus der Pulverkammer gerettet worden war.

»Eine neue Zeit braucht junge Köpfe, die sich ihr anpassen können«, fuhr Andrej fort. »Rurik hätte mich schwach und verzagt genannt, aber ich vermag nicht mehr an ein Reich zu glauben, in dem die Kosaken herrschen. Bald werden wir nichts anderes sein als Soldaten des Zaren, du wirst es sehen.«

Elja war nicht bereit, sich an seinen nüchternen Überlegungen zu beteiligen. Nicht heute, nicht an diesem Tag des Triumphes. »Und was wirst du tun, wenn du einmal nicht mehr der Ataman der Jarostnye bist?«

»Dann habe ich Zeit für meine Kinderchen und Enkelchen.«

»Wie viele Kinderchen hast du denn?«, fragte Elja lächelnd.

»Ich will sehen, wie viele mein liebes Weib mir bis dahin noch schenken mag.« Er griff schon wieder nach ihr, und das Wasser spritzte nach allen Seiten, als Elja sich wehrte. »Oder ich werde mit ihr eine Reise machen.«

Sie schmiegte sich an ihn. »Wohin soll es denn gehen?«

»Vielleicht ans Meer. Vielleicht lerne ich doch noch, die Steine zu lieben, die mit den nackten Fischleibern darin.«

»Austern«, meinte Elja.

Dann gab es nichts mehr zu sagen.

Die meisten Jarostnye waren nach Siljongorod zurückgekehrt. Doch etwa viertausend Kosaken waren in Asow geblieben. Ebenso viele hatten im Kampf ihr Leben gelassen. Drei Tage hatte die Schlacht im Inneren der Festung gedauert, und einer der Türme konnte erst nach zwei Wochen eingenommen werden. Zweitausend Rechtgläubige, die als Sklaven in osmanischer Gefangenschaft hatten leben müssen, wurden befreit.

Der Riss in der Festungsmauer war bald repariert worden. Ihren eigenen Kanonen konnten die Eroberer die zweihundert hinzufügen, die auf den Mauern Asows standen. Aber sie besaßen kaum noch Pulver, hatten es beinahe vollständig verbraucht beim Sturm auf die Festung.

Sie unterrichteten den Zaren von ihrer Absicht, Asow zur Hauptstadt der Kosaken zu machen. Zugleich beharrten sie auf ihrer Unabhängigkeit. Sollte er seine Soldaten schicken, würden sie nicht zögern, die Festung in die Luft zu sprengen. Dies war ein gewagtes Spiel. In Wahrheit waren die Kosaken alles andere als unabhängig. Ohne Nachschub an Kriegsgerät und Nahrungsmitteln würden sie Asow nicht lange halten können.

Auch Olena war dortgeblieben, an dem Ort, an dem ihr Gemahl sein Leben gelassen hatte. Sie hatte sich zur berittenen Streife gemeldet. Vierhundert Kosaken waren ständig in einem Umkreis von zehn bis zwanzig Werst unterwegs, um die Festung zur Steppe hin zu sichern. Elja hatte Olena kaum noch zu Gesicht bekommen. Wenn sie ihre Freundin sah, fühlte sie sich befangen. Sie schämte sich ihrer Erleichterung darüber, am Leben zu sein und Andrej noch zu haben.

Vor dem Gorodok wurden Tische und Bänke herbeigeschafft, Fässer herbeigerollt, Feuer entfacht und Bratspieße bereitet für das Fest, mit dem am Abend der neue Ataman gefeiert werden sollte. Elja lief weiter, in Richtung des Flusses, vorbei an den geschäftigen Jarostnye und Cholopen. Sie war noch in deren Hörweite, als sie Rurik entdeckte.

Mit schreckgeweiteten Augen kam er auf sie zugerannt, das Gesicht rot von der Anstrengung des Laufens.

»Tataren!«, rief er. »Tataren!«

Elja musste sich nicht umdrehen, um zu wissen, dass keiner der Menschen hinter ihr auch nur für einen Atemzug innehielt. Sie hörte lediglich ein einzelnes Lachen.

»Jawohl, Väterchen«, erwiderte sie. »Ich habe sie auch gesehen. Schrecklich war es, wie sie wüteten. Lass uns nachschauen, was sie angerichtet haben.«

Sie hakte sich bei ihm unter und folgte ihm. Sie kannte den Weg. Dort, wo die Pappeln sich im Wind bewegten, hielt er an.

»Siehst du«, rief er aufgeregt und hockte sich ins Gras. Elja blieb stehen. Sie wusste, was er ihr zeigen wollte. Er deutete auf einen Kreis von Ästchen, die dicht an dicht in der Erde steckten, teils umgeknickt, teils zerbrochen. »Mein Gorodok! Sie haben meinen Gorodok zerstört!«

Er selbst hatte es getan, wie an jedem Tag, seit sie aus Asow zurückgekehrt waren. Morgens ging er ans Ufer des Flusses, sammelte Zweige und machte sich daran, eine kleine Festung zu errichten. Jeden Abend zerstörte er sie unter seinen eigenen Stiefeln. Darin erinnerte er Elja an Igor, der auch des Abends vernichtete, was er am Tage geschaffen hatte. Anderntags kehrte Rurik an die Stelle zurück und beklagte die Zerstörung als das Werk von Tataren. Dann machte er sich daran, einen neuen Gorodok zu errichten, als dessen Herr er sich fühlen konnte, bis die Sonne unterging.

Meist war er friedlich. Dann stolzierte er einher wie eh und je, gefangen in seiner eigenen Welt. Er merkte nicht, wenn man ihn auslachte. Nur gelegentlich war er unleidlich und misstrauisch, suchte nach einer Frau namens Anjuta und beschuldigte jedermann, man verstecke sie vor ihm. Elja hatte den Namen nie zuvor gehört. Auch jetzt hob Rurik den Kopf, als er Schritte hörte, und fragte: »Anjuta?«

Es war Marusja, die näher kam. Misstrauisch fragte er: »Wer ist das?«

»Das ist Dawid Safonows Frau«, erwiderte Elja.

Marusja hatte sich bereits wieder abgewandt, da sie ihren Großvater versorgt sah, und lief zurück, um bei den Vorbereitungen zu helfen.

Zunächst hatte Andrej nicht gewusst, ob er Dawid erschlagen solle, weil der seine Tochter geschwängert hatte, oder ihn als Schwiegersohn in die Arme schließen. Auf inständiges Bitten Marusjas hatte er sich für Letzteres entschieden. Vor zwei Wochen war die Hochzeit gefeiert worden.

Andrej hatte recht mit dem, was er im Badehaus gesagt hatte. Siljongorod brauchte neue Söhne und Töchter.

Zu Beginn hatte Elja Rurik noch erklärt, Marusja sei ihre Tochter und sein Enkelchen. Er hatte dazu stets geschwiegen, und so hatte sie den Eindruck gewonnen, er glaube ihr nicht. Vielleicht war es Teil seiner Strafe, dass die Erfüllung seines innigst gehegten Wunsches sich nun seinem Begreifen verschloss.

Bevor Elja Siljongorod vor vielen Jahren verließ, hatte sie sich in Ruriks Schlafgemach geschlichen. Zum ersten und einzigen Mal hatte sie in dieser Nacht das Seelenhaus ihres Vaters betreten, ein so großes und prächtiges Gebäude, wie sie keines je wieder gesehen hatte. Mit einem Seil hatte sie alle Türen und die Eingangspforte miteinander verknüpft. Dann hatte sie das Seil mit dem Namen ihrer Mutter belegt. Als es so weit war, brauchte sie nicht mehr zu tun, als Roxandas Namen auszurufen. Alle Türen sprangen mit einem Mal heraus, als hätte eine so ungeheure Pulverladung sie erschüttert wie die Mauern Asows.

Innerhalb eines Atemzuges hatten sich Traum und Wirklichkeit in Ruriks Geist miteinander vermischt. Fortan gab es für ihn keine Grenzen mehr zwischen einst und jetzt, zwischen dem, was war, und dem, was sein würde. Ein Meer war ihm ein Tropfen, und ein Sandkorn eine Wüste.

Es war erstaunlich einfach gewesen, diese Zerstörungen zu bewirken. Vielleicht hatte die Gewissheit, in den Augen der Jarostnye seine Ehre verloren zu haben, die Tür zum Wahnsinn bereits aufgestoßen.

Was Ruriks Verbrechen betraf, so hatte es keinen Ankläger gegeben, und folglich kein Urteil, außer dem, das Elja über ihren Vater verhängt hatte. Ihre eigene Strafe bestand darin, ihn tagein, tagaus in dem Zustand zu sehen, den sie selbst herbeigeführt hatte. Doch war er damit nicht glücklicher zu nennen, als wenn man ihn zur Verantwortung gezogen hätte für das, was er Andrej angetan hatte?

»Was geschieht da hinten?«, fragte er und machte mit der Schulter eine Bewegung dorthin, wo das Fest vorbereitet wurde.

»Sie wollen ihren Ataman feiern, heute Abend«, erwiderte Elja.

»Ich bin der Ataman«, verkündete Rurik mit erhobenem Kopf.

Elja zögerte nur einen Augenblick. Dann erwiderte sie: »Ja, das bist du.« Sie setzte sich zu ihm ins Gras und nahm seine Hand. »Und du bist mein liebes Väterchen. Komm, sing mit mir:

Aus Moskau machte ein Herr sich auf,
folgte dem Stillen Don in seinem Lauf …«

Und Rurik lachte und sang.

Schlussbemerkung

Auch dieses Mal konnte Asow von den Kosaken nicht gehalten werden. Erst 1774 kam es endgültig zum Russischen Reich. Den Ort Siljongorod hat es nie gegeben, ebenso wenig wie die Jarostnye. Im Übrigen habe ich versucht, Leben und Gebräuche der Kosaken so wahrheitsgetreu wie möglich zu beschreiben.

Es wurden Motive folgender russischer Märchen und Sagen verwendet: »Das Lied von dem Seefahrer Solowej Budimirowitsch und der Prinzessin Sabawna Putjat«, »Finist, der edle Falke« und »Schwesterchen Aljonuschka und Bruderherz Iwanuschek«.

Als weiterführende Literatur zum Thema »Träume« kann ich Christoph Gassmanns ausgezeichnetes Buch »Träume erinnern und deuten« empfehlen.

Die deutsch-russischen Städtepartnerschaften ermöglichten mir den Kontakt zu freundlichen Menschen, die mir bei meinen Recherchen behilflich waren. Ich möchte mich herzlich bedanken bei Tatjana Sawtschenko, Nina Solowjewa und Alexander Grigorjew (Gelendjik), bei Olga Ossetrowa, Alexej Chludenew und Ljuba Wolf (Rjasan), sowie bei Larissa Martinowa (Nowotscherkassk).

Prof. Carsten Goehrke half mir bei der Suche nach einem Kosakenlied aus dem 17. Jahrhundert, dem ich versucht habe, eine deutsche Form zu geben. Unentbehrlich war für mich die Hilfe von Susanne Bonn, die die Übersetzungen aus dem Russischen für mich besorgte, sowie von Olga A. Krouk.

Wollte ich alle Mitglieder des Montségur-Autorenforums aufführen, die geduldig und kompetent jede (wirklich jede!) meiner Fragen beantworteten – dieser Anhang wäre dicker als der Roman. Für weitere sachkundige Hinweise danke ich Christoph Lode und Kurt Goos.

Mein Dank gilt Roman Hocke und Dr. Uwe Neumahr von der Agentur AVA International sowie Monika Boese und Silke Jellinghaus von den Ullstein Buchverlagen für ihre Unterstützung. Er gilt meinem »guten alten« Schreiblehrer Rainer Wekwerth, ohne den es dieses Buch nicht gegeben hätte.

Ich danke den strengsten, behutsamsten, kritischsten und begeistertsten Probeleserinnen der Welt, Viola Dioszeghy-Krauß, Angelika Kremer und Charlotte Lyne.

Und Andreas, dem einzigen Mann, der zu mir passt. Für alles.

Inga Lindström

Das Haus auf den Schären

Roman | Gebunden mit Schutzumschlag | 352 Seiten | ISBN 978-3-547-71122-6

Der große Liebesroman der TV-Erfolgsautorin

Hanna Lund lebt am alten Hafen von Stockholm. Die wunderschöne Inselwelt der Schären liegt vor ihrer Haustür. Doch eine tiefe Unruhe erfüllt die junge Frau. Seit ihrer Kindheit träumt sie von einem gläsernen Haus, in das sie sich während eines Unwetters vergeblich flüchten will. Erst die schicksalhafte Begegnung mit dem verheirateten Max und ein tragischer Verlust lassen sie ihren Traum verstehen. Hanna steht vor einer schweren Entscheidung.

»Liebevolle Details, vielschichtige Charaktere und überraschende Wendungen. Kurz: die perfekte Unterhaltung.« *Myself*

Sabine Weiß
Die Wachsmalerin
Das Leben der Madame Tussaud

Roman | Gebunden mit Schutzumschlag | 416 Seiten | ISBN 978-3-547-71124-0

Das dramatische Leben der legendären Madame Tussaud

Wer war die Frau, die als Madame Tussaud in die Geschichte einging? In ihrem großen Roman erzählt Sabine Weiß ein bewegtes Frauenleben. Als kleines Mädchen kommt Marie, die Tochter eines Scharfrichters, nach Paris. In den Wirren der Französischen Revolution muss sie um ihr Überleben kämpfen, doch ihr begegnet auch aufrichtige Liebe.
Mit ihrem Aufbruch nach England wird sie schließlich zur Legende. Ein eindrucksvoller historischer Roman um Selbstbestimmung, Liebe und Verrat.

»Ein großer Roman!« *Hamburger Abendblatt*

Marion von Schröder

Donez
Siljongorod
Don
Don
Rasdorskaja
Manastirskoj Jar
Asow
Tschernigow
Lemberg
Kiew
Winniza
Poltaw
Dnjestr
Dnjepr
Pruth
Bug
Kilia
ASOWSCH
Kaffa
Warna
SCHWARZES MEER